中国古典小说丛书

后水浒传

[清]青莲室主人 著

江西美术出版社
全国百佳出版单位

图书在版编目（CIP）数据

后水浒传/（清）青莲室主人著.--南昌:江西美术出版社,2018.10（2020.5重印）
 ISBN 978-7-5480-6206-6
 Ⅰ.①后…Ⅱ.①青…Ⅲ.①章回小说—中国—清代Ⅳ.①I242.4
 中国版本图书馆CIP数据核字（2018）第140644号

出 品 人：周建森
企 划：北京江美长风文化传播有限公司
责任编辑：楚天顺 康紫苏
责任印制：谭 勋

后水浒传
HOU SHUIHUZHUAN
（清）青莲室主人 著

出　　版：江西美术出版社
地　　址：江西省南昌市子安路 66 号
网　　址：www.jxfinearts.com
电子信箱：jxms163@163.com
电　　话：010-82093808　0791-86566274
邮　　编：330025
经　　销：全国新华书店
印　　刷：河北盛世彩捷印刷有限公司
版　　次：2018 年 10 月第 1 版
印　　次：2020 年 5 月第 2 次印刷
开　　本：690mm×960mm　1/16
印　　张：25.75
ISBN 978-7-5480-6206-6
定　　价：60.00 元

本书由江西美术出版社出版，未经出版者书面许可，不得以任何方式抄袭、复制或节录本书的任何部分。
版权所有，侵权必究。
本书法律顾问：江西豫章律师事务所　晏辉律师

"中国古典小说丛书"出版说明

所谓"古典小说"云者，其义有二焉：一曰，但凡古代之小说，皆可谓之"古典小说"；一曰，但凡技法未受泰西影响之小说，亦可谓之"古典小说"。然此特就今人之观念言之耳。

揆诸坟典，"小说"一词，出自《庄子·外物篇》，其言曰："饰小说以干县令，其于大达亦远矣。"由此观之，庄子所谓"小说"，不过琐屑之言，以其无关道术，故以小说名之耳。

炎汉成、哀之世，刘向、刘歆父子典校秘书，检讨百家学说，取桓谭《新论》"小说家合丛残小语，近取譬论，以作短书，治身治家，有可观之辞"之意，把《伊尹说》《鬻子说》诸书，归为"小说家"之书，而《汉书·艺文志》（以下简称《汉志》）继之。夷考其说，"小说家者流，盖出于稗官，街谈巷语，道听途说者之所造也"（语出《汉志》），此亦非后世之小说也。

唐修《隋书》，其《经籍志》立论本诸《汉志》，以小说为"街谈巷语之说"（《隋书·经籍志》语）。当此之时，小说之名虽同，而其类目稍广，举凡《燕丹子》《世说》《迩说》之属，皆可入诸小说名下。

后晋修《唐书》，其《经籍志》立论与《隋志》无异，以《博物志》隶小说，此为"神异志怪之书"入小说之始。

天水一朝，欧阳文忠公撰《新唐书·艺文志》（以下简称《新唐志》），以《列异传》《甄异传》《续齐谐记》《感应传》《旌异记》等"史部·杂传类"之书移于"小说类"。至是，小说之部类日夥。

及元脱脱修《宋史》，《艺文志·小说类》承《新唐志》之旧而增广之。

明胡应麟以小说繁夥，派别滋多，于是综核大凡，分小说为六类：一曰"志怪"，一曰"传奇"，一曰"杂录"，一曰"丛谈"，一曰"辩订"，一曰"箴规"。至此，小说一类已蔚为大观，脱《汉志》"街谈巷语"之成规。

清修"四库"，《总目提要》（以下简称《提要》）别小说为三派，"其一叙述杂事……其一记录异闻……其一缀辑琐语"，而又损益之。考诸《提要》，则损益可知：一曰，进"丛谈""辩订""箴规"为"杂家"；一曰，隶《山海经》《穆天子传》诸书于小说。小说范围，至是乃稍整洁矣。其分目虽殊，而论述则袭诸旧志。

曩者宋元明清之史志，难觅"平话""演义"之书，此特士夫习气，鄙其为末流所使然也。史家成见，一至于斯。今人刻书，自当脱古人窠臼。

说部诸书，以文体分，有"白话""文言"之别；以体裁分，有"话本""传奇""演义"之别；以内容分，有"佳话""世情""侠义""家将""神魔"之别。细玩其文，既有劝世之良言，亦有"诲淫诲盗"之糟粕，而抉择去取，转成读说部书之第一要务。以此之故，编者特于说部诸书择其精者，辑之而为"中国古典小说丛书"，凡百余种。

然说部之书浩如烟海，其精者又何限于区区百十之数？此次出版，难免遗珠之憾。然能俾读者因之而省择取之劳，进而得窥说部精要，示人以津梁，则尚不违出版"中国古典小说丛书"之初心。

说部之书，多出自书坊，脱误错乱，在所难免，故于"取其精华，去其糟粕"外，尚需广施校雠，始得成其为可读之书。以此之故，编者多方搜罗以定底本，精排其版以美其观，躬自校雠以正讹误，然后付诸枣梨，装订成书，以飨读者。

限于编者学力有限，书中疏漏之处，在所难免，尚祈广大方家、读者诸君不吝批评斧正。凡能指出书中一二谬误者，皆为吾师，吾人不胜感激之至。

戊戌仲夏上浣，邵鹏军序于丰台晓月里

目　录

序 …………………………………………………………………… 001

第一回
燕小乙访旧事暗伤心　罗真人指新魔重出世 …………………… 001

第二回
寄远乡百姓被金兵　柳壤村杨幺梦神女 ………………………… 009

第三回
小阳春骑虎识英雄　游六艺领众闹村市 ………………………… 018

第四回
逞武艺杨幺服众　交钱粮花茂遭殃 ……………………………… 028

第五回
焦面鬼劫掳自家人　小阳春荐贤同入伙 ………………………… 036

第六回
铁壳脸独劫大树坡　揭浪蛟挈避轩辕庙 ………………………… 044

第七回
火老鸦设计散相思　花蝴蝶穷探春消息 ………………………… 053

第八回
图富贵卖奸瞒婿　甘作妾表里仇夫 ……………………………… 062

第九回
鬼算计冷笑似无情　小太岁杀人如切菜 ………………………… 070

第十回
杨幺为村人府堂刺配　郜元酒结识江上杀人 …………………… 081

第十一回
小太岁焦山同入伙　杨义勇园内结新仇……………………… 091

第十二回
小阳春甘认罪不攀人　常好汉自伏辜出好友……………………… 099

第十三回
杨大郎路阻蛾眉岭　殷尚赤情恋张瑶琴……………………… 107

第十四回
殷尚赤争风月打盐商　董敬泉苦银钱买节级……………………… 116

第十五回
孙节级狱底放冤人　屠金刚阵前招女婿……………………… 125

第十六回
好夫妻拼命捻酸　热心肠两头和事……………………… 133

第十七回
朱仙镇打擂台逞英雄　节级家赏中秋致奇祸……………………… 143

第十八回
无知婢暗偷情碎宝杯　坏心奴巧逃生首家主……………………… 152

第十九回
开封府孙本充军　麒麟山王摩被逐……………………… 160

第二十回
青竹蛇调麻药作生涯　郑天传合群雄劫秦饷……………………… 169

第二十一回
众愚民升天成白骨　两好汉双箭射红灯……………………… 179

第二十二回
弄风沙潜踪灭迹　秦虞侯画影图形……………………… 188

第二十三回
杨幺赦还乡同形被缚　马矔爱好汉拼命救人……………………… 198

第二十四回
白云山四英雄小结义　龙尾岭两押差私害人……………………… 206

第二十五回
　黑疯子气愤愤怪人轻　许蕙娘铁铮铮守节义……………… 214

第二十六回
　杨义士拼命救佳人　前知神设谋合大伙………………… 223

第二十七回
　不约同大闹开封府　义气合齐上白云山………………… 232

第二十八回
　小阳春思父母还乡　黑疯子赶朋友作伴………………… 240

第二十九回
　屠俏不提防遇官兵　杨幺用妙计擒黄佐………………… 247

第三十回
　路见不平打德明　坐护乡村遇常况……………………… 257

第三十一回
　乡人乘醉捉马矗　当事无知升太尉……………………… 265

第三十二回
　杨幺为父母受刑　马矗救朋友陷狱……………………… 274

第三十三回
　何能义激柳壤村　文用智赚岳阳府……………………… 283

第三十四回
　柳壤村应风水奔杨幺　众弟兄验天时同聚义…………… 293

第三十五回
　贺太尉魂消九曲岭　黑疯子身脱武昌监………………… 302

第三十六回
　诵真经智擒双将　看车水巧制轮船……………………… 310

第三十七回
　袭广陵喜归勇士　下校场快杀前仇……………………… 318

第三十八回
　夏不求因名偿实罪　小阳春感梦见前身………………… 327

第三十九回
神棍合借朱润还家　铁匣开遇杨幺出井……………………338

第四十回
小阳春闻朝政心伤　朱高宗遇天中作乐……………………347

第四十一回
杨幺入宫谏天子　高宗因义释杨幺……………………………356

第四十二回
再萧何抗违军令　众豪杰大悟前身……………………………365

第四十三回
英雄误入烟花寨　俏妇从权认丈夫……………………………375

第四十四回
袁军师锦囊遗妙计　岳少保决算大惊人………………………384

第四十五回
岳少保收服幺摩　众星宿各安躔次……………………………392

序

　　天下犹一身也。天下之在一君，犹一身之在一心也。一心不能自主，则元气削弱，邪气妄行，遂使四肢百骸，不臃即肿。虽有良医，莫能救其死。如宋徽、钦二帝，无治世之才，任用奸佞，以致金人自北而南。一身尚无定位，岂有余力及于群盗？故前之梁山，后之洞庭，皆成水浒，以聚不平之义气。至于走险弄兵，扰乱东南半壁，则莫不正名分，指目为强梁跋扈，尽欲荡平。

　　然究思其强梁跋扈之源：贺太尉不夺地造阡，则杨幺何由刺配；黑恶不逆首开封，则孙本岂致报仇；郜元之杀人，黄金奸月仙之所致也；谢公墩之被兵，王豹欺配军所致也。种种祸端，实起于贪秽之夫，不良之宵小，酝火于邓林之木，捋须于猛虎之颔。一时冤鸣若雷，怨积成党，突而噬肉焚林，岂不令鳌足难支，天维触折哉！请一思之，是谁之过欤！

　　大都天心又将北眷，国运已入西山。庙堂大奸大诈，草野无法无天之人事，又并横行于世，而不知回避。当此之际，虽有贤臣能将吐胆竭忠，亦莫如之何矣！况妒贤嫉能，犹謷惑不已。正如人之半身，气血已枯，萎如槁木；而只一手一足，尚不知惜，犹听信馋谀，日移日促，希图一日之安；即至沉晦丧亡，唯恐盗贼之侵绝，不悔自无才之失算也。

嗟嗟！此大概也。分而论之，则杨幺之孝义可嘉，马霫之血性难泯，邰元一味真心，孙本百般好义；至于何能、袁武、贺云龙皆抱孙吴之雄才大略。设朝廷有识，使之当恢复之任，吾见唾手燕云，数人之功，又岂在武穆下哉！奈何君王不德，使一体之人，皆成敌国，岂不令人叹息，千古共嗟，宋室之无人也！虽然，名教攸关，谁敢逾越前后？曰妖曰魔，作者之微意见矣。

采虹桥上客题于天花藏

第一回

燕小乙访旧事暗伤心　罗真人指新魔重出世

　　话说前《水浒》中，宋江等一百单八人，原是锁伏之魔，只因国运当然，一时误走，以致群雄横聚；后因归顺，遂奉旨征服大辽，剿平河北田虎、淮西王庆、江南方腊。此时道君贤明，虽不重用，令其老死沟壑，也可消释。无奈蔡京、童贯、高俅、杨戬用事，忌妒功臣。或明明献谗，或暗暗矫旨，或改赐药酒，或私下水银，将宋江、卢俊义两个大头目，俱一时害死。宋江服毒，自知不免，却虑李逵闻信，定然不服，又要生事，以伤其归顺忠义之名。因而召至楚州，亦暗以药酒饮之，使其同死；继而吴用、花荣亲来探望，见宋江死于非命，不胜悲痛，欲要再作风波，而蛇已无头，大势尽失，死灰不能复燃，遂同缢于蓼儿洼坟树之上。一时梁山好汉闻此凶信，俱各惊骇，不能自安；虽未曾尽遭其毒手，然惊惊恐恐，不多时早尽皆同毙矣。唯燕青一人，心灵性巧，屡屡劝宋、卢二头领全身远害，二头领不以为然。燕青因藏赦书，并金银财物，悄悄遁去，隐姓埋名，到各处遨游，十分快乐。

　　一日，忽重游到梁山水浒，见金沙滩边，寂寂寥寥，唯有渔樵出入；忠义堂上，荒荒凉凉，只存砧毁遗迹。回想当时弟兄啸聚，何等威风，今一旦萧条至此，不胜叹息了半晌。因又想到，若论改邪归正，去狼虎之猖狂，守衣冠之淡薄，亦未尝不是；但恐落奸人圈套，徒苦徒劳，而终不免，则此心何以能甘，此气何以能平！低徊了半晌，忽又想到，此皆我之过虑耳。一个朝廷诏旨，赫赫煌煌，明降招安，各加职任地方为官，治政理民。奸臣纵恶，亦不敢有异。就是宋公明哥哥与主人卢俊义，亦要算做当今之豪杰。我苦苦劝他隐去，决不肯听从者，亦必看得无患耳。我今不放心者，真可谓过虑，想罢才去东西闲玩。虽说闲玩，然荆榛满地，只觉凄凉，无兴久留，因又渡过金沙滩来。

  只见一个老者，须鬓皓然，坐在一块石上，看着一个打柴的樵夫，在那里攀谈。燕青在他二人面前走过，隐隐听得那老者说道："这哪里关朝廷之事，皆是奸臣所为。"燕青听见说话，有些诧异，便立脚不走，要听他说出后面的言语。那老者见有人立听，也就住口不说。燕青见他不说，听得气闷，便忍耐不住，只得上前，向老者拱拱手，问道："老丈方才所说的奸臣，莫不就是当朝的蔡、童、高、杨四人么？"那老者道："不是他四人，哪里再寻得出四个来！"燕青道："请教老丈，可知他如今又做了什么坏事？"

  那老者将燕青上下估了两眼，道："这是我本地方的闲话。今日无事，偶然与此樵友闲谈耍子。你是个过客、别处人，说来也未必晓得，问它怎的？"燕青便乘机说道："我在下果是过路别处人，原不该问及贵地方事。只因受了奸臣之害，弄得有家难奔，飘流至此。才听得老丈说甚奸臣，莫不做了甚不公不法之事，有个恶贯满盈，使人共闻共快的事？故此动问，万望见教。"

  那老者听了道："原来老兄也受了奸臣之害，所以要问。你既要问，可知这地方叫甚名色？"燕青道："初来不知，因问人，方知梁山地方。"那老者道："你既知是梁山泊，就该知这梁山泊一向是甚人占住了。"燕青假说道："这就不知了，求老丈见教。"那老者道："这梁山泊，在今日看来，无过一洼水，不足为奇。在当时有一伙大盗，一百单八条好汉占据了此泊，内立三关，外设百险，这一洼水比三江五湖还厉害几分。莫说附近的郡县奈何他不得，就是朝廷屡差了大将军高俅、童贯，率领了无数兵马来征剿，俱被这山泊里的好汉杀得大败亏输，不敢正眼而觑。"

燕青故意问道："既是这等强横，为何今日却寂寂寥寥，不见一个？"老者道："老兄有所不知。这班好汉，论他啸聚行藏，自然是一伙大盗；若推原其心，他众豪杰不是遭权贵之殃，就是受奸人之害。实俱含冤负屈，无处可申，故激怒而至于此。所以这宋大王虽为盗魁，却心存忠义，所坐之堂，亦以'忠义'为名。又立两竿旗，上写'替天行道'，只诛赃官污吏，绝不扰害良民。所以我们邻近百姓，甚是安堵。不期后来奸臣设计，知战不胜，遂降敕招安。这宋大王陷身水泊，原非其志；一闻招安，满心欢喜，以为改邪归正，可以报效朝廷，以补前过。虽有心腹再三劝他，他只不听，故受了招安，归顺朝廷，因将梁山泊一个虎狼之穴，弄做一个渔钓樵牧之场。所以我与樵友在此叹息。"

燕青因又问道："为盗乃犯罪之人，得降敕招安，便是美事，老丈为何又与樵友叹息？"老者道："得降敕招安，固是美事。但恨朝堂之上，有蔡、童、高、杨弄权。朝廷虽赦，他们却不肯赦，所以令人叹息。"燕青道："朝廷既明明降敕，难道他们敢将他众人杀害么？"老者道："明明杀害，虽是不敢；暗暗杀害，却怎防得？况朝廷孤立于上，哪里有许多眼睛来看他，哪里有许多耳朵来听他，只好白白送却性命罢了。"燕青笑道："我想宋大王这班人，做过事业，谅非庸懦无用之人。若说朝廷明明杀害，自应无说；若说奸臣暗害，这班人如狼如虎，怎生害得？只怕还是老丈的过虑。"

老者道："怎么是我的过虑？这宋、卢两大头目，已有人传说，俱被奸臣害死了。我们所以在此叹息。"燕青道："老丈既知其被害，可知是怎生样被害？"老者道："说起来做奸臣，原有一种弄奸之才。他矫诏说是念宋江、卢俊义征方腊有功，诏卢俊义入朝赐食，却在饮食中暗暗的下了水银；一时不觉，归到半路，水银下坠，跌入淮河而死。又遣官赐宋江美酒，却在酒中下了毒药，宋江饮之而死。此系明明之事，怎说是我的过虑！"

燕青听了这信，暗暗吃惊。因也假叹息了两声，遂别过走开。暗暗思想道："此老之言，若说不确，却说得详详细细，皆有指实。若说是实，则宋公明哥哥与我卢主人，做了一生的英雄好汉，若明正其罪，便受一刀之痛，也还甘心；怎肮肮脏脏、糊糊涂涂，为奸人所算，死于非命！这却怎生气得他过？但想他们，何仇于宋、卢二人，而行此诡秘之计？只怕此信，老者得之传闻，也还未确。我总清闲在此，何不前往楚州、庐州去探问一番，便知端的。"

算计定了，遂转身晓夜奔驰。奔到近处，不消打探，早已有人纷纷叹息，共传其事，与老者所说一样。燕青到此，眼见是真，只急得满肚皮小鹿儿在心头乱撞，却无一人可以告诉，一团冤苦，唯有自知。因又访知葬在蓼儿洼，遂悄悄走到坟上哭拜于宋江坟前，道："我当初分别时，就知奸臣在内，岂容功臣并立？何等苦劝哥哥与主人，全身远害为高。主人与哥哥并不垂听，只思尽忠报国，感动主心。谁知今日无辜饮恨吞声，死于奸佞之手。天高日远，一腔忠义，凭谁暴白这般冤情。我想你在九泉之下，岂肯甘心！我燕青欲待为哥哥报冤雪耻，手戮奸人，又恨此时此际，孤掌难鸣，只好徒存此心罢了。"

哭拜罢，起身四下观望，却又见旁边有两冢。再细问人，方知是吴用、花荣缢死于此，故就埋葬两旁。因也哭拜了一番，道："人谁不死，二位哥哥这一死，却死得大有义气。也见得我辈弟兄，绝不以生死异其心。我燕青今虽遨游于此，无人能奈我何，然揆之兄弟情分，众皆丧亡，我独保全，终属偷生，岂志士之所为哉！倒不如也学吴军师与花知寨，殉死于此，方觉于心无愧。"遂在腰间解下一条大带来，欲要缢死树间，以全情义。忽又想到："我今一死，亦有何难。但死得不明不白，未免九泉饮恨。怎能得一高人，问明了我哥哥这一死，还是水泊中造恶过多，理该一死；却还是改邪归正，又出死力，功足偿罪，不幸遭奸人之害，含冤负屈而死耶？若能说个明白，便死也死得快活。只苦当今之世，没个高人可问，却将奈何？"

因又低徊了半响，忽想道："此事也难问外人，我一百单八个弟兄，尽皆东零西落，死亡殆尽。我想公孙胜哥哥当日先去，他定然还在；况他又有些学识，何不去问他一声，或者有一个明白。"因又想道："明镜能鉴形察影者，盖立身于形影之外。公孙胜哥哥虽然高明，但恐他身在劫中，岂能知劫外之事？"因又低徊了半响，忽然有悟，大笑道："我燕青怎聪明一世，却懵懂一时！现放着公孙胜的师父罗真人，乃当世神仙；况宋公明哥哥曾拜见过他，他已悉知其事，我怎不去求问于他，讨一个真实消息，却在此胡思乱想。"一时想定了主意，便拜别三坟道："不是燕青舍不得性命，贪偷一日之生；只为要问个明白，好与哥哥到地下来同乐。"

拜罢，遂潜离了蓼儿洼，径取路往蓟州而来。不日到了蓟州，细细访问公孙胜的住居。原来此时公孙胜的母亲已死，公孙胜辞归之后，便不复家居，径随着师父罗真人在山上修真养性。燕青再三寻访，并无踪迹。因又想到："公孙胜哥哥既脱离尘网，留心向道，自埋名隐姓，不近凡人，踪迹难访。何不径到二仙山紫虚观去见罗真人，我公孙胜哥哥的消息，自然晓得。"

想定了主意，遂志志诚诚斋戒了三日，投二仙山紫虚观而来。来便来了，因无人引进，心下还馁馁的，恐怕罗真人不容他相见。不期才转过一带长林，忽林子中走出一个人来，道："燕贤弟来了么？"燕青见有人叫，忙抬头一看，不是别人，恰正是公孙胜，便满心欢喜，急上前相见，道："我燕青哪里不寻哥哥，并无踪迹，谁知却在这里相逢。不知哥哥还是无心撞见，还是有意来迎？"公孙胜道："适才在观中随侍本师，本师趺坐观空，忽然对我说道：'你结义的燕兄弟要来见我，你可出去接他人来。'故愚兄在此伺候，不然愚兄何以得知？"

燕青不禁吐舌说道："真是神仙！我此来必要问个分晓。"公孙胜道："贤弟高识远见，已为天外冥鸿。更有何事关心，特若远来见本师？"燕青道："据哥哥这等问我，想是宋公明哥哥与我卢主人近日的事还不知？"公孙胜道："我自从谢了世缘归来，只日侍本师，连观门也不出。宋、卢二兄长做官的事，我哪里晓得？近日又有甚事，贤弟可细细对我一说。"燕青见问，便忍不住大哭起来，痛说道："宋公明哥哥与我卢主人，我当日怎般劝他，他只认定人不负我。谁知竟被蔡、童、高、杨设计，暗暗害了性命！"

公孙胜听说，吃了一惊，也不觉堕下泪，说道："原来二位兄长遭此大变。但他二人已为臣子，又系有功之人，奸臣怎生加害？"燕青含泪将赐饮食下水银，并赐药酒与宋江，宋江转以酒药死李逵，恐他生乱，及吴用、花荣缢死之事，细细说了一遍。说到伤心不胜，又大哭了一场。哭罢，因又说道："不然我也拼着一死，相从二位哥哥于地下。只因他二人这一死，不知是恶报该死，特假奸人之手；又不知是已经赦宥，罪不应死，苦为奸人所害？若是恶报该死，便当含笑受之；若是罪不致死，而暗遭奸人之手，则此仇岂可不报！因再三思想，不得明白，故特远来，要求真人示个端的。"公孙胜听了点头道："这也想得有理。本师既已知你到此，又叫我来迎，定然有个主见。我与贤弟可快去拜问。"

说罢，遂相引着同入观中。先自去禀真人道："弟子奉法旨，已迎燕弟到此候见。"真人道："可请过来。"燕青闻命，忙走至座前，哭拜于地，道："弟子燕青，只为弟兄情义，不忍见其死于非命，痛入骨髓，不知还是宿孽当受，不知又是数命应该？祖师具天人冰鉴，自悉其中来去，特来恳求，万望指迷。"

罗真人忙叫公孙胜扶他起来，说道："燕义士请坐，待我与你细说。"燕青领命，坐在旁边凳上。真人说道："大凡天道，有个循环，气数有个劫运，国家有个成败，善恶有个报应，一一察来，不爽毫厘。其间生忠生佞，或为国，或害民，往往触怒人心，以致生变作乱，不一而足。从眼前所见所闻看来，虽曰人事差池，若就大头脑算来，实皆国家之败运与气数之劫运使然也。譬如大宋当兴，自生出太祖、太宗仁圣之主来，创成帝室。当时岂无魔业，但圣明在上，便自然消散，到了后来败运，又恰当劫数，故生庸主，洪太尉放走了妖魔；蔡、童、高、杨奸臣妒贤忌能，将一班虎狼好汉都驱逐于水浒中，以造就国家之衰败。虽众义士以'忠义'为心，欲'替天行道'，然弄兵水浒，终属强梁。亏得后来知机，改邪归正，纵有十分过恶，已消八九。况又荡平三寇，款服一方，尽忠报国，其功足以谢罪。若有贤臣当国，优礼用之，一场冤怨，俱消散矣。无奈国家之前劫虽消，而后劫尚隐伏于未起，故不得不借奸臣屠戮忠义，以酿后患。此宋公明众义士所以遭其暗害，重结新冤以为后劫者也。莫说宋、卢二义士身受其害，自然造成劫数，就是燕义士这等愤愤不平一段激烈之气，亦是劫数中的种子，何况于他！"

燕青因又问道："奸臣造恶，转成劫数；劫数之灭，不祸于国，即殃于民，却于起衅的奸臣无损。这样天理，不几漏网？"罗真人道："怨气不消，造成劫数，此气数操其大纲耳。至于细小奸人，今日算人，异日受人之算；今日害人，异日得人之害。此又善恶之报应也，如何得能漏网？须知劫数自劫数，报应自报应；又须知劫数中亦有报应，报应亦有劫数。此天理所以昭彰，天运所以循环也。"

燕青听了，方豁然大悟，又拜伏于地，道："燕青愚昧，不识仙机，感蒙祖师指示，一旦了了，始知宋、卢众弟兄虽死于奸人之手，实劫运尚未曾消完。今始知奸人虽弄权肆恶于而今，终必改头换面，受恶报于异日。天理既不爽毫厘，人心又何烦过激。燕青自兹以后，当安心从众弟兄，再托生，以完劫运，以报奸仇矣。但不知众弟兄异世浮萍可能复聚？"

罗真人道："鸟自投树，鱼自归渊，气之所致也。一气而来，自一气而往，怎么不能复聚！但一百八人中，阵亡者已应其劫；坐化者自归其位。今后聚者只不过受职被屈及辞去忧闷而死这班人耳！今各已托生人世。就是我弟子公孙胜，虽云修道，劫亦未消，也要去走遭。"

燕青听了，暗暗屈指一算。因说道："将来几人既能复聚，弟子前日过梁山水浒，见其山枯水竭，树木凋残，恐不能复兴忠义。"罗真人道："生一豪杰，自生一灵地，以发其迹。天下皆水，是水皆浒，何定于梁山一泊？"燕青说："水浒若不定限于梁山，则前差后别，恐失本来。"罗真人道："斗转则星移，朝廷尚不能世守于汴京，水浒安可认定梁山？当日一百八人，是应罡煞；近日吾见二十八宿与九曜，俱已沉晦失度，将来几人，魄应罡煞以消冤，气应星曜以应劫。到了冤消劫尽，魄聚气升，罡煞原是罡煞，星辰仍是星辰。燕义士淳谆叩问，自是有心人所为。但天道难知，即闻之而天机亦不敢尽泄。义士但略识其大意可也。"

燕青听了，因又问道："天机固不敢尽泄，但弟子情深，尚有不尽之请，望祖师慈悲指引。"真人道："燕义士还有甚言？"燕青道："这几位弟兄，祖师说已托人世，不知弟子此去天涯海角，可能亲见得一二人否？"罗真人点头道："真情重也！吾今有四句偈言，汝当记之。"因说道：

　　有妇悲啼，在于水溪；
　　怀藏两犊，卢兮宋兮。

真人说完，遂唤公孙胜近前，暗说了几句，道："你今送燕义士下山，完却前因，来寻后果可也。"二人遂拜谢而出。公孙胜因留燕青到小房中，以叙久阔。只因这一叙，有分教：

　　求福招愆，因贪反失。

不知后事如何，且听下回分解。

第二回

寄远乡百姓被金兵　柳壤村杨幺梦神女

　　话说燕青、公孙胜，拜辞了罗真人。公孙胜邀请燕青到自己小房中，即使道童收拾了几种蔬菜，又打了几角素酒，不一时安排好了，与燕青对酌。燕青只将罗真人这些言语在心上细细推求，因对公孙胜说道："真人这些天机，俱已问明了然。只是说大宋不能保守汴京，若是大宋已绝，奸臣随灭，说我弟兄异日复聚，不知与谁为仇？只这句话，方才不曾问明。"公孙胜道："这种天机，本师曾与愚兄说来。当日本师入定多时，到了出定，我便问入定许久必有见闻。本师道：'因朝见上帝，适值当今徽宗欲求长生，做了一分醮事，有表上达天庭。符官不敢进呈上帝，命我呈送御前圣览。不期表内有"噢苦噢亏"，误写了小"吃"字，诸神奏责其不敬之罪。上帝原其心，必非有意，因准增其寿数；又查他国运，使他父子去国三千余里，准其罪愆以应劫数。'彼时愚兄听了，忙问道：'上帝既定了宋徽宗父子罪案，则天下非复大宋，不知将来又是何姓？'本师道：'他的国运尚久，虽失汴京，亦不就亡。'今本师说后来劫数，报应循环，在此时也。"燕青听了方觉快畅。到了次日，因真人昨已命他下山，便不敢复见，遂要起身。公孙胜亦遵师命，遂一同下山，便一路闲行缓走，各自留心。行了数日。

一日，正行得饥渴间，只见前面一带垂杨，淡黄半吐；高低村舍，傍水依山。二人见了不胜心喜，忙走入村来。果见村中风景，只觉与他处不同，遂寻了一个洁净素酒店中走入。主人便来引他二人到一窗下，用手推开，一时满堂俱明。将酒菜放下，二人举杯对酌。因见窗外溪湖明净，竹筠清幽，满心欢喜，饮了半晌。争奈燕青只将往事重提，不由得彼此不感伤一番。

忽抬头，见溪湖那边有个妇人，在那里不胜啼哭。二人见了，心知有异，暗暗吃惊。忙立起身，打发了酒钱，急忙赶到湖边。再一看时，只见那妇人，怀藏着两个婴孩，在那里儿啼母哭。二人看明，燕青近前去问道："你这妇人，为甚向水这般啼哭？莫非有甚冤苦，要做短见么？"那妇人见有人问，只得含泪说道："小妇人不幸前月坐产，生下这两个冤家，被丈夫埋怨。因受气不过，只得将他抱来，要抛弃水中淹死。走便走了来，却又一时割舍不得，故在此痛哭。"

燕青听了，惊问道："敢是这两个孩子，不是你丈夫亲生的么？"妇人听了，只得说道："怎么不是亲生的！却有个缘故。只因生这两个孽障时，有两团黑气冲滚入房，一阵昏迷腹痛，不一个时辰，前后生了下来。谁知黑气未散，在满房中旋滚，忽然冲出火烟。我丈夫忙叫失火，我只得将这两个孩子抱出。不一时，将这几间草屋烧得干净，便埋怨他命不好。又不期自从生下，只昼夜啼哭；睡在竹筐内，常有人看见出怪相。人便指说是妖魔，日后养大，必要妨害爹娘。我丈夫一发不喜欢，便要弄死他，是我不肯，只与我合气。也只说他啼哭有个了时，谁知已过满月，只啼哭得日夜不停，连我也厌烦起来。今早又惹了丈夫的气，故此一径抱来，要将他俩丢入溪中。却又见他俩五官俱足，声音洪亮，不像是个妖魔。因想起怀胎苦楚，指望日后靠他。若将他淹死，便是无望，不得不哭；又见他一递一声的，又不得不恨。一时正在两难，不期二位走来，便俱不哭了。"

公孙胜听了，暗暗惊喜，上前说道："我是二仙山紫虚观罗真人的弟子，有传授真言，已晓得该遇着你母子三人。你今抱他过来，我将真言与他忏悔一番，包管他从今家去，再不哭了。"那妇人听了，不胜欢喜，遂走近身来。公孙胜用手在这两个孩子头顶上抚摩，说道：

烧茅屋，出母腹，思念生前三十六。真人已说妙机关，洞庭可作梁山筑。算来该是十八变，纷纷攘攘中原逐。公孙劫数未消清，多却一人做头目。逞豪强，冤可复，消劫功成尊武穆。我今说破去成人，莫似前番昼夜哭。

公孙胜念完，只见这两个孩子，哑然嘻笑，一时手脚俱动。那妇人见了不胜欢喜，连忙拜谢。此时燕青只看着两个孩子，欲言不能，欲泣又止，只得忍着，问道："哪一个是先出母胎？"妇人指着左边的道："这个是先养的，就叫他妖儿，那个就是魔儿。"燕青又问道："你丈夫叫什么？这是什么所在？"妇人道："我这里是河东境内，地名寄远乡。我丈夫是养奎刚，我母家姓鞠。不期今日有缘，遇了师父，止了孩子啼哭，不致淹死，恩德无穷。我家离此不远，请二位到家，叫我丈夫拜谢，款待一斋。"

燕青、公孙胜已晓得妖儿是宋公明，魔儿是卢俊义，俱各改头换面，托生在此。公孙胜见燕青只看得痴痴呆呆，因说道："你我万幸，已得真人指明，须去各寻归着，休得在此停留。"因对妇人道："我二人有事远去，改日来吧。"那妇人又拜谢了一番，欢欢喜喜而去。

公孙胜同燕青又行了一日，方洒泪分手。果然在数者，岂能长久？二人过不半年，早已托生，以完前案不题。

只说这妇人，抱了这两个孩子，千欢万喜回家，与丈夫细细说知。养奎刚果见不似前番哭闹，夫妻无话，抚养下去。

真是光阴迅速，岁月如流，不觉早已过了四五个年头。不期这年金兵突入内地，使西北一带地方人人逃避。你道为甚缘故？原来去年三月朔，徽宗视朝，受诸官朝贺毕，因说道："朕自数年来，邦家多故。幸赖卿等谋略，昔日招抚了宋江等，削平三寇，征服大辽，社稷得以粗安。但迩来外消内乏，家国空虚，每忧不足。不知卿等有甚高见，佐朕理财，以舒国用否？"诸臣听了，俱默然莫对。只见司空童贯执简出班，伏地奏道："陛下言及于此，实欲富国强兵，而为英主，是社稷之幸也。臣有愚见，伏乞听纳。"徽宗见是童贯进言，不胜欢喜，道："贤卿妙论，必是高人。赐卿平身，可细细奏来。"

童贯谢恩起身奏道："国家患财不足，须求大纲大本，则财自裕。昔日太祖定鼎汴京，弛张西北；太宗继武，削剪东南；真宗北伐，直逼契丹，不意为王钦若忌功罢兵，许契丹请盟，定主和议，约为弟兄，遂解兵归；仁宗仁柔有余，契丹悔盟，遂议婚纳币；英宗好儒，只图苟安；神宗误信安石；哲宗追贬正人，以致契丹日强，自称大辽，累年征索，岁岁纳输四十万，致使家国空乏；实起于真宗，相沿至今。臣言大纲大本，莫若平辽。平辽，则得我国之金银，仍归我国。年无输纳，则不富而自富，财不充而自充矣。不知陛下以为何如？"

徽宗听了，又惊又喜了半晌，因说道："贤卿妙论，实有经济。但朕思昔日宋江等骁勇伐辽，亦只受辽输服而已。今宋江死后，迩来侵扰，依旧纳币。卿言平辽，诚恐匪易，不知卿曾有主见么？"

童贯又奏道："昔日宋江等不尽灭辽者，是恐敌国尽，良臣亡也，这是宋江贼肠。今臣实有平辽之策：今女真每受大辽侵害，陛下假臣一旅之师，由登莱下海，暗与女真定盟，出其不意，共灭大辽，申彼宿愤，必感我恩。陛下再以恩威结之，则西北一带尽归陛下，当一统山河，世世安如磐石矣。"

徽宗听了，便以目视蔡京、高俅、杨戬道："尔等认为何如？"三人齐声谀奏道："童贯妙计，自能建立大功。机不可失，乞陛下准其请。"徽宗大喜，遂以童贯为大元帅，高俅为副帅，蔡攸为赞理参军，克日出师。时有朝散郎宋昭力谏道："辽不可伐，女真不可结。异日女真必败盟，为国家之患。"徽宗不听。

不日，旨意下来，谁敢不遵！童贯即一面点选兵将粮草，不日齐备，然后辞朝。从登莱下海，与女真暗结，从大辽腹背后杀来。探马报入幽州，即遣人迎战，果是势大难敌。辽主知不可守，遂同萧氏出奔，女真与童贯遂得幽州。女真乘胜尽得辽地及西北一带，遂背初约，夺童贯、高俅兵权，将宋兵编入队伍，不许一骑南归，便自称帝，国号大金。

一日，对童贯、高俅、蔡攸说道："金有功于宋，共灭大辽。我今将高俅当质，放汝二人回南，传与宋主酬金大功，便将幽州一带地方交还大宋，金自归本国。你二人回去，可能主持么？"二人极力应承道："若蒙金主放我二人回南，必劝当今竭尽库藏，来赎幽州。"金主大喜，遂遣二人南归。这些消息早已传遍汴京；蔡京见儿子失陷，十分着急，早已忧郁而死。

不一日，童贯、蔡攸来朝，将金主之言奏闻。徽宗见奏，惊喜相半，遂集群臣会议。只得集至百万，来见金主。金主不悦道："往年宋纳辽为定例，今将辽地归宋，岂只得百万而已。"遂不肯允。童贯又一力主持，遂搜刮民间富户，得一百六十万，纳与金主。金主受纳，遂将幽州城中子女玉帛、官职富庶尽皆迁徙，只留空城退还了宋朝，放回高俅。高俅回到半路而死。

金主已蓄大志，又见天象有征，次年举兵入内，遂议纳金主一百四十万为定例，方才退兵。宋朝臣子皆归怨童贯，童贯不胜惧罪而死。杨戬一时孤立，亦不久身亡。

只这番衅动，各处皆有盗贼作乱，渐渐乱到寄远乡来。养奎刚只得领着鞠氏，抱了两个孩子各处逃难。一日与众躲避在树林中，忽被一队乱兵赶入，逢人便杀。众人见了，一时父南子北，弃的弃，逃的逃。

这养奎刚夫妻四人正在一处，忽被兵马赶到面前，一时魂胆俱消，急忙逃奔。鞠氏手快，只抢了妖儿逃走。众兵便抢包裹，各拴驮上马而去。内中一个老兵，见有孩子在地上哭泣，便用手拎他起来一看，见他生得红白，因想了一想，夹着孩子翻身上马而去。这鞠氏抱着妖儿,同着一起妇人逃奔,不期被人紧紧追来。鞠氏十分心慌,手中又抱着孩子,百分吃力;又见追兵渐近,到了此时怎顾得儿女,只得硬着心肠将妖儿丢在田埂边,转身往斜刺里逃躲而去。

这妖儿忽被母亲丢下,见有几骑马泼风也似赶来,便不敢哭,忙将身子伏在岸侧,紧闭双目。耳中只听得马蹄"扑剌剌"奔走过去,他便气也不喘。伏了多时,才立起身来坐着,要等个人来,直等到日落也没人走。渐到更深,方才心慌,又想起爹娘,便自哭泣。

哭了半晌,忽见前面月影下,有三四个人走来。见有孩子哭泣,因说道:"这孩子失散了爹娘,晚间在此怎得存活?"便立住问道:"你家住在哪里?"妖儿道:"我也不知什么地方。"众人又问道:"你父母在哪里去了?"妖儿道:"我也不知走到哪里去了。只被人冲赶,娘将我丢在这里。"说罢便自哭泣。

内中有个说道:"这空野夜深,狐狸、野猿俱要出来迷蛊人。这孩子怎禁得起?不如我做好事,带他到前面有人家的所在,与人收留,使他爹娘日后找寻去。"便用手来扶,妖儿即便立起。那人见他只有四五岁模样,遂背驮上肩,随众人走了多时,那几个俱是近处乡人,各自分散。

这人又背走了多时,方走入一个村中。要寻人家借宿,谁知村中俱被乱兵残破,并没有人在内。连看几家,俱是一般。只得走进一家,将孩子放落在地,卸下包裹,取出些干粮,与孩子同吃;又去寻些乱草与孩子同睡。幸喜这孩子跌倒便睡着,因想道:"我带他来要寻人托寄,谁知无人可托。若是依旧将他弃下饿死,岂是我方才带他来的念头;若要带他同行,一时路远,又值此离乱之时,如何走得?"因想了半晌道:"他今不知父母家乡,我今无子,不如收留家去,做个儿子也好。"

想定了主意,便自睡着。天明起来,将这孩子细看,却生得唇红齿白,面圆口方,不胜欢喜道:"此子日后必有些造化。"遂推醒了他,同吃了些干粮,将他依旧背驮,取了包裹。自此一路藏藏躲躲,到了兵马不到之处，才敢放心慢行。

遂一路往南，到了通水之处，又雇船而行。不一月间，早到了湖广岳阳府上岸。带了孩子、包裹，出城十四五里，到柳壤村来。正走间，有个熟识人见了，拱手道："杨得星回来了么？去了几年，倒生了儿子回来，却是恭喜！"杨得星见是邻右，忙拱手道："久别老兄，多应纳福，可晓得家下平安么？"那人道："宅上平安，只是近闻北方乱信，尊嫂却是记念。"杨得星遂别过到家。

一时夫妻见面，不胜欢喜；又说出这孩子的缘故，劳氏听了大喜。因问这孩子道："你今年几岁，叫什么？"妖儿道："我今年四岁半，人说是有妖气，就叫是妖儿。"杨得星听了，笑道："我一路倒不曾问你名字。怎好好一个人，有甚妖气。我今另叫你一个好名。"妖儿道："旧名听惯，新名却听不惯。"劳氏道："他是北方生长，性子直，只索由他罢了。"杨得星道："既收留了来家，明日大了，也不便写出个'妖'字来。"

因想了半晌道："他既听不惯新名，不如将'妖'字改了'孤幺一点红'的'幺'字吧。我今无子，得他一点'孤幺'也是好的，只叫他杨幺吧！"遂使他拜了自己，又拜了劳氏。杨幺只嘻笑拜完，遂同入内。这杨得星一向在北生理，这年因乱收拾了本钱来家，家中尽可温饱，不知不觉过了三四年头。

这年杨幺已是八岁。终日好玩好动，同着村中一般大的孩子结伴打伙，劈竹做了弓矢，又削木做了刀枪。不在屋后，便去山僻处，同众孩子作厮头耍子。他又恃强出尖用力，众孩子俱让他三分。杨幺对众说道："我们本村不好欺负本村，莫若寻别村人放对，较些输赢。若同我较赢了回来，便取些果点来赏赐你们。"

众孩子听了俱各欢喜。便先着几个去说知，别村中的孩子便也在那里准备，到山僻中处来，与柳壤村孩子不是上前抱腰撅扑，便是摆了队伍作战斗。这边打输了，迟一日定去报复；那里输了，也要来寻人出气。时常吵打在一处。村中人见了，便也来看他们赌斗耍子。因见杨幺出尖跳跃，众人俱喝彩，已非一次。

一日，玩到一个古庙里来。玩了半晌，杨幺觉得一时困倦，便对众孩子说道："我这会有些身子困倦，你们在外去玩，我在这庙中睡一觉儿，再同你们玩。"众孩子便自出去，杨幺见旁边有堆乱草，只伏倒便睡。

不期才睡下，便有人来扯他道："娘娘请你去说话，可同我来。"杨幺即起身跟走，忽抬头见一位凤冠帔服娘娘坐在上面。杨幺见了，慌忙下礼。那娘娘忙使侍女来搀扶，因说道："尔小子生前忠义；今上帝又赐汝托生，以完宿孽。我如今授汝神技神勇，以合天心。"遂叫侍女赐茶。

杨幺接来，见茶内有一赤红小枣，便一口吃咽下肚。才吃下去，不觉满腹中骨碌碌乱响，浑身上筋骨皮肤爆涨得酸疼难忍。杨幺只攒眉闭眼，不敢声张。过了半晌，方才平复。娘娘即使旁立十八位将军教授杨幺武艺，又使人入内取出一杆九尺长的大棍来，递与杨幺。杨幺见棍重大，不敢来接。娘娘笑道："这棍赐你，上有天机，日后自然晓得。"杨幺方敢接来，觉得甚轻。遂教他使得纯熟。

杨幺正欢喜间，忽外面有人来报道："上帝遣武曲星临凡，着娘娘领去。今日今时降生河南汤阴县岳家为子，已送出天门来也。"娘娘即立起身，众将簇拥而去，杨幺不胜惊奇。不期这棍子在手中连连跳动，冲起空中，杨幺见了大惊，突然惊醒。坐在草上细细思想梦中的事，说话事情俱想不起，只得这些武艺并棍法，便惊惊喜喜立起身来。往神座中一看，却见上面坐着的这位女神，倒分明就是梦中的一般，不胜欢喜，忙趴在地上磕头，暗祝道："蒙娘娘传授武艺，异日杨幺得了好处，定当重整庙宇，再塑金身。"

拜完起来，外面孩子俱来扯他去玩。同到空处，将梦中武艺使出来，看众孩子称奇叫好道："你往日没有这些本事，怎么今日这般了得起来？"杨幺含笑道："你们今日既晓得我有本事，如今须不怕人，明日可去叫那些孩子来，让我逐个打翻他。"遂各自回家。杨幺在爹妈面前绝不说出。

到了次日，已约了别村的孩子来，与柳壤村孩子打斗。却被杨幺赶上，直打得五花迸裂，个个逃奔。也有打肿了嘴的，也有打青了脸的，俱哭哭啼啼，奔回家去告诉父母。父母见儿子被打得恁般嘴脸，俱气愤愤的赶来。有的向杨幺身上打来，有的在杨幺头上凿栗暴，一时嚷骂，俱围住不放。杨幺只笑了一笑，道："赶人不要赶上，欺人不要过火。我今不动手，是让你们年尊，面上不好冲撞；若再没道理，也就莫怪！"

众人听了一发恼怒，喝骂道："你这个吃饭不知饥饱的，倒会说大话，怪不得恃强打坏了人家儿子！我且欺你个过火。你有甚本事，终不然打了我们！"说罢便一齐打凿。杨幺勃然大怒，便抡开小拳，踢着小腿，只向人腰肋下、肚腹上唧唧溜溜，指东打西，神出鬼没打来。这杨幺逞神技，打倒乡人。那些众人一时被杨幺拳打脚踢，实招架不住，俱跌跌倒倒。遂又气又恼，只躲闪着嚷骂，便有的惊奇称赞。

这本村的孩子看见大人赶来打骂杨幺，恐怕连累，俱奔回家去，便有的去报知杨得星。杨得星听了，连忙赶来。见杨幺还在那里行凶，便喝道："杨幺不得无礼！"杨幺正打得热闹，忽听见父亲来喝，忙住手立在一边。众人便来告诉杨得星，打伤了人家儿子，今又打坏了大人；有的称赞不但有力，只脚起拳落，实是有人传授，明日大了，便了他不得。杨幺在旁说道："父亲不要信他，只有大人欺负孩子，哪里有孩子倒欺负大人！"杨得星又喝住了他，忙向众人赔罪。众人看他面上，各自散归。

杨得星夫妇究问杨幺本事何处学来，杨幺只得将梦中神授缘故说出。二人听了，俱暗暗欢喜。却恐他在外生事，便商议要送他学中去拘束他。只因这一送，有分教：

　　道长皆由否泰，阳春应是复来。

且听下回分解。

第三回

小阳春骑虎识英雄　游六艺领众闹村市

　　话说杨幺打伤了孩子，又打了大人。再三问他，方晓得在九天玄女祠中，神授诸般勇艺，知他后来有些好处。因恐他在外生事，过不多日，遂将他送入学中。
　　教授见他这个"幺"字是个肖小气象，甚非大雅端庄，欲要更改；因是旧名，不便改得，只得替他取了一个美号，叫他是"道长"，使他日后成君子气象。谁知这杨幺是厌文喜武，另有一种见识，不在书中得来。坐了些时，便坐得不耐烦。在学中推说家里有事，家里便推说在学中，只等他有时玩厌了，方走入学来认识字句。后来杨得星晓得了，几次要责治他，却见他性格生成，且尽孝礼，遂不十分苦叫他读书，由他适性。
　　不觉过了几年，已长到一十六岁上下，果是不凡。你道他生得怎个模样？但见：

　　　　身材八尺，膀阔三停。丰姿光彩，和蔼处现出许多机变；声音洪亮，谈笑来百种惊人。孝悌忠信出于性灵，礼义廉耻根于宿慧。爱的是济困扶危，喜的是锄强去暴；结的是我为人可以替死，识的是人为我亦可忘生。上关天意，处处闻名拜哥哥；下应循环，在在得人作弟弟。从今杀的是在劫，将来戮的是前仇。生前懦弱受制于人，今日刚强敢云畏死！

　　杨得星夫妇见他长成得这般，十分欢喜，便想要与他议头亲事。杨幺只苦苦推辞，自去打熬气力。见人不平便肯相助，见人患难便肯相扶，人俱称他是"楚地小阳春"。自此渐渐传开，常有人来拜访。柳壤村人个个喜他爱他，若遇有事便来寻他商量做去，再不吃人亏苦，又称他是"全义勇杨幺"。一时远近闻名，俱来投托，杨幺无不尽心尽力替人周全排解。

　　又过了多时。一日春天，杨幺因在家无事，遂走出村中，路遇着别村中五六个熟人，到城中岳阳楼去眺望。原来这岳阳楼就建在府城上，面临洞庭大湖。湖中天水相连，弥漫八百余里，中间有座君山峙立。昔日吕纯阳曾在楼上饮酒，人俱不识，以此相传。四壁皆有名人题咏，是楚中第一胜地。凡有过往士商，到此无不登楼，赏玩饮酒。

　　杨幺同众人走入楼中，只见四面挂起吊窗，许多人在窗前饮酒。就有一班寻趁粉头在那里赶钱唱曲，甚是热闹。杨幺遂拣了一副座头，邀众人同坐。众人一时不肯就座，杨幺因笑说道："我杨幺带得有银在此。实不相瞒，家中一年讨不得几次爽快，今日到此，做不得个请客伴主么？"

　　众人听了，方才放心坐下，酒保便来照会。杨幺道："你店中有的好酒好菜只管搬来，不必来问。"酒保去不一会，便来摆满了一桌。杨幺不嫌肴馔精粗，见酒杯甚小可嫌，因递与酒保道："你去换大杯来吃。"酒保晓得量好，便去拿了几个大赏杯来，杨幺方才欢喜，取壶筛奉众人吃了一巡。众人不好意思，各争取壶来筛奉。杨幺笑了一笑，便不复自筛，让众人筛来便吃。吃了半晌，众人见他量好，陪他不过，各讨了小杯来陪他。杨幺只放开襟与众人说说笑笑，看了一回水色山光，望一番城内烟爨，吃得十分快活，十分兴致，已有了七八分酒意。

　　忽见店主人走入，向酒保说了几句。不一时，各座上吃酒的并寻趁诸色人等，俱陆续起身，几个酒保各将四处吊窗尽皆掩上。杨幺见了，不胜怪异，因唤过酒保发话道："你这人好没分晓！在这楼上饮酒，只不过贪爱湖山，供人开爽，怎么日色尚不曾落便就关闭得黑魆？莫非嫌我们吃酒，赶逐起身么？"

店主人在外听了，忙走来说道："大郎不要错怪了人。往常这楼上吃酒的，任你三更半夜，本地、过客并无忌惮，在下生意十分兴头。不期近日晦气，忽湖南没过一只黄色斑斓猛虎，来岳阳城内到处伤人。亏得本府相公着人挨家鸣锣击鼓，昼夜赶逐，方赶得出城外，便大张告示：'着居民人等、酒肆茶坊未晚关门，不许留人饮酒。'这些吃酒的晓得就里，便俱回去，故此下了窗格。大郎若住得路远，也只起身去吧！"众人听了，尽皆慌骇，俱立起身来，对杨幺说道："我们回去甚远，不是耍处，只回去吧！"

杨幺见众人俱各惊慌，因对主人说道："既是恁般，可再打几角酒来，我吃了好回去。"酒保即去取了四角酒来，杨幺叫众人同吃。众人听了这信，哪里还敢吃酒。杨幺笑了一笑，遂自连筛连吃。不一时吃完，已有十分酒，便起身还了酒钱，同众人出门。果见街上行人稀少，家家渐渐关门。众人担着老大干系，俱埋怨吃酒耽迟，如今怎么好。杨幺只醉眼模糊，说道："不妨，不妨！这城内人吓破了胆，贼去关门。虎已去远，怕它怎的！你们只跟我来。"遂踉踉跄跄一齐奔出城外，早已日落西山。

走不三五里，忽见前面有一个人号啕大哭。那人道："不要说起！我方才同妻子在田中回来，不期一阵风起，被那天杀的大虫将我妻子一口咬去，此时正在那里咬嚼得血出。叫我怎不伤心！"说罢一路哭去。众人听了，俱吓得面如土色，道："杨大郎可曾听见么？我们不如回去寻个人家宿了，明日回去吧。"杨幺道："你们不回去也使得，我父母在家悬望，从不曾在外过夜，好歹要回。"一面说，一面只低头便走。众人见他执意，遂不强他，各自回身转去。

杨幺走了半晌，却不见后面有人走动。回头一看，方知他们不敢行走，便也立住了脚道："天已昏黑，我一人实不便行走，不如也回去同他们住吧。"才要转身，因又想道："我方才不合在他们面前说了定要回家的话，如今转去，岂不被他作笑我是胆小的人？况且这虎是活的，有脚的，到处可去；又不是死的，没脚的。难道只在前面？我今有了一分酒，须仗十分胆，或者被我闯过去也不可知。"因定了主意，便依旧向前急走，遂一气走了三四里远近。一时走急，酒气只往上泛，觉得有些招架不住，幸喜得心里还是明白，不致跌倒。遂一步一蹶的，将胸前衣服散开，低头慢走。见前面有带树林，中间是条走路，因慢腾腾走来，遂走入树林。

　　正走间，忽听见旁边一高一低的喘声。杨幺听了暗想道："人说有虎，路上难走，一般有人赶不入城，拦路睡倒在这里。莫不也似我吃醉跌倒睡着，倒被虎咬去作点心。何不近前去叫醒了他，做个伴儿走也好。"遂走近一步，在黑暗中低头一看，见一只毛茸茸如黄牛般大的，做一堆儿蹲伏着，在那里喘息。杨幺看明，便自言自语的说道："这是哪一家不小心，失落这只黄牛，睡在这里。若被人牵去，也值百十贯文，又没了耕种替力。何不牵到前面，叫人认去也好。"

　　说未完，忽见这只黄牛直跳起来，跳远几步，将身一抖，大吼一声。原来就是没过洞庭湖来的那只黄斑斓虎。因吃了那妇人，吃得快活，止在树林下喘气歇息。不期杨幺错认了黄牛，对着它说起话来，惊醒了它，直跳起来，大吼大啸。杨幺方知是只大虫，便也大叫一声："啊呀！"只这虎吼与杨幺的叫声，直叫吼得满林树木皆摇，地土尽皆震动。那虎径往杨幺身上扑来。

　　此时，杨幺觉得全没酒意。见虎扑来，忙将身一侧，那虎径从杨幺头顶上扑了过去。那虎见扑不着，即转身又吼一声扑来。此时，狂风直刮得两边树木皆欲刮倒，满地上旋起黄土沙泥，阴惨惨一似神号鬼哭。杨幺见虎又扑过来，忙侧身一躲，那虎又从杨幺头顶上扑过。

不期那虎扑得力猛，去得势重，前面两只脚在地下只顿了一顿，却被杨幺看得亲切，即转身抢进一步，用两手死按住了虎项，腾身骑跨，跳上虎背。那虎被按住头项在地，咬扑不得，遂将这铁棍般的尾巴剪打过来。不期早被人骑在背上，全用不得咬扑剪打，便直蹿跳起来，离地丈余，要将人掀翻落地。

谁知杨幺晓得它要蹿跳，两只手抓紧了虎项，两腿夹紧了虎腰。任它蹿跳颠蹶。那虎见颠不下人来，便着了急，遂直溜溜往前乱蹿乱奔。杨幺只按稳坐稳，紧闭双目任它奔蹿。耳中只听得风声相送，身若云飘，霎时间奔走了几重峻岭，越过了数处山岗。那虎早奔驮得骨酥身软，四肢中力尽筋麻，咽喉内出火，一时转不出气来。"豁喇"一声，连人一齐跌倒，便寂然不动。这杨幺初见虎时酒都吓醒，不期在虎背上高低颠簸摇晃得头脑悬旋，满腹中酒泛上来，险些作吐。正在万分苦楚，忽见这虎百忙里跌伏不动，便随虎跌落下地，一时得了安稳，竟呼呼的伏地睡着。

原来这个所在，离得人家不远，早惊动了合村的犬儿，只朝着人虎处吠叫不了。村中人恐是火烛盗贼，大家起来窃听的窃听，观望的观望，却并不见有甚动静。黑夜，人不敢来探看；见犬只是吠叫，俱不敢便去睡。只守候到东方发白，才有个人来探看，便没命的奔回道："不好了！前面有个活老虎咬个死人在那里嚼吃。"众人听了，俱笑道："你这人敢是眼花。我这里现有三个嚼活人的大虫，哪里还有吃死人的大虫来？若再有吃死人的大虫来，村中一发不宁静了。"

众人正笑说不完，又有几个跑来，与这人所说皆同。便大家惊慌，各回家去取了铜盆、锡旋、棍棒、钢叉，要来赶逐，一齐跑出村来。远远果视有个黄斑斓大虫，蹲踞在地，身边咬死一人，横躺着不动，遂不敢上前。只远远朝着老虎呐喊，敲打盆旋，要吓它到别村中去。谁知那大虫只是不理，赶它不去。此时已闹动了合村人，俱来相助。早有一人在人丛中说道："从来老虎见人，不走即扑。你们闹了这半日，全不见动静，怎不近前去看看？"

众人听了，不敢笑他，只说道："大郎你有本事，便去看来。"那人即脱膊，显出一身白肉，提杆棍棒，舞打上前。到了虎近处，见咬死的人横躺着，不胜大怒。忙用棍棒摇晃，要引这虎扑来。摇晃了半晌，见这虎只蹲踞不动，便赶近前举棍在虎背上尽力一棍，打将下去。"轰"的一声，早惊得杨幺直跳起来。

那人忽见这个死人跳起，倒吃了一惊不小。忙退走几步，大喝道："你这汉子是死的，是活的？"杨幺用手揉眼看明，笑说道："人是活的，虎是死的。"那人惊问道："你怎敢睡在死虎身边？"杨幺笑道："我昨夜同它来时，只道它活我死。谁知今日它死我活，倒也是一番奇事。"

那人听得惊惊疑疑，忽变了脸，又喝问道："你这汉子好胡说，怎敢在我面前扯谎！一个老虎可是同来的么？"杨幺笑道："我杨幺从来一是一二是二，并不会扯甚谎。"那人听了，吃惊问道："你嘴里说什么杨幺，可就是柳壤村神授勇力、仗义结识人的小阳春么？"杨幺道："世上只有我一个，哪里还有第二个？"那人听说果是杨幺，不胜大喜，丢了手中棍棒，纳头便拜，道："哥哥大名，远近皆知。只隔得三百余里，再无缘拜识。今日见面，早则是喜。"杨幺忽见他拜倒，连忙还礼道："我杨幺有何德能，敢蒙豪杰如此！"

二人拜罢起来，杨幺方将昨日同人游饮岳阳楼，醉归遇虎，敌斗骑来，细细说出，道："不期一夜便走了三百余里。这是什么地方？请问高姓何名，却蒙恁般错爱。"此时，众村人见虎死人活，又同着说话，便俱走来。听见虎是这人骑来压死的，尽皆吐舌称奇。

那人方说道："我这里长沙赤亭县管辖，与岳阳交界地方，是合御村。小弟叫做花茂，因有膂力，爱习枪棒，请师传授。一日村中被雷震得一座牌坊将倒，我便一手托定，人就叫我是'小天王'。因结识了两个村中的弟兄，一个是八臂哪吒柏坚，一个铁壳脸吕通，结同生死，各霸一村，欺压强人，个个畏惧。一向有人传说哥哥，不期今日被虎驮来，实是天遣相逢。请哥哥到家去，邀我两个弟兄来拜见。"

杨幺听了大喜道："原来三位是我结识的常况说来，为杨幺羡慕。谁知今日来此，果是奇遇。"说罢，遂一同到家。花茂即使人去报知二人，一面吩咐备酒。这柏坚、吕通忽听得人说合御村来了大虫，两人便约齐了，各执器械赶来。正撞着花家庄人来请，说知就里。二人不胜惊喜，忙入门来，大叫："道长哥哥在哪里？"花茂与杨幺一同接见。二人见了杨幺这般状貌，不胜欢喜道："闻名不如眼见，眼见胜似闻名。"连忙拜倒，称杨幺做哥哥。杨幺慌忙答拜，搀扶坐定。

杨幺将二人细看：柏坚面带青色，吕通是紫脸茬腮，身材俱有七尺以外，虎项熊腰。花茂遂细问骑虎的事。吕通即起身出外，去不一时，挟了这只死虎到阶前来，向腰间抽出刀来，剥褪虎皮。里面已送出酒肴来，花茂催吕通入席。吕通拿着虎皮，笑嘻嘻捧来，道："今日哥哥上座，却也少不得这张虎皮。"便来围在椅上。

杨幺一时不便就座。柏坚道："哥哥活虎也骑了来，只这死虎皮倒不肯坐，什么道理？"杨幺道："乘骑活虎没甚干犯，我一个庶民怎便坐得虎皮？须吃人闲话作笑。"花茂道："如今多少相公大剌剌坐着虎皮，哥哥怎般好人，难道倒坐不得么！"吕通道："哥哥怕什么嫌疑！我这里天雄山一伙强人，俱坐的是虎皮交椅。难道哥哥这般豪杰，反不如他！"杨幺见他三人这般劝坐，只得坐了，四人一时义气相投，欢然畅饮。

饮到中间，杨幺因问道："吕兄弟方才说这天雄山，是哪些豪杰占据？我却不知。"花茂道："这天雄山就在我们这里南去八十余里。山虽不大，却峻险可据。忽来两个犯法人逃入山中，招纳亡命，立起寨栅。先前不敢明做，如今被他招了四五百人，日劫过商，夜扰村落，官府几次禁治他不得。一个叫做镇天雄游六艺，使一杆大刀；一个叫做飞过海滕云，使一柄铁锤，说他本事十分了得。我这里村人俱怕他来嵩恼。我三人时常算计，要与他拼个高低，却不见他们来。想是晓得我们的名字，不敢径来。只前日庄人看见有几个在村中走动，疑是天雄山贼人来探消息，我三人因叫村人准备。今日难得哥哥到来，倘若来时，捆翻他去请赏。"

杨幺道："近日宋室大坏，朝中不用好人，四方盗贼蜂起，常有豪杰义士不得已逃窜山中，避人鱼肉。我想这二人逃来，敢怕也是为此。你们要拿他请赏，如今官府也讨不出好来。若伤了豪杰，倒被人耻笑。不如遇巧处劝他们一番，叫他不要做盗贼行径，做锄强去恶行些义举的事才好。"

三人听了，俱各点头，因又问道："哥哥好名远近皆知，不知哥哥相与了多少弟兄？可对我三人说知，倘日后遇着，便好说出。"杨幺道："我有甚好名在外，更能动人？即或有人下交，但'结'之一字，亦不易言。我杨幺胸存知识，目能辨人：不结见面交，不结势力交，不结暂时交，不结热突交。是以百无一遇，只结得汉阳常况、衡阳何能与今日三位，余非杨幺交也。"三人听了十分欢喜，道："只不知这何能、常况有甚好处，哥哥便结识了他？"

杨幺道："我昔日同父母曾到衡阳城外，有一村名乐道居。我无心走入，见有一起人，非僧非道，俱是儒冠儒服，束带履舃，手中吹打诸般乐器，俱是世人罕见；口中念的也是罕闻。在街上行走了一会，方走了人家屋去。我因看的奇异，遂跟他走入，却见堂中供着一尊不是三清、不是佛祖，却是一个白须老者执圭端拱，面前摆列三牲五鼎，豆食菜羹，旁边停着一具棺木以及祖先神位。只见这些人向着白须老者一齐长跪，手中各拿本经典念诵起来。我看了这些光景，就晓得这家是死了父母，手中淡薄，请不起僧道，央这几个识字酸丁来，学僧道们念诵经典，超度先亡。谁知他们念的不是经典，却念诵的是一部四书。我那时听了，只暗笑不住。见他们念到宗庙，便到祖先处追荐；念到礼乐，便吹打乐器。一时抚琴的，鼓瑟的，击磬的，舞八佾的；孝子有时献觞，有时哀惨。到后来最好看最好听的是赞乡党、叹颜回，又学习孔夫子许多威仪礼貌。我见了这些迂迂腐腐，只忍笑不住；等他们歇息时，遂上前去问他道：'世人死去，因恐在生所造诸恶孽，请僧道念诵经典，减罪超生，不受地狱之苦。今日列位却念诵四书，难道也可以减罪超生，不受地狱之苦么？'

"那些人见我问他，便俱恭恭敬敬的迎请我坐了，说道：'不读诗书，是非尔所知也。我今告汝，可知儒在佛之先，佛乃儒之后；儒言仁义，佛说慈悲；仁义便是慈悲，慈悲便是仁义。今人不能言仁言义，故立佛教说慈说悲。儒有四书，佛有经典。学儒能成佛而为君子儒，学佛不能为君子而为小人儒。儒则无偏无党；佛则有党有偏，无忠君，绝天恩，弃恩爱，少弟敬，缺朋情。拜别人为父兄，寻他人为父子。更有不可言者，这等人要求来世享富贵，受荣华，还要痴想成佛。不知佛在心头，佛是儒成，可真这些缺五伦人去做的？就是这些经典，原是前人做下，就如四书一般，叫人学做好人。做了坏人便蹈王法，受现在地狱。若读熟了这部四书，便能忠，能孝，能友，能悌，能受育。出则为公卿，享荣华受富贵，留了好名，行了仁政；死后便是成神成道，就如成佛一般。便不富贵，便不荣华，若明白了这部四书，存心圣贤，可以免身辱，少祸患。是一部绝大的经典，劝勉世人。所以我们这乐道居人，到临危时，便将四书念与他听；死后丧服中，俱来念诵，使他灵心不昧，保佑他来生，大而为圣为贤，便是成神成佛，小而为卿为相。故此人人读书，家家保佑，养的儿孙不是在朝为官，便是当今才士。'

我听明了，即辞谢出来，因而得遇何能。这何能抱负奇才，口若悬河，人俱称他是广见识。他见宋室君昏臣佞，遂避隐在家，与我八拜为交，谈些时事，十分暗合。订约要来看我，尚不见到。这汉阳常况是个胸存义侠，相与远近。他还对我说，他城中有位邰元，却不曾会过。"

三人听了，十分快活，畅饮了多时，方才罢饮。花茂遂引着杨幺到后面一坐园亭上来,即使人收拾侧首三间小房,安了卧具。柏坚、吕通同杨幺走上亭来,见上面悬着"习武亭"三字,安放许多弓、矢、枪、棍在内,因对杨幺说道:"我三人若闲,便来较些枪棒耍子。"杨幺点头。

到晚,柏坚、吕通各辞了回家。杨幺直睡到五更方醒,因暗想道:"我只说入城游既就可回家,也不曾对爹妈说知。谁知遇虎,幸喜不曾被它伤损,倒得它驮来,结识了他们。只这两夜不归,却带累爹妈,在家不知如何记念,如何着急。若不晓得遇虎还好,倘然那几个人回去,传说我独自黑夜走回,今不见到家,岂不疑我被虎伤命?这一着急,如何是好?我如今一等天明,同花茂到两家去走遭,即便赶回。"因见窗上有了亮影,即便坐起,等了好一会,才有人来承应。

不一时,花茂走出,杨幺即说知缘故,同走出门。因是柏坚路近,遂往他家来。到了门首,恰好柏坚同吕通在内走出,见了不胜欢喜,道:"我二人正相约了来请哥哥。"遂迎到堂中,十分殷勤款待。杨幺不便推辞,只得与三人直吃到傍晚。吕通便约明日相请,杨幺只得应允。次日又吃了一日酒回来,因想道:"我已尽了他三人情分,明早决意要回,再迟不得了。"

正想间,忽听到远远炮声,忽又发喊。杨幺听了,十分动疑,忙披衣下床,走出园中,见火光烛天,因说道:"想是哪处失火,人去相救?"正要来睡,不期有人闯入门来,大叫:"杨大官人,快些起来!"只因这一叫,有分教:

叔携嫂走,弟负兄逃。

不知后事如何,且听下回分解。

第四回

逞武艺杨幺服众　交钱粮花茂遭殃

　　话说杨幺见是村中失火，又听得炮声，正在惊疑。忽花家庄户来报说有贼人到村打劫，花官人已出去迎敌。杨幺忙问道："是何处强人，怎便敢到此？"庄户道："就是天雄山贼人。不知谁去报信，说我家有了虎皮，引众夜来，坐名问我家要。若不送出，就要杀进庄来。我家官人即使人出去，叫他屯扎村外，送出虎皮。那强人依言，我家官人着两个庄户悄悄去报知柏、吕二官人，便一时俱来，同出村去，正在那里各举火厮杀。我家娘子在内着急晓得杨大官人虎都会骑，自然本事高强，杀得强人，叫我出来报知，势必早去解救。"

　　杨幺听明，便走入亭中，摸了一杆枪在手，同庄户走出村来。果见两个强人身穿细铠，各有八尺身材，在火光中驰骋，全不放三人在眼内。三人尽力厮拼，却讨不得他二人半点便宜。杨幺看得明白，暗暗喝彩，便有心要结识二人。遂大踏步摇枪直入围中，高叫道："你三人且让我独战二人。"花茂、柏坚、吕通便让杨幺上前，各自停刀闪立。杨幺接住二人，一时杀起。那杨幺使出神授枪法，端的非凡。但见：

枪出如黄龙摆尾，枪收似黑虎回头；枪迎不亚张飞，枪送何殊项羽；枪忙如絮雪，枪卷似风摇。枪枪不离心窝，枪枪只绕头项。枪护身一团白练，枪盖体浑似银光。枪法眼前少对，枪锋盖世无双。杨幺枪法高强，自此驰名无两。

游六艺、滕云先前与三人争斗，见他本事平常，俱不放在眼中。忽见这人接战，也还欺他一人本事有限，只裹住厮杀。杀到五十回合，杨幺正要显本事，逼去二人手中器械，收服他。不期三人在旁喝彩道："杨幺哥哥果是好枪法！"这二人正在苦持，忽听见这声喝彩，各吃了一惊。急忙架住枪，突道："你这人莫不是柳壤村得神女传授、仗义结义的'小阳春'杨幺么？"

杨幺忽见二人问姓名，便大笑道："只我便是。二位何由晓得贱名？"二人听见果是杨幺，忙弃了手中刀锤，一齐下拜，道："闻名想慕，话不虚传。适才无知，望乞恕罪！只不知哥哥几时到此？"杨幺连忙还礼，用手指说道："这是我结义的三个弟兄。"便招呼他三人过来相见，彼此谢罪。花茂道："二位头领既拜了杨幺为哥哥，你二位便是我三人的弟兄了！快请到家下杯酒聚欢。"二人同说道："正要登堂谢罪。"便吩咐众小校不许入村骚扰，遂一齐到花茂家中。尊杨幺坐了首位，游六艺、滕云坐了客位，三人下陪。杨幺问道："不知二位豪杰何由晓得杨幺？二位姓名，昨日到此三位弟兄已与我说知。倒不曾问得二位何处出身，来据天雄山作勾当？"

二人因说道："我二人俱是宋朝将领，镇守居庸关险隘，抵敌金兵。不期金兵不由居庸关进来，突入雁门关侵掠，征索朝廷币帛。朝中听信贺省知兵，特授太尉之职，出师邀阻去路。谁知贺太尉是个荫袭少年，营谋美职，全不知兵，一味忌功。我二人力敌向前，他只观望不进，不应粮草，以致败归。他却使人暗进表章，说我二人不遵军令丧师。朝中听信，将我二人囚解东京处斩，因在半路脱逃，连夜往南投奔。因雁门关守将被金兵杀害，有个郤元，住在汉阳城内。来此闻知，就与郐元结为弟兄。郐元说哥哥幼时在九天神女庙中梦得神技，又且好义结纳，彼时要同郐元来见哥哥。只因郐元初闻凶信，一时不便出门。我二人住不多时，朝中有文书下来追捕，不便存身，遂别了郐元，一路逃奔。因见天雄山峻险，欲入山躲避。不期突出强人劫路，我二人拼力砍翻，收了人众，占他窝巢，十分兴旺。

近日闻得贺太尉恐朝中加罪，纳贿黄潜善等，借着葬亲来家，在岳阳城内逞威，欺压小民。我二人几次要领人去报仇，因恐城中有备，不敢造次。前日有一乡村池塘内，忽掘起一个石碑，上刻有篆文，有人识出，说宋室不久，将来群雄割据。我二人不胜心动，一时恐怕做不来。若据碑上言语，是应在道长哥哥身上。"

花茂三人听了，忙问道："碑上言语可还记得么？"二人道："彼时着人去抄录了来，谨记在心，怎么不记得！"因念出道：

  遍地胡笳吹动，一轮红日西斜。看来皇帝也无家，且喜天将还晓。楚地阳春非小，关中凤虎堪夸。群雄啸聚乱如麻，一日丘山尽扫。

花茂三人听了，不胜惊喜道："我们也闻得近日童谣，说是：'楚地小阳春，关中金凤虎。''小阳春'实是哥哥，不知'金凤虎'是谁？既有这般说话，同哥哥便去做些事业。"游六艺道："难得在此相遇，即今迎请上山。"杨幺听了，忙正色说道："识时务者，呼为俊杰。今宋家天下未摇，民心尚固，安敢轻易言此？"里面摆出酒肴，大家入席。花茂已使人取出虎皮，仍放在杨幺椅上。杨幺除下道："昨日妄坐，已不自安。这是寨中助威之物，今与二位贤弟携去。"

游六艺、滕云同说道："我二人一时不知就里，幸不加责，怎敢又提起它来？"花茂道："我们这番相遇，若不亏这虎驮了哥哥来，怎得拜识？二位若不因这张虎皮，也不得便来。还是依了杨幺哥哥，带回山上。等日后到山上来，这虎皮还是他坐，岂不是好？"大家俱说有理，然后吃酒。吃了半晌，游六艺、滕云便问道："方才花哥哥说什么虎驮了杨幺哥哥来，这句话我二人一时实理会不来，这是什么缘故？"花茂遂将事情说出，二人不胜惊奇。

杨幺因问道："二位既会过邰元，可知近日作甚勾当？"游六艺道："他父亲在日，虽说做个武官，家中却是淡薄。闻得他母亲当年生他时，曾梦见太岁，故此人称他是'小太岁邰元'。果生得面颧高耸，声若洪钟。自小用一根三棱铁锏，重五十四斤。十岁上亡过母亲，如今只得单身。有人知他勇力，要荐举他，他只是不愿。我们自上山后，常使人去问候。闻得今春娶了一个穿珠翠的王月仙为妻，近日不知如何。"杨幺道："怎得会他一面，方才快心。"

大家直吃到五更时分，二人起身告别。杨幺执手说道："目今宋君昏暗，不信忠良，专任奸邪。我杨幺稍若遂志，必行戮奸除佞，使其知悔，我心始快。今二位占据天雄，须设立义举，不可徒恃劫掠，使豪杰所笑。只可取之奸侯贪婪，不可伤损小民以及滥杀，日后方得好名。"二人连忙拜听，要请杨幺、花茂三人上山欢聚。杨幺道："既是交结，不在目今。我父母在家悬念，别后即日回家。今日二位到此，众必皆知，以后往来切宜谨慎。"遂一同相送出村，二人自上山而去。

到了天明，杨幺急要回家。花茂三人各送礼物，拜别分手，杨幺独自回去。这花茂、柏坚、吕通日日相聚在一处。不是称赞杨幺见识与人不同，便说二人虚心拜结，又说些碑上言语，不觉过了月余。

一日，有两个公差到花茂家来催讨钱谷。原来，花茂是当日父亲遗下的一个催科，自己也有数顷庄田，夫妻儿女，是个温饱之家。只因他喜习枪棒，性爱结识，因柏坚、吕通俱是义气相投，结了弟兄，日夕往来较些枪棒。只除了出门催科，便在一处玩耍。因知杨幺，便想拜结；听觅邰元，便图相会；晓得天雄山，就想与他比较结识。今结了杨幺，又识了游六艺、滕云，正快生平，便商量要去结识邰元。不期这日三人正在园中说笑，忽庄户进来报说："公差来催钱谷。"花茂便叫进公差酒饭，遂别了柏坚、吕通，自往村乡催讨了一遍回来。因入城不及，次早同公差入城交纳。

候不半晌，县尉坐出堂来，花茂即当堂照例交纳完。正欲走出，县尉喝住道："花茂，你可知罪么？"花茂见喝，只得上前跪说道："小人催科尽力，并无拖欠，不费相公半点周折；又且素行循良，实无罪犯，何罪可知？"

县尉听了，笑了一笑，道："你说循良，家中私设军器，结纳匪人，难道是循良么？"花茂分辩道："当今盗贼窃发，小人虽有一二器械，不过保守身家，以防不测。至于交结，俱是村中朴实良善，有甚匪人？"县尉作怒，喝道："你还敢巧辩！现有你庄内人户出首，你与一个妖民往来，又通天雄山大盗，可是有的么？"

花茂忽听见将杨幺认作妖民，又说出天雄山来，心中吃了一惊，只得极力强辩道："小人素行蠢直，屡奉相公钧票催征，不敢徇私，未免招人怨恨，就将这无影难稽的事排陷小人。望相公不可听信仇口！"县尉又喝道："你说是人仇口，我只问你：这张虎皮如今哪里去了？你若拿得出来，便是仇口，我自处治出首之人；你若拿不出来，便要在你身上还我妖民与天雄山大盗来。"

花茂只得又分辩道："小人一个村户人家，怎得有甚虎皮？"县尉听了，大怒道："你还敢抵赖！这虎便是妖民骑来，虎皮是你送与天雄山贼首，难道是虚？你这贼骨头，不打如何肯招！"遂喝皂快动刑。花茂被县尉问得情真，晓得被人暗首，一时无言可辩。早被众皂快拖翻，重责了四十。县尉立逼招称，花茂死不肯招，又用极刑。因想天雄山势众，料想不敢去难为，只得招称一时不合送去虎皮，交通是实。县尉又问妖民以及同伙，花茂只说俱在山上。县尉吩咐禁役押入重牢，慢慢审究，即暗暗盼咐缉捕，去锁拿家小。

早有花茂往日好友，也在县中交纳，见了这些缘故，便先赶到村中，悄悄报知花茂妻子张氏。张氏得信，一时吓得魂胆俱裂，只得着人去报知柏坚、吕通。二人大惊，遂商议急救。吕通道："如今事不宜迟，你去救护家小，我去救护花哥哥。各人干各人的事。"柏坚道："救护家小，必要远奔他方，方才免得祸害。你没家眷，我只有贱荆。如今料想在此，后来被人指作同伙，也要受累。我有内弟住在湘州，即今收拾，去约了花大嫂，趁着公差未到，引来我处，等黑夜同走。"

吕通听了大喜，遂自走去。柏坚即叫妻子收拾，自来见张氏，悄悄说知就里。张氏止泪，即藏了些银两，吩咐家中，只说同柏大叔入城去看官人，遂带了儿女同柏坚出门。不一时到了柏家，与庞氏相见。柏坚自去备了一辆车来，将包裹安放；又去寻了两个至亲来家，各饱餐了酒食。等到傍晚，柏坚提了朴刀，请张氏同妻子上车坐稳，将门锁上，一时推出村来。真是神鬼不知，连夜推走。

这里众缉役，直到二更时分一齐打入花家，庄户回说，娘子已入城去看官人。众缉役拿不着人，遂将家中所有，席卷一空。次早入城报知县尉，方知张氏在逃，遂又着人搜缉远近乡村，才有人供出柏坚带逃。县尉便疑逃去天雄山，又提出花茂来打了一番。要申请上司，剿天雄山贼众。

只说这柏坚同着车子直走到天明，已离了本村七十余里；买些饮食吃饱，又走到晚。因想道："今夜再走一夜，若没动静，明日过了界限，就可雇船只慢走；就有人追来，我也不是见佛便肯低头。"因见日色衔山，便紧催入村，寻觅饮食。到了村中，将车辆歇在半边，自去买了许多干粮，又提了一罐茶水到车子边，递与妻子同张氏母子吃，自同推车的在人家檐前坐吃。

正吃间，忽有两个人走来，紧挨车子边，四只眼暗光油油，将两个妇人上下估看；张氏与庞氏连忙将身子侧转看着别处。柏坚见了大怒，喝骂道："你这瞎眼死囚，敢在我面前偷看良家妇女，来讨死吃！"喝罢，提起朴刀便要赶来。张氏连忙说道："叔叔息怒，不要与他一般见识。可知道路不比家中。"柏坚听了道："嫂子说得是。"便就立住。那两个人听见有人发话，遂含笑向前急走。

柏坚与推车的一时吃完，推起车辆离了人家，乘着月色初生，紧推紧走。有时柏坚助力来推，有时提了朴刀在前引路，欣欣得意，真有如鱼脱网、鸟出樊笼。当不得张氏思念丈夫、庞氏初离故土，只在车上悲悲切切，对月长吁，无限凄楚。柏坚只得走近车前，百般宽慰道："我如今只消到了地头，安顿了嫂嫂，便来料理哥哥。况且吕通自去照应，谅自无妨。设或事情到头，我去求天雄山弟兄来救哥哥，与嫂嫂完聚。"因又对妻子说道："家园故土，我到处可以成家。你只该与我宽慰嫂子三分，才是道理。"张氏听了，只得放下一半愁肠，说声："多谢叔叔！"庞氏便与张氏说些闲话解闷，柏坚方才欢喜，遂又前进。真是：

惊动几处村犬哗哗，听过了许多枝头杜宇。

约莫走到三更时分，却见前面是一带山岗，树林交杂。柏坚忙提朴刀在前，车辆在后，一步步随曲径转入树林，显出一条平坦大路来。正走间，忽一声呼哨，突出三四十人来。为首一人举刀拦住路口，大喝道："你有什么铁包头、铜裹项、豹心、熊胆的汉子，敢来穿过聚奎岗！晓事的纳下银两买路；若不晓事，先前有报事小校来说你车上有两个美妇人，我两个哥哥，在山寨正自寂寞，拿去一人一个，做个压寨夫人，岂不快活！"

柏坚听了大怒，忙叫车子歇在一边，举刀直劈过去，大喝："强徒休走！"那强人即便敌住，两人在月下杀了三十余合。那强人见不能下手，遂在口中吹了一声暗哨，众小校即赶到车前来。两个推车的见了，连忙逃去；两个妇人只吓倒在车上，坚闭双目，一任推去。这强人见得了手，便虚展一刀，托地跳出圈外，赶上车子而去。

柏坚忽见强人败逃，正要催走，回头不见了车子，知是强人劫去,十分恼怒,不胜跌脚道:"若失了自己妻子,倒也罢了;若失了嫂嫂,这怎么处!他少不得在山内窝藏,只去寻他拼个死活吧!"遂往前赶来。只因这一赶,有分教:

荐贤识好汉,运策胜军兵。

不知后事如何,且听下回分解。

第五回

焦面鬼劫掳自家人　小阳春荐贤同入伙

话说柏坚被强人截路，劫去张氏、庞氏，遂十分恼恨，便要赶入贼巢厮拼。往岗上追赶，却只静悄悄。赶了半晌，并不见有个贼人，便立住观望。忽听见对过岗岭上有人笑声，柏坚道："只就那里赶去，便有下落。"遂奋勇赶到这条岗上来，果见有几个贼人，在那里探望。柏坚突赶近前就砍，那小校不曾准备，被他砍倒了四五个，其余逃去。

柏坚晓得是贼巢，遂赶上岗来。见有数间房屋，遂不顾好歹，举刀砍杀入堂。却不见有人在内，只有两旁被月色照入，见有许多泥佛俱跌倒在地，正中间有张大椅，是个山寨模样，便往后赶入。有几个小校见色势来得不好，俱爬墙逃去。忽见耳房中透出灯火，便一脚踢开。内中床帐俱全，一盏孤灯在壁，却伏着一个小校在旁瞌睡。遂一手提他过来问道："你这里贼头俱往哪里去了？"小校道："我大王方才掳了两个妇人，往东北上大寨中去了。"

柏坚听了，一时怒起，只一刀砍做两段，跌在半边。方悔恨道："他说东北大寨，不知离此多远？还该问明白，杀他不迟。"遂移出灯火，向房上点着，不一时，烧得剥剥杂杂，满天通红。才转身看明了星斗，往东北上追寻。

那强人领着小校，押着车子，不胜快活，如飞推走。便先着几个去报知大寨，随后推上山来。此时已是天明时候，众小校推到阶前，厅上两个头目并坐在上面，这个强人走上厅去说知。那两个头目听了，便往阶下看着说道："若是往日得了这两件活宝，分什么皂白，自然是我二人受用。如今却要遵哥哥的言语，审个来历，不可乱做。若是他丈夫奸佞不端，便受用了也不妨。"遂一齐走下厅来，向着两个妇人喝问道："你这两个妇人，为甚事似逃难般连夜赶路，莫不做甚歹事？你丈夫叫什么？可细细说来。"

张氏与庞氏在车上见柏坚与强人厮杀，已吓得魂飘魄丧，紧闭双目，伏在车上。及推了多时，方知被强人劫走，急要寻死，却推走得如云雾般，前后防护，只得暗暗踟蹰，到临时寻个死路，只哭哭啼啼，随他推走。今见推到阶前，已知到了贼寨，正要各寻死路，忽见贼头来问，便不哭泣，齐作怒容。

张氏带骂说道："我丈夫生平好义，实欲结尽英雄；不期误结强人，被人首发，陷身入狱，命若悬丝，将欲罪及妻子，着人抄灭。幸得早知，亏得义叔肯担血泊般干系，抛弃家业，领妻携我母子往南逃奔。离了虎穴，不料又遇强人，劫我二人到此。我二人已拼一死，决不受强人羞辱。倘有仁心，以义相推，念我丈夫好义，念我丈夫陷身，得能全身完节，送归原路，寻着义叔，方知强人内原有好人。"说罢掩面悲泣。

三个强人听了，又惊又喜，忽又恼又羞，便一齐怒喝问道："你这两个妇人，好生大胆。怎敢连枝带叶，在我们面前指骂强人？岂不是指着和尚骂秃驴的样子！你丈夫结的是什么人？若说得不明不白，即时斩首，以消吾恨！"便喝众小校刀斧伺候，众小校即拔刀齐立两旁。张氏便停哭说道："我丈夫初结杨幺，次结天雄山头领；今被人出首，花茂陷身、柏坚携奔，今又拆散。只此便是实言。"

三个强人听了，不胜大惊大喜，连忙走近车前，鞠身施礼，谢罪道："原来是二位嫂嫂！我等便是天雄山游、滕二人。谁知别后遗累哥哥，今又使嫂嫂受惊，俱是我二人之罪！今请二位嫂嫂安居内室，容我二人下山找寻柏坚哥哥，然后领众去救花茂哥哥。"张氏与庞氏忽听见说出就是天雄山游、滕二人，不觉死中得活；又听见找寻救取，一时喜逐颜开，连忙下车回礼道："两村妇适来言语唐突，叔叔不必记怀。"三人即唤出侍女、村妇挽扶入了内室。即时下山，一路找寻而来。

这柏坚往东北上追赶，果见泥土上有推过的车迹，便满心欢喜，只依着车迹一直紧追下来。不期愈赶愈远，再没个住头。此时渐渐天明，因着急道："我是从北边来，只离得百余里。若再赶去，岂不遇着熟人？况且这乡村地面，庄户俱有车辆往来，焉知这车迹是不是？我却认定去赶，岂不误了大事！须寻人问明这里可有贼巢，便好去厮拼。"因立定了，四下张望。立不半晌，忽前面树林处有三四骑马飞也似赶来。柏坚看见来得诧异，知是强人，忙提朴刀迎杀上来。那马上的却晓得是柏坚，连忙下马高叫道："柏坚哥哥！我游六艺、滕云在此迎接上山。"

柏坚忙收刀一看，不觉跌脚搥胸大哭道："我同花哥哥事情且慢说，只昨夜过山岗，被人劫去花大嫂，一路追赶，找不着下落。今得见了两位哥哥，可同去追寻。"二人忙说道："哥哥不消着急。二位嫂嫂已在山上，特着我来找寻。相会后，便点合寨人去救花哥哥。"柏坚听了，忙收泪惊喜问道："这是什么缘故，难道昨夜来劫的就是二位哥哥么？"

二人便含笑指着一人道："这是我新结义的兄弟，叫焦面鬼王信，是重庆府人。因有膂力，失手伤人，脱逃到此，使他在这聚奎岗邀截过往，向来横行。只因前日受了杨幺哥哥的言语，遂叫他劫的一应物件，须要解到大寨来。若是经纪苦恼人的银两，即着他领回，不动分毫。他昨夜不识得哥哥，误劫上山。我二人问明，方知别后遗累了花哥哥。"即叫王信过来拜见。王信忙伏地拜说道："哥哥也不早说声，叫我鬼闹了半夜，捉弄自家人。如今说明，千万莫怪。"柏坚满肚气恼，到此也就消释，连忙答拜，搀扶了起来。今在日中将他一看，你道怎个模样？但见：

面如蓝靛，横纹疙瘩堆成；发若焦黄，乱蓬捧螺双角。滴溜溜两眼乌珠，白多黑少；光溜溜一身黑肉，筋爆皮粗。唱喏全无体统，称呼只有哥尊。看他今生绝似鬼形，前世定然鬼脸。

柏坚看了，不胜惊喜道："我昨夜若没些手脚，险不着了你的手！"王信笑道："若不是我劫来，怎得哥嫂上山？"说罢便牵过一匹空马，请柏坚坐了，一齐回到山寨。

张氏、庞氏见了柏坚，方才放心。便商议去救花茂上山。柏坚道："前日吕通入城，大约狱中事不消记念。不如我连夜去请了杨幺哥哥来，他还有智谋，庶不失算。"众人俱说道："若得他做主，行事便有次第。"柏坚即自起身。游六艺因说道："我何不使人悄悄请了郐元来，一则相助，二则使他得见杨幺，免得两处想念。"遂打发人去。

这柏坚下了山来，即星夜往岳阳投奔，果不几日到了柳壤村来。问了住处，遂一径到门声唤。原来杨幺正在堂中与人坐谈，忽听见有人在外，连忙走出。却见柏坚到来，满心欢喜，迎入堂中。柏坚放下包裹，便要下拜，杨幺使他先与那人相见了，然后与柏坚施礼。遂述别后被人误传虎伤，父母闻信痛苦成疾，见面俱疑再生，百般服药调治。幸喜老父如旧，老母尚未全安。日奉汤药，真令杨幺寝食俱废。

不一时茶过，遂又谢前日的事情，并问花茂、吕通以及来意。只见柏坚忧形满面，两眼看着客位里，只点头唯诺。杨幺见了不胜惊讶，因笑了一笑道："莫非贤弟有甚衷曲，疑虑外人，不敢吐露？我此处并无外人。贤弟你道这位是谁？就是我当日对你三人说的何能兄弟了。"柏坚听了方才欢喜，忙立起身说道："原来是何能哥哥。小弟错认了外人，百忙里只不敢说。"何能也立起身笑道："相逢直率，便觉无味。"两人重又拜见。柏坚方将花茂之事细细说出："特来请哥哥商议救取，又着人去请邰元相助。"

杨幺听了，大惊了半晌，方说道："谁知这虎竟做我们会合分离！"何能道："分离才是会合。"杨幺因对何能说道："难得你来会我，同在此处。我今母病未安，急切不得去助力，又事不宜迟，你今代我去走遭。"遂入内去备出酒肴，三人同饮，细细商议了一番。何能即便收拾，杨幺赠送路费。二人拜别，送出村外。因对柏坚说道："你可与我拜上游、滕二头领，何能此来，胜百倍于杨幺。他熟悉孙吴，遭当末世，不愿与奸佞为伍，甘与杨幺结为弟兄。我今荐举上山，展其才略，进可以攻，退可以守，山寨立见兴隆。我杨幺当拭目以待。倘后有机缘，必来看汝弟兄。再与我传言邰元，说我想慕如渴之意。"

二人拜领别言，一路紧走，又不几日到了山上。柏坚先入寨去，将杨幺因母病不得自来，并荐何能言语，细细述知。三人听了大喜，遂一齐将何能接入厅中，说一番爱慕，商议一番救取，共结了弟兄，遂备酒畅饮。

过不一日，早报邰元上山。五人一齐出迎，又是一番欢喜拜结。共是六人，分列坐饮。柏坚、何能、王信将邰元细看，只见他生得：

> 天庭广阔，地阁丰隆。身材七尺上下，腰围八胯有余。面不粉而带白，色不怒而常青。年轻道是宦室风流，力大称他将门种类。千杯不醉，疑是酒色齐来；半语投机，实系生死可共。

三人看完，暗暗惊喜。柏坚将杨幺想慕之情述出，邰元不胜感激，亦自述思念之意。六人说得投机，饮得快畅。何能便定计："着滕云同众看守山寨，只带二百名小校埋伏半路。我五人入城，劫了花茂出来，接应上山。"众人听了，齐说有理。

到了次日，正要起身，忽有探事小校飞报上山道："不可起身。即今三府官兵齐来剿捕，不日就到。"何能问道："是哪三府官兵，为甚便来？"小校道："只因两月前劫了钱枢密的财宝，钱枢密着落地方官追究。这天雄山是武昌、岳阳、长沙三府相连，共起五千人马，星夜杀来，望早准备。"何能听了，即一面挑选五百小校训练，设立五色旌旗；又一面添设险要。因说道："如今拒敌，事在旦夕，必须着人入城打听花茂消息。"遂唤两名能事小校，吩咐而去；然后领众下山分立寨栅。

不一日官军俱来，见有了准备，也自立寨，密排鹿角。何能见了，对众弟兄说道："我今乘其远疲而攻，实兵家取胜之道。但我今不欲示之以强，而欲示之以弱。众弟兄各宜依令。"游六艺、滕云、王信齐说道："我往日三人霸占天雄山，兵到即敌，无不取胜。今日有了邰元、柏坚两位哥哥，怎么反畏怯起来，这是什么缘故？"何能道："往日官军只不过府县几名都头、捕尉，今日是三府合兵。军必有将，动必有纪。且闻你往日勇力，今日之来，必有谋算，岂无准备应敌？我今五百人而敌五千人，岂能一战而遽能使其败走哉！我今示之以弱，非弱也，欲成吾计耳。明日只须如此如此，这般这般，管教成功。自此，天雄有磐石之安，不敢易言进剿也。"众人听了大喜。

到次日早，两边鸣金擂鼓，喊杀连天，各出阵前。只见那官军阵上，旗帜鲜明，刀枪齐整；门旗影里，盖着三顶伞幔，罩着三位官员，在那里指挥将士。不一时三声炮响，两处战鼓齐敲。游六艺上马横刀，直出阵前，大叫道："敢战者快来！"宋军阵上亦有一骑马冲出，大喝道："草寇焉敢拒敌天兵！"说罢，遂一枪刺来。游六艺大怒，一刀抵住，两人在阵上大杀起来。一时各添兵将，果然一场好杀。怎见得？但见：

两下咚咚战鼓，四边密密刀枪。官军呐喊，马上将军齐用力；小枝添威，山前头领各留心。扑刺刺马蹄驰骤，直律律人步奔忙。霎时间枪搠剑砍，一会来刀劈鞭敲。官长执旗，叫言前进有功退必罚；英雄挥令，暗传败走成奇拙胜巧。这是何能幼学壮行，实合当年学究。

　　游六艺、滕云、邰元、王信、柏坚五个头领，各逞本事，与军将正杀得热闹，只见何能在中军暗将号旗麾动，遂各自留心，渐渐佯输退缩，不一时败阵。众官军遂掩杀赶来。何能忙使人用强弓硬弩射住，官军不敢追袭，便自鸣金。这三位官长见今日得胜，忙聚将商议道："向来天雄山贼众强横，皆因没人督阵，一任都头、捕役怠玩，不肯尽力，酿成贼势。今日督阵有人，又合了三府雄兵，一战令其丧胆。吾知今夜必无准备，使军士一面暗袭贼寨，一面攻打上山，功成在即。"众将听了大喜，遂暗暗传令，准备夜间劫寨。

　　且说何能到了傍晚，便集寨中弟兄来听令。遂吩咐游六艺带领百人去坎方埋伏，听中军炮响，即便杀来；又吩咐滕云领百人去离方埋伏，候炮声杀来；又吩咐柏坚领百人去震方埋伏，等炮起杀来；又吩咐王信领百人去兑方埋伏，听炮响杀来。四人各自分头而去。遂吩咐邰元道："官军夜劫我寨，必有人乘势上山。我自有准备，你可领百人去埋伏天雄山左侧，见官军中计，四百伏兵皆起，你即去劫官军营寨，彼必无备。"邰元即去埋伏。何能在寨中料理了一番，便上山来准备。
　　这官军中有二十余员将佐，遂令军士饱餐，候至二更左右，人尽衔枚，马摘銮铃，往贼寨悄悄而来。将至寨侧，即自分路，只听得寨中更鼓错乱，寂无人声。知是日间战疲睡熟，并无准备，不胜大喜，便一齐杀入。只见寨内空虚，悬羊应鼓，方知中计，各吃大惊，忙叫后军急退。不期寨后忽发起轰天大炮，正南上一军是滕云杀来，正北上游六艺一军杀来，正东上一军是柏坚杀来，正西上王信一军杀来，将官军四面围裹。火炮震天，分头砍杀，官军一时大乱，各不相顾。

那一支官军领计到了山前，见山上静悄悄，各取出火种点着，杀上山来。将到半山，忽山顶上一声连珠炮响，木石一齐下滚，急忙退回，已是打伤了无数。这三位官长在帐中等候劫寨好消息，早听得炮响，四下喊杀连天，只说是劫寨成功。正要使人接应，忽有报来："误中贼计，四面贼人杀来。"一时得报大惊。忽寨外喊杀，为首一人领着百名小校卷地杀入，一时大乱，各弃寨奔走。何能亦引众下山助阵，只杀得宋军大败亏输。何能传令连夜追杀。只因这一追来，有分教：

  洞庭小结义，艳冶大惊人。

不知后事如何，且听下回分解。

第六回

铁壳脸独劫大树坡　揭浪蛟挈避轩辕庙

话说何能用计杀败官兵，连夜追赶三十余里，方才回来。一时收集甲仗粮草，不计其数。众官军见无人追赶，方立住了脚，已是天明。计点军士，消折大半。三位官长俱面面相觑，无可奈何，只得与将士商量，说："城中事情重大，责任所关，你们且在此屯驻，再图恢复。"遂各自脱回。

只说长沙府太守，回到衙中，方才惊定。又将息了几日，然后理事。果乃出兵一月，衙中案牍如山，只得阅理。忽翻出一角来文，是赤亭县县尉申报获得通同天雄山大盗一名花茂，在逃党羽一名柏坚。太守看明，不胜欢喜道："我今被钱枢密逼迫出兵，大败回来，正恐上司见责，要去纳贿。如今只消人到县，将这花茂解来府，将他申报上司，岂不是我获贼有功？"遂一面着该吏备了一角调犯文书，差人到县。

不一日到了县中，县尉看罢来文，即备了一角起解文书，提出花茂，当堂钉入囚车，交与来差，吩咐小心收管；又拨数名军士防护；又给牌票，着沿途照应。来差拜辞，领出城来，使人拘唤里保推送囚车，逢铺交割。数名军士俱是弓箭刀棍，只在前后押走。又吩咐巳牌起身，未晚投宿，遂一路严密，走了两日。

这日下午，才走到大树坡地方。坡上有数株百尺青葱的古槐，一行人便向树下推来。不期推到第三株槐树下，忽树后窜跳出一人来，大叫"天雄山好汉在此！"说罢手起刀落，一如切菜般。几个军士急要上前，见他砍杀得厉害，俱弃了刀枪，只吓得在地下滚爬不去，便被这人一顿砍翻。忙打开囚车，叫声："花茂哥哥，我吕通来救！"花茂自分解到府去，又受一番刑责，忽见吕通来救，忙问道："兄弟，你怎知我到此？"吕通道："自那日闻了凶信，又差人来拿大嫂。我与柏坚商量，我自来寻便救取哥哥，他自连夜带了妻小同大嫂投奔湘州亲戚。我在城中守了这些时，再没凑巧，昨日衙前得了这信，便一径先来。见这里离得人家甚远，遂隐身树侧，才救得哥哥。"花茂听了大喜，忙劈开上下杻索，两人一同逃走。正是心慌不择路，只拣幽僻小路而走。

不期走不多里，花茂的腿脚一时发疼，半步也移闪不动。吕通道："哥哥再挣扎些才好，这怎么处？"花茂道："我今实是难行。你今扶我到这土窟边存扎，也强似死在狱中。你去寻着柏坚，说与张氏母子知道，只说我年灾月厄，大限到来，也不容人久住。她若有志，抚着儿女，传延花氏一脉也好。"说到此际，便落了几点泪来，连忙忍住道："我花茂做了半生汉子，怎到此想起儿女事来！"说罢便一跤跌伏在地。吕通不胜着急，连忙叫唤道："我为哥哥在汤火中救来，正要图日后事业。快自苏醒，我背了哥哥，且挨到前去。"

此时日已渐低，忙将花茂背上肩头。手提朴刀，正待举步，忽见前面远远的一阵人赶来。吕通见是有人追赶，便大踏步往斜处小路急走。走了不三四里，只见前面隔着一条大河，上下并无船只往来。再回看后面追赶的，俱是挠钩棍棒，渐渐赶近，吕通只得沿河直走。花茂在背上道："将我弃下，兄弟你自逃生！"吕通哪里听他，只顾急走。

正在万分难解，忽见前面小河内棹出一只小船，迎着棹来。吕通见了大喜，忙用手乱招道："小船快来渡我！"那人也不回言，竟棹到岸边叫："上小船来！"

吕通上了船头，将花茂放入舱中。岸上追赶的早已赶到，大叫："渔船不可渡这个杀人贼过河！"那渔船上人笑了一笑，便一篙点开，用桨棹起。岸上人着急，内有人认得的，忙叫道："岑大哥，快将这两个人送上岸来！他是天雄山大盗，在我地方杀了府差军壮二十余人，我们要将他送官。"

花茂听了，只急得在舱内向着渔人用手乱摇道："千万不要拢岸，我自谢你！"那渔人听了哈哈大笑，对着岸上人说道："你这些呆魍魉，你地方为事与我无干！我打渔半生，正愁没处讨富贵，将这个行货子并叠解到城中，可也有千贯赏钱。须知我洞庭湖口岸揭浪蛟岑用七不是好惹的主儿，莫来讨死！"说罢，只远远棹入小河中，便一篙插住。花茂听了这些说话，只急得在舱中用两手在痛腿上抚摩叫苦。

只见那岑用七，在艄上取出一杆飞鱼铁叉，往船头上走来，大喝道："我也不管你杀人不杀人，也不耐烦向贪官处讨臭钱，只问你身上有多少银钱，可尽数纳上，便放你上岸去逃生。若道个'不'字，只一叉一个下水！"吕通听了大怒，喝骂道："你这瞎眼贼！若是要钱，只问我手中刀可有没有！"岑用七大怒，便一飞鱼叉望喉搠来。吕通一刀敌住，也一刀砍去，早被岑用七一叉打落。钻进一步，用脚一勾，吕通在船板上一时站立不稳，扑通的跌了一跤；连忙爬起，又被岑用七勾跌。大喝道："船面上怎容你撒野！若好商量，我是不惯踏沉船推人落水。你只恃强，且叫你跌个头肿！"

花茂见吕通被跌吃亏，自己又用不得力，只急得没法。细听他口声，却是个欺硬怕软的汉子，便在舱中告求道："好汉住手，不要跌坏了我这兄弟。犯罪杀人的俱是我，只缚我去请赏吧！"岑用七笑了一笑，便自住手，让吕通立起。吕通道："船面上果是立不稳。你有本事，和你上岸去拼个死活！"

岑用七笑道："我要与你拼死活，便不来渡你。便渡了你，只这两跤也推落水去。如今实对你说，我揭浪蛟岑用七撑这打渔船，在洞庭湖出没，留心结识好汉。今日偶在小河中晒网，看见你背人急走，又见有人在后追赶，便有心要救你两人来问个长短。方才跌你两跤，显个手段耍。你既是天雄山的好汉，他们在山上好不奢遮。近来闻得拜识了杨幺，便就行仁仗义，要想做些大事业。这杨幺果有些好处，我今着实想念他，急切不得会面。你两个为甚事，在这地方杀人，却背驮着，敢是被人打伤了腿么？"

二人听了，不胜欢喜，遂将结识杨幺并天雄山，为虎皮犯事说知。岑用七听了大喜，道："原来就是你们这三条好汉！我也一向闻得人称说有本事，好义气。今日做出，实是使我敬服。如今不必远去，只在我家住些时，指引你一条去路，便好藏身。"说罢走到艄上棹桨，直棹到点灯时候，方到本村。将船住好，上岸去点出灯来，叫吕通搀扶了花茂上岸。自己揭开船板，取了两尾金色鲤鱼，同到堂中施礼过，便拿鱼入内，叫妻子收拾。家中有做下的水白酒，不一时托了出来。

三人坐下，岑用七笑说道："这早晚村中人家俱已睡静，买不出好酒肴来；只这村白酒、湖水煮湖鱼，却有些鲜味。两位哥哥只胡乱吃些，明早买好的来请吃吧。"一时三人各吃得醉饱。岑用七收了碗碟进去，挟出一床被来，在堂中打了铺儿。等二人睡好，才入内去。

二人睡到五更，花茂因推醒了吕通说道："我亏兄弟救脱，今又杀人，罪上加罪。官府必要追究，地方必要追寻，这里怎遮藏得住？等到天明，辞了远去。只不知这是什么地方，若离天雄山不远，莫若投奔他去。"吕通道："哥哥虑得不差。"二人便坐着。只见岑用七携灯出来，说道："我要多留住几日。今听见二位哥哥计较的话，实有主意。我想要送哥哥往天雄山去，虽不甚远，却是旱地，是这般行走不动，必要被人盘住。我昨日原说有个好去处，即今同哥哥去。"

二人听了，忙问是什么所在，可以存身。岑用七道："我往常做了些勾当，若犯出事来，便去躲在洞庭湖中君山上，过些时便又来家。这君山十分广阔，突踞湖中，周围危岩峭壁，高峰峻岭。略有风起，湖中波浪掀天；便没波浪，往来船只俱不敢到山停泊。只有湖内做私买卖的，劫了财宝，上山去到轩辕庙湘妃亭均分，做赛神酬愿；还有人将金银纳入轩辕井中，以作酬神。有人相传，这轩辕井有一地穴，直绕过湖面到豫章，上得庐山大路，也不知可确。目今有两个在山上，聚了二百多人，自尊自称。便立了禁约，凡在湖中做了勾当，必要去纳献他，便容人在湖内出没。他二人与我甚好，一向要我入伙，我因看他不似个做大事的人，故此不去。我今想来，在此终久受人闲气，如今有了二位哥哥，不如趁此我便带了妻子同二位哥哥到那里安身，岂不稳便？"

　　花茂、吕通听了道："可知是好，只是不曾与他相识，可肯相留？他二人姓什么？"岑用七道："一个叫做鬼见愁郝雄，一个叫做白脚花猫张杰。如今渐渐传开，常虑弓兵缉事，了干不来，巴不得有人去投奔他做个帮手，怎么不留？"二人听了，方才欢喜。岑用七遂入内去同妻子炊煮了半晌，先托出鱼酒来。

　　此时天已渐明。三人正吃间，忽有一人在门首探了一眼。岑用七大喝道："贼杀才！莫不是来打探我收留了天雄山好汉在此，敢来作对么！"那人飞也似奔去。不一时，村中锣声大起。三人知是来拿，便等不得饭熟，岑用七叫妻子先拿了包裹上船，又叫吕通扶了花茂上船去；自己取了些草在灶中点着，前后乱洒，不一时满屋子发起火烟，遂提了飞鱼叉，大步上船，同着妻子前后棹起浆来。吕通手执大刀立在船头。众人赶来，已是不及。本村人晓得岑用七的手段，恐怕恶识了他，后来惹祸，只远远呐喊惊他快走。见他去远，方来救火，已烧得几间破屋无存。

　　岑用七棹入湖中，正值东北顺风，遂挂起芦篷，一时呼呼的走得水响。不消半日，早已走到君山脚下。岑用七将船系好，先上山去与两头目说知，遂同到船边相请上山。岑用七同妻子在后，不一时同入轩辕庙中相见。花茂、吕通诉说前后事情以及投伙相庇之事，郝雄、张杰听了大喜，相留款待。这是岑用七相引花茂、吕通洞庭湖君山初入伙。

次日，花茂即使人去打听柏坚以及妻子下落；又向郝雄、张杰细述杨幺好处，并说些天雄山的好话。二人听了大喜，遂吩咐手下以后不可混劫。

且说这天雄山杀退了官军，因见不曾全退，何能因又设计。过不几日，直追杀得抱头鼠窜，一时瓦解，方回上山来作庆筵席，遂商议去救花茂。早有前日打发的那两个探事小校回来，细细报说起解到大树坡，吕通劫救，岑用七相引上了洞庭湖君山入伙。众人听了大喜，即报知张氏；张氏一时无限欢喜，遂先使人去通知。又不一日，柏坚亲送张氏到君山。夫妻相见，欢喜非常，十分感激柏坚。柏坚因是先上了天雄山，又因妻子在彼，遂别了花茂、吕通等回来。自此天雄、君山两处不时往来，比前十分兴旺。

这郤元在山不觉住了三个多月，因记念月仙在家，便要辞别下山。当不得众兄弟再三苦留，只得又住了数日，方才立意要回。众人只得备酒饯别，各出金帛与他并叠包裹。郤元腰悬利刃，手提铁锏，相别下山，一路买酒食肉慢慢行来。

如今且将这王月仙在家的事细细说出。原来郤元这头亲事，当日是他母舅作主，将他入赘在汉阳东门内艳冶街王家成亲。这王家是积祖相传穿珠点翠的，叫做王志。他夫妻年老无子，只生得这个女儿。因是中秋夜生的，故此取名月仙。她自小生得眉目秀丽，十分乖巧。到了十三四岁上，一发出落得身材袅娜如风前弱柳般，一个面庞比海棠还娇嫩三分。日日帮着父母穿些花朵，父母十分爱她。

这王志住的房子是一楼两进，门前楼下就是铺面。王志日在铺中招揽生活。因月仙近日穿出花朵鲜巧玲珑,人家只认做是王志手段精巧,俱来寻他。生意比前十分兴头。夫妻有了这个女儿帮手,又是独养女儿,便不舍嫁她出去,要招个好女婿来家,靠他养老。因有了这个主意,再不轻易向人开口。几个做媒的议亲,不是嫌人家弟兄多,便是嫌他有拘管;及至没拘管没弟兄的,又嫌他没声名,持不得家业。故此穷的不肯攀,富的又不肯来就,只管将月仙的好事蹉跎下来。

这月仙既赋此丽质,便有一种慧性,每每遇春难绾,秋到无聊。两个父母全不晓得她的苦楚,她又不好明言,只好捻花作笑,弄珠想圆。有时独抚楼头,常恨难逢掷果;现身柜侧,每嗟虚设当垆。早已被人垂涎羡慕,有的妄想窃桃,有的愿纳太平钱十万,俱托媒人来求说,王志只是不允。这些人便在背后称美说艳,故此将这条街起个新名叫是艳冶街。

这些人见王志决不肯应承亲事,遂有恃强使势来量压他,甚至有回恼了,上门来骂的。弄得王志夫妇俱没法起来。恰好一日有个撮合人,说起邰元肯与人招赘,又无父母弟兄拘管。王志夫妇二人听了,便十分欢喜道:"他父亲当日在此镇守,大小也是个官儿。又闻他勇力异常,等他日后做个武官,也不枉了女儿这般貌美。况且有了他来家,免得受人闲气。"遂一口应承,不论财礼多寡,择日将邰元招赘了来家。果见邰元身材魁伟,相貌堂堂,老夫妇十分欢喜。当夜邰元与月仙在前面楼上成亲。果是一对少年夫妇,十分恩爱。

不觉过了月余。谁知邰元要在筋骨力气上做地步,不肯向枕席被窝中用工夫。虽是贪爱月仙姿色,也只点景而已。到了后来,渐渐看得若有若无,终日出门,自去寻人吃酒,沉醉回来,只鼾呼到晓,竟将月仙十年待字想嫁的苦心,一旦没处安排。街坊人听见王月仙招赘了邰元,尽皆吐舌,不敢再来探望。故此,邰元做亲年余,早出晚归,相安无事。

不期这日,天雄山弟兄着人悄悄请他。邰元见是求助,遂在王志夫妇并月仙面前，只说有当日父亲的同官相请，此去不过一两月便回，遂收拾出门自去。

这月仙初离丈夫，一时觉得心中难过。到了夜间，因暗想道："他在家中也自枉然，倒束得人不自在，只索由他去罢了。"便自过了一夜。次日起来，临窗梳洗，对镜修眉。不一时吃过了早食，便拿些珠翠到楼上来穿点消遣，遂除去了两扇纱窗坐下，便自穿点，觉得比往日十分适意。穿点倦来，便探头看些街上过往闲人。

不知不觉已过了三四日。到了第五日上，也是合当有事。月仙点染了几枝翠叶，缀就了几朵鲜花。花间蝶翅翩翩，叶底流莺飞舞，觉得鲜艳活跳，十分动人。月仙自己看了，也觉十分可爱，因暗想道："我费了一片心机，点缀了这几枝花朵，不知插戴在哪个美人的云鬓上，添她多少丰姿，能博才郎许多情趣。"因呆想了半响，不觉得叹了一口气道："我月仙命苦，说甚风流，说甚才郎，说甚情趣！只索偃塞一生，得随村汉，徒为他人佣乎！"想罢，一时心慵意懒，不觉困倦起来。忙花朵推开，立起身来，临窗闲看。只见村里老少，忙忙碌碌穿梭过往。月仙看了半响，不但不能开怀，反觉添了许多悒怏，便不耐烦。

正欲转身下楼，忽见东首一位骑马官人，迎面而来，十分仪容俊雅。月仙竟忘其所以，只对面看他扬鞭揽辔而来。再定睛细看，只见那马上的官人，生得异样风流，万千情种。你道他怎个模样？但见：

面团如粉雪，耳大若垂环。一只色眼，知他惯会偷香；满脸笑容，的是专能窃玉。万字巾双飘丝带，粉底靴斜踏银镫。旋飘衣底，卖弄五色衣裳；假坠珊鞭，掉下一番风韵。若不是一位王孙，也应知是当今公子。

那马上的官人，忽看见楼窗中一位美貌妇人，生得标致非凡，不胜惊喜。恐马走得快，便勒紧丝缰缓缓慢走，两只眼睛只仰面看着楼上。你道这妇人生得怎生标致？但见：

> 鬓发如云，眉弯若黛。眼凝秋水澄澄，齿匀樱桃颗颗。淡妆有夸西子，浓抹可赛王嫱。体不胜衣，疑是娇柔无骨；容多玉润，应知白洁还香。微哂荡人魂魄，停眸足引颠狂。几回错认嫦娥，实信是月中仙子。

那官人在马上，一时看得魂飞魄荡。急切里又要看人，又要顾马，又恐惊了那妇人进去。不期两人俱看得动情，流连难舍。手松处，这马举蹄前走，那官人便立地生情，忙将手中一根八宝镶嵌珊鞭轻轻坠落下地。这马已走过了楼窗，遂勒回马头，在楼前街下停立仰看。

此时，街上的人忽见这官人顾盼楼窗，便有的帮他顾盼。内中有人认得的，忙来凑趣奉承，在地拾起珊鞭送上。那官人笑了一笑，只得接入手中，后面的跟随已到，又见这妇人闪了进去，只得在马上快快往西而去。只因这一去，有分教：

> 得成比目何辞死？愿羡鸳鸯不羡仙。

不知后事如何，且听下回分解。

第七回

火老鸦设计散相思　花蝴蝶穷探春消息

　　话说这马上坠鞭的官人，你道是谁？原来是朝中第一有权有势、位至太师黄潜善的第三个爱子。取名黄金，是妾所生。这黄潜善见汴京不能保守，要为子孙计，因知这汉阳是鱼米之乡，遂收拾宦囊打发他母子出来，在城内斜石坊居住。这公子年纪甚小，只得二十上下。所爱的是饮醇醪，喜的是美妇人。自正妻以下，美妾、俏婢充满房帏，其心犹有未足；又蓄养帮闲，出入跟随俊仆，合城官长无不尊敬。遂使心腹专在外面打听人家妇女姿色。若有姿色，不管她有夫无夫，必要千方百计设谋到手，方才遂心。故此人起他绰号，叫他是"花花蝴蝶快活三郎"。

　　这日，在东门外听莺庄同人玩耍，住了数日，忽想起来家，遂上马入城。不期到了这艳冶街，忽见这楼窗美妇，两下注目，故意坠鞭拾鞭，直看送了这妇人立了进去，方信马而走。因看明了这家门面，不胜惊惊喜喜。暗想道："我家中姬妾虽多，怎及得这妇人色艳如花，娇如落雁。须得图谋到手，才遂我愿。"不一时到家，众帮闲也就后到。

　　公子坐下，便将所见妇人细细说出道："我眼内也经过了多少妇人，从不见这般美色，使我心魂飘荡，至今还没定止。你们可为我计较到手,决然赏赐非轻。"众帮闲听了,各暗暗吃惊,只得说道:"方才公子先来,我们在后,已听各街坊人说,公子见了这妇人十分留情。但这妇人,我们也晓得汉阳城中数一不数二的标致妇人,只这条艳冶街名色,因她生得娇艳起的。如今她的对头狠,是个太岁的老婆。我们劝公子息了这个念头,莫去太岁头上动土。"

公子听了,作怒道:"你这干人好胡说!我见她门首是个穿扎珠翠,一个小户人家的妇人。什么太岁、小岁!可知我公子,正要撞太岁才有个想头。"众帮闲听了,一齐笑说道:"公子不要认错了打抽丰、撞木钟的太岁,内中实有个缘故,怎晓得她的丈夫来历。"公子道:"有什么来历,可说来我听。"

众帮闲道:"她的丈夫姓郜名元。他父亲是朔方人,当日在我这里镇守城池,在此继娶他母亲,梦见太岁入房,养了他下来。十岁亡母,不一年,他父亲不肯谋为,被人迁调到雁门关去镇守。因不便带他去,遂寄养在母舅家中。向来并无消息,近日闻得他父亲与金兵抵敌,被难而死。这郜元在母舅家长成,果是将门之子,生得十分勇力,行凶悍性,在街坊专打不平。若不见机,往往吃他亏苦。他母舅也禁管他不下;又学习了诸般武艺,一发了得。一日走出城外,见有两条水牛在田中拼斗得天摇地动,众农夫各将零具极力上前赶打,谁知这两条水牛一似冤家般只争不开。他便赶去用两手捏住了两条牛角,不许它拢来。那两条牛恰似拱服般立着不动。众人见了尽皆惊呆,又称他是'春牛小太岁'。常言道:'动了太岁头上土,无灾也有祸。'他今虽不在家,终有日回来。故此劝公子不去动这土吧。"

公子听了,半晌不语,方说道:"你这干人俱是没用。不过有几斤蛮力,不要说父在当朝,只行我的势耀,也只消写几个字儿送官就处死了他。怎看得他恁般,什么道理!"众人听了,俱不开口。内中有个帮闲叫做都趣,忙赔笑脸,上前说道:"公子怎不与我计较,空闷了这半日。这妇人叫做月仙,她父亲是王点翠。如今要谋她到手,也还容易。就是这个郐元,我当日在他母舅隔壁住过,也还有些认得。"遂走近附耳说了几句。公子听了,大喜道:"果是你停当,不枉叫你是都趣。"遂着明日行事,都趣一力应承。公子叫摆出酒肴,大家吃了一番,各自散去。

到了次日,都趣遂一径走到王家来。见王奉正坐在店中做活,便走入店来,拱手道:"我是城中斜石街黄太师府中第一帮闲都趣便是。今早奉公子之命,特来邀请老丈到他府中,穿点珠翠花朵。这公子家姬妾甚多,珠翠广有,往时俱是东京穿扎了寄来。是我闻得你家手段甚高,在公子面前一力荐举,故着我来相请。敢怕这一做起少也有百十日生活,赚他几千贯文,实是送你一件好生意上门。却要大大的谢我。"

王志听了果有想头,便十分欢喜道:"这个自然。"遂要请都趣入内款留。都趣道:"公子是性急的人,莫使他等久不喜欢。我同你正要相处,不在今日,慢慢扰你。你只入去说明,恐怕进了府中,生活在手,一时脱不得闲。"王志遂入内去了半晌,出来收了铺面,遂同都趣出门,到了黄府。候不一时,公子出到厅上。王志忙磕下头去,公子叫人扶住,满脸是笑道:"你这手艺不是下等,又且年老,怎这谦谨?"

王志起来,立在一旁。早有几个侍女捧出小盒,公子用手揭开,叫王志到面前来说道:"因晓得你手段精巧,我今有这些珠翠,俱要制成花朵。你可安心在我府中细细穿完,我自重谢。你可收点明白。"王志答应,即便查点完。公子使他到一间僻静内室,里面床帐椅桌俱全,王志遂穿点起来。

到了第三日,忽有一个小童笑嘻嘻走来说道:"王师傅,你穿的花朵,公子十分中意。恐你在此记念家中,先送你十两银子,着你回去安了家就来。那时便等完了生活回去。"遂在袖中取出一封银子,放在桌上。王志见了,便千欢万喜,将珠翠点入盒中,又将房门锁好,遂自来家,与妈妈并月仙说知。母女听了,俱各欢喜,遂料理酒食与王志吃过。

不一会,不期都趣在外叫唤,连忙出来迎入谢道:"蒙都兄总承,实是感激。今日蒙公子赏赐了些回来,都兄来得恰好,权饮三杯。"都趣笑了一笑,见店后是间客座,便就坐下。王志进去,搬出酒菜,二人对面坐了。吃了半晌,都趣留心观看,见内里并排两间,上面供着香火。左边是个房间,里面有人说话,知是月仙在内。因高声说道:"我今走来,不是要吃你的酒,却是有话要对你说。你实是我的总承,这些珠翠宝石俱是珍贵之物,既交在你手中,你必要小心谨顺,干系俱在你我。他府中人多,未必个个便是老实。你今日回来,可曾将珠翠收好?故此特来问你。"

王志听了,十分感激道:"承都兄记念,我已收好锁门回来。"都趣道:"虽是我过虑,以后只是小心些的好。"王志便是点头。因吃了半晌,都趣故意问道:"闻得你有位令婿,怎再不见?"王志道:"他今有事,出门未回。"都趣道:"原来你家内没人照管,怪不得你要将家中记念,出不得门。"

王志忙说道:"我自小是生意人,怎说个出不得门?"都趣道:"你既放得下,我有心为你。你今不要在家耽延,及早去做,博个公子欢喜;我在里面帮衬,包你十分想头。你我既成相知,我是个闲人,日日在你门首走过,到你家早晚讨个信与你,两边做个传递人。一则好使你安心做活,二则免了你往来防范。你道可使得么?"

王志听了更加感激,道:"实不相瞒,这几日虽是做活,却记念她娘女在家,早晚没个照应。今得都兄肯早晚递个信来,可知是好,只恐不敢劳动。"都趣道:"休说这话。我来已久,这酒不吃了,可到里面说明,我好来传信。"王志即入内去了半晌出来,同着都趣来做生活。

次日都趣到王家来,假托熟,问了些闲话。过不两日带了钱钞,只说王志托他寄来。王家母女俱说他至诚好人。不期一日下午,月仙正同母亲在楼上说话,忽听见下面叩门甚急。王妈妈连忙下楼，开出门来。都趣慌慌张张说："今早王老丈好好做活，不期一个头晕旋倒，如今一些人事不知，只存余气。急要着人抬回，又恐反摇晃不好，正在那里灌救，去请医人。公子着急，叫我来报知。千万要你去看个长短，若救不转，再作商量。"

母女二人忽听了这信，一时俱哭泣起来。都趣只是跌脚，立催起身。王妈妈只得叫月仙看好了门户，一时等不得雇轿，只跟了都趣出门。到黄府中，已有仆女相引她入内安顿。公子便打发了一乘大轿，同都趣又到王家来。这王月仙正在家中着急流泪，忽又听见门响，只得自来开门，即转身闪立。都趣忙上前作揖道："娘子，不好了！我同你母亲去时，不期你父亲已是气绝。你母亲正在那里痛哭。公子已着人买棺木，就在那里殡检抬出。你母亲只得又央我请娘子去相见盖棺。只消随身衣服到那里更换。公子已备了大轿，在门外立等。"

王月仙一时愁惨得主意全无，也无暇哭泣，只说得一声："家下无人。"都趣忙说道："今日尚早，到那里事情完，回来还未日落。"王月仙听了，只得含泪上楼，换了一件浅色衫儿，将箱笼锁好，走下楼来。轿子已抬入门来，都趣便请入轿。

月仙取出一具小锁，烦都趣锁门，然后坐入轿中，轿人抬出门外急走。都趣向两邻说知看病缘故，叫他看好门户。邻人见是黄公子的势头，谁敢问他长短，都趣遂赶上轿子而走。月仙在轿中，真是青龙白虎同行，吉凶悲喜难料。

不一时看见到了一个绝大高楼门第，晓得到了。只说下轿走入，谁知抬轿的只不停歇，一径抬走到厅前，转过侧首，绕过一带回廊，委委曲曲到别一洞天。月仙忙在轿中偷看得，一时惊惊喜喜。你道是什么所在？原来是一座园亭，十分齐整。怎见得？但见：

园亭沼围，亭榭楼台。树木扶疏，阵阵花香沁鼻；竹林掩映，声声好鸟鸣人。堪爱处，交颈鸳鸯；喜羡来，并头莲蕊。池中死水活鱼游，园内假山真鹿走。左弯右转，满前院宇深沉，疑是内中高士卧；东迤西逶，几座重门绣幕，应知里面美人居。行到尽头，几处梨花半掩；走临幽径，数竿帘卷西山。风细细，送出莺声；香馥馥，微闻燕语。安排香饵，一步步引入桃源；暗设机关，一层层渐来巫峡。果然是一座少年行乐之场，实不亚当时金谷。

月仙在轿中看了这些繁华富贵，一时乐以忘忧，惊惊喜喜。正贪看不尽，不期轿子忽歇下地，才想起苦事来。不见母亲接引，又不便出轿。正在惊惶，忽见门内走出一个华丽妇人到轿边来，笑嘻嘻用手启帘，对月仙说道："姐姐恭喜！令尊暴恙全亏公子之力，幸得救醒，尊堂陪侍。请姐姐到小妹房中权坐，然后使人引去。"

月仙忽听见父亲无恙，母亲陪伴，不觉扫尽愁云。又见说全亏公子之力，又见她这般称呼，就知她是公子一位宠妾，随即走出轿来。一齐进门，分了宾主相见坐定。月仙谦逊道："蓬茅俗妇，愧登富室之堂，敢蒙姐姐屈礼下援，不胜荣幸。只不知姐姐是公子何人，兼请芳名，以存知感。"那妾笑说道："姐姐是璞中美玉、蚌中明珠，特未遇骊龙，未逢良琢耳！不过暂时埋掩。若遇有人，自能玉润珠辉，安肯作珠老玉頹？若以妹子陋容，自谓不及姐姐于万一，而能居斯堂寝此室者，是得富贵之人以佐其欢耳。小妹贱名解语，是公子姬妾中之第四人。姐姐闺名，久已盈耳，不敢复问。"

说未完，侍女摆上茶点。月仙只得又谦逊了一番，二人对坐同吃。月仙举目观看堂中，果摆设得古董玩器，令人触目琳琅。只见一个侍女走向解语身旁，暗暗说了几句。解语点头，因对月仙说道："原来令尊虽是痊愈，公子却留令堂在此，服侍两日。晓得姐姐在我处，着我款待，不要慢客。少时就送酒席来，请令堂来此。"月仙听了，只得说声："取扰不当。"解语遂起身携了月仙，赏玩些古董，又步入园中看些景色。两人说说笑笑，甚是投机。早有侍女来请入席，解语遂邀月仙同到席中。

月仙已是情熟,便自对酌。饮到中间,解语说一番家中富贵,夸一回公子风流,少年知趣,月仙只点头默听。不一时,侍女送上灯来,月仙因不见母亲到来,只得要起身辞归。解语迎住,笑道:"令堂已被公子相留,难道妹子倒不留姐姐下榻?只是休嫌简亵。却不道相逢俱有意,会合有缘人。"月仙含笑,只得坐下,解语便又劝饮。月仙见她这般款待殷勤,遂不复思归,便安心饮酒。饮了半晌,月仙渐觉力不胜酒,娇软倩扶之态。解语见了,便辞说有事入内便来,遂起身走去。

月仙只得独自坐在席间,因暗暗寻思道:"她的人物,全赖装裹点染媚人,所以得公子宠爱。想是这公子不以色是求,只存富贵中之妾名耳。只是她说少年风流,却不似个不好色的人。一时不便问得。"因又想起解语将珠玉比她的言语,细细想了一遍道:"她这几句话,不要将它作赞美我的姿色。我今细细想来,实是讥刺我的言语,笑我徒生美貌,不得遇富贵人之宠爱,受享荣华,是空过岁月。等到色褪花残无人怜取,岂不是珠老玉颓的一般?今所可恨者,嫁一贫贱部元,而不能为他所宠爱,则月仙之命薄缘悭,今生已矣。前日自见马上这位官人以来,只觉寸心如系,颠倒愁烦,向何处寻消问息,只好作一痴想。不期今在无意中倒被她句句道着我的心事,甚不可解。"

正沉吟想念间,忽见灯下闪走出一人,飘巾朱履,鹤氅绣服,飘飘然趋走近前,笑嘻嘻躬身下礼道:"前蒙小娘子楼头顾盼,小生马上坠鞭,恨不能鹊架银河,片时会合。今夜相逢,实乃三生有幸。"月仙听了,忙起身将他一看,果然就是这位官人,不胜暗暗惊喜,几回错认梦中。定了半晌,只得问道:"郎君何人,怎得在此?"那人笑说道:"小生便是宅中公子,姓黄名金。自从那日得见小娘子之后,废寝忘食,相思彻夜。一种苦情,今且无暇细述。"说罢遂挨近身来,做出万千情急之态。

月仙含笑阻说道:"公子贵人,宠妾盈庭,请自尊重。"黄金道:

"小生房中姬妾虽多,实不及小娘子万分之一。故极力图谋设下此计,邀请小娘子降临敝室,申诉愁肠,不意所谋俱遂,实乃天作天合。得亲色笑,大慰平生,乞赐俯从,莫辜良夜。"

说罢,即跪倒膝前,温存拜恳,月仙忙用手来扶,早被黄金手勾粉颈舌送丁香,轻轻抱起,走入侧首房中。房中已有灯火,月仙低言:"不可造次,人见不雅。"黄金笑道:"我已吩咐,谁人敢来!"便抱近榻前。此时月仙情痴若醉,一任公子轻举金莲,按投玉笋,云雨起来。两人十分乐意,怎见得?但见:

> 喜孜孜的是香干浅,笑欣欣实有邓潘驴。娇滴滴,虽云少妇,尚存处子含羞;热突突,只道年轻,却有老成伎俩。乱纷纷,有如蜂酿蜜;急攘攘,胜似蝶钻花。汗津津,美满情怀;喘吁吁,周身快畅。骨都都,泛溢蓝桥;软酥酥,醉倒吏部。从今罢却相思,以后思情似海。

两人狂荡完,公子扶起月仙,为她整衣理鬓。不胜感激,月仙道:"贱妾寒门陋质,所嫁匪人,只怜命薄,不作他想。不意那日临窗自遣,得遇公子眉目送情,坠鞭留意,两心眷恋,脉脉相关。自到如今,身心若有所系,已拟作来生之好。谁知公子情深,不忍弃掷,谋妾到此。初见惊疑梦境,两愿皆从。今妾之身,公子之身也,不知将来何以置妾?倘或有始无终,情如朝露,今夜宁死于公子之前,庶免日后怨别愁离之苦!"说罢举袖拭泪。

公子听了,忙指灯作誓道:"我黄金若不与月仙图个天长地久,必亡身刀下!"月仙忙将衣袖掩他的口,祝道:"心真誓灭,祸变祯祥。"公子听了大喜,遂将王志无病、留她母亲在别室,细细说知;又说及谋娶。

正未说完,解语走入,月仙忙将公子推开。解语笑道:"我公子为姐姐费尽心机,今夜才能欢会,正好快乐,怎倒推开?我与姐姐如今已成一家，不必避嫌。妹子已另备喜酒，畅饮一番，再寻佳境。"

公子遂携了月仙出房。另是一席酒肴，遂与月仙并肩坐下，解语对坐。三人不复顾忌，欢饮了一番。解语因见夜深，忙促引二人另到一间精洁香房，遂自走出。黄金与月仙各自解衣上床，真是一夜欢娱，千金难买。

到了次日，公子出房，着都趣与王志夫妇说明；又唤进王妈妈入房，月仙述知缘故。两人先前气恼，却被都趣先用势压利害之言，次以富贵动其心。二人见已中计，女儿又已心愿，只得允从。公子大喜，遂厚待二人，送他先自回家。遂与月仙日夜不离，朝朝寒食，夜夜花朝，十分快乐。

不知不觉已住了三月有余。王志夫妇常来催月仙回去，恐怕郜元早晚回来。月仙只得与公子细细商量了一番，送月仙回去。只因这一回来，有分教：

　　安排杰士入牢笼，准备佳人归绣幕。

不知后事如何，且听下回分解。

第八回

图富贵卖奸瞒婿　甘作妾表里仇夫

话说月仙与黄金公子如胶似漆，千恩万爱，日夜不离，三月有余。当不得王志夫妇再三来说："郜元凶暴，恐他早晚回来，露出消息，事非小可。"黄金道："他有甚本事，敢来问我要人？"月仙也踟蹰了一番道："若恁般住下，这厮回来岂肯甘服？若使妾暂回，看他动静，徐徐而图，方得长久。"公子听了，一时高兴，只得着人送了月仙归家。怎禁两情眷恋，热突分离，一日几次传消问息；过不两日，到月仙家楼上玩做一处。街坊人已知其事，俱畏怕势力，谁敢管闲？

且说这郜元别了天雄山弟兄，身边有的是银两，到处买酒食肉，耽耽旌延，走了二十余日。这日才走得到汉阳，已是下午，便往东门走入艳冶街来。将到自己门首，早抬头见对过系着一匹高头骏马，银镫雕鞍。再看自己门户，双门扃闭，因暗想道："想是我泰山因我不在家中，便收拾得铺面恁早。"遂走上街头，用手在门上敲了两下。忽听得楼上月仙笑声，便又敲两下，里面方问是谁。郜元应声道："是我归家。"里面静悄了半晌，才一路叫出道："大郎回来了么？"郜元听见是丈人口角，便应道："泰山，正是郜元回来。"遂开门，同进到后一层堂中，放下包铜，又解了挎刀，然后与王志唱喏道："小婿出门许久，一时不得来家，多蒙泰山照管。怎不见岳母与月仙？"王志忙向楼上叫道："妈妈同女儿下来，大郎回来也。"

母女答应下楼，同入堂中。邰元向岳母唱了喏，便自坐着，说了几句闲文。因看着月仙，只见桃花红晕，惺眼蒙蒙，低问声道："怎你今日方来？"邰元道："我被好友款留，直到今日方得回家。你在楼上与谁吃酒么？"王妈妈忙接说道："大郎你还不晓得，今日是我寿日。你丈人连日在黄公子家做活，得些钱来，买几味酒菜，替我上寿。故此在你楼上吃酒，你却来得恰好。"

邰元听了说道："女婿做亲来，实不知岳母今日是寿日。这晚准备不来，明早补礼吧。"王妈妈笑说道："小生日，也不值恁地。你同月仙上楼，我收拾了热酒来。"邰元听了欢喜，便取了包裹同月仙上楼，果见桌上杯盘狼藉，邰元绝不疑心。与月仙说不得几句，王志夫妇拿了酒菜上来，一同坐吃。邰元正走得饥渴，便就吃起，直吃到更深。王志夫妇将碗碟收了下去，邰元与月仙各自上床。

原来这日黄金正在楼上与月仙低斟慢饮，十分快乐。不期邰元回来，幸喜门是关的，不曾直入，急忙下楼躲在王妈妈房内。王妈妈将寿日哄了邰元上楼，即打发出门，上马而去。这月仙被邰元回来惊散，心中十分不快，即存了害他的念头；恐他动疑，只得强为欢笑，同他完了久别余事。

到了天明，邰元起来，即去买了几色荤菜老酒，来家叫月仙整治，替丈母补寿，在家中吃了一日的酒。次日将银两藏在身边，自出门去，寻人吃酒，做他豪爽的事。

这黄公子出得门来，已有家人扶他上马，急走回来，直到半夜方才惊定。他妻子晓得缘故，劝他绝了往来。怎奈他情沾肺腑，岂肯回心？次日即着人叫了都趣来，细细商量，要摆布邰元，急娶月仙来家。都趣想了半晌，方说道："如今只须如此这般，娶她回来，才得明公正气,没人谈论。"公子听了大喜,即一面着人通知月仙,一面耐心等候。

过不几日,邰元早起,正要下楼,被月仙一手扯住道:"你腰边暗藏银两,日日在外同人吃酒,烂醉回来,只撇我在家清冷。我今将你银两藏起,才放你出门。"说罢便撒娇撒痴,向邰元腰里解脱下一个包肚来,险些将小衣脱落下地。邰元正要发话,不期丈母走上楼来。邰元慌忙两手捏住了腰裤,只背立着,月仙便将前言告诉母亲。王妈妈便笑说道:"我只道你夫妻玩笑,原来恁地。既是这等,你收了银两,可达他包肚。"月仙便将包肚丢在楼板上。

王妈妈连忙拾起,笑嘻嘻递与邰元道:"大郎你不要恼。人家男子在外饮酒,却是妇道家该管的事;但大郎饮的是正经酒,不是撒泼酒,怎么一样拘管起来?我晓得女儿怪你不来家吃,偏了她,有些眼热。就是藏起了银两,日后还是你的,只不过替你收藏,恐你浪用。虽是小见识,也是她做人家的好念。大郎不要恼她。"邰元满肚皮气恼,一时发作不来,便接来拴在腰间,遂下楼出门。

走了半晌,因想道:"我正没好气,要给她两拳,禁她下次;谁知丈母上楼,只得忍住了手。我这汉子,可是惧怕老婆的?晚间回去,好便好,不好须叫她认了拳头,才晓得棘手。"因心里招了些不快活,只低头在城中乱走。因又想道:"我在气头上,包肚内的吃她藏匿,也该到笼匣中多寡拿些来买些酒吃。如今空手,若向熟识店家赊吃,却是不惯;倒不如去寻个相知,便吃他这遭,也不差什么。今日若不吃个烂醉归家,也吃婆娘作笑。"想定了主意,便来寻人。谁知偏不凑巧,寻到这家回说不在,走到那家回说有事出门,心下好不耐烦。

正低头走间,忽有人走来,拱手道:"大郎,好些时不见。今日我正要到你丈人家来,遇得恰好。向日斜石街黄公子请你丈人到家做了好些生活,如今还有做不完的,叫我送到你丈人家来。我这两日却没工夫,烦大郎千万替我带去,免得我走。"邰元看明,却是小时认得、当年在母舅隔壁住的,惯走人家做帮闲,诨名叫做"火老鸦都趣"。

邰元本不肯替他带归，因暗想道："这黄公子前日丈母已对我说过，想必就是他。我今正走得没兴，何不替他带去，到店上权押顿酒，吃了家去，也好灭这婆娘的嘴，使她晓得我没银两在身也有酒吃。"因说道："你还认得。"遂伸手过来讨取。都趣道："我同你去取。"遂引着邰元到斜石街来。

走入黄家厅上，叫邰元等着，便入内同了公子出来。公子故意向着都趣道："这便是王穿珠的阿婿么？"邰元道："我便是。"公子遂满脸是笑道："我有包珍珠急要穿点，烦你带去与令岳，穿点好了送来。"说罢便在袖中取出一个小锦袱打开，当面点明了颗粒，遂递与邰元。邰元接到手中，便要转身。

都趣便在邰元手中接过来说："这是身重之物，你却要收藏谨慎。你身上可有什么包肚么？"邰元道："有，有，有。"遂撩起外面长衣，都趣便递与他。邰元并不留心，即塞入包肚。都趣送他出门，邰元遂欣然而走。

走了半晌，因想道："我见包内大小一百余颗。只消取一两颗到酒店权押，便有一醉。我今不好去寻旧店，倒是不熟识的好。"遂高高兴兴走入一家酒店中坐下，即叫火工先打五角酒，切三斤猪首肉来。不一时送到面前，邰元便吃，觉得酒香肉美十分可口。吃了半晌，又叫打两角来，因想道："若是往日独吃没兴，只此够了；今日却要吃个尽量，回去便不撒酒疯，也使婆娘见我醉了，不敢撩拨近身。"

想定了主意，遂只顾叫酒，大碗价呷。只吃得十分尽量，才立起身走到柜处，对店家说道："我今少带银钱，有些珍珠权押你处。"那店家见他吃了这些酒菜，又不是现银，但不喜欢，只努着嘴叫拿来。邰元便用手探入包肚内，一只手早在包肚底下穿过，吃了大惊。再向四边一摸，哪里还有什么珍珠！忙叫声"不好"，道："珍珠失落了。还在他家中，我去寻来与你。"说罢即转身向外要走。

店主听了大怒，喝住道："什么珍珠？你是骗酒吃的法儿。谁着你骗？趁早脱下衣服作当，莫讨我叫人来剥！"郜元听见要剥他衣服，便急得怒发，隔着柜，只拳打去，正中面门；仰后便倒，大叫火工来救。一时赶出十余个火工，各执火叉、竹篦拦住门口，往郜元身上打来。

郜元大怒，一时手起脚踢，打得众人个个头破血流，逃躲走散。郜元大步出门，立在街中，向着门内大骂道："你这干瞎厮讨打。我郜元可是扯谎骗酒吃的！且去寻了来，和你说话！"便一直走去。街上人方知他是小太岁，俱各吐舌；见他去远，走入店说知。店家只得叫苦，忍气吞声，叫人闭门，恐他又来打人。

这郜元一气跑到黄家厅上，掀椅翻桌，大惊小怪，满地找寻，哪里有个影响？黄金走出，大喝道："你这厮来做什么？"郜元只白瞪了眼，掀起包肚与他看，道："珍珠不见了，失落在这里。你拾了，可拿来我带去。"黄金即发怒道："你这厮好大胆胡说！我的珍珠是交在你中，拿出门去了半日，怎推说失落在此？不是嗿醉失落，便是见财起意，动了贼心，走来混赖。我只叫人捉住，吊打醒了，追赔还我！"便喝了一声，遂自走入。

只见两廊赶出五六十人，齐执棍棒打上厅来。郜元着急，大吼一声，举起一张大椅，与众人拼斗。众人如何抵挡得住？却被都趣在内看见，忙使人取出一罐清油，往郜元两脚上直泼过来。郜元打得性发，直打得众人退出厅外，随即赶出，要夺路而走。不期两脚油污，赶打得势猛力重，跨踏出阶前青石，一个脚挫，把立不稳，"轰"的一声跌倒；急要挣起，又被酒制。一时手脚迟慢，早被众人齐上，按头按脚，用麻绳捆缚。公子出来，大声喝骂："着人送到府去追赔！"

众家人将郜元推扯出门，不一时到府。已先有人与相公说知，即坐出堂来，审问道："公子告你白昼行凶，打入相府内室，劫卷财宝，擒获到府。怎敢无法至此！"郜元酒已半醒，只得分说道："他托我带归，就失落在他厅上，怎么赖人打抢？"遂将破包肚呈看。相公道：

"打抢是虚，交付是实。你将公子这些珍珠藏匿，推说包肚破碎，希图混赖。不打如何肯招！"遂喝打四十，打得郜元大声叫屈。不一时打完，相公又喝招认藏匿在何处。郜元如何肯认，遂又一夹，不了，又是一夹。见抵死不认，便叫推入狱中，明日再审，遂自退堂。

原来这些缘故，俱是黄金、都趣定的计策：通知月仙解他包肚时，即将底处挑线头，有五寸长短；郜元不曾看明，即取来系在腰间出门；月仙即叫父亲报知黄金，黄金遂着都趣来寻。邀到厅上付他的珍珠是真，都趣见他拿在手中故意问他，郜元即便塞入。当送他出门，使人悄悄尾他拾取。不期出门时，已落在槛内，郜元全不知觉，自到店中吃酒晓得他要来找寻，叫家人埋伏两廊，泼油滑倒，送入府中，将郜元严刑打拷。

下在狱中痛苦了一夜，也只认是醉后失落，自己不小心。因想起月仙截过银两，不使他吃酒，果是好意，遂告烦禁卒，寄信家去。这禁卒已受了重托，即要谋死他；却是相公念前官之子，不容伤命，只使他赔认。禁卒与他些饮食；却被公子着人到府催问，相公违拗不得，只得与他三日一追，五日一逼，身无完肤。

郜元到此，自谓无偿，只好丧命。不期一日，忽见都趣拿了些酒菜，走来看他，因说道："谁知大郎恁不小心，惹出这场祸事。我在公子面前再三告求，说你失落是真，公子只不肯信。明日又着人来与相公说，未免又要一番痛苦，使我实过意不去。当日千不合万不合是我烦托，惹出祸来。"

郜元道："自来寄有不寄无，这不与你相干。是我不小心处，怎怨得你？"都趣道："我想这件事，授受遗失，便追到尽头，只问得个不小心，也要各认一半。公子告说盗珠一百二十颗，价值三百多金。你何不认个赔偿一半，大事完了，何苦挨这极刑？倘熬炼不起，可不枉送了性命！"郜元道："你是晓得我有什么，只随他罢了。"都趣道："我也是热心肠，怜你是条汉子，在此处肮脏受屈，着甚来由？只是事情也要看个轻重缓急，也要向死中求活。我也晓你实是无辩。"

说罢便一面劝酒，一面假作沉吟。忽说道："我倒替你想了一个两全的算计，只是不好对你说。"邰元问道："你有什么好算计，可说我晓得。"都趣道："你且再吃些酒，我好慢说。"遂筛了一碗酒，夹了两块肉送来。邰元接来，连吃了四五碗酒，便叫说出。都趣又筛了一碗送来，方说道："你今一日不赔，一日不得出，日受苦楚。倘有长短，谁来照管你的事？你尊嫂一个少年，又无生育，怎能为你守志甘贫？闻得你尊嫂虽人物平常，若肯将她弃去与人作妾，将这屈情告诉，大约这项银两只要在她身上抵偿。你得个干净身子出去，日后另娶个成家。这是两全之策。我是热心肠，一张直嘴，也只凭你主裁。"邰元一时听见叫他弃卖月仙，不觉毛发俱竖。都趣见他颜色俱变，忙笑说道："我且出去，迟日再来看你。"邰元见他去远，只咄咄叹气，如死人般坐着。到了夜间，禁卒将他上了刑具。

次日提出，又是一番毒打，要他赔偿。邰元死不肯认。一日坐着，细将都趣的这些说话暗暗踟蹰道："我是一条汉子，怎白地在此送命！若除了他这算计，实是不能脱生。只是月仙嫁我一场，并无颜赤过犯条例，一时如何提得起？她也怎肯便去？"遂踟蹰到晚道："罢，罢，罢！事到其间，只得要她屈从救我。等都趣来时，只合与他商量。"谁知等了两日不见来。到第三日，方见都趣走来，满脸赔笑道："前日这些说话，实是我一时唐突了你。今日又买一壶来请罪。"

邰元此时见了都趣，一似亲人。见他赔罪，便十分感激道："你休恁般说。我两日将你言语细细较量，实是不差。我今只得与你计较。"都趣道："我前日失言，已是得罪，实不便叫你做；你须自作主张。"邰元道："你休推调。只是我要弃月仙，也要与丈人、丈母说明。又不知一时可有主儿？"都趣听了，只筛酒他吃。

吃了半晌方说道："你今既是情愿，何必要通知丈人、丈母？今日又是追逼日期，你只消当堂认个不小心，失去公子珍珠若干，情愿卖妻王月仙赔偿，相公便不好再将你受刑，自然去寻官媒，去寻主儿。就是一时寻不着主儿，也不好十分追逼；若寻了主儿，他自当官交纳银两领人，一面将你释放。岂不天大事俱完了？"

说未完，堂上已发了三梆，禁役即来带着郤元上堂。正要动刑，郤元只得说道："黄公子交付珍珠，失落是实。如今受不过枉刑，只得卖妻王月仙赔还。"相公道："既是卖妻赔偿，理之所该，非为枉法。只是公子珠价甚多，你妻子如何值得这些？"郤元道："值与不值也不晓得。若是肯念冤枉，量情减少，也不差什么。"相公即着人拘唤官媒，吩咐而去；又着禁役将郤元依旧入狱，等候发落。

过了两日，禁卒又来带他上堂。只见相公说道："今日官媒已将你卖妻银两交纳在此，今日将你释放。论理还该薄责，只是受责过多，又卖妻赔偿，不责准放。"因唤近案，看视交纳银子。郤元果见案上许多银两，便咬牙不忍再看，叩谢走出。只因这一走出，有分教：

地下新添色鬼，人间合遇妖魔。

不知后事如何，且听下回分解。

第九回

鬼算计冷笑似无情　小太岁杀人如切菜

　　话说郆元释放出了府门，因暗想道："我为这场冤屈官司，直弄得卖妻，无家可归，有甚颜面见人？不如离这城中，冷些时再来。"因又想道："我月仙虽去，她父母在家，也须见他一面，说个事出无奈，空负他二人向日好情；并讨了刀锏，才好远去。我今在此，等到夜静去吧。"遂在府门僻处坐到黑，方举步走出街来，道："我郆元又不曾杀人作歹事，打得我两条腿恁般难走，好生可恨！"便一步步乘黑挨到自己门首。

　　在门上敲了几下，并不见有人答应，遂自心疑。忙用手门上一摸，却是紧锁着，便暗暗叹口气道："必是月仙出嫁，他两人俱送去了。"早有对门左右邻人听见王家门上响动，俱开出门照看，却见郆元立在门首。只说声："恭喜，大郎回来了！"便关门自去。郆元正不耐烦有人来看，得他去了，倒也自在。因想道："他虽不在家，只得要卸下门扇进去，免得又向别家出丑。"因用手将锁钮往上一撬，早撬落了一扇，遂闪身入内。却没灯火，幸喜路径是熟，遂走上楼来。房门也是锁的，只得用手裂断走入。忙推开了窗扇，就有亮影照入。却见房中动用以及床帐箱笼俱在，不胜惊异道："她既去嫁人，怎一些也不带去？"因叹口气道："早是那日不曾破口，果有好心待我。"遂又向床头摸着了佩刀并铜，不胜欢喜。取刀在手，抽出鞘来，在黑中摇晃得几缕光芒射出。因放下想道："我今日还没顿口下肚，不知灶下可有甚充饥，且寻些来。"遂下楼走入灶下，并不见有甚下口的，只得复走出来，立在堂中，暗暗气苦。不觉有阵酒香，忙将两鼻东西乱闻，便闻到香处。用手一摸，见壁下有个酒坛，不曾盖好，透出香味。忙掀开坛口，一手探入，却有半坛老酒在内，不胜快活。忙提起，嘴对着坛口，咕嘟嘟咽落下肚，不时吃完，觉得十分快活。才上楼倒在床上，一觉睡着。喜得事在心头，见窗外有了亮光，知是五更，慌忙起来。打开箱笼，并叠了一个包裹。摸到箱底，忽摸出一包银两来，还是当日月仙在他包肚内取来藏入。一时摸着，真是绝处逢生，不胜大喜，遂裂块旧布揣在腰间。将刀紧好，背上包裹，提着三棱铜慢慢下楼，将大门依旧掇好。

　　走到东门，不期天早未开，遂立下暗道："我今若去寻天雄山弟兄，自然相留。他当日苦劝我在山，同做事业，我只不肯，别了回来。如今这个模样，怎好走去见他？若要到母舅家去，近日母舅已死，表弟又与我不合，岂不被他耻笑？"因想了半晌道："我记得当日母亲有个妹子，嫁在永城，多年没个信息，不如到那里住些时回来。"遂沿城走到北门，又立了多时，方才随众走出。寻店买些酒食吃饱，遂慢慢挨走。因是腿上糊疼，一日不敢多走，一连走了两日。

　　这日走到下午，觉得十分难走，见前面有个市镇，忙忙走到，寻店安歇。走入房中，放下包裹、刀铜，忙向主人家讨了一盆热水。脱去衣裤一看，两腿上血脓流淌，烂肉块块下落。一向没心去看，今日见了，不觉又恼又恨。只得在热水中浸洗，一时疼痛入骨。便叫主人家进来，问他买几张棒疮膏药敷治。主人道："我这高草镇上虽有膏药，只好贴些疮疖脓窠，并没有棒疮膏药。只有丁太公家，他大儿子在县中作吏，家中自己配合得上好棒疮药。我镇上常有人拖欠钱谷受责来家，央情到他家买，每张要纹银一两，贴上便好。除非是他家才有。你若出得这块银子,我便与你买来。"邰元道:"只要见效,哪惜银钱!"遂在怀中取出一幅白布包,放在桌上打开,内中约莫有十五六两白银,森森耀人。遂称了二两,递与主人道:"烦去买来,我这里立等。"

主人接了,去不半晌,买了两张来,说道:"丁太公说:'任它毒疮,贴上便就止疼,三日收口,半月痊愈。只是切忌气恼。'若三日不收口,可走去看,另敷别药。"邰元听了,满心欢喜,接来贴上。过不一会,果是止疼。到了晚间,吃个醉饱自睡。不期店中有个小二,看见邰元身边有这些银子,十分动火。到了夜间,料理了店中,推说有事出门去寻人。恰好这人来家,细细说知,那人应允,他自回来店中歇宿。这人到了二更将尽,便走到店外,放出飞檐走脊的手段,纵身上屋,在檐前轻轻溜下,撬开门扇,走入邰元房内。见他沉睡,遂取出身边火种向空中一照,轻轻走进床前,在枕边取了白布小包,依旧上屋而去。

那邰元一觉睡醒,忽见窗中射入亮来,不胜惊疑,忙向枕边一摸,喊叫:"有贼!"一时惊动主人,叫起火工前后赶捉,并无贼人。邰元只叫得气苦。乱到天明,腿上棒疮尽皆迸裂,点立不着地,只睡在床上呻吟叫痛。店主人见店内失他银两,担着一把干系,只小心来服侍。

一连睡了三日,这邰元只得扎挣起来,对主人说道:"前日讨药时,原说着不得气恼,谁知恰恰为事,两腿上比前日更是疼痛。这丁太公家住在哪里?我只得走去烦他一看。"店主说明住处,遂自走来。

到了丁家,只见一个老者,两鬓如霜,面色红嫩,在堂前领着个四五岁的孩子在那里嬉笑得意。邰元不便径入,只虚问声:"有人么?"丁太公听见外面有人,连忙走出问道:"足下何来?"邰元道:"小子是过路人,只因受了屈棒,前日央人在府上告求了两张膏药,即今疼未止,只得走来求看。不知老丈可便是丁太公?"丁太公连忙答应,请到堂中,施礼逊坐毕,即叫启疮看视了,说道:"我老汉的膏药，贴上再无不效。如今这般凶势，却是为了气恼所致，急切难愈。只是足下既是路途，这气恼何来？"

郜元见他眼力果高，只得将失去银两述知。丁太公又问道："我观足下相貌人物，想是与人争斗，被官司受责了。"郜元道："若为争斗倒也没怨。我是受屈无申，几致丧命，幸得卖妻完结，才得出来，去奔亲戚。"丁太公听见卖妻完结，不胜惨容，问道："莫非足下侵匿钱粮，暗消国课，致使卖妻完纳？不知足下尊姓何名，今投甚人？"郜元见他殷殷相问，只得说出始末缘由，并通姓名。

丁太公听了，不胜叹息道："误失人物，官府也该谅情。怎恁般毒刑，折人妻子？但天下冤枉事也甚多，足下既已脱身，还宜自解。就是失去银两，也不必十分气恼，使疮难愈。"说罢，遂走入内去了半响，拿着一包细药，与郜元轻轻渗在烂肉上，又换了两张膏药，才觉得一时爽快，因谢说道："太公药本贵重，怎奈郜元被偷，不能献纳。此去挣得好时，决不敢忘大德。"丁太公笑道："足下暂时受屈，老汉亦非求利之人。今知这些缘故，前途必少路资。前赐药本，可带去使用。"说罢，遂在袖中取出。

郜元再三推辞，当不得丁太公决要他受。郜元见他慨然仗义，遂不敢推辞，忙施礼作谢。丁太公因又问道："足下此姓，我汉阳甚少。只有当年一位都尉在此镇守，甚是爱民。他是北方人，才有此姓。足下正与他相同。"郜元不便隐瞒，只得说道："郜都尉就是先人。"遂将寄养以及阵亡之事说了一遍。丁太公听了，忙起身重礼道："不期就是都尉世胄，老汉有眼不识。失敬，失敬！"

正未说完，忽走进二人。丁太公喝道："你两人终日在外闲荡！今有尊客在此，可过来相见。"二人问道："他是什么人，阿爹叫见？"丁太公道："他是暂时受屈，棒疮疼发，又在本地被偷，我今替他医治。他的先尊曾在我处镇守。前官之子，安敢不敬？快过来相见。"二人道："如今却管不着，问他叫什么。"丁太公道："他在汉阳城内居住,姓郐名元。"

二人听了大惊,道:"莫不是东门艳冶街住的'小太岁'么?"郐元惊应道:"二位哪处知我贱名?"二人急忙上前道:"我二人一向仰慕大名,要来结识。谁知今日来家,拜识面颜。"说罢一齐拜倒。郐元连忙回拜,挽扶坐定。郐元将他二人细看,只见:

> 一个是棱棱瘦骨,实具虎背狼腰;一个是短短身躯,的似豹头熊耳。一个是生死可以相共,一个是患难可以相扶。一个是会合系于前生,一个是相逢应乎后劫。从今作出万千般,说着令人堪羡。

郐元看明,遂问二人姓名。丁太公指着瘦长的说道:"这是老汉的内侄于德明。这便是第二个小儿丁谦。"丁谦便说道:"我两兄弟因有些力气,好使棍棒,人叫我是'铁里蛀虫丁谦',我哥哥是'铁鹞子于德明'。郐元哥哥既在我地方失去银两,俱在我二人身上,叫他欢欢喜喜送还,还要拜哥哥哩。"

郐元听了,忙惊问是甚缘故。二人只含笑不说,即一面吩咐治酒,一面着人去请客来相陪。二人便问舍受责事情,郐元又细述了一番。二人道:"若这等说来,哥哥一定被剪绺贼割裂了包肚,漏去珍珠,受这场冤苦。如今也只消问他,敢怕晓得些影子,可以追寻。"郐元忽听见有处追寻,不胜惊问。二人只含笑说道:"如今哥哥不必远去,只在我家住一年半载,再作计较。"郐元听得糊糊涂涂,不便细问。

不一时,里面送出酒肴,摆设堂中。正要坐席,忽外面走进个人来,对二人说道:"我前日来家,还不曾来看你弟兄,怎倒来请我?"说罢,遂向丁太公作揖。见有面生人,只拱手道:"请了。"郐元连忙拱手。那人笑对丁谦道:"既承相请,我便是客。"竟不推逊,坐了首位。

丁谦、于德明只是暗笑,向太公暗暗摇手,只得将郐元坐了次位,太公坐了第三，两弟兄横坐。那人只笑笑傲傲，饮酒吃肉。郜元不知他是什么人，一时不便动问，只偷眼将他细看。你道怎个模样？但见：

　　浓眉若漆，滴溜溜两只乌珠；鼻孔朝天，毛渗渗一张阔嘴。笑傲一团贼相，谦恭纯是强形。性灵中有侠有义，行藏内能始能终。窃取不惊鸡犬，捞摸全用聪明。前称神算有名人，目下尽云鬼算计。

　　那人吃了半晌，方问丁谦道："这位朋友倒像是个汉子，怎憔憔悴悴满脸堆忧？怎请他陪我们豪爽人吃酒？"二人齐说道："他的忧愁，实有万千也说不尽。只他前夜歇在店中，被人取了他的盘费银两，气恼得棒疮迸发。今日走来，我阿爹要替他医好留在家中。我弟兄甚是怜他失物，不知哥哥可晓得些去路？千万告知一二。"那人笑道："这地方除了我，还有甚人？是我偷的。他既是个苦人，我便还他。只是他为不见了银子愁苦，还是别有什么愁苦？他叫什么名字？"

　　二人便笑说道："我们先前若一径说出他的大名来，你便要赔罪送还，便显不出你的义侠来。你今就肯还他，便是你的好处。如今说你知道，却是你不识面、到处替他传名、要结识的'小太岁郜元'。我二人方才拜了他做哥哥，你今当面，难道还不拜他，还是这般上坐？"

　　那人听了，便看着郜元，一连三四声冷笑，尽皆吃惊。那人因对郜元说道："我向来实晓得你是条汉子，要来结识拜做哥哥，再不能够。如今却有了臭名，被人说坏，我听了甚是不服，有些怪恼。还认你后来的有些好作用，谁知你钟不敲、鼓不响，静悄悄的竟走到这里来！也只索罢了，只是问你落入圈套，放出监来，你还是晓得了风声不敢做对头，逃躲出来的？你还是竟一些不晓得风声，自己走来散闷的？可细细说我知道，我就有个分别了。"

　　郜元忽见这人说话嘲笑，心中十分恼怒；又听见他弟兄说他一向想慕，一时不便变脸，只急得大声问道："我有甚落人圈套？什么臭名？须知落人圈套，只因自不小心，脱落了人的珠子，吃这场屈官司。臭名儿只不过吃追逼不过，情愿认赔，当官卖妻赔还，是救一时性命，不肯埋没。人到患难时，卖妻卖子也是常有的事，也不叫什么坏名丧耻。这些事俱是我做我为，人人共见共闻。终不然自己做的事，又去问谁？你且说闻知风声便怎么，不曾闻知风声又怎么？今日却要分别还我。"说罢，直立起身来。

那人见邰元发急，全然不理，只坐着，慢腾腾吃着酒，说道："你若落人圈套被人暗算，竟坐在鼓中，只不过一时不察，还不失英雄豪杰面目，只今日我便拜你做哥哥；你若晓得暗算，怕他势力，甘心让他，前夜得你这包齷龊银两，我一毫不曾动，只掷还你，使你好去逃生。我如今问你，你的妻子可叫王月仙？可知她是几时出门，如今在什么人家？"

邰元见他说话有因，只得按住了性子，坐下道："我妻子正叫王月仙，是官媒变卖，当堂交纳银两，便是纳银人讨去。我出监时，恐人指笑，只在黑夜中回家，谁知家中并没一人。只住了一夜，五更挨门走出，并不曾问人，知嫁了甚人？这便是实话。"那人听完，便哈哈大笑，立起身来道："你还是个好汉，也不枉我几年想念。今又费了一片心机，天叫你来相遇。我今先拜了你做哥哥，慢慢与你说知。"说罢，向着邰元倒地便拜。

邰元满肚皮疑惑，又不知他什么人，见他这般屈拜，只得出位搀扶。一时哪里扶得起来，只得连忙答拜完。那人立着，满脸是笑，说道："兄弟便是汉阳管界，就住在前面其邻堡。只因我有些手段，能跳高墙，踏得险壁，任他藏得隐秘、放得安稳，也要被我算计它到手。故此人叫我是'鬼算计常况'。我做这没本生意，却是存心偷奸偷诈，不偷贫苦，好结豪杰。一向在外，全凭眼见耳闻，遇了豪杰便要结识。当日结了杨幺，已将哥哥好名说知，他在那里想念你。"

邰元听了，大笑道："你原来就是常况！你倒结识了杨幺，只可恨我还不曾见面。"常况道："哥哥在哪里知我名姓来？"邰元遂将天雄山接去退敌，他们弟兄因述杨幺说你好处，俱在那里想慕。"谁知今在无意中，恰遇见了兄弟。你今有话，可细说知。"

常况道："我对哥哥说，却是一时不要气恼。我前日在城内打听得一家奸诈致富，这夜便去算计他。乘黑入内，伏在他房中，等睡熟下手。不期他夫妻不睡只说话，我便细听。却将哥哥家的事当了一件新闻，一递一口的笑说。先说哥哥自恃本事，不放人在眼内，街上人俱不喜欢，巴不得弄出事来。然后将哥哥出门，王月仙在家，一日在楼窗与黄金公子两下调情；回家与都趣合计，叫王志到家做活，使人假报王志死信，将月仙哄到园中，各遂心愿。哥哥那日来家敲门，这快活三郎正同月仙在楼上饮酒，王婆谎说寿日，放走快活三郎；他便设计着月仙将包肚弄破，都趣来邀寄珠，彼时珠子已落在他槛内；遂埋伏了人，这都趣暗使人泼油将哥哥滑倒，送入府中。已嘱托上下谋死，还亏得相公明白，不许害人性命；又却不得他面情，只替他追逼。追逼时，俱有他家人看动刑具，还亏哥哥禁受得起。黄金、都趣遂商议官卖赔偿，明娶月仙为妾。当日银两俱是库中借用。哥哥进监时，即抬了月仙到家，如今两人好不自在快活。王志夫妇亦时常接去，家中门户，吩咐邻人替他看管。故此哥哥这夜到家，俱不曾见。"

邰元听了这些缘故，只急得恼怒填胸，直立起身来，大叫一声："杀这奸夫淫妇！"往前一步，不期棒疮迸裂，往后倒地，昏迷不省人事。

众人大惊，连忙挽扶灌救，渐渐醒来，只叫疼痛难禁。丁太公将常况不胜埋怨，忙扶入小房睡好。一面劝解，一面上药。常况道："我叫哥哥不要气恼！身子这般狼狈，若一造次，是不能害人反为人害。莫若在此住些时，再做计较。"丁太公也劝说道："从来杀奸，须在奸处可杀。若与他告理，他如今已是当官买娶；你便告下天来，也辨不明白。只在舍下调养好了，日后娶个贤德的成家。切不可为此不洁之妇，想去轻生。"丁谦、于德明也再三苦劝，邰元点头称谢。丁谦使人去取了行李、刀锏，常况取了银子来。

自此四人只在一处，将郜元百般调理。不知不觉已是半年有余，郜元已是精神如旧，便自暗暗思算了一番。次日对三人说道："我当日原要到姨母家去，相见一面。不期蒙太公与三位弟兄相留，住有半年。我今细想太公说话，实是有理。如今且到姨母家走遭，再来计较。只今别过。"三人见他坚执要行，只得治酒送别。郜元将铁锏寄下，只将佩刀悬带，提了包裹作别。太公与三人直送至路口，别过自去。常况见他去远，忙对二人说了几句，取了一杆朴刀，随后赶来。

这郜元走了半晌，见离得已远，遂暨回身，往小路而走。不两三日，已进了汉阳城内。因见天色未晚，恐人识认，忙走入僻巷中，寻个小酒店，只吃到夜深出门，往斜石街来。早见黄家门首十分热闹，忙闪立在对过影壁，暗想道："他今前面有事，此处必是提防。莫若到后面去。"遂走过门首，依着房屋，转入一条小巷。抬头见有一间过街小楼，窗棂未掩，里面点着灯火，一阵阵飘出香来。郜元道："这是他家的过街楼，必是有路可通。我今只消上这楼去，便是不通，也可上屋看光景下手。"遂走到楼下，将包裹弃下，只一按跳起，一手搭住窗棂，将身蹿入楼中。

却见供着一堂佛像，有个和尚在那里打坐。郜元忙上前一手按住，抽出刀来低喝道："若敢声张，即便杀你。"这和尚吓得浑身抖战，哀求道："我是黄金公子供养在此，与他祈佑的，并没财物藏积。"郜元道："我不是要你财物，只问此处可通公子内里？"

这和尚见是问路的，方才放心说道："通是不通，只有一间小小便门可通。"郜元道："便门在哪里？"和尚道："小僧在此不起炊爨，一应斋供俱是里面着俊童俏婢从便门击梆传送。小僧听了梆声，便去取吃。只这所在，若是挖掘便可过去。"郜元遂押他走看，却是个转关洞，只消搬开木桶，便可挨进。郜元看明，即应手一刀将这和尚砍倒。见桶上俱是铁索锁住，遂用手裂断，掀开木桶，钻身入去，却是一条夹道，黑魆深远。遂摸走了多时，才走到总路口。

早见远远一个人，提着一盏纱灯走来，忙闪入夹道，让他走过。即从背后赶上，将这人一手夹定，一脚踢灭了纱灯，走入夹道中问道："你可说出公子新娶的王月仙卧房在哪里，我便不杀你。"那人吓得魂胆俱消，只得说道："她的卧房在花园中百媚轩。"郤元道："花园往哪里去？"那人道："你只走过总路，转右首去，便是花园。门却是锁着的，不得入去。"郤元道："既是王月仙的房在园中，公子要早晚往来，怎么又锁？"那人道："这是走园中的路，公子到她卧房，里面有通路。"

郤元听明，又问道："他今夜前面为甚热闹？"那人道："因大主母生子，今夜是众帮闲公分，叫优人扮对，与公子贺喜。"郤元道："可知有个都趣在内么？"那人道："他是公子心腹，怎么没有？"说未完，郤元将他一刀劈死。遂到总路，走入右首，两扇石门牢锁，便用手举着双环并锁往上一提，早脱落了半扇石门，将身侧入。

掩好石门，遂一路往园中探看。只见各处俱有楼台亭庑，不知这百媚轩在哪里，遂蹑步走来。忽透出几句声音，即随声音窃听。见是一带竹屏，满架蔷薇正开放得十分烂漫，遂立住窃听，却听见里面正是月仙同人说话，便不胜欢喜。遂分开花径，拨开几根小竹，闪近窗前。再一细听，却听见里面是她母女二人在那里一高一低的说话，却听不明白。只听见后面月仙说的两句道："若守定这蠢物，怎得有这般富贵。"

郤元听了，按捺不住，即一手扳开窗扇，踊身跳入，大喝道："贼淫妇！只叫你这富贵可得长久！"王妈妈忽抬头，见是郤元，忙叫声："啊呀！"郤元即一刀劈去，跌倒半边。那王月仙急往床后去躲，早被郤元赶上，揪过头发，一刀割下头来；复将王妈妈头割下，并在一处，一手提着，将灯打灭，因想道："房屋深远，逢人便杀，一时也杀不了。不如上屋省便。"遂踊身跳上。只听见前面箫管鼓乐，遂轻轻一层层的走到大厅屋脊上,便往后檐跳下。

见穿堂内许多仆妇俱背立着,看外面跳对故事。郜元遂从黑处闪立,只见外面上席是公子一人,都趣、王志与众帮闲俱四散横坐。看得亲切,只一脚踢开众仆妇,抢出厅来,将两颗人头血淋淋掼在公子席上,直震得碗碟皆翻。公子抬头见是郜元,已是失色;再看席上,却是月仙母女俱杀,一时魂飞魄走,忙要逃避,早被郜元一刀砍来分做两截。转身抢杀都趣、王志,一时厅中大乱,外面管门仆从,忽见厅上杀人,忙赶人喊叫捉贼,俱将棍棒拦住去路,打上厅来。

郜元一时杀不出路来。正然着急,早有一人从外杀入,大叫:"天雄山好汉全伙在此,为郜元报仇!"说罢举刀杀来。众仆从一时心慌,便没命的往黑处躲避。那人又大叫:"郜元哥哥快跟我来!"郜元看明大喜,一齐杀出门来逃走,只因这回逃走,有分教:

　　脱笼寻义士,解网遇冤家。

不知可能逃脱,且听下回分解。

第十回

杨幺为村人府堂刺配　邰元酒结识江上杀人

　　话说邰元一时杀了多人，又被众人围住，杀不出来。忽有人救助，看明却是常况，遂一同杀奔出来。引到城墙，一齐跳下。到了僻处，邰元道："我一时报了仇恨，却被人拦路，亏得兄弟助力救出。怎晓得我在此？"

　　常况道："前日相别时，我与丁家弟兄说：'哥哥此去，必定入城报仇，我去做个接应。'他两人要同来，我回了他，只自提了朴刀赶来。果见哥哥上了汉阳大路，遂远远跟来。见入了酒店，我去寻个熟识，慢慢走到黄家黑处，藏伏了多时。忽听见里面闹动，知是动手，便赶入来。却见哥哥被人围住，遂虚张天雄山全伙，将人吓走。不知哥哥几时闪进厅，便杀了黄金、都趣、王志，只可惜造化了月仙，不曾杀得。"

　　邰元道："这淫妇母子俱被我杀了。"遂将入去的事说出。常况听了大喜，道："做得了当，杀得快活！只是不久天明，有人追赶，哥哥快投生路。"邰元道："我今且到了丁家，再往别处。"常况道："他那里如何隐藏的住？只上天雄山去，便再没人敢来。"邰元想了一想，道："你的算计果是不差，如今没处存身，只得上去吧。"说未完，前面已有人走来,二人各自分散。

这黄家仆从,直等贼出门去远,方敢出来,备执火把刀棍,分头追赶,直闹到天明。已先有人去报知官员,便闭城三日挨缉,并无消息。那黄家将这公子、月仙以及众人殡殓,即飞报入东京。黄潜善闻知,不胜痛苦恼恨,即行文着地方官身上,要将邰元解京处死。不日到府,一时行了海捕文书,逢府、州、县到处严缉。

这邰元别了常况,遂一心要投奔天雄山。忽想道:"我一向思慕杨幺,何不先去结拜了他,然后上山未迟。"遂往岳阳而来。一日到了城中,已是天晚,赶不出城,便寻店投宿,吃了酒饭。正坐在房中,却听见街上饶钹喧天,人声嘈杂,遂走出问店家道:"街上为甚这般热闹?"店家道:"今夜是我处贺太尉丧事出城,将要发引,故此热闹。"邰元听见说是出城,便又问道:"可知他这丧事,出在哪里去的?"店家道:"闻得新择坟山,在柳壤村中。"邰元听了,满心欢喜,因对店家说道:"我正要到柳壤村投奔亲戚,赶不出城,住在你家。我今算还了你的店钱,便同他丧事出城。"遂向腰间取出银子,算还停当。

当到初更时分,贺家丧事纷纷出城,邰元杂在人内同到门边。果是有势力的人家作事不同,有许多官员相送出城,守门军卒俱照管接应。邰元跟出城来,一路灯火,如同白昼。忽想道:"这太尉可不是贺省?却是天雄山对头。我父亲虽是阵亡尽忠,却因他误国败事。我如今何不趁此结果了他,上天雄山去,岂不更有光彩?"遂留心看去。只见轿马甚多,夹杂护从,不知坐在哪乘轿内,一时不敢动手。回想道:"他少不得到了坟上也要出轿,等他出轿时计较。"遂一路跟走。将到五更时分,方到得柳壤村。早听见前面丧事人役齐声发喊,叫打叫捉。邰元忙赶上一看,只见一边仗势力,一边恃人众,吵吵嚷嚷不了。

你道为甚缘故?原来杨幺这些时在家,侍奉父母,谦恭待人,力行济困扶危,锄强御暴。村中人尽皆敬他,若有甚事情,俱来与他商量。一日杨幺坐在家中，忽有几个里老来寻他说话。杨幺迎接了人来，坐定问道："今日列位尊长何事光临寒门？"众人答道："大郎近日坐在家中，不知将来村中便有绝大祸害事到来，是以我们来见大郎，要大郎作个计较。"

杨幺听了，吃了一惊道："我们村中俱是本分人家，不知这祸害何来？若使杨幺做得的事，不妨细说，我去做便了。"众人方说道："我这柳壤村的风水，是左洞庭右彭蠡，接着大云山来脉，故此物阜民丰，实是地灵使然。不意近日城中有个贺省，谋做太尉，年少官尊，今奉旨葬亲，要寻佳地。因听信了一个阴阳人，到我村来，看中了戎小山一块山场。遂着人来叫去，立逼写了一张文契，便来定穴。官宦家做事十分容易，不几日便堆筑盖造了一所绝大坟丘，前昂后耀，直冲向村中。前日有个高人见了，说道：'这坟若葬了下去，便破了村中风水。不久人口不宁，盗贼必起。'众人听了，虽不尽信，只这几日村中有数十家男女，皆一时卧病，害得七颠八倒。若果被他葬下，就要依这人的言语了。故此人人惊慌，尽皆计较。只是这些愚钝人，哪里计较出甚好算计来。不知大郎可有什么保全的妙策？"

杨幺听了，暗暗点头了一番，说道："这便是贺省来作损人利己的事。可知他几时来安葬？"众人道："若是几时，还可从容计较；他只想入土，便可荫庇子孙荣贵，连夜造完。明日五更，便出殡事来下葬了。"杨幺道："既是恁般，便不宜迟。今夜你们去传集村众，等他滨来，同我去见太尉。他是做官的，明些道理；便要作恶，也不好在本地为私事害民。你们帮着我与他讲，如若恃势不肯甘休，可知还有上司处与他对理，也没个顺情违众。恁般小事，我杨幺一力担当，列位且自请回。"众人听了大喜，遂自别过，去传集村众。

大家等候到五更时分，听见三声炮响，铙钹乐器齐动。杨幺遂领着合村人，到新坟上等候。不一时丧事到来，杨幺忙上前，对众说道："我这柳壤村，只可作阳地兴旺人口，岂可作阴地妨碍村坊？你们可去对太尉说，若要子孙昌盛，只在心田，不在风水上做工夫。只因初筑，便妨碍村中人口，尽皆惶恐；又不敢向太尉处告白。故此我杨幺为首来劝太尉，别寻地土。若必恃官势欺压，所信阴阳人诱哄，要在这地葬埋，我杨幺决不肯让人占去。"

这些丧事人，忽见村人拦阻，又见这人大言不惭，内中俱有送丧绅士以及衙役护兵与这些豪仆狐假虎威的人，听了俱各大怒，喝骂道："你这村牛蛮狗！不畏王法，也知太尉势焰，怎敢自来寻死！"贺太尉坐在轿中，十分恼怒，遂喝人将为首的杨幺缚来。众人先前还是喝骂，今听了吩咐，便叫打叫缚，直逼近杨幺身来。杨幺正分说间，不期一人夺过护兵手中一条哨棍，在贺家丧事中打得一片声响。大叫道："谁敢打骂杨幺，我邰元来救也！"

杨幺忽见有人动手，又听见说出邰元姓名，不觉又惊又喜。见贺家人去攒打，心中大怒，也抢取一杆棍棒打上前来，叫道："不识面的豪杰来助，我杨幺来也！"一时间两人两棍，一上一下，左五右六，如疾风骤雨般，直打得丧事员役俱抵敌不住。挡着的头伤，遭的腿肿，俱发声喊，弃下灵柩，撇下仪仗，逃的逃，躲的躲。贺太尉的大轿并众妇女及送殡诸人，见不是势头，俱往原路抬回。柳壤村人一时得势，只追赶打个尽情方回。

杨幺与邰元见丧事人去远，各收了棍棒，一同来家，先各诉述想慕之情。杨幺方谢说一番，将村中缘故说出道："若不亏助力，贺家恃强，一时怎肯退走？只不知豪杰何故夜来？"邰元遂细述受屈报仇，今上天雄山去安身，因要来拜识哥哥，随众走来，不期哥哥正与他分辩不出好来，只得相助臂力。说罢，遂伏地便拜，杨幺连忙回礼。二人不胜欢喜，遂备出酒肴，两人对饮。真是相逢知己话偏长，十分畅饮，直饮到巳牌时候，俱各半酣。

忽走进两个保正并三四个牌头来，杨幺见了，连忙起身相见。只见内中一个牌头满脸笑容，对杨幺说道："我俩跟随本府相公，贤明无事，从不敢下乡。只因今早贺太尉具了一纸状词，关系村众；我相公谨慎，难信一面之词。知你乡民怎敢与太尉作对，内中必有委曲，故生事端。因恐你们不能上达，今遣我等下来，悄悄叫你们去，投递一纸地方公呈，当堂诉明，便好回复太尉，好与你们解释。方才到村，人人推诿，说是大郎与一位不知姓名的为首。故此特来借重入府诉明，便完了这件公案。"

杨幺听了，大喜道："我们实有委曲，正要去求上司公论，尚未举行。他既有词在府，相公又如此贤明，肯念地方民情，我杨幺只此便去诉来。"遂着里保写诉词。因对邰元说道："这是我地方事。有我一人，你也不必开列。"邰元道："昨夜是我动手起的。他今告我，怎么临事推诿，只叫哥哥去？好歹辩明回来。"便叫里保写上名字。众牌头见他肯去，各暗暗欢喜。不一时写完，邰元解下佩刀，杨幺收入，遂一齐出门。同了里保以及众乡长，俱入城来。

原来这贺太尉被杨幺、邰元领着村人不容安葬，恃强打散，气恼来家，即入府去说明。知府听见内中有个邰元，因说道："这杀人贼，却逃躲在此！"贺太尉忙问缘故，知府遂将杀死黄金众人，东京太师星夜来文，着合府、州、县到处密拿进京说了。"太尉请回，本府自着人去拿获。"知府与贺太尉别过，即唤集观察、吏目、都头、捕役，吩咐点兵去捉。

众人领命，到了缉事房中商议。内中有人晓得杨幺勇力，不是轻易擒获的；邰元又是杀人重犯，遂商议出这软诱硬捉的计策。不期杨幺一心为众，又听见官府廉明，竟不疑虑；邰元忘了自己利害，不肯要杨幺独去，遂同众到了府前。

先有牌头人去禀告，知府即坐出堂来，两廊已有准备，遂着一二人入去。知府故意先叫里保等上去，说了几句为地方的言语，打发了下来，遂唤杨幺、邰元上去。杨幺果见相公为民，暗暗欢喜，遂将贺太尉占地败坏风水以致疾病缘故说了。知府听了，笑了一笑，用手在脸上一抹,勃然变脸。忽两廊下赶出三百余名弓兵、都头、捕役、观察、吏目,出其不意,一拥上前,将杨幺、郐元一齐按翻在地,绳缠索绑,动不得分毫。

知府便拍案大怒,喝骂杨幺道:"岂不知贺太尉是朝廷大臣,本地显宦?今奉旨归葬,择地安阡,此乃名正言顺之事。你怎敢恃凶逞强,纠合村愚,不容入土?不知律法所在,阻截丧殡者斩,殴辱官长者亦应处斩?太尉即要本府申明上司,请兵剿尽村顽。本府因念罪在起衅之人,又恐你恃顽不服拘获,故诱来入罪。"因又喝骂郐元道:"你这杀人贼,黑夜杀死黄金、月仙多人,到处缉获。今又奉太师来文,立逼汉阳府县要人解京。谁知在此露迹,今又逞凶,罪不容余死矣!"遂喝衙役将二人分了左右,各重责五十。

杨幺一时不能施展,只得受责。知府见各打完,遂令下狱。又叫里保等上来,喝骂道:"本府姑念尔等村愚,听其蛊惑,不知王法,今只将杨幺定罪,郐元不日解京,听太师裁决。贺太尉另择吉日安葬,不许再生事端,阻止安埋。如敢故违,罪必处死!"众人听了,磕头道:"相公钧谕,小民敢不听从!"

知府退入堂去,众人出了府来。大家聚在一处商议道:"昨日杨幺好好坐在家中,是我们去与他商量惹祸,害他吃苦。若不去打点上下,必致受累。这件事原是地方公事,如今各派出银两与他使用,保个平安,才是道理。"遂大家议定,乘夜来见禁役;又去嘱托掌案孔目以及大小人役:"一应使费,俱是我村中人身上,天明回去送来。"遂不使二人受苦。

众人等到天明,回来报知,合村人无不愿出。杨得星夫妇不胜痛苦,即同众入城料理,到狱中看视。衙役得钱,各个欢喜。虽是贺太尉着人来吩咐要将杨幺难为,却是势压,没个想头,只好当面应承,暗暗互相保护。故此,二人在狱并不吃苦。

过不一日,知府便要将郐元起解。当案孔早恐杨幺在狱,终究被贺太尉暗算，趁他在乡安葬，将一应事俱做在邰元身上。只问他一个不合附从罪名，定了刺配军罪，递解大同边境为军。邰元解东京，候黄潜善自行定夺。俱各备就文书，即日当堂将杨幺刺配，断了二十脊杖。各钉了一面七斤半铁叶护颈短抛，点了四名长差，押解二人起身。知府遂唤解差近前，暗暗吩咐道："这两个罪犯不可在一处同行，恐生事端。杨幺从陆路，邰元由水路，两处分开，小心在意。"

解差领命，即将二人带出府来。早有杨得星夫妇以及本村人接着，买求解差告宽片刻。解差得钱，遂带二人到酒店中。一面村人同解差吃酒，杨得星夫妇携着杨幺，不胜垂泪。杨幺亦自哭泣，同哭了半响，杨幺忙止泪劝说道："孩儿只为众人排解，不期官府听信贺厮，暂时受屈，须有日回来侍奉爹妈。望乞宽心，休得过伤。今可恨者，孩儿孝行有亏，致伤遗体，不得做一完人。"

杨得星听了，因说道我一向不曾与你说明。今日事到其间，若使你迷失源头，便是我的不是了，只得与你说知。你虽不是我二人亲生，也须念我二人抚养一场。倘天有幸，势必早回，使我二人得见一面，虽死亦是瞑目。"杨幺听了大惊，道："孩儿怎不是爹妈所生？有爹妈在哪里？"杨得星方说："昔年金兵入内，路中抱你来家，只不知你父母姓名。你今此去，即是我当年抱汝之方。你只在寄远乡远近，留心访问便了。"杨幺听了这些缘故，似喜非喜，不胜流泪，说道："孩儿此去，便访着了生身爹妈，也忘不了抚养的恩德，誓必回来。只求爹妈在家未冷添衣，未饥进食，使杨幺在外心安。"

三人说到伤心，各相抱哭了半响。杨得星递与包裹道："内中自有路费以及衣服鞋袜，你可小心收管。"不一时，众人各出赠路费，与杨幺话别。杨幺不胜感谢道："杨幺异日得志，决不敢忘村中故旧。"说罢先拜别了爹妈，又与众人作别；然后与邰元说话，遂将路费分一半与邰元。邰元推辞道："我邰元犯罪应该，死亦无怨。只恨一时鲁莽，带累哥哥，又不能代替，死不瞑目。怎敢还受银两？"杨么道:"兄弟怎说这话？须知结识苦均分。我此去不过充走边庭戍卒，无人敢与我为难，尚可保全。你今此去……"连忙住口，丢了一个眼色。郜元点头会意，遂自拜谢。

不一时，两处解差催促，二人只得分手。郜元自从水路而去；杨幺与父母并众人分别，投陆路而行。杨得星夫妇与众人见杨幺去远，才各回家。这贺太尉安葬回来，见知府不处死杨幺，心中甚不快活。过不多时，竟将这知府削职逐回。

且说这郜元被两个押差带领上船，因他是杀人重犯，若将他解到东京黄潜善处报到，不独本官得他荐拔，连押差也有一场富贵。遂将郜元当做奇货，不敢十分将他难为。又不敢轻易怠忽，只时刻提防，小心看守，将他去了项上枷锁，禁闭在船头内，不容他窥探外面。只到水火时才放他出来，又左右绾定铁索，看他水火完，依旧锁闭。遂一路从长江中早行夜宿，相安无事。

这郜元在船头内细细打算，见他这般看守严紧，只没处动手，一时想不出计较。一连行了半月，才想出个主意。到了一日夜间，遂在船头中只叫疼叫苦，唤了一夜，吵闹得两个押差，一夜不曾合眼。到了天明，揭开船板喝骂道："你这该死的贼囚！若是别人押解，不知怎地将你吃苦，怎全不知些好歹？夜晚间哼哼叫叫，吵得我二人一夜不得安眠。我今日只打下你半截来，才晓得有些厉害，不敢哼叫！"说罢拿过一根檀木短棍，在郜元脚骨上连打几下。

郜元告求道："两位牌头，须知我是釜鱼砧肉，好歹一任安排；若留得我好好去见太师，两位也有些光彩。我夜来叫唤，实是疼痛难忍。若只这般疼痛，不知将来可能得到东京！"说罢只缩做一团，愁眉闭眼，叫疼不止。两人听了，各沉吟半晌，齐喝问道："你有什么疼痛，可实说来，有个医治么？"

郜元见问，便忍着疼说道："只因我小时便喜吃酒肉，肚腹中遂生了一个硬块，再医不好。有人说是酒癖，需要酒肉医它。果不然是个酒癖，若几日没得酒肉下肚，疼发了便是个死，故此往日只是酒肉养命。我这些时在狱中，亏得杨幺买酒买肉同吃，故此没事。如今上了船来，一连数日并没酒肉下去，这酒癖昨夜一时发作，只在腹中上下乱绞，气都接转不来，眼中只是昏花乱舞。早晚总是一死，倘得苟活一时也是好的。此去到了东京，必要一刀一剐，偿人性命，身边银两也只好与别人。不如且救眼前，痴心要求两位牌头，着人与我买些酒肉来，医这酒癖，免得夜间吵闹不安，不致身子狼狈，日后起早时也不消两位费心。只不知两位牌头，可肯慈悲方便么？"

原来酒肉两件，最是动人慈悲、肯行方便的两种妙药。二人听见他说得句句有情有理，又可怜动人，又听见他身边有银子，买了酒肉来，他一个也不敢独吃，大家有得肥嘴。便回过脸来，笑说道："你既是要酒肉吃，何不早说？却受这些疼痛，可不难为了人。你只拿出银来，到了口岸处，我自叫人去买来，替你医治酒癖。"邰元遂探入腰间，摸出一块雪白的银子，约莫二两重，递与二人道："买完吃个尽量，吃完再买。"二人接了道："你且耐烦些，少不得就有道口。"说罢，依旧盖了船板。

行了半晌，到了口岸，便叫住船。二人上去，落了一半银子，将一半买了酒肉下船。安排好了，剁切了几大碗，又暗暗商议了几句，便来开锁揭板，说道："酒肉好了，且放松你透出头来，靠着舱前吃吧。"邰元只得应声，将一副苦愁脸，探出头来。见摆着一钵热酒、几碗肥肉，便说道："我一人怎敢独吃？"二人道："我们已有两碗在此，你自吃你的吧。"

邰元遂吞酒吃肉，一似渴龙得水般只低头啖饮，只叫吃得满腹中爽利快活。二人在舱内也吃了半晌，因笑问道："你这会可疼了？"邰元道："有了这两件灵丹下去，随他天大事也消了，怎么会疼？"自此邰元日日取出银子央买酒肉，与二人同吃；二人便不似前番恶擦擦般相待。邰元暗暗欢喜。

一日吃得热闹间,因问道:"前面江水中远远的这座山是什么地方?"二人道:"这是江州地方。这一座是金山,下向这一座是焦山。"邰元看去,果见两山皆在水中,因又问道:"我们到东京可从这两山过去?"二人道:"往常只在金山对过,到了广陵,起旱到东京。如今领了相公牌票,却是要走楚州起旱。只这焦山下去,便到楚州不远。"邰元听了,暗想道:"我今若不动手,到起旱上了囚车,便就费力。"遂将酒劝二人。吃了半晌,此时日已西斜。见两人俱有醉意,又见前后往来的船只离得渐远,因说道:"我实不知趣,一时要大便起来。烦二位同到后艄照管些。"二人只得开锁,一个在前面牵着铁索,一个在后面跟来。到了艄上,便左右立着。见他蹲了下去,恐是秽气,各背转看着江景。

邰元却是有心,见他到了忘情之际,又见艄公只看着前面,突立起身,即飞起左右两腿。说时迟那时快,早将两个押差各翻筋斗,"扑通"一声,齐跌入江中。那艄公忽听见水响,忙回过头来。早被邰元赶近,举起手上铁肘,往脑袋上一劈,打得脑浆迸流,又一脚踢落水去,前面那水手看见,忙提木棍打来。邰元一脚踢开抢近,又一脚踢入水去,遂劈开铁肘,要上岸逃奔。

忽岸上一人赶来,跳入江中,在水面上掀波踏浪,一如平地般。大喝道:"清平世界,怎容在此杀人,且拿去见官!"说罢跳上船来,邰元一时惊慌无措。只因这一惊慌,有分教:

  偷得浮生一醉,却逢前世冤家。

不知后事果是如何,且听下回分解。

第十一回

小太岁焦山同入伙　杨义勇园内结新仇

话说邰元正结果了押差并水手，要去逃奔，忽一人在水中跳上船来。邰元陡起凶心，便来拼斗，只见那人满脸堆笑问道："你莫不是'楚地小阳春'杨道长哥哥么？"邰元听见，知是好人，忙走来拱手道："好汉怎么晓得杨幺？我虽不是杨幺，却是蒙杨幺哥哥结识，一同受屈，押解到此。"遂将打贺太尉的事说出："如今他从陆路解往大同边境，我便由水路解东京。蒙杨幺哥哥临别时嘱我得便脱去，只没空处；今日在此下手，结果这三四个人，要去逃奔。不知尊姓大名，乞见教明白。"

那人道："我叫做'水底鳌鱼柯柄'，是河口人，在彭蠡湖做生意。能识水性，在水中伏得昼夜。见往来客船停泊，到夜间去凿通船底，将船沉溺，取他财宝。地方虽是晓得，却不敢来作对。还结识了一个兄弟，更是奢遮。他是江边青草坳人，叫做'分水犀牛童良'。他等江中风起，见船停泊，便入水去裂断锚索，那船无力，旋入江心。他得了财物，只赌钱吃酒，远近闻名。近日有知事的过商晓得他厉害，预先着人暗送财物，方得平安过去。

"近日同我商议要做些大事业。若只水底中做好汉，终没好名，因此留心结识。闻知杨幺有豪杰器量,仗义扶危,要去拜识,急切再没闲处。数日前有远近相知,着人报说杨幺犯罪,必由长江下来,沿路救他,遂知会我二人保救。等了多日,再不见有甚公差船下来。忽前日夜间,才有人报说公差模样上岸买酒肉上船,就开去了。我便疑心,追赶下来;去约童良,不期他远,只得独赶来。今见你船上行凶,我便认定是杨幺,要指引他一条去路,不期他走早去。你既是他的患难弟兄,即是我弟兄一般。哥哥姓名是什么?"

邰元遂将杀黄金、拜杨幺、起解的事细细说出,道:"我今只得回去上天雄山。"遂又将天雄山始末说出。柯柄听了,大喜道:"原来便是汉阳有名的'小太岁'邰元哥哥!只是天雄山路远,必被盘诘难走,一时如何去得?我今有一起弟兄,就在前面焦山立寨,手下有三四百小校,大碗吃酒,论秤分金,十分快活,正在那里招纳豪杰。我引哥哥到那里去存身,可肯去么?"邰元听了大喜,道:"若有处安身是十分好,怎么不去?"柯柄即跳上舫去,驾起桨来,顺流而下。到得焦山,已是傍晚,便有人来打探。柯柄遂呼哨一声,那小校知是自家人,忙来迎接。柯柄道:"我引接豪杰上山,快去通报。"那小校如飞而去。

原来这座焦山,上接长江,下连大海,是江、楚两州交界,峙立在江水之中。山虽不高,地亦不广,却是江水与海水在山下盘旋回合,往来船只常有覆溺之患。山下树木交杂,时藏盗贼,打劫过商。因是两界地方,不甚深究。一日来了山东一人,诨名"拦路虎沃泰",因犯大罪脱逃过江,不期劫掳上山,他只得随众上去。得个空处,迸断绳索,夺了大刀,将堂上几个头目砍倒。一时小校皆拜服,尊他做了寨主,比前十分强横。屡次弓兵缉获,俱被他杀败。因想无助,遂招纳豪杰,遂来一个吴郡清虚观道士贺云龙,绰号"活神仙"。昔年在观中与道众不合,遂只身在外云游。游到庐山顶上筑隐院中,拜了一位真人,传授道法。学了三年,真人打发他下山,遂回到本地,一发看人不在眼内。因闻知沃泰爱结豪杰,遂来相投。二人说得投机,拜了兄弟，坐了第二把交椅。因出令，不许小校乱劫过商以及小民，只打听贪秽刻薄之家，便领众掠取，因此寨中十分兴旺。一向要柯柄、童良上山，二人有事未完，故此不曾上山。

这日沃泰、贺云龙正在厅上，接到水陆豪杰书信。贺云龙看去，只见上写的是：

> 汉阳常况谨告天下俊杰闻知：
> 今有柳壤村道长杨幺，泽被阳春，义过时雨。凡我同类，莫不尊为群领，而愿拜识者也。不意保护村坊，触怒贺省，陷入无辜，起解北地；同难一名邰元。递解诡秘，不及救护。为此，飞递来书，所到地方，俊杰义士，极力救援，以襄大义。倘书到不值，乞即传递前面相知，勿停片刻。

原来常况那夜别了邰元，只在城内做些勾当，兼探消息。听见官府各处行文缉捕，东京文书雪片下来，十分严紧，因暗暗欢喜道："又是我有算计，叫他到天雄山去，不然便要做出。"一日五更，因身子困倦，走入城隍庙来，爬上神座，伏在神背后睡觉。睡了多时，忽有一阵人进来，赛神完，各称贺道："若不是神灵保佑，拿不着邰元，我俩还要受许多追逼屈棒。"内中又一个说道："恁地关闭城门，不知他甚手段逃出。直逃到岳阳，同什么杨幺打了贺太尉，才得拿着，打入狱中，不久解京俱是死。"又一个说道："从来人命关天。他杀了许多人，天理也不容他逃脱。"说罢，遂一齐出去。

常况细细听明，连忙爬下座来，不胜跌脚道："谁知去拜结杨幺哥哥，惹出事来，这怎么处？"因十分着急，遂连夜赶来，同了丁家弟兄赶到岳阳，要劫他二人出狱。再一打听，已是起解，又不知往哪条路去，遂想出了这个主意，写了这两封书帖，叫附近绿林中飞递。自己别了丁家弟兄，往旱地一路追去。这书遂传到焦山上来，沃泰、贺云龙看完道："久闻江湖上称说小阳春杨幺胸存豪侠，济困扶危；邰元又是汉子，如今一同受屈递解。若救护得上山，拜结杨幺做了寨主便好。"贺云龙笑了一笑，遂一面着人将原书传出前面，又一面吩咐小校远近打探。

正打发完，忽有小校来报柯柄到山下，领了一位好汉入伙。二人听了，即起身迎接。到厅相见坐定，邰元将他二人细看，是什么模样？但见：

> 这个是掀唇露齿，恶擦擦俨似星煞临凡；那个是道冠素服，儒雅雅却如神仙下界。这个两臂上力挽千钧，勇过孟贲，诨名"拦路虎"；那个满腹中道术万千，法赛天师，绰号"活神仙"。异姓结为兄弟，他人结作同胞。若不是前生宿因，何得今生一处！

邰元看了，暗暗欢喜。沃泰看见邰元身伟貌雄，十分心爱，因说道："俺自从上山，只图山寨兴旺，招结豪杰做些大事，展展心胸，再不能够。向来闻得湖广杨道长奢遮好人，十分想慕。适才接到一封飞递书帖，说杨道长同个邰元受屈起解，着沿途救护，已打发人去探听。若救护得上山，拜他做了寨主，方才快活。不期柯兄弟相引这位豪杰到此。不知这位豪杰尊姓大名，敢求说出。"柯柄听了，拍掌大笑道："二位哥哥还不晓得，他便是汉阳小太岁邰元了。"遂将邰元前后事情说出，相引到此。

二人听了大喜。贺云龙遂念出常况来书，邰元听了不胜感激。二人遂问及杨幺。邰元说出义气好情，解往旱地。沃泰、柯柄不胜羡慕道："可惜走了陆路，不曾遇着。"贺云龙道："他此去正要扬名，结识豪杰，上山事还早。机缘到来，自有会合。"遂与邰元结了弟兄，邰元坐了第三把交椅。遂着人去酬谢丁太公，通知常况、丁谦、于德明以及天雄山众弟兄，并取回三棱铁锏。柯柄回去不多时，便同了童良来入伙，一时有了五个头目，十分强盛。一日闻得有个贩卖私盐的黑汉子勇力异常，贺云龙遂使人招纳。这是邰元上焦山，结识五虎，等候杨幺。

且说那杨幺当日别了爹妈以及众人，同两个押差起身。一个是张龙,一个是赵虎,各执檀木哨棍,紧紧押着而走。杨幺头戴范阳毡笠,身穿青布短袄,脚套多耳麻鞋,腿绷护膝,项挂七斤半重的铁叶护颈枷,肩背包裹,出城往大路进发。此时是仲春时候,一路行走。杨幺初离父母,又听了这些缘故,胸中悲喜交横,便无心贪看春光,只低头前走。走了多时,忽将自己身子上下一看,不觉十分恼怒。因定睛看了两个押差一眼,忽转了一念,因想道:"我今生长二十余年,尚不知生身父母,幸喜今日方知,只得含羞忍辱而去。我今此去,一则找寻根源;二则识访英俊;三则览天下之形势,兼看宋室如何,以图日后事业,才是英雄本色。若与二人计较,是小不忍也。"一时想定了主意,遂欢然而走。自此晓行夜宿,与张龙、赵虎说得甚是投机。

一日走到一个地方,见是居民稠密,因对二人说道:"我今日走得饥渴,却要寻些酒吃了再走。"二人道:"这个使得。"遂一径走到村中,见一家门首,高插着一面酒旗,随风飘漾出"桃园小饮"四个字来。三人看了十分欢喜,同走入堂来,却是静悄悄只有几张桌椅,并不见有人吃酒。正要开言,里面走出一个店小二来,笑嘻嘻说道:"二位上司,想是要看花吃酒,可随我来。"遂引三人,弯弯曲曲引到后面一座园中。果有数百株桃树,深红间浅红,开散的芬芳烂漫,十分有趣。许多人俱设席在花下饮酒。

杨幺便指着一树碧桃,吩咐店小二在此设席。店小二看了一眼,去搬了酒菜来。张龙、赵虎开了杨幺项枷,并哨棍放在树下,然后来坐,大家同吃。吃了多时,两个押差各带酒意,因问杨幺道:"有人传说你曾骑死了一个大虫,这事果是有的么?若是果有,你可说来我二人知道,休吃闷酒。"杨幺道:"怎么没有?这事说来实是骇人。二位既是要散酒,我只得说出。"遂立起身,走出一步,趁着酒兴,便将当日光景说得惊惊骇骇。一时园中饮酒的人,俱走拢来听看。及听见将大虫压死,醉倒虎旁,一时人人吐舌惊奇,称他有勇有胆。

杨幺说完，正要坐下吃酒，不期内中恼了一人，直抢过来，夺了押差哨棍，指着杨幺大骂道："你这贼配军！死在目前，怎敢在我地方大言夸众，削我威风！若不将你打翻拜服求生，也不放你前去！"说罢，照杨幺脑袋上一棍劈来。

杨幺见了大怒，急用手虚架，侧身躲过。那人见状复一棍打来，杨幺将左肩卸落棍头。那人见两棍打他不着，便用死力举棍往下三停打来，将到腿上叫声"着"。谁知杨幺将身急纵，离地飞起丈余，落在那边立着。那人大怒，喝骂道："你这贼配军，倒好个腾挪！只看我这一棍来，便了在我手中！"遂望着中三停拦腰一棍打来。不期杨幺不慌不忙，见棍来得较近，只用左手往外一夹，早将这棍夹在左肋下，趁势一遍挑。那人被夹住棍头，十分着急，忙用力摆脱，不期这一遍挑，那人早已心胸着地，脊背向天。杨幺赶上，一脚踹着脊背，提起铁钵般大的拳头，在脊背上"扑通"声打落，直打震得满园中花枝乱动，落了一阵花雨。惊得这些看花饮酒的人个个惊呆，便有的叫声："好！"

杨幺又要打落第二拳，不期店主人连忙赶来讨饶道："乞看主人情面，饶放他去。"杨幺见是主人来讨饶，遂不打落，道："我杨幺打硬不打软，看主人面饶他。"遂将脚一松，那人一骨碌爬起，抹去口中鲜血，走到活路上，指定骂道："你这贼配军，少不得死在我手里，不怕你飞了去！"说罢，奔走出园。

杨幺便要赶去，主人扯住道："我同你吃三杯，有话对你说。"遂同坐下，筛酒敬送。杨幺道："叵耐这厮好没道理，须知我不是惹事。主人为何讨饶，有甚话说？"主人道："我先前实不知你有恁好本事，将他打倒。你是过路，怎晓得他是我们地方上一个恶人，叫做'扑灯蛾王豹'，住在谢公墩，离我这村十余里远近。他自小不守本分，同着一班闲汉，延请教头学习枪棍。他便恃力，有了本事，十分强横，遂欺压远近乡村。一应婚媾、嫁娶、死丧、田产交易俱要通知他，不是请酒便是送纸包，才保得没事。你若瞒了他，不是明来做对，便去两边挑唆。他又公门情熟，串同一手，不诈骗得两家弃田卖产，决不肯住。若说嫁娶，一发可恨：若请他吃得不快活，礼物送得不遂意，便暗暗使人埋伏在总路口，不是劫去新郎，定是劫去新妇，使你吉日良时不得配合；再三央人送礼求恳，方才放归。如今乡村人做成规矩，行动大小事情，必将他料理妥了，才敢放心。谁知他又不肯得这安分钱，必要吵吵闹闹，他才喜欢。如今在谢公墩领着闲汉，终日抡枪舞棒，说是保守村坊。这家要酒，那家讨肉以及钱米，供养这些闲汉。不晓得今日独自撞入我园内来看花吃酒，我就晓得祸事临门，不敢怠慢，叫人搬取好酒好菜，白给他吃，讨个没事出门。谁知被你打了，使他说嘴不响。虽是好事，但我想你们是起解差人犯，若在我们地方上为事，干系不小。方才见你拳头厉害，只得极力劝住。你今去走谢公墩，却是要留心，恐他暗算，截住吵打。"

杨幺听了，跌脚道："你怎不早说？方才若再一拳便结果了他，除了你们乡村大害也好。他若寻我报仇，怕他什么！"说罢便自吃酒。这两个押差却听得明白，不胜着急，忙问道："这谢公墩必由之路，只不知可还有别路转过去么？"主人道："有是有条小路，只是远些。"押差道："远些也说不得，这小路从哪里去？"主人道："你如今出村不走大路，只从西北上有条小溪河，过了一根独木小桥，只随路转弯绕过岗岭，有二十四五里，方走上大路，已离谢公墩十四五里了。"

杨幺听了只是暗笑。一面吃酒，又见他们十分畏怕，只得说道："你们怎这般胆小？有杨幺在此，怕些什么！"张龙、赵虎齐声道："不是这般说。你是朝廷军犯，我是押差，俱有公务在身，终不然在此与他比并高低？倘弄出事来，是我二人干系，只走小路去吧。"因见日色渐低，遂催促起身。杨幺见他说得近理，也怕耽了路程，因说道："既是怕前面有事，等我再吃些酒好走。"二人见事情到此，又见他本事，便不敢强他，只得叫酒；又自暗暗商议了一番。

杨幺只放量吃了半晌，立起身来，叫上刑具。二人笑说道："你是个汉子，谅也决不肯带累我们，我们何苦一路将你拘束。倘前面有事，还要仗你用力照顾三分，大家赶到地头才好。"杨幺道："两牌头有恁般好情相待，杨幺前去，决有好处到你。"遂背了包裹，提着刑具同出园来，算还了酒钱，与主人拱手出门。果见西北上有条溪河，遂依着小路而走。走了数里，已是日落云生。两押差见赶不着宿处，不胜心慌，对杨幺说道："天色已晚，路径荒僻，若不趱行快走，恐有人追赶不便。"杨幺道："今日正在二十上下，不久就有月色上来。"

　　三人又走了半晌。不期这夜，月被云遮，昏昏惨惨，忽暗忽明。才过岗岭，忽听见岗下吆吆喝喝，一片刀棒声。杨幺不胜动疑，对押差悄悄说道："你们只闪立在此，等我去看个动静。"遂将包裹、刑具卸落在地，向二人手中拣了一条哨棍，轻轻走到岗侧探看。只见树影下有两个人，一对朴刀在那里拼力死斗。杨幺遂又闪近几步，只恨昏黑树下，看不明白。忽见一个渐渐怯斗，要败走的光景，那个只恃强逼住不放。杨幺看明，勃然大怒，挺棍上前大喝道："我从来喜打不平，欺强扶弱，排难解纷。"

　　说罢，遂将棍在那恃强的面前只虚晃了一晃。那恃强的突见棍起，急用刀砍劈过来，早被杨幺一棍打落。正要问明解释，不期那一个急忙赶上，只一朴刀砍做两截。杨幺见了，不胜大怒道："我要来解释你们，怎么便轻易杀人？"遂举棍打来，那人忙将朴刀架住厮杀。只因这一杀，有分教：

　　　　放走入囹圄，奔回明认罪。

　　不知果是如何，且听下回分解。

第十二回
小阳春甘认罪不攀人　常好汉自伏辜出好友

话说杨幺忽见这人杀人，不胜大怒喝骂，举棍便打。这人急忙架住道："留不得的。你这声音甚是厮熟，莫不是小阳春道长哥哥么？"杨幺听了，大惊道："你敢是汉阳其邻堡常况？"这人忙撇刀，上前抱住道："哥哥，我正是常况。一路跟寻来救哥哥，怎哥哥独自在此？想是杀了押差，快同走吧。"

杨幺见是常况，不胜欢喜道："兄弟，我怎么便得脱身，那边立着的不是押差？"常况道："我去杀了，同哥哥走吧。"遂拾起朴刀要去砍杀，杨幺一手拖住道："兄弟，这个使不得，我有话对你说。"遂悄悄将心事说出，道："你为何在此与这人拼死斗，就下毒手？"

常况道："我得了哥哥与邻元犯罪的信，便同了丁谦、于德明赶到岳阳来劫救。不期起解，只急得没法，因算计了一个主意，写了二纸，着水陆飞递，通知众山林豪杰沿路劫取。"遂念出书来："因放心不下，又连夜赶来，谁知哥哥还在这里。前面俱有书去通知。在此寻些盘缠回去，却遇这个一盏灯薛亮恃强不容，与我拼死活，急忙里脱不得身，却得哥哥一棍摇晃了他眼，我便砍杀了他，才出恶气。只不知哥哥为甚不走大路，却又夜间行走？"

杨幺遂将王豹事说了，道："因押差胆小，走这小路。不期月黑难走，又赶不着宿处，因听见朴刀响，却遇了你。"常况道："既是这般，我有个结义的弟兄，就住在前面骆庄。他姓骆，叫做锦毛犬骆敬德，是个猎户出身，有一身武艺，好义结人。我前日在他家住了一夜，说出哥哥事情，十分想慕，正在那里打听劫救。我今送哥哥到他家去。"杨幺道："同去固好，我想你今在此杀了这人，若不远去，便有是非。岂可为我受累？"遂声唤两个押差。

二人看了地下，不胜惊骇，疑是杨幺杀人，忙问缘故。杨幺只含糊答应，遂在包裹中摸出一包银两，递与常况道："些少银两，可作使用，不可在此停留。"又附耳说了几句。常况连忙拜别，临行又说道："骆庄此去不远，只有六七里，其中有一带竹篱，门前有株大树，便是他家。"说罢自去。

两押差见杨幺杀了人，只暗暗叫苦。见这人去了，问杨幺是什么人，杨幺只含糊不说，往前急走道："他叫我们去投宿，快去宿来。"遂一齐急走。直走到云散月明，才到一个庄来。

此时已是二更时分，果见前面右首一家竹篱、大树，各是欢喜。到了门首，杨幺用手敲门。敲不两声，便有人开出门来道："怎大郎此时才得回来？"杨幺见他错认，便说道："我是岳阳府杨幺，递解到此。只因贪走路程，失了宿头，没处存身，来投你家骆官人的。烦你进去说知。"这人听了，说道："我家大郎，这早晚还在赌局中没回。既是投宿，必与大郎有识，请入堂中坐下，我去报知。"遂引三人到堂中，自去点出灯火放下，叫声宽坐，急走出门去。

原来这骆敬德父母俱无，家中只有妻子同这丈人在家。他酷好的是几块骨头与人较胜负。若是县里相公问他要野物，他只得去寻些孝敬，其余换钱使用又作赌本，到晚便入局中，不到五更不归。这夜在局中，正同着前后村中一起好赌的人，赌得高高兴兴。忽见丈人走到身后，说道："有个远客特来投奔借宿，大郎势必回去。"骆敬德便一时焦躁，说道："你在家中只料理他罢了，怎又来缠扰，打断了我们的赌兴！可知不是死亡、失火、盗贼勾当，也要大惊小怪的懊恼人！"说罢，只同一班人呼红叫绿的赌掷。他丈人一时不便回去，只立住不走。

不期骆敬德一连几掷，将面前筹片赌输了一半，见色不顺，便让下家去掷。忽回头见丈人还立在身后，便不胜埋怨道："俱是你走来，害我输了许多钱钞。且问你来的是什么人，定要我回去？"那丈人说道："我也认他不得。他进门时，说是岳阳军犯杨幺，同着两个公差，共是三人。"骆敬德听了，大惊大喜道："你何不早说，险些错过！"说罢，忙将面前筹片一顿并叠，交与头家，即立起身往外飞走。

到家见了杨幺，不胜下拜，谢罪道："请也请不得哥哥到家，来迟勿罪！"杨幺连忙答拜扶起。骆敬德道："哥哥的事，常况说知。兄弟在路口守候了好几日，只不见哥哥到来。为何却走夜路？"遂附耳说："今夜杀他二人。"杨幺忙扯侧去说了心事，又说出走小路遇常况杀人的缘故，指引到此。

骆敬德听得惊惊喜喜道："哥哥只在这里住些时，他怎敢到我这里来！"遂叫里面收拾酒饭，两人又说了一番。不一时酒饭齐来，大家吃完，骆敬德就在堂中打了一个睡铺，道："只胡乱这夜，明早腾出房间与哥哥安歇。"杨幺道："夜深了，兄弟进去吧。"遂同两个押差和衣睡下。

骆敬德正要移灯转身入内，不期门前忽发起一片声嚷乱，门缝里穿入火光。只听得门外有人叫道："怎清平世界，押差纵容军犯，日间打人，夜里又合谋杀伤人命，脱逃在此？快绑缚送出这贼配军，与我先打他百十棍棒，等天明送官！若不送出，我们众人打进门来，将几间房屋顷刻踹做白地！"只在门前叫来骂去。

原来这王豹在园中被打，不说自己惹祸吃亏，只怨恨走回，纠合了一班棍棒酒肉弟兄赶来报仇。到了桃园已是傍晚，赶入店中要人。主人道："我这酒店中吃酒的来多去多，吃完便去。你又不曾交付，怎问我要人？"

王豹听了大怒，喝骂道："你这该死的贼馄饨！他是过路的贼配军，你可知我的名儿，自然要来报复仇恨。你全不放我眼内，竟公然大胆放走了他！可知道与他打闹时，你只袖手闲看，散你心儿。若不与他同伙，定是暗中挑拨，叫这配军下毒手打我，还亏我见机走出。你今敢道三个不知，就连这块地也翻过来，还着落在你身上要人！"说罢便打打吵吵，逼着要人。

主人气恼不过，只得回声道："怎这等脏埋人？若不是我留住他第二拳，敢怕此时也不能够怎地鬼跳了！"王豹见揭出他丑来，不胜大怒，便赶上前，揸开五指，兜嘴一连三四个耳刮子；抓过头发来，在脊上又是两拳，只打得主人滚倒在地。王豹又喝众人将店中物件一时打得雪片，将一条麻绳拴了，打逼着要人。店小二见主人受亏，只得上前招架道："不要怎地打坏了人。若要寻他，我还晓得些头脑，谅去不远。你只放了我主人，我领你去追赶。"

众人听了，便做好做歹放手，扯了店小二，一哄出门。大家蜂拥般赶来，赶到土岗，见地下杀死一人。王豹不胜欢喜，说道："我们就拿了这贼配军，只好吵打他一顿出气，没个罪由弄他不倒。如今将这死人赖他杀死，先打他一顿棍棒，然后禀官，便他一个罪上加罪，料想难活。"

众人听了，俱说有理，遂又一齐追赶。忽见前面有个人走来，王豹便问道："你在前面来，可见个军犯同两个押差，投宿在哪里？"那人道："你问别人，怎么晓得？我在赌局中来，方才听见骆敬德的丈人叫他回去，款留什么岳阳军犯，敢就是他？"王豹道："这骆敬德可便是阳城中的猎户么？"那人道："正是，正是。"说罢，去了。

王豹问明，满心欢喜，便一径赶到骆家门前这等叫骂。杨幺同押差听明，一齐俱起。骆敬德忙入内去，拿出一把钢叉，对杨幺说道："我出去杀开众人，哥哥便走。"杨幺忙拦住道："兄弟使不得，黑夜间动手便要伤人。他今知我在此，便是走脱，也要与你费口。他将人命赖我，便到官去，没甚大事。我出去见他。"骆敬德拦住道："哥哥出去不得。门外有百十多人，若与他好讲，怎么讲得明白，便要吵打"杨幺道："不妨，不妨。我一个在官人犯，怎敢乱打？"

骆敬德一时没个计较，只不放杨幺出去。杨幺道："既是这般，你只开了大门，叫他天明同去见官，分个理直。"骆敬德只得开门，举着钢叉，横身拦住，喝道："若有哪个敢进我门来，我只一叉一个！"王豹赶到首，发话道："你在衙门中吃了一份粮的人，怎么不知些利害，容留杀人军犯在家？趁早同我缚去见官，免得吵打。"

骆敬德喝道："你这泼皮！一个军犯投宿，地方常事。你怎敢带了多人，半夜三更打上门来欺负？可认得这叉尖上大虫也不知断送了多少，希罕你这伙毛人！"杨幺向外说道："你今恃众，要报今日一拳仇恨。谁敢打我官犯，又图赖我在路杀人？没个凭据。若要见官，我又不走，天明便同你去。"此时已吵得满村人俱起，因对王豹说道："这军犯说话果是不差。只消看守，天明同去见官，何必混闹？"

王豹见骆敬德拦住大门，晓得他手段；又听见杨幺肯去见官，遂满心欢喜，只在外面乱到天明。一面使人去认明尸首，去报知薛家亲人，到县中来；一面催杨幺出来入城。骆敬德叫丈人搬出酒饭，杨幺同押差吃饱，上刑具，一齐出门。骆敬德只紧紧护住。

到阳城县前，王豹即便击鼓。县尉忙坐出堂来，问什么事。王豹上前禀说押差卖法，纵容军犯沿路杀人，地方擒拿来见相公。说罢就是尸亲上前哭诉，咬定军犯杀人。县尉见人命重情，便喝骂两个押差道："你充解卒，怎敢受贿，不上刑具，使军犯杀人？"

两个押差只得替杨幺分辩道："小人奉差，怎受犯人私贿？实是王豹与杨幺酒后争论，图赖人命，要报私仇。"遂将园中饮酒的事细细诉出。县尉即叫杨幺上来，喝骂道："你一个军犯怎么酗酒，在地方上生事，打人杀人？须速招称定罪。"杨幺道："打王豹是万目昭彰；杀死薛亮，有谁见证？相公休信仇口陷人。"

县尉听了大怒道："黑夜旷野杀人，怎得有人来看？幸喜地方见伤，踪迹协拿，不致漏去。怎巧言抵赖？酒后既能打人，便能杀人了。不打如何肯招！"遂喝衙役重责三十，杨幺只得直认受责。两押差见杨幺受责，忙上前禀道："相公怎么听信一面之词，将人用刑？这杨幺是得罪太尉，我本官将他刺配远军，是朝廷军犯。若将他打伤，不要说小人们干系，连相公也恐不便。还求细审。"

县尉怒喝道："你纵容军犯在我地方杀人，我这里便作杀人论罪。我即备文书移会了本官，你二人少不得也是死罪，怎还敢护庇？足见受贿无疑！"遂喝打二人。杨幺遂上前说道："不必屈责无辜。杀人的事，我杨幺一力承认，实是我醉后黑夜杀人。"县尉即令画供，将三人入监；吩咐尸首自行掩埋，将众人逐出，然后退堂。

骆敬德在门外见杨幺甘心认罪，只不说出常况，口中不住的叫"好义气哥哥"。忽见王豹满面笑容同众人走来，不胜大怒道："我今只打死这害人贼！"遂分开众人打来。众人忽见他行凶，忙将王豹护去。骆敬德见赶打不着，只得走入衙来。幸喜情熟，告求众役。众役也晓得这件事有些冤枉，又看他情面，遂不十分将三人难为。骆敬德日日到监送饮食。这王豹见弄假成真，不胜快活，便日日叫苦主来求审问定罪。县尉遂打发了一角文书，去岳阳移会了来，便将杨幺抵命。

且说这常况在夜间拜别了杨幺，连忙急走，要回汉阳。行了几日，离得阳城远了，才是慢行。一日正走得力乏，见路旁有座凉亭，亭内已有多人在那里歇落，遂走入坐下。忽见一个传递的走来，就坐在对面。常况见他背上有角公文，用块黄布包裹。那人坐了一会，遂起身在面前走过。常况却一眼看他背上包裹下面漏出几个字迹来，遂跟在他背后，方才看明，却是"阳城县"三个字，便暗暗算计道："这阳城县正是我杀人的所在。我便来了，只不知这事可曾发觉。两日正没处问信，这人是传递的，何不探问声也好。"遂紧走一步，在这人挨身擦过，回过头向这人拱手道："老哥从哪处来？"

这人见问，也拱手道："我是阳城县中一个值递的，要去投递这角公文。常况道："投递到哪府县去，却这等紧走？"这人道："不要说起，去路甚远着哩。"常况道："一个县里公文，只不过投递本地上司，有甚远路，终不成是出境关提人犯？"这人道："虽不是关提人犯，却是出境到岳阳府去的。你道可远不远？"常况听见说岳阳府去，遂暗暗留心。因一时不便再问，只说些闲话，同伴着走了半晌。这人遂问道："你不是我近处人说话，倒有些湖广土音，可是么？"常况道："我正是湖广人，离岳阳也不远。"这人听了欢喜道："我正少个伴，不知老哥可肯挈带，同行些时也好。"常况道："得能同伴，可知是好。"又说些闲话，甚是投机，遂同行共走到晚，寻了宿店。

　　常况因有事在心，因说道："我们总是同行，不如歇在一房。明早起身，大家有些照应，夜间也好说些闲话耍子。"这人道："我也是这般想。"遂拣了一间洁净房间，做了两个铺儿。常况便去打了几角酒并菜来，请这人吃。这人道："今夜是你的，明日是我吧。"常况道："休说你我。"遂对面吃起。吃了半晌，常况道："你可知这角公文到岳阳做什么勾当？"这人道："只因有个军犯在我地方杀人，被人拿住。因他是岳阳军犯，故此本官有文书来移会，好问抵偿。"常况听了暗暗吃惊，问道："这军犯临审可曾受刑，有甚攀扯么？"这人道："怎么不曾受刑？他已一口承认自己杀人，却攀扯谁来！"常况便不再问，遂吃完，各自睡了。

　　常况睡着，一时万千着急道："我本待要来救他，谁知因我杀人，反叫他吃苦。若只含糊在监，便好算计他出来；如今不说出我姓名，自己顶罪，若再迟几日便要问实。我今恨不能飞去，脱他出监。我就一刀一剐，也是我应该的，怎么还在此耽迟！若守到天明，便就迟了。莫若趁这人睡熟，我自便去。"一时算计定了，遂悄悄走起身来，拼叠了包裹，用出旧时行径出房上屋，空处跳下，奔回原路。

　　连走两日夜，这日巳牌时分才到县前。立不一时，县尉早已出来，排衙理事。常况即奔到堂下，连声叫屈。众衙役一时喝他不住，县尉便着人带他上来，问道："你有甚屈事，敢在我公堂上放刁叫屈？可实说来免打。"常况道："我便是岗下杀人的常况，连夜脱逃。不期前日听见相公信人屈陷好人，故此今日自来投到。释放杨幺，将我定罪入监，才不冤枉。"遂将朴刀呈上道："血痕尚在。"县尉又细细问了一番，遂叫将三人带出。

常况见了杨幺，忙大叫道："杨幺哥哥，是兄弟我杀人带累了哥哥吃苦。今来投到认罪，便放哥哥。"杨幺忽见常况来认罪，只愁眉不语；两个押差忽听见他来认罪，方知那夜是他杀人，不胜欢喜，忙到案前禀道："前日夜间杀人正是这人，害得我们好苦。"县尉便问杨幺道："你既不曾杀人，为何前日冒认？"杨幺道："我便是醉后打得人，便就杀得人。以后审事只此推情，自然狱无冤枉。"

两个押差便说道："我二人奉差起解，俱限月日，却被王豹挟仇诬赖杀人。幸得杨幺认罪，小人们不曾受责，却耽误了限程，求相公也要做个主裁。"县尉情知问屈，只得说道："本县少不得将王豹重处。"遂叫库吏取出一贯钞来道："你在此日久，可领去做前路酒资，作速去吧。"两押差便自领谢。杨幺与常况不便交言，只四目相视，同押差走出。县尉将常况责治，钉了刑具，发令入监，审结偿抵。杨幺走出城，忽见一人走来，遂立着说话。只因这一说，有分教：

　　当时浪子，今日风流。

不知后事如何，且听下回分解。

第十三回

杨大郎路阻蛾眉岭　殷尚赤情恋张瑶琴

话说杨幺同着张龙、赵虎一径出城，往大路而走。忽见骆敬德拿了一箩酒饭，要送入监来，与三人吃。忽见三人竟释放了出来，不胜欢喜道："哥哥怎得出来？"杨幺道："我正要到你家来，与你说话。"遂将常况认罪说出。骆敬德道："如今先送了哥哥到家，再来看常况吧。"

两押差忙止道："到你家去便又耽搁，既在此会过，不消又去。况且我们出来，王豹尚不知觉；倘若晓得，恐怀恨又来作吵，别生事端，须宜早去。"杨幺遂扯骆敬德到旁说道："我与常况当堂，不曾说得半言，因此放心不下。我今吩咐你，可星夜去报知丁谦、于德明来救他。"骆敬德听了，只得拜别，自入城去。

杨幺同着押差前进，一路饥餐渴饮，夜宿晓行。一日正行间，望见前面一座大山横着，十分峻险可畏。怎见得？但见：

巉岩峭壁，四下常闻虎啸；危峰陡石，周围时听猿声。曲折难分上下，逶迤莫辨东西。古木参天，空隙处隐隐露出寨宇；黑云盖地，消散来微微晃动旌旗。山前樵子，半是喽啰；庄后农夫，俱系小校。呼呼喏喏，无不戮力同心；遣遣驱驱，皆是舍生拼死。看到喜来，几处岭峰黛色，若描若画似蛾眉；观到惊处，数块顽巅恶相，如藏如伏有强形。果然不疑是虎穴，确乃定知是贼窟。

三人立看了多时，两个押差有些心怯，不敢前进。杨幺道："山中就有强人，只不过劫夺往来客商财宝。我是个罪犯，你们是押差，怕他怎么？"二人说道："你这话也说得是。"只得慢慢走来。

须牢记话头，如今将这山内的缘故说出。这山叫做蛾眉岭，北连汴都，南达荆楚，东跨钟离、淮泗。当时上面是一个僧众丛林，只因被两个男女魔头将这条岭盘踞，赶逐僧众，占住丛林，改作山寨。这男魔头叫做钻心虫、遍地锦殷尚赤，是东京一个败落户子弟。自小乖巧，到大来喜习弓马，爱刺枪棒。父母早已亡过，只他一人，同几个伴当过日。遂在外寻名师，结豪友，不几年学得一身武艺。回家又寻了一个有名的刺绣，将身上前后刺就了百朵缠枝牡丹。终日轻轻薄薄，打扮得俊俏，去串巢窝，闯勾栏，插科打诨，寻趣调情，勾勾引引。便逗引得满院中妇女，个个爱他少年人物聪俊，又喜欢他风流在行，俱与他打牙犯齿。殷尚赤俱不在意，却贪慕张鸨儿家一个女子，叫做张瑶琴。生得千娇百媚，件件皆能。人说她还是当年李师师在日教养成人，后来被张鸨儿得了来家，故此远近闻名，勾栏院中推她为第一个出类拔萃的女子。往来相与的，俱是王孙公子、宦室儿郎，等闲人皆不能见面。这殷尚赤因日日在院中同这些粉头往来，将他姓名传播，渐渐传到张瑶琴耳内。瑶琴也留心图个相会。

不期一日天然凑巧，送客出门，回身闪立在二层门内。早被殷尚赤看见，便急忙趋走入门，上前恭恭敬敬唱了一个肥喏道："小子殷尚赤，一向敬慕娘子花容，不胜饥渴，自愧无缘拜识，不意今日恰遇巧，觌面撞着，实是三生大幸。"瑶琴听见是殷尚赤，便将他看了一眼，果是一个风流少年，不胜欢喜，遂喜孜孜的还下礼来道："贱妾微贱，感蒙郎君垂誉过情，使妾赧颜无地，然亦有心已久。倘蒙不弃，愿俟异日，谢绝荆芜，被薰兰麝，与郎君便竟夜之欢，不识可否？"殷尚赤听了大喜，道："此固所愿也。"两人遂订了日期。殷尚赤遂千欢万喜，称谢出门。

到了这日，殷尚赤在家，从清早起床，因暗想道："从来鸨儿爱钞，小娘爱俏。我往常纵有此雄心侠骨，今日却一些也用他不着，是必要收敛一番，放出些摩弄温存，话儿软款，才是个串勾栏的子弟。若有一毫破绽，须吃她嘻笑不了。"想定了主意，遂收收拾拾，打扮起来。头戴飘飘一字巾，脚穿细白布窄筒袜，套着一双蓝色花纱弹子头软底鞋，换了一条白绫裤子，贴身穿着土绵绸汗衫，罩着一件松花色的绸袄，用条白湖绉汗巾拴了腰，然后将件鹦哥色、时样细花潞绸大袖褶子穿在外面，走到镜边，将浑身上下细细照看了半晌。又去开笼，取出一柄名人画写的牙骨金扇，放在桌上。将一盒龙涎、沉速放在炉内，熏得满身香透，才去取出一个细竹丝金漆的盒来，将四匹颜色纱罗用红纸包系了两头，又将红纸封了十两白银，同放在盒内。此时日已过午，不能再缓，忙叫一个小伴当，捧了漆盒出门，一径往勾栏院来。

这张瑶琴那日与殷尚赤订约了日期，进来与张鸨儿说知。张鸨儿听了，心中甚是不快活了半晌，只得说道："他是一个破落户浪荡花子，终日在院中骗人酒食，怎得大出手来阚你？况且你名重东京，往来皆是富豪，若与他往来，必要损名。我儿不可为他减色。"瑶琴笑道："我已面许，岂可自食其言，人谁笑我？"

张鸨儿见她执意，因一家儿只靠她赚钱，便不好十分阻挡，只得应允，瑶琴方才欢喜。遂交约殷尚赤的这日，在人面前推托有事，概不见客。到了这日，果是没人来缠扰。她只照常妆裹，在房中等候。等了多时，早有使女进来报喜道："殷大官人来也。"张瑶琴忙走出房来迎接。早是张鸨儿在外接着，一眼看去，见盒内盛着绸匹银两，便笑嘻嘻的说道："大官人帽儿光光，今夜准做新郎。我小女与大官人恁地好缘分，一见情投，已是闭关数日，不知回绝了多少王孙贵客，今在房中守着哩。"遂接入堂中。

见礼毕，殷尚赤遂送上礼物道："此小献敬，聊当一茶，幸勿见笑。"张鸨儿笑道："殷大官人在院中走了多时，怎怎般不老到，还要破费银两？论理来，老身不敢接受；若不接受，又说是过于推却，转是矫情。只得留着，与小女做衣服、买花朵儿插戴吧。"

说未完，只见瑶琴从后面走出，比着前日初见时，愈觉可爱。殷尚赤起身，连忙施礼道："今日小子何幸，得步仙宫，亲邀玉女，特具诚心来随左右。"瑶琴答礼道："既是郎君俊侠，贱妾得能接见，深慰鄙怀。"二人坐下，吃了几遍换茶，张鸨儿遂引入到一间幽雅小阁中来。里面已有使女侍候，桌上摆列许多果品，三人吃了一番。到傍晚时，摆出酒席。殷尚赤与瑶琴对坐，张鸨儿下陪，大家说说笑笑，饮了多时。

张鸨儿见夜色已深，即起身辞出。殷尚赤才觉畅心，遂与瑶琴浅斟慢酌，说一回风月，诉一回爱慕，订一番深盟，各恩恩爱爱，直饮得春色撩人，风不吹而花自舞，方才起身，共携手入房，受用那凤帏鸳枕之乐。二人直睡到次日巳牌时分，方才起身。殷尚赤足不出房，与瑶琴百般作乐。有时品箫度曲，有时博奕弹琴，到了倦来，出房同蹴一回气球。真是瑶琴诸般俱妙，却喜殷尚赤件件俱能。又放出比绵还软的功夫，温存亲热，张瑶琴十分欢喜，心爱殷尚赤风流解事。自此两人日夜盘桓，你怜我爱。

一日，二人正得意间，忽见张鸨儿走入房来。二人相见了，张鸨儿坐下说道："我儿这几日在房中与大官人作乐，不知我作娘的在外日日与人论口，回这些豪华势焰之人。要求见你一面，说我将你接了贵客在家，关门赚钱。我只得极力说谎，回了这家，那家又来。这还不过费唇舌的事；近日来了几个富商，慕你容貌才华，上门来了几次，也被我说谎回去。他不知在哪里打听得你接了大官人，闭门谢客，便在外面百般嘲笑道：'撇了富贵，苦守清贫，将一株摇钱树弄倒，少不得树倒猢狲散。看她这一身债负，若个赔偿！'叫人吹到我耳中来，我便不胜气恼。却见你与大官人正在情浓头上，只得忍在心中，不好来对你说知。不期这几个富商在院中看来看去，并没个中他的意儿，定要来看你。便托了院中走动惯会说合的赵寡嘴、李嚼蛆、捣鬼王三拿着白晃晃、赤焰焰的大块金银，红红绿绿的绸锻来，只要我开口，许约日期，便不问长短，撇在家中，再来讨回话，倒叫我看了好不动火。

不期今日来了几个有势力的债主问我讨索。我回他再过些时，他便着急发话道：'你家惩好货赚钱，怎比别家一般回债？'便闹闹吵吵。内中有一个刁钻的，径往我房中走入。我一时收敛不及，被他看见了这些礼物，一发说我悭吝，不肯还人，倒叫我一时有话也说不来，只得央人慢慢调停，说知就里。等我接了富商，将这礼物还他，才肯走散。费了若干唇舌并酒水闲茶，气恼没处说苦，只得走来与你说知。我晓得大官人积年在院中走动的，必有些见识，不知可有些计较？若依我的愚见识，不如大官人暂回去几日。等小女接过了富商，得这项银钱，还清了人，再来图个长久，倒是两便。"

殷尚赤忽听了张鹚儿这些言语，明知是欺贫爱富借端起发，心中十分恼恨。欲待发作，忽转了一念，道："我与瑶琴正在恩情眷恋，不能少离，岂肯被几个臭商行此作贱？你既要银钱使唤，我家去取来，你用便了。"张鹚儿听了，遂满面添花，说道："若是这般，转是我得罪，说我有意起发大官人了。既承大官人有此美意贪恋小女，只得要借些来分散还人，图个清静。适来言语不到，看小女面上，万勿记怀。"殷尚赤笑了一笑，随即出门回家，将向日私蓄尽行取来，交与瑶琴。瑶琴即拿去与鹚儿；鹚儿见有百金，便满心欢喜，遂日日美酒佳肴百般款待。殷尚赤安心乐意与瑶琴恣情取乐。

常言道："银钱有个了时。"子弟情浓，鸨儿厌旧。过了些时，鸨儿又来生端起发，殷尚赤自知家中无钞，便不好再番硬口，只含糊推聋作哑。张鸨儿见光景不象，便常来絮聒，渐渐捉鸡骂狗、比张说李，连饮食酒水俱不来照管。先前还在背后发作，到后来竟当面抢白。瑶琴甚不过意，只窝伴殷尚赤在房中；殷尚赤只得忍气吞声，且图快活。张鸨儿见赶他不动，遂暗暗设计。先一日叫个使女到瑶琴房来说道："娘打发我来，说唐妈妈家明日是她五十整寿，合院的姊妹们俱与她上寿。娘已准备了礼物，明早同姐姐去，下午便回。叫姐姐料理，莫待临时忙乱。"瑶琴应允。

到了次早，使女一替替来催。瑶琴连忙插戴，更换衣服，因对殷尚赤说道："你没事只在我房中坐；我去拜完了寿，下午回来与你耍子。"遂同使女出房。张鸨儿已立在堂中，着人忙抬礼物，便叫瑶琴上轿，自己也坐了轿，一齐出门。轿夫便一肩抬出城来，到了一家门首歇着。张鸨儿就来揭帘，对瑶琴说道："终日被这穷鬼缠住，怎得有个好日？我今受了一个大盐商董敬泉的重礼，将你哄来。与他在此欢好些时，等这穷鬼离了我家，方抬你回去。"

瑶琴才晓得中计，到此也无可奈何。只见门内走出一人，肥头大脸，一嘴连鬓短须，身材有八尺长短，头戴一顶缠综大帽，身穿一件月白光绫衣服，脚下撒着一双红镶阔面鞋，前后俱有云朵。跟着几个伴当走出门来，笑嘻嘻朝着轿中拱请瑶琴出轿。瑶琴没奈何，只得轻移莲步走出轿来。董敬泉遂用手来搀，一同到堂中相见，坐下说道："俺是久慕瑶琴大名，再没得见。今日相见，果是个红红白白的美人儿，喜得俺心窝里只是怪痒，手脚俱是麻战着哩。"

瑶琴听了只不言语。张鸨儿见她不语，恐怕得罪，连忙赔笑说道："我老身只得这个小女，今年才一十九岁，从幼娇养，与人初见面时常有些害羞。只这种害羞处，蒙东京这些王孙公子，俱称赞她有些闺娃娇态，不似院中这些没脊骨、轻骨头、歪喇骨的身分，便就歪缠人。若与小女相久，却是情深，再不肯轻意抛闪。现放着家中一个穷鬼，员外你是晓得的，她还恋恋不舍。今日我为了员外，费了一片心思，用个调虎离山计，将她哄赚了来。如今进了员外的门，只要员外将她奉承得欢喜，温存得快意，等我回去打发了穷鬼出门，来接员外与小女到家，朝暮一处快乐，使院中人晓得员外是个出色好玩的子弟。员外你道何如？"

董敬泉听了十分欢喜，着伴当去办酒菜，与瑶琴较个量儿。不一时，先有个伴当来，堂中摆了一张大桌，将两碟葱蒜、两碟盐醋放在两旁，然后搬出肴来，却是白煮的肥肉、嫩鸡、鲜鱼、壮鹅，又是几碗果点并两壶枣儿红烧刀火酒来。

张鸨儿使瑶琴与董敬泉并坐，自己横坐，只夹七夹八的打诨。饮了半晌，董敬泉道："俺自吃不惯闷酒，与瑶琴豁个拳儿，才有些兴趣。"瑶琴初然不肯，当不得张鸨儿连丢眼色，瑶琴不敢不依，只得出手。谁知董敬泉是个粗直蠢汉，哪晓得豁拳的秘诀有个腾挪闪躲，先叫后出。他只捏着拳头高声颏气，从背后豁出来喝五叫六。瑶琴只柔声媚语，便豁得花一团、锦一簇，十拳中倒赢了七八拳。张鸨儿将大杯筛敬，董敬泉吃一杯，只叫："好个拳头，吃得俺也心服！"遂连输连吃。及至费尽了力气，赢得瑶琴一拳。瑶琴因要留量，又不肯多饮。

董敬泉见了，发恼起来道："酒也不肯吃一杯儿。俺不会独吃，要你来弄鸟！"张鸨儿见状，忙赔笑说道："我小女不肯吃酒，却是她的好意，借花献佛，替你老人家得酒得色。可知将她灌醉了，夜间有甚鸟弄？"董敬泉听了，方才哈哈大笑道："若不是你说，险不错怪了人。想来还是俺的拳低，如今掷个色儿吧。"

便叫伴当取过色盒，内中摆着六个牙色，因说道："俺也却不晓得什么闲文，只同瑶琴对掷，见个红吃一杯吧。若是走色、跷色，便是有红也不算。"遂高高兴兴一递一掷。不期心粗气浮，一时再掷不出；及至掷出红来，不是色子跳出盆外，便是两个色子叠在一堆。瑶琴只是暗笑，还用纤纤玉手轻轻的捉绿箝红，掷将下去，盆内不是三红便是五红，弄得董敬泉吃也吃不及。

张鸨儿恐他又要发恼，连忙赔笑说道："人逢喜事若有神助。小女今日接了员外，恁般喜事，故此尽掷出红来，要员外多吃杯喜酒。"董敬泉听了，直喜得爽心燥脾，遂杯杯不却，有了六七分酒意。众伴当点上灯来，便不掷色，只与瑶琴玩玩耍耍。不一时，同入房去。张鸨儿见进城不及，也就宿了。

只说这殷尚赤坐在房中，便坐得无聊无赖，只得除下一只紫箫，吹弄了一番，甚觉无味，因困倦起来，遂和衣睡倒在床上。不期睡醒时已是傍晚，连忙坐起，不胜惊疑道："她许我下午即回，怎么这早晚还不来家？闪得我独自在此，好不闷人！"

正惊疑间，早有使女点灯进来。忙问道："你家姐姐怎还不来家？"使女道："敢怕也就回。俺娘不在家，没人料理，官人只胡乱吃碗夜饭吧。"遂去送进两碗菜饭来。殷尚赤见了，好不耐烦。因见果是没人，只得吃了一碗，叫她收去，遂对着一盏孤灯，侧耳守等回来同睡。

不期守等到三更，并不见到，不胜着急。要出房着人去接，却见人俱睡熟，因想道："必是她家留酒。从来女人吃酒，必是夜间，敢怕搬演故事、跳对儿耍，怎肯放她先回？大约天明才来，我今等也无益。"便又睡去，一时哪得睡着，只千思万想，看着到了天明。起来梳洗完，还不见瑶琴回来，便十分着急。叫人去接，使女只虚应声自去；又等了多时，只得出房到室中来。

忽见张鸨儿回来说道："昨日小女拜寿回来，不期恰遇着前日说的这个富商看见，不由分说，着得力人抬了回去。我一时没法，只得同去看个下落，今日先回。"殷尚赤听了，竟似一桶冰水从头顶上直浇到脚底，冷了半身。呆立了半晌，问道："果是真么？"张鸨儿笑道："我们一个勾栏院人，子弟们你争我夺，有钱为上，是个常事。终不然是良户人家，只被你一人占住，哄你什么？如今女儿不在家，大官人须索别处去走动些时，有钱再来！"说罢，走入内去。殷尚赤大怒，赶来打她。只因这一打，有分教：

  为色忘身遭陷阱，施恩岂虑后灾殃。

  不知果是如何，且听下回分解。

第十四回

殷尚赤争风月打盐商　　董敬泉苦银钱买节级

话说殷尚赤忽听得瑶琴被人半路邀截，打发他出门，不胜恼怒。因转了一个念头，恐瑶琴回来，日后不好来往，只气愤愤走了出来。便一路寻思道："什么富商，怎恁地目内无人？将我一个热突突的瑶琴半路截去，叫我怎气得他过！若不寻着与他做个对头，也吃这勾栏内人作笑柄，后来走动也没光彩。"忽想道："我中了鸨儿的离调计了。她与人串通，只说拜寿，将瑶琴送去，决不在院内欢耍。我如今只去暗暗寻访，决不与他甘休！"遂走回家，将一套衣服除去，换了素常包巾、窄袖，拴缚腰间，穿了一双深面起跟鞋，吃了顿饱，遂出门闲走，只不走入勾栏院来。

一连走了数日，并不见有什么头脑来，心中十分纳闷。一日信步走出艮岳门。走不四五里，早见落花飞絮点点沾衣，他只无心理会，随着高低曲径抹走。走了多时，忽抬头看见奇峰怪石、古木乔松，一所极热闹的地方。殷尚赤细细一看，方知是当年徽宗在此起筑的一座皇庄，常来游幸。因年老，与一班人讲道谈玄，以致国事日非，不来游赏，便就塌损倾圮，不复旧时模样。便有附近居民皆依石傍峰，在皇庄左近前后盖造屋宇，开张酒肆茶坊，供这些游人憩息。此时正是春景，故此游人往来不绝。

殷尚赤看了道："我今日无意中走来，怎得有此情怀，与这班闲人游玩。倒不如寻个松间石上去坐坐吧。"遂只拣僻静处走来。因转过一带高岗，只见岗下有几进楼房，周围一带土墙围着；这座屋宇在内，十分幽致。遂走下岗，绕着这带土墙走来，却见内中一株青松，直罩出墙外来。墙外有几块怪石崚嶒，奇峰屹立。遂不胜欢喜，要来坐在石上，看这些往来游人。

不期才坐下，忽飞了一只乌鸦来，立在奇峰顶上，朝着殷尚赤不住的伸颈怪叫。殷尚赤见了，甚不喜欢，便骂道："你这王八，也来将我奚落！料想我不去打人杀人，你朝着我叫些什么？"遂将手往上一举，要赶它飞去。谁知这只乌鸦偏不怕赶，只是乱叫。殷尚赤被它叫得耳根不宁，便十分焦躁起来。遂立起身，走在奇峰石下，立在高处，双手扳着峰石摇撼，要将这块奇峰石掀倒。这只乌鸦见他摇撼的势重，一时站立不住，遂展翅飞立在青松枝上，转身又向着殷尚赤呱呱怪叫。殷尚赤便不摇撼峰石，即转身朝着墙上，见这乌鸦比前更叫得凶恶，遂又骂道："你这王八只向着我叫，岂不是件怪事？"便又要赶来。

不期身子立在高处，早望得见墙内有几个男人围着蹴球；又有个妇人背转身坐在旁边椅上，用手搭伏在那里，不知看些什么。因暗想道："这是好人家，白日在园中蹴球耍乐，不要被他们看见，说我轻薄了她，只下去吧。"遂走来坐在原处，这乌鸦早已飞去。坐了半晌，因想道："我从小便学蹴球，东京俱道我身材巧捷。只前日同瑶琴蹴了几回，她便学我的身分解数，我就教了她些。只不知这几个人蹴得如何，我今只隐身在峰石背后偷看他蹴一回，得便处看看这妇人，散些闷回去也好。"

遂复走在高处，将身闪立峰边悄悄偷看。这班人蹴得甚是平常，便不耐烦再看。正要下来,只见蹴场中一个胖大汉子走出围来扯那妇人。殷尚赤暗想道:"蹴球是不好看,且看他扯过这妇人的脸嘴来,是怎模样,回去也亦是放心。"便又立着。不看时还好,如今看明,不觉大怒起来。

原来这妇人就是瑶琴。自从那日哄来,被董敬泉缠住不放,心中十分记念殷尚赤,只不能脱身回家。这日饭后,被董敬泉扯她园中蹴球耍子,瑶琴只得同他蹴起。董敬泉哪里晓得什么好歹,只死立着直挺挺的滚踢。亏得几个闲汉大家帮衬,只几脚将那气球踢送瑶琴。瑶琴遂将小脚儿勾住颠稳了气球,一时间扭捏身躯百般波俏,蹴出许多名色来。董敬泉见了,只连声叫好道:"俺也踢了好些球儿,自不曾见怎般踢得有趣,可不喜坏杀了俺!"

瑶琴蹴了一会,便将气球蹴起,向董敬泉怀中蹴来。董敬泉一时手慌脚乱,接便接了,只蹴不出好来,险些落地。众闲汉忙来帮帮衬衬,吵做一团。瑶琴得空,遂走出围场,坐在椅上。董敬泉道:"你且歇歇气儿,再来与俺耍。"说罢自同众闲汉蹴。瑶琴坐在椅上,看他们不上眼,遂兜上心来,想起殷尚赤。遂转身搭伏,斜靠在椅上,只痴痴的想念。忽被董敬泉走来歪缠,定要扯她去蹴球,瑶琴只得回过身来推辞。早被殷尚赤在墙外细细看明,方知被商人藏匿在此,便勃然大怒道:"我访寻了这些日,却在这里被人腾倒。不去夺回,等待何时!"遂大踏步奔到墙下,托地跳上墙头,再踊身往墙内一跳,抢步上来,大喝道:"好大胆贼男女、狗弟子孩儿,怎敢霸占殷尚赤相与的粉头,窝藏在此怪浪!"便赶近前来。

董敬泉忽见人跳过墙来将他大骂,听明方知是殷尚赤,便不胜大怒,遂弃了瑶琴,走上一步大骂道:"俺一个富商,谁人敢来挺撞!莫说是勾栏院行货,不是你老娘;便是你老娘,俺老子霸占了,也不许你吱个声儿。敢来讨死!"说罢遂喝众伴当:"快与俺动手,打这死花半截腿下来，叫他没气苦。俺几贯钱钞，送入开封府作烧埋银两！"众伴当有的去取棍棒，有的便来动手。殷尚赤听了，一时八万四千毛孔，根根俱竖，睁圆怪眼。见众人俱围打拢来，急忙虚起一脚，众人连忙躲闪。早被他趁势赶进，将董敬泉劈胸揪住。董敬泉不曾提防，急要挣脱。谁知殷尚赤力大，将他如小鸡般提过来，往地下一跤掼倒。抡着右拳，觑定董敬泉面门"豁喇"一拳打下，正打在眉心眼角。大喝道："你这狗弟子孩儿！有几个臭钱，直想不放人在眼内！且叫你做个瞎子，受些没眼的活地狱！"

董敬泉吃打这一拳，直打得两耳内一时铙儿、钹儿、钟儿、磬儿不住的嗡嗡乱响；两眼中有千万个金屎头苍蝇往来飞舞；两鼻中一如吃了辣芥菜，直冲得鼻涕、眼泪一齐往外乱滚。口中只叫人："快来救命！"殷尚赤又抡起拳头，觑定董敬泉下颏，一拳打下，正打在髭须中间。大喝道："你这张臭驴嘴，倚着商人体面，出口伤人父母，要送我到官。你倒求我声儿，我倒吃软不吃硬，你却叫人救命！你这狗弟子孩儿，可知关公劫鲁肃，并没一人敢上前来救护。若有一个来，先叫你死！"董敬泉吃打这一下，满口中一时酸甜苦辣，将二十四个牙齿一齐摇动，早迸脱了上下两个门牙，血沫往外乱喷。此时众伴当、闲汉俱要来救护攒打殷尚赤，忽听见"关公劫鲁肃"，生死俱在他手中，遂不敢上前来救。

这瑶琴先前突见殷尚赤跳入园来，不胜惊惊喜喜，忙立起身要来迎接。不期喝骂着董敬泉，遂不便走来相见，只得立住。又见他放出本事，将董敬泉跌翻在地，却也心上暗暗欢喜道："打得他好！装模作样，只要人奉承他。"遂不来解劝。打了第二拳便看了一眼，见董敬泉鼻歪嘴肿，鲜血交流，十分怕人，遂转了一念，忙来抱住殷尚赤。

殷尚赤正要打第三拳，绝他的性命，忽被瑶琴走来抱定，便说道：“你劝什么？他有好意到你来？”瑶琴两眼垂泪说道：“贱妾焉敢解劝！可惜官人一个少年俊杰，前程万里，怎为贱妾烟花奋不顾身？倘一时失手，受累不浅。”殷尚赤道：“我与你怎般热突，要他来吵断。我今只打死了他，便受累也不妨！”说罢又要打落。瑶琴忙又拦定道：“官人怎这般执性，万不可为妾伤人，自受其害！”说罢大哭起来。

殷尚赤见了，一时手软，打不下去，道：“既是恁地，我且饶他。”两手却不放松。忽抬头一看，只见众人俱齐攒攒执着棍棒，他方才吃惊。忙一眼看去，见亭旁有块青石琴台，有六尺来长，尺余厚阔，约有五百多斤。便松手立起身来，急忙抢进亭旁，用两手举起作掷来的模样，向着众人大喝道：“敢来作对，照此亭为例！”遂往亭柱上横冲掷去。用的力猛，去的势重，只一冲击，"豁喇"一声响亮，早将这座亭子打倒在地。急纵身跳出土墙，飞奔入城而去。

这些伴当见瑶琴哭劝，又听见说出饶他，遂大家留心，等他松手时一齐动手，不怕他逃去。忽见举起琴石打来，俱各大惊，连忙退后。今见打倒亭子，个个吓得吐舌，谁敢还指望来拿他？直看殷尚赤跳过墙去，才敢在满园中叫拿叫捉的混吵。

这瑶琴见殷尚赤这般作用脱身，因暗想道：“我与他相与了这些时，只道他做人比绵还软，谁知今日打人比铁还硬。”因见董敬泉在地下昏昏沉沉，叫疼叫痛，只得忙在自己身上裂下一方绸绢来，替他包扎了头面，又用手要搀扶他起来。谁知一个身子比死人还重，哪里动得分毫，连忙叫人。众伴当、闲汉忙来搀扶入内，董敬泉只说不出话来。众人惊慌，一面灌救，一面去请医人来医治。瑶琴担着一把干系，小心服侍半夜，方才说得出话来。

到了天明，董敬泉即吩咐心腹伴当备了副厚礼，到开封府进状。开封府接了状词，即差人出来拘拿。这差人奉了牌票，即出来商议道：“若奉承得原告喜欢，却有十分财喜。只是这殷尚赤向来是个顽皮，手脚又是唧溜。方才董家人说他在园内行凶，实是怕人。如今若一径到他家去拿他，倘被他恃顽溜撒，一时哪里去拿他，倒是一件干系！须要大家计较想个法儿，一索捆翻，方才没事。"

大家计较了半晌，内中有个说道："他为争风月，我们还在风月上计较，何不去与张鸨儿商量？"遂走来商议了一番，便去埋伏左近。遂着一个到殷家堂中，向内问道："殷大官人可在家么？"里面有人出来问道："寻我家官人做什么？"那公差假说道："我是张瑶琴打发来的，急要请你官人去说话。恐不信准，叫我拿件信物在此。"说罢，遂在袖中取出道："烦你进去，大官人自然晓得。"家人接了入去。

此时殷尚赤正在家中，想着："昨日打了董商，虽不敢与我作对，必要埋怨瑶琴因她惹祸。不知留住不放，还是放了来家？"正要出门打探，忽见伴当进来，拿着一柄诗扇相请。殷尚赤见了，却是当日带去初会瑶琴，后被张鸨儿赶逐，一时气恼，不曾入房去取，一径走回，遂信是实，不胜欢喜。忙将诗扇放下，出来问这人道："瑶琴来家了么？"那公差假答道："是今早回家，即着我来请官人去说话。"殷尚赤听了满心欢喜，便不再问。遂同走出大门，低头前走，恨不得一步跨进勾栏院门，与张瑶琴相见。一面走着，一面心中打点了许多温存言语。

正想到得意间，忽前后两旁突拥出二十余人，将他左右两手紧紧按住，一条铁索劈头套锁，推着便走。殷尚赤一时蓦地里被人擒锁，手脚俱施展不来，便大怒喝骂道："你这些贼男女，是什么人，敢将我恁地锁缚？"遂立着不动。只见前来请的这个人说道："你昨日在皇庄逞凶，打坏了董商人。他今早告在开封府，我们奉相公差遣来拘你。"

殷尚赤听了，便说道："这是件斗殴词讼。他既告我，我是被告，也不消似拿盗贼般，趁早放手。"那公差道："不然。我们不是这等擒拿，只因你素常没个好名。若不是这般拿锁，我们几个人，还不够你一顿拳打脚踢哩。"殷尚赤大笑道："我一个做汉子的人，你既说明怕我动手，我只不动手；到府中去，自有话与他对理。可知不是没头官司，怕他怎么！"遂昂然直走，众人便蜂拥着一齐入府。

已先有人进去禀知。等不一会，开封府相公坐出堂来。众差役将他推到堂下，殷尚赤正要诉说，不期相公一坐下，不容分说，即拍案高声喝骂道："你这贼泼顽皮，怎敢在皇庄禁地白昼行凶，擅打国课商人？有碍朝廷体统，真是死有余辜！又将商人打落面前二齿，若不按律重惩，何以警众！"喝叫左右："与我重责这顽皮，然后定罪！"

殷尚赤极力分辩，众衙役哪里由他，只更番打来，直打得肉绽皮开。殷尚赤只大叫大嚷："徇私枉法！"开封府见打到五十上下，又见这般叫嚷，恐有耳目，遂说道："现今商人受伤不知生死，且将这顽皮下入牢去。俟过百日外，然后定罪。"遂将殷尚赤上了刑具，推入牢去。

原来这开封府相公是永兴人，与董敬泉是乡亲。今早得了他礼物，遂不容殷尚赤分辩，打个尽情，下在牢中，以泄董敬泉的气。董家伴当见处得畅快，回来报知。董敬泉虽是欢喜，却仇恨难消，必要将殷尚赤处死。遂又吩咐一个得力伴当去嘱托牢中，叫他暗暗谋害。

这伴当领命，即来到孙节级家，正值在家料理饭食送入牢去，遂出来两个相见。孙节级问道："不知大叔何事下顾？"那伴当说道："小可因有一事，特来相烦节级。请一便处，方敢细陈底里。"孙节级道："此处没人，不妨有话直说。"那伴当听了，方同坐下说道："小可奉家主董员外之命来见节级，非为别事，就为今早蒙本府相公审的这件事。牢中事情俱在节级手中，故托相恳一二。"

孙节级听了，早瞧科了九分，暗暗吃惊。忙笑说道："闻知这殷尚赤打伤了员外，莫非来托我了当他么？"那伴当笑道："果是节级见头知尾。实不相瞒，我家员外被伤，虽不伤命，却怀恨入骨。故托小哥先具白金十两，有了回音再奉二十，望即允从。"说罢，便在袖中取出送来。孙节级接在手中，因说道："你家员外怎恁般轻人？要安排一条人命，须大出个手儿。这几两银子还不够我分给众人买酒吃，这事如何做得来？如今我若一径推辞，又道我不近人情，眼内只有银钱，反使员外笑我。也罢，你如今回去，只叫员外送我五十两。先有十两，再拿四十两来，还他一个干净。"

那伴当听了，不胜欢喜，满口应承道："节级果然作事恁地爽快，杀得人救得人，不枉人称是小虬髯。即今小可回去上复员外，再送三十两，后找十两何如？"孙节级道："恁便做得。我在家候你回信。"那伴当即辞出门。

原来这孙节级，是开封府一名禁役，宋时叫做节级。他名字叫做孙本，是山东临淄县人。为人轻财好义，见人患难，极肯拯救，人俱称他是小虬髯孙本。幼时弃文习武，充投幕卒跟随主将出征，为争战功得罪本官，本官将他问成死罪，下禁在开封府狱中。后因本官削职，没了对头，他便托人谋为，脱了罪名。因在狱中多年，深知狱中可以救死超生，遂谋做这节级。见人冤苦不平之事，必尽力为他周旋设法，使他出狱，心中方快。在他手中也不知救了多少人出去。就是重犯，他也百般体恤，故此满狱中罪犯无不感恩。又待人谦谨，衙中人个个喜他，俱与他相好。

这日堂上发下殷尚赤到狱来，晓得衙中上下俱得了重贿，将他用了重刑，只不知为甚情由。遂着几个牢卒，搀扶他安歇在一间房内，与他料理腿上，自己便来细问。殷尚赤遂忍着痛苦，将始末缘由说出道："好个糊涂没道理的相公！也不对审，便将人恁般处置。"

孙本听明，才晓得他是条汉子，便留心说道："原来你撞了这个大对头。可知糊涂没道理是受了私贿，叫他怎有得道理？你如今安心挣扎，慢慢的等个出路。"殷尚赤见他是个好人，不胜感激道："难得节级哥恁般好情。若得出头，决不相负。我今在此，被人魆地哄来，家中还没知道。敢烦节级哥着人通个信儿，好来看我。"孙本道："你家中甚远。今还不曾过午，我今回家料理些来吃了，再去通知。"遂自走了半晌。

　　正要出门，不期董家着人来嘱托他谋死殷尚赤，遂暗暗沉吟道："我若不应允，他又去转托别人，这条性命决难保全。"遂一力担当。打发这人去后，即叫人拿了酒食，同入狱来。只因这一来，有分教：

　　　　双手劈开天地壤，一头触倒不周山。

　　不知殷尚赤性命如何，且听下回分解。

第十五回

孙节级狱底放冤人　屠金刚阵前招女婿

话说孙本与董家伴当计较了，自己即入狱来，将酒食与殷尚赤吃，便去料理罪囚。忽见牢内有个罪犯在那里呻吟将死，遂暗暗计较了一番，便回家来。等不一会，董家伴当已是笑嘻嘻入来，取出银来说道："小可奉节级言语，回复员外，员外不胜感情，即依命送上。只求节级早晚了事，当堂递明病故执照，余物随从找送。"孙本收了，说道："只在三日内便见分晓，来讨回信。"董家伴当欢喜而去。

这日孙本不入狱中，只着人去料理。到了第三日傍晚，才着人挑了一担酒食，同入狱来，分给众人，又与他们说知就里，众人无不依从。然后又将些酒来同殷尚赤吃，殷尚赤道："我尚不曾孝敬节级，怎好生受？"孙本道："人谁无患难，谁无冤屈？我孙本也曾从患难冤屈中来。今见人患难冤屈，若不急救，徒使人笑。你且同我开怀畅饮一番，自有话与你计较。"

殷尚赤听了便不推辞，两人对饮，直饮得十分兴豪。孙本便在袖中取出一大包银子，放在桌边。殷尚赤见了，不知什么缘故，一时不好动问。只得又吃了半晌，问道："方才节级哥说有甚计较，只不知这早晚，可得一说么？"

孙本听了，看了殷尚赤一眼，因笑说道："人间生死，莫不由天。若今日孙本看来，只这活地狱中，得了几两银子，能使人立死，又能使人立活，则我孙本在此操生杀之权，殊令人可惊可骇！"殷尚赤听了，一时没做理会，只看着孙本沉吟不语。孙本便又笑说道："我这些说话，你实一时理会不来，只得要与你直说了。"遂将董敬泉着人嘱托谋死的事细细说出。

殷尚赤听了，大笑道："原来恁地暗算！既是如此，节级哥须早将我安排，去回复他便了。"孙本笑道："你死固不足畏，但我孙本也是个汉子，怎肯为人作奴使唤，将你屈害？我今实有心来救你出这狱中，别投去路。"殷尚赤道："不致我死，事尚可为。这是朝廷禁地，不经官放，怎得轻易出去？"孙本道："董敬泉在衙门撒漫，上下用钱。我只好救得你目前，怎救得你日后，早晚必遭他手。我今已有算计在此，救你出去。"

殷尚赤听了，急问道："不知节级哥算计是什么？"孙本道："昨夜牢底病死一个犯囚。这犯囚在牢中年深月久，并没仇家对质。做了一件疑狱，来了官府，俱不审着。我今将他代你，回复董贼便了。"殷尚赤道："牢中耳目众多，倘日后露犯，岂不遗累了节级，这怎么做得？"孙本道："这个不妨，我也虑过。你今犯的斗殴轻罪，却被仇家用贿暗害，是件有屈无申。我今就放你出去，即日后犯露，只不过顶你罪名，须不致死。况且官无久任，倘遇廉明问出真情，决不肯单为董贼，你不消虑我。若说耳目众多，我已通知，俱皆允许，决不漏泄。今已夜深，可随我到家去来。"

殷尚赤见他真心仗义，不胜拜谢。孙本即袖了银子，与他乘黑散步走出，真是神鬼不知。到了家中，孙本引他到僻静小房中将他安顿，自己即入狱料理。使人将尸首包好，候至天明，具了一纸："殷尚赤受刑不起，病故在狱。"开封府已是心照，便批了印信，发出掩埋。

孙本接了准呈，即着人拖出。一面着人报知殷家，叫他领尸埋掩。幸喜他家俱是下人，闻了此信，忙来牢口领去，绝不验明家主尸首，一径抬去门外，在乱葬土岗掩埋。回家将家主物件分散，各自做人家去了。孙本拿了这纸红印信准呈，到董家来找银。董敬泉见是开封府印信朱批，以为消了恶气，方才十分欢喜，即便找出，又外一封酒资打发孙本。

孙本见一天大事做得干干净净，欢喜来家，与殷尚赤说知备细。殷尚赤不胜感恩道："只因一时气愤，被仇人陷害，万分必死他手；谁知节级哥哥仗义回生，此恩难忘。若蒙不嫌，愿拜节级做哥哥。"

孙本听了大喜，殷尚赤遂伏地纳头四拜，孙本连忙搀扶了起来。因说道："我去年结拜了袁武，至今时常往来。你今调养好了身体，使你投奔他去。他家资丰厚，延纳豪杰，为人敬重。"殷尚赤问道："这个袁武是哪里人，得拜哥哥？"

孙本道："这个袁武是我同乡，他幼时曾得异人传授，洞知天文、地理、数术、阴符。因欲见用于世，展其才略，去年东京开选，他来应举。不期被黄潜善等只重夤缘，将他遗落，一种愤懑难与人言。一日，在开封府前酒楼上沽酒自酌，醉后在壁上写了数行诗句，却是讥笑宋室无人。早被缉事使臣拿入府中问罪。是我一力排纷，将他释放，遂拜了弟兄，在我家住了多时。他曾劝我说：'不久汴京大乱，天下荒荒。'遂别我去寻访豪杰，做些事业。"

殷尚赤听了，忙问道："他恁个人，胸中必具先识。哥哥可曾问他豪杰是谁？"孙本道："他说：'天意南旋，四方豪杰渐起，余不足论。近闻得传言有两句，道是楚地小阳春，关中金头凤，二人可为群雄之首。我此去若访着一人，便事有可为。'只不知如今可曾访着。"殷尚赤又问道："哥哥可曾问他二人姓甚名谁？"孙本道："这我倒一时不曾问明。"

殷尚赤听了，踟蹰了半晌，因说道："兄弟蒙哥哥大恩，得不死于仇人之手，今又使投奔袁武。但兄弟想来，这袁武既存大志暗访豪杰,行踪未定之时,此去决难遇值。况且山东与汴京相离不释,倘或有人熟识,诚恐遗累哥哥。我想'楚地小阳春',楚地是湖广地方,虽不知他姓名,但既有人传他美号,必是个济危扶困的汉子,大约不减当时山东及时雨。我若去投奔,必有些好处,又离东京渐远。兄弟行动得如旧时,便去访寻。"自此只坐在房中,日日调养,敷治棒疮。早有月余,方才平复如旧,遂辞孙本要去。

次日,孙本治酒与他送行。饮了多时,孙本起身入内,一手托出银两,说道:"这是董敬泉之物,兄弟取去,好作路费。"殷尚赤推辞,孙本道:"此乃不义之物,天教有眼,落在我手。今日合该兄弟使唤,怎么推辞?"殷尚赤只得收了。

孙本又去取出两套衣服、鞋袜并刀棒来,殷尚赤即便打叠包裹。孙本因说道:"我有句话要对兄弟说,不知可肯听从?"殷尚赤道:"哥哥有话,敢不敬听!"孙本道:"兄弟这场官司却是为妇人,以致陷身不测,但古来豪杰,俱不为色欲所淘。如今此去,切宜戒勉。"殷尚赤忙拜谢道:"哥哥金玉之言,敢不拜从!"孙本挽扶了起来。此时将已傍晚,殷尚赤遂挎刀提棒,背了包裹,二人乘黑出城。到了僻处,殷尚赤连忙拜别。孙本恐闭了城门,只得自回。

殷尚赤立在黑处,见孙本进了城,方才放心前走。遂晓夜南行,往南进发。一日行到一个市镇处,见一家门首插着一杆酒望子,因想道:"我连日走得辛苦,且入去买碗酒吃,并问问路程。"遂走进店来,拣副座头,放下包裹、哨棒坐下。走动的来问道:"客官要打几角酒?"殷尚赤道:"且打两角来。有什么下酒?"走动的道:"我店中有上好家生豕肉并包点汤饭。客官大约明早结伴同走,我这里自有干净床铺。"殷尚赤道:'我不问你床铺。既有好肉,可切二斤来。"

不一时摆上酒肉,殷尚赤遂自筛吃。吃了半晌,见不能充量,便又叫打两角来吃着。只见主人立在街头,招呼人进来安歇。就有两三个人肩驮包裹走入，店中引他到后面去。过不一会，又有一起进来。殷尚赤看在眼内，暗想道："今才到午，要走还走得七八十里好路。怎么这起人见鬼般就在这里安歇？"因忍不住叫声："店主人来，我有话问你。"

主人在外听见，走近桌来道："客官有甚言语？"殷尚赤道："今才晌午，你家怎便留人歇宿？这些人又肯不走，这是什么缘故，莫非前面有甚虎狼难走么？"主人笑说道："原来客官不曾在此走过，怎晓得此去有些厉害。"殷尚赤道："我是东京人，实是没曾走过。前面有什么厉害，可对我说。"

主人道："前去不是虎狼拦路，却有一伙强人剪径，为首的叫做铁铸金刚屠隆。他是大名府犯罪，逃走在前面蛾眉岭，聚了百十喽啰，专劫过商，抢掳妇女。因生了一个女儿，今年一十六岁，更比屠隆十分了得，使两口镔铁宝剑，人说她有万夫不当之勇。如今远近官兵只好看她一眼，皆不敢轻易来剿捕，我们地方十分受苦。幸喜这个女儿还有些好处，不肯劫夺穷善人家，又不劫寅、卯过商。若过了两个时辰，不曾空放一个，故此往来商贩晓得规矩，便安歇等伴，明早同行。客官你也只好在此歇了。"

殷尚赤听了，笑一笑问道："他这女儿叫什么名字，怎个模样儿？想必是夜叉小鬼的妹子、五道将军的奶奶了。你可曾看见么？"主人道："这个女儿时常带领人下山打围出猎，我们常是看见。但说来也是奇事，你道他强人必生恶种，她却生得出类拔萃：眉不消画，有若青山；脸不傅粉，犹如白雪；唇不丹涂，却似樱桃。欢喜时如溶溶春水，发怒来似汹汹秋涛。最好看的，她骑在马上，一双小脚儿在银镫里斜跷，卖弄风流，波波俏俏，十分娇态。故此人俱称呼她马上妖屠俏。客官，你道好也不好？"

殷尚赤听明，只不言语，忙将酒肉吃完，取出碎银打发完，取了包棍出门。主人忙来留住道："我才说了许多前面难走，你怎么又去故作采樵，送他包裹？"殷尚赤道："我要赶路。他若要时，我便送他。"主人只得放手。

殷尚赤出了门，乘着三分酒兴，走了半晌。因想道："我枉了一生本事，从不曾遇个敌手。何不去与这屠俏耍一棒儿，使她喝彩，也强似在这些红粉柔媚女子口中叫好。"遂想定了主意，便急急走了二十余里。抬头望去，果见前面一座高山，黑丛丛许多树木，隐隐现出飞檐兽脊绝大的一座殿宇来。殷尚赤晓得便是蛾眉岭，遂自留心。将包裹放落在地，紧束腰间，挎好了刀，举着棍棒在手中掂了几掂道："虽是不甚重，料他也奈何我不得。"遂将哨棍挑了包裹在肩，一路走来。

到了山下，又抹入林来。早有人在林中探望，殷尚赤故意慢走。走到一块平旷间，遂东西观看，转不见了殿宇。正看间，忽一棒锣声，早有一骑马冲出林来，大喝道："兀那汉子！有甚铁叶裹头、钢皮包颈，吃了豹子肝、大虫胆，敢在蛾眉岭径过？快将金银包裹纳下做买路钱，才饶你过去。若迸进半个不字，叫孩儿们绑缚入寨，取出心肝炙脆，与俺下酒！"

殷尚赤忙将他一看，却是个髭髯半白。知他便是铁铸金刚屠隆，遂摇着棍上包裹，笑说道："我包裹内金银自有，只叫你屠俏出来与我见一面，耍一棒。若赢得我，我情愿送她，空身自去；若不赢得我，只好叫她与我做个叠被的侍儿罢了。"

屠隆听了，发怒如雷，急忙点开坐下马，摇着手中枪，照着殷尚赤咽喉下一枪刺来。殷尚赤忙将棍上包裹卸落在地，轻轻抵住，两人即便杀起。一往一来，杀到三十余合，屠隆全不能讨得半点便宜。再杀一会，觉得渐渐力怯，只左右遮拦。殷尚赤要逼他女儿出来，不下毒手。

早有小喽啰乘空处抢了包裹，飞报知屠俏。屠俏听了大怒，取了两股宝剑，翻身上马，杀出林来，大叫道："什么人敢在此恃强！父亲退后，孩儿来也！"只这一声叫唤，恰似花飞柳舞、莺啭乔林。殷尚赤忙抬头一看，暗暗惊讶。你道这屠俏怎生模样？但见：

头上用一条黑纱扎额，露出红心角儿，左右插两支雉尾；身间穿一件红棉战袄，套着白绫比带，上下绣百般花朵。左吞头，右吞头，夺人眼目；前掩镜，后掩镜，耀眼争光。背插几根狼牙钑子箭，腰悬一张画鹊铁胎弓。骑匹白点子马，紧紧夹定；坐副锦绣银鞍，稳稳斜跷。眉如新月样，鬓若黑云堆。分明是一位美貌佳人，却按着前生地煞。

殷尚赤见她来得较近，满心欢喜。屠隆便虚展一枪，带转马头，好让女儿来杀他。只见屠俏一马冲到，用两股宝剑，只使得呼呼风响，如雪练般在殷尚赤头顶上砍过来。殷尚赤笑了一笑，即举棍相还。你看他二人一场好杀，怎见得？但见：

一个怒发佳人，仗腰间宝剑入我彀中，顷刻强人俱伏倒；一个生嗔浪子，恃面前硬棍拨尔机关，霎时刹女皆叹服。一个在地下，恨不得一棍搠来，要取红娘子半猩猩；一个在马上，恨不得双剑砍去，逼勒骂玉郎多点点。杀到情浓，你贪我爱，搅作团并作块，汗津津早已湿透酥胸；战到妙处，我恋你眷，叠成双合成对，喘吁吁果是难得气接。若不是今日交锋，乌得半百偕老？

屠俏与殷尚赤，一个在马上，一个在地下，各放出平生武艺，棍来剑拨，剑砍棍搪，来来往往。杀到五十余合，一时胜负难分，各讨不得半点便宜。殷尚赤只笑嘻嘻，不住的喝彩道："好个耐战的女子，正是我的对手！"屠俏也暗暗称赞。不一会，两个各卖弄本事：屠俏见棍来，便镫里藏身；殷尚赤见剑到，即使花棒躲闪。直看得众小喽啰，俱拍掌叫好。屠隆见这人与女儿一般本事，也自惊惊喜喜。遂暗暗踟蹰了一番，即喝鸣金罢战，自己一骑马放近前来。屠俏与殷尚赤各皆贪战，忽听得鸣金，不知是何缘故。回头见父亲赶来，遂将宝剑架住了棍头道："天色已晚，不便厮杀，饶汝去吧！"殷尚赤笑道："我正要在夜间与你玩耍，怎么要去？"

说未完,屠隆勒马近前,笑问道:"你这汉子武艺甚高,必是有些来历。可说出姓名、家乡并年纪妻小,俺自着人送你过去。"殷尚赤听了,笑道:"你又不招我做女婿,问些什么?既是要问,我是东京有名的钻心虫遍地锦殷尚赤。自小学习枪棒,兼通技艺,满身刺了绣纹,爱结江湖好汉。今年二十一岁,父母早亡,并没讨妻。只因避难,要去湖广投奔相识。不期撞着你女儿缠住,只不肯放松杀了这半日。我也晓得你女儿手段实是高强,是一位女中豪杰,使我不胜心服。如今问明,可还我包裹去吧。"

此时屠俏已勒马按剑,在屠隆背后,听见父亲问得有些古怪,又见说出姓名年纪,没有妻小,便将殷尚赤看了一眼,不便再听,遂拨马往山寨里去了。屠隆因对殷尚赤说道:"(原书缺一页)俺年近六十,精力甚觉不似往昔。小女之身尚无可托,每欲寻配英雄。但据此山岭,怎便着人寻访?便就寻访着了来,见俺们做这事业,也不肯死心塌地在此,终久要败坏俺家风,岂不将俺半生经营这座山岗寨子,等闲弃去?俺今日见你本事高强,正与小女一对,不相上下;又听见你逃难到此,必是无家可归。既是无家可归,异日必能死心塌地,昌盛家风,与俺争些光彩。如今欲将小女配事英雄,小女本领与面貌,豪杰俱已见过,不知豪杰意见可肯俯就么?"

殷尚赤听了,不胜惊惊喜喜。正要答应,忽想起孙本临别吩咐的言语来,便只沉吟,一时没个道理。屠隆见他不允,勃然大怒。只因这恼怒,有分教:

洞房中男豪女杰,山岗下狮吼龙吟。

不知二人可得成亲,且听下回分解。

第十六回

好夫妻拼命捻酸　热心肠两头和事

话说殷尚赤见屠隆肯将屠俏配他,满心欢喜。忽想起孙本之言,便只管沉吟,不敢一时答应。屠隆见他沉吟,遂变色问道:"敢是小女本领不高,面貌不扬,有不肯俯就的意思么?"殷尚赤听了,一发心慌,答应不来。忽想道:"这屠俏本领我已喜煞,屠俏姿色我已爱煞。他如今情愿配我,这段姻亲实是天缘。今若舍此,叫我今生到哪里去求讨这个女豪杰来与我作对?我今已是无家可归,同他们落草,实是出于无奈。日后做得一番事业,也还是豪杰中所有的事,岂可不行权度,固执孙哥哥临别之言?况且我如今已在他寨中,若不变通行权,必要使他父女好意变成恶意。"

一时拿定了主意,遂欢欢喜喜,立起身来拜谢道:"小子无能,承蒙泰山不弃,赐配令爱,自愧空囊,若不见责,敢不从命?"屠隆听了大喜,连忙扶了起来,道:"今日正是黄道良辰,只今夜就使你二人成亲。"遂一面吩咐准备喜筵,叫取衣冠与殷尚赤穿戴;一面着村妇们迎请屠俏出来,同拜天地。

不一时,堂中结彩,银烛辉煌。寨中自有吹鼓手,奏起乐来,便也十分热闹。吹闹了半晌,早见后面几个村婆野妇簇拥着屠俏出来。

殷尚赤忙偷眼看去，还是日间打扮，只卸了左右呑头并前后掩镜，战裙换了绕地长裙，鬓边添了许多珠翠花朵。缓步轻移，十分袅娜，走来与殷尚赤同立红毡，先拜了天地，又拜了屠隆，然后夫妻交拜过。屠隆坐了正中首席，他夫妻分了东西，对面旁座坐下。合山大小喽啰俱来叩头，承值的早送上水陆酒肴。

这一席喜筵，虽无海错山珍，却有猪、羊、牛、犬，大盘大碗的搬来。屠隆便揎拳裸袖，低头哝嚼；殷尚赤却也要吃，只是初做新郎，一时不好动粗，恐怕新人看见不雅，便抬头看这对面新人。早见屠俏，右手擎着一只猪腿，左手捧着一大碗酒，吃一口酒，咬一块肉。两旁村婆、野妇，不住的斟酒与她吃。殷尚赤见她吃得十分爽快，便也忍不住吃起来。三人在喜筵上直吃得落花流水，风卷残云。不一时，各人面前俱堆了几堆白骨，盘碗皆空，俱有三分酒意；又各吃了一番蒸卷馍馍、粉汤茶饭。

殷尚赤与屠俏吃完，各自坐着。屠隆遂唤了村婆、野妇送他二人归房，二人即便起身。到了房中，殷尚赤忙偷眼看去，只见房中四面摆设的俱是刀枪剑戟，被灯火照耀得森森闪闪，光芒射目。再看床上，睡的是虎皮褥子、豹皮枕头，盖的是一床麂皮猩猩血染的一条大被，床前列着几个生漆骷髅头的尿器。殷尚赤看在眼中，暗自惊惊喜喜道："这才是女中豪杰的作用。只不知到温柔乡里，可用得着软款功夫？"

正想未完，早见屠俏打发了村婆、野妇出房，向殷尚赤笑了一笑，说道："俺们一对豪杰夫妻，全然用不着道学先生的斯文腔调，俺自去睡也。"说罢自脱衣上床。殷尚赤听了，满心欢喜道："浑家先睡，我也便来。"遂脱去衣服，急入被中，寻欢取乐。你道他二人如何举动？但见：

男效风流，女敦朴实。男效风流，知是豆蔻初芬，乌敢骤风狂雨，只用轻怜爱惜；女敦朴实，晓得恩情难免，奚辞肉裂肌分，唯有攒眉苦忍。一个惊惊喜喜，乍得甜头；一个要要欢欢，深知趣味。各说知心，皆言俏语。一番快畅，万种温存。漫道夫妻巧言，个中实有前因。

两人一夜欢情，真似如胶似漆。到了天明起来，出房拜谢了屠隆。过了多日，屠隆有了他夫妻二人，遂将山寨中事情俱交与他二人掌理。自此殷尚赤与屠俏日日同去巡山，劫取过往，十分强横，人俱叫他是"男女魔头"；便又结远近豪杰。因念孙本大恩，常使精细喽啰送礼去酬谢。遂在屠隆、屠俏面前，说起当日要去投奔"小阳春"，并说袁武言语，要使人到湖广去访问。忽一日接得附近传来一书，方知"小阳春"是姓杨名么，号道长，屈遭刺配往非，遂与屠俏商议劫夺，即吩咐人去四处等候。

忽一日，早有探事的来报说："山下有一起客商，同着一班进香人，内中行李甚多，特来报知。"殷尚赤听了，对屠俏说道："今日丈人身体欠安，你在此看视，我去取了来。"说罢，带了多人下山。这些客商与进香的，忽见强人赶来，俱委弃逃命，遂弃下一乘小轿歇在岭侧。殷尚赤一面叫人搬取包裹，自己一马放到轿边，却听见有个女子在内哭泣；遂下马揭帘。那女子掩面哭泣，殷尚赤将她衣袖往下一扯，那女子早露出嘴脸来，哭着说道："大王饶奴性命！"已被殷尚赤看个满怀，遂叫人抬她上山，自己上马在轿后押着。

不期先有人报屠俏道："今日却是喜来也！"屠俏正服侍屠隆吃汤药，忽听见说甚喜事，忙问道："殷大王下山，敢是得了十分彩么？"小校道："彩是有些，也算不得什么喜事。殷大王劫掳得了一个美貌女子，抬上山来，做一位小寨夫人，岂不是件喜事？"屠俏忙问道："你怎么便晓得要做小寨夫人？"小校道："方才见殷大王揭帘扯袖看那女子，便叫抬上山来。必是看中意作小，难道抬来做女儿？"

屠俏听了，一时柳眉倒竖、凤眼圆睁，大叫道："这负义贼，恁般大胆，与他拼个死活来！"屠隆连忙挣着劝道："孩子不可造次。"屠俏道：

"他在东京嫖粉头犯事，那日见了俺，便涎脸说风话；如今见了这狗男女，自然也是恁般，怎不丢人脑后！"说罢提了双剑，出寨上马，赶到岭下，果见轿子在前，殷尚赤骑马在后。心中十分恼怒，遂将马急纵，舞动双剑，飞也般杀来。将到轿边，喝声："歇着！"遂赶到殷尚赤马前，直砍过来。

殷尚赤忽抬头见屠俏下山，面色如青，不知是何缘故。突见砍来，忙用棍架住道："浑家怎么！"屠俏大怒，骂道："负心贼做得好事，只杀你便了！"说罢，只乱砍过来。殷尚赤方知她疑心吃醋，一时分解不及，见不是势头，只得放马抵敌。霎时间，一对好夫妻忽变了一对仇人，各拼性命杀将起来。众喽啰见了俱不敢相劝，连忙报知屠隆。原来，屠隆三日前受了风寒，十分沉重；今听见夫妻拼杀，只急得在床上呻吟，忙叫人去劝。村婆、野妇俱下山来相劝，却见二人杀得性发，不敢上前，只在两旁跪拜叫嚷。

这日杨幺正同着两个押差，见了这座高山险岭，皆畏缩不敢轻进。杨幺便提棍向前道："你们只随我来。"便一齐同走。将到山岭前，杨幺一眼看去，远远见山下有两人两骑，如走马灯儿般棍起刀落，赶着厮杀。张龙、赵虎见了，不胜害怕，立住说道："我们就说这山内必有强人，你看这不是在那里操演？莫去撞入虎口，枉送性命。可寻人问路，抄转过去吧！"杨幺且不回言，只两眼看前面了半晌，不胜惊惊喜喜，方说道："你们不要心慌。我看他两人虽是厮杀，却俱不下毒手，我疑内中必有缘故。你们在此立着，等我去问他声来。"说罢将包裹卸下，提棍急走。两押差阻他不住，只得拣个草深处藏躲，探头观看。

这杨幺走近看时，却是一男女厮拼，两旁许多人跪拜叫嚷，却听不明白。勃然大怒，即举棍对着男人大喝道："莫非倚强在此欺压妇人么！"说罢，把一棍照脑袋上打来。殷尚赤突见这人来发话，正要回言，不期棍到，急忙抵住，也就一棍相还。杨幺即将棍拨开，在他马前直使得如落花飞絮万点侵入之势，只不离前后左右；殷尚赤只紧紧遮拦。屠俏忽见这人百忙里赶来，裹住丈夫厮杀，早将先前一段吃醋捻酸的心肠，忽换了知疼着热的好意，遂来疼护丈夫，忙舞剑合拼这人厮杀。

　　杨幺见妇人也来奔他，心中甚是疑惑，到此不便问明，只大喝道："哪怕你两个拼我一个！"三人在山下直杀得愁云惨惨，红日无光。杀了半晌，殷尚赤、屠俏见这人棍法高强，各自暗惊，便一齐架住，问道："你这汉子，必非常人。快道姓名，不要伤了情分，吃人笑话。"杨幺听了，停棍说道："我便是湖广岳阳府柳壤村杨幺。你二人为什么在此争斗？"殷尚赤、屠俏听了，不胜大惊大喜道："你敢是打贺太尉吃官司、递解往北的小阳春道长哥哥么？"杨幺道："我便是。你怎么晓得？"

　　二人又问道："你既是道长哥哥，为甚没有刑具并押差同走？"杨幺道："因他见这山岭险恶，必有豪杰占据，知我有些本事，去了刑具，要我在前探路。那边草内探头的不是么？"二人听了，忙将棍剑齐抛，滚鞍下马，拜倒在地，谢罪道："我夫妻二人久已闻名愿见。近又得书，日日使人打探哥哥到来，欲劫救上山，不期今日才得相遇，却又恁般得罪！快请上山。"

　　杨幺忽见二人拜倒，连忙还礼；又听见说是夫妻，不胜惊喜，挽扶起来道："杨幺从未识面，不知贤夫妇从何晓得贱名，敢劳如此？"殷尚赤遂将自己姓名、犯罪投奔、得配屠俏并接书信略说了一遍。杨幺听明，不胜惊喜道："你二位是一对豪杰夫妻，今日为何在此作性命相搏？真耶？戏耶？好使杨幺不解。"

　　二人听了，俱忍笑不住。殷尚赤只得说道："我两人的笑话，只得要与哥哥说知。今早山下有一起买卖过往，兄弟下山邀截，见这轿中有个女子，将她带领上山。不期弟妇疑心有别样心肠，便赶来舍生拼命相搏。若不是哥哥到来，敢怕今夜还要着人点灯，杀到天明还不住手哩。"

　　杨幺忙问道："这女子如今在哪里？"屠俏道："这山下轿中的便

是。"杨幺走到轿边，问这女子道："你年正轻，为甚到此受惊？你可说明，我着人送你回去。"那女子见是好人，只得止泪说道："我因父母患病，许了一往信香，同众香妇今早经过。不期遇着山上大王，众皆逃散，只弃我在此。若得放回，感恩非浅。"

杨幺听了点头，便来见二人道："目今只因宋室无人，奸权用事，以致豪杰散生，耗其元气。英雄到此，必要戮佞扶忠，做番事业，方不虚生。若只图财宝，贪爱女色，岂是豪杰所为？必致遗臭于人。今这女子为父母患病进香，是一孝女，使我杨幺不胜起敬。岂可使她受惊？乞推面情，速着人放回。"

殷尚赤、屠俏听了，不胜欢喜道："哥哥这些见识，才是做大事业的豪杰，怎不远近闻名，使人想慕！兄弟先日原有好色之心，只因受了一个哥哥的教训，再无他念。况且又得屠俏为妻，已是心满意足，怎肯又去撇甜就苦！今早因见这女子失伴，且抬上山，慢慢着人送回。谁知错疑，一时分解不得。"杨幺道："原来兄弟恁是好心，夫妻恩爱，只是方才欠了些主见。若抬了这女子入寨，虽无别意，难免李下瓜田，怎怪得大嫂见疑。"

因又对屠俏说道："大嫂见疑固是不差！须看个情由，便以性命为戏，未免过于太急。如今总推杨幺情面，勿生芥蒂，夫妻欢好如初。可遣人送这女子到路口，令人找去。"二人听了，不胜感激拜谢。即一面使人送这女子下山，一面迎请杨幺上马入寨。杨幺遂用手招呼两押差。

殷尚赤、屠俏道："趁今日杀了二人，哥哥只在山中做事业，岂不快活！"说罢便要赶去。杨幺连忙止住，将自己心事说明。二人方不动手，遂一同入寨，即备酒款待。杨幺使两押差坐在左右，殷尚赤、屠俏下陪，吃得十分豪兴。杨幺将打王豹，常况杀人，因结骆敬德，认罪入监、释放事情，细细说出。殷尚赤因两押差在旁，不便说话，遂使人引到别处去吃，自与屠俏坐近，因说道："哥哥若不说，兄弟怎知常况在阳城县狱中？即今商量救他出来。"杨幺道："不消兄弟费心。我已托骆敬德去报知丁谦、于德明，他三人自有计较。方才兄弟说受了哪一位的教训，可说我晓得。"殷尚赤遂将相与瑶琴，痛打董敬泉，以及孙本放出，说结衷武并"金头凤"的事，细细说出。杨幺听了，不胜惊惊喜喜道："原来果有个'金头凤'！"遂将天雄山抄录言语以及童谣说出。因说道："我杨幺结识了何能，已是快心，怎知又有个衷武奇人？不知'金头凤'是何名姓？我去东京，先见了孙节级。到了地头，必去寻访二人。"

殷尚赤道："兄弟常使人寄礼物去，怎奈孙哥哥只不肯收，只收得与他上寿的礼物。想是去的人不善言语，如今要拜托哥哥带封书去。"因又问："这何能怎样人，如今在哪里？"杨幺遂将何能才干、荐上天雄山并郤元犯事同解，嘱他临时取便，一一告知。又道："今有常况沿路手书，大约有人救护，却不得实信，只记念不了。兄弟你可使人打听也好。"殷尚赤、屠俏晓得这些缘故，不胜快活，各畅饮到晚，安顿杨幺歇宿。

到了次日，杨幺要辞别下山，殷尚赤哪里肯放！一连住了五日，知不可留，只得备酒送别。吃到中间，殷尚赤使人托出一盘银两并几件冬夏衣服、鞋袜之类，因说道："本当留哥哥多住些时，争奈哥哥大事在心，不敢多留，但须速去快来。些少银两，权作路费。外小封二十两，给两押差路上买酒吃。"又吩咐了言语，两押差只磕头应允。杨幺见盘内银两甚多，因说道："我哪里用得许多，只消一半够了。"

殷尚赤、屠俏齐说道："此去路远，便到地头，衙门也要使费，我这里还要着人来问候。"杨幺遂不推辞，叫两押差收入包裹中。殷尚赤又取出一封书来道："这是烦哥哥捎去与孙本哥哥，内有十两蒜条赤金。"杨幺接来，紧束在腰间。遂大家作别，相送下山，各自分手。殷尚赤、屠俏见去得远了，方上马并行而回。

杨幺别了殷尚赤、屠俏，同着两押差，一路逢村饮酒，到镇安歇。两押差感他恩惠，只小心服侍，并不上刑具。走了多日，一日到了朱仙镇上，相近东京不远。因见日已西斜，遂寻店安歇了一夜。

到次日，各吃饱了酒饭，两押差自去打发店钱。杨幺立在门首，只见往来的闹攘攘，有的携男抱女，俱往西走；有的在门首探望。杨幺看在眼中，不知是何缘故，便走向对门，与一个老年人拱手问道："你这里今日为何这等热闹？"

那老人看了杨幺一眼，笑说道："你是远方人，如何晓得？俺这里是开封府管辖，地名朱仙镇。往来热闹，有个缘故，你既来问，我只得说你知道。当初宋太祖贫贱时，曾打过擂台，自此天下闻名，人心向附。后来陈桥兵变，便做了皇帝。因见民间设立擂台，一则聚众耗损民间财物；二则生端起衅，伤人性命，故禁止天下，不许设立擂台。到了仁宗时，便有好事内臣与王孙公子蓄养教头，喜刺枪棒，好玩好耍，遂怂恿官家，许开封一府设立擂台，相沿到今。故此这些好玩子弟寻访教头来家，或逢香集庙上，或到时令佳节，搭立擂台，各出彩物摆在台下，使人与教头放对，或拳或棒。若有人来放对，令他写明了死伤不抵文契，然后使他上台。若打赢了，这些礼物并众香官喝彩钱俱送他，还要披红挂彩，吹乐鼓手迎接来家，下次就是他上台。是第一件好看的事。

如今俺朱仙镇西去十余里，地名大宝集。有一富豪子弟，叫做干燥皮、钱过斗，同了几个宦家公子，迎请了东京城中第一有名禁军教头，叫做五色反毛锦鸡头乐汤。因他拳棒十分了得，在这大宝集上，一连三年并不曾遇个对手。他夸大言道：'拳打三千郡县无敌手，棒劈八百军州我独尊。'今日正是五月十三，集上有敕建的一座关帝神圣庙宇十分齐整，各乡、村、镇男女以及城内居民，一来进香赛神，二来年年旧例，来看擂台上乐汤放对。故此这些远近村人，俱到那里去观看。你今问明，想是也要去看了。"

杨幺听明，笑了一笑。两押差替他拿了包裹，走出店来，杨幺接入手中，与那老人拱别。走离了镇上，因将老人的言语述出道："离此只得数里，我们何不去走遭？"二人依允，遂向小路，跟着村男妇女走了半晌。早见一座村落，果是繁盛，三人便走入村来。只见两旁许多赶趁的人，将各种货物，也有开铺面的，也有堆垛在地下的，俱在那里做买做卖，以及茶坊酒肆，人进人出。再走到中间，更是热闹，人都拥挤不开。

杨幺在前用两手分开众人，两押差只跟随在后。走不半晌，在人丛中抬头，早见前面飞檐接汉，画栋冲霄，直耸出似乌云般一座殿宇来，方知到了关帝庙前。只见庙前有方圆四五里一块空地，俱是四方五岳的人，如山似海，东簇一团，西聚一块。正中间迎着庙门，果搭着一座无大不大的擂台。你道是怎个模样？但见：

> 玲珑八角，明透四方。头顶上，俱用织成芦席遮盖；脚底下，纯是拼就松板铺平。庭柱丝绸包裹，横梁彩笔描成。左柱上用黄金打凿一行篆字："拳开惊虎走；"右柱上将白银攒嵌几个蝌蚪："脚动吓龙奔。"正中间宽宽荡荡，任你拽拳扯腿；两壁厢坦坦平平，随我抢枪舞棒。台面不高，离地约有丈五；基址甚广，周围却有千寻。若来跌扑，任你铜筋铁骨，经不得几下拳头；如逢较棒，哪怕力大身强，挨不得一根颠翻。上生下死，分明是一座森罗；进死退生，俨然是数间地狱。

杨幺同两押差看完了擂台，遂又看台下。只见四下里搭着小篷，俱有人赶趁在那里卖酒卖肉并馍馍扁食。又有几处俱挂着竹帘青幕，却是有体面的人家妇女在内来看打擂台的。又有一个大敞篷，内中围列一扇锦屏，外面拦着一带朱漆花朵栏杆，里面堆着许多缎匹银钞，桌上摆列笔墨砚纸，上面设着一张大椅，披条虎皮，有许多人在内看守。

杨幺看罢，遂同押差走入庙来，瞻仰圣容。只见殿上神座前，果乃宝炬辉煌，篆香缭绕。桌上堆列许多果品、猪、羊、鱼肉、酒饭、馒头。有数十个庙祝并火居道士，口里喃喃呐呐的通诚祝献。案下跪着许多村男妇女，磕头礼拜：也有求签的，也有祷告的。一起不了，又是一起挤来。杨幺同押差随众拜了神圣。早有门外一起乡人锣鼓喧天，执香的、扛抬祭物的，俱入庙来赛神酬愿，杨幺遂同押差走出门来。只因这一来，有分教：

　　二十余年梦合，一朝祸发临身。

不知果是如何，且听下回分解。

第十七回

朱仙镇打擂台逞英雄　节级家赏中秋致奇祸

　　话说杨幺同两押差在关帝庙中瞻仰了一番，走出庙来，拣了一个小篷，进来买酒吃。火工见了，便将好酒好肉送来。三人吃了半晌，杨幺便叫火工来问道："今日将已近午，这教头怎么还不上台与人放对？莫不是虚张声势挨到傍晚，只应故事就下台去，怕人打么？"

　　火工听了，便拍掌大笑起来，道："你这个人，怎这等冒冒失失，乱说人长短？若要你看了这教头，也要吓个发昏。这上台的乐教头，是打尽世间无对手，怎么怕人虚应故事！只是他眼眶大，晓得决没人来与他放对，故此在家同这些掌管擂台的相公们吃上台筵席酒；是年年旧规，不到日中也不上台来。"

　　杨幺听了，笑问道："这教头怎个模样儿？直恁装腔作势，难道就没个人来打他下台？"火工又笑说道："我若不说，你哪里知道？你若肯多照顾我吃几角酒，我便细细说知。"杨幺道："这个使得。"火工便去取了五角酒来，立着说道："我今且莫说他本事了得，只说他的身材模样你听。他生得：

　　　　头大有如笆斗，眼睛实似铜铃。上下獠牙突出，两边须鬓黄形。膊阔三停以外,身高一丈有零。叱咤俨然霹雳,行来却似煞星。传授一班子弟,言谈四座皆听。终朝饮得醉醺,上得台来未醒。"

杨幺见他说得齿牙松脆,甚是好听,只将酒大碗价呷。因又问道:"这教头在此立了三年,难道并没个人与他交手?譬如我今日要上台去打他,可打得他倒么?"火工听了,看着杨幺,又笑说道:"你若两臂上没有水牛般力气,胸中没个临机应变,拳棒不十分精通,我就劝你莫要去干这有罚无赏,去讨苦吃。今春有一汉子,身材倒也雄壮,也恃着自己有三分力气,叫人写明了一纸生死不抵文契,走上台去。只一交手,不两个转身,被教头打翻,倒栽葱跌下台来,直跌得脚折手伤,如今还没全好着哩。"杨幺道:"自己没本事,被他打了,这也无怨。"

说未完,只听得发起三声大炮,一时直震得芦篷俱动。火工道:"教头出门来也。"因见吃酒的人立起,便自去料理会钞。杨幺遂悄悄对两押差说道:"我去打这厮下台,休教他夸口,笑天下无人。"

两押差忽听见要去放对,各吃了一惊,忙阻说道:"他夸他的嘴,我走我的路,休去做险。"杨幺道:"讨个名儿,只此就走。你们自坐着。"两人见他执意,不敢拦阻;杨幺将桌上的酒几口吃完。

此时正是热天,只穿着一件白布单衫,只向包裹中取出一副裹布并护膝来,缠好了腿脚;穿上一双深脸起跟软底鞋,将两裤裆扎紧,将一条青布大搭膊,从脐腹上直拴到心窝;又将鬓发挽紧紧的一个角儿,将两袖拽扎起,拣了一杆哨棍,闪立在篷首。

只见东边一对对旌旗执事,当当几下锣响,遂队队摆到台前歇着;又有一班乐工,俱披红簪朵,吹打诸般乐器,引导在前。走了多时,才见一顶深檐盖幔,有十数人,扛抬着一乘竹帐缠镶显露大轿。轿上坐着的,便是上擂台的教头乐汤。只见坐在轿上,抡着一杆大棍,果是相貌十分凶恶。轿后便是几位官人,各骑着高头骏马。后面跟随一百多个徒弟们,各执着刀、枪、斧、棍,以及仆从诸人。

那乐汤坐在轿上，昂昂得意，两只眼睛骨碌碌斜看四下。将到台前，他不等轿夫落肩，用棍在轿上只一按，便踊身蹿跳上台。台下人齐声喝彩，这是乐汤用"蟾蜍出井"势蹿跳上台。到了台上，将棍插立旁边，走出一步，立在滴水檐前，朝着关帝大门，双手拢着一件青色漏底团花、单纱大蟒袍的袖子，喝声："弟子乐汤，今逢圣诞吉日良时，登台放对，助笑圣容，参神唱喏。"

唱喏完，遂走入中间，除了巾帻，脱去内外袍袄，只留着一件花绣双龙戏珠搭脊，拴着一条大红主腰，露出胸前，两臂上紫筋暴涨。又将两裤裆揭起，将主腰上一对金鸳钮扣住，露着乌渗渗两腿黑卷毛。又卸去双靴，内中自有腿绷护膝，换了一双铁叶裹头软底鞋。然后两脚腾挪，用手搭了几个势子，又旋走了四方，霎时在台上起飞脚、使空拳，一时打出许多名色、各种身份来，只打得一片声响。台下这些观看的人，俱齐声喝彩。

乐汤打了一回，方立住身，向台下大声说话道："俺乐汤自得异人传授，拳棒无比，得做东京禁军教头。只嫌食禄被拘，遂辞本职，教授弟子。近蒙大宝集上宰官士庶聘请，设下这座擂台放对。不期立了三年，上台数十余次，并没一人敢来交手，俺便白受了众香官许多喝彩利物。今日又是帝君寿诞，只得照例上台。不知你们众人中可有能事的汉子，上台与俺交手，争取利物？若再没有，俺也自觉无颜，只索辞别众人回去。"

说声未完，杨幺看得明白，听得详细，急要上台。不期人似蚁聚，将他身子紧紧逼住，一时转不得身。遂将棍头在地上一点，一个身子便直蹿过人头，就在人的肩膀上借力，跳上擂台，对着乐汤大喝道："休夸臭口！我杨幺打擂台来也！"说罢，遂将棍拄定，立在一边，让乐汤动手。

此时台下整千万观看的人，忽见这人在人头上蹿跳上台，与教头放对，俱各惊惊奇奇。这几个富家子弟正坐在敞篷内，检点礼物并收众香客的喝彩钱钞，好等教头下台相送。忽见这人自称姓名，上台放对，连忙向台上叫道："那汉子且莫交手，可下来写明了不抵文契。"

杨幺哪里听他，只两眼瞅定乐汤，让他打来。

这乐汤在台上正夸说得十分燥皮，忽见这人用"踏莲"蹿跳上台，便知有些来历，心中也吃了一惊。到了台上，却见这人打扮不如，身材不如；再定睛一看，见这人两颊上有颗金印，知是刺配囚徒，一发看他不上眼。见他用杆木棍，便冷笑了一笑，即撒身抓过这杆浑铁水磨藤缠、九尺长、重六十四斤的齐眉大棍，睁圆怪眼来逼杨幺，恨不得一棍打翻，将他掀下擂台，便怪叫一声："合死囚徒，快起手纳命！"遂一棍打来。杨幺即用棍轻轻拨去，拖棍便走。

乐汤见他不敢还手，便欺他没本事，不放在心。又大喝道："不要走，走的不算好汉！"杨幺回转身来。乐汤仗着平生勇力，即飞起一棍，从杨幺头顶上折劈打下来。杨幺两手举棍，用个乌云盖顶势往上一迎。不期打得势重，迎得力猛，早将杨幺这杆檀木铁裹头的哨棍劈折做两截，只留得半截在手。台下看的人，便有的与乐汤喝彩，有的替杨幺担忧。乐汤见打断杨幺哨棍，心中十分快活，便暗想道："我只消这一棍去，便打得他肉泥骨粉，掼下台去，方消得俺恶气。"遂又一棍打来。

谁知杨幺偏不慌不忙，交过半截断棍虚架了一架，即低头让过，在那边立着。乐汤见他躲过，不胜大怒，遂将棍舞动，横打直搠过来。杨幺只蹿跳躲避，引逗得乐汤在台上团团赶打。台下这百十个徒弟见师父赶打，便一齐呐喊助威。乐汤见打不着，心头已是急得火发，再听见徒弟们助威，一发焦躁，遂尽力赶打。杨幺只将这半截断棍在手中招架躲闪。忽见乐汤赶走的脚步漏了些破绽，急回身抢在乐汤背后，说时迟，那时快，用右手将乐汤的大红主腰一把抓住，将头顶着乐汤脊背，一手将他两脚往上掀，托定了屁股，早将乐汤直律律的顶在头上，只团团旋转。

乐汤初时忽见杨幺转入背后，急待回身，早被杨幺手快抓住主腰，一时回不过来，忙将棍往后反打，却被杨幺顶起。遂又将棍往下乱搠，却被杨幺乱旋乱转，直旋得一时头晕眼花。又被杨幺头顶着脊心，只顶得浑身骨节疼痛，险不将肝肠五脏俱要迸裂。一阵昏迷，早将手中这杆铁棍丢落下来。杨幺见旋转得他已是没气，便自己将身子一侧一卸，一个翻身，喝声："下去！"遂向着台前人头上，平平的直卸下来。这是杨幺在朱仙镇上打闹擂台。一时棍断，急用白猿躲闪法避过乐汤铁棍；转到背后，是个雕扑兔；翻身侧卸，是个大鹏展翅：件件有名。是杨幺放出一生本事、全副精神，方打得这座擂台。

此时台下人人喝彩道："杨幺好个汉子！快下台来，披红迎送、给取利物！"这百十多个徒弟忽见师父被擒被旋，丢落下台，一齐要赶上台来，为师父报仇。忽听见众人叫他来取利物，一时顾不得师父，忘了报仇，俱拥进敞篷争抢利物。

杨幺在台上看得明白，便拾了乐汤这杆铁棍，在手中一看，不胜欢喜。忙用手向押差一招，跃身跳下台，在人丛中一跃一跳。两押差只紧跟在后，霎时奔出村来，向着原路。恐有人追，三人各不说话，一径奔走而去。

这些徒弟抢完利物，才来看救报仇。却见乐汤横躺在地，紧闭双目，白沫外滚。连忙抬入篷来，将合就的灵药灌救了半晌，才回过气来。众徒弟忙看台上人，已不知去向，方才着急。知去不远，一面着几个服侍乐汤，其余各执器械一齐追赶。追赶了十余里远近，内中有个老成的立住说道："我们俱是师父的徒弟，师父这般力气本事，尚且被他打去。只他本事力气，岂不比师父更加几倍？又得了师父这条铁棍，就赶上了，我们这些人不够他几棍打翻。追不出好来，反吃人笑。不如回去救好师父，才是正理。"众人见说得有理，遂又一哄奔回。

只说杨幺打了擂台，走出村中，两个押差只叫紧走。杨幺一面走着，一面将这铁棍不住的在手中捻弄，弄得十分得意，遂高高兴兴直走到日落，方寻店安歇。各吃了一番酒食，杨幺将铁棍放在身旁，然后睡着。到了天明起身，直走到下午，方得到了汴京城外。杨幺因有书信，急要去见孙节级，不便在城外安歇，一同入了城中。果然是皇都帝阙,鱼龙变化之邦,十分繁华富丽。因见天色渐晚,不便去见孙本,遂寻店歇下。

到了次日,三人各换了衣服出门,遂慢慢观看城中景致,实是非凡。怎见得?但见:

> 城池高大,府号开封;巷陌相连,州名汴水。南连吴楚,北接燕秦。砺山带河,居天下之中;地厚民丰,得四方之正。向前去,三十六条花巷,家家热闹;转过来,七十二座楼台,户户喧哗。行到可惊可怖之地,是五凤楼前,祥云霭霭;走到可欣可羡之处,是正阳门内,瑞气纷纷。远观长朝殿上琉璃瓦,近看万寿宫前椒粉墙。出入班分文武,居停别军民。真是看之不尽,果乃玩之有余。始知赫赫皇都,方信人烟辐辏。

杨幺同押差看玩了半日,杨幺忽说道:"我这人一时失检,既与人寄信,便当问明住处。这孙节级与我素不相识,京城广阔,不知住在哪条街巷,只索寻人问明。"二人笑说道:"何必问人?他是开封府的节级,只到府前去问便知。"杨幺点头道:"还是你衙门人出身,果然有理。"遂一齐问到开封府来。正值府堂上审问事情,赶逐闲人,因此一时不便乱问。

立了一会,见面前走出一个老成的人来,忙上前拱手问道:"动问老兄,贵衙门有个孙本,充做节级。在下要会他一面,因失记了他家住处,不便去寻,一径到此。不知可在府中,乞烦指引。"那人忽听见问着孙本,一时颜色俱变。忙看了杨幺一眼,也不回言,只低头而走。杨幺见这人光景,便不问他,遂让他走去。正要另自问人,却见这人走入小巷,在那里点头暗唤。

杨幺连忙走来,这人方说道:"你们忒好大胆!幸喜人不留心,不曾被缉事使臣听见。又恰问的是我,倘或问着别人,怎么了得!"杨幺听了,暗暗动疑,忙随即说道:"在下是岳阳人,犯罪同押差在此经过。因知孙节级肯济人危急,为此望济。若看老兄恁般说,莫非他近日做了甚不循理的勾当?望乞说明。"这人道:"循理不循理我一时不便细说，现今被人出首他通同大盗，正在府堂审究，十分厉害。你再不可问人，忙些远去吧。"

杨幺正要再问，这人已是走远，因对两押差说道："谁知他正值有事，可恨方才又不曾问得他住处。这里不便，只索到别处再问，好将这封金子与他家使唤。上下买嘱，岂不恰好？"说罢要走。两个押差忙拦住，悄悄说道："这个去不得。你方才不听见说他通同大盗，被人首发，根究往来？你今这封书信，实不便送去。倘或被人识破，岂不自投罗网！前日骆庄做了人命干连，受屈受责。莫要又在开封府做盗贼人犯，误了限期。"

杨幺听了，沉吟了半晌道："受人之托，见人之危，必须做个了当才是。"二人忙说道："莫若等日后寄来，也不差什么。"说罢便只催走。杨幺又暗想了一番，只得回到店中，取了包裹，出城而去。

原来孙本当日抵换放走了殷尚赤，倒也隐瞒得水泄不漏，绝无人知，暗暗喜欢。过了多时，不期去年中秋节令，东京城中家家俱要庆赏。十五这夜，各家自备酒席，大小男妇俱坐月下饮酒欢乐。这日孙本在狱中料理了一番，到了下午便就来家。家中妻子许蕙娘同着使女织锦在厨下收拾酒肴，孙本遂在堂中，叫终日跟随的小厮黑儿打扫堂前。孙本入内去取出一幅古画来，悬挂上面，香几上供了一帖纸神，是尊月光菩萨。两边摆一对古铜花樽，一个白净磁器香鼎。便焚起好香，不一时，里面先将素果、素点、素菜，织锦同着乳妈一替替托了出来，孙本在香几上摆满供。

不一会，许蕙娘领着小哥走出堂来，织锦夹了一条红毡，铺在堂中。先自孙本朝上拜了四拜，然后许蕙娘同着小哥拜完。早见堂前月色照上阶头，黑儿已将桌子摆设中间，夫妻遂对面坐下，将小哥横坐在旁。织锦自同乳妈捧出果品、酒肴，摆列得齐齐整整。织锦同黑儿各执酒壶，左右立着筛酒。孙本与许蕙娘饮酒赏月，十分乐意。

饮了半晌，孙本忽停杯对着月儿，不觉连声叹息。许蕙娘见了，不胜惊讶，问道："官人为何无故烦恼？你不见三星在天，明月入怀？

家不丰而自足，无所求人；身不荣而自尊，人皆企仰。今夫妻、儿子皆欢聚于灯前月下，酌此美酒佳肴较之平等人家，实出寻常万万。官人有何不足，作此烦恼？乞请开怀，莫使良辰虚度。"孙本似听不听，只不言语。许蕙娘见了着急，因又问道："官人有甚心事不可告人？但夫妻间亦何必隐忍，作外人看？"

孙本听了，便又长叹一声，只得说道："我岂敢将娘子作外人看！孙本也没别件心事，只为对景偶触雄心。因思昔年习成武艺，在沙场中立得寸功，指望显名，峥嵘头角，不意命中偃蹇，遭本官忌，险致丧身。后得脱罪，在府中做了节级下役。又不意有缘，得与娘子配合，哥儿已是五周。若只处此，可谓荣辱无关，平安有幸矣。但我当此壮年，力挽千钧，胸存豪侠，不能冲霄奋翮，日在牢狱中检点罪囚。虽施小惠，常行小德，只不过称善于人而已，怎能使我吐气扬眉？是以有此叹息！"

许蕙娘聪明，遂劝解说道："人生困顿遭际，就如花木一般，无不因时而发。苟非其时，岂能强其挺秀吐芬？人患无大志，必致沉埋沟壑中而已。今官人有此大志存心，岂是蛰龙柙虎，为我母子作老死家庭计耶！莫若且待时来，自有机会。"

原来这许蕙娘是东京城中一个老秀士许教授的女儿，自小知书达礼。只因这许教授当年与族人争论，贫富难敌，遂屈陷在开封府狱中。孙本一力看觑，又替他上下告求，遂得释放还家。许教授感孙本情义，央媒将蕙娘嫁了孙本。只小得孙本两岁，今年是二十一岁，已嫁了五个年头，夫妻极是恩爱。

孙本听见妻子说话甚有道理，心中不觉一时快畅，因说道："娘子说话，果是中听。"便叫："取热酒来，我二人畅饮。"黑儿听了，忙取了热酒筛来。孙本连吃了数杯，便将这杯在手中看了几眼。许蕙娘见他吃到兴来，不胜欢喜，因见他看杯，遂会过意来。回头对织锦说道："你去到房中橱内取出这只寿字玛瑙杯来，与官人吃酒，才得充量。"

孙本听了，不胜欢喜道："我正在此嫌这杯小，吃得闷人，不料娘子早见得到此，真可谓夫妇同心！"织锦遂入内去取杯。这黑儿在旁见他二人说说笑笑，正在忘情之际，便推说去取热酒，即转身走入，却不入内去惊动，只闪立在黑暗路口，张望内里。

原来这黑儿只得十八岁，自小在内服侍，看着织锦长大。小时各不留心，这织锦今已十六，实知情意之时，在背后同黑儿有些言头带笑、语尾含情。黑儿便乘空去撩拨麻犯她，她便含嗔变脸，假作声张，使黑儿惊慌走避；及至黑儿忘情，她偏又丢情弄俏，勾勾引引，直引得黑儿一片身心常在魂梦中颠颠倒倒，只没个遇巧的所在做一手儿。

这夜孙本、蕙娘对坐赏月，他两个立在身后，四只眼睛滴溜溜，你看我、我看你。恨不得霎时并叠在一处，要想做天上月圆、人间成对。正看得十分动情，忽听见主母叫织锦入内取杯，便来闪立。等了半晌，早见织锦从亮处走来，见她走得将近，即上前拦腰搂住。不期织锦是个女子，从亮处走入黑处，已是心惊胆怯，忽魆地有人搂上身来，只吓得心摇体战，嚷叫起来。早因惊战，将这寿字玛瑙杯失落在地。黑儿见她声张，忙捂住她的嘴道："好姐姐，我是黑儿。趁此无人，早完心愿。"便用手探入腰间。织锦方知是黑儿，遂不声张，只双手推他开去。

谁知这声叫嚷，却被堂中许蕙娘听见，连叫织锦。黑儿才慌了手脚，遂放手去取酒。织锦连忙答应走出。只因这一走出，有分教：

> 须知近日无冤，盖因前世有仇。

不知果是如何，且听下回分解。

第十八回

无知婢暗偷情碎宝杯　坏心奴巧逃生首家主

话说这织锦在黑暗中被黑儿搂得心慌，主母叫得忙乱，即走出堂来，尚兀自心跳气促，遂立在主母身后。黑儿也来筛酒，送奉家主。许蕙娘早将织锦一看，见她面红耳赤，因问道："你这妮子，怎么在里面大惊小怪？面色红晕，敢是背地里偷酒吃来？"

织锦见主母猜疑不着，便放了心；又见黑儿在对面暗暗摇手，叫她不要说出，遂顺口儿扯谎道："只因织锦胆小，在黑暗中走出。不期恰遇着家中这只打不死、喂不饱、走千家、惯咬人的白脚花斑狗儿睡在拦路，不曾防范，一脚踹着它的尾巴，使我吃了一惊，不觉失声。正要打它，却见娘叫，一时走忙，故此面红耳赤。"

许蕙娘一听，也就罢了。孙本便问道："方才娘叫你去取杯，可拿来我吃酒。"遂伸手来讨。织锦见家主讨着杯儿，才想起这杯被黑儿搂慌时脱落在地，一时手足无措。许蕙娘见她是双空手，便含怒道："这贱才，怎个模样！我着你去取杯，怎么空手出来，可不是怪事？"

织锦见娘发怒，一发心慌，只急得两泪交流，不敢回言。忙取了一根小烛，转身入内来寻。许蕙娘见她举动诧异，遂立起身跟来。织锦寻到原处，向地下一看，不觉惊走三魄，失去七魂。只见这只寿字玛瑙杯已跌做四块，急出一身冷汗，不觉大哭起来。忙弯腰拾取，在那里痴心团凑。许蕙娘走到面前，见打碎了杯儿，心痛得着恼，连问织锦。织锦只哭不说。

许蕙娘欲待声张，又恐丈夫素性刚烈，便用手摘了织锦一只耳朵，同入房来，喝叫跪下，道："你这贱人，好好实说，我还好作商量隐瞒。不然官人晓得，你这小贱人禁受不起！这是他好友相送，是件心爱之物，你怎么不小心打碎得这般！"织锦一时不敢隐瞒，只得哭着说道："这不与贱婢相干，俱是这千刀割、万刀剐的奴才在黑暗中将我调戏，一时失手，跌碎杯儿！"遂又细细说出道："还要娘作主，在官人面前遮盖，超生蚁命！"

许蕙娘听了，不胜恼怒，遂一连打了三四下。因想了一想，即住手骂道："从来无风不起波，必是你这小贱人日常勾引，使这奴才起意，才敢大胆。我今欲待声张，今夜正是中秋，家家欢笑，独我家吵吵嚷嚷，成甚模样，讨不出好兆来。且到明日再处！"说罢，遂喝了织锦起来，又另取了一只杯儿，方走出房来。

这许蕙娘在房中拷问织锦，一时气的气，哭的哭，各不留心。谁知小哥在忙乱中跟在娘身后进了房来，看见打织锦，又说出黑儿调戏，打碎杯儿，遂不等娘说完，径走出堂来要告诉父亲。这孙本独自一个看了一回月色，只不见她母子出来，便等得不耐烦。正要起身来寻，却见小哥笑嘻嘻走了出来。孙本便问道："娘同织锦在里面做甚还不出来？"小哥指着黑儿说道："俱是他不好，带累织锦。娘在那里发怒打骂，还有半日不得出来。"遂将织锦招出黑儿调戏、打碎杯儿说了。一个五岁的孩儿，偏生合巧，说得详详细细。

孙本听明，一时烈焰高烧，拎着黑儿丢翻在地，拆卸凳脚在硬骨上乱打。黑儿似杀猪般乱叫，许蕙娘连忙走出。孙本气愤愤地说道："这只杯是我好弟兄偕远送来，一向珍藏，未曾轻用。却被这奴才大胆，调戏贱婢，碎坏宝玩。我一个清白人家，怎容得这奴才弄奸，惹人耻笑！今夜必要处置这两个奴才俱死。"遂连叫织锦。织锦只躲匿不出。

孙本便解下腰间大带，将黑儿背绑了双手，缚在庭柱上又打。许蕙娘只得从容劝解道："这两个奴才没道理，怪不得官人发怒，处死应该，我也不好十分劝得，只是作事亦不可太急。他虽萌奸意，实未成奸。若使今夜俱伤，未免使人惊疑，莫若等到天明，将他驱遣才是。至于碎坏宝杯，万物皆有无常，何足较论。"遂以目视孙本。孙本早已会意，又将黑儿打了几下道："既是娘子恁地劝解，只绑缚这奴才在柱上，到天明处置他死！"此时俱吵闹得无兴赏月吃酒，许蕙娘只将孙本劝入房去安寝。

这黑儿一时被打得遍身青肿，又绑缚在柱上，四肢十分麻木。见主母劝了家主进去，方敢抬头。早见奶妈出来收拾碗碟，忙问道："官人睡也不曾，可还出来？"奶妈道："官人还没睡，却不出来了。"黑儿便哀求道："好嫂子，你来做个好事，积个阴德。我黑儿被缚坏了，你来略松我一松，胜似南海烧香、泰山顶上还愿，千万救我一救！"

奶妈听了，笑骂道："你这贱骨头、招风揽火的贼贱才！一张嘴儿就似蜜罐儿般甜净，指望将人甜倒，上了竿儿。谁知被她将甜头儿挂在你的鼻尖上，叫你这害馋痨、贼短命再舔不上鼻头，要等你舔到三年零六个月，伸得舌头尺来长，方许你舔得着。谁知你这小遭瘟、没脊骨却耐不得岁寒，火杂杂如热锅上的蚂蚁，急吼吼就似猢狲跳圈。却今夜与人麻犯，便像戴了斗笠子做嘴，赤鼻头不吃酒虚担其名。我看见你先前大劈柴便打着，像个失群的雌狗，只缩着尾巴，半声儿也不敢则；如今绑缚在庭柱上，好似晁天王庄上绑缚的赤发鬼刘唐，只叫娘舅救人。我是一个走扬子江心中的一个艄婆，随它风浪，只拿稳了舵儿。三年前曾被卖糖人哄骗了，如今只不信这口甜的人，却不担这干系。我只会涸中取鱼，却不会走沙场内收马。倘或被你溜撒，谁去替你挨扛子、顶着缸儿走？你只挨着些儿，道不得个贪花死也甘心。且权忍这一夜，做个长朝殿上值殿将军。一时候不出官家，腰儿酸、腿儿麻,将这庭柱做了倚拐,只靠靠儿罢了。"

说完便将桌上家伙碗碟一顿并叠,又将灯火四处照看,一手托着盘儿,一手举灯向黑儿脸上照道:"你既扎挣不了,我入去叫你心上人来解救你。"遂一径走去。

这黑儿指望告求解放,不期被这奶妈夹七夹八、带骂带笑、羞羞削削,羞得黑儿顿口无言。见她去了,便十分恼恨道:"我一向认她是个好人。谁知这泼妇这张利嘴倒来趁水翻船,推人落水,险不将我脸皮剥尽!"遂气得胸中十分鼓涨,却没处发作。只气了半晌,忽想道:"我在此恁般受苦,却不知织锦在里面怎个光景?若也是恁般受苦,却是我一时性急害了她。"

因又气苦了半晌道:"方才她说去叫她来解放,便不似我恁般绑缚受苦。敢是等人静睡熟时,悄悄出来解放。这句话倒是实。"便侧耳只听着里面。听了多时,内外寂静,已是月影西斜。不觉又是金鸡早唱,方才着急道:"我真气苦得胡思乱想,被这泼妇哄赚。她此时正怀恨我不了;便不怀恨,也不敢开出门来,怎作这痴想?"遂息了念头,便觉浑身疼痛,手脚俱是麻冷。又见天色渐明,不胜着惊道:"昨夜官人怀恨,今早要将我处死。他是走险不怕事的人,说得行得。要处死我这个人,有甚难事?只可惜我生身一场,却死在他手中,好生可恨!"遂暗暗哭泣了一番,只低头暗想,两行眼泪只流到腮边。遂将腮边的眼泪,向两肩上擦抹,却擦抹着这带儿横拴在柱上,因想道:"若从这里咬断了总处,就可处处皆松,我今只咬咬看。倘若天可怜见,命不该死,得能咬断也不可知。"遂回过头去咬。因又想道:"我如今就能咬断,也没处逃生;便能逃生,他去禀了开封府相公,也要拿来处死。"便叹口气道:"罢,罢,罢!若死在监狱中,不如死在他家内,也少不得买个棺木烧埋了我。或者再告求主母解劝,未必就处死。"遂不去咬。

忽又想道:"我真是一个痴呆汉!他现做了许多犯法的事,在我眼内。这杯儿是当日私放结拜的殷尚赤送的。他逃走上了蛾眉岭，做了大盗，打家劫舍。本地官府禁治他不得，常有告急文书到来。这只寿字玛瑙杯是去年送来，与他拜寿的，常有书信往来。我今只消去报知董敬泉，他便是该剐该杀的罪名。我今恨小非君子，无毒不丈夫。此时不走，等待何时？"遂用嘴去将带子乱咬。

不期数已造定，天有安排，早已咬断了总处。一时各处皆松，便脱出两手。一时手脚麻软，只得蹲伏在地，搓揉了好一会，才得活动，便起身立在堂中，向内低低说道："孙本，孙本！我今此去，只叫你旦夕祸来！这叫做：'人无害虎心，虎起伤人意。'"说罢走出堂中，便开出大门来。

早见街上已有人行动，便往董员外宅子里来。不期尚早，门还未开，恐有人认识，忙走入僻巷。守候了多时，天已大亮，遂走到门首。早见一人走出，忙一眼看去，却是当日来托孙本谋死殷尚赤、黑儿送茶与他吃的，叫做陶春。黑儿认明，不胜欢喜，忙上前唱个喏道："陶哥，可认得小子么？"陶春忽见有人唱喏，连忙还礼，细看道："你不是孙节级家的么？"黑儿道："还是你眼色高，小子正是。"陶春问道："你清早到此怎么？"

黑儿便谎说道："我领了官人言语，有句要紧话儿见员外，当面讨回音，才敢回去。只不知员外可曾起来么？"陶春道："我家员外是银钱上盘算的人，怎肯贪眠失晓？既是孙节级的话，我引你进去。"遂引他到楼下。只见董敬泉坐在一张大椅上，挺着大腹，许多丫鬟、使女皆簇拥着，与他捏背搥腰、按摩、玩笑。陶春便去禀明，黑儿遂低头近前，磕下头去。董敬泉便假意叫声："不消。"黑儿磕完了头，起身立在一边。

董敬泉便看着黑儿，却是个白净身材、浓眉大眼，只好十七八岁。因说道："好个乖觉的孩子！你家节级着你来，有甚话问俺？"黑儿道："孙节级倒没甚事。小人倒有一点孝心，恐员外日后被人暗算，特来报知。"遂将放走殷尚赤、结弟兄,逃去蛾眉岭,做了大盗,细细说出。

董敬泉听了这些缘故,不胜惊骇恼怒道:"原来这狗弟子好大胆!私放了俺仇人,又骗去银两。俺一个大商,哪里不要走动?这蛾眉岭,却是走广陵的要路,怎防闲得许多,却是老大的厉害!若不是你来报知,将俺瞒在鼓中,不透半些儿风气!你今只住在此,俺即去与相公说知,着实处他个死。"遂吃过了早食,又备了一份厚礼,带了黑儿同入府中,与相公说明。遂着黑儿存衙中伺候,自别了出来。

只说这孙本夫妻,到了天明,正要起身。不期奶妈在房门外叫道:"官人、娘子快些起来!夜间黑儿咬断丝带,开出大门,不知去向。"许蕙娘听了,吃了一惊,忙推孙本起来。孙本道:"任这奴才逃往别处,少不得也要拿着,你慌些什么?"遂慢慢的起来。许蕙娘出房检点家中什物,并不欠少。遂料理饮食,使丈夫吃了,好到府中点卯。不一时,孙本吃完,遂出门入府。到狱中点看罪犯完,打点禀明相公,出一角海捕文书去拿黑儿。

早已听见堂上排衙,遂急忙走出。相公已是据案而坐,孙本忙上前,与众人照例参谒。相公发放众人起去,即叫过孙本,发话道:"孙本,你可知罪么?"孙本忽见相公问他,不知是甚缘由。便上前跪说道:"小人做个下役,深知礼法,谨遵相公法度,并不悖礼为非。小人实不晓得。"相公冷笑了一笑,道:"你说不曾悖礼为非,却敢蒙蔽本府,私卖国法。难道不是悖礼?还敢巧言遮饰!可记得昔日殷尚赤一案,速即招明,免我动刑。"

孙本听了暗暗吃惊,只得分辩道:"殷尚赤一案,当日受刑不起,小人已具病故状呈,蒙相公金笔印信,即着本家人领去烧埋,久已销注明白,相公为何又问?"相公便作怒喝道:"本府一时被你奸计,用李代桃。只道瞒过,岂知天不可瞒,今日败露,怎还敢希图抵赖!"遂喝:"左右快与我重责!"众衙役俱是与孙本相好的,只延挨着,好使他分辩。

　　孙本见相公说话似有根据,却不肯招承,又分辩道:"相公怎将这犯法罪名屈赖小人?小人虽死也不敢认罪,况且有甚凭据?"相公道:"你这个刁顽泼皮!现今殷尚赤逃去蛾眉岭为盗,远近府县常有文书到京。你说没有凭据,不肯招称。我叫你有个凭据,只死在目前。"因着书吏唤出黑儿,道:"这不是凭据么?"

　　孙本抬头见是黑儿,才晓得是他出首,不胜恼怒。忙又分辩道:"相公不要听信这恶奴架言害主。他昨夜犯罪,今早脱逃,小人正要禀知相公追捕。不期反来诳首,捏造无影无稽的事陷害家主,罪该万死。望相公明察。"遂将夜来的事细细诉出。

　　黑儿在旁说道:"官人事俱做实,一时怎盖得来?倒不如招认,免得吃苦。"孙本听了,一时毛发俱竖,恨不得将他一拳打死。只碍礼法所禁,不敢妄为,便骂声"奴才"不绝。相公大怒,立起身来,喝骂衙役:"快与我重责!"众衙役见是发怒,不敢违慢,只得将孙本拖翻,用着无情竹篦一下下打来,只打得皮绽肉裂,血流四溢。相公喝叫:"招称!"孙本只不肯招,遂上极刑。

　　孙本被夹着两腿,百分痛苦,因暗想了一番,只得招称:"当日不合怜念殷尚赤冤枉,被董商谋害。私放是实,为盗事情却不晓得。今小人情愿认他当日打董敬泉的罪名。"相公便冷笑,要他招称同伙;孙本不招,只说出董敬泉嘱托的事。相公作怒喝住,将孙本下狱,黑儿着保,然后退堂。

　　孙本入了狱中,一时合堂吏役皆来看视,满狱禁卒俱来替他收拾伤处,又送酒肉来调理,孙本一一称谢。此时已有人去报到他家,许蕙娘闻了这信,惊恐得魂胆俱消,肝肠寸裂,不胜哭骂黑儿忘恩负义、开封府相公听信人情。哭骂了多时,遂料理酒食,着人送入狱去。自此日日送进。

　　这黑儿当堂对质,将孙本打得血泊般,招称入狱,遂满心欢喜,回来细细述知。董敬泉十分快畅，遂将黑儿另眼抬举，叫他贴身服侍，黑儿遂十分小心。董敬泉又暗暗嘱托，不时将孙本审问，根究往来之人，常受重刑。

不觉过了多时。董敬泉一日问黑儿姓名并织锦模样，以及调戏事情。黑儿道："小人姓夏名霖，号不求，出身广陵。不幸父母早亡，十岁上被人拐带来京，卖与孙本，已是八个年头。这织锦今年十六岁，人物虽是中平，却有些丰韵可取。小人一时着魔，却被这许蕙娘治家有法，再没个巧处。只到那夜，他夫妇赏月饮酒，乘空近一近身。不期她胆小声张，弄出这般事来，险些丧命。"

董敬泉听了，忙问道："这许蕙娘多少年纪，便能治家？将她模样说俺知道。"黑儿见他问得有因，遂慢慢的细说。只因这一说，有分教：

献逸谋主母，巧计逐螟蛉。

不知说什么话来，且听下回分解。

第十九回

开封府孙本充军　麒麟山王摩被逐

话说董敬泉因这日清闲，问着黑儿。忽听见孙本妻子许氏善能治家，便细问她的人才。原来这董敬泉的名字叫做董索，只得二十五岁。自从十六岁上在家成亲，一年，因闻了父亲的死信，只得离家到广陵盐场中来执掌。不期生意日盛一日，缠住了身子，再不得回家。因少年情性，广有资财，遂接婊子、包私窠，整年整月的在寓处取乐。又因贪慕汴京繁华、勾栏名妓，这年遂谋撤了开封一府食盐，将盐场中的事情俱交托一个得当伙计，自己来京发卖。要图快乐玩耍，便不住在铺中，遂买了永平门内大街上一所大房；又招买了许多仆妇、使女服侍，遂日日去串勾栏。

因知张瑶琴是个出色女子，便接在艮岳门外皇庄上一个人家园内快乐；不期被殷尚赤打吵了一番，怀恨买嘱处死。后来打发了张瑶琴回去，不多时，张瑶琴已自从良，嫁了一个少年官长去了。他在家虽有妇人、女子同他作乐，家中没个掌家的人，便想要娶一个来家掌理，叫人在外访寻。及访寻了去看，不是说她态度不好，便是嫌她少些风月，又恐掌不得家事。今听见黑儿闲中说出孙本妻子善能治家，遂钻入心窝，留心细问。

黑儿见他问得有因，便夸赞得许蕙娘恁般姿态、恁般做人、恁般治家、恁般贤慧。董敬泉听了暗暗欢喜，便问道："你今可还想织锦么？"黑儿笑道："'小孩子想糖人吃。'有在哪里？"董敬泉笑道："有甚难事？这狗弟子当日骗去五十两白银，还没追逼。只将他追逼，俺着人去领来配你。"黑儿听了，连忙磕头道："若得员外替小人完了一段念头，异日忘恩，皮不见肉！"

董敬泉笑了一笑，叫他起来。因又问道："你方才称说许蕙娘许多好处，俺家中没个替力人，欲要将她娶来，不知可得容易。你有甚好计较么？"黑儿道："目今孙本生死俱在员外手中。只须将他害死，然后设法娶她来家，是件极容易的事，有甚难算？"董敬泉道："弄死他，只除非是在狱中暗害。当日谋死殷尚赤还被蒙蔽；今他是个节级，狱中俱是他的人，却又去买嘱谁？"黑儿笑道："员外怎这般没算计？当初殷尚赤是得罪了员外，罪不致死，故此要去买嘱；他如今是通同大盗，犯了朝廷王法，合该处斩。只去催相公审结，当堂判个'斩'字，便可除根，永无后患。"董敬泉听了大喜，道："果是当局昏迷。若不恁地，怎得许蕙娘来家？"二人又较议了一番，真是情投意合，遂吩咐家中大小，叫他是"夏不求"。

过不几日，先追逼孙本五十两赃银。孙本果是无偿，只得寄信叫许蕙娘变卖织锦。许蕙娘也痛恨她起的祸根，见丈夫信到，即托人变卖。媒人领了织锦出去，董家有人来领到家中，将织锦配了夏不求，才不追这项银两。董敬泉便又入府去嘱托，相公一力应允。原来这开封府是汴京首府，又是当年包龙图治过，若有罪犯，审定了即时处斩，然后奏明；遗下旧例，极有权要衙门。这日受了董敬泉嘱托，要将孙本典刑，因连日朝中有事，不得坐堂。

过了多日，一日坐堂理事，着人带出孙本，说道："当今国事多艰，盗贼竞起。你敢通同大盗，不久内外生奸，为朝廷大害，幸早知觉败露。若待缉了大盗，然后定罪，哪得多人在狱中将你看守？倘有疏虞，岂不是本府一件干系！今已情真罪当，法应处斩。今日押出市曹典刑，正法可也。"遂一面叫书吏当堂宣读犯由，一面吩咐绑缚，又一面委官去监斩，遂举笔判了一行："同伙大盗，斩犯一名孙本。"

孙本忽听见要将他处决，不觉大笑。正要开言，只见满堂书吏人等一齐上来跪禀道："孙本之罪，不在斩例。当日殷尚赤犯罪，只不过与董敬泉殴打成讼，发放狱中，买托孙本暗害。孙本因念他受屈，不忍谋死。今已招称私放，只宜以私放之罪罪之。今家奴犯罪，去挑唆董敬泉出首通同大盗，也宜拘唤他来对审。先问他买嘱谋人性命的死罪；黑儿出首家主，亦应死罪。再没个不审问二人，便将孙本处斩之理。我等众人岂肯心服！"

相公听了，暗想道："论理原该如此。只是得了他的厚托，怎便叫他来审？莫若只将黑儿来责治一番，掩人耳目。"因又想道："若责黑儿，公堂之上实是不便。这事岂可论理，我只朦胧喝斩，才得完结。"便拍案大怒道："本府一个风宪衙门，捕盗、斩盗，国法所该。今已情真，有甚冤屈，怎敢通同保留！"遂喝众人起去。

众人见他枉法，便一齐说道："相公既是徇私枉法，我等众人只索退出。"说罢，便一齐立了起来。孙本便大声说道："列位不必告求，由他将我处斩，朝中自有公论。"众人便一齐嚷说道："相公没了公论，我们去了，谁来杀你？"说罢，遂一哄走出堂去。

相公见众役尽皆退出，只留得一个书吏在旁，便吃了大惊。因暗想道："退散各役，必要被人参论。倘朝中根究起来，岂不是董索累我？"因对书吏道："这怎么处？"书吏禀道："相公及早将孙本免了斩罪，只问他漏法军罪。一则服人，二则罪当。庶可挽回，方不做出事来。"相公连忙点头应允道："快去叫他们进来。"书吏走出招呼众人，说知就里。

这些人听明，遂又一齐进来磕头。相公只得说道："今日且看众人面情，饶恕孙本斩罪。漏法之罪，却是难逃，按律刺配远恶地方，以彰国法，众人道："若得相公将孙本刺配，我等众人无不心服。'"遂一齐起来。只得将孙本打了二十脊杖，刺了文面，上了护颈短枷，备了一角文书，解往幽州交割。又出去唤进两个解子，一个薄情，一个巫义，来当堂收领，立时起解。

孙本到此，见众人如此周全，便安心同着解子拜谢；走出衙门来，因对二人说道："我今同二位长行，少不要设处些路费银两。可押我到家，也要与二位尽个情儿。"二人听了，遂同了来家。许蕙娘忽见丈夫到来，一时惊喜相半。及听见说出刺配幽州，便不胜痛哭，小哥也来牵衣啼泣。孙本到此，也不免流了几点英雄血泪。因安顿许蕙娘道："我孙本向有大志。今虽磨折，倘此去沙场边境，凭着胸中本领，一刀一枪，讨个出身，终须有日回来。只可恨我向无私积，你又父母俱亡，今日使你母子二人在家，举目无亲，未免出乖露丑，使人话柄。"许蕙娘听了，即止哭说道："官人怎恁般说来？今遭不幸，骨肉分离，然久知四德三从，决不丧名败节，有乖妇道。至于孤寒，人谁笑我！"

孙本听了，因又说道："我今此去，不知三年五载，天涯海角，音信无传。你固有志，设有横逆相加，欺汝母子，将何摆脱？"许蕙娘道："官人去后，今当闭户，针线自活，横逆何来？即有不测，自当远避潜身，以等夫君早回。"孙本听了大喜，遂叫收拾酒肴，不一时已有。孙本走出堂来，与二人共饮。只因各有心事，饮不半晌，二人立起来说道："官府虽是严紧，一个同衙门弟兄，怎说得闲话。我二人领这苦差，少不得也要到家去料理一番，明早来一同走路吧！"

只说这董敬泉这日晓得将孙本典刑，着人来打听，不期打听了这个消息，正在惊疑。过不一会，府中着心腹人来说："恐有人议论。"有个埋怨他的意思。后来果被纠参；董敬泉不惜银钱为他谋斡，迁补外任，这是后话不题。这董敬泉忙叫夏不求来商议，夏不求道："员外不须着急，这是绝好机会。"董敬泉道："怎么好机会？"夏不求道："如今一不做，二不休，斩草须要除根。如今刺配，只须嘱托解子沿路结果了性命。日后就有人参论相公，也没了对头，员外也可安稳娶许蕙娘来家。岂不是好机会？"董敬泉听了大喜道："果是有理。"遂叫陶春来吩咐了一番。

陶春即奔到府前访问了，遂到孙家左右来等候。候了不多时，见两个解差走出了孙家大门，便跟在后面。到了僻静处，忙紧走一步，用手拍着两人的肩上说道："两位牌头，今日奉了好差，吃得怎般好春色。"二人见有人来作笑，急回过头来要发作他，却见这人并不厮熟。只得笑了一笑道："老哥休恁作笑。我二人正在烦恼，商量要到解当中去典贷些银两，作前途使用着哩。"

陶春听了暗暗欢喜，因说道："既是二位烦恼，小弟去做个东，与二位吃杯酒解恼何如？"薄情道："与老哥素无往来，怎好便扰？"巫义笑说道："朋友相与，哪有个定理？既今日扰了这位老哥，明日到幽州带些人事来相送，就是往来了。"陶春道："还是这位牌头大方！"遂拉了二人到酒楼上来。拣了一间小阁中，三人坐下，点了几味可口肴馔来。酒到三人便吃。

原来薄情、巫义，是个与酒为侪，恨不得连身子扑入杯中，洗浸个澡儿方才快活。先在孙本家吃不爽利，两人一路出神捣鬼。忽听见请他吃酒，正投着痒处，只尽情放量吃了半晌。薄情因对巫义说道："我们明早要走路的，还有正经事要做，可回去吧。"巫义道："不妨，不妨，也要尽了主人的意思。哥哥且依我吃杯着。"遂又吃了半晌。巫义忽停杯说道："哥哥且莫吃着，从来酒不可混吃。吃了半日，也不曾请教这位老哥姓名，这酒端的是为什么，莫不有甚差遣？也要去替他做来。"薄情道："我也是恁地想。你只见了酒，便没命的死吃，好被这老哥作笑。"巫义道："这老哥既是好意请我二人，怎么又作笑起来？你也不要疑心。"陶春只将酒满满的筛来。

二人又吃了半晌，便一齐停杯说道："我两人真是一般的酒鬼！怎一面说着话，便连酒都吃了下肚，再不问个长短，只是混吃？"遂一个问姓名，一个问甚事。陶春见左右无人，方说出姓名缘故道："每人一个元宝，如今先送一个；待揭了金印回来，再找一个。"二人听了，只白瞪了两眼，各不做声。薄情便先说道："这便是太文宗老相公出了难题，一时怎敢下手去做！"巫义道："既有了题目，好歹也要做它一做，才有想头。"薄情道："一个同衙中人，怎好一时变脸？"

　　陶春忙在腰间取出一大锭银子，放在桌上，白晃晃耀人两眼。巫义忙说道："你且收了，莫使人起眼。"陶春便收入袖中。薄情道："我今想来，这事倒也做得，只是伤了些天理。"巫义便向他脸上一口啐道："你这人吃了酒，便会说酒话。你见衙门中人，哪个是有天理的？现今本官受了董商人私贿，要将此人处斩，亏得众人解救，起解幽州，难道是有天理的？况且他在狱中做了几年节级，手中也不知害了多少。今日也是恶贯满盈，犯出这件事来。我二人既蒙董员外见委，又承这老哥买酒请吃，好歹也要替他去做。终不然依了天理，倒去将婆子的衣饰去解当做路费，明日空手回来，受婆子的絮聒？你是撒清不要，我是要的。"说罢，便伸手过来讨这锭银子。

　　薄情听了，忙赔下脸说道："我是逗你耍。俗语讲得好：'差人见钱，不怕青天。'从今须要大家商量。"便也伸过手来道："老哥你拿来与我。"陶春见他二人俱动了见财起意，便满心欢喜。在袖中取出道："只要二位做得了当回来，还有一个相酬。"二人接了，满口应承，又吃了一番，方才别过。

　　这孙本到了次早起来，许蕙娘含泪收拾包裹并路费。不一时，吃了饮食，母子只悲悲切切。过不半晌，薄情、巫义走到，只紧催孙本起身。孙本只得与许蕙娘话别分离，一时分别的苦楚也难尽说。到了无可奈何，只得携了小哥送出大门。早有合衙门人俱来相送，孙本一一在街头作谢。回头看了许蕙娘母子一眼，才同众人自去。许蕙娘与小哥只得含泪闭门。

　　孙本这番问罪起解，街坊邻右人人感叹。如今事情冗杂，看书的须牢记话头。且说杨幺那日到开封府前寻问孙本，交割书信，不期府中正在那里审问，要他招称往来。两个押差只劝他立刻出了汴城，往北进发。杨幺也要赶到地头，好去寻访生身出处，遂晓行夜宿走了多日。

　　一日夜间，投宿在一个店中，各吃了酒食。只见店主人忙忙碌碌，收拾了出门。杨幺见了动疑，便叫火工来问道："你家有甚事忙，这般走去？"火工道："这家主人要去送亲戚上西天去。"杨幺听了大笑道："你这人倒会说笑。人到地狱容易，要到西天繁难，几曾见人到过西天？你便扯出恁般大谎来！"两押差也忍笑不住。火工道："我吃了三年斋饭，怎肯打诳语？"遂细细说出缘故道："就在前面村中，你们也去随喜随喜，不枉到此一番。"

　　杨幺与押差听了，十分惊奇道："既是如此，我们也去走走。"杨幺遂提了铁棍，押差锁上了客房，三人同入村来，果见人人争上西天。正看得惊惊骇骇，不期村人发喊叫打，杨幺道："我眼中怎肯叫人落难！"忙抡棍在黑暗中分拨，赶开一条大路，放走了三四个人去，杨幺自同押差走回店中。睡不多时，早已天明，即收拾起身自去。

　　你道放走的这几个人是什么人？如今慢慢说来。原来内中一人，就是当年寄远乡养奎刚的妻子鞠氏一胞生的两个孩子，一个是妖儿，一个是魔儿，那日俱被兵马冲散。妖儿被杨得星收留，带回做了儿子，改名杨幺。这个魔儿当日失散了父母，在树林中地下哭泣，被一个兵丁看他有些异相，遂抱上马，带入寨中，叫人抚养。这个兵丁姓王，叫做"生铁头大汉王突"，是当日辽王部下一员骁将。只因童贯与金主破辽，辽主出奔，将士尽散，这王突投金不可，归宋不能，便聚了百人，在关内地方朝掳暮掠，遂盘踞了一座麒麟山作寨。这日晓得金兵在前，他便尾在后面趁势劫掳，遂抱了这孩子回来。问他名姓，已是不知。王突暗暗欢喜，便不再问，将他抚养做第五个儿子，叫他五郎。这五郎初时离散不见了父母哥哥，不胜哭泣。到了寨内拜了王突，又有几个妇女照管，遂与三四个小弟兄玩玩笑笑。一个四岁半的孩子，只要有吃有穿，一般叫爷叫娘，日亲日近，日远日疏。过了多时，早已忘却生身根本。到了八九岁，虽有人对他说不是王突亲生，他见王突待若亲生，他也待王突如亲父。却长得气概轩昂，面如满月，行动与人皆异。王突遂叫他学习武艺，不期习着便知。王突十分欢喜，常夸说："此儿异日必能出人头地。"又过了多年，这五郎已是十六岁上下，一发长成身材雄壮，膂力过人。

一日，王突带领五个儿子，共立山前闲看。忽见有只老鹰在半天展翅摩空，因对五郎说道："这老鹰展翅摩空，你若能射落，俺有紫金虎头凤冠赏你。"五郎答应，即取了一副弓箭来，仰面看着空中，将弓稍往上连晃了几晃，拽满弓弦，连发三矢，那只老鹰早已坠落山前。原来飞禽中最难射的是老鹰，因它眼色最尖，身在半空。它两只眼睛只看着下面寻食，任是草藏狡兔、叶隐鹌鹑，它一眼看见，只一翅下来抓去。今日正在摩空寻食，忽见有人举手，知是暗算，急忙将身子左一侧、右一转。不期五郎射的是连珠神箭，第三箭早已上身，坠落下来。

王突见了大喜，众喽啰齐声喝彩。王突遂使人入去，取扎额紫金虎头凤冠，并两枝雉尾，叫赏赐五郎。五郎连忙跪接，果见金光闪耀，两旁打凿有两只凤凰，当面一个大虎头。五郎看得十分中意，遂将雉尾插入两旁凤口中，戴在头上，拜谢道："多谢阿爷赏赐！"王突道："吾儿休轻觑了这副紫额。还是昔年辽主出奔，在他宫中得来。俺要戴它，戴了便有些头晕眼昏，只收藏着。前日叫你四个哥哥戴去，他们也说是头上有些不自在，不敢戴。你今可是恁地？"五郎道："孩儿没犯。"王突道："恁地便是吾儿合戴。俺想向来还没替你取名，如今能射摩空老鹰，又戴得这金凤虎头扎额，只此取名叫'金头凤王摩'吧。"王摩听了欢喜，道："孩儿记得小时正是阿爷取的，恁个

'摩'字倒也恰好。"遂又拜谢赐名，然后立起身来。众人看他，果是十分好看。怎见得？但见：

> 金光灿烂，掩映得相若天神；虎貌狰狞，照耀得美如冠玉。心肠耿直，疑是羲皇以上之人；义气生成，确是前劫中的种子。物有偶而出现，事得因而始名。请观今日扎额虎头，不亚当年存孝；试看斯时束发凤冠，何异昔日吕布？这才是：前身原系'"玉麒麟"，今世人称"金凤虎"。

众人见了，俱各称赞。王突因对王摩说道："俺自被宋、金交盟灭了辽主，一时进退两难，遂占了这麒麟山，不觉十有余年。虽在关中，幸喜宋弱无人，又且金人乍来乍去，故此俱没人管闲，山寨平静。只是俺已年老，将来所恃尔等弟兄。你这四个哥哥虽有些技勇，实不如你。将来山寨兴隆，可使俺无虑。俺今与你五十名小校，趁此时在河东、河北劫掳一番，再作计较。"遂择吉日，打发王摩出劫。

王摩领了五十名小校，冲州撞府，到处劫取。幸喜他生性不去懊恼穷民善姓，一时远近闻名是"金头凤王摩"；便有官军都尉来捕剿，俱被他杀走，又叫他是"小太保金凤虎王摩"。自此山寨十分强盛。王突十分欢喜，常在四子面前说好。只因这一说好，有分教：

> 茫茫歧路，渺渺羊肠。

不知后事如何，且听下回分解。

第二十回

青竹蛇调麻药作生涯　郑天传合群雄劫秦饷

话说王摩威勇，远近有名。王突在四个亲生儿子面前称说，四子俱在背后不服，私自说道："阿爷好没分晓，将一个拾来行货子，作恁地抬举他，看俺亲生的不上眼。将来山寨中事情，有个给他做头领的样子，日后俺们倒在他手中使令，岂是做得！趁早设个计较排陷他才好。"内中一个说道："排陷他有恁么难？阿爷极是耳朵软、见小的人。俺们亲弟兄齐心合意，在阿爷处搬斗些是非，先冷了心肠，然后再寻事释他下山，岂不是如？"大家俱说有理，各自留心。就有附近山寨中，知王摩少年未配，常托人要与王突结亲。王突甚喜，怎奈王摩只是推托不愿。

又过了多时。一日，四子来对王摩说道："俺们今日没个勾当，何不下山去射猎些兽物来吃酒？"王摩道："恁便却好。"遂各自备马，带了小校，到远处山林内射猎。射猎了半日，大家聚集一处，各将野兽堆摆在地，却是王摩得的多。内中两个说道："俺们回去还远，不如且寻个村落买酒，叫人安排吃吧。"大家俱说有理，遂起身到村中一个酒店里来，年长的便来分派，各出野兽去安排。

三人只悭悭吝吝，这个要派多，那个又不肯多出。只见第四个说："哥哥们俱不要争论，不如做轮流会吧。今日是俺做起，将俺的野禽请了哥哥兄弟。明日哥哥兄弟得来，便挨次相请，何如？"三子道："今日是你的也好。只是你今日得的少，怎么吃得快畅？还要商量。"王摩道："商量怎么，今日是兄弟的吧！"遂不等四人推辞，即叫小校将自己的野兽，俱叫取去安排。不一时，俱收拾停当，大盘的捧来。五人坐在一块，大碗酱酒，大块咬嚼，直吃到日近西山，方起身回来。

王摩已吃得大醉，只下了马踉踉跄跄自入房去睡。这四个弟兄暗暗欢喜，忙将野兽着人收拾得分外香美，来孝顺王突，道："孩儿们今日出猎，得些野味来孝顺阿爷。"王突见了不胜欢喜，便自吃着，觉得十分好吃。吃了半晌，因问道："五儿怎么不见？"大的便说道："他今日同去出猎，他的箭好手段高，比孩儿们得的多。只道他同回，谁知他好酒，瞒去到村酒店，将野兽整治，吃得烂醉。俺们上山时，见他入房睡了。"

王突听了，便不言语。只见第二个又说道："他倚着三分本事，有哪个在他眼内？常将俺们欺负。俺们道是阿爷喜欢的，只不与他一般较量。"第三个又接说道："将俺们欺负也罢，怎连阿爷也不放在眼内，不值孝顺，将野物去私地自噇！"第四个便接说道："哥哥们还不晓，近日的言语，一发无状。"三人忙问道："他说些什么？"第四个道："俺不说，说来只道俺在阿爷面前搬斗是非，阿爷也是恼。"王突道："四儿有话便说。"

第四子只得说道："前日同他在山前闲耍，见树林中有个雀巢，内一对小雀。见了喜欢，取在手中玩耍。因信步走到山后，玩了半晌。因见这对小雀，毛羽未干，飞走不动，只向人哀叫讨食，起一点好生念头。因见道旁树上，有个大鸟巢，俺便攀援上去，将这一对小雀放在中间，俺便下来，立在树下。那小雀在巢中探头，向外啾啾唧唧的叫，等个来喂哺它。叫了多时，那巢中的大鸟回来，忽见巢中有了这对小雀,不是同种,不胜惊惶顾盼,只飞去飞来,向别树枝头喳喳鸣叫。那小雀儿见了,只道是它爷娘,俱齐向它哀鸣求食。那大鸟儿见了,也就哀怜,一只飞入巢中与小雀理毛羽,又将两翅遮护;一只飞去寻了些青虫来喂它,竟像自己养的一般。俺便见了,不胜欢喜,以为放生得所。他在旁边只是暗笑。俺便问他,他说道:'有恁呆鸟,枉自辛勤;日后毛长分飞,谁来认你?'说罢流下泪来。俺便急问,他又说道:'兄弟有些见物伤情。'"

三人听了,齐作怒容道:"恁地说,怪道没个孝顺阿爷的念头!"王突被四个亲生儿子一递一口,说得原原委委,十分信实,便恼怒道:"原来恁地不中抬举!枉了数年辛苦将他养大。你们不必多言,俺自有主意。"说罢,各散开。这王摩哪里晓得他们在背后搬弄,他只是照常。

一日,六月六日,寨中规矩,将一应盔甲旗仗等物,俱搬在日中晒烤。四人遂又暗暗商议了一番,来对王摩说道:"今日虽是天热,也不要贪凉怠惰,俺兄弟们去较射一番!"王摩道:"甚好。"遂取了弓箭,一同走出寨来,却见满地晒着盔甲旗仗。一个对王摩说道:"较射须学贯甲穿杨。俺们何不取件甲去,若能射中,治酒请他一醉。"王摩道:"哥哥说得有理。"四人便去拣取了一件,同走到空处,将铠甲做了垛子,摆放在一百六十步外,分立了长幼,各自射去。他四人不是歪斜,就是力小射不上。

王摩见了,笑说道:"大个垛,有甚难上?俺这一箭去,只叫射着甲背上第三块护叶儿;射中不算,须要射过,才是贯甲。"说罢,搭上弓弦,觑得较切,弓开如月样,箭去似流星,"当"的一声,正射个着,直透穿半枝箭过去。众人齐声喝好。王摩道:"这还不算奇。看这一箭去,要将先前这枝箭,一总送它过去。"遂又觑得亲切,早又端端正正射在先前的箭尾上,一齐穿送过去。众人又发声好。

四人内乘空走去了一人。王摩又说道:"俺今要射这甲上,左边腰眼里那个扣门儿。"说罢，正要射去，不期王突撩衣大步直抢过来，大怒喝骂道："好大胆的忤逆贼！怎敢将俺铠甲做了箭垛，箭箭射过！恁便是不敢明明弑杀，却暗地里作厌害。可不气坏了俺！"说罢，一手夺过弓来，向王摩身上乱打。

王摩被打，方知这铠甲是阿爷的，忙跪地受打，道："孩儿因哥哥叫射，实不晓得是阿爷的护甲。"四子便来假劝。王突喝骂道："俺只道收留得恁大，讨个孝顺，却将俺没放在眼！恁地无状，后来还没好心！俺今也没打你这贼子，只快快下山别去！"王摩听见赶逐，便伏地大哭道："孩儿得阿爷收养成人，并没报答，怎敢抛离！是必收留，莫坏父子情分！"

王突怒喝道："几曾见你有甚父子情分来！只前日猎的野物，背地自噇，没些孝顺；又嫌不是亲生——俺留你怎么！趁早下山，全你性命，莫讨俺一刀两段！"说罢，怒发如雷。王摩百般告求分辩，王突哪里听他，只连声赶逐。王摩见他意念已决，不能挽回，才知中了四人毒计：撺哄搬弄，将他赶逐。欲要与他争闹，因想了一想，只得大哭一场，向王突磕头道："孩儿并没过犯，阿爷听信了四个哥哥的言语，赶逐下山。孩儿不敢违逆，只得拜别当年收养大恩！"

王突只背转身不听。王摩拜了四拜，立起身，忍着气恼到自己房中，只取了金凤虎头扎额，并两杆雉尾，提了三尖两刃刀，绝不回头，奔下山去。王突见他已去，才觉气平。四人一时拔去眼中钉，各欢欢喜喜，同着王突入内。

只说这王摩被四个弟兄献谗赶逐，一时愤气，奔下山来。奔走了多里，一时奔走得汗雨淋身，见路旁有树，遂坐树荫下歇息。因想起前情，不胜又气又苦个半晌，道："俺受气恼到此，也没曾计较个去向。若去找寻生身，向来不曾问明；若只前奔，又没带包裹路费。却投哪一路去的是？"一时烦烦恼恼，作不出计较来。因在树下凉久，不觉一阵昏迷。蒙眬间，忽有一人走来对他说道："你今休自烦恼。

须知你即是我，我即是你；昔年我的作为，便是你的作为。此去正是相聚显名立业之时，可记我四句言语：

　　白云始花，三楚堪夸；
　　阳春凤虎，一蒂一瓜。"

　　这人因又说道："可速前行，自有机缘。"说罢，倏忽不见。王摩惊醒道："恁地怪事，青天白日做梦。什么是你是我，什么白云三楚，什么阳春瓜蒂，说得糊糊涂涂，叫俺怎做理会？恁不直说！"因想了半晌道："他说前去自有机缘，敢怕还是个好梦，只记着后来可验。"便就起身又走。因想道："今夜必投村店，只这打扮便要吓人。"遂除下扎额，揣在怀内。走到日黑，投入村中寻宿，怎奈人俱不敢留他。王摩欲要用强，又见是穷乡小户，不便欺压；欲要下气告求，又是不惯，只得忍着闷气，走出村来。

　　走了半晌，见前面有座庙宇，不胜欢喜，忙来投入。谁知并没一人在内，只有两壁泥神，中间一张供案，案前一条拜板，高低放着。王摩看明，道："且在这板上睡一觉。"遂将刀倚好睡下。一时怎睡得去？因想道："身没分文，到处难投。便有这紫金扎额，两旁俱有嵌珠，去换些酒肉吃，这些乡人怎知好歹？若到城市中去，又不便露眼！"只是想来想去。忽想道："何不到前面空处，向人要些，便有些路费了。"想定了主意，早已天色微明，即提刀出门。

　　走了多时，拣个好隐身的所在等候。不期等了多时，俱是些村人担客，并没大商来往，不便动手。直等到巳牌时候，渐渐腹空脚软，因说道："只得去胡乱换个饱。"便取出扎额来，心中又不忍毁坏。早远远见一人挑着一担行囊，后面一人跟押，离担尚远。看明欢喜道："恁个不似穷人。"遂戴上扎额，举起三尖两刃刀，赶出大叫一声："歇着！"

这挑担的突见有强人截路，便大叫一声，弃担便走。王摩大喜，即打开包裹，只内中几卷残书，便丢撇在地，道："可不晦气，撞个酸丁！"又打开那一边，是几套衣履。遂提起一抖，却滚出一个小包来，开看却是银两，不胜欢喜，即塞入腰间。正要举步，不期一人包巾儒服，用两口剑，直赶近前，大喝道："清平世界，怎敢擅劫过客？及早送还，免我动手！"王摩听了，大笑道："事急用，差些什么？莫讨性发，连你结果！"那人大怒，双剑砍来。王摩急忙迎敌，一场好杀。但见：

　　一个是南山饿虎，一个是北海鼍龙。饿虎得食，岂肯轻轻吐放；鼍龙私积，谁许白白送人。一个摄盐入火，喝骂大胆强徒，我失你得，要拼性命夺回；一个火上添油，嗤笑小人悭吝，你强我莽，须仗本领劫取。一个忘却本来拼死斗，一个谁识当时好弟兄。

　　二人杀了多时，王摩只指望得他银钱，去买个酒食吃。谁知却撞这人敌住，只不放松，一时又讨不得下手，急得暴跳如雷，只横砍竖劈。那人一来一往，杀了半响，却见王摩头上金光闪耀，不胜动疑，急忙架住问道："你这豪杰，戴这凤虎扎额，必有来历，敢是麒麟山金头凤王摩，又叫小太保凤头虎么？"王摩含怒道："你问他怎么？俺便是王摩。"那人听了大喜道："果不出我所料，在此遇着。"遂收剑拱手。

　　王摩正没好气，忽见这人知名，便也停刀，拱手问道："你这斯文汉兀谁，却晓得俺？"那人笑道："我是山东临淄姓袁名武。幼遇异人，善识天时地理，喜谈布阵行兵以及阴阳术数，多智多谋，为人起敬。人俱称我是小袁天罡前知神袁武。昔年求取功名去到汴京，不意权奸用事，落第在京，不胜抑郁。一日，醉后题诗，被人锁入府中，亏得一位哥哥仗义救脱。久闻得江湖上有两句传言，是'楚地小阳春，关中金凤虎'。一向寻访，再不遂心。一日夜间，见西北上有条白气冲天，贯入东南，经宿不散。因知不久北方兵动，天下大乱，宋室将危。近日又见罡氛皆隐散，聚于轸翼之间，因思不得为王者师，亦当与豪杰佐，图些事业，才不虚生，遂决意寻访二人。因知天文分野，轸翼却是南楚，正要去访。不期有个族叔，跟随张种略，镇守幽蓟，族叔染病，着人来请，只得急急赶来，已是亡故。住了多时，辞别回南，一路到此。今早袖占一数，主遇奇人，不期果应。前在北地，方知大名是占麒麟山立寨，要来拜识。却为何独自在此勾当，又说什么事急？可细说知，便有商量。"

王摩听了这些言语，不胜惊喜。遂将自己始末缘由，细细说出；又将昨日梦中言语，述了一番，道："原来有个小阳春，却是要去寻他。俺今相遇，实有机缘。若不嫌弃，就此拜结弟兄，共图事业。"

袁武道："如此甚好。"遂在空地撮土为香，结了生死弟兄。因问年纪，却是袁武居长一岁，便叫袁武为哥哥。因问道："俺今投哪边去，才是安身？"袁武道："且同到山东，再去楚地，自有机会。"此时挑夫也自走来，见二人拜结，不胜欢喜。王摩除了扎额，一同到了村内，吃了酒食。自此晓行夜宿。

一日，到了一个地面。王摩要买酒润喉，遂一路看来，见店面上俱卖的是馒头面点，并不见有酒店。王摩不胜焦躁，道："走了半日，得些酒解渴，谁耐烦吃这些塞饥肠、噎嗓子的面块！"袁武道："此处没有，前去便有也，不可乱吃。"王摩遂在前走。走出路口，下了坡来，却见一家单门独户，并没邻右，门首烧化了一堆纸灰，在日色下被风吹得旋滚。王摩有心，便一眼看入内去，却见堂中有三四张小桌，门首设座案山。再抬头一看，只见马粪土墙上，写着几个歪斜大字，道：

牛肉烧刀酒，谈心结好友。
醉后不知年，有脚没处走。

王摩虽不识字，却认得"肉""酒"两字，遂快活道："这不是卖酒肉的店么？"袁武道："他不开铺面，敢是卖完？"因见这几个字，写得跷蹊，沉吟了半晌，忙在掌上轮算，遂暗暗欢喜。王摩已大踏步入去，招呼袁武进来坐下，拍着桌子，向内叫拿酒来吃。叫了半晌，才走出一个黑矮店小二来，说道："我家往日卖的膘肥牛肉、上好烧酒，今日却没卖。客人向别处买吃吧！"王摩听了焦躁，道："你这贼魍魉，可知'家无存货休开店'？须有窨下酒、腌下肉；俺又不白吃你的，直恁回人！休讨打，请俺吃了还要告个不是，才肯出门。"

小二正要回言，早听得壁后唤声，小二连忙进去。半晌出来，笑嘻嘻说："方才被我家主人叫去，喝骂我不会招客、打发人出门。如今只得将献神的酒肉搬来。"遂去舀酒切肉，托来放在桌上。王摩方才欢喜，便筛了一碗，放在袁武面前，自己连筛连吃，一时吃了七八碗酒、十数块肉，才觉心定。便筛了一碗，夹两块肉，唤过挑夫道："你也吃些，好赶宿头。"挑夫不胜欢喜，接吃，遂去料理索担。王摩又向袁武碗内筛来，见他只吃半碗，因问道："哥哥，怎么不吃？"袁武道："我今日不喜酒吃，只吃这半碗吧！"王摩便不筛来，遂又吃了两碗。

忽见那个挑夫在担边一时把捉不定，口中只叫"好酒"，仰后跌倒。王摩便笑道："恁个汉子，却不会吃酒，这酒也没算老辣，直恁倒地！"便要来扶他。才起身一步，不期一个天旋地转，"豁喇"声跌倒在地。这袁武幸喜少吃，却白瞪两眼，浑身麻软，说不出话来。店小二见了，拍掌叫道："大郎快来，俱了当也！"那大郎走出道："这三人合死，送上门来。这汉子与脚夫，好作鲜黄牛肉卖；这斯文的有筋骨，只好腌着。且背入作坊，等我完了正事，夜间开剥吧！"

店小二背了挑夫进去；又来背王摩，一时背驮不动，那大郎便来帮抬入去；又来背袁武。正走向桌边，早有人推门入来。那大郎放手，与来的人说道："你怎么这时候才来？我已烧过利市，只等你来商量。"那人道："我方才又去打听，只离得六十多里，明日午饭时准来。只是我们人少，恐一时对付不下。"那大郎道："我约了四五个闲汉相帮，到临时凭我二人本事，只硬砍搠，怕不遗弃！我今日才烧利市，便有生意上门，包管遂心。"

那人见有人坐着不动，忙近前细看，大惊叫声："阿呀！这不是我往日对你说的那位小天罡前知神袁武哥么么？闻得他在外寻访结识，今日怎在此上了你的手？快将他救醒，若得他同做，这事十分易。"那大郎听说是袁武，不胜惊喜。遂将入门买酒、麻翻他三人说出，连忙调了解药，灌入口中。袁武原吃不多，即便醒来。那人忙叫道："袁武哥哥，兄弟郑天佑在此。"

袁武开眼，笑说道："你们谋取大财，却将我麻倒，是恁道理？兄弟你怎么在此？"郑天佑道："自从哥哥出门，兄弟与人争口，被人告发，脱逃到此。遇了这个兄弟殳动，绰号青竹蛇，做人极是义气，兼有膂力，同我结了弟兄。在这猽臻道上开这酒店，霸占道上，不容人卖酒肉，只是独家卖与过往人吃；见人行李沉重，便用蒙汗药麻翻，得取财物。我在他面前称说哥哥，他时常想念，不期今日误犯！"殳动忙来下拜道："实是不知哥哥，望乞恕罪！"袁武忙用手扶起。

郑天佑问道："哥哥怎晓得我二人要谋大财？"袁武遂将结识王摩，到此买酒，见字动疑，暗得一数："数中说是困于酒食，得成相识，束帛笺笺，冲天举翼；后面还有，义理甚深，此乃数定，故此我只吃半碗。岂能瞒我？"二人听了吐舌道："果是好个袁天罡转世！"袁武道："快去救醒王摩。"二人忙入内，救醒王摩。王摩只叫："好酒,果是醉人!"袁武说知缘故,二人忙上前拜伏赔罪,王摩搀扶二人。真是罡煞相逢,曜星遇合。一时投机,同入后面来商议。只因这一商议,有分教:

惊奇疑是怪,妄想认慈悲。

不知商量什么来,且听下回分解。

第二十一回

众愚民升天成白骨　两好汉双箭射红灯

话说袁武与王摩说知就里，郑天佑、殳动忙来赔罪，同入小房。不一时备了酒肴，大家坐吃了半晌。袁武遂问二人心事，将欲何谋。郑天佑说道："我二人因见世事日非，若只在此卖酒，怎能发迹？要做些事业，又恐不能。今打听得山东秦桧一宗银两，解往汴京，打从这里经过。我今打点劫他，故此烧化利市纸，犒赏众人。大家齐力，得了这项银两，便去学宋江当年故事，去占梁山，召集人众，做些事业。正虑明日下手时，他们有百名官军护送，我处人少，谁知天赐二位哥哥到来，是必助力。到了山去，拜二位哥哥做了头领，也得些光彩。不知二位哥哥意下如何？"

袁武听了，因说道："我数年来屡次求名，欲为宋室拨乱反治。不意皆被人抑阻，不能上达为朝廷所用；既不能用，只合退守林间，作渔樵耕牧以终其身。因思天既生我才，必非无故。欲学苏张游说，宋室一统，苦无六国之雄；若效荆聂之流，又未遇其主。是以满腔热血，无处洒滴，只流落江湖，往来自傲。不意近见天象有征，已知宋运不常，当有星移斗转之势，不分疆立限不已。若不趁此时，烈烈轰轰，霸得一方、占得一土，做些事业，亦枉为男子。今日得遇二位，实亦天作之合。今劫秦桧银两,他从奸处刻剥得来,取之无碍,何必多人?人多必易泄,近取必累居民。依我算来,只我四人,随其去向,见机而取,寻一安身之地。虽有人知,亦不能奈何于我。方才二位说梁山水泊中去窝藏,这也是一算。但我近见梁山水泊中,旺气全消,非复当时所比。我昔年曾到汴京,一路流览,偶在白云山中,见其峰峦层叠、地脉苍莽,虽不能大展,亦可作英雄一小结构。俟日后机缘,自遇奇异之人,再当理会。"

郑天佑、殳动听得满心快活。王摩道:"梁山水泊是他们晦气窝巢,去他怎么?俺梦中也说什么白云,如今果有个白云山,到那里必有好处。俺也不晓什么机缘,什么奇人、异人,只与俺主意相同,情愿拜他为哥哥。"遂将梦中四句说出,袁武也述两句口号,郑天佑、殳动大喜道:"王摩哥哥臣得拜结,只不知小阳春怎地一个豪杰,便这般闻名。不知我们可得相遇?"一时四人俱吃得十分快活尽量。殳动原没家小的,遂在一房安歇。

到了天明,袁武写了一张家书,打发挑夫自去;四人只在一处吃酒等候。只等到日中,忽听见门外轰轰的人声走响。晓得到了,便一齐在门隙处张看。只见前面一个里保,拿着一扇传递牌,口中高叫道:"地方里正,迎接银两,护送前铺交割。恐有盗贼等情,务必小心在意。"口里叫着,手里打着一面小锣,急走过去。原来这猬臻道上,是山东、河南两地交界地方,一应过往的官长客商,俱要在此顿歇,更换驴马夫脚。

过不一会,便有人来伺侯。只见先有十余骑,上面坐着长大军汉,俱是持弓挟矢;手腕上悬着白刃,簇拥着一位解官在中间。众里保在两旁跪接;然后两人一抬,抬十数木桶,俱是银两在内。后面,又是二十余名步卒,皆执着长枪大棍,紧紧押着。到了道上,众抬夫卸下银两,就有本地民夫来换。——交盘停当,众人方去各买饮食。

此时殳动在门内,看得十分动火。因忍不住跳出门来,挨立上前，到近处人家门首。只看他们起身去了，方走回来家，向着三人，只是跌脚叹气道："这宗财物，只索休想分文！"郑天佑忙问道："你我想了多时，守得今日到来，又有了两位哥哥帮助，稳稳到手。怎说出恁般话来？"

殳动道："郑哥哥你怎知就里？我向来只道是照常，不过几名护送，并民夫扛抬，空僻处容易下手。如今却有解官亲自押解，马兵步卒，弓箭刀枪，十分齐整，百分防密。我这三四个人怎能下手？便能下手，劫取了也要被他夺去，倒不如息了这个念头吧！"

王摩听了，好不气闷，只得说道："一个汉子做事，恁地畏缩没人气。俺的弓箭，虽不曾贯虱穿杨，却也射过鹰雕、贯穿铠甲，没个比得高下；一杆刀、一骑马，千百官军只杀得他望风退走。只可恨空手出来，没个弓马。便没弓马，这几个馕饱饭的呆汉，料也敌俺不住。砍翻他下来，怕他什么！"二人听了，因问道："哥哥为什么空身出来？又几时射过鹰甲？"王摩只得纳性说出。

殳动道："我家放着一副好弓箭，还是去年一个兵丁寄放在此，至今没来取，只消拿去用。若要马，却是没有。只得羡村，离此十五里，黄家有个儿子，诨名是再萧何黄佐，他家中喂养一匹黑色骡子。人说他会走，马也赶他不上。这黄佐两月前已是出门，我去向他老子借用。他是忠厚老人，见了我，不敢不借我骑来。哥哥你道可好么？"袁武道："倒是骡子好，人见也不动疑。"殳动遂向床顶上取了一副弓箭下来，递与王摩，转身出门去。不多时，早已骑了骡子来，鞍辔俱全，果是十分雄健。

到了次日，各吃了饱餐。殳动在火工面前，说些别事，打发回家；将积攒的几两碎银，拴在腰间。王摩已是弓箭随身，跨上黑骡，出门先走。三人各带随身器械，关好门户，赶上了王摩同走，遂一路尾着银杠而来。

原来这秦桧，建康人，家贫好学，得中状元。初授豫章金判，为

第二十一回　众愚民升天成白骨　两好汉双箭射红灯　181

人贪险,剥尽民膏,到处夤缘,屡升美任,得做山东枢密使;又心不自满,要谋进京为官,希图迎合,立于百僚之上。这年正值朝中禅位登基,因知黄潜善、汪伯彦等执政,俱是好利之人,遂枉刑屈法,凑集了十万贯金银,进京打点。晓得路上常有盗贼劫取,一时不敢轻易起身,遂十分踌躇。因想了一个主意,将银两收拾,打发虞侯假称解京军饷,择日起身。

适有临县县尉危显,任满进京,例当拜辞。秦桧十分欢喜相见,托他同押至京,危显领命。果是一路上逢府、州、县,俱认作朝廷军饷,拨兵马人夫护送,一程交送一程,十分谨慎。走了多时,已离汴京不远,危县尉、秦虞侯,渐觉放心。一日行到一个地方,见是人民繁盛,因吩咐众人在此歇息半日,明早起身。遂寻了一个大宽敞的人家住下,即有地方里保来守护,以及夜间巡逻。

这王摩四人到了,也要寻息。众地方人见他们相貌不等,俱不敢接待,回说道:"若在往日,任凭安歇;今日却到官府饷银,吩咐不许容留过往,列位可到前面去借宿吧。"王摩听了,发怒道:"什么官,敢将好人作歹人!须叫来看俺四人脸上,没个歹字样。"说罢,便要跳下骡来,入人家去。郑天佑、殳动也要发话。

袁武忙向三人丢了一个眼色,对众人说道:"我们实是好人,他们怎知就里。既有银两,又有相公在此安歇,若然惊动,实是地方干系,怎肯相留。只是我们在这里寻问个相识人,不知这相公并银两在此几日?"众人道:"这是紧急银两。只因相公连日辛苦,将息这半日,明早五更,就要起身去的。"袁武道:"既是起身得恁快,我们且在前面乡村权住一夜,明日来寻不迟。"众人道:"还是这位说话有些道理。"

内中有人说道:"你们既在此寻人,也不消远去;只消到证果乡,便有人留歇。我们村中人到夜间,有大半到证果乡来观看,兼送亲戚去哩。"又有个接说道:"只怕你们到那里也没有工夫睡觉,看到天明罢了！"袁武道："这是什么缘故，却恁般好看？"众人道："你们到那里去，自然晓得，我们怎说得了。"袁武道："这证果乡投哪条路去，离此多远？今日可得到么？"众人道："不远不远，只往西北上去有十三四里。今日尚早，到那里还怕没晚。"袁武问明，遂与众人拱别，抵头前走。三人只得随后跟来。

袁武拣个空处立着，招呼三人近前，说道："难得今夜有此机会，须大家努力。"三人道："不知怎地计较？"袁武道："这几日不叫你们下手，诚恐难以混入；又因白云山尚远，一时奔走不到。这里到山，只有五日路了；又值证果乡有事，趁此劫取安顿，轻身上山。便是追寻，必疑证果乡人杂，寻近不追远：此乃移祸脱走之计。"

三人听了欢喜。又走了半晌，果见各乡村镇，男男女女，俱往前面村中走入。四人晓得是证果乡，便随众走入村来。只见家家门首，高挑着一面幡杆，在里面佛声不绝，缕缕香烟，绕屋不散。四人看在眼中，不知什么缘故。

王摩跳下骡来，一手牵着，同入热闹处。四人故意东张西望，慢慢的走，要人看见。不期这些人，俱一心在那里手忙脚乱的料理，便是看见也不留心。此时日已衔山，四人急寻酒食吃。遂看来看去，只有素食汤点，并没有荤酒，只得拣了一家。

王摩将骡子拴在门首，又将弓箭挂在骡背上，然后进来。店家自着人送上素食粉汤、蒸卷馍块。王摩问道："可是荤包馅的么？"店家笑道："阿弥陀佛！今夜怎敢动荤，说也罪过！"说罢走去。王摩不快活道："今日撞入恁个店，这怪魍魉，念起佛来！没点酒肉，咬嚼没味。莫不欺俺过路人，不肯卖么？"袁武道："兄弟休说这话。岂不晓得，入乡随乡。你不见家家俱是念佛，哪讨得荤酒？息了这念头，吃饱了好做明早的事。"王摩方不言语。

四人各吃饱，只听得门外人声闹哄哄，齐声念起佛来，四人连忙起身。又动向腰间摸出银来，还了店家，同出门来。只见各乡村镇，并本地居民，一起起长幡宝盖、鼓钹铙铃，执香的、执烛的，引着一队年老公公、白发婆婆，俱穿着一身簇新洁净粗布衣服，也有紫花色的，也有香灰色的，俱是些送终物件。颈项中挂着百八颗圆顶佛记儿，只双手合掌，口里喃喃呐呐的念着："东土愚人，西方接引，今夜辞家，立地成佛。"便齐声唱和。又有人念的是："西方至圣，至感至灵，早现莲桥，皈依佛境。"也是一般唱和。

后面跟随相送，也有子孙媳妇的，也有亲戚朋友的，也有夫送妻、妻送夫，以及弟兄、叔伯相送的。内中却是不等：有的竟欢然长往，嬉笑自乐，不顾后人；有的牵衣执手，洒泪叮咛，难分难割。相送的儿女中也有不等：有的欢笑，有的痛泣。欢笑的指望爹娘早去成佛，必来保佑儿孙，不是现在富贵，定能合宅升天，巴不得催他上路；那哭泣的，是爹娘此去，再不能回去，欲养不能，恨不得再挨半刻，便一阵阵俱往村西尽头而走。

四人见了，不知什么缘故。王摩便牵了骡子前走，三人也就跟来。到了村西，已是初更时候。却见众人俱一字儿跪倒在地，朝着西方礼拜，念着前面的佛语。一时人千人万，俱挨挤在身后观看。王摩不得到尽处，遂将缰绳拴系在腰间，带着骡子，用双手将众人横分竖揉。众人见他力大，便就让开，四人才到得尽处。忙定睛一看，你道是什么所在？原来是一条深阔涧，涧对过是座高山，果是水深山险。怎见得？但见：

近临黑水，层层波浪千寻；远对青山，曲曲崎岖万丈。涧深生怪物，山险出妖精。怪必兴云作雾，妖能吐气成形。有时在山，专吃飞禽走兽；忽然入水，惯吞鱼鳖虾虫。千年炼就，忽现忽藏，视而弗见；万载结成，顷来顷去，听之不闻。一传俩，人人尽以为神；俩传三，个个俱称是佛。借佛立成门户，时时惑众；伏神幻作津梁，刻刻愚人。半空中，妖氛接汉，赞说西方；满涧内，怪雾冲霄，宣传极乐。是以纷纷吃素，果乃攘攘持斋。哄骗得痴呆老汉，恨不得过去，无我相，无寿者相，得见如来；引诱得懵懂妇人，巴不得入门，无人相，无众生相，瞻仰世尊。确然顷刻化身，的是霎时尸解。这才是妄想贪嗔痴，却遇了邪魔外道。

四人看罢，正不知这些老男妇朝着溪涧山色水光，拜些什么。因要问人，却是闹哄哄，人似山涌般来，一时哪里问得明白。只好各人照看脚下，不容人挤下涧去。立不半晌，忽听见人人发喊道："我佛慈悲，西方接引来也。"那些老男妇，便不跪拜，即立起身站立。霎时间，涧中水势翻腾，山内一派毫光冲起，散作烟雾，顷刻将半轮好月遮掩；四下阴风，吹得毛孔皆竖，俱睁眼不开。

风定后，四人忙抬头一看，只见对岸高山上，忽现出一座楼台观宇金阙宫墙，涧中间架叠起一座金桥，直跨过涧来。再一看时，那桥上两旁，挂着两行亮灯，光芒闪烁，直照得那座金阙楼台有隐隐的现狮、现象、现莲花。观宇内，明朗朗走出几个比丘尼、优婆塞，立在大门前，招呼迎接。这里老男妇，便齐攒攒、逐队队，有的合掌念佛，有的敲着木鱼小磬，一片和佛声，兼着叮当必剥，谦谦逊逊，齐向那条金桥上缓行慢走。到了灯下，挨次走入门去成佛。这边相送的见了，指说某人证果。有的说爷说娘成佛，却有的被人挤住，急切跨不上桥，怕误了见佛因缘，只向众人哀求让路。四人见了，俱各惊惊疑疑。

王摩道："俺何不过去走遭，看那边怎地模样，来对你们说。"袁武忙拦住道："恐怕西天没有你这个人成佛；我们便要成佛，却不走这条路去。"王摩道："便是世尊叫俺成佛，俺也不耐烦吃草根呷白水。"郑天佑、殳动一齐笑将起来。

正说笑间，忽听得弓弦响处，喝声："箭到灯灭，休使洒家娘去！"四人忽听弓弦响，恐人暗算，各吃了一惊。忙回过头来，只见一个黑大汉，举弓向金桥上，又要射第二箭去，四人方才放心。忙回头看桥上，已被他射灭了一盏。袁武道："王摩何不也射灭了他？"王摩便向骡背上取弓箭，却不见了弓箭。一时着急找寻，怎奈人多挨挤，遂急得暴跳。两手一推，直推得众人俱跌在大汉身上来。幸喜那大汉立得脚稳，不致吃跌，只一时放不出箭去。殳动却一眼看明道："王摩哥哥，这汉子手中的不是哥哥的弓箭么？"

王摩忙赶上喝道："你便射得，俺就射不得么？"便一手夺了过来。嗖的一箭射去，霎时，四下皆黑，半空中一声响亮，顷刻桥崩楼倒，将桥上的人跌落水中。水浅处，淹不死的，只叫人救命。那大汉见这人也射灭了亮灯，满心欢喜，正要上前来见认，忽听水浅处，他的老娘大叫道："马鑫快来救我！"马鑫听得娘叫，知是跌在水中，便不顾命直窜，跳起在人头上乱踹。奔到岸边，却是上下相悬，一时扶不上来，只叫声："老娘！"便踊身跳入水中，将老娘背上肩头，腾跳上来，一径奔回家去，各换干衣；老娘只叹息无缘见佛。

王摩一箭也射灭了亮灯，各不胜欢喜，要寻这大汉。不期灯灭桥崩，昏黑中将许多人跌落水去，有救的、有搜的，有的便埋怨这射箭的人，遂一齐叫打，一时俱攒拢来。袁武忙叫："快去，不可动手。"王摩跳上骡子，要冲开人众，争奈骡比不得马可以冲围；又因黑夜人多，只不肯举步。王摩连打数下，那骡子反颠蹶退缩。袁武只叫："不要动手，误了正事！"这些乡人恃众，只层层围绕，虽不敢近身，却是砖头瓦屑，没头没脸的抛洒。

四人正在没法，忽有一人，在人丛中抡着一杆棍棒，将众乡人横拦竖挡，东西摇晃，直吓得众人跌走不迭，才让闪出一条路来。袁武见了大喜，忙叫："快走！"遂一齐趁势，奔出村来。离得远了，方才住脚。郑天佑道："一般这些村蛮，原有好歹不同。若不亏这人义气，见危思救，一时怎得脱身！不是袁武哥哥提醒得早，倘或动手，便不留情，杀伤了人，岂不误了大事！"王摩道："兄弟，你这话果是不差，殳动道："只不知这早晚甚时候，又辨不出路径，莫若在此等一会儿走吧！"

袁武向天上一看道："迟不得了！已是五更将尽，不久天明。前去自知路径。"三人遂不敢停留，只顾急走。走了多里，已是东方渐白。再一看时，走的俱是荒郊小路，找不出大路上来。

四人恐怕错过了银两，正在着急，只见前面有三四个人走来，不胜欢喜。正要问路径，不期这起人见有人骑着骡子，俱有器械，误认是护送银两的官军，知他在后错走，忙来说道："五更一齐起身，怎你们错走了小路，还在这里？"袁武忙答应道："我们正是护送银两的。只因昏黑，在后慢走，不期银两去远，赶他不上。先前还不知是错走，如今才知走了小路，不知大路是往哪边去？银两已走到哪里了？"

那几个人道："我们是本地里保，来护送银两起身，才得回来。他们走得快，你们如何赶得上？倒不如就这小路，往西转弯。他们走的弓背，你们走的弓弦。出去便是一带土山，只在那里等候便着。"说罢自去。四人大喜，急忙追赶。只因这一赶去，有分教：

演法驱神鬼，怀恩思救人。

不知四人可能劫夺，且听下回分解。

第二十二回

弄风沙潜踪灭迹　秦虞侯画影图形

话说袁武四人,正找不出大路,却遇里保,认他是护送军兵,指明路径。四人急走,找上大路,果见两岸土山,中间是条走路,山上俱有树木乱石。郑天佑道:"路便找着了,不知他们在前在后?不要过去了,我们在此空等。"

袁武听了,忙低头审看,又走了高处,看了一番,招他三人近前,说道:"你看草上露水未干,他们一起马步军卒、扛抬人众若过去了,草头地土必被马足蹂躏。今毫不伤损,是不曾过去。你们可依我计较,须做三处等他到来。"用手指着前面树林,对王摩说道:"你在此处闪立,见马军到来,即突出砍杀。"又指着中路乱石处,对郑天佑说道:"你藏身此处,冲出杀散民夫。"又指着后路,对殳动说道:"你只在此截住步卒,不容他上来。我只在此看你们动手,助些威势吧。"

王摩听完,便自去等候。郑天佑、殳动因惊疑不定,说道:"我们只得四人,若聚在一处,并力夹攻,才有照应。怎么前后分开?倘或众寡不敌,岂不误事?"袁武笑道:"我自幼熟习阴符,今虽小试,岂无妙用?你只依我,管教成功。"二人听了方才欢喜,遂各自去。

袁武见二人去了,即除下巾帻,将角儿打散,披在脊背,撮土为香,暗暗祷祝了一遍,即右手持剑,左手捏诀,向正东上连吹了三口气,道:"日出掩其光,大地尽包藏,姜公遗敕令,孰敢不遵行!"又将两足搭成丁字模样,团团踏转,却踏的是休、生、伤、杜、景、死、惊、开,是八门遁甲。遂又念道:"六丁护卫,六甲守蔽;勿启勿伤,吾托非细。"一时踏完,自己立在中间。

此时正是一轮红日初升,只见东北上远远的人声马嘶,俱往土山走来,不一时进了山口。一队马军,扑刺刺先往前走,中间就是危显、秦虞侯,并民夫银两,后面就是步卒。

这王摩忽见秦军到来,忙将缰绳一纵,直突出来,提着三尖两刃刀,截住去路,大喝道:"金头凤王摩在此邀截银两,及早弃下,饶汝残生!"

这马军忽见有人截路,吃了一惊。却见他独自一人,又骑匹骡子,便大骂道:"好大胆的强贼!哪怕你金头铁头,谅你一人,怎敢劫取!"说罢,一齐围住,刀砍斧劈,枪刺棍打。王摩全不畏怯,大吼一声,与众人杀起。殳动便在山口截住步卒,一时前后杀起,吆喝连天。郑天佑便在中间闹动。县尉、虞侯并众人见前后俱有强贼,一时大惊,不敢抵挡,将银两弃下,跑在马步军队里,呐喊助威。

袁武见了,忙将剑一指,只见顷刻红日无光,一阵黄沙俱往官军面上扑来;又一阵狂风,直刮得两岸土山屹屹摇动。风吹在石缝里,一似鬼哭神号,只吓得众官军一时魂消胆裂,俱各手软无力,却被王摩砍翻了几个下马。郑天佑、殳动也杀死几名步卒民夫。众官军并民夫见不是声头,只簇拥县尉、虞侯,皆四散逃出。逃走得远了,方敢住脚,回头看着土山,一团黑雾迷空,众人只叫得苦。

袁武见官军已去,遂走下山来。只见三人俱在那里劈开银桶,向腰间乱塞。袁武忙止住道:"在此做了惊天动地的事,伤了多人,不久便来追赶,只可空身远去,怎么取得银两!"王摩道:"若不贪这银两,又来做什么?"郑天佑、殳动齐说道:"正是王摩哥哥说得有理。"

袁武细细说知就里,同到原立之处,使三人掘下深坑,将这些银桶尽行劈开，只见每锭上俱凿有秦桧名字，搬入土坑中；四人分取了一桶，藏在身边；将土泥盖好。袁武又走踏了一遍，道："我这般藏遁，暗有六丁看守；虽有鬼神，亦不敢擅动分毫。且上了白云山，然后来取用。"只见土泥俱长，盖得如旧。四人走了下来，却不见了骡子，袁武道："我正要它不见，才没认识。"遂一齐趁着沙土弥漫急走而去。

这危县尉、秦虞侯并众人逃得远了，你我一看，俱被土沙污面，衣帽歪斜。危县尉只扶定马鞍，战抖不住，众军忙与他拂沙整衣。定息了半晌，才看见土山内风止沙息，红日当天，忙着人进山去打探。马军推步军，步军推民夫，俱不敢进去。推了半晌，县尉与虞侯发怒，坐落民夫进去。民夫没奈何，只得舍命遂次挨入。到了山中，见东横西倒，杀死多人；再看银两，俱被打开，尽皆盗去，全没余剩，即来报知。危县尉、秦虞侯听了，惊喜道："还是造化。若是走迟，岂不丧命！"遂一齐进来，看了这光景，不胜跌脚道："不知有多少强人，就劫得这般干净！"众人道："并没多人，只得三个人来。"秦虞侯道："怎三个人？你们为何不用力抵敌？"众人道："他三个人，我们怎得怕他！怎奈一时风沙迷目，地动天摇，身不由主，故此逃出。"又有的说道："三个人，只是这骑黑骡子的了得，自称名姓。"危县尉忙问道："你可记得他叫什么？若是记得，就好着地方缉获了。"

众人想了半晌，道："他骑着黑骡，白净圆脸，剑眉环眼，戴着虎头扎额，左右雉尾，喊叫'金头凤王摩'。"秦虞侯道："这个便是贼头，自然有些本事。怎么天也凑他的巧，刮起这阵风沙，伤了这些人？"众人道："今早五更出门，满天星宿，日色初起；入山争斗时，俱是晴明。不知怎么就起风沙，天日俱暗。往常天变，也没恁般快速。如今想来，这王摩不但有本事，只怕还有妖术。这风沙是他弄来迷倒了人，将银两劫去。"秦虞侯道："果然不差，王摩实是个妖人。"

危县尉问道:"这是什么地方,属哪州县管辖?"众民夫道:"这土山是两边高、中间低,路径曲折,往时原是难走,叫做'泼皮堑'。昔日有个火牛皋,十分凶猛,力敌万人,占住了前面一座不昧山立寨。带领喽啰,夜间打家劫舍,日里来泼皮堑邀截过商,官军不敢奈何他。一日来了汤阴县一个文武全才、经天纬地、孝义驰名的秀才,姓岳名飞,字鹏举,到东京应试,在此经过,却遇着牛皋截路。牛皋自恃勇力,却无智谋,被岳飞擒住。因爱他勇力,不忍加诛,叫他改邪归正。牛皋不胜心服,即便散伙,做了岳飞跟随,同到汴京。岳飞考中了头名状元,如今在大元帅宗泽帐下随征。自从牛皋去后,这泼皮堑甚是好走,谁知今日又出了强人。这里是瑞州管辖。"

秦虞侯道:"如今只着人报知州里相公,在地方失盗,要他缉获。"危县尉点头,即查点杀死军卒十二名、民夫五名,劫去金银十万贯。又吩咐道:"且寻左近乡村住了,着人去报。"遂一齐起身。走不一二里,只见许多村人俱望着一座高山走去。县尉见了,不胜动疑,因着人去问。去不半晌,便来报道:"天网恢恢,疏而不漏。如今相公不必申文书报州官,银两俱有下落了!"

危县尉、秦虞侯听了,不胜惊喜,问道:"如今银两在哪里?"这人道:"小人方才去问人,俱说不昧山打倒了妖魔。这妖魔不是王摩?众人俱到山中去看,如今正在那里打着。"危县尉、秦虞侯并众人,忽听见打倒王摩,不胜大喜道:"我们快些赶到山中,叫众百姓不要将他打坏,只留活的。慢慢审问,要他招出余党,方不使银两散失。"遂一齐往山中赶来。

到了山中,只见果有千百乡人,俱围立一处,后面的挨挤不上。马步军便一齐作起威势,喝着众乡人道:"山东秦枢密解银两相公在此,快些让路!休打坏了妖魔!"众人只得闪让。遂走入中间,只见有许多男妇,披麻挂白,在那里哭泣,并不见有什么打倒的妖魔。正要问人,却抬头看去,只见山洞口横躺一件鱼般大小少见的东西,旁边堆着新死人尸首，洞内白骨如山，秽气难闻。

危县尉一时不知就里，着人去唤了一个乡民来。说道："这件怪物，不知何年生长，何日飞来。忽于前年四月八日夜间，在这山中吐出五色毫光，结成佛殿，架起金桥，接过涧来；桥上俱有红灯，直至半夜方散。一时轰动村人，俱说西天活佛搬到东天来，救度世人。自此家家吃素，人人念佛，要上西天。终夜隔涧观望，直守到次年四月八日，果又显灵。一时这些老斋公、老道婆，俱争过桥去见佛。到了桥尽处，再没个回来，人尽说升天成佛而去。成了年年规矩。故此远近村镇，好道吃斋的，便预先在家中做好事写遗嘱，弃子孙来走桥上西天。昨夜正是四月八日，众姓俱来走桥。不期来了三四个人，内中一个带着弓箭，被他连射两箭，将桥上红灯射灭。一时桥断，将这些桥上的人，俱跌入涧水中淹死。众人恨他，正要拿住吵打，被他走了。众人直乱到天明，走过涧来看时，却见这怪物死在地下，两枝箭在它眼中，正不晓得是甚怪物、什么缘故。故在此观看，有的领认尸首。"

危县尉、秦虞侯听了，忙近前去看。你道这怪物是怎个模样？但见：

非龙非蟒，非怪非妖。非龙而具龙形，非怪而实似怪。窃天地之精华，吸日月之光彩。心灵性慧，架楼阁于空中；智巧机深，造虎梁于水面。哄男骗女，作坎离交媾之功；吸水食精，补先天泄气之用。谁知恶贯易盈，不道孽深终堕。虽则假手于人，实乃邪不胜正。今日跌倒山前，却是一条妖蜃。

危县尉细细看明，才知是错，因对乡人说道："此物尔等乡人如何晓得？我常博览群书所载：雀入淮水为蛤，雉入大海为蜃。它能吐气，常在海边结成楼阁桥梁。桥梁是它长舌，亮灯是它眼睛，门户是它齿牙；若有人误上桥去，它便一口吸入腹中，顷刻消化。此乃妖蜃，你们误信是佛，饱其口腹。幸得射死，除了一方之害，你们怎么怪他！"因又说道："从来正能胜邪。这个人能射死妖魔，必是有些正直。如今这人在哪里？"

众人听得，惊惊喜喜道"我们昨夜因是不知，一时错怪了他。他骑着一匹骡儿，想是过往的人。"秦虞侯听了，忙问道："这骑骡的生得怎个模样？"众人道："黑夜间却看不明白，除是到证果乡去问，敢怕有人认得。"危县尉道："他那里怎么认得？"众人道："有人传说曾在店中买面点吃。"

危县尉、秦虞侯听了，忙拨转马头，投入证果乡来，住在土谷神祠内，即拘唤了里老来，说道："我是山东县尉，奉着秦枢密相公钧旨，押解银两进京。今早在前面泼皮堑中，被强人劫去银两，杀死多人，实是地方大事。闻得劫银大盗，在尔乡内窝藏，可速供出免罪。"

众里老听了，方知是在此遇盗，便跪禀道："小人乡中，俱系良善守分居民，信心念佛，并不为非窝藏盗贼。"危县尉笑道："怎推得这般干净？现有人指称在你乡中买面食吃，你去唤那开面店的来，便有着落。"里老道："只不知是哪一家吃的？"危县尉道："你去一总唤来。"

里老去不多时，便同了十余人来禀道："村中往日，原没卖点食。只因昨夜人多热闹，故此开张，赚些钱钞过日。但出入人多，又无色认，怎晓得哪一个是强人？"危县尉道："话是说得有理，只为有因。昨有一人骑着骡来吃面食，可是有的？我今也不难为你们，只要说出这个人的面貌，生得怎个模样。若是相同，我就好挨查缉获。"

众人听了，遂你推我说，便推出一家来道："昨夜实有一人，同着三个到小人家吃面，小人也还认得。"遂将面貌说出道："谁知今日人说射死妖魔的就是他，以后便不晓得了。"

危县尉、秦虞侯听见面貌果是相同，即说道："我今失去银两，事非小可。你既认得亲切，又是地方的事，可作个眼明人。我这里图形挨缉，他在此往来，必是近地村人，容易缉获。"遂叫人锁了这店家，一面备文书申报近府、州、县；一面飞报秦桧失去银两；一面着居民寻了画匠，画了王摩许多面貌，并示条，着人张挂。各村镇挨村挨里，逐家具结。危县尉不敢耽搁，遂自带人进京复命。秦虞候只得在神祠内，着人挨缉。

一时四处乡村皆挂得有形貌、示条，又家家具结，遂结到马霳家来。这马霳叫做"刮地雷黑疯子"，是关外人。当初，他爹娘一日在山中砍柴，忽被乌云骤雨，雷电狂风，一时二人不能相顾，各自躲避。他娘躲入山岩隙内，不期走入一人，身具龙形，宛如人相，昏迷交媾。人去后，风雷雨止，回家得孕，遂生下他来。不两年他父亲亡过，母亲抚养，央人替他取名马霳。自小强横，到了大来，一发长成得憝赖。你道他怎个模样？他生得：

> 头大面圆，一块额颅横突出；身长力大，两只怪眼直睁圆。鼻孔撩天，气出有如烟管；洪声震地，行动实类奔牛。一张阔嘴，上下齿牙皆独骨；两个硬拳，左右手腕是一棍。性烈拔山扛鼎，交情誓死同生。一味言憨性直，不知者尽道疯癫；满腔义重情真，知我者俱称侠汉。喜结弟兄并酒肉，舍此无他好；仇恨奸佞与贪夫，以外皆平等。上关气数降星辰，下报前冤生恶煞。

这马霳力大性凶，无人敢犯；幸喜孝顺老娘，再不违逆。在左近地方，挑卖私盐，养活老娘。不期被人嫉忌，不敢明做对头，暗去出首，被做公获着。被他半路行凶，逃脱回来，又杀了仇家，背着老娘连夜逃走，到河南瑞州境内九达里住下。见人吃的是淮盐，问明了路径，到楚州、江州一带地方贩卖，藏在家中；他便占了十数座村落，不许人买食官盐。他挑得起五百斤重担，半月往村中挑卖一次；其余只闲在家，买酒肉来孝顺老娘。遂打造两把镔铁板刀，每把重四十斤，磨洗得泼风似快。常在酒后向空地处将两把板刀使动，叫人抛石，俱打不入去。远近乡人，知他勇力，他也不甚生事。过了多年，他老娘已是七十整。因听见佛到东天来度人，遂绝了荤酒，终日念佛。马霳再三苦劝，要娘吃荤酒，娘不肯，只得顺从，已是吃了两年。马鬣只不敢在家中吃酒肉。

这夜老娘要来走桥上西天见佛，马鬣没奈何，只得背了娘来，歇在涧边。见桥上有两行亮灯，照得四处明亮，因想道："打灭了，娘便没去。"便要抢上桥去打灯。忽见骡背上挂有弓箭，忙一手捞来射去，恰巧打灭了一行，不胜快活。正要再射，却被王摩讨去，也射灭了一行。

这妖厴久具灵通，哄骗了多少男妇下肚，正然快活。不期被他二人俱系星煞转世，一时制伏，不能变幻，故此射死，顷刻昏黑。马鬣十分快活，要见这人。忽听见娘在水中叫唤，喜得在水浅处，一径背回，马鬣只不敢说出缘故。到次日早，人来说是妖厴变幻吃人，昨夜被人射死山前，他老娘方才惊喜不被妖厴吃去。马鬣才敢说出是同人射死，老娘欢喜道："亏得这人带有弓箭，又肯相助。若得见他，谢声也好，只不知他叫甚名姓？"马鬣想了半晌，才想着道："恁地怪嘈乱，耳根内叫喝王摩。马鬣要去认他，背驮老娘，便没闲去。只今去寻他个着。"

正待出门，忽有一阵本乡里保走来，叫马鬣写结。马鬣一时不知就里，里保细细说出缘故，又拿出图形来。马鬣忽听见说是王摩打劫了银两，如今挨家具结，要捉他处死，便先吓了一跳；再看了图形，便十分不快道："兀突好人，射杀呆鸟救老村牛嚼遍。恁是劫银，干你们鸟事，来寻他做对！酒家自不识认字画，可知他银两，敢怕枉地剥来，叫他去些，也没直恁地！离了窝巢，管不得酒家，叫他跳躲，莫来寻苦吃！"

说罢，只气愤愤睁圆两眼看着门外。众人晓得性子惫赖，忙走在活路上，说道："你既不认字，我众人代你写了去吧！"遂一阵跑去。马鬣道："若不吓老娘，只叫他卸腿！"转身入内。老娘问道："你在外面说些什么？恁地嘴脸，和谁斗气？"马鬣道："马鬣并没同人使气，却听了要捉那射箭的人，不由恼闷坏！"遂将众人说话述知，道：

"只漏风叫他远飞,才得快活。"自此留心,到远近乡村去闲撞。

且说那夜杨幺同押差也来看上西天,将人打开,回到店中。次早即同押差起身,一路无话。遂走了多日,才到地头。正要打点投到见官,不期一应官员,俱出门迎接诏书。却是道君年老,因见四方多事,将大位传与太子。太子登基,是为钦宗。遂大赦天下,唯十恶永不赦免。众官接了诏书,即将一应军犯,查点释放还家。两个押差得了这个消息,忙与杨幺商议,将殷尚赤送他的银两,去上下使费,然后解进。遂不细问,准放还家。

杨幺买酒,托他捎信与父母。然后别过,找寻到生身地方,细细访问。谁知年代久远,访问了几日,才访问得父母俱亡。有人指出埋冢,急到冢上,摆羹设饭,号哭了一番。遂在家前草地上睡了几夜,因想道:"我此来虽不能亲见爹娘,却晓得爹娘入土,也不枉走这一遭。前日临行,抚养的爹娘,虑我到此不归,如今不可在此耽延,使他悬念。"遂又哭拜了一番,依旧一路回南。便走过几个村头市镇,穿越了数座州城。他虽归家心切,却有一点宿念在胸:见了些形胜山川、人烟凑集之处,必要流连顿宿,暗暗留心。

一日走到一个村中,因见天色尚早,不便寻歇,遂向前急走。不期被店内一个火工看见,忙赶出街来,一把拖住道:"好客官呀!从来一次生两次熟,前日在我家歇宿,并不曾怠慢,怎今日过门不入,倒去照顾别家?"杨幺抬头一看,因想了一想,便立住道:"开店人果是好眼色。我见天色还走得二三十里,想赶前面宿头。你既是这般说,也不争这几里路,我想起有话问你。"遂一同走入。

吃完了酒饭,因问道:"我那夜在你家,去看上西天的人。正看间,霎时昏黑,被乡人吵散。次早起身,不知这些人,可有几个到西天去么?"火工道:"客官再不要提说上西天,我今已是余生,不然也被它吞吃。客官你不见我当日,面皮熬得蜡渣也似黄,说话全没力气,手脚俱转换不来?如今吃了酒肉,说话也响亮了好些;做起事来,手脚也没有那等不快捷。"

杨幺听了,笑道:"你怎么生了退悔心,谤起佛法来?想是西天路远,地狱路近,你要走近路了。"火工道:"不是不是,我今实对你说知。"遂将妖屪假变、射死、劫银两、画影捉拿,细细说出。杨幺听了,不胜暗暗惊异了半晌,道:"可知这劫银两的姓什么?"火工道:"我听得有人说姓凤、姓金,又说姓王。你明日到前面去,各处俱有示条、图形。"

杨幺听了,便不再问,遂入房去睡。因想道:"我记得那夜有人射箭,众人喝打,我去赶散。又在近处失了这些银两,莫不就是这起人么?"一时想来想去,再睡不着,道:"明日前去,自有明白。"次早出门而走。只因这一去,有分教:

  无心遭算计,有意遇良朋。

不知果是如何,且听下回分解。

第二十三回

杨幺赦还乡同形被缚　马瑷爱好汉拼命救人

话说杨幺因火工说了这些缘故，一夜不曾合眼。天明吃了饱餐，即出门前走。走了个半晌，果听见人纷纷传说劫银两的事情，杨幺听不明白，只往前走。到了下午，走入一个热闹村市中，要歇脚买碗酒吃。只见一群人围立在路口一座牌坊下观看。杨幺见了，不知甚缘故，也走来看，遂侧身挤入中间。只听见内中有人念道：

　　河南瑞州管辖，为地方失盗事：
　　照得山东秦枢密，仰危县尉押解银两路过泼皮堑，突出强人三名，劫去银两，杀死马步军卒十二名，抬夫五名。今访出首盗一名金头凤王麈，并识其貌，已经严缉未获，申文到州。此乃地方重事，为此晓谕城郭、村镇里保，务必严查。诚恐疏漏，复图形貌一幅，悬挂市中。凡有过往，不论军民人等，着该里验明形貌。如有涉疑、合式等情，即着纠众协拿，解送审究，须至示者。

杨幺听完，因暗想道："只得三个人，却做这般险事。杀了多人不足为奇，只这银两一时如何搬运得去？怎又去得干净，绝无形迹？真是神手段的汉子！可惜我那日在夜间，不曾认得他的面貌。既有图像在此，何不近前去看他一看？"便将铁棍夹在左肋下，右手将众人分开。因去得势重，遂分得众人站立不稳，踉跄欲跌。众人忙回过头来，正要发作他没道理，却将他上下一看，不觉大惊大骇，一齐走散。

杨幺见了，暗笑道："若不用些力，众人怎肯让我！"遂走到这幅图下。一看了得，拍掌叫奇了半响，才转身走开。见对过就是个酒店，不胜欢喜，便急走入，拣副座头放了包、棍，向外坐着，叫道："酒家，快拿热酒来吃！"叫了几声，才走出一个十一二岁的小孩子答应。杨幺见了，问道："你家大人哪里去了？"这孩子道："我父亲适才在此，却被人叫了出去。"杨幺道："火工怎么不来照应？"孩子道："也出去了。"

杨幺见没人料理卖酒，要起身到别家去吃。因想了一想，对孩子说道："我若走在别家去吃，你父亲回来，须埋怨你不会留客；你去将好酒只顾热来，案上的肉胡乱剁一碗。我有好银，绝不亏你。我吃了还要赶路。"这孩子听了，便先去暖酒，又去剁了一碗肉，并副碗箸送到面前立着。杨幺道："你不消在此，只去热酒来，不要间断，吃得我没兴头。"孩子便自走去。

杨幺将酒筛入碗内，吃了半响，看着对过这幅图形，因暗想道："这人相貌、胆气、手段固然好了，只不知他将这银两去作何处分。若只取去赌钱撒漫、吃酒食肉，便算不得奇男子，称不得豪杰了。"想罢，便连筛连吃。这孩子不等叫酒，只一角角的送来。杨幺欢喜道："这孩子果好，小便小，倒知些人意。"便一碗碗的吃。

吃了半响，忽见一人走入，向着杨幺满脸赔笑道："在下只因有事出门，不知贵客下顾，失款得罪，不必计较。"遂喝着孩子道："这孩子恁不晓事！一个贵客到门，橱内有的好肴菜，怎不搬送，却只剁这碗没安排的肉来，可不讨打！"杨幺忙说道："这不与他相干，是我叫他剁的。"主人道："贵客既恁般说，敢怕不怪。你快去暖酒。"自己走入内去，向橱内拣撮了一盘细葱爆炒薄片黄牛肉；又走去灶下，悄悄对孩子说了几句。叫孩子拿酒，自己托肉，送到杨幺面前，孩子便自筛酒。

杨幺见这主人恁般小心，不胜欢喜，一时开怀放饮，却忘了赶路。只是吃着，渐有醉意；因又看着对过图形，暗想道："我初才看他面貌，眉目、口齿、耳鼻，觉得与我厮像。只他多了这副扎额雉尾，我便刺了文面。若没这两件，可不在此吃酒，被人疑是我仲尼、阳虎一般面庞么？"

因又吃了半晌，不觉失声："啊呀！"立起身来，定睛暗想道："我先前听见人念着示条，说什么金头凤王摩，莫不就是他叫王摩？我与他虽不识面，却是慕了要寻他并袁武。他今被人悬挂图形，我怎不替他作个计较？"忽又转了一念，坐下道："敢是同名同姓，面貌偶同，不可造次。"

遂又吃酒，因又想道："我想那夜的好箭，次日这般胆量手段，若没泼天本事，向日有名，便要犯出。难道又是一个有这般手段？如今叫我去访哪个的是？这也容易。怎这王摩与我相貌十分厮像？实是件奇事。天下怎有这般相同？不要是我方才看得不细。我今何不走去再看个明白，好作道理。"

遂起身出门，踉跄大步近前。再定睛细看，不觉向图上一口啐道："怎敢将我的面貌，使人作贼悬挂在此！"因又想了一想，立着看道："便不是我，可知当初柴进簪花入内，见了宋江名字，抽刀割取灭其形迹，才是英雄义气所为。这个王摩便不是金头凤，也算得个好汉，怎才做事便被人画影图形，这般捉拿，成甚模样！"说罢，一时怒从心上起，只一手扯来，并那示条一总扯得粉碎。才大笑一声道："今日做了快心事，只此去吧！"走入门来要取包、棍，算还酒钱。

只见这孩子笑嘻嘻将热酒筛入碗内，道："客官再照顾吃两角去。"杨幺笑道："做了畅事，便再吃角也不妨。"遂又坐下，连吃几角，有了八九分酒。只见主人对孩子说道："你这孩子全没着人。这位贵客走了远路，必有些脚力辛苦，腰脊酸疼，何不敲摩几下，自然赏赐，明早买个馍馍吃也好。几曾见往日客人空白了你？"孩子听了，忙将酒筛了一碗道："客官，我替你敲个背儿。"

杨幺笑说道："这孩子果是乖巧。这件事，我倒也不曾叫人敲背摩腿，做老人的丑态。你既要银买馍馍吃，不要扫你父子们的兴。"那孩子忙走在背后，捏起两个小拳头，在杨幺脊背上似擂鼓般，只上下敲个不歇；杨幺只大碗价吃。这主人乘空向这孩子丢了一个眼色，这孩子忙走在面前来说道："客官可好，如今摩跌腿儿？"杨幺醉痕模糊道："好，好，好，好！"这孩子照前筛酒，遂蹲在杨幺膝边。

杨幺见了，便乘着酒兴伸跷右腿。孩子忙用手紧敲慢搖，忽上忽下的敲着。杨幺又吃了两碗，觉得醉了，幸喜心里明白，因说道："店家，来，来，来！该你多少酒银，走来拿去吧。"遂一手探入腰间取银。谁知这孩子看着亲切，将杨幺右腿往上一掀，"豁喇"一声，仰后跌倒。

杨幺吃跌，忙探出手，急待挣扎，早被里面赶出一二十人，同着店家，只紧紧将杨幺按在地下。门外又赶进三五十人，将麻绳、铁索缚手的缚手，捆脚的捆脚，就如捉老虎般，将杨幺收缚得似粽子模样，不放一毫空隙。一时间挤满了一屋的人，嚷的嚷、骂的骂、喝打的喝打，拳头脚踢如雨点般打来。杨幺被缚、被打，只说道："吃酒自然还钱，怎么恃蛮乘醉乱打？"说罢，一时间闹得酒涌，只紧紧护住心胸，随人打来。

你道为甚这般哄捉？只因杨幺先前分开众人时，这些众人见他与图上面貌一般，知是大盗王摩，便要动手来捉。却见他随身棍棒，有杀人手段，一时不敢擒捉，即散去商量。有人报说在屈家店内买酒吃，遂商量出这个小鬼跌金刚的法来，埋伏多人，将杨幺捆打。捆打了半响，内中有人说道："他是劫银两大盗，只宜连夜解去州中，脱了我们地方干系。少不得相公动刑，要打招称伙伴银两。若打坏了他，倒是有罪，岂不有功反做无功！"

众人见说得有理，一齐住手。取了一根大粗木杠来，将杨幺绾络好了，两个便来上肩抬。不期身子重大，将这木杠压得弯曲，两人只立不起腰来，只叫杠软难抬。众人见竖着这杆大棍，忙取来看，却是黑漆藤缠一杆大铁棍，十分沉重。众人道："他有这般大力，怪不得来劫银两。如今就将这棍来抬他，也是一件凶器。"便将来绑在木杠上，四个人才抬得起来。店家忙提出包裹道："这是贼赃，不要留在我家惹事。"遂来挂在棍上，便抬出门来。街上人一时筛锣护送，到州里去请功。

　　一路抬出村来，许多男妇俱指着杨幺骂："王摩大盗，王摩贼头！只说你逃脱难拿，谁知走得不远。好大胆不怕死的！还敢来看自己形像，又用手扯碎，岂不自来送死？"有的说道："一个官家银两，岂是劫得的？这一解去，便去砍杀。"此时杨幺被众人吵打捆络，扛抬摇晃，渐有醒意，十分恼怒，却挣扎不得。忽听见这些人俱骂他是王摩，抬入州去请功，方自暗暗欢喜道："我一生喜的是豪杰，如今被他错认，便受这场冤屈，受人拳棒，却是无怨。且随他抬去见官，自有分别。"此时日已渐落，众人恐路上有失，便各紧走。

　　到了夜间，乘着月色而走，又逢村镇讨了火把照耀。一起护送的百十多人，俱是鱼叉、刀棍，前后照应。扛抬的俱轮流代替，才走上去州的大路来。

　　不期村中捉到了杨幺，就有人传到证果乡去。秦虞侯自从危县尉去后，他只在证果乡左近挨查了多时。又接到秦枢密来文，着近府、州、县为他缉捕，一时骚扰得各乡不得安宁。这日忽得这信，不胜快活。又带了跟随，上马赶到村中，知已起解，连夜入州，遂又赶来。才得赶着，便高叫道："我是山东解银两的秦虞侯。难得你们获了大盗，少不得俱有犒赏。可到近城的所在歇着，等天明入城。"众人听了更加兴头，又抬走了多时。

　　将及到城，因见一个古庙，遂叫开抬入天王殿歇着。秦虞侯忙下马走入，将火照着，大喝骂道："好大胆蟊贼！怎敢擅劫银两，又杀多人？如今银两俱在哪里？快快说出！"杨幺便大声说道："我是岳阳柳壤村杨幺。昔日递解，今遇赦回南，在村内买酒吃，不期被村人乘醉将我抬来。你失了银两，却与我杨幺无干，怎敢将好人冤屈？快些放我。若到州中，见了相公说明，你们俱是死！"

秦虞侯喝道："你这强贼，怎还图赖？幸喜劫银时有人认得面貌，才画了图形，到处挨缉。你今与涵上面貌一般凶恶，怎还敢移名托姓，希图混赖？"众跟随道："前日正是他动手，问他怎么？"那卖面食的店家，也来看了半晌，道："是便是他，却还有些不是。"秦虞侯道："哪些不是？"店家道："他前日来吃面时，一口北音，如今却是湖广声音；他前日脸上没有金印，如今有了金印。只这两件有些不是。"

秦虞侯喝道："他一个大盗，今日捉来，要混人耳目，假装湖广声口，正是他的奸处。你前日不曾留心细看他脸上，怎晓得有印没印？前日被他吓个死，今夜且打他一顿，出些恶气。天明入城，等州里相公处置。"说罢，提起刀背打来。

杨幺正要喝骂，忽见屋檐上直蹿下一个大汉来，叫道："洒家来救哥哥！"抡动两板刀，直抢进来，望众人就地乱砍。众人躲闪不迭，秦虞侯并跟随军汉突见这人来劫夺王摩，忙起枪、棍打搠。早被他身蹿刀舞，排地价乱刹，抵挡不住，俱往后逃躲。这大汉见杀得静悄，忙来割断绳索。杨幺得救，忙掣了铁棍、取了包裹，抡动铁棍，一时庙中尸横重叠。那大汉大叫："哥哥跟洒家来！"舞着板刀砍杀出门，往前直蹿。杨幺紧紧跟来。

大汉在前，只招呼："来，来，来！"霎时两人奔走了二十余里。那大汉见后面没人来赶，才立住脚道："哥哥怎好奢遮！夺了银两，便是远飞，谁耐恋着。被这伙撮鸟贼牛欺负，叫兄弟气得呆鸟鼓胀！"杨幺听了，满心快活，知他错认王摩。因说道："我杨幺一生喜结豪杰。若遇英雄遭屈、豪杰被冤，甘心为他护庇。因七日看形扯毁，不欲使豪杰被人悬挂，以致醉后受辱，实是无怨。难得好汉仗义来救王摩，倒救了杨幺，是杨幺一个知己弟兄。想好汉必是王摩知己弟兄，我今正要问这王摩可便是关中金头凤，并请问好汉是何名姓？"

那大汉听了,直蹿跳起来,大惊大快道:"恁说便是小阳春道长哥哥了?正没处找寻,来救王摩撞着,可不喜坏了刮地雷黑疯子马靡!"说罢纳头拜倒,杨幺连忙答拜起来。马靡道:"恁王摩也没识面。"遂将射箭要识王摩,又听见劫银、画形、缉获,细细说出,道:"兄弟为他担着老大疙瘩,只白日满村闲撞,多时没处出力。只今蓦听村牛欺侮,腾地赶到。见这伙呆鸟躲入庙里,便要砍入。恐他做了准备,暂到庙后,托地跳屋蹿落,将这呆鸟吓破了胆,剁几十个肉泥。要救哥哥心急,被那呆鸟官缩入后去,直引到这个僻路上来。敢是哥哥脱逃,同王摩来夺这银两么?"

杨幺听了这些缘故,不胜惊喜,遂将自己保护村中、打贺太尉、受屈递解,细细说了一番,道:"那夜在人丛中夺路救出三人,不期就是王摩。他今想已去远,不知日后能见识一面?兄弟你在哪里晓得我来?"

马靡道:"兄弟没勾当养活老娘,只去楚、江二州挑贩私盐。被焦山上一班好汉来劝入伙,同他们做事,只回不去。他们有个邰元,说同哥哥犯罪,在那里好不想念哥哥。哥哥大名,是他说出。"杨幺听了大道:"我正记念,谁知在那里安身。"马靡道:"邰元说了两句口号,哥哥若不说,兄弟怎知王摩便是关中金头凤。只今哥哥走楚州长江去,便得会邰元。"杨幺道:"我离家日久,爹娘悬念,恐有耽延;况且带有书信,不曾着落。幸喜今夜不致遗失包裹。"因将孙本、殷尚赤事情说出,道:"我今要到汴京投递,讨个孙本实信去。"马靡道:"恁地黑夜,引哥哥上路。"遂引杨幺急走。

走了多时,马靡立住道:"只这去便是开封大路。"杨幺便与马靡相别急走,忽赶转来,叫住道:"我与王摩并无干涉,被人错疑。兄弟救我杀了多人,倘漏风觉察,干系不小。兄弟既与焦山好汉相识,莫若趁此投奔,才得避身。"又将自己心事说出:"你与我传言邰元并山上头领,我杨幺此去若有机缘,来看他弟兄。"马靡道:"兄弟得见哥哥,实是舍不得丢撇。奈老娘在家挂肚,黑地谁知?便是漏风,村牛怕疯子板刀厉害。哥哥只放心前去。"杨幺见他孝心，遂叮嘱分手，各自走散。这是天王殿马𬭤劫救杨幺。

这秦虞侯正审问要打，忽被大汉跳下杀伤多人，急躲入后逃奔。直到天明走出，见劫去王摩，又杀死多人，只得入城禀知相公，又是一番缉获。一日捕役缉着一匹黑骡，是王摩骑的，一时审得不明不白。

且说这袁武用了奇门遁甲，自己立在坛内隐住了身子，人俱看他不见，只晓得是三又来劫。果不出袁武所料，只在近处访缉。他四人连夜奔上了白云山，便将带来银两暗暗招聚，盖造寨栅。过了多日，袁武打发郑天佑带了五十余人，俱扮农民，推着十辆小车，每车上俱堆大袋，去取埋藏银两。临行授计；郑天佑领计，同众下山，分着前后而走。将近泼皮埂来，暗伏僻处。郑天佑扮作客商，带了五六个人挑了大袋，到村中买贩米粟。不时买完，挑到原处。

守到夜深，遂一齐将小车推入泼皮埂内，将埋藏的金银掘起，装入袋中。面上纯是粟米，俱撒漏着，连夜推走。有人见了，只认是推入城市去卖，绝不疑心。到顿歇处，郑天佑却是留心打听。一时打听了许多消息，上山来报知。只因这一报，有分教：

落魄英雄重起色，垂危杰士救星来。

不知后事如何，且听下回分解。

第二十四回

白云山四英雄小结义　龙尾岭两押差私害人

话说郑天佑领着十辆银米，一路神鬼难知，又打听了许多事情。到山寨来，说出画形、杨幺毁碎、黑汉救去。王摩听了大喜，道："杨幺好豪杰！"袁武大惊大喜，说道："杨幺不但是个豪杰，只这毁碎图形，有不欲我们败露，故借酒发愤，撂倒被擒，一种神交怜结之心。有险不畏，实是个仗义的奇男子。使袁武闻之，安得不望风拜服！"郑天佑、殳动道："这杨幺必是个肯结识的人，故此这黑汉来救他。只不知如今救到哪里去了？"王摩道："俺今着人四处寻访。若访着了二人，必要见他一面。若肯结弟兄，情愿拜他做寨主。"一时山上有了这些银两，绝不骚扰村境。

王摩遂定座位，要袁武坐第一把交椅。袁武推辞道："自古成大事者，威名可以压众，勇力可以胜人。我袁武只有辅翊之能、运筹之略。今虽小试，实有定理，岂可逆行倒施耶！你今威勇兼全，足堪首位。苟或自谦，俟有人胜尔一筹、名倾宇内者，让之未为不可。"王摩见他主意已定，只得坐了第一位。第二便是袁武，第三郑天佑，第四殳动。遂宰牛杀羊，祭祀天地、山神；然后大排酒席，四人尽欢畅饮。

到了次日，袁武审视山岗，建关设险，俱布置得井井有条，俨然成了大寨，十分雄壮。又操演小校，编成队伍，设立旌旗。一时盔甲鲜明，刀枪耀目。却惊动了附近府、州、县，才晓得在瑞州泼皮堑劫了秦枢密的银两，逃上白云山为盗，地方官各起兵来剿捕。不期被王摩骁勇、袁武多谋，只杀得大败而走，遂纷纷报入朝中。此时秦桧失去前银，十分恼恨，只得又极力求谋，进京做了中郎官。得了这信，要上表遣人征剿，恰值金兵信急，朝臣议和，要将徽宗第九子康王入金当质。有此大事，遂将白云山看作小寇，只着地方官扑灭。地方官前已受亏，不便轻举，故此四人只在山上快乐。

一日，袁武因想起昔年曾受孙本恩惠，八拜为交，遂修书备礼，打发郑天佑到东京投递。郑天佑领书到京，细细访明，已知孙本起解了两日，便连夜上山报知。袁武一时大惊，王摩道：“他去幽州，必从大营堡经过。俺即领人赶去劫来，哥哥不必惊慌。”说罢，即出寨领人自去。

袁武筹算了半晌，因对郑天佑、爻动说道：“王摩知孙本与我结拜，闻他被难，一时义重心急，也不等我商算，便领人去等候。我知此去怎得遇着？”二人道：“这是要路，哪有个遇不着之理？便是前后错过，王摩哥哥也要去追求转来。”袁武道：“孙本这场灾祸，是与董商、黑奴为仇，必欲致孙本于死地才得快心。今被各役解救刺配，董商、黑奴岂肯便释宿仇？我疑内中必有暗谋、嘱托之弊。昨见尾火宿幽暗，幸得篷曜缠垣，危而有救。适才郑天佑忽报孙本受冤，正应在此。我一时惊骇，不曾阻住王摩。你今二人在此守寨，我去相引上山聚会。”说罢即改换装束，带领数人来救孙本。

只说这薄情、巫义得董敬泉重贿，便顾不得同衙门情分，要将孙本暗害，一时没处下手。一日，让孙本在前先走，他二人在后商议道：“从来起解军犯，不是腿伤脚肿，便是身子狼狈，得便处就好下手。他是本衙门发落，众人照觑，又得咀肥、服药、敷治。虽在牢内坐了年余，倒比向日吃得肥胖。你看他走跳得如狼虎般，怎得将他了当？"巫义道："不但他身材雄健，你还不晓得他当初出身哩。"薄情道："他不过是牢中节级，有甚出身在那里？"

　　巫义道："你是入衙门不久，怎么晓得他是一个军将出身？跑得好马，扯得硬弓，使着一杆画戟。在关外交锋对垒，马到成功，所向无敌。在阵上也不知被他杀了多少人，有名的小虬髯孙本。因与主将争功，主将做了手脚，奉旨将他下了开封府狱中，问成死罪。后来没了对头，被他谋做节级。他今假公济私，阴恶阳善，骗得了满衙门人俱喜欢他，临起身还叫我二人照看。不要说如何不敢动手，你若举动有些漏眼，你我性命，俱要送在他手中！"

　　薄情听了，只吓得吐舌了半晌，不胜埋怨道："既是这个人，你当日便不该应承董敬泉了。"巫义道："说便是这等说，只要慢慢商量出个好算计来。"薄情道："我如今被你吓得手软，见了他就有些害怕起来，怎有得好算计？"巫义道："我倒想了一条好计在此。"薄情道："你有甚好计，可说我听。"巫义道："我两个好的是酒，原要在酒中生发。你我与他原是同衙门兄弟，不可将他作犯人看待使他疑心。这两日虽不曾将他怠慢，如今更要将他待好，到处买酒请他，才好下手。"

　　薄情听了，不觉失声忍笑道："哥，你这算计便就差了。他是犯人，不来请我，倒叫我去请他，这是什么话？"巫义道："你怎晓得，我的妙计在后。此去有条僻路，是我当日走过的，只离得二百余里。有一座龙尾山，过了山去便是大营堡。我今只到了岭上，如此如此、恁般恁般。他是人有事想救的人，只撺哄他落了圈套，揭了证见回去，岂不是好？"薄情听了，连叫："好计！"

　　遂一路与孙本没话也寻些话头，没笑也添些笑脸，你哥我弟。走到饥渴，便买酒同吃。孙本要去算钞，二人只不肯要他出。孙本甚不过意,因说道:"我今犯罪,连累二位远行,实是件苦差,心已不安,怎反要二位破钞?"二人同说道:"节级哥休说这话,衙门中哪个不尊重你?只因官府做主判断,人人不平,临行再三嘱托我二人路上好生服侍节级。难道我二人又是别样心肠,肯将你不放在眼内?因见你思念家中,请你吃杯解闷。"

孙本听了,十分欢喜,谢说道:"难得二位好情。我前日初出门时,实有些记念家中;如今只索丢开,且走到了地头,另寻出路。"二人道:"节级哥原是军伍中人,此去必有好处。若得了官回来,我二人还要节级哥看顾三分。"自此说话投机,到处吃酒。三人一递一日还钞,十分快意。

一日,行到一座山前,二人说道:"要过这条岭去,若没酒力怎么走得?"遂在山下寻下酒家入去,三人吃了半晌出门。薄情一手拿着公文包裹,故意装出醉汉模样,一个身子东晃西侧,戏颠颠在前先走去。巫义见了,笑对孙本说道:"他从来倚酒三分醉。在家还怕有人说,有些忌惮。今在没人处,一发难看了。"孙本道:"原来他有这件毛病。我说适来吃不多,便恁地作耍。"

二人遂走上岭来。只见薄情在岭边,低着头,弯着腰,看着岭下。见二人走近,便不胜跌脚搥胸,放声大哭起来。孙本见了,不知是何缘由,忙问道:"薄牌头,好好的有什么伤心,却怎地价哭?"薄情哭着说道:"总是这杯酒误了我一生!方才只为乘些酒兴过这岭去,走得气急,酒涌上来,勉强挣扎。不期一个脚挫,跌了一跤,险不跌下岭去,连忙爬起。谁知手松处,竟将包裹滚落深岩。失了别的物件不值甚的,只这包裹内,却是开封这角印信文凭。将你解到幽州交割,要讨回凭。若失落了,是我性命相关。欲要下去拾取,却见山峰陡峭,没处攀援。不得计较它上来,不由人不苦楚!"

孙本与巫义听了,忙探头一看,果见这包裹滚侧在山岩下。巫义假作慌张着急道:"若取它不上来,不但你死,我也活不成。这怎么处?"说罢忙将手中哨棍拨挑。薄情止哭,一手来夺道:"你这人,想也醉昏了,怎不相情度理?往下去有七八丈深,这哨棍不满六尺,如何拨得上来?"

巫义想了一想道:"我有个主意。我们包裹上俱有麻绳,连孙节级的,共是三条。总取来接长,将你缚了腰间,我同节级在上面绾住绳头,将你坠下去,取了包裹,扯你上来,岂不是好?"薄情忙摇手道:"这个使不得!我是胆小的人,如今看着下面还是心虚、脚软,怎么下去得?倒不如我同孙节级在上面,你下去吧。"巫义发急道:"你失落了文凭,怎倒叫我下去?明日官府追究问罪,你也叫他免了吧?"薄情听了,便满眼含泪,跪在地下哀求,巫义只是摇头不肯。

孙本往下又看了一看,遂扶他起来道:"失了文凭,不但是你二人干系,连我明日见官也不稳便。这岭下我看去只五六丈高下,身上若没枷锁,我还上下蹿跳得来去。"二人听了,不胜欢喜道:"你果是热肠人,不枉叫是小虬髯。若肯下去取了上来,下岭请你吃一醉。"

说罢,巫义便来开锁,薄情也来除枷。孙本走出一步,便要踊身下跳,二人连忙拦住道:"不是耍处。还是将绳拴缚了腰间,我们才得扯拽上来。"孙本道:"若缚了腰间,怎由得我上下蹿跳?"二人只是不肯。孙本见了道:"你们敢是怕我下去走脱么?"二人忙赔笑道:"节级哥,这是没奈何,是我二人的干系。等取了上来,赔告不是。"孙本笑了一笑道:"既是恁地,只缚紧些。"

二人便千欢万喜,将绳扣紧了孙本腰间,在背后打了一个大疙瘩,同走向一株斜长出的树下来。扯紧了绳头,将孙本在一块滑溜石上慢慢坠落。孙本只得借了上坠的势力,用手扶着峭壁悬崖,缓缓下去。二人满心欢喜,薄情将绳缓放,巫义便带着绳头爬上树去,将绳头穿过树叉,爬了下来。薄情便就放手,忙来帮着巫义扯了绳头,一齐用力往下一扯。这孙本正坠到中间,看着下面道:"若没人在上面绾绳,岂不纵身下去?"

正说不完，忽一声响亮，说时迟那时快，腰间着力手足悬空，离了山崖丈余。竟将孙本胸口朝下、脊背向天，一似鸟雀般，渐渐飞追，将他吊在空中。孙本一时身体悬空，四肢无力，看着下面狼牙巨石，直吓得魂胆皆消。手脚略动一动，便腾空旋转，直旋转得头晕眼花。方知被二人暗算，大叫一声："孙本死也！"这一声，只震得两岸山谷俱有应声。

薄情、巫义不胜快活，将孙本扯拽到打得着的所在，将绳缚在树根。各执哨棍，对孙本说道："你今死去，却不要错怪我们二人，是董敬泉嘱托。一路不敢下手，只得用这般绳吊的法儿，将你悬空打死，揭取证信。若去做鬼时，有甚冤枉，降灾降祸须去寻他。我二人只得几两银子是实。"说罢各举哨棍，照着孙本脑袋上劈来。

不期一人突抢近前，大喝道："怪撮鸟，怎敢赚哄讨命！"说罢往二人身上砍来。薄情、巫义忽见这个毊赖人砍来，急回身将哨棍抵搪。早被这人大吼一声，刀起处砍倒薄情在地扎挣。巫义心慌，急待奔逃，怎奈两脚摇战。这人又一刀砍来，跌伏在地。

这人将刀插入腰胯，上树去抓了麻绳下树，轻轻的将孙本提了上来。放下着地，喝道："恁汉子兀谁，被鸟公人害命？"此时孙本已吊得浑身酸麻疼痛，惊魂不定，白瞪两眼，一时说不出话来。定了半晌，立起身，解去腰间绳索，道："我孙本已被仇人买嘱押差谋害，万无再生，谁知豪杰来救我。"这人惊问道："这莫便是放殷尚赤犯罪开封的孙节级哥哥么？"

孙本听了，惊道："我便是孙节级，请问豪杰尊姓大名。因何来救我？又在哪里知我名字？"这人见果是孙本，便连声叫好道："慢慢说，两日没顿饱。"即将刀向两人腿肥处连割，乱塞入口中咬嚼。吃了一饱，便一刀一个割下头来，摆在地上道："杀得快活，险不害了节级哥哥！"连声大笑道："黑地救了杨幺哥哥；白日救了孙节级。称心处做得快活，便似鬼一般不出现形，吃恁磨折，也没闷地。洒家便是刮地雷黑疯子马鬣。"

遂将为救王摩救了杨幺事情说出,道:"那夜别了杨幺哥哥回去,不几日漏露,被村牛报了呆鸟官,着千百怪撮鸟塞住门户。马鬣着恼,抡着这两板刀滚地杀出;撮鸟只忙乱跳躲,便要脱去。却挂着老娘在家,被呆鸟腾倒。翻身杀入屋去,要背着走;兀知老良耐不得嘈杂,吓个直挺。便号叫一场,将火掀腾上屋,烧得倒地价红,砍杀出,投奔焦山。白日只是藏伏,即今在岭后草中伏盹。忽听半空吆喝,敢是撮鸟跟尾,跳起暨上岭。见是谋害,便抢板刀砍剁。杨幺哥哥说节级犯事狱底,要见面没处。"

孙本见他这般勇莽,这般好义,不胜欢喜道:"这杨幺与我并不相识,怎晓得我犯罪?他是什么样人?"马鬣道:"兀的便是江湖盖地传遍小阳春道长哥哥。"遂将殷尚赤寄信始末述出,道:"只今到节级家交递。"孙本听了,大喜道:"我也久闻得小阳春的美号。"遂将袁武之言说出:"只不知金头凤又是谁?"马鬣听得,不胜快活道:"兀个金头凤,可知便是王摩。"孙本不胜惊喜,因看了地下一眼道:"你二人虽非我杀,我今百口也难辩白。罢,罢,罢!今生不得复到汴京,须索寻个去向。"马鬣道:"节级不值远飞,同马鬣去奔焦山快活。"

孙本点头,正待举步,忽见一人包巾扎袖,宝剑双悬,后面跟着十数个军汉,各带器械赶上岭来。那人大喝道:"黑汉怎敢在此白昼杀死公差,要往哪里逃奔!"二人突然听了,知是败露,一时心虚,各吃了一惊。孙本急要转身逃奔,却被那人迎住。马鬣大怒,正要砍杀,只见那人连向孙本施礼道:"哥哥休得心慌,兄弟袁武特来相救。不期来迟,亏得这位好汉救免,实有前定。适才戏言,万勿见怪。"孙本忽见是袁武,不胜欢喜,忙招马鬣来道:"切莫动手。这便是我方才说的小袁天罡前知神袁武。"马鬣听了,停着板刀,气愤愤说道:"咬菜根的呆夯鸟也来怪叫!若不节级叫快,黑疯子几板刀可不砍出白血来!"众人听了,一齐大笑。孙本道:"我若不亏马鬣来救,不得与袁武见面。兄弟今日怎得到此相遇？莫说是来救！"

袁武遂将别后结识金头凤王摩、劫银上白云山立寨，细细说了一番道："因记念哥哥，打发郑天佑持书问候，得了消息，大头领王摩即同人在大营堡等候劫救。"遂又将自来相引上山的缘故说出。孙本、马䦆听了大喜，也将事情述说，道："原来金头凤王摩在白云山。"袁武不胜惊喜道："谁知杨幺便是小阳春，救杨幺的黑汉就是马䦆。"遂向马䦆施礼，相请二人上山。这是龙尾岭地煞会天罡，白云裹住星辰宿。只因这一来，有分教：

  才得相逢轻话别，一朝设座忽迎亲。

不知后事如何，且听下回分解。

第二十五回

黑疯子气愤愤怪人轻　许蕙娘铁铮铮守节义

　　话说袁武、孙本、马霳各自说明，不胜快活，齐上白云山来。袁武即使人抄小路飞报王摩。三人一路说说笑笑，到入寨来，郑天佑、殳动忙出来迎接，到厅相见。郑天佑、殳动与孙本细叙想慕之意，马霳只两眼瞅着。

　　正未叙完，小校来报："大头领入寨。"袁武、郑天佑、殳动出厅迎入，便指说道："这位是孙哥哥。"王摩满面是笑，上前相见道："节级好名，不得会面。若不犯事救来，怎得到此！只今便做个寨主，山上有光。"遂来纳孙本上坐。孙本忙谦说道："念孙本下吏，蒙列位见爱，受惠实多。不幸屈陷到此，已是无家可归，若蒙不弃，效力足矣，焉敢僭坐！"郑天佑、殳动也来尊孙本坐首位。马霳见了，急得暴跳，大声发话道："孙本便有好名，洒家便没好名！恁地鸟瞎躲着没光彩，还到焦山去！"说罢，提着板刀，抢出外去。

　　孙本见马霳性急怪人，忙弃了众人，一径来赶。王摩、郑天佑、殳动忽见这黑汉出言粗恶犯人，遂一齐恼怒道："这黑厮是孙节级怎么人，敢来冲犯？莫恃他凶形，便小觑俺们。只索赶上，拼个高低！"

遂一齐要赶，袁武忙拦定道："孙本若不是他相救，险些丧命。他与王头领暗地相识，一团义气，受了亏苦，正要报他好情分。因见你三人只与孙本交谈，他是粗直性暴，不知委曲，只说你三人将他轻慢别去。如今快去接他上山拜结。"

王摩听不明白，不胜焦躁道："王摩在哪里同他暗识？为王摩受恁亏苦？休得乱说！若有恁般，情愿让他首位。"袁武遂将马疆并杨幺始末说出，道："原来这杨幺便是当今传说的小阳春。"三人听得，大惊大喜道："向来没处访寻救杨幺的人，今又救了孙本，实是万千情义。快留入寨结弟兄，险不错怪了他！"遂一齐来赶。

此时马疆早已气哄哄奔下山岗，孙本在后赶着，拦腰拖住道："我孙本九死一生，得亏救来，正要结为生死弟兄，怎倒要分开别去，恁般轻易怪人？"马疆道："兀谁怪节级？只他大剌剌不当人，马疆怎热脸投冷脸觑他！"孙本笑道："这是你性急错疑，初来乍会，少不得分亲疏叙过寒暄。叙及缘由，自然敬尊。"马疆道："恁个亲疏？"孙本道："我与袁武久结，袁武在他们面前称久。今日见面，自然先向我叙话。你与他们从不提起你的义气好处，我与袁武尚不曾说出，他们如何晓得？岂不是你错怪了人！"

马疆听了，便不言语。孙本道："你今明白了，可同我上山去。"马疆道："黑疯子实不知道理，错怪他冷脸。只今怎地将笑脸去见他。"孙本见四人一齐下山，便说道："他们四个弟兄，来迎接你了。"马疆道："他怎转肠接马疆的？是接节级。"孙本道："这是袁武将你好处说出，特来赔话，请你上山。"马疆道："节级兀是代替撒谎。"四人早已走到，各笑嘻嘻向马疆赔话道："若不是袁哥哥说出，恁好情义，俺弟兄们做梦也不晓得。快请上山，共聚大义！"

马疆见是果然，一时快活，同入厅堂。王摩便逊马疆道："俺们自到山来，还没个大头领，至今空看着首位。前日闻得杨幺毁碎俺形图，实有好侠气，俺弟兄们虽不曾见他，却想要他来做寨主，已使人去寻访，今日才知他便是有名的楚地小阳春。又访不出为王摩救杨幺去的豪杰来，十分纳闷，十分想念。今又救了孙节级哥哥，便与杨幺一般的人，即今请坐第一把交椅，休得推却。"

马靁听得心窝里没是处，道："王摩哥哥休恁磨折。"遂将射妖孱、救娘事说出，道："煞是在心，只今情愿结个弟兄。黑疯子有粗没文，蠢性怪鸟般直，休说做寨主，没得笑破。可知江湖上恁嘈，不是杨幺哥哥，便是王摩哥哥做寨主。"王摩道："俺今正要问杨幺的面貌可与俺厮像。你是必见来，可果厮像么？"马靁道："那夜杨幺被伙村牛欺负，马靁赶救别去，在黑地没曾看认。"

袁武上前说道："马靁说话，果是不差。还是王摩权做寨主，休得再逊。即今黄道吉日，我等六人可祭告天地，聚结弟兄。"遂吩咐宰杀牛马，堂中结彩铺张，不一时齐备，六人共拜天地，结同生死。这是白云山六雄小结义。结义完，便大开筵席，东首是王摩、孙本、郑天佑三席；西首是袁武、马靁、攴动三席。六人坐定，一时间山寨中吹动乐器，酒到肴来，十分丰盛。怎见得？但见：

笙簧迭奏，水陆具陈。笙簧迭奏，虽按宫商，吹出百般新调；水陆具陈，少见珍馐，搬来一陈腥膻。野的是獐、麂、鹿、兔，半熟半生；家的是犬、马、牛、羊，带毛带血。手指作箸，大块撕来咬嚼；沙碗当杯，一气吃干咽喁。谈论的，不过是除奸杀佞；讲究的，无非是理枉申冤。这边叫弟猜拳，那里呼兄豁指。天上称为星煞，人间指说魔君。直吃得东倒西歪，那时方才告止。

众人豪饮间，马靁将焦山五个弟兄说来。众人听了大喜，道："若得这几个弟兄合在一处，才得遂心。"直吃到半夜，各自安歇。

到了次日，齐问孙本犯罪缘故，并家内事情。孙本细细说述道："家中只有蕙娘母子，并没下人，如今只索休想。"众人听了，十分恼恨道："日后必与哥哥报仇，杀这两人。大嫂母子在家清苦，如今使人悄悄去接她母子上山，与哥哥同在一处，免得挂念。"孙本听了，感激道："蒙列位念及孙本妻儿，不胜知感。但孙本向来遭逢不遇，因循吏卒，实非本愿。今幸脱死，又蒙结义，名虽不正，若能秉义行仁，亦不失本来面目，做番事业。今在未定之时，岂为妻室分心？若有机缘，再生较算。"

袁武听了大喜，道："孙哥哥言语，人不可及。"当不得王摩、郑天佑、殳动再三相劝，要接蕙娘母子上山。袁武道："孙哥哥莫拂了众弟兄情分。依我主意，且捎个平安书信，备些金银与大嫂母子过活。日后算计接来，未为不可。"孙本应允，便写了一纸家书。王摩将金银并书打发郑天佑，临行又嘱兼访杨幺。郑天佑领命而去。

如今将孙本家中的事，慢慢说来。这董敬泉，当日同夏不求商议，托了薄情、巫义沿路谋死孙本。见孙本去后，董敬泉便要急娶许蕙娘来家。夏不求阻说道："孙本出门不久，还没信来，这块羊肉少不得是员外口中食，且冷些时计较。"董敬泉只得忍住。

又过了多日，却忍不住，一时烦躁起来。夏不求只说且缓，董敬泉便作怒道："你好自在性儿！全不知俺欲动烧着心儿里痒痒的，盼望不得早来，怎说这宽脾没力话，可不闷人！"夏不求见他发恼，只得暗自筹算了半晌，遂笑嘻嘻说道："要娶蕙娘，除非如此恁般。"董敬泉听了，方才大喜，即一面先着人到府前去；一面叫夏不求行事。

过了一日，夏不求便走到孙本这条街上来。夏不求比往日大不相同，十分体面：身上穿件皂色细绢直裰，里面露出一件玫瑰紫的夹袄；脚下腿绷护膝，油墩布窄筒袜，套着一双弹子头青绸鞋儿；头上新梳头，戴着一顶西绒时样栗色平顶小帽儿，刷抹得精光如洗。这一套衣服，俱是董敬泉做与他同织锦成亲的。他一向躲在家中，如今算害了孙本，正要出来做人，今日走到这条街上来，有个夸荣耀里的意思。便大摇大摆,一身轻骨头没得四两重,见了熟人,便拱手过去。街坊人忽见他这个模样,尽皆指指搠搠的骂他。

夏不求走到孙家门首一看,只见双门紧闭,石上苔青,非复旧时模样。夏不求看了半响,没处通信。因看着对门是个卖点食的铺面,他一向抱了小哥在他家买的,遂走上阶头,叫声:"宋阿公,一向生意好么,可还认得我了?"

那老儿正低着头数串钱钞,忽听见有人叫他,忙抬头一认,道:"你是害孙家的黑儿,我怎么不认得?"夏不求道:"阿公休恁般说!他自己犯拙了事,相公做主,我也一时悔不过来。只不知他家许蕙娘母子近日怎的过活。我方才在府前走过,闻了一信,欲要进去说知,也恐似阿公恁般说我,只好在此等他家奶奶出来,说知便了。"

那老儿见他言语不逊,便气愤愤正要发作他一场,却听见说出有什么信,只得忍住道:"你的旧主母同着小哥在家十分清苦,终日变卖物件,先前还可支持,如今只针黹度日。若有事情,只叫小哥开门叫我。自从你旧主人去后,只除我出入,再没别人;故此,两扇门一日只闭到晚。他家奶妈,久已打发去了。你听了什么信,可对我说,我等小哥出来,传进去吧。"

夏不求道:"论理报喜不报忧,只恁般关门闭户,外面便有天大的事,他家怎么晓得?如今只得说下:我方才奉了新家主的使命,打从府前经过,因听见有人说,孙本半路受了感冒风寒,扎挣不来,竟已病死。我因人死冤消,故此报个信儿,使她家做些好事也好。"

那老儿听了吃惊道:"这信可真么?"夏不求道:"终不成我来报死信,图他什么?"那老儿见说是真,边叫:"可怜!可怜!怎天公也没道理,害人的不死,偏死好人!"夏不求便冷笑了一笑,依旧摇摆走去。

这宋阿公见他去远,遂等不得小哥开门,即走过来,用手在门上敲了几声。小哥开出门来,宋阿公走入,将门掩上,同着小哥走入堂中,对他说道:"你去对母亲说,我宋老汉非呼唤不敢登堂,因闻了你父亲的信，特地走来。"

小哥听了，连忙走进去对母亲说知。许蕙娘忽听见丈夫有信，不胜欢喜，忙走出立在屏后，先谢了宋阿公早晚看觑的话。"小儿传阿公言语进来，说夫君有信，只不知在何处得来？敢求赐览。"

宋阿公便作惨容，叹息道："孙节级在日，为友侠义，出入衙门，不知在手中行了多多少少方便的事。谁知到他自己，反被人害，始信'皇天不佑善人'！老汉今日之来，实是闻得孙节级病死途中，不得不来报知。"

许蕙娘忽听见丈夫病死途中，便失声大哭起来，道："谁信当时成永别，今朝母子倚谁人！"便高哭一回，低哭一回，又恨骂"黑儿天杀的"一回，直哭得许蕙娘心伤泪出俱成血，肠断思君不见君。那小哥忽见母亲痛哭，忙来扯着衣袖，也是哭泣。一时母子哭做一堆，宋阿公也只拭泪。许蕙娘哭了多时，忽停了哭，携着小哥走出一步，问道："夫君不幸，未亡人欲死不能。但凶信无凭，亦不敢骤然挂白。请问阿公：'此信得于道路，还是出之谁口？'"

宋阿公遂将黑儿得之府前道路，细细述出。许蕙娘听了，想了一想，便放下愁颜道："这恶奴与我家为难，一死以快其心，焉肯走来报信？吾疑此信是假，使我母子惊惶欲死，不知将来又作何状，这且不消虑他。如今只得要烦阿公出去，细细为我母子访一确信来，若果道路同言，便无疑了。"

宋阿公应允，即便辞出，去到府前细细打听，直打听到晚，来回复许蕙娘道："老汉去访问了一日，众口皆同：'孙节级不在世上久了。'"许蕙娘又哭了一场，因对宋阿公说道："凶信已的。明日必要料理招魂设座，家中欠缺，只得收拾衣资，烦阿公去典贷得几贯钱钞使用。"宋阿公应允自回。

许蕙娘母子只悲苦了一夜。次早起来，即收拾了几件首饰衣服，央宋阿公去当了钱钞；又央请了两位老僧人来。宋阿公打发婆子过来灶下料理，许蕙娘母子一时挂白。两个僧人在堂中诵经超荐；超荐完，便领着小哥出门，拿出旌幡，穿走了几条街巷，将孙本的阴魂招引来家。此时已是点灯时候，在堂中左首设下一张小桌，写了一纸牌位，摆上祭礼。诸色停当，许蕙娘领着小哥出堂，到灵前拜伏在地，擗踊呼号。两个僧人，齐摇铃杵，念着许多超生极乐世界。

正然念得热闹，哭得哀惨，忽听得门外一片鸾笙象管，爆竹流星，灯笼火把直照入堂中，吹打进来。许蕙娘见了，吃了一惊，正不知为甚缘故，连忙收泪，立起身来，携了小哥，向外说道："我是寡妇人家，正在悲苦，想是列位错认了门户，误到我家，快着出去！"

这些人走入堂来只叫"不错，不错"。却走出一个披红的，歪戴着一顶矮巾，簪了几技花朵，是个待诏。朝着许蕙娘低首躬身，念出许多迎请新人的诗赋句来。许蕙娘还认作是他错认，极力分辩，当不得吹鼓手吹吹打打，一句也没人听见。霎时众人挤满了一堂，钻出两个媒婆来，向着许蕙娘，笑嘻嘻的走近身来。

这许蕙娘见光景诧异，便抱了小哥，撤身往后躲入。才跨入房门，早是两个媒婆也挤了进来。许蕙娘放下小哥，便变下脸来道："你与人家做媒，怎不问个明白？却引人混到我寡妇人家！今又闯进房，是何道理？"

那两媒婆忙笑嘻嘻说道："娘子是聪明人，难道不能鉴貌辨色？我们岂是无故入人家之理！今我二人，奉着一个家私千万，目今助了官家一项输纳金人饷银，钦赐冠带；城中大小官员，无不往来；广陵盐灶有千百余处，伙计整百；一应钱财，堆积如山。今年二十五岁整，只少个当家美貌有才的娘子；他今住城中蟹壳巷，东京驰名的财主员外，姓董，名索，大号敬泉。不知他在哪里看见了娘子花容，又不知在哪里打听得娘子性慧贤淑，善能治家，便眠思梦想，要娶娘子。一向有孙官人在，不便就娶；今打听得孙官人已故，晓得娘子青春，再没有守他的道理。故此今夜乘着热丧，又是吉日良时，着我二人带了乐从，一应起火花爆，俱是他相与的官员送贺他的。员外说：'娘子一身，便送了聘礼来，也是随身带去；进门便是财主娘子，故此不用虚文。'只求娘子早登花轿，莫使员外在家等久。"

许蕙娘听了，直气恼得眉挣目竖，向着两媒婆劈脸大啐，骂道："你这两个老泼贱，不要错认了人！许蕙娘是达理有志气的，晓得忠臣不事二君，烈妇何曾二夫！我丈夫只为恶奴、董贼排陷，屈死他乡。恨不即赴九泉相聚，只因孤儿无托，故坚忍偷生，以待长成，手刃此二贼。怎敢倚强，又来逼夺！京城中有这等恶人，若不退出，和你扭到殿廷，官家也不叫民间败节！"说罢，便用手推赶。两个媒婆只不肯出房，将势力来说。许蕙娘只气得没法。

此时众人俱挤到房门外来。听了许蕙娘这般发作，有的暗暗称赞；有的受了董敬泉、夏不求的计，便高声说道："亏你两个做老了媒婆！今夜来是抢抬亲事。可知没脚蟹，谁敢管闲？便就管闲，员外可是怕事的？还不动手，等待何时！"

两个媒婆便要来用强搀扶，许蕙娘一手搪开，口中喝骂，却一眼看入针黹筐中铁剪，即抢在手。说时迟，那时快，只几剪将一窝青丝细发纷纷剪断，复往脸上戳了几窟窿，又向咽喉乱戳。两个媒婆俱吓得大惊失色，一齐没命的用手夺住，许蕙娘一时疼痛昏迷，哭跌在地。这是许蕙娘守节，剪发毁容。

众人见了，尽皆跌足叹息道："好个贞烈妇！如今这个模样，抬去也是枉然。"遂一齐走出堂来。不期这夏不求在路口打听，一时得信，忙赶入来道："只要不伤性命，断发自长，面毁能医。趁她昏迷不省，撮拥入轿，到家调养劝解，自然肯与员外成亲。"众人一齐入去，两个媒婆各将许蕙娘拦腰抱出房来。小哥只是哭跳，众人哪里管他，便一齐用力，直撮拥出堂，推入轿中，关锁轿门。轿人前后起肩,一时鼓乐暄闹,俱退出大门外来。

许蕙娘才回过气来,只在轿中跳哭寻死。正抬出外街头,忽见前面一片声嚷乱。只因这一嚷乱,有分教:

三生石上无缘分,少妇崎岖远奔亲。

不知后事如何,且听下回分解。

第二十六回

杨义士拼命救佳人　前知神设谋合大伙

　　话说轿人正抬着许蕙娘出门，不期前面忽发起喊声。只见火光中有一条勇汉抡着大棍，七上八下、左五右六，喊叫如雷，将一班娶亲人打得落花流水。挡着的脑水迸流，点着的肠随棍出，一霎时灯灭烟消，俱跑得罄尽。这几个轿夫，忽见有人来打夺亲事，先前还指望恃着人多，倚着董员外的势力，强要抬走。见打得厉害，渐渐打近前来，便要顾命。后面两个乖觉，急放下肩，跑入暗地藏匿；前面两个手脚略慢了些，早被这勇汉赶到，只一棍一个，分开八块顶阳骨，跌在地下。

　　许蕙娘在轿中磕头撞脑、跌脚捶胸大哭，乱叫"救人"。那勇汉听得明白，不胜欢喜，大声说道："大嫂不必啼哭，有我杨幺来救也！"说罢向轿门"豁喇"一拳打去，早将两扇杂木金漆小门打得粉碎。去得势猛，险不将许蕙娘打倒。只一手揪着许蕙娘胸襟提出轿来，又一棍将轿打塌，道："才出口恶气！"遂提着许蕙娘走入堂中，悄无一人，只存灵前灯火。杨幺连忙放手。

　　那小哥不见了娘，正在啼哭，今忽得见，赶来只紧紧抱住。杨幺即去关上大门，来与许蕙娘同在灯下。杨幺一看，看着许蕙娘满面伤痕、一头断发，不胜大快道:"这才是孙本的妻子,不枉救她一场!我杨幺虽死无恨!"

此时许蕙娘惊疑未定,忽听了这几句言语,忙将杨幺一看。只见浑身血染,状貌天神,知是昔日与丈夫相与的一位豪杰,今来救她。遂扑地下拜道:"我许蕙娘不幸夫君丧亡,奸恶强夺,已拼一死,不意得遇豪杰挺身相救。异日得抚孤儿,不独生者衔恩,即地下夫君亦当感德。不知豪杰昔日与先夫何处识面,敢求说明。"杨幺听了大喜,因不便用手来扶,只叫:"大嫂请起,待杨幺细说。"许蕙娘遂起身侧立。

杨幺将殷尚赤寄信、来投不遇,细细说道:"今遇赦回,又在路上为事,恐人追寻,只得夜走。今日乘黑入城,闻知孙本起解,因到这条街来。却听得人说来娶大嫂,我心内一时冰冷,便立着不走。忽有人走来称赞大嫂贞烈,剪发毁容,众人恃强背挟上轿,已抬出门。我便欢喜,又不胜恼怒,只举棍横劈,将众人打散,才来得见大嫂。适才鲁莽,怒激使然,休得见罪。孙本被谁告发,为甚便死,今被什么奸恶强娶至此?可说我知。"许蕙娘将始末说出。

杨幺听了,不胜恼恨道:"孙本这死,实死得不明白。日后必为孙本杀此二贼,我心方快!"遂用手向搭膊中取出信来,放在地下道:"这是殷尚赤的书信,内有十两赤金,大嫂请收。"又取出一包来道:"这是杨幺的路费,赠你母子食用。"也放在地下。许蕙娘推辞道:"我母子感恩非小,怎敢受赠?向以针黹自活,今又得金,谅非昔苦。豪杰惠赠,乞留作前途使用。"杨幺道:"金乃贵重,一时不便轻使。我杨幺此去自有,不消虑得。"

许蕙娘只得拜领,因想了一想,急向杨幺说道:"豪杰向虑有人认识,今又为未亡人拔刀,眼见伤人必多。这皇都禁地,恐有疏失;及早抽身,莫致有累。"杨幺忽听见说出利害,连忙点头道:"大嫂见得不差,我杨幺只此就去。"说未完,只听得街上马嘶人骤,四下锣声画角。早有人高叫:"捉拿白云山大盗杨幺!"只不打进门来,恐里面有准备。

原来杨幺在轿前说出姓名，不期夏不求正伏在黑处要看这打闹的汉子是谁，好等明日送官。忽听说出杨幺，却是开封府近日缉拿王摩一起的大盗，便吃了大惊。连忙奔回，报知董敬泉。董敬泉即着人报入府去，府中即点捕役擒获。早有地方来报："凶恶打死多人！"开封府相公大惊，思捕役不能擒获，即一时飞报备卫军政衙门。不一时，合城军士、护卫、禁兵如排山倒海，俱往这条街上杀来。又吩咐居民人等呐喊鸣金，将这条街上围塞得不漏些空隙。

杨幺与许蕙娘听见喊叫，果是来拿，许蕙娘只看着杨幺着急。杨幺笑道："大嫂不必为我心慌，事已临头，惧之非丈夫也！"便将腰间束紧，提着铁棍走至门边，将门"豁喇"大开。急又将门关好，来对许蕙娘说道："我今出去，生无定准，死也无怨。只可恨救你一场没个结果，叫我放心不下！"因定睛了半响道："我今有个主意，谨记我言。"

许蕙娘滴泪道："豪杰吩咐，敢不听从。"杨幺道："日后终被奸人暗算，不能保全；今要带出，又万万不能。我今仗胆勇杀出，众人必以我为重，势必不放。倘或有失被擒之时，众人闻知其心必懈，必推去见官。你母子乘其心懈推去之时，你须急走出门离远，藏匿僻路。等到天明，漏出城去，往南急奔蛾眉岭殷尚赤夫妇。若不依言，董贼一定必来寻你母子，说你窝藏。那时有口难分，死之无益。"许蕙娘听了，忙扑地拜谢。

杨幺道："我今去也！"即开门抢出。抡着铁棍大叫道："杨幺在此！"一时众军用着百般兵器，往杨幺身上砍来。杨幺不慌不忙，将棍抵敌，果是十分怕人。怎见得？但见：

　　黄昏争斗，黑夜交锋。黄昏争斗，对面不分你我；黑夜交锋，抬头难识街衢。马上将军，尽是虎贲卫、羽林卫、金吾卫、貔貅卫、骁骑卫，卫卫刀枪剑戟；步下总管，俱是奇武营、百胜营、无敌营、捷战营、莫敢营，营营鞭铜戈

第二十六回　杨义士拼命救佳人　前知神设谋合大伙　225

矛。前哨长、后哨长，齐挥器械；左都头、右都头，各动干戈。邻右居民，胆大的土房抛瓦；街坊里老，气馁的闭户鸣金。堪笑处，吓得妈妈混敲板壁，声言赶贼；好看来，惊得娃娃乱擎星火，喊捉强人。两下里棍迸刀，迸出光芒万丈；四壁厢刀劈棍，劈去黑气千条。枪刺棍架，棍打鞭搪。果乃是万千人杀一人，端的似蚂蚁蚕食。

这杨幺武艺神授，铁棍神传，只使得神出鬼没，诸般兵器怎到得身上？却被杨幺打伤了无数。众军将见他勇猛异常，急切难擒，遂暗暗传令且战且引，将杨幺引出街来。杨幺杀得性发，力打上前。不期两面人家有人藏伏，一声响亮，绊索齐起，一索跌倒。杨幺正要蹿跳，早被众军挠钩齐搭，杨幺扎挣不得，"轰"的一声，早已棍在一边、人倒一处。被人赶上，一时才绳缠索绑。这是杨幺救许蕙娘，黑夜闹东京。

众军将见捉了杨幺，一时欢声动地，器械弛张。有的跟随押解到开封府去，有的各自散归。只这番闹吵，直惊动了徽、钦二宗；宫妃彩女，俱各慌张，尽疑是金人猝至。差出内臣一递递打探，打探了回奏，方才惊定。城中这些百姓，只除了这条街上，其余俱疑是金人入内，官军迎敌。这一惊慌，更是厉害，便人人思想逃奔出城，俱打叠包裹，携男抱女的等候出城。此时已是五更时分，一应文武官员俱入朝中问安。问安了回来，却见男妇纷纷出城，即传谕各门守军，不许男妇出城。

开封府方回入本衙，即坐在堂上。众人将杨幺并行凶铁棍推至阶下，开封府相公大声喝骂道："好大胆的强徒！现今有文书四处拿缉并剿白云山王摩，怎敢潜匿禁城，杀伤军民，惊动圣躬，犯下弥天大罪？可速招称余党，免受极刑！"

杨幺挺着胸脯道："我一人做事，有甚余党？今被人众，黑夜失足。砍杀由你，只不要装出着这般面貌来吓人，使我杨幺死得不快活！"相公听了大怒，喝手下："重责四十！"众衙役将杨幺拖翻，一气打完。又喝招称余党，杨幺只回"没有"。遂又将诸般刑具一一拷逼，杨幺全不开言。相公想了一想，道："这贼骨头，既打夺许氏行凶，这许氏必知来历。"遂着人速拿许氏。

原来这许蕙娘受了杨幺吩咐，即要逃出。一时想起儿娇母怯未惯登临，不胜哭泣。正在两难，那宋婆在内忙走出道："你母子生死只在顷刻，怎得有工夫哭泣？方才这位豪杰的言语，我已细细听明。但千乡万水，你母子怎么去得？我今想来，我老夫妇当日也常受孙官人好处，我二人又无生育挂牵，愿送你母子到那里去安身。"

许蕙娘听了本喜，连忙拜谢。宋婆遂去闪伏门后，见外面人少时，忙去与宋阿公说知，宋阿公大喜。老夫妇即时过来，引着许蕙娘母子在暗黑处，暂入冷静巷中，走到近城处。守到天明，趁人忙乱，一齐出城。许蕙娘身边取出银两，宋阿公即雇轿马，往南而去。

这差人去了半晌，来回复道："许氏不知去向。小人拿得邻右在此。"众人禀道："小人们昨夜为拿杨幺，只闭门惊恐了一夜，实不知许氏去向。想是她惧罪投河跳井，或者躲避城中。只求相公着人缉获，便有下落。"相公因见众口一词，便点头道："你们且自回家，本府即令人缉获。"众人拜谢走出。

杨幺受刑在地，听见去拿许蕙娘，便自暗暗着惊，不知可曾依我言语，不胜忧虑。今听见说出不知去向，一时畅快，不觉连声大笑。众衙役有的欢喜，有的忙喝。相公作怒问道："你这强徒笑些什么？"杨幺道："我笑我的，问它怎么？"相公含怒了半晌，对众役说道："这强徒视死不畏，宜该即时斩首。只是惊动朝廷，须奏明请行；且将他押入重牢，凶器入库。"吩咐完，退入后去，写就表章，五更奏请。不期秦桧正要在杨幺身上招出劫去银两，遂将表章留中不发，只着开封府严刑追究。

这杨幺下入狱去，却得众役推念孙本，见他为救许蕙娘犯罪，一条侠义，用刑时俱各留情，在狱中又来照管，细说缘由。杨幺不胜感激，遂不受苦。当不得事情重大，日日追究定夺。

只说这郑天佑领了孙本家书、王摩嘱托，不日进了汴京。寻到孙家门首，抬头一看，不觉吃了大惊。只见门逢上贴着一条开封府封皮，旁边又挂着示条，俱有朱点印信，便十分动疑。不敢立看，急低头走过，寻个店中安歇。然后细细访问，才知这些缘故。急出城，连夜上山报知众弟兄。

众弟兄听了，一时尽皆失色。马氲便直跳起来，取了两把板刀，大叫道："黑疯子去救杨幺哥哥！"说罢往外直蹿，袁武忙叫殳动拖回。孙本忙向众弟兄下跪，说道："我孙本死里逃生，不期家中妻子被仇人谋娶，幸得杨幺救免。今虽不知去向，大约存亡未卜，我孙本绝不系心；只这杨幺义气，我孙本只愿与他同死，并不敢偷生。敢求众兄弟放孙本下山，去救杨幺！"王摩连忙挽扶，急得大声说道："孙本休恁地说，俺弟兄没二心。即今点起合寨人众，打进东京，势必救出杨幺！"马氲只急得火杂杂，举起板刀，向着一把交椅，"豁喇"声砍做两截道："兀谁不走，吃怎样子！"

袁武立在旁，哂笑自若，只当不曾听见的一般。马氲直视道："恁个骨突，敢是不走！"袁武笑道："去而无益，不如不去；去若徒死，又不如在此偷生。岂敢轻言便去能救杨幺哉！你们坐下，当为细说慢商。"众人听了，只得坐下。

袁武说道："大凡举事必须审势，行事贵乎有谋。今虽宋室不振，天下未摇，汴京雄固，居民稠密，军马云屯，诚有一呼百诺之势。今我弟兄六人，合点寨中未满五百余人。若大张旗鼓，势必争持，勿论胜负，以我五百人而敌千万人，何异蝼蚁之撼泰山，同归灰烬？此审势之难敌，一也。马氲自负血性，不知艰险而救杨幺，义也；孙本挺身，不虑逆流湍急之患，去救杨幺，情也。义则义矣，情则情矣，独不思杨幺所处之地而筹度之。身陷囹圄缧绁之中，昼夜提防，提铃击柝。以你一人而欲去破重垣，入囹圄，脱缧绁而救杨幺，岂无一人挠阻？何异飞蛾扑焰，驱羊就虎？此审势之难救，二也。虽然，岂视杨幺之不可救而不之救耶？救则当贵乎有谋。我今只须如此如此、这般这般，是合天时以应人事，方不出我之料。"

众弟兄听了，才得大快。袁武一面唤过几个能事小校，到汴京去打听；又着五十名小校，沿路飞递下山。过不数日，消息甚急。袁武遂打发郑天佑下山，临行暗嘱。郑天佑领计，即暗藏利刃，顷刻下山。原来这郑天佑一日夜能行五百余里，人见他行走迅捷，叫他是跟斗云。当日同㕔动劫秦桧银两，俱是他往来打探。故此白云山紧要事情，俱是他往来。

这日郑天佑下山，放开脚步，投淮泗、走广陵，不日到了广陵地面。抬头一望，果见长江水势茫茫，两岸芦苇丛丛，长江中上下却有两座影影高山。因想道："我不晓得两座山，上下相去不远，倒不曾问明马蠫，哪一座是焦山？此处又不便问人，隔着水面无船可渡，急切走不上去，这怎么处？"

此时日已渐低，愈加心急，只得沿江对着两山而走。只见晚霞与江水相映，照耀得水色皆赤，汹汹泛溢。再一走去，却见对面这座山上周围垒叠，四下旌旗插满；又见山下链锁着千百只战船，桅墙十分齐整。郑天佑见了，十分欢喜道："这座必是焦山。你看他据山作寨，恃水设险，前后布置得十分坚固，上下并无舟楫往来，人不敢走。只是我如今怎得过去？"

正沉吟间，不期一阵旋风将一带芦苇直刮得嗖嗖晰晰，霎时间满江中波浪掀天。郑天佑是北方生长的人，从不曾见这般水势波涛；又见渐晚，前后并无人家，心内未免着惊，有些害怕起来。因想道："这般浪大风狂，便有船只也难过去。不如寻个人家宿了，明早设法过去。"遂走在高阜处一望，却见前面有几家茅檐草舍，遂要走来寻歇。因又想道："我袁武哥哥计策刻不能缓，若耽延了这一夜，这怎么处？"

正想得没法，忽见前面芦苇中棹出一只小舟，在水面上一掀一侧，分波逐浪而来。郑天佑见了大喜，道："这只船来得恰好！我多给他银两，叫他渡上焦山，免得一夜煎熬。"便立等着他。只见这船棹得相近，郑天佑正要招呼，忽见这人停桡罢桨，高声唱道：

  自小生来胆气豪，腰间常挂血腥刀。
  只因未遂男儿愿，暂隐江边弄竹篙。

郑天佑听了大喜，忙用手连招。只见这人将船棹到岸边，问道："你这汉子莫不是从汴京来，要上焦山的么？"郑天佑忽听见他道着心事，不胜惊喜，却又不敢一时答应。

只见这人忙走上岸来，笑说道："你瞒得我，却瞒不得我山上活神仙贺云龙。他能知人祸福，善晓术数，如应如响。今早打发弟兄下山去劫刻薄人的财帛，得彩回来。贺云龙迎接众兄弟上山时，他看西北上，自言自语了一番，遂叫我准备小船，要接一个豪杰上山，商量什么大事。临行说道：'去隔江芦苇中守候，大风起时，见人即便招呼汴京来人。'我棹这船在此，从早直等到如今，只不见人，又不见风起，在船中纳闷睡觉。今忽刮起大风，将船颠晃，我便惊醒，急忙棹出船来。你不是汴京来的是谁？快同下船去。"

郑天佑听得，满心惊奇道："这贺云龙果是活神仙了。只这般风大船小，一时不得过去，怎么好？"那人听了，大笑道："我是'分水犀牛'童良，专在浪涛中寻事做的人，怕它什么？"郑天佑听了大喜，遂一齐上船。

童良忙棹入江中，不消片刻，到了山下。二人急走入寨，童良忙叫道："贺哥哥果是神仙，我接得汴京人来也！"厅上弟兄下阶相迎。郑天佑见是五条好汉，遂各厮叫坐定。沃泰问道："今早贺云龙哥哥算定有好汉来商量大事。只不知好汉是何名姓，商量甚事？"郑天佑说出姓名，遂将杨幺犯事、袁武设计、特来求助之意，细细述说。

一时听得沃泰、贺云龙、邰元、柯柄、童良尽皆失色，不胜叫屈，一齐说道："杨幺哥哥被难，可恨我们一些不知！若不是白云山弟兄好义气报知，怎处？如今作急劫救！"邰元忙问道："云龙哥哥术数、道法神奇，可知杨幺哥哥在狱中没事么？"贺云龙笑道："生前种子，机会将萌，只不过浮云障翳，暂掩其光，非此闹动，岂应上天南北之意？袁武计策，实与我合。今夜将山上事情料理一番，五更我五人渡江，急去便了。"

邰元听见杨幺在狱无恙，便满心欢喜，因说道："袁武计策固好，我们只得五个弟兄，合来不过数人。莫若我这里着人去报君山、天雄一班弟兄来同救。"贺云龙道："二处焉能就至，此乃电闪星移，袁武算准，岂可顷刻差误？况且他们亦有相救之日，不必去报知。"邰元方才放心。遂备出酒席，与郑天佑共饮。沃泰等问白云山事业并众弟兄姓名，郑天佑遂将前后事情并姓名说出。

众人听得，大喜道："今日才知金头凤是王摩。"又称羡杨幺、孙本、马霭以及殷尚赤，因说道："我们一向要马霭来结弟兄，谁知今在白云山。"饮至夜半，贺云龙料理了一番，遂渡江而来。只因这一来，有分教：

从前错处今分辨，以后心坚共死生。

不知可能救出杨幺，且听下回分解。

第二十七回

不约同大闹开封府　义气合齐上白云山

话说贺云龙到五更时候，即点选壮健魁伟小校，各扮商贾杂色人等，暗藏利器，跟随下山。郜元见只点得九十四人，不满百数，因问道："袁武只要我们弟兄五人临时劫救，今带小校又不满百，这是什么缘故？"沃泰、郑天佑、柯柄、童良也一齐相问。贺云龙只得说道："袁武用世法中之运筹，云龙施世法外之道术。世法中之运筹，恐嫌杀戮过伤；施世法外之道术，只不过形肖当时、骇传后世，我临时自有妙用。"众人听得惊惊疑疑，便不再问，遂一齐渡江，俱往汴京奔走。

且说白云山袁武打发了郑天佑去后，汴京消息时刻报来。忽一日，小校来报道："秦桧嘱托开封府，要杨幺招出泼皮埪劫去银两。遍体受伤；见杨幺不招，不日奉圣旨下典刑。"王摩、马霾、殳动得信，尽皆惊骇道："袁武哥哥只叫慢行，如今焦山尚没信息，这怎么处？"袁武答道："罡气曜宿已临角亢之间，早去何益？明日酉刻下山。"王摩等方自欢喜。

到次日准备，依时下山，紧走夜日。这日巳牌时分，到了汴京城外。只见有个探事的奔出城来，袁武忙用手招呼到僻处。小校道：

"今早旨意下来，着开封府午时三刻监斩，杨幺不久就绑出狱。"袁武听明，即同四人入城。孙本忙将毡笠抹下，一齐到了府前。早见两旁执事操刀已在那里，伺候相公出堂。五人不便立等，便闪入小巷中来。早见郑天佑同着五人立在一旁，各自心照，前后散走。

等不半晌，开封府坐出堂来，遂吩咐衙役道："本府今日奉旨监斩大盗杨幺。非比他犯，恐有余党混杂，为害不小。凡事需要谨慎：赶逐闲人，法场处着五百军兵在那里伺候，并传各门守军小心看守。"吩咐完，然后着人到狱中取出杨幺来。

此时袁武五人散立在门外，见开封府正在那里吩咐人，不留心时，袁武忙向孙本看了一眼，孙本会意。他是熟路，便低头向旁边挤了进去，却见马靈跟在后面。孙本忙向廊后穿出空处，伏在厅堂左侧一垛矮墙下，是人不到之处，做两处潜立，却探头看得见堂上阶下。这些衙役只看着门外，又见堂上堂下俱是本衙门人守护，故此俱各放心。

只见衙门大开，前后几个禁卒牵着铁索，走出赤膊背绑露着大肚光脚的杨幺来，推到阶前。杨幺立着不动，书吏忙将犯由牌呈上，开封府相公判了"斩"字，插入杨幺脊背。相公说道："本府今日奉旨监斩大盗杨幺。今已正午，可牵到法场处，斩首示众。"说罢，立起身来。众人摆列执事，相公就在堂上坐轿，操刀鬼各执钢刀来押杨幺。孙本看那相公已不是前面那个，见推走杨幺，忙将外衣卸下，除去毡笠，抽出短刀。忽见马靈早已跳上矮墙，爬上屋檐，往下一跳，直窜入人丛中，抡起板刀就地砍去。孙本急纵身抢到杨幺身边，手起处将左右操刀鬼砍翻。杨幺忽见两个不识面的人来救他，不胜惊喜，急迸断绳索，在地拾刀。孙本大叫留情，不可过伤众役。众役忽见人来劫夺杨幺，俱擎着竹篦打来，这些捕役忙挺刀来敌住三人。一时阶前喊杀连天。

众役中有的见是孙本，急忙退后。袁武、王摩、郑天佑、爻动、沃泰、邰元、柯柄、童良俱在门外，忽听见里面闹起，各出短刀，一齐杀人。此时，役吏捕卒正招架不住，忽见门外又赶进十数个强人，知有接应，便各慌张弃刀逃躲。逃躲不及的，被这十条好汉只排头剁砍。袁武忙叫急退，孙本在前相引。杨幺见有郜元在内，不胜欢喜。郜元忙脱外衣，杨幺接来穿上。大家杀出门来，一路急走。一时城内军兵得了消息，俱来擒杀。

众好汉各奋勇力敌，急忙夺不出路来。忽小巷中冲出两人两骑，穿的俱是唐猊铠甲，全副锦绣雕鞍。一个使着梨花点钢枪，一个舞着双股剑，在前冲杀夺路。众弟兄见了，忙跟他杀到城门来。守军已将城门紧闭，城上守军一时弓弩齐发，后面追兵杀来。袁武忙叫一面夺门，一面迎敌。

正说未完，只见一人道冠素服，手仗宝剑，在僻巷中带着多人冲杀出来。那人一手仗剑，一手向着城阙一连三放，忽半空中"豁喇喇"爆出三声响雷，直震得地动天翻，两岸房屋欲倒，只吓得众军兵皆抱头掩耳一齐伏倒。雷定后，起身要来追赶，再一看时，只见百余个强人头脑后，又生一个大头脑，相貌十分凶恶，便又吓得魂胆俱消，疑是天神，一齐不敢追杀。早从这三声响雷，已将城门震开，众弟兄只一路杀出。

这是贺云龙昔年在庐山拜事真人，真人传授他五雷正法，驱遣神将。他今日用雷震走出，又遣了天罡地煞各现当日原形，俱附在人脑后，别人看见，自己不觉。这些军兵内有年老的，当初幼年曾跟高俅、童贯征过梁山，却认得这些面貌，俱说宋江等人转世，遂不敢来追。

贺云龙见众弟兄俱出了城，即暗暗遣去诸神。众弟兄恐有人来追，只看着前面两骑马跟来。霎时跟过了五十余里，早见前面一带松林。两骑马一齐勒住，双双跳下雕鞍，站立道旁，远远高叫道："杨道长哥哥！兄弟夫妇在此。"杨幺见这二人叫他，急忙赶近一看，却见是殷尚赤与屠俏，不胜惊喜，道："你们夫妇怎得到此？"

殷尚赤、屠俏同说道："我夫妻因得信甚迟，只连夜飞马赶来劫救哥哥。正恐没人助力，不期哥哥结得这几位好弟兄，齐心用力救出哥哥，真是万千之喜。只不知这几位好弟兄是谁？"杨幺道："城中只顾救人，城外只顾奔走，这几位好汉，我杨幺实是不曾与他相识过。内中只有个邰元，是我认得的，想是邰元约来救我。"正未说完，众人俱各走到。王摩忙将杨幺一看，暗暗惊喜。

杨幺与殷尚赤说话，殷尚赤一眼看着众人内，不觉吃了大惊大骇，便大叫道："内中可是孙本哥哥？闻知为了兄弟，带累哥哥屈狱途中得病身亡。兄弟恨不得杀戮仇奸，沥血致祭，一腔冤恨，横积几死。因知杨幺哥哥受难紧急，只得忘死又来死救，怎今日在此得见哥哥，莫非是梦？"说罢大哭起来，屠俏亦是掩面流泪。孙本听了大喜，忙上前说道："我孙本得救，死信是假。"

殷尚赤听了，连忙止哭，扯了屠俏，朝着孙本推金山倒玉柱插烛也似的拜。孙本忙还礼，扶了夫妻起来。杨幺见是孙本，不胜暗暗欢喜。殷尚赤忙问孙本道："哥哥递解幽州，凶信是假，却怎得来此救杨幺哥哥？"孙本遂将当日被押差谋害，亏得马鏖救免；又得袁武引上白云山结义，寄信回家，忽报仇人强娶，亏杨幺哥哥力救。受此大难，急要挺身独救，蒙白云山头领相约焦山头领，方得救出。因说道："蕙娘母子已无下落，兄弟怎知我的凶信？"

殷尚赤、屠俏听得大喜，道："哥哥不消忧虑，蕙娘大嫂同小哥俱在兄弟寨中。"遂将杨幺指引，宋老夫妇相送到山，细细说述。孙本大喜，忙向杨幺拜谢。杨幺扶起，遂将寄信、蕙娘贞烈，细述一遍。因急问道："方才说亏马鏖相救，可就是刮地雷黑疯子马鏖么？"

马鏖听了哈哈大笑道："杨幺哥哥，兀的不是？那夜乌黑散开，叫兄弟奔焦山，遂将老娘吓杀，逃奔救孙本上白云山，马鏖没晓夜想哥哥。耳朵魆地遭屈，便提板刀砍入东京，不留半个撮鸟。被合伙只慢腾腾，今才见面，又喝乱跳到这块，杀得撮鸟不爽快，兀自乌闷坏！"

杨幺听了，不胜流泪，跌足道："为救杨幺，使你老母身亡！"众人忙劝止。杨幺因问道:"你我相遇俱在黑夜,只记了兄弟的名姓,今日才得认明,却是快畅。我那夜闹东京被擒,决不待留。却得毁王摩图形,被人指同伙,秦桧要我招称银两,以致稽迟到今。兄弟在白云山,白云山头领是谁?"马䯄笑道:"兀是哥哥说黑赶,吃酒碎图,要结怎个金头凤,又叫金凤虎王摩。"杨幺听得大快,忙问道:"哪一位是王头领?"马䯄便指道:"背地怪想,见面又恁缩躲,敢是没鸟婆娘害羞?"众人听了,一齐大笑。

杨幺忙将王摩一看,果与画上一般,不胜快活。王摩忙来携了杨幺的手,道:"兄弟听得哥哥背地里要结识王摩,使王摩在魂梦中要结识哥哥,今日却得遂愿。向来听见哥哥面貌与王摩一般,如今见面要看明白。"忙对众人说道:"众兄弟来看俺二人,可是一般?"众人看得,十分惊奇道:"果是天生一对!便是同胞双养也没这般厮像。"

杨幺听了,大喜道:"我杨幺在画图中见了王摩尚且喜欢,今日亲见王摩,怎不叫杨幺欢喜!"因问孙本、殷尚赤道:"关中金头凤今已相逢,若再得访着了小天罡前知神袁武,我杨幺心愿遂足。"孙本笑道:"远不千里,近只目前。这不是我结义的兄弟袁武?"

袁武忙来与杨幺相见,说道:"我当日曾与孙哥哥说,阳春、金凤若访得一人,便可有为。从今会合,何患无成?"杨幺大喜。邰元遂将当日亏常况手书、上焦山事情说了一番。杨幺也述出常况为事,不知可曾脱身。遂与沃泰、贺云龙、柯柄、童良相见。众弟兄各述想慕之情,又向马䯄说了一番久请上山愿结之意。这是劫杨幺,万松林众英雄初识面。

一时众弟兄俱说到情深。袁武忙说道:"龙归沧海,虎入深山,各有所利耳。不可在此久停,可上白云山聚义。"众人见说得有理,便一齐起身,殷尚赤忙牵马请杨幺乘坐。杨幺道:"众弟兄为杨幺出死力,虽受刑伤,也还走得,岂敢乘坐!"遂叫屠俏上马。殷尚赤遂将空马的丝缰递与屠俏。屠俏上马,绾着并走;殷尚赤又将手中枪递去。杨幺有触,不胜跌脚叹息,众弟兄忙问缘故。杨幺道:"只因方才只顾出路,却忘记了一杆铁棍,不曾打入库取,甚是可惜!"王摩道:"这值什么,到山上有的是铁棍,哥哥拣取便是。"杨幺只得点头,遂同众兄弟而走。

　　走到次日下午,方到白云山下,一众小校远远迎接上山。一时宰杀牛马,共拜天地。杨幺遂拜谢袁武、王摩、马鼍、郑关佑、攴劻、孙本,又拜谢贺云龙、沃泰、邰元、柯柄、童良、殷尚赤、屠俏。各个交拜谢完,然后大排酒席。贺云龙同众弟兄来尊杨幺上坐,杨幺推辞道:"我杨幺若不亏列位弟兄相救,怎有今日?若得末座,已为万幸。"贺云龙五人齐说道:"哥哥好名,谁不尊敬!正要挈带我等弟兄做番事业。若在焦山,便拜哥哥做寨主。"袁武众弟兄便来纳杨幺上坐,杨幺只是推辞。

　　马鼍着急道:"别的好,还没入耳;打贺省顶常况、碎图形救蕙娘,怎好榜样,兀谁赶上?若没好名,众弟兄谁肯舍命来救?只今上坐吃酒,也没得怎般鸟乱!"杨幺见他发话,只得坐了首位。客位挨次就是沃泰、邰元、柯柄、童良;主位挨次是王摩、袁武、孙本、马鼍、郑天佑、攴劻;下二席是殷尚赤、屠俏共一席;贺云龙是素一席。共是十三席酒。大家坐定,一时阶前齐奏乐,席上列珍馐,一十四位英雄欢然畅饮。

　　饮了半晌,杨幺因说道:"我今回想昨日事来,已落人手,便要腾挪,只不过系戮百人,作杨幺殉葬,终久蹿跳不出,徒使后人笑我畏死。故此听他处分,万无生理,不料众弟兄同心力救杀出。若比较来,实不亚当时梁山好汉劫救宋江。今众兄弟却不在法场劫我,就在府堂闹起,使人不能预备。不知众弟兄是成算,还是偶为?"袁武道:"哥哥想到此处,实是细心。我袁武也只为前人做过的事,必慎于彼而疏于此,故行此舍远就近的计策来,实是哥哥的福量使然。"

　　杨幺听了,不胜称袁武深谋。因又说道:"仓皇寻路,却又得殷尚赤夫妇生力，荡开围裹。但奔到城边，前无去路，后有追赶，已为穷寇，势必死力攻门夺走，未免彼此有损，却得半空霹雳震开门阙，使人不敢来追，得能安归无恙。只不知可是老天要留下杨幺与宋室为难，故为此霹雳放走？尔等众兄弟可为我杨幺细细参详。"

贺云龙只得说道："天若无意，人岂胜谋？因见袁武计策，虽尽人谋，兄弟恐嫌过分，偶施道法惊人，救出哥哥。"遂说出放雷缘故，只不说现形的事。杨幺一时听见二人计高术妙，满心欢喜，以为得人。袁武与贺云龙彼此赞说，众弟兄亦满口称扬。

只见王摩忽立起身，向杨幺问道："方才哥哥说出梁山泊好汉劫救宋江。只这宋江，哥哥可学他么？可说俺兄弟晓得。"杨幺也立起身，说道："宋江的仗义疏财、结识弟兄，便可学得；宋江的懦弱没主见、带累弟兄遭人谋害，便不可学他。"

王摩听得大快，忙来扶定杨幺，说道："俺王摩向来笑宋江没用。向日有言在先，若有人与王摩意见相同，就拜他做白云山寨主。前日听见哥哥面貌相同，许多好处，只不知哥哥主意可与王摩相同，故此方才只分宾主，还要慢慢商量，不期哥哥恰提着劫救宋江来比较。他们俱被宋江害得零落，自己也被人谋死。今日俺弟兄们救哥哥出来，恰与他一般模样。你若学了宋江，将你做了寨主，岂不将俺弟兄也要被你害得零落？岂不又是一场笑话？故此急要问你。你今主意却与王摩一样心肠，心同貌同，必能与众弟兄共得生死，做得事业。俺王摩今日同众弟兄拜你做哥哥，坐第一把交椅！"

说完，将第一把交椅摆放中间，要纳杨幺上坐，呼众弟兄来拜。杨幺忙推辞说道："做事不可造次。我杨幺胸中已具定见。今乃有心事未完，此地亦非展足之地，岂可苟且？"众人听了，齐问有甚心事未完。杨幺遂将自幼失散、同邰元犯事、找寻生身、如今急回去拜慰抚养父母一段缘故，细细说出。

众人又问道："哥哥定见又是如何？"杨幺道："宋江没主见，是不能挽回君相。若果有圣君贤相，孰不愿为忠良？我今定见，因见宋室不用好人，专信奸佞；丰乐楼前女子生须，京都道上男儿诞子；地裂山崩，灾祸迭起。此乃上天示警，君臣犹不知悔。我今心存杀奸戮佞，要做一番事业，使他警悟悔过，方才遂心。故此每结弟兄，必戒他勿欺良善，只劫夺奸佞之人。我初被解，人即劝我脱走，却因寻访生身，兼览形势，觅一可为之地。今一路看来，实无地可能展手。"

袁武忙问道："哥哥气概，实是与人不同。但以天下之大，除了北方南地，岂无一土一水可居？"杨幺道："若今看来，除非洞庭湖中，上下广阔八百余里，中间有座君山，天下形势，莫强于此。"众人听了大喜，道："哥哥见识，果是不差。"马鬣忙来扯着说道："好哥哥，是必带兄弟到湖中去走跳。"杨幺道："我若为首，全赖兄弟们同心共力。怎么不带你去？只在迟速之间。且等我回家见了父母，再作计较。"

众人听了，便去暗说了一番，说道："哥哥要见父母，却由得你去。今日众弟兄要拜你做哥哥，却由不得你做主。"说罢，便一齐将杨幺按坐在中间大椅上，众人一齐罗拜，称叫哥哥。拜完起来，齐对王摩说道："你就坐第二位，好应童谣。"遂也不由王摩分说，也是罗拜起来。袁武遂使合山小校拜见杨幺，即另换筵席。杨幺、王摩分了左右并坐上面，其余照旧坐列两旁。一时鼓乐喧闹，大家快乐吃酒，直吃到夜半方各安寝。次日杨幺即辞众下山。只因这下山，有分教：

黑汉子讨尽便宜，俏佳人几乎吓杀。

不知果是如何，且听下回分解。

第二十八回

小阳春思父母还乡　黑疯子赶朋友作伴

话说杨幺在白云山，众弟兄拜他做了哥哥，连日吃酒。杨幺与袁武、贺云龙谈一番兵机，观一回星斗，又说些朝中事情。杨幺道："我在狱中，常听得人说，钦宗昏暗，一任黄潜善等奸邪用事，日被金人须索，库藏皆空，只得着在京官员以及富商各助金饷。李邦彦主和，割三大镇二十州，属金管辖；又遣张邦昌奉康王入金当质，称金朝为叔父，宋朝为侄儿。金人又疑不是亲王，必要钦宗长子去质当。朝中议论纷纷，尚没定局。"

马鬵听了快活，道："恁地同马鬵杀入东京，扶杨幺哥哥做了皇帝，不省便恁入鸟湖做贼？"袁武道："人叫你黑疯子，果是说话有些疯癫。人马粮饷未备，怎便做得？"杨幺因打发殷尚赤、屠俏并孙本回蛾眉岭。三人说道："哥哥在此，岂可别去？"杨幺道："聚会不在此时。况且你夫妻在外日久，山上无人，恐有事情，深为不便；二则许蕙娘母子尚不晓得孙本缘由，在那里悲伤苦楚。使他夫妻父子在你山上团圆，我也少不得就到你山上来。"

殷尚赤道："哥哥既到山上来，何不同去？"杨幺道："此处离东京不远，我与王摩俱有图形在外，恐人认出，未免又要多事，只好夜走。"因又打发贺云龙众弟兄回去。邰元道："哥哥既是恐人识出，何不同兄弟们到了焦山，将船送哥哥到家，怎又去走夜路费力？"杨幺道："我要走旱路，去打听常况消息。若不曾脱走，便去设法救他。"邰元道："哥哥要去打听救常况，我同哥哥去做个帮手。"杨幺道："那里比不得东京，只我一人去看光景，便可了当。"说罢，使人备酒送行。

饮到中间，王摩因对杨幺说道："前日听见哥哥幼年失散了爷娘，却与王摩失散了爷娘得人抚养的事情实是一般。哥哥晓得了生身爷娘的死信，俺王摩却没知生身爷娘的存亡，只没处问人。这几日想起来，暗地里不由得不伤心落泪。只今哥哥又去见抚养的爷娘，也只为恩义相投，怪不得哥哥要去见他一面。俺王摩却是为抜养的阿爷到头来作冤家赶逐出来，得遇袁武、郑天佑、殳动，劫了秦桧银两，来这山中。如今也要似哥哥去见他一面，又恐反使他见俺呕气，倒不如不见，只索由他罢了。"

杨幺听了，惊问道："原来兄弟幼时也是恁般苦恼，倒不曾问得兄弟今年多少年纪了。"王摩道："今年二十二岁，只没晓得月日时候。"杨幺听了，不胜惊奇，道："兄弟却与我是同年，也只为失迷了月日时，如今再无处问人。兄弟既有抚养的父母，必有恩义，为何又看作冤家？"王摩遂将赶逐事情说出，道："当日赶逐下山时，白日里路上睡，梦见人对俺说了四句。只今看来，句句应着。"

众弟兄齐问是哪四句。王摩念出道："今在白云，哥哥又夸说洞庭，洞庭不是楚地？如今结了弟兄，岂不是瓜蒂相连。"众弟兄听了，俱各称奇，遂又吃酒。王摩忽起身入内，取出一杆铁棍，走在堂下，丢了几个架子，开了几个门户，一时舞动，只舞得呼呼的响，见棍不见人。众兄弟尽皆喝彩。王摩收棍，走上堂来，将铁棍送与杨幺道："前日兄弟原说山寨中有的是铁棍，这两日不曾取出，只今想起，便挑选了来，与哥哥路上作护身。"

杨幺笑了一笑,只不用手来接,又叹息了一声。王摩道:"莫不哥哥笑兄弟舞得有漏绽么?"杨幺只得说道:"兄弟棍法,并无漏绽。只想我当日得棍,何等快心。今属乌有,不得不叹息!"王摩与众人一齐惊问。杨幺遂将打擂台的事,细细说出,道:"这棍甚有神气,为杨幺心爱,刻不离身。前日忙乱,不曾取出,实系念不了。"众人听得惊惊喜喜,一齐叫声"可惜"。

袁武、贺云龙说道:"从来神物不能久藏,终必有时出现。哥哥何必乃尔耶?"杨幺即便笑释,遂与众弟兄开怀畅饮了一番。贺云龙、沃泰、邰元、柯柄、童良、殷尚赤、屠俏、孙本各起身拜别,杨幺等遂相送下山。贺云龙往东而去;孙本已备了马匹,同殷尚赤、屠俏向南而走。

杨幺上山,众弟兄苦留,只得又住了两日。这日与杨幺饯别,饮了多时,马䥶忽说道:"听说哥哥在柳壤村,离洞庭湖没远。休到家有恁好弟兄打伙,先入湖去,将马䥶丢撒,便恼你个大疙瘩!"王摩道:"你又来说疯话!哥哥可是怎般人?"马䥶也笑道:"是逗他耍。"杨幺道:"这是马䥶心爱杨幺。我因心事,只得暂离。到家便有消息通知。"遂与袁武说了一番。因见日已衔山,便起身不饮,遂取了一杆柳叶长枪。王摩、马䥶便去打了一个包裹,并叠金银,一齐相送下山。送了数里,杨幺作别,提了包裹自去。

众弟兄回上山来,袁武称赞杨幺见识过人;王摩称说心同貌同,做俺哥哥不差;郑天佑、爻动俱称赞杨幺好义气、好胆勇;马䥶只不做声。众弟兄问道:"你为什么不言语?"马䥶道:"谁似你,见大鸟去,小鸟只忙乱的叫。马䥶没的说赞!"众人听得各笑,又吃番酒食,夜深自睡。

马䥶一觉睡醒,想道:"偏他有恁爷娘要去,可知不是亲种,直恁怕犯走黑,只去赶伴,撞事砍他几板刀。兀是没头绪,想得他呆鸟般恼闷!"便跳起来,在枕下摸着板刀,插入内衣腰胯,将包银两揣好，道："休惊他阻挠。"便悄悄拽开门一看，见是五更时候，将门掩上，走出寨来，便有守更巡哨连忙来看。马霝喝道："洒家有事，天晓便回。"遂一层层喝开寨栅，暨出围墙，一步步下着山岗，走过众小校营房布幔，才出了一座高关险隘，见人俱是照前说话。

马霝一直奔上大路，想道："他走夜黑，走到日出；马霝日走，到日没。只在出没时，便撞个着。"便只紧走。沿路买吃酒肉，走到夜间，便寻宿守等。不期人家见他这般形状，俱吓得倒退，只推不是宿店，有的回说没房间。马霝连撞入三四家，俱被人回出，便没好气。见前面一家，有个小后生在那里收拾懒唤人。马霝走近，一眼射入内去，见正中间桌上有个瓦罐，插放几枝夹捞竹杆，旁边支着两口小锅，晓得歇店，便一脚踏入门来。

那小后生突见这惫赖凶汉走入，忙回说道："这里不是歇店，到别处去。"马霝便照着小后生脸上，"豁喇"一拳打来，将那小后生直跌去丈余，双手捂着脸，在地下乱叫："打杀人，快来救命！"马霝睁圆怪眼，喝骂道："兀的瞎呆鸟！再回没宿，掀翻白地，谁敢叫下天来！"

正要又打，里面走出一个半老婆子，听见有人打他儿子，忙赶出来叫骂。忽抬头吃了一惊，连忙收科道："爷爷休恼，他后生家不知世故。看婆子面，饶恕他吧。"马霝道："洒家投宿，没白住，敢认歹不接驾？"婆子道："我家有的床捕，任凭爷爷安歇，只不要打他。"马霝道："恁呆鸟是兀谁？"婆子道："是我的儿子。"马霝便放下了脸，道："恁地再不计较。"

那婆子忙去挽着儿子，道："你也不看个色形，一例将人冲撞！"那后生道："我出不得一声，便将我打得头破血出！"婆子扶入内去，包扎了头面，同出照应。此时，门外见立得有人探望，马霝大喝道："没怪鸟褪剥，藤的短见，洒家赏你一顿老拳！"众人听了，连忙走散。马霝便提了一条板凳，只拦街坐着。那母子在内，手忙脚乱，只在灶上打馍馍、卷扁食。收拾了半晌，那后生只得来请马霝到屋内去吃。马霝道:"兀的堂中黑魆,鸟一般闷!酒家谁惯?只搬这块吃。"那后生只得努着嘴转身。马靈道:"来,来,来!酒肉只顾搬来,要两副碗夹。"

那后生听了不敢回言,只暗暗叫苦。这婆子听见,忙走出阶头,说道:"爷爷,我家只有酸黄韭、臭大蒜、烂豆腐,还有几根萝卜条,酒肉却是没有。"马靈听了道:"恁是实话,有得卖么?"婆子道:"有是有得卖,却没银钞先去买来收拾。"马靈道:"兀的不早说!"便在怀内取出包来,在地下打开,取出一块给后生,道:"这块酒家没晓分两。只去拣好肥肉剁十斤,烧辣子打五十角来,做两顿吃。日出便走,多的赏你吧。"

那后生接在手一顿,约有二两外,便满心欢喜,即跑去买肉打酒,便挑了一担来家。不一时煮熟好,头顶着一张桌来,摆在街中,将肉剁切了一半,装在一个大瓦盆内,洒上半碗白盐;又捣了一碗蒜汁,取了两副碗箸并一坛酒,逐件的摆在桌上。马靈又叫他去取出一条板凳来,放在对面,自己将碗箸对面分设,只巧眼看着前后。

那后生见他这个模样,不知是甚缘故,又不好看他,又不敢问,只得转身走入门去站立。马靈忽问道:"恁地黑是多时?"后生道:"有一更多了。"马靈便自言自语道:"黑魆魆好跳。偌早晚没跳到,熬得人满嘴清水怪淌,恁便等他不得。"便舀酒连吃几碗,遂自吃肉。一时手嘴不停,只吃酒吃肉,一气吃了二三十碗下肚,肥肉也剩不多。马靈道:"兀自留量,不吃吧。"

那后生在黑处,看他这般吃得怕人,只暗暗心慌。忽见他住手不吃,忙将半筐馍馍、扁食送来。马靈道:"恁个才是填仓。"便一个个咬吃,吃完叫后生收去,自己只坐着不动。又自言自语道:"他走一夜,马靈走一日,恁赫赫没到,可不作怪!"便坐了多时。小后生熬守不过,只得来请他入内去睡。马靈道:"酒家只这块等人。呆鸟自去倒头,只不要闭了鸟门,莫讨酒家动手。"

那后生走入屋去,母子二人只暗暗叫苦,又不敢去睡,只伏在门背后张看，暗暗的许愿道："南寺烧香、北庵插烛，保佑这黑汉子无是无非，早离家门！"马蠻这般行动，恐吓得这一村人个个俱猜疑他是盗贼歹人，不知要在此懊恼哪一家，便耽着一把干系，却又不敢动手拿他，只立在黑处远远的窥看动静。这马蠻等到半夜，绝没人往来，便等得不耐烦，忙取过那条板凳，并在一处，取出板刀，做了枕头，放倒身子，只呼呼的睡去。一觉直到天明，忙爬起来，道："恁便错过，快去赶着！"忙将板刀插放，走入屋来，叫拿酒来吃，那后生连忙收拾出来。马蠻吃得又醉又饱，便跨出门。一连赶了三四日，并不曾赶着杨幺。

一日，忽大笑道："黑疯子煞有主意，怎今学了呆鸟做事！恁地赶他，不白地赶坏人？可知他住在岳阳柳壤村，路上赶不着，到他家也赶着。直恁日不停、夜没静，闹得鬼跳，敢不吃人笑破？便使他先到，也差不什么。"一时计较得快活，遂自慢走。到了村镇停留歇宿的所在，惊天动地，唬得人惊惊疑疑，自己全然不觉，一路而来。

且说孙本同着殷尚赤、屠俏，晓行夜宿，出了河南地境向日留下小校接着；又走了几日，已离蛾眉岭不远。屠俏对殷尚赤说道："此去上山，只得八十余里。你同孙大伯慢走，俺先去报知，使他母子早欢喜一刻。"说罢，便跳下马来，将肚带紧了一紧，前后抹了几抹。然后上马，坐稳雕鞍，绾定丝缰，遂将身子往前一侧。那马驮着屠俏，急纵辔头，扑喇喇往前直蹿，一似箭乍离弦，金乌西坠，好去得迅速。孙本见了，十分赞好。殷尚赤道："她自幼学习弓马，是个惯家。"遂将厮杀成亲一段始末缘由，细细说出，孙本听得惊惊喜喜。二人只慢慢行来。

这屠俏纵马一气跑了五十余里。恐怕马乏，见前面是座村落，便来到市中，向一个人家，跳下马来，买酒食吃，并喂马匹。村中人见了，知是屠俏，尽皆吃惊。那店家忙来服侍，送上酒食，十分小心。屠俏吃着，因吩咐店家道："取一斗草料与俺喂马，上山去着人来谢你。"那店家答应去喂马。屠俏吃了半晌，遂立起身走在槽边，直看这马吃完了草料，才牵出门来。因恐马才上食，要爱惜它，遂在前绺着丝缰，慢慢走出村中有一里远近。见路旁有个池塘，便牵到塘边饮水；自己立着，看些牧童牛背、樵子担薪。

正看到得意忘怀，忽见斜刺里冲出一骑马来。初然看去，只道是殷尚赤与孙本前后参差走来，因暗想道："俺也耽迟不久，他们也来得恁快。"再一看时，后面跟着百十余人，皆是长枪大斧，蜂蜂拥拥的赶来。屠俏道："想是他们又遇上了山寨人来迎接，俺今作速回去。"遂牵上马来，再一看时，却不是殷尚赤与孙本。一时动疑，翻身上马。不期这人一马冲到前面，大喝道："你这贼泼贱！向来被你霸占蛾眉，装妖倚势，聚集强人，劫夺害众。屡次官兵进剿，皆被你小小伎俩挠阻，不能捣汝巢穴，皆因朝廷所托非人，酿成祸患。今我奉上司差委，带领军士在此立寨，镇守一方，正要领兵打上山来，谁知这大胆妖狐在此失群，叫你死在目前！"说罢，举起九节钢鞭，照屠俏脑袋上劈来。

这屠俏见他喝骂，才知是官兵，便急得满心怒发。见一鞭打来，忙拔剑抵敌。怎奈双剑俱在鞘中，急忙里抽拔不出。见鞭打得相近，急忙一个翻身，在马腹下躲过。早被这人"豁喇"一声，打在鞍鞒上，直打得火星乱迸。这人大喝道："贼泼贱，好躲法！"那马被打，直律律往前乱纵，屠俏又一翻，上过马来。这人便放马追赶打来。只因这一追赶，有分教：

贞节娘夫妇再姻缘，莽箫何父子重复聚。

不知屠俏性命如何，且听下回分解。

第二十九回

屠俏不提防遇官兵　杨幺用妙计擒黄佐

话说这屠俏先要回去，将喜事报知许蕙娘，使她早得欢喜，同她下山，各接丈夫入寨，与他二人作庆贺筵席。不期被人赶来，一时不曾准备，急忙里拔不出剑来。幸喜是个惯家，急忙躲闪脱走，却被这人紧紧追来。

你道这人是谁？原来这人叫做黄佐，生得豹头环眼、虎项熊腰，武艺精通，兼晓算法。乡村钱款收放出入清算不来，俱来寻他。他只掌中轮算，立时分剖，人家消长成败俱知，称他再萧何。黄佐只因他素性纯孝，在家孝养父母，将功名之事看作末等。

这年他父亲黄长者因对他说道："人家有子膝下承欢，力行孝道，固是难得。但我闻得《孝经》说：'能显父母，孝之至也。'今汝正在壮年，幼习武艺，昔日有人曾相汝有奇异功业。当今宋室，外被金人求索，内有贼盗侵耗，国有累卵之危。今闻得建康张种略相公，招募骁勇谋略之人，何不去应募？倘能中取，上为国家分忧，下可显荣父母，这才是大孝。我今虽老，筋骨尚未衰败，莫过此机会。"

黄佐听了，再三推辞，黄长者作怒道："你不见汤阴县岳鹏举求名建功，显扬当世，天下人俱称他忠孝？今汝逆父言，孝当如是耶！"

黄佐不敢再辞，只得拜辞父母，别了妻子，提鞭上马而去。

黄长者见他去后，暗暗欢喜，只在家中保佑，耳听好音。一日没事，在门首看骡子在空地上吃草。不期殳动走来，拱手道："在下有件紧事，要到城中，急要往回，特地自来求告。借这黑骡做个脚，明日便还。"那黄长者是个纯厚的人，久知殳动不学好，生性凶顽；今又被看见，一时不便回他，只得说道："我家儿子求名出门，这骡子是他心爱，从不与人骑坐；殳大郎来借，我老汉只得贵人贱畜，休使外人知道。"说罢，自入内拿了鞍辔出来，殳动连忙安放骡背，跨跳上去，叫声："多谢！"策鞭跑回。遂同王摩来劫银时，埋顿完，不见骡子，径上白云山去。

过不几日，泼皮堃近地乡人，在山内砍柴，获着这骡，不胜欢喜，便牵来藏匿在家多时。不期被人知它来历不明，即报知地方。地方即去报知秦虞侯，连人连骡子解入州去，将这乡人严刑审问。州里相公知是有屈，遂吩咐缉事人道："我闻骡马能识旧处，千里自能往还。今王摩脱逃，却喜获着这骡。如今只消择这骡纵放，任其奔逸，跟尾看它住脚，便有下落。"缉事人遂将骡出城纵放，一路跟走。一日，忽跑入黄长者家去。

这黄长者那日不见殳动送还骡子，即着人到他家去讨，说是锁门未回。一连月余，人、骡绝无踪迹，方知被殳动拐去，黄长者只急得没法。这日忽见骡子跑进门来，不胜欢喜，却见鞍辔全无，因说道："这没脊骨的人，惯做没脊骨的事。幸喜肯放了回来，还是造化。"便连忙取了绳索来缚颈项。忽有三四个人走进门问道："这骡子可是你家的？不要冒认。"

黄长者听了，笑道："列位休得取笑。这黑骡是我家自小养的，村坊人哪个不晓得是黄家的黑色骡子善能行走，怎说我是冒认？"说不完，内中一人将铁索劈项套住，喝骂道："老骨头，做得好事！同去见地方官追究。"黄长者忽被人锁住，忙分辩道："这骡子并不是冒认，只叫合村人来证见，列位休得取笑。"众人将他劈脸一口啐道："你这老骨头，还是做梦！你家有人骑这骡子打劫秦枢密相公银两，到处缉拿。我们是瑞州缉事，奉相公广捕文书，跟这骡子到此。快同到本地方官追究！"说罢，取出来文。

　　黄长者看了，方才大惊。遂将当日受动借去、今日跑回，细细说出。众人哪里信他，只扯着出门。黄长者只得备留酒食，同入县中。黄长者将前情细诉，县尉即着人拘拿受动，回复在逃。晓得借骡是实，又见事情重大，便将监禁，等拿到受动，审结释放。

　　这黄佐到了建康，看明了示条，遂同到演武场中，考较诸般武艺。张种略见他武艺高强，考中留在帐前。因对他说道："目今江州、龙亢、界首，盗贼窃发，屡次不能剿灭，故此招募骁勇。前日招募一人，去江州进讨焦山巨寇。尔今技勇超人，且在帐前听用。"黄佐叩谢，遂在帐前使令多日。忽一日有家信到来，看明大惊痛哭，忙来禀知种略相公，辞职回家，急救父亲。张种略道："你不消回去。我这里做角文书，将你父母、妻子讨来。"黄佐不胜感激拜谢。果迟不多日，父母、妻子一齐俱到。黄佐拜见父母，欢喜不尽。

　　次日早来拜谢种略恩典，张种略正接看龙亢、界首两县急报文书。看完，因对黄佐说道："这龙亢县是报峨眉岭旧日强人；界首县是报近日有四个贼人占了险道山，白日行凶，杀败官军。二处皆来告急。我今授汝武练使之职，着两县拨三百名军卒，到就近地方驻扎，一则保守城池，二则剿灭贼众。若剿灭一处，我即题请。务必小心在意。"

　　黄佐叩谢道："小人蒙恩相抬举，敢不尽力！"即当堂领了印信文凭，回来领了父母、妻子，起身径到龙亢县来。安顿家小，参谒县尉，讨了军士花名簿，又发文书到界首县去。不几日训练了三百精兵，因见险道山离两县甚远，遂决意先剿峨眉，后平险道。因知有座红雨岗，切近峨眉，遂辞了父母，便带领军卒，离城二十里，红雨岗驻扎。使人筑立寨栅，催督军粮，择日进剿。

这日正在料理军务，忽有村户来报屠俏独自一人一骑，到村中买酒食吃，尚未去远。黄佐见报大喜，道："我正要拿这贼泼贱，怎敢独自到此探听！"即提鞭上马，带了兵卒下岗。远远果见屠俏独自在池塘边饮马，不胜大喜，忙拍马冲来。不期一鞭打去，却被屠俏躲过，便在后面紧紧追赶。这屠俏躲过一鞭，复翻身夹马而走。见后面紧追，即暗暗拔取双剑，见追得较近，霍地兜转马头，舞着双剑，照黄佐便砍。黄佐大怒敌住。一场好杀，只杀得：

　　愁云盖地，杀气冲天。这个是行伍出身，能征惯战；那个是绿林种类，见广识多。这个单鞭施展，赫赫惊人；那个双剑齐挥，森森耀目。这个要生擒，寨内逞威风；那个要活捉，上山显手段。这个劫中领袖，莫道寻常将士；那个恶魔转世，休认美貌佳人。从今得失相关，成败亦因人论。

　　两人直杀到五十余合，胜负难分。军卒见黄佐战不下屠俏，便一齐助力，围裹上来，真似众枪攒虎。屠俏只得奋勇平生，顾人顾马，手松不得半点，十分苦持。

　　这殷尚赤与孙本正然走来，忽远远见了征尘乱滚，有簇人那里争斗的一般。殷尚赤十分动疑，忙挺枪拍马冲到近处。一眼看去，却见众官兵与一个汉子攒住屠俏厮杀，便大喝一声："谁敢欺负浑家？"冲入围中，一枪往黄佐咽喉下刺来。黄佐忽见有人来救，忙弃了屠俏，一鞭架住枪尖。屠俏见是丈夫到来，满心欢喜，遂夫妻并力夹攻。三骑马只杀得团团乱转。

　　这孙本同走间，忽见殷尚赤纵马前去，不知为甚缘故，也拍马随后赶来，却是他夫妻同这汉子厮杀，一时不便上前。再看时，只见两下俱是官军，便吃了大惊，忙提刀跃马杀入，三人只拼一人。这黄佐先前与屠俏，欺她是个妇人，尚且只敌得对手。后被殷尚赤来夹攻，只得尽着本事力斗。不期又是一人赶来，未免着忙，只杀得左右遮拦，却一时不好败走。

不期先前屠俏厮杀时，早有探事飞报上蛾眉岭去。屠隆听了大惊，即带三百小校杀近前来。一时金鼓齐鸣，喊声大举。众官军见了，发声喊，一齐逃奔。黄佐正在苦持，忽见又有接应，众军逃躲，方才着惊，虚架一鞭，拨马往红雨岗走。屠俏大叫道："俺被这厮魆地赶来，险不着了这厮的手。俺们如今且不要上山，只去杀了这厮，才上山吃太平酒。"

屠隆、殷尚赤、孙本听了，俱说有理，便带小校一齐往红雨岗杀来。见岗上俱有准备，便离岗一里安营立寨。黄佐在岗上见了，即引军来冲突。这里一面抵敌，一面安营。黄佐见冲突不动，只得退走上岗。殷尚赤、屠俏追到岗下，只见岗上竖着两杆大旗，被风吹得卷出字迹。

殷尚赤定睛细看，只见上首旗面写的是"先取蛾眉岭"；下首旗面是"次收险道山"。看明不胜大怒，要杀上山去砍倒，却被上面矢石下发，只得退回，说知屠隆、孙本道："不知险道山是甚人占据，这厮出此狂言！"屠隆道："自你夫妇去后，这厮便来立寨，要与俺们作对。又不见你二人回来，十分着急，只严守山岭，等你二人来商量杀灭这厮，便日日着人来探这厮消息。忽报孩儿被这厮裹住，即引众来救。你二人为甚去了这些时？"屠俏道："孩儿结识了许多汉子，不胜心快。"遂细述了一番，道："这便是孙大伯。父亲快上山去报知蕙娘母子，先得快活，并接应粮草来，誓灭这厮的口。"屠隆自回山去。

这殷尚赤、屠俏、孙本，日间轮流交战，夜里分派巡更。这里杀不上岗，那边破不得寨，一连争持数日。一夜间，孙本领着几个小校出来巡哨，周围巡了一遍。巡到二更左右，忽听见前面小校喊叫起来，孙本急忙赶到，只见黑影中，一个汉子抡枪赶得几个小校团团乱跳。孙本急要上前，猛然想起，突叫一声："黑影中可是杨幺哥哥么？"杨幺忽听见是孙本声音，便叫道："你可是孙本？"孙本听见果是杨幺，忙欢喜答应道："哥哥住手，兄弟正是孙本。"即喝退小校，上前道："哥哥休怪。"杨幺道："兄弟为何不在山上，半夜三更在此？必有缘故。"孙本道："同哥哥到寨中去细说。"遂携了杨幺，同入寨来。

殷尚赤、屠俏正在灯下商议攻打，忽见杨幺走入，不胜大喜，连忙迎接上坐，说道："我们只说到山着人伺候，迎接哥哥，不期弄出事。还是哥哥有先见，打发我们起身，不然这蛾眉岭被他打去。"遂细细说出道："这厮带领家小来在城中，到此立寨，口出大言，必要收服我们，实是气他不过。"杨幺道："我便说你们在此，必有缘故。你们将这几日与他厮杀的光景，可说来我听。"殷尚赤道："不是他下岗来冲突，被我们杀退；便是我们赶上岗去，被他打回。两处紧紧敌住，还不见有甚输赢。"

杨幺听了，笑了一笑，道："等我明日见他，自有计较。"屠俏道："大伯到来，是必与俺砍翻那厮。"遂使小校搬出酒肴，三人陪吃。吃完各睡了半晌起来，杨幺传令各使饱餐。

到了天明，提枪上马，直出寨前，指拨小校摆列。一时擂鼓摇旗，欲作上岗之势。黄佐见了，便引兵下来。杨幺远远看去，见黄佐一表人材，先暗暗欢喜。忙拍马近前，拱手说道："宋君昏德，奸佞盈廷，灾异屡见，似乎天命无与，不久丧亡。量汝一己之能，焉与我杨幺争抗耶？"黄佐听见说是杨幺，勃然大怒，骂道："你是闹东京的大盗，到处密拿，谁知逃躲在此！趁早自缚，免我动手！"

杨幺听了大怒，摇枪直刺，黄佐急用鞭还。二人即时杀起，直杀得征云冉冉，杀雾漫漫。杀到八十余合，杨幺见黄佐武艺果高，暗暗心喜，又杀几合，便拨马败走，黄佐只紧杀过阵来。殷尚赤、屠俏、孙本连忙截住，大杀一阵，黄佐只得退上岗去。杨幺因对三人说道："黄佐骁勇，我实爱他，不忍下手。须设计将他诱来结识，才遂我心。"三人忙问道："他今把守山岗，怎便诱得他入伙？"杨幺道："我今有计。只今夜去，如此这般，便可结识。"三人听了大喜，各去准备。

到了夜间，杨幺又吩咐了屠俏一番，遂同了殷尚赤、孙本，领五十名小校，悄悄出营，径奔到城下来。听见城上才打三更，着人对城上说道："黄练使连日与强人交战，今接得张种略相公来文，有军机重事，秉夜来见县尉相公，快开门迎接。"守城军卒听见本官在外叫门，慌忙开门迎接。杨幺即领众入城，将守军一齐擒住，不许声张。遂押他引到黄佐衙前，一齐动手打入，将黄佐一应家小捆缚停当。然后四处放火，使人高叫："黄练使与县尉不和，带领家小上蛾眉岭入伙。"便杀出城去。

城内居民忽见火起，忙要救护，听见这般叫喊，方知黄佐勾引强贼，赚开城门，带领妻小，一时吓得俱不敢出来。直等去完，才敢出来救火，一面报知县尉。县尉大惊，即着人去关紧四门，然后领人救灭火光。这屠俏见城内火起，知是妥当，即传令拔寨，退到蛾眉岭下，立了寨栅，又去安排了当。

不一时，杨幺等入寨来，众小校将家小推入。杨幺连忙解缚，扶了黄长者上坐，纳头下拜，道："我杨幺斗胆唬吓太公，实是有罪。因爱大郎英勇，愿与交结，故设此计，屈太公到此。少顷大郎到时，望太公劝谕。"黄长者定了半响，慌忙挽扶道："杨义士不要折坏老汉。只是小儿怎肯来此？便有话也没处说。"杨幺笑道："只要太公应允，少时便见。"黄长者道："若得来时，我必尽言。"杨幺大喜。屠俏自去解缚家小，备了竹轿，先送黄长者家小上山。

这红雨岗官军守到三更左右，忽望见城内失火，各自惊疑，连忙入寨报知。黄佐急出寨看，果是火势腾烈。内中军士有的指说道："这火是县前起的。"有人看明道："不是，不是，却似练使衙中起的。"黄佐看了，也暗暗吃惊。因恐军心摇动，遂喝住道："你们不要胡猜乱说，明早自然晓得。"看了一会，渐渐火熄，方入寨中。不一时，早有岗下巡哨军卒来报道："强人拔寨，尽行退回。"

黄佐听了大喜，道："只今日一阵，杀得杨幺败走，恐我袭取巢穴，故急退去保守。我今乘他气馁之时，杀上岭去，便可成功。"因又想道："这杨幺虽然败走，却是枪法甚高，并无渗漏。况且他三人俱是敌手，连战不退，岂杨幺一战便退？莫非是诈，诱我追赶？"遂使人打探了回来，道："一路并无埋伏，强人已结寨在岭下。"黄佐听了，点头道："退守巢穴无疑矣！"遂传令军士饱餐，到了平明时候，领众往蛾眉岭杀来。

行到半路，早有城内军卒急报道："昨夜被强人指称练使，赚开城门，将练使家小尽缚上山，临行放火。"黄佐听了大怒，哭骂道："强贼用计劫我父母，誓杀此贼！"哭骂罢，急拍马招呼众军，杀到岭下，一鼓而进。屠俏一马截住，道："汝已中了杨幺妙计，父母妻子俱在山上，及早下马投降，不记汝仇。"黄佐大喝道："我乃朝廷将士，岂肯作贼！"便一鞭打来。屠俏连忙对敌，杀不数合，屠俏拍马沿寨而走。

黄佐大喝道："贼泼贱，不要走！"急跃马来追。将及赶上，不期一声响亮，早将黄佐连人带马一齐跌入陷坑。急要挣扎，四处挠钩上身，将他绑缚，推解上岭；屠隆杀散军卒。不一时，将黄佐推入寨中。黄佐一眼看去，厅前阶下，刀枪密密，剑戟层层，中间上坐杨幺，旁坐四筹好汉。众小校将他从刀枪剑戟中推拥到阶下。

杨幺见了，连忙赶下阶来，喝退小校，亲自解缚，扶上堂来，说道："我杨幺一生好义，专爱英豪，愿与结交。今慕将军孝勇，邀请暴白。将军不见宋室朝纲，谗佞充廷，阿谀者保其富贵，忠直者贬窜倾家，养高者莫不退居丘壑。其间英杰之士，岂能甘守？是以杨幺忠愤久积，广结众豪，作锄奸去佞之举，尚是乏人。不知将军可能助杨幺一臂之力，以遂心志否？"

黄佐正要回答，忽见父亲走出，说道："孩儿若拘大节，陷身不义，似乎不可。若以宋室时事论来，杨幺义士之言不谬。天命原是无常，倘能由此拨乱救民，成得事业，前人有为之事；倘或败而无成，则此心在我又可随命之所在而事之，未为不可。我儿不可固执，有负杨义士殷殷眷慕之情。"

　　黄佐听了，又见父母妻子俱在堂中，便低头不语。杨幺道："将军如若不愿，即送太公、尊堂、令阃与将军下山，杨幺并不敢苦留。只可惜将军英武，即能擒缚杨幺，成此大功，恐将军亦不能为人所容。"黄长者又来劝谕了一番。黄佐遂向杨幺下拜道："念黄佐匹夫，并无远识，今蒙雅爱，敢不拜服使命！"这是峨眉岭杨幺用计，将时事义动结黄佐。

　　杨幺见黄佐拜服，不胜大喜，忙用手搀扶，与众弟兄相见；又使众弟兄与黄佐父母妻子相见。黄佐忙向屠俏厮叫赔话，屠俏道："今成一家，再休提前话。"杨幺一面吩咐备酒，一面使屠俏入后，请出许蕙娘母子，与孙本相见。许蕙娘母子出来，一时夫妻、父子相逢，真是千欢万喜，共诉别后事情。说到董敬泉、黑儿与两押差，十分痛恨；说到杨幺、马靐相救，十分感激。说完纳杨幺上坐，孙本领蕙娘母子一齐下拜，杨幺答拜起来。殷尚赤同屠俏纳孙本、蕙娘上坐，拜谢为他受屈，孙本、蕙娘答拜搀扶。

　　黄佐见杨幺这般义气结人，不胜敬服，遂同众兄弟罗拜，尊称杨幺为哥哥。不一时酒筵齐备，杨幺居中，黄长者居左，屠隆居右；以下左首是孙本、殷尚赤两席；右首是黄佐母亲、妻小以及蕙娘母子并屠俏。屠俏向众人说道："俺前日原说打破了红雨岗，上山吃太平酒，今日恰是果然。"殷尚赤接说道："今日省破费，两当一的筵席，实与孙哥哥夫妻、父子团圆的喜酒。"杨幺道："却是为黄佐上山的庆贺筵席。"不一时，鼓乐齐动，海错具陈。众人尽欢畅饮，直到夜深，方自歇息。

　　自此山寨中无日不具酒肴，豪呼快饮。一日席间，殷尚赤因问黄佐道："前日见岗上插着两杆旌旗，上写'次打险道山'。不知这险道山有几位好汉？可知他们姓名？"黄佐道："这是兄弟一时狂言。前日到此立寨，哥哥与大嫂久已闻名。这险道山是界首县管辖地方，报说

新来了几位好汉,不曾传来姓名,兄弟还不晓得。"杨幺听了,说道:
"界首、阳城二县,是我回去必由之路,到那里打听自知。"因提起心
事,遂与众兄弟辞别下山,只因这一辞别,有分教:

　　　　贼迹忽擦花面,报仇认出名人。

不知此去如何,且听下回分解。

第三十回

路见不平打德明　坐护乡村遇常况

　　话说杨幺劝结了黄佐，遂要辞别下山，因说道："我今离东京日远，一时料没人知，从今不必夜行。"殷尚赤道："日行果好。只是哥哥脸上金印，恐人见了，未免动疑。"屠俏道："这有甚难事？俺奁匣中有的是铅粉，只消带些在身边，日日涂抹些在印外，便好遮掩过去。你不见黑麻脸妇人俱借粉遮羞。只这几个苍蝇脚儿小字，愁它盖掩不来！"

　　说罢，便走入去，将粉调得浓浓的，约有半碗；又包了一大包，笑嘻嘻走出。叫杨幺闭了双睛，便自动手，向他脸上一顿擦抹。又在袖中取出一方素绢，轻轻的在眉毛眼角以及须鬓上抹去粉污，遂取过他的毡笠子，紧紧盖了额头，才叫杨幺开眼。因笑对众人说道："俺与大伯恁般遮盖，魆地走来，你们众兄弟敢也识认不出。"众人忙将杨幺一看，不胜惊喜。你道是怎个模样？但见：

　　　　白非纯白，微微露出青黄；黑不尽黑，隐隐绽开红紫。霎时变换，变换出许多晦气脸、怠赖脸、横肉脸、装腔脸、肝肠脸、笑面脸、恶态脸、无情脸、杀人脸、骄奢脸，脸脸不一；忽地巧装，巧装得无数奸诈态、小人态、短见态、骄强态、鄙陋态、刻薄态、势利态、狡猾态、薄情态、无赖态，态态非同。似女却无巾帼，像男绝少簪缨。走过村坊，人人只道灶王婆；行到市镇，个个尽疑鬼子母。今世小人实花其面，当时君子亦文其身。微服诚能过宋，变形可渡昭关。此去虽不成龙，亦可类乎其狗。

众人看完，一齐说道："这般掩盖，不但金印没迹，面上亦觉白净了多少。"杨幺听了，也自欢喜；又说了一番将来事情，众弟兄齐向杨幺把盏拜别，相送下山。

杨幺提枪背裹，走了一日，果见没人动疑，又且不比走黑路，心下甚觉快畅。因暗想道："我今要去访问常况信息，只消过了界首，到阳城县去寻见骆敬德，自然晓得。"遂一路急走。急走了几日，一日到个村内走过，只见前面有阵人，在人家屋内，扛抬出两口大猪来。看入内中，有个白净瘦长的汉子，头戴茜红包巾，身上穿件半新旧织就团龙长衣，两边扎袖，腰系一条虎吞头的狮銮带，下穿一双石株绿皂底靴。一手提着哨棍，一手指喝众人，扛抬走去。

杨幺看得明白，不胜动疑。遂走到这家门首来，只见堂中一个老妇人，坐在那里，搏天倒地价哭，哭着："我那猪呀，闪得人好苦！"门边立着个老儿，搥着胸口叹气不了。杨幺看了这个光景，便忍不住，遂走上阶头，对这老儿说道："你家养猪，人来买去，自然得些利息。为甚恁般不舍得卖，在此伤心痛哭？"那老儿见有人问他，只摇着头道："你是别处人，我们的苦告知你也没用。"杨幺笑道："是别处人，倒有些义气。你几曾见本地人搭救了谁？你告知我，或是有益也不可知。"那老妇人听了，忙起身止哭道："客官进来，我告诉你。"

杨幺走入堂中，那老妇人说道："我老两口儿，俱是没的靶的人，今年同是六十整。向来靠个侄儿，不期他又不肯学好，出去整年不回。晓得他不能料理我两人后事，只得去年春天买了两个小猪来，养大了卖几贯钱钞，趁今年整寿，看几棵好木，做两口寿具，便好放心。这两个猪,从旧年养到如今,早晚喂养,宁可自己忍饿,倒恐怕饿瘦了猪,已养得膘肥滚壮。依我估看,去了头肚,净有二百多斤,心中好不欢喜。不期我这老杀才,是个穷骨头、耽不住银钱的人。家中略有些,就嘴痒痒的要去告诉外人。我常对他说道:'有麝自然香。家中有了好货,不怕人不寻上门来。'他偏去告诉了人,惹得这些操刀屠户,一替替走来,便七贯八贯的让价钱。我又说道:'这猪被人估看了,两口通不上食,不如早些卖去。'我那老杀才偏又倔强道:'总是寿日,还有两个多月,再养下去,怕不卖他十贯。'谁知货好招摇,也有忌我们的,也有妒我们的,也有怪我们不肯卖的,便去挑风拨火,惹了这些人来,白白扛抬了去。我想起没棺材的苦命,故此痛哭。方才客官说着本地没好人,提着我的怨恨,只得与你说知。"

　　杨幺听见她说得这般苦楚,十分为她可怜,便又十分恼怒,遂说道:"你两人不必气苦,我赶去夺来还你。"遂将包裹放在堂中道:"你们看着。"往外便走。那老两口忙叫不要去惹事,杨幺哪里听他,一径赶来。早见抬猪的这些人还在前面,忙抢步上前,大喝道:"不要走,快留下猪还我!"那瘦长的汉子,忽见村人赶夺,便勃然大怒,立住喝骂道:"你这村牛,想是吃了豹子心、豺狼胆,敢来虎口夺食!不要走,且吃我一棍!"说罢,照脑门处打来。杨幺一枪架住,两人在空地上大杀起来。这抬猪的忙将猪歇地,便来齐打杨幺。杨幺哪里放在心上,只使得神出鬼没,间深处挑开棍头,赶进一步,用左手将这汉子一夹,夹在肋下,右手举枪,摇摆赶杀。

　　这抬猪的见被他活擒了人去,只得弃猪逃奔。杨幺擒着这人,奔入村中,到了老儿门首,大叫道:"你的猪在前面,可去抬来。快拿绳出来,缚这厮审问!"那老儿听见有了猪,便不问长短,往外奔去。这老妇人也是满心快活,听见要绳,忙入内取绳,丢在地下,去帮老儿抬猪。杨幺将这汉子丢在地下,一脚踹住,轮拳要打。因想了一想,道:"我且不打你这厮,且问明了着。"遂将绳缚好,提他起来,系在柱上,大喝道:"你这厮有甚本事,敢来懊恼村中、欺侮良善、白夺穷人苦恼衣食?快快说出!"

这汉子只不回言。杨幺大怒道:"你生死只在顷刻,怎么不说?"那汉子道:"说来笑人,说些什么?"杨幺正要再问,早见这老儿先赶了一个猪进来,忽见柱上缚着这个汉子,便吓得直跳起来,对着杨幺怪叫道:"我的太祖宗!我家失了猪,只不过穷苦度日,还可留得性命。你今弄了这祸种火殃儿来,我这两口儿只是死!这怎么了?"

杨幺听了,笑道:"什么祸种火殃,你怎就会死?"那老儿只急得跌脚道:"你哪里晓得我这里的厉害!西去二十里,有座险道山,方圆五十余里。近日来了几个大王,占住了山林,招集人众,劫夺往来,十分厉害,官军俱不敢捕捉。这位就是山上的大王!在村中好好牵了猪去,还是十分造化,怎一时失了手,被你弄了来?这事怎么了?"

杨幺听了,哈哈大笑,便又大怒喝道:"我只道险道山有些豪杰气象,原来是起鼠窃狗偷,以劫掠害人为事。我今将你断送,亦可救免一方。"便抡拳要往这汉子脸上打来。那汉子全不畏惧,反笑了一声。杨幺即转了一念,便停住不打,道:"先前见你不说姓名,恐羞辱了山寨中体面。今又视死不畏,只这点好处还可动人。打死徒污我手,饶汝去吧。"遂解开绳索。那汉子得放,跨出门去。

此时有许多村人,俱在门外,看得惊惊骇骇。杨幺遂向包裹中取出一块大银,与那老夫妇道:"我见你二人孤苦,这是我路费,约有十两,送你可办得两口寿具。"老两口只不敢受。杨幺再三叫收,两人欢然拜受。杨幺取包要走,两人留住,要收拾酒食请他。杨幺道:"我要紧赶路,到前面去宿。"

门外村人见他要去,俱拥在门口,留住道:"去不得。"杨幺着急道:"我怎么去不得?"众人道:"今日客官在我村中,路见不平,将这厮打骂,我们实是快活。只是这厮回去,决不干休,必要带领贼众赶来报仇,说我们村人打他。不是来杀人,便是来放火。客官在此,还有个推诿；若去了便没分辩处，怎么开交？"杨幺遂问道："他们往常吵闹村坊，是甚时候来？"众人道："往常俱在夜间。如今论不得，敢怕这厮就要领人来了。"杨幺道："既是这等，为人必须为彻，我岂肯遗害你们？等他来时，见我戳翻的、打倒的，你们只顾缚取。"又向腰间取出一小块银来，道："与我去买些酒肉来，吃饱了在此等他。"

众人见他肯住，俱各欢喜放心，说道："不要客官坏钞，我们自去买来请你。"杨幺忙止道："我从来不肯无故吃人酒食。你只依我去买来，我便吃得爽快。"众人只得接了出去。不一时买了许多酒肉来，与这老夫妇去收拾整治。又宰了一只肥鸡，在堂中摆桌设椅，请杨幺朝南向外坐下，将鸡鱼酒肉搬出，杨幺遂请老夫妇来吃。老儿道："我两人俱是长斋，客官自便。"杨幺道："这等我只得自吃了。"遂将枪插在椅旁，然后坐吃。

此时已是傍晚时候，村人俱在门外立看，有的便去买了两枝大烛来，递与老儿点放在桌上。两旁外面人看他，便似神道般在上面吃酒。看了多时，便一个个走去。一时门外静悄，那老儿忙提出一坛老酒，放在杨幺身边。杨幺正要问他，那老儿已战兢兢入内。杨幺看着这坛酒道："有它便不寂寞了。"便自吃得十分快意。

你道这些人为什么霎时走去？原来这几个抬猪的小校，见头领被人生拿活捉了去，一时惊慌逃奔，上山报知。三人听了大惊大恼，便留了一个守山，两人带了百名小校杀下山来救人。赶到半路，却遇着这个兄弟，没命的跑来道："今日兄弟性命险些断送！快同去报仇。"二人忙问道："兄弟往时棍法高强，怎就被村牛打翻？"这兄弟道："再不须提！这厮不是村牛，是个过往汉子，手段实有些来历。我也一时托大，又没帮手，漏了破绽，着了他的手。还亏人说出山上来，那厮便不敢动手杀害，放了来。我今上山，同哥哥们点起合山人众，捉这厮来，剐他千百件，才得快活。"

两人听了也是恼怒，内中一个说道："可依我算计。这厮既有手段，不要使他知觉，做了准备，只使众小校先去暗暗将村中围住了前后，再着几个精明小校去打听他在哪里，然后我们三人拼他一个，不怕他不遭我毒手。"两兄弟听了，称说有理，便一齐赶来。离村不远，众小校便去前后埋伏，即有的来报道："这人正在养猪的老儿家，开门独自吃酒。"三人大喜道："这厮合死！"便各执刀棍赶来，果见大门洞开，堂中烛光直照出街上。

三人便暗暗走近，立在门外，看入内去。只见堂中点着一对大烛，这人在那里大饮大吃。三人见了十分欢喜，忙走近门首，各挺刀棍正要抢杀入去。内中一个忙将二人拦住，再往内一认，便大惊大喜，向着里面大叫道："里面坐着吃酒的，莫不是小阳春道长哥哥么？"杨幺忽听见外面有人叫他，便直立起身来，道："外面是谁叫杨幺？"那人忙走至烛下，向杨幺下拜。杨幺一看，不是别人，原来就是常况。不禁大喜，扶起道："我此来正要访问消息，救兄弟出监。是几时脱身，怎么又在此处遇着？可细说知。"

常况道："我那日与哥哥分别，入监之后，谁知王豹这厮怨恨哥哥，说我一党，日日使苦主来求县尉；又嘱托衙门，问成抵偿，不久解到上司正法。亏得骆敬德领了哥哥言语，一面托人送饮食，一面自去报知丁谦表弟兄。果不几日到来。三人到夜间，将我救出，在骆敬德家隐藏。不期外面纷纷，便商量去险道山，可以安身。骆敬德带了妻小，一齐到山，招聚人众，立了寨宇；丁家表弟兄回家。丁谦的长哥原是县吏，被人诬害致死；丁太公闻信气苦，不久病亡。他两弟兄到家，十分恼恨，入城去杀了仇家，一径逃来山上。共是四人。只劫取远近，官军捕卒皆不敢来看一眼。不知这于明德今早在哪里听见这家有两口壮猪，领人扛抬。忽报上山，说他被擒，遂留骆敬德守寨，我同丁谦来救。路上遇着于德明，赶到门前，见烛光下恰似哥哥，只是面部上白了许多，恐怕认错，故先叫一声。不期果是哥哥，怎不叫于德明着了哥哥的手！"

杨幺听了，大喜道："如今他二人在哪里？"丁谦、于德明在外，听得说是杨幺，忙弃棍入内拜倒，道："我二人一向想慕哥哥，谁知今日当面不识！"杨幺连忙答拜道："杨幺昔日同邰元犯罪，已知二位好义；又夜遇常况，说蒙二位到岳阳来救杨幺，杨幺心中甚是切感。故前日托骆敬德来，烦二位共救常况。我今到家，拜见了父母，即来识结二位，却得二位即来救出常况。今日相遇，得罪德明，实杨幺一时不察之罪，万勿记怀。"

三人忙挽了杨幺起来。于德明说道："哥哥怎这般说？是兄弟错认了村人来夺猪，不曾问个明白，便先动手，就被哥哥打死也没怨。若早问明，可不省事！哥哥可知邰元哥哥已上了焦山，着人来取回三棱铁锏？"常况又问几时脱罪来此。

杨幺正要细说，早是骆敬德恐他三人有失，便也赶来。到了村中，已有小校说知缘故，便十分欢喜，就在门外叫"杨幺哥哥"，直叫入堂中，与杨幺拜见。一时相会，俱各惊喜，相请杨幺上山。杨幺道："我这里有现成酒肉，且吃一番。"四人道："同哥哥上山去吃吧。"杨幺道："我此时得见弟兄，万分快活，万分豪兴，怎等得上山吃酒？不如在此吃个尽兴，然后上山。"四人听了，齐说有理。

杨幺见没碗箸，向内叫了数声，全没个答应，只得移烛入内寻取。只听得里面咯吱咯吱不住的乱响，恐有暗算，忙来照看。只见老两口在房内双双紧靠在壁，手脚乱摇，满口齿牙只咬得上下厮打，忽见杨幺走入，一齐跪倒，只叫饶命。杨幺才知他受了惊恐，忙搀扶道："他们俱是我的弟兄，决不相害。快拿碗箸，我同他们吃酒。"二人听了，方敢走动，送出碗箸。

杨幺同四人共饮，杨幺遂将往来结识以及奇异事，细细说述。直听得四人一会惊忧，一会欢喜；又见结了许多好弟兄，相约到洞庭湖做事业，十分快活。杨幺道："王豹这厮恁没理，只苦寻作对。"常况道："他如今晓得我们立寨，恐怕报仇，便请了一个什么教头乐汤，带了许多徒弟,在谢公墩大言不惭,要踏平险道山的山寨。我们只不理,由他自来。"

杨幺听了,笑道:"原来这乐汤又在王豹处!"因将打擂台事说出,道:"只是我不能在此耽延,就是明日到阳城,也只急去。等回去后,商量与常况报复吧。"遂又将蛾眉岭收结黄佐说知。四人听了大喜,道:"久闻蛾眉岭有个屠俏,十分了得。正想要着人去通个往来,不想久拜哥哥,已成一家,如今便好往来了。"遂又吃了一番,才一齐上山来,日日备酒与杨幺快饮。

杨幺被他四人苦留,只得住了数日。到临别时,吩咐四人道:"自今以后,不可劫掠小民以取怨声。须安心在此,待时备发。"四人拜听,相送下山,杨幺取路而走。不期这番事情,早已纷纷传开,直传到阳城县来。有王豹的弟兄们在外得了这个信息,忙来报知。王豹听了,一时着惊道:"原来这贼配军脱逃下来,恰又上了险道山!必要寻我报仇,须要十分防他。"忙来见乐汤商议,遂将昔日的事说出道:"如今我与险道山作对,皆是为杨幺起的祸根。他今同在一处,如虎添翼,势必要来。不知教头可有甚高见?"

乐汤忽听见说出杨幺在险道山,暗暗吃惊,只不好说出被打事情。沉吟了半晌,不觉怒从心上起,便大声说道:"大郎怎这般畏人!须知有俺乐汤在此,谅这险道山几个毛贼,有甚大本领?俺不去寻事他,他怎敢来寻俺作对!说便恁般说,也不可不留心防他使人来打探俺们消息。为今之计,只须作速如此这般防范,方为上策。"王豹得计,即去行事。只因这一番商议,有分教:

  腾腾烈焰见原身,苦苦伤心投陷阱。

不知后事如何,且听下回分解。

第三十一回

乡人乘醉捉马寙　当事无知升太尉

　　话说王豹记念前仇，听说杨幺做了险道山头领，一时着急，与乐教头商议了一番，便在谢公墩村中宰猪杀羊，请集乡人，扬言保护村坊，防备险道山强人出劫。原来这险道山，一通龙亢县，一接界首县，一临阳城县，是突据三面，又切近谢公墩一百余里。王豹要公报私仇，便说得险道山恁般杀人、恁般劫抢。一时这些乡人却被摇惑得男妇惊慌，俱依他使令，互相保守，各派钱钞，供给王豹这班人。今听见他自出己财，邀请吃酒，村中老幼，无一不来。

　　吃到中间，王豹遂向众人说道："我在下田无百顷，家只数人，只宜省事，不宜作为。只因我住居本地，向有声名，若地方受害，我的声名亦损。又恐我一人力量有限，不能遮护村坊，故此还请天下驰名禁军教头，共行保护。已蒙列位推我为首，言无不听。虽不见有甚是非到来，却是这般防御，强人不敢轻易到此。今闻得险道山来了一个刺配军犯杨幺，这人生性恶毒，杀人无厌；今在山上做了贼首，我这里又不得不预为防守。如今也没别事相烦，只要十家为甲，有事必须传报，有警必要尽力。凡在甲内之家，虽有亲戚往来，款留过宿，亦必报知甲长，甲长通知在下；可留则留，若有面目可疑，语言各别，即拿到我处审究。若审究出是强人一党，来作探事，立行处死。这擒获有功之人，每家派出贯文以作旌赏。不知列位意下如何？"

众人听了，便齐声说道："这是大郎为我们身家保护，敢不听从！"王豹听了大喜，遂与众人吃了一番方散。自此谢公墩居民无不尽心协守，一时别处村境虽不是这般防守，却有人希图得赏，俱各留心。

有个自召铺地方，一日忽来个汉子，要在人家投宿过夜，只一味恃强使性，人俱不敢恶识他。在一个人家住下，便叫人去买酒买肉，略见人怠慢了些，只大拳头打人。早被地方瞧科，九分疑是险道山强人，便暗暗的察听，又通知了店家，只是不敢轻易动手。

原来这汉子就是马鏖。他来寻赶杨幺，赶了几日，见赶不着，便安心要到柳壤村去，遂一路慢走。到一处歇宿，便惊天动地，打打闹闹，才住得一夜。这日见是投宿的时候，走入村中一家，取银喝人买了酒肉来，吃得十分醉饱，一仰一侧，一脚踢开房门，黑中摸着了床铺，向腰间摸出板刀做了枕头，跌倒身便鼻息如雷的睡着。店家见他睡了，正要出门通知，众人已是走到，遂在堂中悄悄商议道："这人一脸贼形，必是险道山一伙。若拿他解到谢公墩，实有一注大财。幸喜得吃醉在此，正好下手；若在醒时，看他这个模样，实有水牛般力气，莫想动他。"这些好事的与想得大财的人，俱忘了厉害：有的便去取绳索，有的就去拿器械，不一时走来。内中却有老成不好事的、不想得大财的，便说道："你们做事不可造次。可知人有面恶心善，倘他不是险道山强人，一时轻举妄动，将人作贼，后来也是村中干系。"

众人听了，一时心懈起来。有的说道："这话果是不差，又没凭据在那里，明日倒去吃官司。"有的退缩出门。忽听见房内这个醉汉魃地大笑大叫道："杨幺哥哥慢跳，赶坏煞！"叫罢，依旧鼻息如雷。堂中有不曾退出的，忽听见醉汉在梦中连叫"杨幺"，忙招众人进来道："你听见么？这杨幺可不是险道山的头目？他便是同伙。天叫他梦中说出，岂不是我们的造化，该得大财！"

众人大喜。又商量了一番，便着一个点灯，几个拿着绳索，一步步悄悄进房；又蹑手蹑脚走到床铺边，使两个立在头边，使两个立在脚后；又使两个立在中间，几个将索子做好了圈儿。安排停当，众人齐叫一声："捉贼！"便口齐手不齐的往头上、脚上、手上按揿拴缚。不期马龘直从梦中惊醒，大喝道："兀鸟怪吵洒家！"只喝震得满屋应声。

众人一时心慌手慌，早被马龘迸开左手右脚，一脚踢翻后面两个，一拳打倒中间二人，直蹿跳起，摸了板刀乱砍。众人跑跌出房，已被马龘砍倒四五人在地。马龘大怒道："呆撮鸟，敢来暗算洒家！"便赶到堂中，满屋寻人，俱躲得没影。马龘一时寻不着人，便十分恼怒道："撮鸟便缩躲，却缩躲不这鸟屋。腾地撒火，撮鸟也怎撑出？"遂去卷了两把乱草，在灯焰上点着，东西乱摔。一时焰腾起来，只烧得必必剥剥，满天价红。他捏着两板刀，立在堂中，只叫快活。

这店家同众人跑跌出门，躲立暗处，忽见家中火起，忙要赶进抢取物件，却见这醉汉立在堂中看火，只得退出，向众人跌脚叫苦。众人道："如今一不做二不休！我们几个人干不得甚事，快去叫起合村人来拿他。"便一时满街叫喊道："险道山有一个强人，在此杀人放火，大家出来救护！"这些人家俱在睡梦中，忽听见村中火起，俱开出门来，打点来救。今又听见说是强人，又只得一个，便各取了棍棒、锄锹农器，一齐赶来。

这马龘见火势逼近身，正要走出，忽见多人俱执器械，大声叫骂，要来打斗。他便大吼一声："怪撮鸟，来，来，来！"直蹿出门外，抡着两把泼风板刀，就地乱砍。众人抵挡不住，便有的拾取砖头、瓦砾、土块、灰泥，只往马龘头上、身上乱抛乱洒，雨点般来。且有一块砖头抛来，将马龘头上打了一个窟窿。马龘着急，将身纵跳上屋去，坐在屋脊上看火。

众人一时打他不着，又见他躲在屋上，便要来救灭火焰。看着地下已被他砍坏了数人，也有断脚破脑的，也有不死不活的。众人有的向着地下号哭,有的指着屋上叫骂,有的只叫"不要放走了这杀人贼",便有人走进屋来救火。马霶坐在屋脊上,拾取瓦片,看清了人的头面,一片片飞掷下来,又叫声:"着!"一时打得众人抱头捂脸,俱不敢近前来救。这火好不延烧得厉害!怎见得?但见:

> 风添火势,火趁风威。风添火势,直燎得黑气透天关;火趁风威,只烧得红炎攻地府。剥杂了万道金光,直律律千条火焰。凡火不逢,天火不着;天火不借,凡火不烧。"轰"的一声,粉墙忽变颓垣;"爆"的一响,画栋尽成榾柮。四处居民叫苦,两边妇女悲号。虽是惹火烧身,亦必借巧应劫。

马霶只坐在屋脊上,看烧塌了这边,又走到那边未烧的屋上。此时半夜间,直惊得远近村人,皆来看火。

这夜,杨幺也宿在一个村中店内。忽听得街上人纷纷说去看火,忽又听说是险道山强人出掠,在自召铺杀人放火。杨幺在床上听得明白,因暗想道:"我这等吩咐他们,怎又如此乱为!须得我去喝散他。"便立起身,开出门来,果见烟火迷天。因想了一想,回步入房,取了包裹,提枪出来,寻对主人说道:"我要到前面去看火,不久也就天明,免得又来。这是块银子,给你做店钱吧。"

主人收了,也就不问,杨幺遂走到自召铺来,却听见暗中有人在那里埋怨道:"好好的人,却疑他是贼,算计捉他。如今倒被他杀人放火,却又不敢去惹他,岂不是打蛇不死自害!"又有的说道:"他怎是好人?只这说梦话,叫出'杨幺,赶坏煞'。杨幺,险道山的,他不是一伙的人?"又有的说道:"他只在山上做强人,又不来蒿恼我们,管他做甚?况且独自一人,如今弄出事来,有甚便宜?"又有的说道:"老哥,你们哪里晓得。这险道山的强人,与新来的这个杨幺,俱是谢公墩王豹的对头。他村中好不严禁!若拿了去,便得千贯赏钱,故此人要捉他。"又有人说道:"这些人怎打得他倒?只被人一砖抛去，却打破了他的头。头便打破了，却被他杀也杀够了，火也放够了。如今只坐在屋脊上，看火耍乐，众人只不敢拿他下来。如今有人去报知王豹，等他自来捉拿。"

杨幺听完，暗暗吃了一惊，连忙走开，因想道："王豹这厮，恁般可恶，决不肯忘我。只不知这汉子是谁？却在睡梦中叫我名姓，是一片真情想慕形于梦寐中，实又添我一个知己。只是说甚'赶坏煞'，莫不是赶来算害我？我也不肯饶他。须去看个光景，问个明白，再作计较。"便一径走到火发处，杂在人丛中，仰面看屋脊上。果有一个大汉子，坐在上面，将瓦一片片飞掷下来。杨幺迎着火光，一时看不明白，便转到黑影处看去。那马靁却对着火光，照得眉毛眼睛俱看得见。杨幺定睛一看，却是马靁，便十分大惊，忙向屋上用手招呼，大叫道："马靁快下来！我杨幺在此。"一连叫了三声，便抡枪柄，向人身上拨打。纷纷退避。

这马靁在屋上，忽听见说是杨幺在此，便十分快活，却一时不跳下来。见杨幺将人赶开，又十分快活，只从屋脊上两三跳到屋檐，踊身蹲落下地，向杨幺大叫道："杨幺哥哥，想煞了兄弟！"便抡动板刀，要赶去杀人。杨幺一手拖住道："我同兄弟去说话。"马靁气愤愤地，只得跟走。这些村人忽听见说杨幺在此，一时吓得惊慌，知是来救这汉子，俱各逃躲。及至王豹同了乐汤，带领徒弟并村人以及弟兄赶来，已是无人。一面使人救火，一面往险道山追去，直追到天明，才回谢公墩防守。

这杨幺扯着马靁，乘人退避时急走离村，问道："兄弟怎么来此？"马靁道："想得哥哥一纳头不自在鸟闷，赶来作伴。恁地屈投错，要到家见面。只今夜宿，被贼呆鸟暗算跳醒，只剁砍撒火，吃撮鸟伤破窟窿上屋。日出打闹，不存老小！心里没想哥哥到来，兀地不同砍杀顿，放出鸟闷，扯跳恁地？"杨幺道："兄弟爱我，吃这亏苦。如今头可疼痛？不要吹入风去，明日难好。"便除下毡笠叫戴，马靁道："没疼。恁闹夜半，窟窿长就大疙瘩，风没钻透。"

杨幺遂将乡人言语并王豹事情述出，道："我这里认得有条小路，便可绕过谢公墩。"又将当日走小路的缘故，略说了一番。马矅道："全没晓恁梦话。呆撮鸟与哥哥恁作对，只索叫他认黑疯子板刀。扯跳小路，吃日后口笑。"杨幺道："我要回家心急，免得惹出是非，耽迟去路。兄弟你只依我。"马矅只得顺从。杨幺领着从小路急走，一路指说骆庄山岗桃园，只走到天明，已转过了谢公墩三十余里。

自此昼夜兼行，一路无话，不觉到了武昌。杨幺不胜心喜，因对马矅说道："喜今日已到故乡，离家日近。连日行路辛苦，我同兄弟寻个酒店，沽饮三杯。"马矅道："几日跑跳得两腿怪直，恰想碗酒下肚。"便走到一个店中，两人对吃。马矅只低头吃了半晌，忽定睛将杨幺一看，道："恁日忙乱，也没心觑哥哥面脸，兀地较当日怪白。"杨幺听了，只得忍笑说道："若不赖此遮饰，必是被人猜识。"遂将屠俏搽脸传授、清早涂抹说知。马矅听了，只笑得拍掌道："屠俏好！"

两人正吃间，忽听得街上有官员过往，十分热闹。两人只是吃酒。火工送上酒来，转身走去，杨幺忙叫住问道："什么官员过往，这等热闹？"火工道："这位官员是本地人，极有势焰，在此调集人马。今日到来，合城官府俱来迎接他到帅府中去。"杨幺道："既是本地人，不过是个乡绅，怎得在此调兵？他姓什么？"火工道："他便是岳阳城中贺太尉。前年来家葬母，休闲快乐。近日汴京报来，被一起好汉夜闹昼劫，不能捕获；金兵连夜杀来，汴京朝夕不保。遂有旨意下来，钦召他进京，又着他调本省军兵去救汴京。奉旨在此调选，不久就要起身。"说罢走去。

杨幺听了，忙看马矅一眼，各自会意。杨幺忽笑了一笑，马矅问道："哥哥笑兀谁？"杨幺便低说道："我笑宋室没眼，专用这等小人。我虑汴京必不能保矣！"马矅道："不保好做事。"杨幺欲要说些言语，因见他说话躁烈，恐生别事，因说道："酒不吃了，同兄弟到家慢吃吧。"马矅忽问道："恁个鸟太尉，敢是与哥哥作对的呆撮鸟？"杨幺忙立起身，摇首道："不是，不是。"马䲔便将酒肉一顿捞吃完，杨幺打发酒银，出门走路。

又走了几日，才到了柳壤村中。早有村人忽见杨幺回来，俱吃了一惊。杨幺忙向村中父老说道："小子才来，不曾见过父母，不敢先礼。容拜见了来陪话。"众人听了，一时不便与他说知，只说道："大郎请便，我们随后就来。"杨幺便低头急走。走到自己门前，抬头一看，早见前后门户倾颓，左右墙垣塌损。杨幺见了，不胜暗暗点头道："老年人在家悬念，愁苦不了，哪有心绪葺理？"连忙走上阶头，却见两门虚掩；忙用手推开，正要叫声"爹妈"，早一眼看入内去，不觉吃了大惊。端的是甚缘故？但见：

梁上灰尘挂满，堂中污垢成堆。户牖俱无，前后一望到底；墙垣拆去，周围四处通风。白日鼠横行左右，黑夜狸穿走东西。地下坑坑坎坎，台基侧侧斜斜。一座灶，掀翻在地；半壁炉，推倒窗前。进门闻臭气，人皆掩鼻；入户见荒凉，心也辛酸。若不是走失逃亡，亦应知捕贼起发。

杨幺看完，因对马䲔说道："原来我出外多时，父母无靠，另是搬居。只不知居在哪里？我须去问人来。"正要转身，早见几个人，同着一阵老幼男妇，陆续走来。杨幺看去，在前的几个，就是当日来说贺家安葬的几个里老。杨幺连忙迎走上前，拱手问道："请问尊长，杨幺的父母搬居在哪里？乞烦指引。"

里老听了，齐说道："说来话长，请大郎到舍下去，慢慢说知。"马䲔在旁发话道："这伙不死活的老乌牛，全没些人性气！谁耐烦慢腾腾地嘈？"杨幺忙看了一眼，便向众老赔笑施礼道："我这兄弟北方人，性气耿直，说话粗鲁，万勿见怪。乞尊长就此说明，使杨幺好去。"众里老道："不是我们定要相留到家，因见大郎回来，想起前番为我们地方不许贺家安葬，害了你一家受苦。恐怕一时说出，使你必要气苦，故此要慢慢说知。"

杨幺听了，着惊道："莫非杨幺的爹妈，有甚变故么？"众人问道："大郎在北边的事情，难道你不知些消息，一径来家的么？"杨幺道："我因记念父母，遇赦便就回南，汴京乱信，前在武昌才知。"

众人见他错认了话头，因说道："如今只得要与大郎直说了。自从大郎去后，不独你父母在家悬念，我村中人哪一个不感念你不了？这贺太尉见你去后，即另择时日安葬。自从葬后村中老少不宁，洞庭湖中盗贼时常出没村坊，幸喜独不到我村来。虽是不来，也未免提心吊胆。

不期这贺太尉，他们是作官的人，朝中事情，略有些举动，便有人来报他。说大郎遇赦，与白云山同伙，大闹东京，做下许多不法。他便怀着旧恨，竟去禀知相公，说大郎是本村人，现有父母在家，必有信息往来。朝廷不久追究：'莫若先将他父母拘禁，休使他知觉潜逃；日后到府要人，便就费力。'相公准信，即差百十捕役，星夜赶来，打入你家；不容分说，将你父母立时锁扭，满屋搜寻财帛，险不将这间房子颠倒过来，地皮掘做深坑。

你不见里面坑坑坎坎，台基倒倒斜斜？又疑心有银两埋砌在墙壁土灶中，便拆开掀倒，将一应器皿饰物，尽行席卷；扛抬不动，粗夯不值钱的，还分派村中，要银交纳。便扯拽两个老人家解入府去，受审刑责。幸喜分辩得好，说是大郎原为犯罪递解；在外不法，实非父母纵容之罪。相公听了，便将两人囚系在狱，因见东京没有来文，遂不再审。我村中只敛钱助米，告求禁役，传送饮食，两老人便在内安然无恙。只不知大郎可曾做这勾当？"

此时杨幺听得恼怒悲苦，大叫道："这贺贼暗将杨幺父母陷入狱中，说来甚是痛心。若不杀此奸仇，岂是平生志量？"说罢，白瞪双睛呆了半响，不觉流下泪来，道："罢，罢，罢！我杨幺一生见人父母若己父母、见人患难若己患难。谁知生身亡过，不能侍养，已成不孝；正欲报恩抚养，今反为我受冤！苍天，苍天！我杨幺何惜此身躯而不之救耶！"说罢泪流满面，向众人拜谢，却回头不见了马镫。只因一不见：

　　天上月蚀皆仰见，空中雷动尽闻声。

不知后事如何，且听下回分解。

第三十二回

杨幺为父母受刑　马霳救朋友陷狱

　　话说杨幺见遗累父母在狱受罪，因哭对众人说道："官府所重者，是我一人。我今挺身投到，自然释放我父母还家。"众人再三劝他莫去，杨幺不听，遂拜托众人道："我此去自然换回父母。只这包裹入了公堂，见了父母，恐一时不便授受。我今将包裹并枪留在列位处。包内是人相赠的路费，等我父母来家时，乞列位付他过活。"说罢，向众人便拜。众人听了，无不凄然欲泪，俱满口应承，搀扶起来。杨幺欲走，却想起马霳，要与他说话，四下一看，并不见有，忙问众人道："同来这个兄弟，列位可曾见他走往哪里去了？"众人说道："这黑汉实有些贼相。见你有这般事，恐怕缠身，方才不等听完，就出村去了。"杨幺笑了一笑，只得别了众人，一径入城。

　　到了府前，见悬着一面大鼓。急走到鼓下，捏起大拳，连捶几下。衙中人慌忙赶出来，喝问道："你这人有甚冤枉事情，便来击鼓？快些就缚，等相公出来审问！"杨幺道："你去对相公说，我是杨得星的儿子杨幺，自来投到，代父母出狱。"衙门人一时听见说是杨幺，各暗暗吃惊吐舌。内中有认得的，连忙近前说道："请立在此，我即去传禀。"遂暗暗着人看守，即奔入去。

这知府在内，忽听见外面有人击鼓，知有冤枉事情，忙走出来，立在后厅，着人排衙审理。忽见几个衙役跑近前来，跪禀道："报相公得知，今来了闹东京、劫府堂的杨幺，在外要见相公。"知府突然听了，连忙入内，将门掩住，用手招呼那报事的来，问道："他带领多少人众到此？"衙役道："并没人众，只得一个来击鼓。"知府想了想，道："他来击鼓，便不是倚强逞凶。你可曾问他，要见我做什么，你也就该回他了。倘弄了进来，一时难打发出去，这不是耍！"衙役道："小人先前见他说出杨幺，却也吃惊，只得大着胆问他。他说自来投到认罪，要相公放出他的父母。"

　　知府听了，一寸欢喜，便想出一个主意，即叫传众衙役进来，吩咐道："闻得这个杨幺，千人莫近，万夫难敌。现今东京悬赏，有人擒得杨幺者，官加大职。今日难得他自来投到，实是本府功名显达之时。为今之计，只可软取，不可力求。须如此这般，我叫打便打，我叫夹便夹，你们须要尽心在意。"众役齐声答应，即一面坐出堂来，一面着人叫请。

　　杨幺走入，看着堂上，已不是前番审问他的这个知府。知府见杨幺走到阶前，连忙立起身来，满面笑容说道："本府久闻义勇之名，充盈满耳。今日到来，宜该下阶相见；因是公堂，恐人议论。适才衙役传进，是为父母挺身来见本府，甘心救出，不独义勇，抑且大孝，是个孝义智勇兼全之人，实今所未有。"因吩咐衙役道："你们快去请出杨义士的父母来，本府当堂释放回家，完他一段孝念，便好安心领罪。"

　　杨幺听得满心欢喜。不一时，两个老年人一齐走出。杨幺忙上前抱定拜倒，叫声爹妈道："孩儿今日回来，指望拜见爹妈于家中，谁知爹妈为孩儿在此受罪，心如剜割，特来自投，换爹妈还家。"老夫妇忽见了杨幺，一时惊喜，悲欢了半晌，方说道："自儿远去，我两人泪眼常盈。得闻大赦，知汝不负，是以魂梦也想你到来。不期贺太尉怀恨未消，将这路远难稽的事，使我二人破家被陷，将谓老死禁中，愿儿不来践约。谁知你今果来践约，要救我二人出去，实是你的孝念，却又添了我二人一段忧苦。今我二人不过是形衰垂朽，旦夕沟渠，死何足惜！你若轻生，岂不误前程事业？你还出去，等我二人坐在狱中。"

说罢，二人哭不出声。杨幺听到伤心，不禁失声大恸，又连忙劝住父母道："孩儿犯法，今已甘心领罪。今蒙相公怜许，爹妈不必过伤。"知府忙唤杨得星夫妇上来，说道："前因拿不着你的儿子，故此将你二人监禁。他今念你二人年老，特来投到换出，实是他的孝念，本府已自慨许，可速去还家。"遂叫人领出。二人没法奈何，只得拜谢。走到杨幺身边，不胜痛哭，一时三人俱哭做一处。知府忙说道："你儿子要做孝子，宜该完他心志。怎如此悲啼，作儿女之态，乱他心曲？"向衙役丢个眼色，衙役忙来扯领二人走去。这是杨幺救父母，府堂大分别。

杨幺见父母出了府门，连忙止泪，暗暗欢喜，立在阶前。知府忙笑道："本府目击悲伤，亦为酸鼻，意欲因孝徇情，须知有责任之苦。今义士孝念已尽，只得屈入狱中，申明上司定夺。"杨幺道："蒙相公怜释，我已安心受法。"说罢，要入狱去。知府笑说道："朝廷法令，狱中岂无缧绁之系，只得要义士屈从。"因吩咐衙役道："他是个孝子义士，今来安心领罪，本府甚是怜念。若不上了刑具，异日上司闻知，恐有不便，你们只从轻罢了。"

众役应了一声，便有几个积年上刑具的老手，走来将杨幺手脚轻轻套入。到了好下手的所在，霎时收紧扣住，竟将杨幺双手相交，两脚合并，直律律的站立，就如独脚鬼一般，寸步难行，身子略动一动，便要跌倒。杨幺总不在心上，由他处置。知府见已中计，满心欢喜。即便坐下，在案上连拍数声，大怒喝骂道："你这好大胆的狂贼！罪犯弥天，百身难赎。朝廷到处擒拿，怎奈兔藏狡窟，魑魅潜形。岂知恶业易盈，天必败露，故阴驱阳遣，使汝丑形毕露。光天化日之下，岂容逃遁哉！"叫左右："与我法必尽法，刑必极刑，慢慢推敲！"

众役吆喝一声，将杨幺推倒在地。一时间，笞杖鞭扑、夹拶敲箍，无一不用，杨幺只含笑受领。直打得皮绽肉飞，血流四溢，知府连忙喝住道："本府擒获巨盗，除了朝廷大害，不久位至台臣。也须留这贼飞报上司，托他上表，然后正法可也。"固叫禁役近前，悄悄吩咐道："可将杨老夫妇另自锁禁，休使这贼晓得。"禁役遂将杨幺推入狱去，知府然后摇摆入内。

且说这马鬣，当时立在杨幺身后，听见乡人说出陷在狱，又见杨幺痛哭起来，便叫声："可恼！"转身直窜出村去，道："可不干鸟气，兀地求告！只洒家两板刀砍入讨还他，没恁胡乱，迟跳鸟湖勾当！"便一路唬吓问人，找入城中。只东西乱撞，便撞到一个衙门前来立着。探头看入里去，只静悄悄地，便自言自语的说道："兀的没恁开封府堂忙乱，鬼也没，只鸟般躲，禁不的洒家两板刀，砍出送还不迭。"

忽见背后有一人走过，手中提着一筐浆食，往侧首走去，他便跟来。只见这人向一间门口，往小洞中送进。马鬣只两眼射入，却见洞中藏着许多人在内。一时看得快活道："兀的不是怎么闷闭人的鸟监？他两个在内，洒家休惊他做准备，且寻碗酒吃，赫赤赤地来。"便转身寻到一个店内，乱叫："酒肉酒家吃个饱！"

店中人见了，忙来小心服侍，要使他不开口，欢喜出门，才是造化。只酒热肴香，一替替搬来，果吃得马鬣十分快活，却留心不敢吃醉。便起身摸出一块大银，往柜上丢来，道："洒家明日来吃总算。"便跨踏出门。此时已是点灯时候，他便立在街中，自言自语道："兀地赫赤，鸟还没宿，可不惹肝气！"便火杂杂又东西乱撞了一回，趱到衙来，闪立在黑影处，只紧对着小洞门口。立不一会，忽外面筛起锣来。马羼道："可不吓坏了洒家！"忽又敲起梆来。马羼道："恁地准备，也要着洒家手！"便在腰间取出板刀，道："偌多时没用，只今叫你吃顿饱！"便大踏步蹿跳到门，吼叫声，只一脚踢下门来，抡动两板刀，直砍进去，大叫："杨老公婆，闷闭恁地！"

此时监内狱官，正坐在那里查点罪囚花名总簿，大门只封锁牢固，各禁役自去上重犯的刑具。被马羼出其不意踢开，直抢到狱官案前，手起处，已砍剁了三四个禁卒在地。向着狱官大喝道："洒家刮地雷黑疯子马爷爷到来，恁么鸟官，敢大喇喇地坐，没送人去！"说罢，一刀砍来。这狱官正在灯下点看名簿，突见一人赶来，砍伤禁卒，大声喝骂，知是强人劫狱。一时无备，只吓得屁滚尿流，急忙里逃躲不及，见刀砍来，即往桌下一钻，朝着马羼磕头如捣蒜般，只叫："爷爷饶命！"

马羼大笑道："今日恁般有官拜洒家，洒家不杀，只自快爬跳出。"狱官见他喜欢奉承，只得大着胆，钻出桌外，不敢抬眼，只伏地捣磕。马羼便笑嘻嘻走来，坐在椅上，将两板刀放在桌旁，喝问道："兀地鸟官，几大前程，恁么职分？"狱官在地答道："小官没有品职，是个未入流。"马羼道："只恁'未入流'，敢也是绝大官名？恁这'未入流'，躲此做甚勾当？洒家只恁坐地，敢也似个'未入流'么？"狱官见他不晓得官名贵贱，便抬头看着说道："小官做这'未入流'只管监中罪犯。爷爷这般坐着，实像个'未入流'。"

马羼听了，哈哈大笑道："恁这呆鸟，是前边的'未入流'，洒家只今的'未入流'，可也是一流人。便觑同官面皮，饶跳起来，只将管辖闷闭罪犯，逐个叫出，洒家要放飞两个脱跳。"狱官只暗暗叫苦，立起身来问道："不知爷爷要查的是哪两个，叫甚名姓？"马羼道："洒家没知，只将杨幺哥哥的爷娘脱放，洒家便跳去。"狱官听了，才晓得日间府中投到这个大盗杨幺，他就是杨幺一伙的人，来劫他父母，错寻到此。一时心内惊慌，答应不来。早见黑处有个禁卒，做了

278 后水浒传

一个手势，便会过意来，说道："监中罪犯甚多，一时查点不来；若小官自去查叫，又恐爷爷疑心。如今同爷爷到罪犯处，高叫'杨幺爹妈'有人答应，即便放出，岂不省便？"

马鹱听得十分快活，起身取了板刀，狱官携灯在前相引。引入一条深巷中来，狱官假意叫："杨幺爹妈哪里？快来放出。"同走到中间，忙将灯一口吹灭，撇在地，急去藏躲。马鹱跟在后，忽见灯灭。霎时黑洞洞，连叫几声"未入流"，并没应声，便骂道："这撮鸟不中抬举，叫他官名，却不应声，恁躲也躲不去！"遂用手在黑处摸来，忽听见两边墙上、头顶上，一阵阵的息息索索。忙一手摸去，却摸着几条硬铁，侧过头来，脑袋上早撞着，险不撞裂。便又骂道："恁怪撮鸟，可不是条死路，哄斗洒家，只回去闹他出来。"便转身大步跳踏。不期地下有许多怪物，只一脚踏去，直将八搭麻鞋、裹布穿过，搠通脚底。

马鹱忙拾起个在手，却是不方不圆、三角尖刺的铁怪物；再摸着脚底，已淌出血来。马鹱勃然大怒，骂道："这呆夯鸟，敢算洒家！"遂抡动板刀，要砍杀出来。忽前后一阵锣声，火把齐照，叫喊："捉黑脸贼！"马鹱再一看时，才见满巷中，高低前后，密密层层，俱挂着千百条锚刺，地下的俱是铁菱角。

原来这条巷中进去，便是罪犯牢底。每到夜间，恐有走失劫夺，到晚间查完了罪犯，便在墙外从梁上放坠铁锚，又洒下铁菱；到天明依旧在墙外扯起，扫去铁菱安放。任是强人，再走不出。这夜正在查点，突被人杀人砍伤，禁卒见他凶顽，两把板刀不离左右，一个狱官又吓倒在地，军牢禁卒俱不敢动手。听见说出查人，忙与狱官会意，各去墙外，见灭了灯火，遂一齐放下铁锚，乱洒铁菱，然后筛锣喊捉。

马鹱见有人叫捉，十分恼怒，要砍杀来。怎奈躲跳不出，忙用手拨开了一个铁锚，跳得一步，那一个又挡在面前。跨一脚去，（原书缺一页）时，县尉喝住，叫上刑具，推入监去。自己乘夜来见知府，会同做就文书，次日飞报上司定夺。

这贺太尉奉着旨意，调集全省军兵。晓得这一去，不是护守汴京，便去与金兵交战，是个性命相搏、有罚无赏的事。又见消息甚紧，他只在武昌延挨，推说军马未齐；及齐了，又推说粮草尚乏，只拥着娇妻美妾、舞女歌儿，在帅府内吃酒取乐，图个快活得一日是一日，全不念朝廷征兵如火。这日忽接见报内，府官擒获了杨幺，一时满心欢喜，暗暗算计了一番，道："我何不借此功归于己，便可又在此停留。"

遂来对上司说道："这杨幺在东京惊动二帝，众将擒获，忽被同伙劫去。今逃入境内，不久生乱，幸得知府擒获，县尉获其余党，口称洞庭、天雄，向为地方心腹之患。若使久禁岳阳，城非坚固，倘有伙类效尤东京故事，关系不小。我今点起三千军士，战舰千余，使人扬言进剿洞庭、天雄，暗将二贼解入武昌，即正典刑，贺某进京自当陈奏。"

众官听了齐说道："太尉高见！实是忠君爱民之意，悉听主裁。"贺太尉听了大喜，即传令点了三千军士、千号战船，备了一角文书，差拨心腹虞侯，吩咐道："这杨幺是我仇人，须要谨慎解来，当面碎剐，才得快意。"虞侯领命，不日同军士登舟，往洞庭湖进发，一路扬言进剿而来。只这番杨幺为救父母下狱，并贺太尉出兵，早有天雄山、洞庭君山两处细作，各自飞报上山。两山上头领俱各惊骇，人人要来劫救。

且说天雄山一班好汉，自从当日杨幺犯罪，便要劫夺，一时措手不及，被人解去，只得常使人打听消息。杨幺事情虽不一一尽知，却也晓得些大概，众人无不想念，只不知近日回来的事情。这日忽有探事来报扬幺回来受罪事情，便人人擦掌摩拳，准备下山劫夺。忽报洞庭君山遣人来下书，忙拆开看，却是众兄弟一封公书。只见上写道：

> 杨幺尽孝来南，从井陷身，不久俱毙。凡我同心，宜戮力捐躯，手援救溺，共敦义好。不意近得飞报，贺太尉遣兵四出，有不欲洞庭、天雄并立。若救溺失巢、守巢失义，均非良策。但各行己志，各展奇谋，诚恐鸿雁难传，临期不能画一。因思水分杯勺，难救舆薪；聚水成渠，易漂炬烬。君山去岳阳，片帆可渡。书到乞率虎贲共聚协谋，易胜引领之至。

众人看完，一时不解其中义理，何能遂细细解说了一番。众人听了，大喜道："这个主意，还是怎么处分？"何能道："木不聚不成林，党不结不固。我等原是等待杨幺上山为主，杨幺久意洞庭，趁此时移驻君山，合并共救杨幺。为蛟为龙，正在此举。"众人听了，十分欢喜。即一面写书裁答，一面收拾，传知合山小校，临行烧毁关隘寨宇。不日起身，大小人众共有五百余人。何能传令俱是官军打扮，说是奉贺太尉征调去武昌，所过府、州、县并无盘诘。

将到湖岸，已有君山上准备船只，众兄弟俱来迎接。陆续登舟，一时挂帆，渡到湖中。天雄山众弟兄果见君山形如猛兽，盘踞湖中，有众水来朝之势，不胜欢喜。将次到山，满山上鼓炮喧天，众小校俱来迎接。一齐同入厅中，各各拜见。花茂、柏坚、吕通另是一番欢喜，张氏接了庞氏入内相见。厅上弟兄分坐两旁：客位是游六艺、滕云、何能、柏坚、王信，主位是郝雄、张杰、岑用七、花茂、吕通、章文用、郭凡。共是一十二位头目，各自坐定。

郝雄等说道："一向久慕列位哥哥，再不得相会。却因闻了这般大信，事在两难，只得商议出这个计较来请列位哥哥。不期书到，蒙列位哥哥即弃寨到来，商量做事，实是杨幺哥哥的福量。"何能接说道："蒙众位赐书，切当情理，只得弃小就大，以便日后图谋。只不知这封书的写作出自何人？"花茂指说道："就是这位兄弟。他叫章文用，是个经书教授，久通文墨，真草隶篆以及刑名书札，无一不晓。只因没坐性，去年失了馆谷，一径投上山来，拜了弟兄，称他是'书记手'。"因又指着郭凡道:"这位兄弟是个赛卢医。因山中常有瘴气,军士患疾,因知其名,特遣人到临安,诱至中途,将实情说知,仗义到山,结了弟兄。"

何能众弟兄听了,俱各大喜。不一时大排酒席,各自畅饮了一番。然后商议来救杨幺,并迎敌官军。何能叠着两指,慢慢说出。

只因这一说,有分教:

层层波浪因风起,岌岌江山败小人。

不知后事如何,且听下回分解。

第三十三回

何能义激柳壤村　文用智赚岳阳府

话说天雄山头领与君山头领并合一处，即商议迎敌劫救事情。何能说道："迎敌易，劫救难。我今聚合，非复昔比，只消据险而守，以逸待劳。彼涉风涛，急切不敢向前。若乘其有疲而攻之，虽有三千之众，当望风靡走，这倒不足为虑；只是劫救，计非万全，系性命于指掌。我今计已得矣。方才听见章文用，只得要他去走遭。"

众人听了，一齐惊问道："去救杨幺哥哥，临时非杀即斗，怎不使能事弟兄？他一个舞笔书生，怎做得劫救杀人勾当？"何能笑道："我正因他能舞笔，故此用他。"因说道："当日杨幺犯事，只不过官府听信贺太尉之言而罪之。今自投认罪，外面久有悬赏，人将他为奇货可居。再者所来敌兵，出自贺太尉的主意。他宿恨未消，久将杨幺父母下狱，今岂不知杨幺自投，而欲置之死地，以居功。我疑所来之兵，内中必有诡诈奸谋。若使人去探听，一时怎探听得内中机密心腹之事？我今所用章文用，喜他熟谙刑名刀笔。目今库藏空虚，金饷日急，只得使民间纳吏，朝内卖官，以供国用。府、州、县俱有示条在外，以致富豪士庶俱乐然输纳。但买纳必要根源有据，又要互保。我今想来，这柳壤村居民，向与杨幺有德，我去当以义激之，自有可纳之路。文用一进府去，内中消息皆知，我则易于行策。就是这个府官，是民间豪富，向媚秦桧。今用十万金银，托秦桧为他谋干，得此美职。他今只知荣利，岂有深心？"众人听了大喜。因事情紧急，即备金银，何能同章文用、花茂驾只小舟，连夜往柳壤村来。

天明到了村中，何能同章文用走上岸来，向村中绕走了一遍，转身向热闹处。何能举手高声问道："借问列位，这村中有个义士杨幺，闻得前日回来，不知哪家是他住宅？乞求指示。"众人忽见这人来问杨幺，俱一时惊惊疑疑，道："你来问他做什么？"何能道："我慕他好名，要来见他一面。"众人道："名是有些，却见他不得了。"何能道："他最爱结识人，怎说见他不得？莫不是闭塞贤门么？"众人道："什么结识人，什么闭塞贤门，如今倒进了监门了！"

何能假作吃惊道："这个好人，他为甚犯事，就被官府拿进监去？还是他自己犯事，还是为人，还是有人带累他犯事？他也有些手段，就没个腾挪脱罪？便没腾挪脱罪，难道没个往日与他相好仗义的人去搭救他？"因又跌脚道："我今特来投奔他，谁知犯事，大失所望。可知犯了什么事？"

众人见他相貌斯文，跌脚不遇，是个好人，便也跌脚道："我们只得对你说知，料也不妨。"遂将杨幺前后犯事，以及他父母入狱事情说得详详尽尽、委委曲曲，道："我们当日原劝他不要自投。如今一总不放，只怕上司文书下来，便取他三人的性命。我们要见他一面，今世料想不能！"

何能听了，不胜跌脚道："他既为你地方犯事，难道你们视死不救，就是这等罢了？"众人道："我们一个乡村人，有甚力量、有甚主意、有甚智谋去救他？只好叹息声罢了！"何能道："既是你们为他叹息，必是有心要救，特无力量、主意、谋智耳。设有力量、有主意、有智谋的人来与你们较算去救，你们可肯真心为他么？"

众人听了，一齐裸袖攘臂，说道："若有这样人来，肯较算去救他，这是十分好。若用得我们着时，便是火焰里也肯跳入。只是怎得有这样人来较算，你今说也枉然！"何能见他们已是义动，便满心欢喜，笑说道："我便知你们村中曾受杨幺好处。即今豪杰们，念此地是杨幺出身之地，再不来惊恐。我今不是别人，是洞庭君山头领设计来救。"遂将事情说出。众人听了，俱欢喜道："这有什么难事，只消同几个里老到府中去，说是村中人买纳吏司，谁人动疑？"

何能大喜，便同众人来见里老，里老欢然愿去。何能即着花茂扮作跟随，带了金银，一同章文用而去，何能在村中等候消息。果是有例援纳，章文用在府中纳了一名押司；参见时，送了一份重礼。知府满心欢喜，问些刑名钱谷事件，章文用对答如流，十分喜他。章文用只撒漫银钱，衙门伙伴个个结识；一连几月，只是一时不便入监去通知，只照新例在班房歇宿承值。

忽一日夜间，几个虞侯带了二十余个军兵，齐入后堂，叫请知府说话。不一时知府出来，几个虞侯在知府耳边说了几句。知府满口应承，即坐出堂来，传唤禁役："将杨老夫妇并杨幺取出，休教三人相见。"又一面着人到县，将马䰝解来。

不一时杨幺、马䰝俱抬到阶下。杨幺突见是马䰝，不胜大惊。马䰝见了杨幺，便大叫道："兄弟救哥哥，错砍乌监，吃了好苦。喜是同死快活！"众役忙将他嘴闭住。杨幺正要开言，被幅青布兜脸按住，一时开口不得，知府即当堂交与虞侯。虞侯使军汉抬了四人，前后出门而去，知府便转身退入。

此时章文用、花茂忽见将杨幺黑夜与人带去，不知什么缘故。因见知府退入，章文用连忙跟入，悄悄禀道："这杨幺凶恶，不啻猛兽。相公为何昏夜与人带出？倘被强人闻知，岂不生劫夺之患！"知府听了，止住笑说道："你哪里晓得。这是贺太尉在武昌闻知本府捉了杨幺，恐留在府中有人劫夺。今差三千军士、千号战船，现在城外湖下扬言征剿天雄、洞庭二处，使他那里不敢离山，实是防护押取杨幺去当面正法。"

章文用方知缘故，暗暗欢喜，忙又禀道："既是如此，相公也该着人同他解去。便不着人，也该备用公文，移会上司，才显得相公擒获大盗有功，求他题请。如今这贺太尉是本地乡官，今日若不与上司说明，异日功劳只知有贺太尉，不复知有相公矣。岂不是为他人逐鹿？"

知府一时听了这几句说话，不胜跌脚道："是呀，是呀！实是想不到此。本府功名，实要在擒获杨幺显擢。你果有见识，可与本府作速写起文书，付与他带去。"章文用道："他们这般用计，人到船上，顷刻即开，一时文书怎做得就？小人初蒙相公抬举，并不曾有事替相公出力。今情愿急同他们上船，到上司处，细将相公功劳表白，求他题请，才得指日荣迁。不知相公意下如何？"

知府听了，大喜道："你若去与本府向上司处表白显扬，异日荣迁，决然提掇。事不宜迟，你今快出城去。"章文用即转身急出，忽又转身来禀道："小人此去，他们俱已上船，若无凭据，怎肯相留上去？乞相公将印信打一个在小人臂上，使他知是相公所遣，方不误事。"知府忙将印打好。章文用走出，急到班房，同花茂出府，去叫开城门。章文用细细说出道："你今速去报知何能，快来劫救。只看我在哪只船上，便有杨幺在内。若是夜间，听我唱歌为号。"花茂即急走去。

章文用便沿湖直走，果见岸上官军俱在那里收拾营帐下船，船上人俱起锚橇将要开船。章文用急赶到近处，向船上高叫道："我是府中押司。奉相公言语，要上船同去见贺太尉的。"船上听了，有的说道："军伍中夜间不容人上船。"章文用只得又叫，才有人问道："你可有甚凭准么？"章用文道："有，有，有！上船请验。"众兵遂叫他上船。章文用到了船上，忙问道："我要上有杨幺在内的船。不知哪一只的是？"众人道："你只低声，看了凭准，送你到那船上去。"章文用伸出臂来，道："这不是相公的印信？"

众人看明，遂渡他到那只船上来。也看明印信，遂问道："相公叫你来做甚？"章文用道："相公着我来对列位说，恐路上不稳，叫将四人不可放在一船；还有心腹言语要见太尉面禀。"众人听了，笑说道："果是相公细心。我这里已将他分做四处安顿，只这船中就是那话儿。"因问道："你是府中什么人？"章文用道："我是相公贴身书吏。"众人道："这便是位押司了。今又遣去见太尉，是我们一家人，只在这船坐吧。"章文用暗暗欢喜，连忙称谢。不一时众船齐开，将这船裹在中间，连夜而行。

这花茂急忙赶到柳壤村报知何能，即同下船。不半夜到了山上，即点三百小校，与众头领分坐十只快船，扯起官军旗号，一路赶来。直赶到次日中，见前面贺军船只在湖面上如羽翼般行走。走到酉牌时候，到了宿处，抛锚打橛。这里何能望见屯宿在乌鱼嘴，即将船住入芦苇，遂吩咐岑用七去如此这般。岑用七即上了一只小撑船，搬了许多物件放在船内，便一径望着乌鱼嘴来。撑得将近，即一手摇着一面小鼓，叮叮咚咚的乱摇起来。贺军船上见了，忙问道："你卖的是什么东西？"岑用七道："我船中卖的是油盐酱醋、鲜肉腌鱼；还有玩耍的，是双陆、象棋、骨牌、色子。"

众船上听了，忙叫："这里来，我买你的。"岑用七便撑近船来。艄上舵公便来买他的吃食物件，军兵买的是玩耍东西；这里买不了，那边又叫。岑用七这边卖些，又向那里去卖。早看见章文用在一支高艄船上，同着军兵立在桅樯边。两人见了，俱各会意。军兵叫买了一副骨牌，同章文用去玩耍。岑用七又向别船去卖了一会，便自撑去。撑得远了，即如飞撑入芦苇中，与何能说知，道："等夜深时，只消我入水洑过去，将这只船推入湖中，你们只砍杀上来。"何能听了大喜。到了更余，将船慢慢行来，离乌鱼嘴半里，一齐停着。等到三更，残月已没，岑用七即脱膊，口衔利刃，跳入水中洑来。

这章文用在船，与众人谈笑甚是投机，一块吃酒食。这夜同人吃酒，他只高高兴兴。众人见他兴高有趣，因问道："你是个押司，胸中必知古典。何不说个古人事迹与我们听,吃杯酒儿也好。"章文用道:"谈说事迹,只好日间谈说消闷,怎开发得酒兴?我倒学得些歌头曲尾,胡乱唱与列位听,多吃杯吧。"

众人听了,大喜道:"我们不好劳动。押司若肯歌曲,我们无不尽量。"遂一面吃酒,章文用歌歌唱唱,听得众人十分欢喜。歌饮多时,个个尽量,入舱去睡。章文用道:"我吃得酒多,还要在外面坐一会儿,列位先睡。"众人便自由他,不一时俱各睡熟。章文用只留心看听了多时,早见湖面上远远的水势高涌;到了相近处,便不水涌,就晓得是揭浪蛟岑用七在水中泳来,即顺口照着前面的歌曲调儿唱道:

丈夫有志未曾酬,笑杀衣冠半楚囚。
今日弃文弹铁剑,且教削尽佞人头。

唱完,便走入舱假睡,欲在空隙处看着外面。别船上虽有人听见,却只认是歌曲,又且先前唱了许多,绝不疑心。这岑用七听见他唱完,便轻轻的泳到船边,伏在水中,却听见前后船上并岸上巡更,俱打着三更。又伏了一会,只听得打更的渐渐手慢,不似先前一下下接应得清楚,便晓得困倦,遂轻轻泳到岸边,用刀割断橛索,又泳到后艄,钻入水底,扭断锚索。然后将两旁的船只轻推慢送,趁势将这船紧移疾送。不知不觉早已推脱出帮,将这船稳在众船艄后,岸上俱看不着,即放出平生勇力,将身子跃踏水面,将这船向湖中间推来。那十只小船,俱远远停漾湖中,忽见船帮内推出船来,一齐棹到。

章文用、岑用七引着众好汉,将这些睡熟的一顿刀砍斧劈。章文用急忙揭开头板,叫声:"杨幺哥哥,我们众兄弟来救也!此时杨幺在头内,听见后面唱的几句非曲非歌,十分疑惑,再睡不去。不一时,听见上面有人乱响;再一听时,一片刀声斧响,十分惊疑,忙坐起窃听。忽有人揭开船板,说是来救。急要问是谁,即有四五个人将刑具一顿劈开，背着杨幺上了小船，便将大船前后放火，霎时烧着，这十只小船如飞而去。这是乌鱼嘴岑用七洑水抽帮劫杨幺。

此时岸上与船上打更的，忽听见湖中一片声乱，正在惊疑，不一时火起，忙将锣鼓乱筛乱敲，一时惊起三千余人，俱看着湖中。早有舵工水手发喊道："不好了，火光中这只高艄船是有杨幺在内的，被人抽帮劫去，在那里放火！"众军方才大惊，一时手慌脚忙。也有来追赶的，也有开不及船的，也有胆小只是吆喝不追的。这十只小船却是船小轻快，人俱一心；又且劫了人到手，心安意乐，只往前去。及至贺军追赶将近，被这小船箭如雨点般射来，又高叫："天雄山、君山好汉，全伙在此劫救杨幺！"

众贺军见前面昏黑中有船行走，知是贼船，慌忙来赶，只赶不上。又被箭矢飞骤，忽又听得高叫，方知二处来劫，一时不敢紧追。有的说道："这湖中是他们熟路，又且黑夜间广阔无边，切莫再追，上了他们的道儿。"又有的说道："他们既来劫人，前面必有埋伏接应，不如回去，等到天明再来赶吧。"遂一齐拨转船头。

到了次早，商议道："我们虽是人多，只奉得贺太尉的主意来护押杨幺。今被贼劫去，若要赶到贼巢夺回，势必交锋。我们又无主将，不如只将这三人解去，任凭太尉主张，再来擒他未迟。"众人俱说有理，便一齐往武昌而去。

这班头领劫了杨幺到手，后有追兵，急忙里俱要准备厮杀，叙不得寒温，只往君山而行。将近到山，已是五更时候，山下战船俱来迎接。众兄弟将船傍拢，与杨幺厮见道："兄弟们日日望哥哥南来相聚，不期尽孝捐身。若不得信早，商量这条计来，险不中了贺贼满怀！"杨幺忙将众人一看，却是天雄、君山二班弟兄来救，不胜欢喜道："我杨幺已甘心受难，谁知众兄弟又将我救来，实是再生。只不知众兄弟救得我兄弟马䯄在哪里？"众人道："我们弟兄只知有哥哥，不知有个马䯄，不曾救他。"章文用道："有个马䯄，他在县监中提出，又在一只船内，实不曾计较救他。"

杨幺见不曾救出马籖，不胜顿足捶胸，滴泪说道："若马籖为我杨幺而死，我杨幺岂肯偷生不救耶？"众人惊问道："马籖怎个人，哥哥便这等流泪？"杨幺遂将马籖始末说出。众人欢喜道："且请哥哥上山，商议共救马籖。"杨幺听了，方才欢喜道："我今只得上山，与众兄弟共图事业。只得还要烦列位弟兄，趁此没人知觉，速去柳壤村，将杨幺父母接上山来，便好安心做事。"众弟兄忙说道："原来哥哥还不晓得。"

何能忙用手暗摇，众人连忙住口，却被杨幺看见，便说道："列位既不愿去，容杨幺即今自去接引上山。"众人见他要去，只得说出知府诡计、贺省奸谋、何能划策、章文用纳吏、岑用七移帮劫救，细细述说道："实不晓得大公、大婆被他们藏匿在哪只船上。"杨幺听了，一时又恼又苦，不胜大哭道："我只道代父母归家，岂知被奸人阳善阴毒！这一解去，必受贺贼凌辱，是剜去我心也，宁不痛耶？若不急救，虽生何益！"说罢，痛哭不止。众人极力解劝。

何能忙说道："哥哥放心！这贺省怀仇，只要将哥哥当面凌辱，以快其心。今知被劫，又在军事倥偬，且无大英雄手段，决不将尊公、尊堂置之鼎镬刀锯以要人。且请到山寨聚义，容何能划策相救。"杨幺听了，方止泪道："若得何能运谋，众兄弟尽力，救回杨幺父母并马籖，终身佩德！"众人齐声应允。遂相扶上山，同入厅中，众弟兄取出紫缨冠、红袍绛服，与杨幺换过，即宰杀牛马，拜上下神祇，请杨幺上坐，一齐罗拜，称杨幺为哥哥大头领。这是杨幺路尽，劫船居首席。

杨幺连忙搀扶众兄弟起来，说道："杨幺有何贤德，敢蒙众兄弟推居首席之尊？自今以后，只要众兄弟勿嗜杀、勿妄劫、勿贪淫，只戮佞除奸，申冤理枉，做些事业，我杨幺方敢居此；如或不从，愿即退避。"众人齐声说道："哥哥号令，谁敢不遵！"

杨幺听了大喜，遂坐了第一把交椅。众弟兄俱列类两旁：东首是何能、游六艺、滕云、柏坚、王信；西首是郝雄、张杰、花茂、吕通、岑用七、章文用、郭凡。上下共一十三位豪杰。合山小校俱来拜见大头领，杨幺俱用好言抚慰而去。然后厅前奏乐，诸品俱陈，一齐欢饮多时。众弟兄问在北地事情，杨幺遂将结识蛾眉、白云、焦山、险道许多弟兄以及事情，细细说出。

众弟兄听得十分快活，道："哥哥结了这些好弟兄，真不枉走这一遭。只可恨各自立寨，各占一方，怎得相聚在一处，才是快心。"杨幺道："我向年主意，原看得这湖上接黔南、下连吴会、西通巴蜀、东跨豫章，以此而消尽不平，何难之有？不期今日一如我愿！"何能道："宋室日非，吾料期年之内，当有分邦离析。今仗哥哥据此湖山，事业必有可观。"杨幺大喜，道："何能之言，实与袁武、贺云龙暗合。当日与彼弟兄俱有相约，若知我入湖做了寨主，敢怕不久要来。"游六艺道："谁知白云山，果有个'金头凤'！"一时众人大快，各各畅饮。

杨幺忽顿足停杯，道："我父母陷身、马靐被系，正杨幺食旨不甘，何暇饮酒食肉？"因问何能："如今作何救取之策？"何能道："马靐与贺贼向无仇隙，必将尊公、尊堂并送当道司官审究。我今使人去打探了来。"即吩咐能事的去打听。众人对杨幺说道："这贺省这般寻事哥哥！他今现有家小在岳阳，何不先去杀他一家，先消些气也好。"又有的说道："他葬的坟墓，现在村中。只使人去掘翻他的，消些恶气。"杨幺忙正色说道："贺省与我为难，只可寻他一人，却与家小何仇？至于亡过，何乱言也？只是我已挺身认罪，为救父母，若即放出便将我碎身无怨。怎百般花言巧语，今又趋奉秦贼，这等奸人岂肯饶过！这也还是私愤，在可报不报之间。"说罢，遂饮至夜深，各归寝室。

过不数日，忽有探事来报道："岳阳府官说柳壤村百姓俱与大头领通同，即使军兵剿灭。村人闻信，尽皆逃窜。却拿去二三百人，打入监去，使人出来，暗暗打合，要纳银赎罪。"杨幺听了，跌脚恼恨道："我杨幺不能荫庇居民，反使人父母、兄弟、妻子离散，我之过也。若不早除民害，何以慰众！"因想了一想，对众说道："柳壤村居民逃窜，我今使人去暗暗招致其来，分衣给食，同聚于此，庶无飘泊之苦。"遂一面使人去招致，一面商议去除民害。

过不一日，早有武昌探事报来道："贺太尉知大头领上山，怀恨必深，即使各官准备守御城池，自己领大军来接战，遂将大公、大婆并马霾发与上司究问，俟平了山寨，一齐正法。不期大公、大婆受不得磨折，已双双病死狱中。又打探得金兵打破汴京，将徽、钦二帝送入沙漠，大军杀入南来。康王脱逃南奔，各处将士勤王，群臣迎接康王在建业为帝。特此报知。"杨幺忽听见父母双亡，大叫一声，五脏皆裂，蓦然倒地。只因这一报，有分教：

从今搅海翻江，自此兴云吐雾。

不知杨幺性命如何，且听下回分解。

第三十四回

柳壤村应风水奔杨幺　众弟兄验天时同聚义

　　话说杨幺忽听见父母俱死，便大叫一声："贺贼！"往后便倒，一时人事不知。众弟兄慌忙搀扶灌救，方才醒转。便大恸道："杨幺生天地间何不幸耶，何被人谗刻至此耶？虽生亦罪人也！"说罢，痛哭不止。众兄弟再三劝解不听，何能方劝说道："古来豪杰，皆由折挫而成，或驱迫而使然。哥哥岂不知受毒未深不成大患？至于寿算，皆有定理。当此分崩离析之时，正哥哥伸宿志之日也，何以哭为？"杨幺听了，收泪说道："何能之言是也。我今戮侫，当从贺贼而始。"遂一面换了白冠麻服，一面立了父母牌位。即一面吩咐合山小校尽皆挂白，俟报仇后方换。一时众弟兄皆是素服，相率祭奠。杨幺一一尽礼。

　　不觉过了四十九日，即商议报仇并救马蘨。何能道："自从哥哥上山后，绝不劫取，军食未敷。为今之计，当先破岳阳以资军食，招集人众去下武昌，未有不胜之道。"杨幺听了大喜，遂一面扯起招军旗号，一面整顿船只。杨幺对兄弟说道："湖山非比陆地，恐一时招致不来。我今何不使人去通知蛾眉、白云、焦山、险道四处弟兄，若得一处先来，岂不更易！"遂使章文用写了四封书帖，打发人连夜而去。这里亦渐有人闻风来投。

杨幺遂同众弟兄带了五百军校,正要打点下山,忽见湖中二三百只小船,俱蜂拥棹来。众皆疑是官军,杨幺定睛细看了半晌,道:"此非官军,是农庄船也。莫非是我村中父老来归耶?"遂使人棹舟去打探了来,报道:"果系柳壤村民。一向四散逃窜,今听见大头领招抚,俱相率男妇来投。"杨幺听了大喜,遂使人到湖中迎接。不一时众船齐集,老幼男女俱上山来。杨幺忙自相迎,对众人说道:"我杨幺遗累列位。今日到来,愿同富贵。"

众人齐声说道:"我等被相公不分皂白,逼迫得没处存身。今听见大郎肯念故乡情分,故此特来投托。"遂将向日寄的包裹并护身枪送上。杨幺大喜,即吩咐备席,与村农、老叟、媪妇、儿童环绕列坐,一齐吃酒。杨幺与父老说一回父母遭伤,莫不下泪;众乡人述一番有故旧含冤在狱,无不切齿。杨幺道:"我今正要为你们除害,诛此贪残忍刻之夫,明日准行。"说罢,快饮方止。杨幺使人权盖草房安顿。

到了次日,杨幺带了游六艺、花茂、岑用七、王信、吕通,领五百士卒下山。只见村人中二百名少年子弟,手执戈矛,齐对杨幺说道:"我等俱有父兄、亲戚被陷,愿随下山效力。"杨幺大喜,道:"昔日项羽得八千子弟兵,纵横天下。我今日亦得二百子弟兵助力,岂不能纵横此地耶!此天协赞我也!"众弟兄要使子弟另自衣装,杨幺忙止道:"只这旧装,我有用处。"遂一齐登舟,往岳阳而来。

正遇顺风,不消半日,已离岳阳不远。杨幺即传令屯住小港中,唤过二百名子弟,授计而去。这些子弟领计,俱四散分走,到傍晚时向各门而入。此时岳阳承平日久,往日还有军卒,近来俱被贺太尉调去,只存得些老弱在门上看守。却见俱是村民百姓,又且将晚,正是人赶进门的时候,绝不拦阻。这些子弟到了城内,各拣近城门幽僻处藏身。

这杨幺到了更余,即领众登岸,杀到城下。一时炮声大起,火把齐明,近城攻打,使人高叫:"洞庭湖杨幺领众入城,与地方除害,居民不得惊慌!"居民初然惊恐,及听了叫唤,各闭门不出。守城军卒突见杨幺领众攻城，忙施炮箭，往外乱发，一面飞报入府县内。府县大惊，即点都头、捕役上城御贼。正忙乱间，忽见城内四处火起，众子弟夺开望仙门。杨幺领众杀人。

早有人飞报入府。知府急忙里没处奔逃，只看着金银，不胜大哭。杨幺与众兄弟赶入擒住，喝骂道："我杨幺今日不为公报私仇，特为柳壤村居民及地方除害！"说未完，被众弟兄挥刀砍翻在地，自有往因在后。即打入库藏，不期有名无实。忙拘库吏来问，库吏道："府官因见朝廷失了汴京，遂将库内银两侵匿，不久起身回去。"杨幺听了点头。一面使人打入狱去，放出柳壤村民，一面席卷知府家财；又到贺太尉家，只容搬取金银衣饰，不许杀害人口。

不久天明，杨幺即传令出城，回到山上来。何能引众弟兄接入厅中，称贺杨幺智谋人不可及。不一时，将金银宝玩搬入厅中，有如山积。杨幺对众兄弟说道："这些财物，俱是知府并贺省二处得来。有此贪夫，怎不将宋室汴京送去！"众弟兄问道："哥哥可曾打入县去？"杨幺道："我访问居民，居民说这县尉虽爱金银，能分曲直。我想人谁不爱金银，若能分曲直，便不冤枉滥贪，是个好官；虽将马釐责治，实是他职分所该，故此我禁止，不许到县去惊动。"众人听了，不胜敬服。出狱这些男妇，俱入厅来拜谢，杨幺忙叫请起。一时父子、夫妇相见，欢声动地。

到了次日，杨幺因对何能说道："如今粮用已足，可同众兄弟去救马釐、擒捉贺省。"正商议间，探事的急来报说道："启头领得知：湖内有千只战舰。先前疑是贺军到来，忽去打探，他那里已遣人来报说，是白云山袁武、焦山贺云龙带领众豪杰来上山。"杨幺听了大惊大喜，道："怎来得这般快速！实意想不到。"众弟兄听了俱各大快。

一面使人满山挂彩，一路鼓乐喧闹；又一面吩咐宰杀牛马，准备筵席。杨幺带领众兄弟并合山军卒，迎下山来；那边众兄弟陆续上岸。杨幺看去，是王摩、袁武、贺云龙在前相率。杨幺忙同本山弟兄迎请。忽见蛾眉岭、险道山弟兄俱在后面上来,更是惊惊喜喜,迎请同到厅中。袁武先说道:"近因金兵得了东京,白云山非久固之地;又见星宿移南,知哥哥已奋起湖山。遂着人通知蛾眉岭,约趋淮泗焦山取齐;蛾眉岭又相约了险道山;不期到了焦山,焦山上弟兄亦有同心,打点来奔哥哥。"

贺云龙接说道:"且今康王南渡建业,金将晓夜追杀过河来,楚州、江州上至庐江,皆为战场。岳飞抵敌北路,韩世忠据守江州。焦山弹丸界于两间,若与金、宋相持,孤守不能,偏向不可。近占旺气已征,知哥哥应运湖中,正收拾来聚合,忽接到三处弟兄皆有是心,遂从长江得到楚境,果知哥哥上山,一径到此。"常况接说道:"自从哥哥别后,不期王豹这厮不知在哪里打听,说是哥哥在险道山做了寨主,同一个汉子在自召铺放火杀人,追赶不着,叫人到处去告理。过不多日,便勾引了官兵日日来吵。因知蛾眉岭弟兄是哥哥结识,即去求助,杀得官军大败亏输,王豹回去看守谢公墩。过不多时,蛾眉岭弟兄相约来奔哥哥,便连夜将山寨焚烧,同来到此。"

杨幺听了,又喜又恨道:"我揣度书帖怎往来得这般快速,原来俱是不约而至。我马靁得生矣!"三处弟兄听了,一齐惊问马靁缘故,又一齐惊问为何白冠素服。杨幺便细细说述回来事情。说到父母双亡,不胜流泪;说到马靁被捉,不胜苦恼。即今要去打武昌,擒贺贼、救马靁:"恰喜众兄弟齐来,今晚结义款待过,明早准行。"三处弟兄听了,尽皆恼恨贺太尉欺人。王摩道:"原来马靁来赶哥哥。只疑哪个恼他,便黑夜下山。兄弟要着人赶留,却是袁武一口说是去赶哥哥,便没着人。"常况道:"今日才知放火的是马靁。"

不一时,祭礼齐备,共拜天地山川。大家结拜完,本山头领便尊王摩为第二头领,王摩推辞。游六艺将石碑上言语,以及江湖口号说出,道:"实该是王摩哥哥,怎么推辞?"众弟兄也说道:"杨幺哥哥久说王摩哥哥许多好处,恨不得即时相聚。至今虚设第二位在此,不要负我们想慕好情。"王摩只得坐了右首第一把交椅;杨幺坐左首第一把交椅；其余众弟兄分坐两旁：东首是袁武、沃泰、孙本、殷尚赤、屠俏、常况、骆敬德、郑天佑、殳劲、邰元、柯柄、童良、丁谦、于德明；西首何能便尊贺云龙为首。

贺云龙道："小弟原是化外之人，又得昔年拜事真人，宜该不涉尘境；只因有种雄豪侠气锻炼不去，故本师打发我下山道：'不阅世情，终难悟道。'小弟只得下山。自觉英气勃勃，遂投焦山，得结沃泰诸弟兄，做了向来主谋；俟后机缘，便去拜见本师学道。今日到此，蒙列位哥哥不弃，小弟愿居末座。"

杨幺听了，起身问道："原来云龙有这些缘故。向来不曾问及尊师何姓何名，是何德行。"贺云龙道："家师无姓无名，法号是四维真人。亦不知生于何代何年，只历寒暑而不知、不烟火而不觉，修成道貌，养就灵心，洞知天时人事，善明世代兴亡。筑居在庐山千峰顶上，题名筑隐观中，与一班弟子讲究性命之学，传授诸般道法。当今公卿士庶闻名顶礼，求言祸福，言无不验。亘古至今，实未有也。"

杨幺听得满心欢喜，道："原来世上有此高人，将来不可不识。"因对何能众兄弟说道："云龙道法有传，不可违其所愿。"因使人另设一素席，在下面对坐，遂以道兄称之。贺云龙谦逊就坐。西首便是何能、郝雄、游六艺、张杰、花茂、柏坚、吕通、王信、滕云、岑用七、章文用、黄佐、郭凡。旁边又设二席，是屠隆与黄长者。一时厅堂上下两旁，共是三十位弟兄。六处会合，真是欢喜非常，内中单少马鬐。此时庭前敲鼍鼓，堂下献珍馐，一班弟兄俱各吃得欢欢喜喜。这是天寒地冷六月飞花。

众弟兄吃了多时，杨幺忽停杯不饮，满面惨容，说道："我杨幺想来，今日若有马鬐在席，不知他怎般快活，要说几句疯话儿笑耍。如今徒列珍馐，叫我怎得下咽！"说罢，不觉两泪潸潸，举袖而拭。众弟兄看见，一齐立起身来，大叫道："道长哥哥好义气、好情分！情愿舍死去捉贺省，救马鬐上山！"袁武忙上前说道："缚太尉、救马鬐，一如反掌之易,俱在袁武身上,绝不费哥哥半点忧思。只安坐山寨,我同众弟兄明早便去。"杨幺听了,方才欢喜,又与众兄弟吃了半晌,各自安歇。

到了次日,众弟兄排次坐下。袁武出位说道:"我等新来弟兄,尚不曾立得寸功,便叨尊位。今愿同道长哥哥去救马靥,不敢劳动本山头领。"杨幺大喜,遂点了一千军校,俱用白旗白甲,众弟兄是白袍。杨幺浑身缟素,同着王摩、袁武、贺云龙、沃泰、邰元、殷尚赤、屠俏、常况、孙本、丁谦、戈劲、郑天佑、骆敬德、柯柄、童良、于德明、黄佐等,共一十八位头领。何能自与袁武私说了一番,遂同本山弟兄相送下山。

杨幺等各自上船。杨幺坐在中军船上,扯着一面大白旗,上写"为亲报仇"四个大字。一时放起大炮,往下水往武昌杀来。一路船只十分齐整,军中纪律十分整肃。怎见得?但见:

艨艟战舰,旗帜帆桅。艨艟战舰,分布得水面上船只,一如星斗;旗帜帆桅,调拨得满队中军士,恍似蛟龙。军师号令,山岳不移;元帅指麾,风云俱变。忽尔行来,摆列的是长蛇势、梅花势,若续若连,细细不乱;突然屯住,安插的是太极阵、三才阵,似潜似伏,寂寂无声。军威赫赫,日设多旗;兵势严严,夜张盛火。貔貅帐内昼谈兵,刁斗营中夜讲武。真令近睹者魂消,果使远闻者丧胆。

却说这是袁武、贺云龙初次行兵,实有一番作用。因此时是南渡元年,杨幺一众军士,所到之年,并不骚扰。早有地方守司得消息,差人连夜报入武昌。这贺太尉已知杨幺打破岳阳,家财尽失,十分恼怒,喜得人口未伤,要想来剿灭,却一时无计。早有合城守司官,俱来寻他商议,征剿这伙强人。

贺太尉听了,踌躇了半晌,因正色说道:"徽、钦二帝蒙尘,喜得康王南渡,朝臣将士拥立建业,将欲苟安,为社稷计。昔日贺某奉旨在此调点,只因仓促变更,又因军饷未措,是以不曾靖难。今又军旅重务，不曾去建业朝贺新君，日抱惭愧。但社稷苟安，行官建业，东南数省全盛，皆为内地，岂容盗贼潜藏，湖中出没？下官虽系不才，现掌兵权，定当扫荡妖气，使新君无内地之忧，庶可赎愆补过。乞列位尽心协力可也。"

各官听了大喜，道："若得太尉出兵，盗贼不足擒矣。"众官退去。贺太尉一时在众官面前，恃着官尊、粮多、兵众，又希图得回失去财宝，遂一面传令军将择日出师下湖，征剿杨幺。

过不两日，忽有各处报来，说杨幺统领人众要来报仇，不久就到，锐不可当。贺太尉听见杨幺为报仇而来，心下吃了大惊，暗暗想道："他没有什么仇人，除非是我。他已将我家中金银库藏尽行劫去，仇恨已消，还要来报什么仇？我向来按兵武昌，实是观望之心，拥兵自固；若金兵一来，则反宋归金，保全富贵。谁知康王渡江，被人拥立，又有宗、张、韩、岳四人抵住北路，东南一带尚未摇动，仍是宋地。因恐有人说我不忠，难以掩罪，要乘着杨幺倡乱湖中，欲去侥幸成功；虽不成功，亦可在此虚张声势，耽延日月，妄报功劳，谅必有人说我肯为朝廷出力，将来亦可功罪相半，遮掩世人。故此在众官面前，一力担当，领兵下湖。不想我的兵马未出，他倒要来寻我，必是安心来与我作对。此去必要交锋，这怎么处？"

因又想道："方才见报，说杨幺聚集南北凶顽亡命、敢死轻生之徒。我一个富贵尊重之人，岂可去同这班亡命相搏？不但亵体，也被人笑。莫若趁他未到，只说接了密旨，要我去保驾，且脱了这灾星难星。倘朝中有甚是非，拼着金银珍宝去上下打点，料想不致削职问罪。况且闻得近日秦桧逢迎得宠，执揽朝政，我今只消去交纳此人，不但保职，还有升迁可望。"一时想定了这个主意，遂不出帅府，只准备金银，作脱身之计。

不期城中大小官员见他不出，不知为甚缘故；忽又探得贼人不久登岸，十分着急，便齐集到帅府中来，请太尉领兵迎敌。贺太尉见众官来催他出兵，一时不好出来接见，又不便推说接了密旨，便十分没法起来，只急得在满堂中团团走转。外面众官不住的着人传禀，贺太尉一发心慌。团走了半日，忽又想道："这些守官俱将我作泰山倚靠，怎好在他们面前临时推委？况且杨幺贼众只得千余，我今征调有三万精兵手中掌握，只以数目计算，三十人杀他一人，岂有不胜之理？又且城郭坚固，还有守城兵卒，今进可以攻，退可以守，何必畏怯，反使人笑！"一时想定了主意，遂吩咐开门，出来见众官员说道："贺某连日不出，实是筹度兵机，想个万全之策。既是贼人将近，城外之事我自主之，城内之事列位主之。"众官齐声应诺。贺太尉又吩咐一番，遂传令将士，一齐出城二十余里，拣个宽大地方，依山立寨，傍水安营。果是粮草如山，兵多将广。

这杨幺、王摩等到了伏雄浦，见去武昌不远，即传令驻扎。早有探事的来报道："贺太尉带领三万精兵，屯立甸山左右，分立二十余寨，挡住去路，准备厮杀。"杨幺、王摩即引众上岸，留贺云龙看守船只。一时尘土飞天，往甸山下杀来。离贺军三里，袁武即传令安营立寨。贺军将见杨幺立寨，有人忙人入帐禀道："贼众初到，乘其未立，请太尉遣军冲击，使他不能创立寨栅，必致散乱无驭，然后以大军掩之，自获全胜。"

贺太尉听了，心甚不快，正要开言，忽又一将入帐禀道："杨幺湖贼以水为家，决不能久持。今乘他离舟登岸，船上必无准备。乞太尉分拨一支军马暗去伏雄浦，焚毁船只，使贼惊慌，必无心接战；再以大军遏之，杨幺可擒矣。"贺太尉听了二人之言，不觉勃然大怒，道："我乃朝廷大臣，今与窜贼相争，已是亵体；若行此诡计，何异贼人伎俩？我今堂堂名正，将士赳赳，正要使他立寨。明日一战，有如泰山压卵，立成齑粉，此不决而可知也。尔等不必饶舌！"二将士只得又说道："兵法有云：兵行诡道，以胜为先。太尉怎说个亵体？"贺太尉大怒，使人逐出。二人愤愤不平，各自归本寨。

且说杨幺等不一时将寨栅立完，便要领众兄弟杀去。袁武忙止住道："彼众我寡，彼逸我劳，若与之争，兵家所忌。彼非不知我远来，而竟若不知者，吾知贺太尉骄矜；他既骄矜，我亦不可作愤兵以取胜。且自休息，明日接战可也。"众人只得依允。

到了次早，两边鼓炮齐施，看见许多跟随簇拥着贺太尉，骑着高头骏马，在门旗内，指挥将士。不一时摆成阵势，方走出阵前。只见杨幺阵上，头目小校，盔甲旗仗，一派雪霜；再看中军宝纛上，风卷出"报仇"二字。贺太尉十分恼怒，遂将剑梢一指，喝将士掩杀过来。杨幺、王摩领众弟兄一齐杀出，各寻军将，逐对儿接战。霎时间，烟尘滚滚，杀气漫漫。

贺太尉在马上，只遣人助战。战了多时，看见杨幺等凶猛精锐，恐将士有失，忙要催动三万人马掩杀过来。袁武在门旗下看见贺军阵脚已动，知是掩遏，急忙鸣金罢战。杨幺、王摩等正砍杀得兴来，忽见鸣金，只得退归。贺太尉传令追赶，早被袁武使人炮弩齐发，只得也自收兵，遂欣然得意，对众将士说道："今日一战，贼人自知不敌，即便鸣金，我知胆已丧矣。明日当以计破之，杨幺不足擒也。"众将士听了，齐声称贺，各自休息。

杨幺、王摩并众弟兄，齐向袁武说道："今日正要砍杀过去，力擒贺省，入武昌救马疋，忽地鸣金是甚缘故？若只在此争持，马疋休矣。"袁武听了，笑道："请二位哥哥入帐说知。"只因这一说，有分教：

奸人枉作千般恶，到底何曾放过谁？

不知说些什么出来，且听下回分解

第三十五回

贺太尉魂消九曲岭　黑疯子身脱武昌监

话说杨幺同众兄弟齐问罢战之故，袁武邀入帐中坐定，说道："今日之战，非战也，是察其动静虚实之间，以成我计。适见贺省暗动三军，有众欺寡之势，我即鸣金，以示众寡难敌，使其骄矜而愈益其骄矜。我今只须如此恁般，置于必死之地而来争。吾谓贺省虽奸，岂能脱我范围！"众人听了大喜。

袁武遂令邰元、常况、黄佐、郑天佑授计而去；又对王摩、沃泰、丁谦暗说了一番，三人领计，带了军校连夜绕路九曲岭而去；又令殷尚赤、屠俏来授计，道："你二人可扮作乡村夫妇，带领数名子弟，各背包裹，作避难居民。城内虽不容人出入，我知向北永定门是幽僻小门，容人樵采，你可混入。听见连珠炮响，你即放火，兼探马䯅消息，恐人暗害。"二人领计而去。袁武见人已去，遂将寨栅整饬了一番，静听消息。

且说这邰元四人，领了二百名军校，从僻路上了甸山，果见下面堆着许多粮草。此时有二更时分，听得满寨中十分严肃，更筹并不错乱，四人一时不敢下山，俱寂然静伏。听见将打三更，前面有数十个军士，往粮草边一路巡来，周围巡看，渐渐巡到山下来。邰元四人见来得相近，便从山崖上直蹿跳下来，一齐动手，将数名巡卒尽行砍倒。遂拿他的巡锣，一面敲着到粮草堆处，各出焰硝等物，向一堆堆上点起，即转身上山，带了军校而去。不一时，火焰冲天，贺军直从梦中惊醒，俱来扑救。贺太尉亦上马来，叫人扑灭。不期火势猛烈，渐渐延烧寨栅，贺军只分头赶救。这袁武、杨幺等，见满天火起，即使军中擂鼓呐喊摇旗，欲作杀来之势。贺军救火不暇，又虑贼众冲杀过来，一时惊慌无措。有的东西乱窜，有的紧守本寨，有的护了太尉奔走到黑处藏避。

直闹到天明，贺太尉方敢出来。看见烧毁寨栅，余烟未息，便来看视粮草，俱成灰烬，不胜惊惊喜喜道："喜得寨栅坚固，军士众多。彼昨已怯战，故不敢来趁火劫夺，只虚张声势，足见贼人伎俩有限矣。"有的将士说道："莫不这火是贼人来放的？"有的说是天火烧的，又有的说是军士不小心的。贺太尉听了，想了半晌，说道："军士不小心，只好烧得一处，如何各处俱着？若是贼人敢来放火，便来劫寨。大约还是天火；若不是天火，怎烧得这般干净？"

说罢，回入本寨。早有管粮草的来禀道："今救得余粮，只够三日食用。"贺太尉道："城中有食不尽的粮草，只消着人去催解来。"即遣人去催解军粮，并报失火。去不多时，忙回来报道："贼人领众齐集城下攻打，小人进去不得。"贺太尉听了，着惊道："这起贼人又是哪里来的？倒去攻城，截我归路！"遂十分忧虑。便有将士禀道："贼人既去攻城，太尉只消分一支军马从贼背后杀去，使他前有坚城，后有官军，贼必惊溃。"贺太尉道："我今临敌，尚虑兵少，怎么分遣得去？"

说未完，早有探马的来报道："杨幺贼寨，今日不见了。七寨只存三寨，在那里擂鼓，要来厮杀。"贺太尉听了大喜，道："这是贼智，岂瞒得我？他今分开，希图城中无备，要去劫掠。虑我救援，故留三寨作疑兵计，使我不去救援；又恐我见他寨少，必去冲突，故此在那里虚张。昔人背水列阵而成功,我今乏粮,亦是背水之意。只消拔寨齐出,力攻他三寨,必获全胜。然后救援城中,岂不成功?"即忙传令冲击。只见先前两员将士又来谏阻,贺太尉便大喝道:"黄口孺子,岂晓得乘虚进击有如破竹?再敢阻挠,定按军法!"二人只得退出。

贺太尉即上马,抚剑急驰,麾动三军,往杨幺阵上一齐杀来,果有山倒海泻之势。袁武、杨幺等即弃寨领众奔走,贺军便夺了三寨。贺太尉满心欢喜,见杨幺往九曲岭逃奔,拍马向后招呼军将来追。杨幺同骆敬德见追得将近,便抡枪大叫道:"我杨幺只活捉太尉报仇,并不轻杀军将!"贺太尉听了大怒,喝道:"众兵将与我擒得杨幺者,千金赏赐!"

众兵将听了,各奋勇赶来。杨幺、骆敬德只乱杀一回,转身往岭中逃入。贺太尉大喜,只叫紧追,不可放走二贼。众兵将齐赶入岭去,贺太尉也忙策马同入。一连赶走了四五个转曲路径,却不见了杨幺二人。贺太尉又喝紧追,众兵将只得又追过了几个曲折路径。只见前无去路,再一看时,皆被乱木石叠断,众兵将便往后一齐退走。贺太尉见不向前追赶,便仗剑怒喝道:"养军千日,用在一朝。怎敢见贼不追!"众兵将只得齐说道:"中了贼计!前面俱被木石叠断,并无去路,太尉及早退出。"

太尉听了,方才大惊,急策马而走。走到原入处,前面兵将又发喊:"不好了,原处也被木石叠断!"贺太尉着了真急,忙叫众军搬拆。众军只得近前搬拆,忽抬头见上面横着一段大树,削去青皮,写着几个大字。众军士一时认识不出,有的猜说道:"常见有人写在墙上'此路不通',想必就是这几个字了。"有的争说道:"如今两头叠断,实是不通,只这几个字有些不像。"贺太尉在马上见军士不动手搬拆,便急得十分,怒骂道:"你这些该死的,怎还有工夫说闲话!"

军士见他喝骂,到此也就没有尊卑起来,便回嘴道:"太尉没主张,叫我们追来。如今走投没路,死在目前,道不得个临死也要说三句话儿。现写得有字,说'此路不通',我们走到哪里去!"贺太尉听了,又喝道:"好胡说!才是进来的路,怎说有人写着'此路不通'?"便又气又恼,放马近前一看,只见上写的是:

> 当时马陵道,万弩射庞涓;
> 今日九曲岭,千刀割太尉。

看罢,早吓得一似分开八块顶阳骨,一个面皮蜡渣也似黄了下来。只得对兵将说道:"我一时中了贼计,如今也不要埋怨,作速寻个出路,莫待他们赶来!"众兵将道:"两头塞断,急切搬拆不开。不如爬上岭去,才得逃生!"遂要往岭上爬走。忽听得半岭上一似共工氏触倒了不周山,腾天倒地价响将起来。众兵将一齐叫苦,端的怕人!怎见得?但见:

> 岭上英雄立满,峰前豪杰齐排。岭上英雄,喝叫军校,将叠成的千百堆狼牙巨石,往下推翻;峰前豪杰,指点子弟,用砍就的数万根丫大树,从上滚来。石碰石,乱纷纷,挡着的、擦着的,骨肉变成灰屑;木撞木,闹哄哄,挨着的、压着的,皮筋尽作泥丸。四面峰峦合抱,两头大石填平。更怕的是英雄齐发弩,堪骇的是豪杰尽张弓。众兵将进退无门,何异天罗地网;贺太尉往来没路,依稀铁壁铜墙。这才是走到尽头,分明似瓮中捉鳖。

这些计策,俱是袁武作用。他是山东生长,初到南来,又不曾询问士民,为甚晓得这些路径?原来何能是本地人,便画了一幅武昌的地形图,与袁武相别时,悄悄递出,袁武看熟。这日交战时,他见贺太尉的粮草俱屯积在甸山下左侧,遂遣郤元四人去放火烧绝粮草,又吩咐他到九曲岭,伐木叠石。今见杨幺等引着贺省追入岭来,即一面断了归路,又一面在岭上同二百名军校齐发箭矢,射退外面贺军。杨幺等俱上岭来,今见贺军上爬,即使军校将半山草深内堆叠的这些木石，一齐往下乱推。贺军一时没处躲避，爬到半山的尽被打伤；未曾爬的又被箭弩射来，一时乱窜，自相践踏。哭的，叫的，甚是伤惨。

杨幺见了，忙使人向下叫道："杨幺与众兄弟只要活擒贺太尉报仇，与众兵将并无干涉。及早缚他送上岭来，便放你们一条生路！"众兵将一时听了，忙向上叫道："切莫动手，容我们缚送上来！"即赶到贺太尉马前，将他一个倒栽葱，拖下马来，捆绑了推解上岭来，杨幺见了大喜。众兄弟便要将贺太尉砍杀，杨幺急忙止住。众兄弟道："哥哥见仇不杀，什么缘故？"杨幺道："我为父母报仇，如今已获仇人。马霭为我陷害，得他手戮仇人，使他心快，我亦心快。"众兄弟听了，不胜欢喜。袁武道："速去与王摩合攻！"杨幺遂使军校放出贺军将。军将齐齐向岭头拜谢，各散逃出。

杨幺等即离九曲岭，到了城下，已是黄昏时候。与王摩相合，说知缘故。王摩大喜道："兄弟领计到此，城内并没一人敢出，只等哥哥到来。"袁武遂传令各军校准备攻打。到了三更，便放起连珠炮来。着黄佐、于德明、柯柄、童良守寨，其余到城下，一齐驾起云梯，往城上搭来。不期被守城兵将炮弩往外乱发，一时不能近城。却得殷尚赤、屠俏领着数名子弟，俱扮作逃难居民，背包负裹从永定门走入，即分散藏伏在观宇幽僻小巷中，又打听马霭消息。今听见城外连珠炮响，知是外面攻城，各自取出火种，点上硫磺硝焰，四处放起火来；又向黑影处发喊，大叫："洞庭湖杨幺全伙入城！"

一时火起，烧发了数十余处，便哄传贼众入城，一齐逃窜起来。这些大小官员，忽见城内四处火发，知是有贼内应，俱各惊慌躲避。城上兵卒听见城内有人放火，知不可守，一齐下城逃躲，早被杨幺、王摩等杀跳上城，夺开城门。袁武领众军校一齐杀入，城中大乱。各分头打入监狱中，寻救马霭，并没救处。杨幺见寻不着马霭，知他被难而死，不胜跌脚捶胸，仰天号哭道："冤哉马霭，痛哉马霭！汝今为我而死，我敢独得其终！"众弟兄听了，尽皆流泪。正劝解间，忽见火光中一人浑身赤条条，抡着一根大木，同着一人一路打来。

原来这马镬，当日押解到武昌，贺太尉将他发与尉司囚禁，等剿了杨幺同斩。一向在狱中，日夜被禁卒将他浑身上了闸板，竟似死人般，动不得分毫；又恐怕他绝命，只将些粥米喂他。这夜尉司见事情紧急，便着人取出马镬，辕门斩首。到了辕门，只见操刀手中一人向马镬喝道："外面杨幺已打进城来也！"说罢，将左右操刀手砍倒在地。马镬知是救他，急迸断绳索，扳倒辕门庭柱，要打入去。却得殷尚赤、屠俏见绑出马镬，正要动手，忽见这操刀手杀了伙伴，忙大叫道："快同去见杨幺哥哥！"

马镬忽见是殷尚赤、屠俏，满心快活，便不打入衙去。殷尚赤、屠俏便在辕门杀退人众。马镬抡着大木，同这操刀手往外一路向火光处打来，却被王摩一眼看明，大叫道："马镬快来，哥哥为你哭坏！"杨幺忙停哭。见是马镬，不胜欢喜，上前抱住道："兄弟，累得你好苦！"马镬大笑道："可也得见哥哥！"杨幺道："我同众兄弟打破城来，向各处监狱中找寻不着，在此万分痛苦。再寻不着，便要屠戮，作我二人殉葬。兄弟你从哪处脱身？"

马镬指着那人，说出亏救。杨幺大喜，忙向那人拜谢道："若不亏豪杰仗义救我马镬，我杨幺亦不再活。请问尊姓大名，若不嫌弃，愿结弟兄！"那人慌忙还礼，扶起道："小弟是尉司衙中操刀手，姓段，官名段忠。从来手段快捷，人便叫我是'一刀段撒开'。一向闻得哥哥好名，今又见天下荒荒，想要做些事业。因听见贺太尉与哥哥作对，亏众好汉救入湖中，将马镬解来，便想要救，却一时不便下手。忽听见哥哥领众到来，暗暗留心。今在紧急提出，便砍倒伙伴来寻见，愿拜哥哥。"

杨幺听了大喜。马镬便抡大木，向前乱跳道："哥哥快同去赶杀鸟太尉，洒家捣他百十个透亮窟窿！"杨幺忙留住道："不消兄弟去寻，我已活擒在城外寨中。"遂说出缘故道："我留这厮，与兄弟动手。"马霶听得满心快活，道："只那夜闷鸟般闭在船内，听得怪鸟乱嘈。哥哥吃弟兄劫救，心坎里恁地欢喜，兀知偌多弟兄，俱恁跳到，没多日，便干得恁地奢遮。哥哥使恁呆撮鸟与马霶散闷，只剁出鸟心来，覷是恁地黑！"王摩道："只你那夜瞒得不透风下山，俺弟兄哪处不着人找寻！前日来见哥哥，才知吃苦。"马霶只笑向杨幺腰间拔取挎刀。此时殷尚赤、屠俏走来，遂向杨幺众弟兄述说事情。述说完，杨幺要与马霶说话，早已不知去向。因说道："他再不耐烦久立，又不知他到哪里去寻事做！"一面传令，不许放火、掳掠小户，只搬取豪富。

直乱到天色将明，袁武即传令出城，放起号炮。不一时齐集，只不见马霶到来，杨幺忙叫众兄弟去寻。早见马霶火杂杂，两手舞着板刀，口中衔着挎刀，满腰间拴吊十余颗血淋淋的人头，跑到面前，将口中挎刀递与杨幺，只叫今日砍杀得快活。杨幺惊喜道："兄弟杀的什么人，这般快活？"马霶道："恁伙撮鸟，煞会装腔使势，敢便俱是未入流。"杨幺听了，笑道："你又哪里去寻着板刀？"马霶道："兀那闷闲鸟船，两板刀舱内只捞不到手，推见鸟官，将板刀藏入屋去，只今捞来。哥哥打了恁个鸟贼，便有窝巢，直恁地怪催跳。"袁武道："且到湖去再来。"马霶道："咬文汉嘈的没力，恁地一事做两事，跳落水又爬上来弄甚鸟，可不晦气！"杨幺道："袁武主意不差，我俱听服，没半句不依。"马霶才不言语。段忠便去领了妻小一同出城，到了寨来。柯柄、童良见了马霶，不胜喜。

袁武即传令拔寨起身。忽有一人，大头圆脸，五短身材，背上驮着一个包裹，腰悬一张画胎雀弹弓，手提柳叶长枪，急起忙奔相近到来，高叫道："小阳春道长哥哥在哪里？"杨幺听见，连忙迎走上前，欠身答道："杨幺在此。不知豪杰尊姓何名，为甚要见杨幺？"

那人便满面笑容，放了包裹，将枪插地，叉手说道："兄弟是巴蜀人。自幼好习枪棒，又打得一手好弹弓。不喜在本地，便出来在江湖上耍些枪法，打几个弹儿，在热闹处与人观看，哄赚几分钱钞，只买酒吃。人见我生得矮小，面色如青，人便叫我是山海镇石青。一路下来，今春到这武昌，在城内府前闹处干这营生，倒也日日见钱，夜夜是醉。却听见有人传说哥哥的行事，肯结弟兄，使石青时常想念。一日正在府前，耍了一回枪弹，起发人的喝彩钱，只见几个人扛抬着两束芦席，却包着两个死人，向我面前抬过。内中便有人说出是哥哥的父母在狱中病死，抬出城外抛弃。我便留心问道：'他老夫妇犯甚事，便双双入狱病死？'这些人便细细说哥哥犯事、贺太尉作对缘故。我那日只应应事故，赚得百文，便走出城外，找寻着了，去买了些干柴，分做两处烧化。烧化完，取骨殖做了两包，拿回来放在寓处，日后寻见哥哥交还。忽听得贺太尉领兵出城，与哥哥对敌；昨夜又听见打入城来，我只说在城住些时，慢慢送来。不期五更忽发号炮，催赶出城，我只得背了骨殖，一径奔来。"

杨幺忽听见有了父母的骨殖，不胜大喜，复又大哭。忙将石青一把扶定，扑地拜哭道："我杨幺自幼失散父母，亏这抚养的父母恩养成人。不能报答，反为我被仇人受冤陷狱而死，痛心入骨。幸得众兄弟协力，捉缚仇人。实疑骸骨无存，到山寨中将仇人沥血剖心，祭奠灵前，少慰先灵，以完杨幺心愿。却得有心人仗义，为杨幺将父母烧化，收藏骸骨。这般恩义，又在众兄弟之上，杨幺敢不拜谢！"石青连忙拜下，挽扶道："哥哥休折兄弟！"遂同立起来，杨幺遂将包裹背上肩头。袁武即传令拔寨，一齐往伏雄浦船上来见贺云龙。只因这一见，有分教：

　　道高擒猛士，智巧造轮舟。

不知后事如何，且听下回分解。

第三十六回

诵真经智擒双将　看车水巧制轮船

话说杨幺等九曲岭生擒太尉、武昌救出马麖,又得骸骨以及两位弟兄,不胜欢喜。遂拔寨俱起,往伏雄浦来。

且说这贺云龙,当日见杨幺一众弟兄去后,即分布船只如雁行般排列。一日下午,站立船头,忽见有一朵似气非气、似云非云在空中盘绕,经时不散。贺云龙看明,不胜惊喜。到了傍晚,唤过五十名子弟兵来吩咐道:"你今上岸,向左近草泽中埋伏。到三更候,见有二人杀上我船,你们即去赶散来兵,休得违误!"众人得令而去。遂又吩咐各船上一番,便着人向中军旗上扯起一盏大灯;将两块阔板接在岸上,以便走跳上船;大开舱门,四面窗板尽皆除去。又唤几名军校吩咐,使他伏在船头内,着两个年小的在舱内煎茶,满舱灯火点得分外辉煌。自己向箱笼中取出一个黄布包袱,放在桌上;又取出一个打成兽吞头的金香炉,焚起好香,摆在面前;解下腰间宝剑,置放案头。然后坐下,打开黄袱,取出一卷书本,却是一卷《黄庭道德真经》,遂展开高声朗诵。诵完,又复诵起。诵到三更左右,果然来了二人。

这二人就是被贺太尉喝退的两员将佐：一个叫花斑豹柳林，惯用一杆浑铁槊，镇宁靖州，因他勇力有谋，四方洞蛮闻名畏惧；一个叫做毛头狮劳捷，生得眉如剑扫，使一把雁翎刀，在郧阳镇守西蜀咽喉要路，威震四远。二人俱被贺太尉征调文书下来，只得离任随征。二人相遇，甚是投机，各相爱敬。因见贺太尉行兵全无谋算，两次进计皆被喝退，二人愤愤不平。这日见贺太尉招呼兵将追赶杨幺，他二人不听招呼，见追入岭去，便商议焚毁贼舟，断其归路，遂各带本部，往伏雄浦来。因见日色尚早，便隐伏山林，到晚使人先去打探，传令军士俱埋锅造饭，各令饱餐。

候至更深，便有报来，报道："贼船全无准备，四下俱已熟睡，只有一个贼头在舱内灯下看兵书。"二人听了，问道："贼船上更鼓可打得清楚么？"探卒道："并无人巡守。"二人听了，便暗暗踌躇道："莫非有诈？"因又着人去打探四处可有埋伏，不一时又来回报并无埋伏。二人听了，又暗暗想了一番。柳林道："一伙毛贼，料他有甚智谋？只一齐杀上船去焚烧，便可成功。"劳捷道："不可，不可。这些船只在此，岂无头目看守？莫非打听不实？不如我二人悄悄去看明。若是果然，便招呼杀去未迟。"遂吩咐起身。

离船半里，便叫军士屯住，静听暗号杀来。二人便来偷看，只见黑影处，湖下贼船如蚁，却果静悄，不作提防。因暗暗欢喜，遂又走到有灯火的船来，只听得声音朗朗；再走近一看，灯下现出一面大旗，上写中军"帅"字；又走近来，向舱内看去，只见有个贼头，勇巾扎袖，相貌端庄，在灯下不知念诵些什么，又见船上走跳直接上岸头。劳捷悄说道："这贼合死！可知军伍中用不着之乎者也！"柳林道："他死在目前，敢在那里念消灾经？只上船去，杀这贼头，放起火来，便没主脑。"吹了一声呼哨，一齐跳杀上船，直扑进舱，举刀照头就砍。不期砍不入去，二人忙抬头一看，直吓得倒退，连忙走出舱来。只听见舱中大叫："金甲神，快拿这二贼，解入阴司问罪！"

二人听了十分心慌，要逃奔上岸，只慌慌张张，不期一脚踹虚，二人一齐翻筋头倒栽葱，跌入船头内。早听见一声："领法旨！"霎时捆缚，紧紧锁住在船头内。原来柳林、劳捷先前用刀砍时，只见有一个金甲神将立在空中，将二人手中刀架住，便十分慌骇，急跑出舱；再听得叫神将来拿，一发心慌，手足麻战，只觉得眼中一阵昏黑，跌入船头。疑是神将来拿，只吓得昏昏迷迷，连气也喘不过来，随他捆缚。这是贺云龙道法擒双将。

他使人先伏在船头中，见二人入舱时，便悄悄移去船板，故此将他跌落。岸上子弟兵已赶散了来兵，一时众船上各张灯火，依旧（原书缺两页）杨幺独自看着前后船只行走，只看着这些棹桨架橹的水校，因问道："今日为何不挂篷帆？"水校道："今日不是顺风，挂不得篷帆。"杨幺道："今日风还不甚大，要什么风才是顺风？"水校道："我们南行，须得北风。这湖中水势俱从湘汉、汨罗、巴蜀南处发来，今日风虽不大，却是南风，又且水逆，前后桨橹百分用力，也是走得不快。"

杨幺听了点头，便也来与众兄弟说说笑笑。马鬶只白瞪了眼，气愤愤地坐着。杨幺忙问道："兄弟有甚心事不快？"马鬶便没好气道："兀那日跳赶哥哥，两腿危地怪直，却得燥皮，是那夜吃撮鸟黑魆魆闷闭，只死睡盹，像牢鸟房般。只今明净净地，跳在老不死牛脊上，鸟一般躲着，慢腾腾地怪闷！"众弟兄听了，一齐大笑。杨幺道："怪不得马鬶见船走得慢气闷，连我也不甚爽快。再耐一日，便到寨内。"

只见岑用七急走到后艄去，不一时便划出一只小脚船，从船头边，只划得那小脚船在水面上如飞的走去。众弟兄齐声叫好。马鬶见了，只快活得打跌，大叫："好哥哥，带马鬶去耍，没闷坏！"岑用七见叫，便自划来。尚未傍拢，不期马鬶躁性，直蹿跳下来。一时身重船小，将这脚船一骨碌翻转，马鬶落水，岑用七忙将脚船翻转过来。杨幺与众弟兄看见，忙叫："快救马鬶！"说声未绝，柯柄、童良俱蹿跳水面，岑用七亦跃入湖中。一时三人俱钻入水底寻救，早见马鬶已离得偌远，才冒出头来。三人忙赶去，拖近大船，托出水面。众弟兄用手扯上船来，马蠡只立着呕吐清水。

众弟兄齐向他笑说道："你先前说是闷，只今吐出些闷气！"杨幺道："他身重船小，怎怎嘲笑？"忙取衣服与他换。马蠡一面换衣，一面发话道："怎是哥哥好。不觑面皮，好歹一顿板刀，没嘈洒家脱真鸟晦气，直怎虫一般来咬！"众人见他发话，忙赔笑道："笑要莫怪。只今每人敬你三碗冷酒赔罪。"马蠡便笑道："煞是冷的好。纳入舱去，使他闹赶得寒气出！"众弟兄便去取酒剁肉，一时摆列船面，大家齐吃。

吃了半晌，只见前后船只并本船俱挂起篷帆，一时船在水中，只走得呼呼水响。有时走到东，见些树木、人家、城垣、蹊径；有时西去，但见天水相连，日光月影，出没其中。马蠡只叫燥皮快活，将冷酒大碗价吃；杨幺与众弟兄亦觉胸襟快畅。杨幺又独自注目看这些前后船只，忽又问水校道："这般好顺风，为甚不走直路，却东西斜走，岂不走远？"水校道："这不是顺风，吹的是横风，故此东西折走，才有得风上篷来。虽是走了曲折远路，却省了用力。"

杨幺听了点头。又与众弟兄闲说了半晌，因对袁武、贺云龙说道："从来陆地交锋，有了十分本事，也要好马相配。是以关公有赤兔，项羽有乌骓，人马皆强，才得纵横无敌。若水面行兵，必赖舟楫，须得迅则可以追电光，疾则可以捕风影。今日看这些船只，遇风便速，无风就缓，亦且转折逶迤，行走甚是繁难。若遇临敌，必要斩将搴旗，暗劫营寨，殿后追前。我追人而易擒，人袭我而难近；人以舟而威猛，舟以人而驰名，方可纵横无敌。今我杨幺据此洞庭湖中，周围广阔，上下八百余里。若舟楫不利便，何以胜人？袁武多智、云龙多法，只不知这水面上舟楫利于迅速，可有甚计较商量么？"二人听了，各默然了半晌，方同声说道："哥哥实是有心人。我二人一时想不出好计较来。"杨幺遂不再问。

自此连夜而走，次早已见君山在目。何能领着众弟兄来迎接到山，依旧拜谢上下神祇,大排筵宴。柳林、劳捷、段忠、石青先拜了杨幺、王摩两大头领,然后与众弟兄交拜完。杨幺、王摩遂又与四人交拜过。杨幺入内,捧了父母牌位以及骸骨,设放中间,使人牵过贺太尉来,喝跪灵前,数他过犯道:"食君禄而不忠,征兵将以自卫;侵占民山,阴谋陷排,败国虐民。有此过失,人人得而诛之,非独为私也!"说罢便是游六艺、滕云、柳林、劳捷、邰元一齐数他过失,不胜痛骂。

此时贺太尉唯有低头自悔,亦不能挽回。马霫便自蹿跳过来道:"哥哥们兀地好言问这撮鸟,洒家吃撮鸟腾倒也够,只今剐割块肉,与众弟兄咬嚼!"说罢,便用手剥得赤条条,挂在庭柱上,抡着板刀,向他胸腹只"喀嚓"声,直割到底。一时腹破肠出,马霫便翻出心来看着:"鸟心红红的,没黑,却会黑心事。洒家那日救孙哥哥,剐割鸟公人,吃个饱。怎些时屁股上没肉,腿条也是怪瘦,只割他几大块来咬嚼!"遂拣膘肥处,连割连吃。杨幺与众弟兄齐叫声:"好个马霫!"

马霫抬头笑道:"兄弟口馋,没先敬奉众位哥哥。"便喝人取了一个瓦盆,接了半盆鲜血,又割了几十大块,一手托盆,一手托肉;又喝取个碗来,先奉杨幺、王摩道:"恁血当酒,两位哥哥只多吃些!"便舀满一碗血,奉与杨幺,杨幺接来吃干;又送两块肉,杨幺也一口咽下。王摩也是恁吃。马霫见了十分快活,便向众弟兄奉来。奉到屠悄面前,马霫笑说道:"嫂哥,兀没比闲浪撒娇婆娘,怕甚鸟羞。却是奢遮做头领,同马霫弟兄般,只前日将杨大伯搽得恁好花脸,遮得没认,马霫煞是欢喜!"说罢,也是一碗血、两块肉。

屠悄笑了一笑,也自饮吃。马霫叫声:"好!"又向各处奉来,无不欢笑饮吃。遂奉到黄佐面前,黄佐早一个恶心,忙推不吃。马霫便勃然大怒,竖睛喝骂道:"兀地呆鸟,没识好,敢不吃这厮血肉,可倚着带些官样不吃?兀那鸟驴眼没瞎,柳林、劳捷、游六艺、滕云比呆鸟官样还大,叫吃没敢不吃。只你呆鸟拗逆,便没一心造反榜样,洒家板刀自不认兀谁!"说罢,只向他嘴边乱塞。

杨幺忙走来，扯了马霡道："兄弟休恁地玩笑。他吃不惯，怎去强他！"马霡道："哥哥兀自讨面情，便没叫好。"不一时奉完，手中尚存六块，便来查点。内中已不见了郝雄、张杰，便要去赶寻。杨幺忙又拖住，遂使人拖去残尸，又自捧了牌位并骸骨进去。只这分吃，吃的不吃的，俱有缘故在后。不一时，酒筵齐备。杨幺与王摩同坐在上面。这番饮酒，共是三十五位头目，十分快活吃酒。

到了次日，杨幺遂在山上拣了一块好地，将父母骸骨埋葬。埋葬完，使众兄弟并军校各换色衣，自己仍是素服；又想起昔日神女传授，遂使人到柳壤村去重盖庙宇，新塑金身。功完之日，杨幺带领众弟兄来拜谢了一番。

回上山来，一日因对众兄弟说道："我杨幺遗累父母，蒙众兄弟戮力同心为杨幺得缚仇人，洒血致祭；今又入土，谅亦可少慰九泉，生无愧耻。又得众兄弟推我为首，霸此湖山，将来可酬宿志。但成大事者，必先固其本。目今山寨俱未料理坚固，各处湖口险要，未备设守。抑且孙本、殷尚赤、常况皆有仇人，未曾与他报复，时刻在念。我等南来，北地已属金朝。我今一面固本，一面探听仇人，亦可兼探建康动静，君臣若何。"遂打发数名精细军校，去探董敬泉、夏不求、王豹以及建康君臣行事而去；遂同袁武、何能、贺云龙在君山上下周围审看了一番。

次日，又到湖中来巡视多时。到口岸处，遂上岸走看。因见一众农夫，在那里脚踏车轮，灌水入田，车起的水在沟渠中急流迅逸，杨幺遂立着贪看了半响。因见旁边有些芦苇，遂折取几瓣芦叶，渐次放入水中，其去如飞。不觉心中忽有所触，满心快活，因对三人说道："我向虑无胜人长技，不能驰骋湖中，难称无敌。我今已有绝技之巧，何患不能施展哉？"即回上山来，遂分遣："何能在山，起盖厅堂寨栅关隘；袁武去湖中，添险设备；贺云龙往来照应钱粮；王摩领人入山砍伐大木，兼截木商。我杨幺督工制造绝技。"四人各自去行事。又使章文用写了许多招收工匠字帖,许其倍价,着人到远远去招集。工人闻知,俱陆续到山。

王摩着人解到许多大木,遂择日动工。真是日费金银百斗,财能使鬼驱神。不消两月,你道杨幺造的是什么绝技?原来是无大不大、日夜能行千里的一座轮船。只这座轮船,却是怎个模样?但见:

> 木伐南山,巧过输子。木伐南山,按气候节令,有四时二十四丈一座轮船;巧过输子,列周天变数,是三百六十五部各处车轮。广阔七十二步,高低三十六停。船面竖起木城,亿万千堵;每部齐立水手,一十二人。木城上,铁钉裹满;轮船外,竹搭齐遮。内看秋毫明察,外观底里难窥。用力处,何须桡桨;快行来,岂用篷桅?巧夺天工,任我横行,日走千里,足令河伯无权;暗藏机窍,随心直闯,夜行八百,谁畏风神使势!若遇交锋,饶伊巨舰,只消轮动,直叫霎时压沉水底;如逢追袭,任尔乘风,全凭人力,管叫片刻赶上擒拿。头目可容三十余员,皆同生死;军卒实藏五千多众,尽效捐生。往来不须立寨,停省何用安营?试看这座轮船,不亚武侯木牛流马。

杨幺造完了轮船,便择吉日,点齐了水手,同众兄弟齐上船来。宰杀牛羊,祭奠了湖中水神,即传令开船,发起轰天大炮。众水手一齐踏动车轮,一时水声若雷,船行如雾,瞬息百里。杨幺自执号旗,立在船头,挥左则左驰,展右则右骋,无不应手转折,弟兄齐称神速。杨幺想了一想,道:"我今同在船上,又无两船比较,湖中广阔无边,但听见湖中水势潺潺,分冲得浪头滚滚,实辨不出迅速之妙。我今有个主意。"便取了弓箭在手,道:"我今射去,若箭到船到,才称迅速。箭先船后,不为迅速,这船便要焚毁,不可恃也。"遂一面使人鸣金擂鼓,吩咐众水手道:"若箭与船并到,俱各重赏。"便一齐奋力踏动车轮。

杨幺扣满弓矢,向前水面发去一箭。果然箭快船速,俱一齐并到。杨幺见了,掷弓大喜,道:"我杨幺自此,谁人能制我耶?当与众兄弟纵横于洞庭矣！"众弟兄齐声称贺。遂在湖中东西上下飞行捷走，不消一日，将这八百里湖面尽皆走遍。这是杨幺在洞庭湖操演大轮船。

操演了两日，遂停泊湖中，与众兄弟畅饮，直吃到日落湖中、月升水际。杨幺举杯，临风笑傲，乘着酒兴，对众兄弟说道："闻得当初令公杨业，骁勇非常，百战百胜，人称他是杨无敌，亦且忠勇传名。我幼时抚养父母，曾说是他遗孤。我今步武前人，亦当以无敌称之，未为不可。"众弟兄听了，尽皆称好。马鼍道："洒家没得冒认别人祖宗，惹得呆鸟背地口笑，只叫良马、好马、小马、老马吧。"自此杨幺自称"杨无敌"。

一日正操演间，这些探事的俱陆续来报道："汴京残破，人各流离。董敬泉原是广陵盐商，今逃到广陵城内居住。"有的报道："金主破了汴京，立张邦昌为帝。夏不求乘机谋干官职，领兵去破莱州，做了镇守。"又有的来报道："小人去打探得谢公墩王豹、乐汤，近日在村中邀请村人，作庆贺物归故主的筵席。因乐汤有个徒弟在汴京，金兵初破城池，有人入府库中，取得大头领这杆藤缠铁棍，嫌它重大不便使用，遂插了草标在街头货卖。这徒弟见了，知是乐汤旧物，被大头领当日夺取，用价买来与乐汤。乐汤大喜，遂将这棍对人说道：'险道山强人，自知与村中不是敌手，弃山逃去。我不曾亲手擒缚杨幺，今却得了杨幺这条铁棍，在我村中也要算是擒缚了。'"杨幺听了，勃然大怒，即传令上山去商议。只因这一商议，有分教：

　　击鼋头壮士成名，缚冤家木竿消散。

不知后事如何，且听下回分解。

第三十七回

袭广陵喜归勇士　下校场快杀前仇

　　话说杨幺正操演轮船，忽报知了这些事情，即回上山来商议，道："目今三处仇人，当先从哪处报起？"贺云龙道："这广陵切近焦山旧寨，只消从长江顺流而下，到江州直达广陵，便可擒杀董索。"袁武道："莱州在山东沿海，若过了江州，出海便到莱州，擒杀夏霖，此皆易为之事。但江州是韩世忠据守江面，我今由此经过，必须预备万全之策。"杨幺笑道："我今水路有此轮船，何足为虑？若陆地交锋，到那里计较未迟。"遂将山寨料理了一番，着郝雄、张杰、黄佐看守山寨。带领众弟兄共是三十二员头领，齐上轮船，三声大炮，往前进发。

　　此时是建炎二年春，正是宋、金未定之时。谁人敢来拦阻，一任它冲走。不日已离楚境，走入长江。早有探事的来报说道："金朝闻康王金陵称帝，分兵取道南来：一出云中，一出燕山，一出河州，攻打诸郡。有兀术太子，知江州有备，遂领精兵二十万，星夜从蕲、黄渡江，杀奔建康。城中一时无备，将士不敢交锋，君臣只得又奉康王逃去临安，兀术一路追赶。今又逃去温、台，各处将士俱离地土勤王，合攻兀术。"

　　袁武听了大喜，道："有此机会，去江州必无劲敌矣。"遂从长江而下，不日已望见江州城郭。但见江边虽有寨栅，军卒看守，因无主将，一时不敢来截；又从不曾见过轮船式样，俱惊惊疑疑，只严守江岸。杨幺等顷刻到了焦山，同众兄弟上去了一番，使贺云龙在船看守。杨幺同众弟兄登岸，从泰州抄出广陵。

这广陵虽未经残破，却昼夜防备金兵到来。城中兵将离城五里立寨，守护城池；府官、县尉俱在城中料理，严禁居民；各门上俱是辰开午闭，查察出入，恐有北来细作入城。这日忽有警报报来，说是金兵骤至，一时大惊。城中便是守城，城外兵将尽皆准备迎敌。不一时，尘土障天，众兵将俱远远望去，尽皆猜疑不定。有的说是金兵，有的说是官军，有的说是盗贼。一时议论纷纷，各无主见。你道为甚缘故？原来是：

> 似官军而装束不同，似金兵而无雉尾。兵势汹汹，不分队伍；军威赫赫，绝少尊卑。面貌凶恶，不见回回高鼻；身体干净，全无鲁鲁腥膻。众手下，俱用的是颜色阔布盘头；各头领，纯穿的是绯红软甲遮身。两脚奔腾赛马，一团勇力过牛。闹攘攘齐来，乱纷纷都到。不疑是南地苗蛮，也知是山林贼众。

宋军主将罗英、偏将侯朝看明，忙传军令："乘其远来攻击，不容贼人安营。"一时发炮擂鼓，罗英、侯朝两骑马在前，带领兵众冲杀过来。杨幺等遂一字儿摆列，袁武、何能自去布立营寨。杨幺挺枪上前，敌住二人道："我乃洞庭湖杨幺。今日领众到此，并非劫掠伤残人众，只擒城内仇人董敬泉，与众兄弟报复前仇。二位将军若肯原情缚出，即便倒戈自回；如或执迷，恐破城池，难分玉石。"

罗英、侯朝听了大怒，喝骂道："原来便是你闹东京！向日到处缉拿，却被你潜形漏网；又因强金入内，二帝蒙尘，诸将士各去勤王，无暇剿灭。稍得粗安，便来大索。怎敢大胆无故到此？是速其死也！及早自缚，免污我手！"杨幺正要开言，马蠡早已暴跳如雷，大叫："哥哥休与撮鸟斗口，老马砍剁恁不识好的呆鸟！"便抡着两板刀，砍滚到二人马前。罗英连忙敌住。侯朝抵敌杨幺，宋兵将各寻对厮杀。果是一场好杀！怎见得？但见：

  宋军呐喊，杨卒摇旗。马上将军，留心擒贼要成功；地下头目，用力砍翻得仇报。刀枪闪动烂如银，剑戟挥来浑似雪。叱咤与霹雳同声，格斗如群虎争食。少年健将，眼明手快得便宜；衰老惰兵，骨突糊涂终费力。这番广陵战斗，不知谁胜谁赢。

  两边各仗平生本事，罗英、侯朝与杨幺、马鬣各杀到一百余合，胜负难分；其余宋军将士俱各苦持，杀到后来，渐渐遭伤。因是主将令严，只不敢逃奔；又杀了多时，见天色渐晚，各鸣金罢战。

  罗英、侯朝计点军士，伤折甚多，不胜恼恨，同入帐中商议道："人说杨幺勇猛，今日接战方知。不可力斗，明日当用计擒之。"二人商议了半晌，罗英道："我明日见阵，只单激杨幺出来，诈败佯输，诱他追赶。你今夜五更可引千余人，向东南赤石峡中埋伏。你便截出，我即回马夹攻。任他勇力，也难脱去。"二人商议定了，各自歇息。

  却说袁武忙将杨幺并弟兄接入寨内，因说道："我今孤军离舟，深入内地，利在急取。若与人争胜负，必要迟延。倘若四处有援兵来救广陵，急切便难下手。为今之计，入城方为上策。"杨幺问道："入城固好，计将安出？"袁武遂使人到远村中拘了两个土民来，问道："我今统领义师到此，只擒城内仇家，并不骚扰百姓，尔等不须惊恐。今唤你来，是问你前面去路。若获了仇人，自有重赏。"

  两个乡民先前十分害怕，今听了问路，方才放心，因问道："不知列位好汉要问哪里去路？"袁武道："这广陵哪一门是通水路？"乡民道："东北上有座水关，叫做天一门。有一条深河，直通入城内琼花观前。相传这河还是当初隋炀帝开掘，北接楚州，西通邵白，故此城内永不干涸。"杨幺问道："你这广陵有两员将士屯扎在此：一个两颧高耸，面色红赤；一个眼中白多黑少，面色如蓝。你可晓得他二人叫甚名字？"

乡民道："这个红赤脸的是北方人，武艺高强，性气刚暴，时常鞭扑士卒，人叫他是'泼天火罗英'。一向到处随征，今拨来镇守广陵，尚未两月。那个蓝色脸的，就是本处泰兴生长，姓侯名朝，是个盐灶户出身。因有膂力，用一把浑铁火叉。一日在河边洗澡，忽有一个癞头鼋见有人在水内，便张开血盆大的口，舞着四爪，掀波踏浪的赶来，要拖他去吃。他见了大怒，便提叉又跃入湖中，与这癞头鼋在水中一踊一跃，来来往往，竟如厮杀般赌斗，岸上的人俱各惊呆。他两个斗了半日，只见那癞头鼋渐渐的爪迟嘴慢。被他看得亲切，只一铁叉打去，正打在癞头鼋的头上。那癞头鼋一时负痛，沉落水底，逃去得无影无踪；他也上了岸来。众人喜他勇力，买酒请他。

不期过不两日，忽又见河中水面上这癞头鼋探出。一时惊动多人，只向水中发喊，抛砖丢土，赶逐它去。有人去报知侯朝，侯朝即提叉跳入水去，与它厮斗。却见这癞头鼋不似前番雄赳，展脚昂头，只在水中垂首，上下颠簸。侯朝看明，方知已死。他便拖上岸来，砍刹分给众人去吃，便分给了八百余斤。自此闻名，人就叫他是'癞头鼋侯朝'。前年广陵招募骁勇，他就将这杆浑铁火叉，重八十二斤，在演武场中抡动得惊天动地，官府就抬举他做了广陵防护使之职。如今他两人听见金兵不久要来攻夺广陵，他二人一力担当，便领兵在此安营，要与金兵厮杀。今日众好汉到来，故此抵敌。"

杨幺听得十分欢喜，道："原来敌我的是侯朝，果有本事。怎招纳得他二人来做了弟兄，朝暮相见，我心方快！"马黧道："兀恁怪天，偌早便黑，不凑老马快趣。只耐天白，便跳去剁撮鸟的两条腿，扯来拜哥哥，直藤地嘈乱。"众弟兄听了，一齐掩口而笑。

袁武道："哥哥既爱结这二人，只要马麐依我使令，管教缚来。"遂与杨幺暗说了一番，即唤柯柄、童良来吩咐道："我今日到，知城中尚虑不及此。你二人悄去入水中，暗进天一水关，引进大队。"杨幺遂引了一众弟兄，使乡民领向僻路急走。将到关前，远望去果见是条深河，柯柄、童良自去行事。何能使人去搬卸人家门扇、板条，又使岑用七将这些门扇、板条在水内拴缚停当，等候消息。这柯柄、童良各持刀入水，在水底下一路探到关门下。早摸着两扇铁叶钉裹的大门，紧闭在水底下，陷入泥中有三尺多深，一时不得入去。二人忙用刀垦挖，挖作一条水沟，仅可容身。童良遂将身子歪侧爬了过去，柯柄亦自钻入。再一摸去却是一道闸板，直陷入深底。二人急切垦挖不透，难得入去，忙探出水面。抬头看时，只见从上而下层层叠叠，堆压得并无一毫空隙，不能上城。

二人没处作计较，各定了半晌。忽见上面有些亮影射入水中，二人暗暗商议道："莫不这影亮有个空隙处？我们何不爬上闸板，去看个光景。"遂一齐轻轻爬上。只见顶上这层闸板悬空高吊，尚未全下。二人见了大喜，遂轻轻钻溜过去，便得上城。再一伏听，却听得更鼓楼中俱有军士在内，忙近前伏看。只见内中打盹的、睡熟的，远远有巡军敲锣走来。二人持刀赶入，将打盹、睡熟一顿砍杀，复赶杀巡军，不留一个。即来扯拽闸板，开出铁叶大门，即转身入楼，楼内自有火种，便放起火来。杨幺等见事已妥，即同众兄弟上了门扇、板条。岑用七在水中推起，一时推进了天一水门，在城内大闹起来。

一时府县居民人等，尽疑金兵入城。杨幺即使人分据各门，不容一人出入；又问明了董敬泉住处，遂同孙本、殷尚赤、屠俏引众军校，将他前后门户围住，便打入去。守门伴当俱各惊慌，往黑处逃躲。此时董敬泉在内，已有人报知金兵进了天一水门。他却暗暗欢喜，因对众妇女说道："俺在汴京一时不知就里，躲避下来看守家私。倒吃夏不求这孩子，将俺金银谋斡前程，做了莱州领军。前俺着人叫他替俺谋斡一个大大的官职。传来消息,不久要到广陵,破城之日将俺家私保全;又叫俺迎接,便得大官。"因吩咐众伙计各伴当在门首伺候,倘有金将到门,快通报迎接,送他财宝,遂在里面打点馈送财物。忽有一个管门伴当跑入报道:"员外,不好了!金将围了前后门户,打进门来了!"

董敬泉听了,喝骂道:"你这狗弟子!他来接俺,慌些什么!"便着使女:"取俺的钦赐冠戴来。"不一时取出,穿戴好,叫人点灯走出内厅,已见兵将赶入。董敬泉连忙躬身着地,礼趋说道:"俺商人董索,是宋朝钦赐荣身冠戴,虽没品级,却与朝官一例尊显。今见宋室将亡,已托夏霖恳求楚帝,许破广陵保全俺家。今夜领军到来,已备下金帛,望乞收纳。"说罢,连连打躬,不立起腰来。

杨幺等听了,俱各暗笑。杨幺便说道:"今夜领兵入城,只因你往日倚富欺贫,暗嘱节级、押差,害人性命,谋占人妻,幸俱得免。但仇深恨重,无往不咎。你休错认是金兵,我便是救许蕙娘、夜闹东京的杨幺!今带领众兄弟入城,特来碎汝身躯,作解冤散结!可着孙本、殷尚赤与我绑缚这厮!"二人忙上前绑缚。

这董敬泉正欢然迎接,求保身家,忽听见说是杨幺,早将一身肥肉颤抖抖,只咬住牙关。心里还算计与他没甚仇恨,尚可告求,只消送他金银,买饶性命;忽又听见叫孙本、殷尚赤名字,知是冤家遇了对头,只吓得心胆俱裂。早被孙本、殷尚赤绑缚,又喝骂了一番。杨幺即使人在外,传叫入城缘故、并不加害军民人等,故此城内各安然闭户在家;又使人报知袁武。

这罗英、侯朝到了五更时分,侯朝遂引一支人马去埋伏赤石峡中。天色将明,罗英即传令军中摇旗擂鼓,绰枪上马,到阵前大叫:"杨幺贼子,快来与我决个输赢,其余不是敌手!"便在阵前驰骋。这边杨卒报入寨来,袁武因对马霾说道:"昨夜哥哥临去时,吩咐我不要使你出去与宋将见阵,恐你有粗没细,不遵军令,做坏了事。他今又来单要哥哥见阵，我知他已有了成算。若使别位弟兄出去，必笑我们怯他，他也不肯接战，不能入我计中。你若依我使令，你去便可成功。"马霫听了，发躁道："洒家鸟般直，兀耐烦嚼字慢嘈。哥哥与你说些什么？洒家坏他事，便剁割恁颗头也没怨。恁只直地说来。"

袁武遂叫他出去如此这般，马霫听得十分快活，便脱剥得赤条条，抢着两板刀，直抢出阵去。罗英见了，大喝道："谁要你这黑贼扰阵！快唤杨幺出来，决个输赢！"马霫大骂道："兀地呆瞎鸟，洒家恁便没比？来，来，来！与洒家杀千百回合，砍翻呆鸟头，去见杨幺哥哥！"罗英听了大怒，举枪直刺；马霫只就地滚砍，二人大杀起来。袁武忙使沃泰、丁谦带领二百滚牌手，去护马霫，一时搅杀成团。杀到五十回合，罗英想了一想，忙拨马往赤石峡去。

马霫十分快活，在后追来。将到峡下，早是一棒锣声，侯朝一马截出，罗英也回马杀来，大喝道："且杀了这黑贼，再逼杨幺！"沃泰、丁谦引着马霫，往广陵迎禧门逃奔。罗英、侯朝见了大喜道："今杨幺虽不中计，这黑贼中计怯逃，却走死路。且拿了他，也使杨幺丧胆。"便并马来逼，渐渐赶上。不期马霫等径往城内逃入。

罗英、侯朝见城上俱是宋军旗号，绝不疑心，不胜大喜，各跃马追入城来，高叫："军民协擒黑贼！"不期两边民房内，前后绊索齐起，无数挠钩齐搭，将二人拖下马来绑缚，一齐拥推来见杨幺。杨幺连忙喝退军校，向二人赔礼道："我杨幺昨见二位将军英武，思得拜见，欲明心迹。不意众兄弟不能体心，唐突至此，使杨幺不胜有罪。"忙亲自解缚道："我今仇人已获，志念已申。虽不残破城池，但这番举动，实有碍于官守，诚恐二位将军日后受人暗害，使杨幺所不忍见。今请二位将军转缚杨幺，庶可免二位将军日后受人之累。"

二人听了，一时无言可答。杨幺又说道："大厦将倾，亦非一木可支。今观二位将军之意，实有不忍就缚杨幺。既蒙不忍，莫若二位将军弃此微职，隐遁逃名，俟宁静时向贤君相而事之，未为不可。"

马霳便来说道："哥哥兀地好言，休推呆鸟般没听，去讨奸人磨折。只今拜了杨幺做哥哥，与老马作弟兄，山寨里白日只吃酒肉，毫没点闲气。日后哥哥做了皇帝，洒家们俱是大官，没亏兀谁。"杨幺只在旁说情说义，十分动人。

二人听了，果是前有往因，不觉一时欢畅，齐声说道："我二人被擒不杀，实是感恩；又蒙义劝，敢不拜结！"说罢，便要共拜杨幺。杨幺连忙扶住道："俟归山寨拜结。"遂将董敬泉并黑儿许多恶处说出，二人听得十分恼恨。袁武见罗英、侯朝俱已中计，即拔寨俱起，杀散宋军，入城来相见。罗英、侯朝齐向杨幺问道："我二人用计，只道中计入城。不知哥哥几时领众入城，神鬼不知，真好算计！"杨幺遂将袁武、何能的算计说出。二人听了，不胜称赞。

杨幺因对众兄弟说道："我等已获仇人。若带回山寨处死，不晓得的只说我们攻破广陵，掳掠财物。莫若就在城内消除，亦可使人知警，不做倚财害人的事。"众人齐说有理。杨幺遂使章文用写了董敬泉数条罪款，晓喻城中；又押走四门，令人观看；然后押入校场。中间设立一根大木，上面系了绳扣，将董敬泉跣剥得赤条条，遂将两根小木绷开了手脚，将绳系了头发，然后使人挂上木竿。杨幺使人鸣锣擂鼓，此时观看的人俱挤满了校场。杨幺方举弓扣矢，走立百步，因对广陵人说道："我杨幺今日乱箭射死董贼，实非无故。你们不可说我杨幺过于惨刻。"说罢，连发三矢，皆紧紧攒中心窝。杨幺射完，便是王摩以及弟兄一一射来。端的怎个模样？但见：

　　木竿高吊，摇摆得俨似猴形；手脚绷开，直挺的宛如蛙态。心未伤，依稀鬼哭；魂先去，仿佛骷髅。射来的阧子箭、逆援箭，穿胸破脑，一阵阵落红如雨；发来的柳叶箭、燕尾箭，透心过腹，一片片白肉飞扬。霎时气绝魂消，顷刻冤清仇解。

杨幺见众兄弟俱各射完，董敬泉已死，完了一件公案，即传令起身。罗英、侯朝各带了妻小，一齐蜂拥出城。不日上了轮船，径出海往莱州进发。

杨幺因与袁武、何能、贺云龙商议道："为报冤仇，却去冲州撞府，未免惊骇人民，我心甚觉不安。怎能得草木无惊，缚取仇人为快？"三人听了，齐说道："这是道长哥哥具仁者之心，我三人安得不另筹别策？如今只须如此这般，管教仇人自来就缚。"杨幺听了大喜，使章文用料理。不日夜已近了莱州地方，便将轮船泊在岛中，拘问土人路径，以及夏不求事情。杨幺带领众兄弟上岸杀来。只因这一杀来，有分教：

生生死死蓼儿洼，怪怪奇奇劫神棍。

不知后事如何，且听下回分解。

第三十八回

夏不求因名偿实罪　小阳春感梦见前身

话说袁武、何能、贺云龙定计，不带一名军校，只同众兄弟三十四人，更装换服，暗藏利刃，带了许多法物，来到莱州城外。一行人齐入馆驿中，驿使忙来相问，俱是章文用对答。遂将一个大黄绢包裹，摆供厅中。驿使人等见是天使，奉诏到来开读，一时慌得承应不迭。袁武便唤过驿使来吩咐道："我等奉金主诏命到此，一应官员俱该远接。因是金主密诏，故星夜兼行，所过地方并无人知，故此没人传递，难怪你们不来远接。这诏内是念夏霖有功，骤加品职，你今入城只报他一人速来开诏宣读，与列位官员无干。俟宣读后，报知可也。"驿使领命，飞报入城。

原来当日金主破了汴京，恐人心有变，因张邦昌昔奉钦宗旨意，奉康王入金当质，张邦昌朝见金主，悉将宋朝虚实说知。金主大喜，遂将张邦昌立为楚帝，以安民心。这董敬泉要图骤贵，遂使夏不求谋幹，自回广陵。夏不求遂将董敬皋京中这份家财，竟自己出名，任意钻谋。张邦昌授他一个武职，遣他领一支人马攻打登、莱二处。也是他合该发迹，两处拱手归降，他遂只驻扎莱州，即使人入京报功，便实授了二处领军使之职。他便一朝得志，只搜索富户、刻薄小民；又生性贪淫,遂嫌织锦出身微贱、姿色平常,遂着人访察民间美色女子,谋占受用。织锦恼恨,常与他作吵。不期他顿起凶恶,一日夜间赶入房来,用手将织锦勒死。

这日正在衙内与众女子快乐,忽见驿使来报知缘故,遂不胜欢喜,即穿了吉服,带领百名军卒,到驿中来。远远的下马,走入驿来,驿使人等忙排香案。孙本手捧诏书,站立上面,众弟兄齐立两旁。夏不求走至阶下,不敢抬头,忙俯伏在地。孙本展开诏书,高声朗念道:

诏曰:
朝廷授爵,择贤而任,莅土临民,轸念为本。今尔夏霖,出自家奴,乘改革而营求,窃禄位以恣虐。虽曰天高难听,敢云九重不闻。缇使到日,囚系来京,是戮一人,而苏万命。云云。

此时夏不求俯伏在地,只道加迁品职,忽听见诏书上面,囚系去京杀他,只吓得一时胆战心摇,众缇使便上前捆绑起来。这些跟随辅恶的,忽见本官被捉,各自心虚,一齐逃散。夏不求被缚,只得说道:"卑职进京,自当面陈功绩,乞列位曲全官体。"杨幺笑了一笑,喝骂道:"你这忘恩负义的恶奴!昔日孙本有何亏你,却陷家主于死地,复又使人强娶主母?若不是我杨幺来救,必致丧身,今日领众冤报其冤。前在广陵,已将董索乱箭射死;今恐破城伤生动众,故假诏诱擒,休推不醒!"夏不求忽听说是杨幺,不胜大惊;再抬头见是孙本捧着诏书,再四下一看,见殷尚赤也在内中,方知同杨幺来报仇。只这一惊,早已魂飞魄走,只向孙本磕头。

杨幺即叫众兄弟起身,遂将夏不求牵出驿来。不期许多居民尽来遮道,杨幺等见了,不知为甚缘故。众兄弟忙抽出利刃,杨幺连忙止住,高声问道:"你们这些众人拦住路口,莫非他在此有甚恩惠,你们来留他么?"众人便一齐跪下,有的向胸前探取,有的探衣袖,一时各擎幅字纸,俱说道:"我等百姓俱是被'夏剥皮'诈骗倾家,占去妻女,向来没处申诉。不期今日天使来拿他进京,我等俱有苦情,乞天使带去与官家,方晓得这'夏剥皮'在此虐民、地方受苦,不致被他营谋脱罪。"

杨幺听了大喜,忙问道:"你们怎叫他是'夏剥皮'?"众人道:"我们受害气苦,只得在背地里咒骂他,日后必要被人剥他的皮,我们才得快活,故此只叫他是'夏剥皮'。"杨幺听了,忙请起众人道:"我今拿他,实除了地方大害。你们众人既骂他是'剥皮',我就在此公私两尽,只剥他的皮下来,使你们畅快吧。"众人听了,一齐叫好,遂分立两旁。杨幺与弟兄即便动手,将夏不求剥去上下衣服,先向头顶割裂,将皮往下乱扯。夏不求大痛无声,始悔当时过恶。霎时皮在一处、肉在一边,只留得血淋淋一个光肉夏不求,直僵僵死在地下,一时众人欢声动地。杨幺见仇已报完,遂对众人说知缘故,众人俱各又惊又喜。杨幺即同众兄弟急走原路,上了轮船,传令南行。

大家又商议去捉王豹报仇,遂吃酒到半夜,各自寻睡。杨幺合眼去,忽见一人黑矮身材,走上船来,用手招引。杨幺不胜心喜,遂同他急走上岸。到了一处地方,那人便立住不走。杨幺问道:"你是什么人,却引我到此?这又是什么所在?"那人笑说道:"你我休作两人看。这是楚州蓼儿洼地方,特引你来走走。"杨幺听了,正要问明,不期这人向杨幺怀中一头撞来。杨幺大叫一声:"啊呀!"猛地跳醒,却是一梦。

一时惊起众位弟兄,听见杨幺梦魇,俱来动问。杨幺遂述出道:"不知此梦主何吉凶?这楚州蓼儿洼,又在何处,可是有无?"众弟兄听了道:"明日使人到楚州访问便知。"只见侯朝说道:"兄弟生长泰兴,曾听见有人相传楚州南门外有个蓼儿洼,说是当初宋江埋葬之地。"

众人听了,一齐惊喜道:"原来是宋江坟地。他做了一生豪杰事业，死得冤苦，也没人看他一眼。莫非今夜托梦，要哥哥去看他？"杨幺听了，不胜点头道："今人想慕古人，去凭吊他一番也好。不知楚州离此多远？"侯朝道："楚州就在沿海一带，要去也还容易。"遂大家环坐到天明。侯朝立起四处一望，忙叫道："只此停泊，便可到得楚州。若再去百余里，便是广陵界限。"杨幺遂吩咐拣僻处停泊。一时众弟兄俱要同去，上岸而走。

一日，杨幺、袁武、贺云龙、何能四人在前先走，一路闲谈，兼看些民风土俗。俱是经过兵火，处处荒凉，四人各自叹息。走了半晌，因见前面路径杂沓，便欲问人。远远见田间有几个农夫在田耕种，遂走近前。袁武去问道："我们要到蓼儿洼去，从哪条路走？"农夫突见有人问这地名，暗暗吃惊；再抬头一看，便各弃了锄、锹，一齐逃奔。

四人见了，不知为甚缘故。袁武忙赶上去，捉住一人道："我问你路径，为何逃走不说？"那农夫被捏住了手，一时逃走不脱，连忙跪下哀求道："你问蓼儿洼，便是那里的大王头领了。可怜饶我去吧！"袁武笑道："你休认错，我不是那里的大王头领，是去游玩的。"

农夫听了，便立起身，放心说道："你若去游玩，我就劝你不要到那里去吧。"袁武道："这是什么缘故，你叫我不要去？"

农夫道："这蓼儿洼，若说景致，实是一洼清水，半壁沙滩，三堆孤冢，几树枯松。当时常有人到那里游赏，说是企慕前雄，怀想忠义。到了后来，终年没人祭扫，以致墓门荆棘、冢上榛芜，便做了狐兔藏身，东凿一坑、西穿一窟，渐渐的游人稀少。如今天下荒荒，宋、金交战。我这楚州虽还是宋土，却被强人出没，时常出来懊恼。"杨幺忙问道："这班头领驻扎在哪里，有甚本事，官府也不言语？"农夫道："这贼头领，便就据了这蓼儿洼立寨，聚了三四百喽啰，十分强横。楚州官府闻知，也曾遣兵来捕他，谁知倒被他杀败！如今再不去惹他，只严禁防守城内。"

杨幺忙问道："你可晓得这蓼儿洼这头领叫甚名字？"农夫道："怎么不晓得。只得两个头领：一个叫做'喧天闹向雷'，配合得上好火药；一个是'没拦挡隋举'。俱有十分勇力，武艺高强。在此结同生死，要学这坟冢内死好汉做事。他二人只有件好处，见了穷人倒还肯周济。"杨幺听了，点头道："我们若去见了他，只不叫他来惊恐你们。"此时众弟兄走到，俱已听明，农夫指明路径自去。

杨幺、袁武、何能、贺云龙设了一番计策，要来收服这二人，一齐往蓼儿洼而来。走了多时，忽见前面尘土飞扬，两骑马在前，后面跟随百十余人，蜂拥的赶来。杨幺等见了，一时动疑，恐是官军，各出器械。袁武忙引众弟兄结了一个"地天交泰"的阵势，等他到来迎敌。只见那两骑马跑得将近，便勒马高声问道："来的莫非是杨幺、王摩二位哥哥，带领众弟兄到此？"

杨幺、王摩听了，不胜惊喜道："我等便是。二位是谁，这般厮叫？"那两人滚鞍下马，走至面前，向杨幺、王摩纳头下拜道："我二人是向雷、隋举。因见宋室将危，有才不用，想着做番事业，遂到蓼儿洼宋江坟墓前，权立寨栅，远近畏惧。因见他坟墓萧条，使人修理一新。不期感动他有灵，忽昨夜来托梦，说：'蓼儿洼非展足之地，须去结识小阳春杨幺、金凤虎王摩，归并大寨；明日他二人带领众弟兄来看我，可速去远接。'故此我二人远接到此。"

杨幺、王摩与弟兄听了，不胜欢喜，慌忙搀扶二人起来。杨幺也述说梦中言语，特来看他坟冢。二人大喜，即牵马与杨幺、王摩乘坐，同众弟兄来到蓼儿洼寨中。各个拜见过，一面吩咐备酒，一面同看宋江坟冢。果是三冢俱新，因问："这旁边二冢是谁？"隋举、向雷述说了当日吴用、花荣缢死缘故。众弟兄听了，一时俱各惨伤了半响，道："生前忠义，死后为神，信有之也。今既有灵，我们到此，安可不祭奠展拜一番？"遂一面摆设祭礼。杨幺、王摩领了众弟兄，各个焚香酹酒，拜奠了一番，然后入席饮酒。

饮了半晌,杨幺因又问起:"当日卢俊义,又不知葬在何处?"隋举道:"兄弟也曾留心问人,说是他当日在庐州做官,被奸臣暗害,坠酒而死。居民感德,就葬在庐州。"王摩道:"这庐州又在哪里?"隋举道:"只今回去,从长江折入焦湖,便是庐州。"杨幺与弟兄齐说道:"少不得也要祭奠他一番。"与二人说知洞庭事业以及仇人恶迹,特来报仇。二人听得十分欢喜,只恨不曾同戮仇人。杨幺道:"深感宋江显梦,得会了两位弟兄。今到洞庭,事有可为矣。"说罢,十分畅饮,直饮得人人沉醉,各自歇息。这是众弟兄幽明隔异,欢饮蓼儿洼。

到了次日,杨幺与众弟兄细细商议了一番,遂使章文用写了几千百张报条,遣人分头往各乡、村、镇去,报的报,贴的贴。你道上写的是什么?写的是:

洞庭湖两大头领杨幺、王摩,今与蓼儿洼隋、向头领,久欲人无贫富,因劫富以济贫;昔视性有善恶,故惩恶以劝善。乡民知者以为平等,愚人不知者以为逞强。近因与杨、王二头领结义,同入洞庭。夫聚财非豪举之事,散施实义者所为。所有寨中余剩金帛、衣粮等项,限三日内,分赐穷民,幸速齐来,毋辜义举。特示。

一时各处居民,闻报见帖。这些贫苦、老幼男妇,俱接踵往蓼儿洼来。杨幺与众弟兄出寨,皆席地环坐,使军校搬出寨内布帛、银钱,一一分给。贫民一时欢声彻里,无不拜谢。到了第三日,一面分给,杨幺遂唤几个村人来,对他说道:"这三堆坟冢,各失根源,久成废冢。幸得隋、向二头领在此,同志修葺,焕然一新。我今去后,诚恐如前。今有厅堂、房舍、动用等物,你们若有愿来住的,使他照看三冢,勿致倾坏。尔等众人中,可有愿来住的么?"众人听了,一齐跪拜道:"我等村人,皆感头领恩惠,情愿看守。只是房屋甚多,非五十余家不能居住,我等即去传知。"

果不消半日,来了五十余家,各分派居住在内。杨幺大喜道:

"这蓼儿洼，有此众姓，已成一村，今后可名'蓼花村'吧。"众人听了，尽皆拜从。至今有此村名。杨幺又传喻军校："愿随者同行，不愿者给赐还家。"一时愿归者十去八九，俱厚给拜谢而去。一应事已完，杨幺率众兄弟拜别三冢，一齐起行，众人俱各拜送。这是杨幺蓼儿洼散财，周济贫民。

杨幺等不日上了轮船，往前进发。将到焦山，正欲停泊，忽见前面满江中数千战舰、两岸上数万宋军，一时炮鼓喧天，截住江面去路。原来前日韩世忠追赶金兀术，到了钱塘，杀得兀术大败亏输，连夜逃走。韩世忠追至黄天荡，困住兀术，将欲擒获，不期有人指引兀术暗掘小河，漏夜过江。韩世忠见不可追，依旧镇守江州。有人报知昔日杨幺等攻破广陵，去下莱州，遂严作准备，断他归路。今见他到来，便截住上流。

杨幺、袁武等看明，知是韩世忠断路，遂一齐鸣金擂鼓，众水手齐踏车轮，往前直冲，一如风卷云奔。韩世忠的战舰一时抵挡不住，忙用炮打、箭射，皆不能伤人。急要追赶，那轮船霎时已去过百十余里，韩世忠只得收军不追。杨幺等见后无追赶、前无敌军，不胜欢喜，遂走入焦湖，访明了卢俊义坟墓，也设祭了一番；又使人堆土、植木，将董敬泉的金银，大半分散近地居民，令他看管。居民十分感德。

杨幺同众商议道："此去出钟离，走阳城，到谢公墩，俱是旱地。若同众兄弟齐去，只这轮船如何安顿？此处非比洞庭，怎容得这座轮船？久驻必生事端。欲要打发先回，日后虽觅船只归寨，怎得有此神速？"说罢，十分踌躇。贺云龙忙说道："兄弟比不得哥哥、兄弟们，定要同去见杀仇人为快，原是可行可止。兄弟在此看守轮船，等哥哥、兄弟们早来。"杨幺大喜道："云龙在船，我无忧矣。"因又说道："我今去擒王豹，不可师出无名，亦不可骇惊远近。只如此这般，众兄弟以为何如？"众弟兄齐称有理。即吩咐章文用并郑天佑先去行事；然后杨幺带领众兄弟，以及一千五百军校上岸；其余同贺云龙在船看守。

贺云龙见他们去远，即将轮船开放在焦湖中间，随风飘泊。远近有人望入湖中，只见些烟云缥缈，绝不知觉。杨幺等径大刀阔斧，一路杀来。逢府、州、县，并没有人出来盘诘。原来此时百姓流离，朝金暮宋，互相争夺；又有民间招募兵卒，要去勤王，兵马往来不绝，故此俱认作官军。杨幺等只放心前进。

这郑天佑领了杨幺计策，却是身边带了千百张擒王豹的檄文，遂放出能行快走的本事，日行五百，夜走减半。果是去得迅速，早到了谢公墩。远近却探得王豹、乐汤自从得了这杆铁棍，终日对人称说乐汤得棍，如虎生翼。因见大宋失去汴京，人民无主，一发恣意行凶。先前只占人田土以及妇女；到了后来，与乐汤商议了一番，自称为"阳城王"，乐汤为"检讨大元帅"，其余弟兄并乐汤徒弟，俱授官职；筑设土城寨子，征索附近乡村粮食，又将谢公墩居民尽编入队伍，共三千余众。扬说"勤王"，择日出兵，攻夺郡县，霸据一方。

忽有报事人来，说杨幺领众各处报仇，十分厉害，不久要来。王豹、乐汤一时听了，大惊道："这怎么处？"乐汤大恨道："俺们正要举动，他又偏来作吵，败俺们的兴头。必要擒他，方消吾恨！"王豹道："这杨幺聚集各处强徒，此来必要残破地方；又恐他众我寡，一时难敌，便要出丑。我今还去恐吓远近村人，说他要来劫掠，不敢不来相助，才得声势。"即使人去传知。果是乡愚易于蛊惑，俱信王豹好意，许他相助。

郑天佑打听了这些消息，等到夜间，遂向各处遍贴。次早乡民见了，各纷纷揭来报知。王豹、乐汤细看，只见上写的是：

　　自昔有罪则征，无良必讨。矧兹王豹，乡曲小人，罪多良少，构睢眦以生衅端，聚无籍而树羽翼。桃园寻闹，骆庄陷人。结怨扬言护邑，力征屈事乐汤。拒险道之雄，遗召辅之燹。诱愚哄众酿金，苦追有税之粮；骇里恐乡敛财，似比无偿之课。口腹得之以肥，家室因之以富。人怨无如檐倭，天拯有满其奸。英雄见之不平,豪杰闻之怒色。是以杨幺代天征讨,挥戈渡江,兵不血刃,过不扰众,遏临斯土,歼灭数恶。奠尔村隅,快申久积。诚恐村农里老望风惊恐,先布来因。罄帛难书,略陈一二。谨檄。

王豹、乐汤见了,又气又恼,遂一面使人打探,一面添设防守。忽报杨幺兵众渐近,便打发乐汤出去迎敌。乐汤到此,不能推辞,只得带了百名徒弟、三千乡勇出土寨来,分立营垒,密排鹿角,紧布蒺藜,准备交战。不久杨幺等到来,见有准备,亦自安营。

到了次早,两边各列队伍,各排阵势,一时鼓炮齐施。王豹、乐扬俱是全副披挂,百名徒弟各自雄赳。王豹、乐汤齐出阵大骂道:"我王豹今非昔比,向因保护村众,功高德博,众姓推立为'阳城王',乐教头已为'检讨大元帅',成事在即。你这伙螽贼,怎敢听信贼配军指使,扰我境内?若能缚出配军,当有封赏。"杨幺众弟兄大怒,一齐砍杀过去。王摩接住乐汤,沃泰敌住王豹,其余接着众徒弟并乡勇,逐对争持,各队厮杀。一时龙争虎斗,直杀到下午。杨幺见乐汤舞着这杆铁棍甚是纯熟,遂使人鸣金罢战王豹、乐汤正然苦持,听见鸣金,连忙退阵。

王摩对杨幺说道:"乐汤本事也只平常,只是这棍劈拨得势重猛恶,急切不得下手。明日战时,须用计擒他。怪不得哥哥常是想这杆铁棍。"马霶听了,大叫道:"兀地老马喝叫点火,跳夺恁杆号丧鸟棒来还哥哥!"说罢,便火杂杂地要赶去夜战,杨幺急忙扯住。常况便说道:"倒不如兄弟去行当日勾当,只悄去黑地里弄来,可不省事?"杨幺听了,摇首说道:"得而不正,徒使人笑。"因问袁武道:"可有甚别算,先得这杆棍来?"袁武道:"欲速则不达。兵机合乎天机,用计得人,则得棍也。"遂商议明日攻战事情。

不期到了夜间,马霶回到本寨吃了一肚老酒,不胜焦躁道:"兀地白云山怪鸟乱嘈。这杆号丧鸟棒,只今觑着却静地没捞夺。有恁奢遮鸟算,拦截腾跳,何不寻常况,没得鸟闷!"便悄来寻。不期寻不着常况,忙趱回来,等各寨内弟兄睡熟,便喝数名军校带了火种,潜赶到王豹营寨左侧,便忙喝点火,抡动板刀砍杀入来。大叫道:"刮地雷黑疯子马爷爷在此!兀那乐撮鸟,快地送出号丧鸟棒,饶他几板刀!"

此时巡更乡众,忽见有人来劫寨,险不将锣面敲穿,一时惊动合寨俱起,在黑暗中与马翻大杀起来。这王豹与乐汤,因日间力斗困倦,正自睡熟,忽听得锣声四起,喊叫杨幺劫寨,便惊得直跳起来。乐汤急用手探取铁棍,谁知不在身旁;再抬头一看,忽见一人在黑暗中拿着铁棍,往寨后急走。乐汤大喝一声赶来,那人举棍便打,早被乐汤飞起左脚,踢落在地。那人舞着朴刀,往外杀出,乐汤拾棍追赶。此时巡军早已报知杨幺,说马翻独自去劫王豹寨栅。杨幺大惊,忙同众兄弟赶来。马翻正在黑暗处被人裹住,只砍杀得两板刀一片雪,大声喊叫。

原来这偷棍的便是常况。他独自潜潜伏伏,闪入乐汤寨内,乘睡熟时,偷棍在手。不期外面有弟兄来劫寨,惊醒乐汤赶夺。常况一时心虚,只一手乱打了这一棍来,却被乐汤一脚踢下。见不是势头,杀出寨来,听见马翻独自喊叫,被人围住,忙来救护,只不得脱身。忽得杨幺与众弟兄一齐杀至,方救了回来。常况便埋怨马翻来劫,马翻也埋怨他不同去。杨幺问明,方知缘故。

两边直闹到天明。王豹使人挂了免战牌,与乐汤不胜惊惊恐恐道:"日间被他杀伤五百多人,我们不曾杀得他一个;夜里又来吵闹。只这两个贼头,便敢来劫寨偷棍。喜得有备,不致失寨被偷,下次必须谨慎。"乐汤想了半晌,道:"吾闻得兵法云:'善战不如善守。'莫若今夜悄悄退入土城,只严守御,使他兵老师惰,然后出兵,一面迎敌,一面断其归路,杨幺等皆为我擒矣。"王豹听了大喜,道:"'大贵者不立于险地。'元帅之言,正合我意。"等到夜深,暗暗传令,一齐退入土城。早有巡校来报知杨幺,众弟兄便要追杀,袁武、何能连忙止住。

到了天明，便将土城围裹，引众攻打。王豹、乐汤只在城上守御。一连攻打了三日。这夜杨幺同袁武、何能私出寨来，悄看土寨。因到近处，立在高阜观看，果见十分坚固。袁武忽对杨幺指说道："月已离毕，明日当有骤雨。我今使人发掘坑坎，灌入，何愁土寨不破耶？"杨幺听了大喜，遂又绕城看来。忽有人从土城寨上纵身跳下，大叫："不要走！"三人各吃一惊急走。只因这一走，有分教：

  掘地见源头，袭匿疑仙迹。

不知三人可走得脱，且听下回分解。

第三十九回

神棍合借朱润还家　铁匣开遇杨幺出井

话说杨幺、袁武、何能商定了计策，忽见一人跳落大叫："私看土城的，可是小阳春道长哥哥？"杨幺忙立住，问道："来的是哪位英豪，呼称杨幺贱号？"那人走近前道："兄弟姓名且慢提，请哥哥先看这物件。"遂双手送来。杨幺接来向月下一看，却是时刻想念的这杆水磨黑漆藤缠浑铁棍。一时心花俱开，说道："此棍离身日久，谁知今夜忽然在目。请问尊姓何名，怎得在乐汤手中取来？"

那人说道："兄弟是西安出身，人唤俺是探骊龙朱润。因贩毡绒路遇乱兵，与他格斗，却将俺货物抢散。追赶不来，一时资本尽失。前月在此经过，却被王豹认作歹人，暗使人在酒店中，将蒙汗药麻倒。还亏包裹中存得两张过关钞牒，晓得是个货卖，将解药放转。见俺魁伟，便问长短；俺便告知缘故，便留俺作护身。给一杆大刀，俺只舞得没些渗漏，他便欢喜，俺也只得住下。却见他行事诡谲夸张，俺要留心脱走。不期前日传了许多文帖，俺只暗问人，才知与哥哥有这些缘故。哥哥大名，江湖上久已闻名，要见也不能；又晓得这棍是哥哥心爱，只今夜乘空取了，上城跳出。因见城外有人，便晓得是哥哥来看他的土寨，一径跳下，来奔哥哥。"

杨幺听了大喜，遂同入寨，与众兄弟说知。众兄弟一时惊喜，遂看棍、识人。朱润遂要拜结，杨幺留住，同归山寨聚义，遂将山寨事情说知，朱润不胜欢喜。寨中备出酒食，大家坐吃。袁武使人去准备灌水入城，杨幺笑止道："这棍在乐汤手中，只不过浑然一器械耳。我今用之，当有变化无穷。昔日已造轮船，今又得原棍，水陆俱有长技，量此蕞尔土城，何愁不入耶！明早赖众兄弟齐力可也。"众兄弟俱听得惊惊喜喜。

　　到了次日，果是一天阴晦。杨幺使向雷发起轰天大炮，众军校各架云梯，一时金鼓齐鸣，炮声动地，俱向城下杀来。王豹急使人炮弩齐发，一时众弟兄俱不能上前。只见杨幺独向前去，将这杆棍舞动，舞到妙处，矢炮不入。霎时人随棍起，棍趁人飞，竟腾起半空，飞跃上城。王豹忽见杨幺从空跳上城，早吓得魂飞魄散，忙向前逃奔；众乡人齐向杨幺拜倒告饶。此时众弟兄俱从云梯上城，各去夺门，放入军校。杨幺因对众乡人说道："尔等起来。我今义师，岂肯妄杀一人！若去杀了王豹送来，自有重赏。"

　　众乡人一齐应声，即去赶捉。此时大雨盆泼，杨幺遂向人家走入。只见众乡人捆绑了王豹、乐汤解来道："王豹、乐汤俱躲入坑厕中，小人们捆绑了献来。"二人俱跪在雨中。杨幺正指王豹怒喝，不期众弟兄钢刀齐下，霎时砍剁如泥；又来砍剁乐汤，杨幺忙拦止勿杀。因说道："我与乐汤本无仇恨。只因他夸口，是我去寻他放对，非他寻我结仇。只笑他眼内无珠，今又助恶为非，是个依草附木贪腹小人。我今将他一例处死，使人笑我量小不容；只着他跪在雨中，洗尽心肠，放他去做个好人吧。"

　　乐汤见杨幺不杀，只在雨中磕头不止。众乡人皆来拜谢杨幺统义师杀王豹除害。杨幺不胜谦说"请起"，因吩咐道："王豹作恶，我已正罪。但他占人妻女，以及田产等项，原人各自认领，只留他上传遗业供他妻小。你们日后不可记恨王豹，欺负他家。"众人一齐拜德而去。

杨幺因又对乐汤说道:"我今得你这棍,不可使你在后怨言。"遂叫人赏他白金十锭。乐汤忙磕头说道:"小人蒙义士宽宏恕死,焉敢领受赏赐?如今细细想来,这棍实该义士取用,才应这棍上的言语。"杨幺听了,惊问道棍上有甚言语?你可起身说来。"

乐汤遂拜谢起来,说道:"小人昔年路过黄河,忽见一物,水中忽沉忽浮,涌涌跃跃,如游龙般,不胜惊异,忙使船跟尾。忽飘出水面,便应手取起,也只说是杆木棍。却见泥污沉重,便细心磨擦,磨擦出铁色精光,方知是条浑铁棍;又磨出几行字迹,一时详解不来。便拜访名师,传授棍法,舞得纯熟,遂使人藤缠黑漆,外又水磨,只留棍头不曾漆缠。当时只晓得上面斤两,较是一般,却不晓得'木易'二字。如今细细想来,义士却是姓杨,合该归主。"杨幺忙取棍同众弟兄细看,果见上面凿有几行小字。只见:

　　取铁之精,得铸之英。八八六四,价比连城。配偶木易,用之纵横。兴于荆襄,屈于岳兵。如闻妙谛,萧然一行。

杨幺看完,大喜道:"当日我也不曾留心,看出有这些字迹,今日亏你说出。果将木易配偶,实是我姓。"遂厚赏乐汤而去。杨幺遂传令拆毁土寨,烧绝违禁等物,然后起身。

不日回到原处一望,不胜大惊。有的疑是先回,有的疑是被人夺去,袁武只是摇头。正惊疑间,忽见湖中一时烟消云散,显出这座大轮船,如飞走到,贺云龙忙接众弟兄上船。杨幺忙问适才所见惊疑缘故。贺云龙笑道:"哥哥巧夺天工!愚弟不得不用阴阳二遁,以掩天工。"杨幺大喜,即传令起轮。

不几日,已到洞庭君山大寨。即宰牛杀马,与众弟兄共拜天地、誓同生死。杨幺、王摩并坐上面。东首一带是袁武、沃泰、邰元、马靨、孙本、殷尚赤、屠俏、郑天佑、殳动、柯柄、童良、骆敬德、石青、段忠、柳林、黄佐、劳捷、罗英、侯朝,共一十九位。西首一带是何能、游六艺、滕云、郝雄、张杰、丁谦、常况、于德明、花茂、柏坚、吕通、王信、岑用七、向雷、隋举、朱润、章文用、郭凡,共一十八位。下运素席,是贺云龙。这番聚会,共是四十员头领。弟兄一齐吃酒,真是说不尽筵中百味,赞不了弟兄们的兴头。自此连朝畅饮。

一日席间,杨幺对众兄弟说道:"前日所行三大件事,喜得长技已成,只因报仇事急,山寨湖荡暂自停止。如今回来,还要烦何能任其劳苦可也。"何能忙出席应允。杨幺又说道:"大宋既可失金,我杨幺宁不据此洞庭以自强固?但强固者必须粮足,今烦二头领同袁武带去二十位弟兄、一千军士,收服全楚,以供山寨之用。"王摩亦自应诺。遂择日一面何能起工,王摩、袁武带领众弟兄而去。

杨幺等在山裁度,将一应旧厅新舍尽行拆毁,只留轩辕庙、湘妃亭不毁。遂将基址广阔,盖起五间宽大厅堂。两旁一带长廊,前设一座门楼,后盖几层密室,将轩辕庙称为"军政厅",湘妃亭呼为"笑傲亭"。陡崖险壁设立四座大关:东名龙盘,西名虎踞,南名豹隐,北名观澜。又筑起数土围城,并盖造军房营室,真是工程浩大,日费万金。

王摩处一时未有消息到来以供费用,杨幺十分踌躇。只见郝雄、张杰上前说道:"我两兄弟在山上多年,闻得历年在此做买卖的,将得来的财物分作两股,将一股投入轩辕井中以作酬神,若是独得便要犯事。我二人也投入甚多,哥哥何不告恳神明借用,使人下去取出,只怕也够用。"杨幺道:"我往时见这轩辕井中水泛泉溢,一时怎得下取?"郝雄道:"当初原有人传说,这井不但通泉,内中还有窍脉,直通过洞庭湖水底,上得庐山。我二人上山时,忽一年干旱,井中也渐渐水少,大约还是荒唐。只这几日,山上工人众多,山下的水接济不来,便打井中水吃。如今渐渐水少,若再着人用力车干,便可下去。"

杨幺听了,大喜道:"古来传说,必有所据,想是近被淤泥阻塞窍脉。我今一则取银,二则寻看窍脉;若果寻着这条路径,便增我许多作用了。"贺云龙忽听见可通庐山，不胜欢喜，道："若有路上得庐山，我便去拜见师父也甚容易了。"杨幺遂走到井边一看，果见水浅了大半。遂一面使人备了礼物，拜祷了一番；一面着人汲水。果不消半日，将水汲尽。即搭起一座木架来，下坠绳索竹箩，上系响铃，使人坐入箩内，一连坠了数人下去。这些人在下面捞摸泥中，果捞摸着许多银两。便连泥带水装入箩内，遂摇动上面响铃，上面一齐扯起，遂一箩箩的拽扯不了。杨幺便向井中问道："你们可曾见有甚窍脉么？"众人俱回没有。

杨幺只是猜疑，遂脱去外面衣服，自己坐入箩中，坠到底处，叫人只往下垦掘。掘起的泥土，俱装入箩中，扯吊上去。忽有人掘出一块四方平准、十分沉重的一件东西，人俱说是一块大银。杨幺看去，四围泥裹，俱起了五色斑斓，也认是财物，叫抬入箩内，拽扯上去；又着人下掘。掘不多时，忽见旁边露出两扇青石小门。杨幺见了，大喜道："此处何得有门？有门必有路径。"即自动手，同人将门外的泥土一顿掀掘，便完完全全显露出两扇小小石门，却是紧紧闭住。杨幺大喜，忙用手尽力在石门上一推，不觉应手而开，直射出亮来。杨幺与众人见了，尽各惊惊奇奇。忙往内张看，只见空空洞洞的一条大路，虽无日色，却是明亮异常。杨幺便侧身走入，虽不见有人家，却听见有钟声影影，遂不敢深入，连忙走出，摇动响铃，扯拽上来。

只见贺云龙同着众工人，在那里乒乒乓乓的打凿。杨幺近前一看，却就是方才认作银两扯拽上来，今被人打去了外面泥污锈色，在日色下一看，是一个四方铁匣。年深日久，急切打凿不开，众弟兄俱说内中必藏得有奇宝。杨幺心知有异，忙上前用手举起，向一块大山石上尽力往下一掷，一时掷得铁石相迸，迸出一道火烟往上直冒，险不将杨幺与众人眼目俱迷，早将这铁匣震开。

杨幺与贺云龙忙近前一看，并不见内中有甚奇宝，只有两片小铁叶，并叠在内，被日色照得晶晶欲动。二人忙各取一块在手，只见铁叶上，每片上下两层，俱凿得无数小字，俱不是人间字迹。两人认识不来，遂递与何能。何能也反复看了半晌，只摇首莫辨。杨幺道："我闻当初异人，常得天书。莫非这两片铁叶上，是卷天书？你我不识，可等袁武、章文用来，他二人或者可辨。不可亵渎，可供在我居室中。"遂使人去供。方将井中所见的事述出，众兄弟俱各惊奇。

殷尚赤道："这钟声想必是通着庐山仙道修炼所在。哥哥何不径走入尽处，看明也好。"杨幺道："我先前原要走着，却恐内中有甚不测。既有此路，且慢慢使人探明不迟。"贺云龙道："且过些时，等事情料理完，一日清闲兄弟便去走探；并带这两片铁叶去问我四维真人，他自然认得。"杨幺听了点头，自此只料理大工。

过不多日，早有附近地方着人解送银粮到来，杨幺不胜欢喜。因见山上事情将完，同贺云龙、何能入湖巡看多日。因说道："这座君山，虽是占险可畏，只是嫌它孤立，四面受敌，外少包藏，使人易窥山寨。我今何不使人在湖中叠土成山，以成包裹，有何不可？"即一面动工，将大木钉入水去。贺云龙知不可阻，自回山寨。

果然人在兴旺时，即神鬼亦不降祸阻挠。这杨幺不几日间，在湖中钉了无数大木，使人昼夜挑土填堆。不半年间，东堆一山，西筑一岭，又填了一带高岗，将君山裹抱环绕。高岗下面，砌了一条暗道在水底下，容人可走，上下两旁俱用桐油灰布护紧，不透入水。若有事急，只消在岗下走入暗道，在水底下走上君山。这是杨幺在轩辕井内看了这条天造地设的路径，他也造出这条路来。又有数处沙堤滩岛，君山面前筑了两座土山，东南对峙，形如牙爪，遂取名"东西虎牙山"；又筑了三处，俱拱向君山，是名"五岳朝天"，因见棍头上，有屈于岳兵使其拱服之意。沙堤滩岛流来的水，俱向君山，取其"万水来潮"。岭上设立烟墩，若遇湖中有警，在岭上放起狼烟，山寨俱知，取名"见机岭"，遂设立寨栅，使军校把守。果是沙堤曲折，滩岛逶迤，取名是"险前沙""保固堤""毂觳滩""消魂岛"。便将这三千余只战舰俱列在沙堤滩岛之前,将这只大轮船只停在君山之下,众山岭、沙堤、滩岛之内。

杨幺这番在湖中兴工众作,真有鬼神助力。嫌风风息,憎浪浪消。竟在湖中堆山叠岭,一如天造地设,成了锦锦绣绣、怪怪奇奇,被他做了窝巢险穴,百般的扬威耀武,其中实有天意,是以鬼神不施波浪,反助其力。然有时天不绝宋,正可胜邪,将这些假山假岭一如泡影,事业浑似电光。

杨幺在湖中料理完,又使人在沙堤、滩岛、岭处盖造民房,分拨柳壤村这些人去居住,各赐财帛,使他在那里乐然过活。又分遣郝雄、张杰各带子弟兵去守东西虎牙山;又使黄佐带领父母、妻小去守见机岭。

分派完,过不多日,王摩、袁武一众弟兄回来拜见杨幺道:"托赖哥哥福分,到处皆服,已占全楚。一应军饷,俱按时交送。"杨幺听了大喜,遂领着新到兄弟看山寨厅堂,以及面前山岭,个个欢喜快活。杨幺使人备酒,在君山高处饮酒,一时四十位弟兄饮得十分快爽。杨幺看了这些新添山岭,欣欣得意,遂起身说道:"洞庭水雄,君山势壮,是天设其险。今又被我险中设险,备处添备,即纤小分毫,无不缜密。我杨幺有此山川之险,有此众位弟兄,有此绝技轮船,有此神授铁棍,便有百万军兵、万千战舰,谁敢轻进,谁敢进我君山,谁敢捣我巢穴?敢有能得到者,除是飞来,我当避之。"

众弟兄听了,齐向杨幺称贺,杨幺大喜;又指说山下地道可以上岭,众弟兄更是称奇。马䴙却听得不耐烦起来,道:"兀恁便似一伙酒肉弟兄,只圆活胡乱喝好。可知宋皇帝逃跳得没力,躲缩临安,恁不赶兴跳去,扶持哥哥做个皇帝,兀也快活。学着老牛鹡突,恁鸟飞鸟避,瞎噌防范,可不害羞!"众弟兄一时听了,俱各暗暗寻思,到了酒散,背地里商议了一番。

次早,袁武、何能各引着众弟兄,俱是全身披挂,各执器械,齐聚厅堂,分列两旁,等候杨幺、王摩出来。等不一时,二人走出,忽见众弟兄这般装束来见，一时不便就坐。众弟兄一齐向上打恭，杨幺、王摩正要开言，只见何能、袁武上前说道："自昔豪杰，皆由布衣寒贱，合天时而得同心，卒成大业，分赐有功。今哥哥实天挺生，以应宋运之末，得聚群雄，霸占全楚。虽是百尺竿头已登一级；若奋勇前驱，当一蹴可至。今众弟兄想望恩荣久矣，昨听马䲧之言，一时无不动念。故今日相率而来，愿哥哥南面湖中，称王定号，然后统领六师，长驱席卷，全收九有，事未可料。即或不然，亦可瓜分鼎足，正在此举。乞即允从，以慰众望。"

  杨幺听了，忙正容说道："大富大贵，孰不愿为？亦必见有可为而为，焉敢遽称王号？我自上山以来，只因'报仇'二字横于心胸，故不曾与众兄弟言及。杨幺向来心志，以为国家丧亡，实因主昏。主昏则奸佞生；主若不昏，满朝尽是忠良，虽有天意，亦可挽回。又思古来忠良皆遭奸佞之手，不是献谗，便是暗害，不可胜数。若是忠良共击奸佞，即一时耸动，有戮得一奸、除得一佞而先死者，忠良血已洒满街头。是一奸佞而害数百忠良，则忠良之冤苦，谁为暴白？是以杨幺常为古人不平。可知当初徽宗昏德，信用童、蔡、高、杨，引祸自害；钦宗听信梁、王、朱、李，竭尽库藏，搜括民间，终不免于丧亡。

  今我据此湖中，实欲杀奸戮佞，为忠良气吐，再能使昏者能新其德，才是杨幺本念。前日所杀贺、董、王、夏四奸人，只算得公私两尽，于杨幺心志，实不曾行于万一。我今细细想来，康王南渡，东窜西逃，似乎天命无兴。今在临安称帝，已是建炎三年，使金人无只骑南来。我疑外有谋臣良将，内有忠良，不复徽、钦之昏暗。若不昏暗，必尽改前人之非，任用忠良，天下事亦正未可料。我每每着人去打听这些事情，一时探听不来。我今意欲轻身悄到临安，去打听他君臣作为，然后再作商量。"

  众弟兄一时听得惊疑，王摩连忙问道："哥哥这般主见，倘去打听得君臣好时，便又怎么？敢是要做他的臣子？马䲧直跳起来，道：

"兀地装老牛,没些灵变!只今秦桧没是好人,便是昏佞榜样。洒家不作呆鸟跳网磨折,只今散伙,休累弟兄吃苦!"说罢,抢着两板刀,大叫反下山去,众弟兄一时俱各不安。杨幺一面与众兄弟说话,一面使段忠去追赶马灊。只因这一追赶,有分教:

游不尽花花世界,看不了锦绣江山。

不知马灊此去可得追来,且听下回分解。

第四十回

小阳春闻朝政心伤　朱高宗遇天中作乐

话说杨幺因众弟兄请他早正王号，便正色推辞，论了一番忠良奸佞，以及时事君臣，欲去临安打听。尚未说完，不期王摩旧虑复萌，马癦错疑，轰轰跳出，一时众弟兄各怀别见。杨幺笑了一笑，遂使段忠扯回马癦，因说道："听言当领语意，众兄弟休似马癦一般躁烈轻浮。我今去临安打听，正要行吾大志，岂肯受制于人？昔日世民曾扫七十二处烟尘，匡胤也打过八百座军州，方才称王定号。迩来国乱民愁，盗贼蜂起，到处害民伤众。最恶最毒者，是汉中秦嚣，淫人妻女；粤东怀衮，劫掳嗜杀；蒲牢立邪教于江西；毛姥姥拥众于闽福，比奸佞者更甚。我杨幺不急早除，救民倒悬，是绝民望矣，焉得使人称我阳春，称我义勇？若是僭称王号，岂不自耻？"

袁武、何能因又说道："哥哥既欲行仁义，救民水火，诚王者之事。据我二人看来，金强宋弱，恐有忠良亦不能自固。哥哥莫若自立，以成鼎足，然后提师，扫除数处凶恶。俟金、宋有隙，徐徐进取，亦未为不可。"杨幺听了大喜，道："二位兄弟之言，亦近于理。但心疑作事不专，未见力行不果。我明日即去临安，打探回来，便可安心以成鼎足，未为晚也。"

众弟兄听了,方才欢喜,齐声说道:"既是如此,愿哥哥早去早回。"马霶忽地大笑,说道:"兀那日赶哥哥,怪鸟般恁跳。只今同去,可不省力?"杨幺道:"兄弟你去不得。我此去打听天下大事、君臣贤否,行藏缜密。你这性粗貌陋,必要被人觉察,怎么去得?"众弟兄齐说道:"哥哥又不去看山玩景,你跟去做什么?"马霶便不快活道:"酒家恁地丑脸,兀是天生,没装点好处,直恁虫咬得乱嘈!"说罢,气愤愤走去。

众弟兄见他突然发话,齐向杨幺赔礼。杨幺笑道:"休认马霶粗鲁没细,却提醒我一件防闲。"众弟兄道:"他有甚细处,哥哥便作防闲?"杨幺道:"只我左颊被文,岂不是要装点?我倒不会计较,如今只得又行旧法。"说罢,将一应事情,俱交托王摩、袁武、何能、贺云龙等,然后备酒饯行。不一时上席,众弟兄去寻了马霶来。杨幺赔笑道:"兄弟休怪,日后别有去处,必带你同走。"马霶道:"不去!不去!"遂大家畅饮而散。

到了次日,杨幺因想郭凡是临安人,便使他同去,遂将面颊遮饰。此时正是春深时候,扮作秀士模样,云巾道袍,鞋鲜袜整,背上宝剑。郭凡是医家装束,背了药笼包裹,手中拿着一柄青布小伞,四面垂挂了药草,并几张膏药。众弟兄俱笑说道:"你今带这行头,跟随在后,俱认哥哥是个医人。倘叫去医治,对付不来,这怎么处?"杨幺笑说道:"我此去能医龙虎,不疗庸人,只此回答便了。"说罢作别。

众弟兄相送下山,已有小船伺候。二人上船,不消半日,渡过湖面,离岸不远。杨幺因说道:"我因大事关心,只得阻住了马霶。今想起他定要同行同伴,不肯相离,这是深爱杨幺的好意,实是难得。明日回来,须赔不是。"郭凡道:"这个黑疯子,到处招风惹火,噇酒撒泼,可是同他做得机密事情?同去便要决裂。"

说未完,船已到岸。杨幺同郭凡走出舱来,正要上岸,不期船头内"豁喇"声乱动,将船板乱掀,钻出头来。二人不胜吃惊,看去却是马䭿。郭凡看明，只是暗暗跌脚。马䭿跳立船头，指着郭凡骂道："兀地卖假药，医死人的呆撮鸟，背地便嘈揭短处。黑疯子做恁坏事？还是哥哥没面背。兀的不敬重？"

杨幺惊惊喜喜，笑问道："兄弟几时躲在船中？"马䭿道："哥哥与众弟兄叫别，先是跳躲，喝水校没漏风。只今同去，坏恁事，割剁这颗头去！哥哥休听呆瞎鸟。"杨幺道："谁说兄弟坏事？只要一路谨慎，再不多你。"郭凡只得说道："你要去时，便要依我两件事，带你去游西湖、登天竺、看钱塘、上飞来峰，许多好玩耍的所在。"

马䭿不胜快活道："好哥哥，老马便依。"郭凡道："只今上岸，这药笼、伞袍俱要你挑走，作长工模样，跟随在后。第二件，人面前不许同坐，叫我二人是师父，有话便听，有酒叫吃便吃。你可依得便去。"马䭿听了，发急道："兀闭鸟嘴！洒家可是投靠做长工？休欺负没识路，只两板刀，敢没呆鸟叫跳！"说罢要跳上岸。

杨幺扯住道："郭凡恐我被人识出。好兄弟，你便依他！"马䭿方笑说道："不是哥哥恁软，老马哪世也没做长工。"遂将一根木梢挑了药笼、包裹，欢欢喜喜同上岸而走。三人晓行夜宿。郭凡只将马䭿安顿，况且又同着杨幺，故此并不生事。

走了多日，才到临安城外。郭凡是熟路，遂相引到近西湖僻处，投一个旧识人家住下，取出碎银去买酒肴，央里面收拾。不一时安排送来，遂请出主人来同饮。原来这主人昔年曾患危疾，是人难治，郭凡与他医好，故此感恩，见面即留。郭凡进门时，已对他说一向在远方施剂，今同友到此谋幹前程，并游西湖胜迹。这主人知是贵客，遂不敢细问。今见相请，便出来相陪。郭凡已另取几碗，安顿马䭿在房中自吃。

三人在堂中饮了半晌，杨幺便问主人道："闻得当年苏学士降谪，在此湖头往来寄傲，诗酒自乐。不知如今可有他的遗踪旧迹，使人游览么？"主人道："我这西湖一带，山虽不大，却擅天下之奇；湖不甚广,实有美人之态。故此名人韵士,到此必要与它妆妆点点。也有栽花植柳的,也有建亭盖榭的,也有举杯邀赏、做些诗文相赠的,到处有遗踪旧迹,在下一时也称说不尽。只湖中一条堤岸,还是苏东坡修筑,至今称他是'苏堤',约有数里。堤上俱栽的是桃柳,红绿相间,十分堪赏。可惜二位来迟,不能赏玩桃柳。再过几日,便有新荷初放,又是热闹了。"

杨幺道:"我们虽不是名人韵士,无暇游览,但既在此,也不可虚过。然桃柳鲜妍,又不如芰荷香美。等明日完了正事,烦贤主人指引去游吧。"主人道:"总是如今有禁,倒是迟去游的好。"杨幺听了,忙问道:"莫非这芰荷在人家园池中,尚不曾开放么?"

主人道:"我临安地土暖,如今四月下旬,正然放吐,未到湖中先有香闻数里。是历年供人游赏,并不是人家园内。"杨幺道:"既不是园内,又是供人游赏,为何说是有禁?"主人道:"禁是有禁,也只禁得近花深处,不禁湖内游人。明日二位要去,只雇只小舟,在湖中远看看。等他们看过,便不再禁了。"

杨幺见他说话含糊,便又问道:"这禁的是何豪富,便能禁人?"主人道:"一个同乐共赏之场,谁人禁治得来?便是当今宫里,每逢月夕花朝,带领嫔妃、近侍,游幸西湖,遇花赏花,逢景玩景。前日已有旨出来,打扫街衢,驱逐湖内游人。五月朔日,驾出钱塘门赏荷,兼看斗龙舟。次日便是各官游赏,直过了天中佳节,才不论军民俱入湖游嬉。到那时二位不可不去。"

杨幺听了,一时颜色俱变,不觉失声道:"无能为矣!"郭凡忙在桌下踢着杨幺左脚,杨幺遂改容说道:"人谁无忠君爱国之念?独不思父兄处于何地,而犹然觅景寻欢,效儿女之乐,蹈前人之丧亡!英主固若是耶?"因俯首了半晌,因又问道:"如今徽、钦在北,曾有音信往来么?"主人道:"音信倒有来往,却不要他回来了。"杨幺听了,惊问道:"他二人虽是不德,受此颠沛宜该。若绝灭则已,今犹尚存,则无不是的父兄；在昔诸臣，亦无不是之君。不要他回来，是什么缘故？贤主人可晓得么？"

主人听了，不胜惊惊喜喜道："实不相瞒，我在徽宗时，曾食微禄，只因忤逆权臣，放逐隐避于此。迄今衰老无能，眼见变迁，兴嗟何及。不意客长有此忠心，责君责臣，真令人可敬可畏！"因说道："当今宫里，是徽宗第九子，封为康王。幼文长武，甚是英明。钦宗即位，兴金求和，将他当质于金。一日与金太子较射，康王连中五矢。金人疑是将种，被拘索换，因而破了东京，康王乘空奔逃。初渡南来，君臣矢志，却被黄潜善、汪伯彦弄奸，只以退避逃奔。亏得良将，追袭金人过江，才得驻跸于此。

又不期秦桧被掳逃回，恐人不容，遂扬言二策可以平治。有人传入朝中，召问北来事情，商议兴兵恢复，迎请父兄。秦桧遂密奏道：'若迎请二帝还朝，陛下之身居何地？'宫里听了，因又问道：'若不恢复，岂无日逼之忧？'秦桧又奏道：'今欲天下无事，只须南自南、北自北，无侵逼之患，大事定矣。'遂商议了一番。宫里一时大喜，遂使他为左仆射，掌理朝政，力主和议，不复迎请恢复，因图苟安。又有一班献媚之人，在内蛊惑，故此忘仇寻乐。外面将士只要迎请二帝，日与金兵接战。秦桧见和不成，每每怀恨。"

杨幺听了，便不再问。郭凡忙接说道："谁知有这些缘故，正贤人退避之时，我们明早须回吧。"因又饮了半晌，方才止饮。遂别过主人，走入房来，已见马霭沉鼾，二人也自寻睡。杨幺只是反复，因对郭凡说道："你方才劝我早回，实也有理。但我想既已到此，莫若停此数日，再细细探听一番。人患局迷，怎得遇巧，陈其过失，使其悔悟从听，我心始快。"郭凡听了，吃惊道："哥哥莫作耍，怎得轻易见面？作急回去，做我们的事业，才是正理。"杨幺道："明日且同你入城去看一回，也要同马霭到各处涉览一番，然后回去。"说罢，各自睡熟。

到了次早起来，吃了早餐，杨幺对马矗说道："今日我同郭凡入城，实不便同去。明日便领兄弟去看景，你只坐在房中等我回来。"马矗道："偌远跟跳，可知并没坏事，吃药死鸟的口笑。只闭躲鸟房，哥哥自去。"杨幺笑了一笑，遂同郭凡出门，取路入城。

到了城中二人穿街抹巷，到处观看。果是风光与别处大不相同。怎见得？但见：

居民富丽，风景繁华。城中绿水盘旋，门外青山回绕。簇簇佳人，帘下半窥含色笑；青青秀士，街前逞露作轻狂。几处牌坊接汉，数重楼阁冲霄。闹里货物成堆，端的日中为市；幽僻花鸟相依，喜是长门昼掩。行踪未定，权将佛殿作朝堂；居止偷安，暂借僧廊充绣幕。丝纶阁下，无吐哺之贤；虎豹班中，少勇敢之士。邮递奔驰，紧报咸阳三月火；飞章短奏，庆言园内夜开花。眼观富丽，乐可忘忧；身入繁花，老不知死。果是锦绣临安，确乃花团世界。

杨幺看了一番民安物阜，不胜欢喜；观了一回殿不成殿、宫不成宫，全不似当日东京气象，又不胜感叹了一番。二人走看了多时，郭凡因说道："我记得天汉桥边，有一个酒馆，卖得上好羊羔、秀州好酒，我同哥哥去酌饮。"杨幺道："我腹中尚不觉馁，且再走着。"又走了半晌，郭凡又指说道："这家有鲜鱼粉面、肉馅包卷，我曾吃过，十分可口。今日难得到此，同哥哥入去吃个饱，到晚回家。"杨幺道："城中不便久坐，莫若出城，才吃得自在。"郭凡听了，只得跟走。

渐渐走到日色西斜，二人走出城来。郭凡因又指说道："我同哥哥从此转入，便到西湖，游览一番，叫只小舟，渡过湖南回去吧。"杨幺道："我今走得兴阑力倦，不便领略，明日早来吧。"郭凡只得从原路而走。

走不半晌，在后面叫道："哥哥停步。只这个酒店，倒也洁净，面对吴山，饮个满怀，带些春色，人才晓得游罢醉扶归。"杨幺听了，笑了一笑，道："如今天气已热，此时肴菜必是气息，还是到家买来整治，吃得放心。"遂低头前走，郭凡只得跟来。

不一时到家，却见马矗在堂中，将扇板门一头靠在桌上，一头着地，他只颠倒仰睡着。二人见了，不胜好笑。再看地下，满地俱是血迹。杨幺大惊道："莫不是黑疯子做出事来？"

你道为甚事？原来这马矗见杨幺、郭凡去后，只在房仰睡，暗地说道："吃他丢耍，跟贼医玩跳、噇酒、吃肉快活。兀地牢房闷倒头！"便直跳起来，忽又瞪了两眼，便又去仰睡，将两腿高架，摇晃了一会。不期一阵肚痛起来，忍着道："煞地怪疼。兀恁师父长工，没大肥水纳仓，赌割头，便疼莫睬！"遂只仰睡摇晃，却只满肚攻疼，便忍不住道："恁怪疼，敢是坏肚屙撒？"遂蹿跳到屋后空地上蹲倒。

却被一只焦黄大犬，看见生人，觑地赶到身后，呼的一声咬来。吓得马矗怪跳起，那犬离去丈余嗥叫。马矗拴系好，不胜大怒，便抡拳赶打。那犬见打急了，躲入屋去。马矗只跟入，直打到主人内室。主人、伴当齐叫休打。早被马矗一拳打断脊骨，扯出堂来，取板刀剁剥，便喝人取去："快烧煮来吃酒。兀谁慢腾，只吃板刀放火！"一时惊恐得主人、伴当不敢不依，慌忙煮好，并酒拿出。马矗见了快活，忙取一腿藏入房去，便一顿吃完。十分醉饱，就在堂中卸下门来，颠倒睡着。

杨幺、郭凡见了，正在惊疑，却见主人在外招呼他二人出去，细细述知，道："只不知这忿赖凶顽，二位怎么带作跟随？"郭凡道："只因路上没人背这药笼，没奈何半路雇这长工。不晓得他今日这般冒犯，乞看面皮。"杨幺忙过来赔罪。主人笑道："凶顽不看主人面，主人岂似凶顽？若不看二位面情，早已使人报官。只是这忿赖长工，实有些盗贼行径，开口便是杀人放火。二位半路不察，错雇了来。只今临安严紧，不如打发他早去，才免是非。"说罢，自入内去。

郭凡遂央人去买酒肴，同杨幺走入堂，推醒了马矗。马矗跳起，扯看杨幺脸上，闻嗅嘴边，又去看嗅郭凡。杨幺忙拖入房，悄说道："兄弟休作耍，吃人看见，什么道理！"马矗道："哥哥只今日恁多好名跳到？"郭凡道："我要去，哥哥只不去。"马霳道："兀地城内好酒肉吃个饱！"郭凡道："我要吃，哥哥只不肯吃。空走了一日，忍饿回来，这会却又气饱！"马霳道："恁便是卖假药贼鸟嘴，兀谁准信？"杨幺道："我怎肯瞒兄弟？实是不曾私吃。"郭凡听了，说道："原来哥哥许多推辞，俱是为这黑疯子不肯。"

遂细细说出缘故道："你倒无端生事，打杀人家的狗，吃得醉饱，却叫哥哥赔人不是！"马霳道："兀谁生事？恁便主强犬恶，打杀吃酒。便恁口馋，只先留一腿等哥哥。"遂向枕头下取出道："哥哥跳得肚空，先吃着。"杨幺道："郭凡已着人去买酒肴整治。"不一时，里面送出酒肴。杨幺、郭凡依旧请出主人，饮至更深方才歇息。到了次日，三人同出门去，到处游玩。马霳十分快活。

一连几日，不觉已是五月朔日。三人赶早出门，走到西湖远远的等待。早见满湖中龙舟似蚁，两岸上士女如云。过不一时，只听见城中笙箫影影，香雾濛濛，早有金吾护卫、执戟虎贲，一队队摆列出城、一簇簇环绕湖侧。地方员役，耆老里保，便来驱逐游人。一时游人尽皆躲避。杨幺便拉着马霳，拣了一块高岗，隐身林内。看望湖中，果然十分好看，又十分好听。怎见得？但见：

内臣开道，殿尉跟随。文官队里，济济锵锵；武将班中，威威赫赫。銮舆旗仗，掩日月之光；节钺白旄，展皇家之盛。乐奏钧天，声闻数里，偕乐者各欣然相告，愿王万岁千秋；音出郑声，靡传远近，独乐者俱蹙额传言，望主日亡时丧。深檐黄盖，一曲直至九曲；轻罗青幔，数层围列百层。篆烟缭绕于空中，紫气迂回于顶上。龙车凤辇，君后并行；宝马香车，妃嫔罗列。薰风飘荡芰荷香，氤氲吹来脂粉气。不一时齐上兰舟，顷刻间共登龙舰。珍馐俱备于筵前，珠翠尽随于左右。纶音初动，宫娥卸解霓裳；凤语乍颁，彩女卸除珠裹。纤纤玉手执兰桡，滴滴娇音唱歌舞：

采莲人采莲，采莲人采莲，采莲采莲采采莲。望君王早怜，奴貌与花妍，休把寻常玩。采莲人采莲，采莲人采莲，采取并头莲。含娇献媚前，奴胜花枝看。采莲人采莲，采莲人采莲，采取露珠连。殷动幸帝天，奴比珠光灿。采莲人采莲，采莲人采莲，花连人也连。望天赐缘，分宠些儿半。

不一时，满湖中各内臣棹龙舟竞斗，花深处众宫女采莲作歌，嫔妃献觞。宴饮到日落西山，依旧入城而去。马靥直看得跌脚快活道："老马是没觑，偌多婆娘乱得好，兀便将鸟汉子赶逐？"杨幺、郭凡只是掩嘴而笑。马靥道："笑焦地，敢是觑的鸟动，暗地跳背与哥哥耍？"

杨幺瞅了他一眼道："你又来说疯话。我杨幺岂是见美涉邪之徒！你还不晓得，今日这游湖的便是高宗，众女子俱是嫔妃，在湖中看龙舟采莲，宴罢回去。"马靥听得，直跳起来道："怎地哥哥兀自撒呆，只跳去了当，可也省力。"说罢，掣出腰间两板刀，腾地跳赶。杨幺、郭凡大惊，一齐赶去。只因这一赶去，有分教：

当时难识君王面，今日曾亲天子尊。

不知马靥赶去，又闯出什么祸来，且听下回分解。

第四十一回

杨幺入宫谏天子　高宗因义释杨幺

话说杨幺、郭凡赶忙上前,将马疆拖住,一径到家。适值主人也回,遂同入堂中。此时已是更余,郭凡自同马疆到房,细细说知利害,不要连累哥哥,明早大家回山,马疆方才定性。不一时里面送出酒肴,另有一份送入房来,马疆便自吃着。郭凡走出堂中,三人饮了半晌。郭凡说道:"小弟连扰宅上,心甚不安。今敝友无意求谋,明早即便告辞。"主人道:"二位在此,甚是慢亵,怎说'扰'字?客长既将世情看破,无意营求,也宜趁此湖上风光,正好开怀领略。老朽屈留二位在舍,过了佳节去吧。"杨幺谢道:"承贤主相留,只得过节去吧。"又饮多时方散。郭凡背里埋怨道:"哥哥怎便许住?有这撒泼人,怎好停留?若再住时,敢怕要作出事来!"杨幺道:"也不争这三四日,我自吩咐他不妨。"郭凡只得听从自睡。

到了次日,杨幺带领二人到湖来游玩。不觉已到节日,主人自备酒肴与二人赏午。饮到中间,杨幺忽叹息了一声,说道:"江山半属他人,既不能恢复,亦宜作偏安计。怎还是这般闲游,奢华靡费?使民间效尤,将来东南岂得安枕?"主人听了,点头道:"这几日二位可曾进城去走走?"杨幺道:"这几日只在湖上闲游,并不曾入城。"主人道:"这便不晓得宫内事情了。"

杨幺忙问道:"宫内有甚事情?"主人道:"只前日官里游赏入宫,御体欠调,各医院看遍,并无奏功,十分沉重。举朝惊惶,一面着诸官祈祷,一面出榜求医。若能医愈,愿赏者千金,愿爵者受爵。我正要与郭兄说知,若医愈时,富贵在迩。"郭凡道:"我的医术,入眼知生死,到手可回生。只是我如今有事,明早准要起身。"杨幺听得满心欢喜,因说道:"有些医术,不闻则已;今闻沉重,未思救痊,岂是医家割股之念?况且你我在此,尚居宋土,尚食宋粟,若置之而去,于心未免有歉。还是去医的是。"主人听了大喜,道:"客长出言,句句忠良,实出于天性。老朽焉得不为拜服!"说罢,各开怀尽醉而散。杨幺遂瞒着马霫,与郭凡细细算计了一番。

次早郭凡独自入城,走到朝门外,果见挂着榜条,遂近前去细看。只见上写的是:

天下至尊者,莫若君父。父有训育之恩,君有覆载之德,则感恩德者必思图报。然训育不能成令名,覆载而能主万类,兼而有之,故称君曰天也。是以六合万姓,莫不喜天清而愁沉晦。朕自五月朔,游幸西湖,君臣皆乐,万姓同欢。不意回宫,忽为二竖五内作侵,以致四肢百骸,倍增苦恼。医士搜名方于古册,群臣拜祷于神祇。病入膏肓,百无一效。因念大地山河,岂乏奇能术士、隐逸高人,怀斧斤劈竖之手,奏回生七箸之功。

苟有其人,速揭榜入朝。武士搜简详明,近臣引至近榻,切视病源,会同诸医,商酌审药,以示朕躬。痊愈之日,赐以千金,授以重爵。特此榜喻通知,须至榜者。

建炎三年五月　日。

郭凡看完,即用手来揭。早有武士上前问道:"你这汉子有甚医术,便来揭榜?须说明白,然后搜简引入。"郭凡道:"我郭凡读尽医书,手可回天,才敢来揭榜。"内中有个武士听了,忙问道:"你可是住在仁和县、缚号赛卢医的医生郭凡么？"郭凡笑道："我便是赛卢医了。"武士道："怎一向不见你在城中医人？"郭凡道："我出外施剂多年，回来不久。因听见出榜招医，想图富贵，相烦不阻。"

武士听了大喜，遂将他身上搜遍，引他入了朝门，又去与内臣说知详细。内臣一面入奏，一面将郭凡引到宫门，便有旨出来召入。郭凡遂整衣屏息，同内臣低走进。只见高宗睡卧龙床，呻吟叫苦，两旁宫女不离。早有内臣传旨道："圣躬就枕，医士免朝，须膝行近前，诊视脉息。"

郭凡承旨，膝行俯伏近前。宫女遂将高宗左手舒出幪来，郭凡忙用指按切了半晌；宫女又将高宗右手舒出，郭凡又细细诊视完。遂俯伏奏道："陛下龙体违和，盖因日处深宫，游幸中暑。诸医误认受寒，又悬拟酒后纵欲，将燥热之药妄投，以致邪火上炎，头昏目眩，烧烁四肢。臣今用剂，先清邪火，后消暑毒，徐徐静摄，便可立愈。乞陛下先命近侍启幪揭被，除去包幀，然后进药。"

高宗昏沉中忽听了这番言语，满心欢喜道："寡人欲喜清凉，无奈诸医皆言宜暖，几欲使寡人披裘拥火，十分烦闷。今听卿言启幪去被，一时觉得清爽。宫女可快为寡人撤去，以便进药。"宫女一面撤被启幪，一面着郭凡到众医院处商议用药。郭凡只将几味寒凉清剂，使内臣送入。诸医看了，尽皆吃惊，也有说是的，也有说不是的。郭凡只是暗笑，等候里面消息。果然药用当而通神明，高宗吃了这两剂药下去，便不烦躁，只沉沉熟睡。一时娘娘、妃嫔、彩女尽皆欢喜，忙传旨着内臣留住郭凡，伺候用药。

一连三日，将高宗一团邪火暑毒，清扫得干干尽尽，便能起居。高宗大喜，郭凡遂乘机奏道："陛下只因医臣无燮理之才，不审轻重，不究病源，妄用君臣，以致毒火流行，身心向背，内外欠调。今幸粗安，急须固本。据臣愚见，乞陛下移居外宫，静养调摄，目无爱好。臣昔得异传，采寻百草，名为'导引祛壬丹'，服之可以固元护本。乞赐臣出去采寻，按方处制，以愿陛下早瘥，不识可否？"高宗听了大喜，道："卿既有此灵丹妙术，可速采寻制合，朕自移宫别居可也。"郭凡遂领旨出宫。一时内臣并护卫诸臣，尽皆礼敬，相送出到外廷。外廷各官，俱来叩问圣体如何。郭凡一一对答，并说采药之事，方走出朝门外来。

走不多远，早见杨幺立在僻处，便丢个眼色。杨幺遂跟在后，不一时走出城来。郭凡方让杨幺前走，到了空僻处，将医治高宗，并领哥哥算计，今已移出外宫说出："只不知哥哥如今又要怎么？"杨幺听了满心欢喜，道："我没别事，只要见他一面，痛说一番，便回山寨。"郭凡听了大惊，道："这个如何做得？实不便进去。"杨幺笑说道："你只依我，如此这般，只回去不要在马躩面前漏出一句。"郭凡点头应允。

到家马躩见了，便说道："兀地线断，哥哥火的恁跳，哄骗几多鸟男女的赏赐？快叫老马吃个快活！"郭凡只背着脸忍笑，杨幺也忍笑说道："郭凡是舍手传名，岂贪利物！我自请你。"遂叫郭凡去买备酒肴，吃了过夜。

次早杨幺另是束扮，各吃顿饱。郭凡手提药笼，先自出门。杨幺与马躩说了几句闲话，忽说道："郭凡带了药笼，又入宫去，必有两日耽延。他去得忙急，我有话不曾与他说。我今赶去，说了便来。"遂出门急走而去。

马躩见他走得急遽，便动疑道："兀地怪鸟般乱跳！可知恁贼医没好心。只昨日笑得煞怪，便似那日觑了婆娘般。敢捞恁赏赐，勾跳去捣舂，作强盗勾当，瞒丢洒家，鹘骨大事。只赶跳去，不静静地，给他两板刀散伙！"便跨入房，将刀塞入衣底，大踏步追赶。

不二里，早见杨幺在前同着郭凡而走，便满心快活道："猜个着，休露他眼胡赖。"遂远远尾着。只见他二人不走大路，只往乱草深处，一递一个弯腰往药笼内乱塞。不一时，杨幺背了药笼，郭凡在前，找上大路径走。马躩看得大笑道："兀地两怪鸟，恁会耍！没见处兀便颠倒没尊卑，只觑呆鸟恁地躲！"便又跟尾。

杨幺、郭凡入城，同到朝门外，早有内臣看见，忙接道："官家移居便宫，正等得不耐烦，着官儿们各处找寻不着，来得正好。"便携着郭凡同入。郭凡道："今早我主仆入山采寻奇草，因他脚腿不便，故此来迟。"内臣忙拦住道："他进去不得。"郭凡道："他跟随多年，深知药性，丸合炼丹，却少他不得，故此带来。只不使他到官家面前便了。"内侍听了，便不拦阻。

杨幺便装着一步二拐，腰迭臂掀的走在后。却偷眼斜看，只见两廊武士、殿阁文臣，十分威赫。不一时弯弯转转，引到便殿来。内侍道："你只站立僻处，候郭医官见过了官家，去同丸合。"杨幺只得立住。郭凡入内，只见许多小内侍服侍高宗上坐龙椅。龙案两旁，左边书史，右边宝剑。郭凡连忙俯伏。高宗见是郭凡，一时天颜大喜，说道："朕今移居在此，顿觉清洁，身心无病。贤卿不独明医，亦且明理。古称良医，不过如是。只不知可曾采得百草来否？"郭凡奏道："臣已采寻俱备。见过陛下，即入丹房修炼进呈。"高宗大喜道："若得服此灵丹，霍然如旧，当赐卿医院大使。"

说未完，忽见勇汉突走近前。高宗忙抚剑急视，喝问何人辄敢至此。杨幺道："进谏君父。拜而后谏，礼也。"便扑地拜完，起身说道："陛下不必惊恐，率土之下，莫非王臣。臣非别人，臣乃湖广洞庭湖杨幺。杨幺出身微贱，赋性忠良，蹇遭宋运之末，奸臣用事，屡被折挫，驱入湖中，只得招纳贤豪，聚众自固，诛奸戮佞，盖有余年。近见宋室瓜分，金人北据，幺得全楚，众人无不拥立以成鼎足。诚恐天命有在，不敢草率自尊，遗讥后世。是以悄入临安，私观君臣作用。孰知在廷臣子，以退避为得计，倡和议为爱君！近信谗言，弃父兄于沙漠，远忠良于草野；日拥吴姬，湎于酒色；将西湖为行乐之场，得染沉疴；弃社稷之重，忘君父之仇，为君而若是耶？君有过而诸臣尽默，为臣而若是耶？使杨幺目击，愤懑横胸，暗使郭凡进医，得见陛下,直谏君非,畅快心胸,实非荆轲、聂政之比。君能悔过,远谗去佞,近贤用能,挽回宋室,幺即归湖,作名正言顺之事。"

说未完,响铁之声闻入内外。杨幺大笑道:"我杨幺岂是畏死?又岂易为人所擒?然直谏而死于此,彰君过也。"说罢目视郭凡。高宗先前突见,即举宝剑欲砍,忽见下拜称臣,便就住手。忽又见说是杨幺,便又欲砍,却听得他这段敢谏忠言、不避诛戮,不胜惊喜道:"朕已过矣,孰谓杨幺盗贼!具此忠君爱国之念,诚当今勇义之士,行千古不敢行之事。若此见杀成仁,是得令名矣。昔武侯七纵七擒,今放汝归湖,朕当遣人征讨。"

说未完,早有两旁武士刀斧鞭铜,庭前护卫枪戟挠钩,白森森齐欲向杨幺、郭凡身上击来。高宗急忙喝住,因使内侍取酒,赏赐二人。不一时酒到,取了金瓯在手,使内侍斟满,道:"喜汝忠直、喜汝果敢、喜汝豪侠,赐汝瓯酒。"说罢,遂递过来,杨幺笑而不接。高宗知其见疑,遂笑自饮干,复使内侍斟满授来。杨幺方接饮而尽,因对郭凡道:"人言泥马渡江,果有枭雄之度。偏业有余,心中畅快。"便连饮三瓯。

高宗见了,不胜欢喜,向郭凡说道:"不期汝以医术来谏君,实亦可喜。"遂赐三瓯。郭凡饮过,高宗因对杨幺说道:"汝既具此忠勇,何不归事朕躬,作一良臣?"杨幺笑道:"自古忠良皆遭奸佞之手。今杨幺非不爱君,向有两事在心:朝有奸侯不归,无人能胜杨幺者不归。今奸佞满庭,此身未敢可许,陛下若能诛秦桧等,幺必愿为良臣;再有人以力屈服杨幺者,亦愿为良臣。如其不然,非所愿也。"

高宗大喜道:"汝今速去,朕当去佞,遣人招汝。"遂携了二人道:"朕自引出,当使前去无阻。"遂相引出殿来。早有文臣武将俱来遮道,高叫:"陛下不可放走逆贼,当寸磔市朝,以警内外。"高宗道:"朕已赦之,当令生还,已有相成,有时归朕。"一时文武尽皆敛手。忽有飞报入朝:"有一黑汉,自称洞庭湖大盗,杀入秦仆射府中,与家将力斗。"说未完，忽又报来洞庭湖全伙入城。杨幺笑道："请陛下勿忧。幺去即当喝退，决不伤陛下城中一草一木。"高宗大喜，用手挥之而去。

原来当日君山弟兄送了杨幺下山以后，又知马霆跟去，众弟兄在山无事，只快乐饮酒。一日席间，便有的问袁武，有的问何能，有的问贺云龙，道："你三人一个称是'前知神'，一人称是'广见识'，一个称是'活神仙'，可晓得杨幺哥哥这一去，是怎个模样，可有甚祸福？"袁武、贺云龙听了，点头道："我今若是明说，只道后说的袭了前言；若是悄说，却是人众，不如各写在手掌中，一齐开看何如？"

众弟兄齐说有理，使人取出笔砚来，袁武便推贺云龙先写。贺云龙向手中写就，袁武也自写完。何能道："二位哥哥皆有数学，能知其中详细。兄弟实是不能，只好裁度事宜。"遂也写完。三人一齐开放。只见贺云龙掌中写的是"直谏高宗赐酒"，袁武的是"欢然畅饮三瓯"，何能的是"我今识见如此，还宜接应无忧"。众弟兄见了，一时惊惊喜喜。王摩大惊道："哥哥吃了高宗的酒，便是降宋了。众兄弟快同俺去夺他回来！"说罢，便要领众下山。

贺云龙忙拦住道："二头领不必着急。喜得不曾杀奸佞，焉能归宋？"袁武道："哥哥决没此心，不久就回。"王摩道："哥哥便没这心肠，俺们也放不下。"袁武道："何能主意不差，只索大家去接应回山。"贺云龙道："要去，要去。若不去，黑疯子难脱，便又要遭劫。等后日午时下山吧。"王摩道："要去拣怎时日？"袁武道："二头领且自从容，云龙哥哥已有定理。"王摩只得按捺。

到了这日，将山寨交与黄佐、郝雄、张杰，一众弟兄上了轮船，不日离了楚境，走入彭蠡湖。依旧贺云龙在船，袁武、何能领众上岸。由饶州一路，不一日将到临安。袁武遂拣了幽僻山中，使侯朝、柳林、劳捷、罗英、游六艺、滕云六人，扮作官职模样，屠俏扮作眷属，其余均是军汉跟随；又使王信将藤缠铁棍挑了一担行囊，内中俱有器械。到了近城，雇了七乘轿马，约了会处，各自入城。

正陆续走到朝门外，两旁有许多军将汹汹，忽见杨幺、郭凡在内走出。王信忙打开信囊，众人各取器械。王信拿着铁棍，赶上递与杨幺道："众弟兄俱来接应哥哥。"杨幺见众弟兄俱在面前，忙大叫道："众兄弟不可动手伤损城内寸草，快同去找寻马靈！"遂问了路径，低头前走，众弟兄一齐跟去。

原来这马靈远远尾着杨幺、郭凡，看他二人走入城内，紧紧赶入。二人只在前走，不期城内人多路杂，三四个弯曲，一时不见了二人，他便横冲直撞起来。霎时冲跳了几条街巷，只寻赶不着，便焦躁起来。摸出板刀赶跳上去，捉倒一个人，拖翻在地，一脚踹着，摇着板刀，喝问道："洒家问路。兀曾见两个鸟师父恁路跳去？"那人已吓得半死在地，只双手乱摇："莫杀！"听见问其师父，忙指说道："才有几个走入前面门楼内。爷爷饶放我去！"马靈笑了一笑，便赶到相近，立着道："怪模怪样，撞入恁地大屋。只觑呆鸟兀谁先出？"便立了半晌。不见出来，便焦躁道："恁贼医，干这桩买卖。怪鸟眼会觑婆娘，只勾来躲入，恁地不出！"便吼一声，撞入门楼内，早吓得一众管门员役，往内逃奔，他便赶入闪立。只见满堂上摆得花花绿绿，许多穿红执笏的在内。他便又吼一声，蹿跳入去。吓得这些穿红执笏齐伏在地，口内不知嘈些什么。

不期内中有个穿红大胆的，急忙右手执剑，左手托碗，向他大喝道："我乃九天门下真君弟子外道法师，在此立坛上表，法遣上天下地神将魔君、九州十岛仙众道家。你是何山黑怪，哪洞妖邪？不遵法令，擅入神坛，显形恐吓眷属！速退速退，打入阴山黑背。吾奉太上老君，急急如律令敕。"念完，便一口法水喷来，将剑挥砍。马靈大怒，只一板刀砍去，早已做了两截，便大笑道："瞎鸟眼贼道，认洒家是鬼，可不晦气！"又要来砍杀众人。众人见他说出话来，方知是人，忙一齐磕头，哀求莫杀。马靈一时手软，笑喝道："兀多贼道伙，白日做恁鸟乱！"众人道："只因官家患病，秦太师请众做四十九日醮坛，祈禳保佑。"马霳又笑喝道："恁个秦太师，敢便是砍倒地瞎呆鸟！"众俱不敢做声。马霳便将板刀摇晃道："兀地没嘈！"众人害怕，只得说道："砍倒的是我们师父。做醮事的，便是当朝秦仆射相公。"马霳瞪了一眼，喝问道："兀的敢是坏宋家、弄奸害好、贼撮鸟秦桧？兀的可是鸟屋？"众人道："正是，正是。"说未完，赶入百余名家将，杀入堂中。

原来这秦桧唤二十四名道士在家祈保，闻得高宗病体渐愈，不胜居功。这日忽听见报入，说法师遣了天神天将临坛，不胜惊喜，忙来伏在屏后窃看。忽见砍杀喝问，方知是强人，急忙转身，传令众家将擒拿。众家将便从外杀入。马霳见有人杀来，大叫一声："洞庭湖全伙好汉入城！"便就地砍杀。众家将抵敌不住，一齐退出门外，拦住出路，一面报知秦桧。秦桧着人飞报入朝。

这马霳见人退出，道："呆鸟跳躲拦路，洒家只砍杀入内，不留秦桧一窝老小。可不替哥哥杀这奸佞，老马第一功！"便一路砍杀入内，只杀得静悄，便从后面放起火来，只叫快活；又来前面放火。不期杨幺带领众兄弟，在门前杀开家将，拖出马霳，一齐出城；众家将连忙追赶。只因这一番，有分教：

众天罡齐会面，两弟兄大惊伤。

不知这马霳可曾杀了秦桧，且听下回分解。

第四十二回

再萧何抗违军令　众豪杰大悟前身

话说马鬑赶入秦桧家，杀人放火，却被杨幺领了众弟兄赶来拖去。这秦桧听见杀入内来，一时魂飘魄丧，只携了妻子逃入西园，逾墙躲入小户人家，直打听得去久，方敢来家。一面使人分头救火，一面查点人口。被杀子女六口，姬妾、侍女一百多人，其余家将、仆从杀死甚多。忙奔入朝，哭见高宗，百般陈奏，埋怨纵放，遣将追擒。此时高宗已晓得杨幺等杀入秦桧府第，又惊又喜。忽见秦桧到来，哭得悲伤，诉得哀惨，又陈自己功绩，高宗还不动心；及听见他说出陛下江山悉在桧手，若不急剿杨幺，金人决不允和，高宗只得允其所请。秦桧奉旨，即遣心腹闻人成为大元帅，一面征取钱粮，一面调集军马，刻日出师。闻人成带了二十万大军，水陆往湖广而来。

这杨幺一众出城，只忙忙急走。杨幺见无追袭，暗暗心喜，遂唤郑天佑近前，悄悄吩咐，使他入城打探消息，飞报来山。郑天佑即转身而去。杨幺、马鬑、郭凡跟着众弟兄，不日到了原处。贺云龙迎接上了轮船，又不日归到山寨，作庆贺筵席。

饮了半晌，杨幺道："连日奔走，未曾与众兄弟细说。"遂将见高宗以及马鬑行事细细说出，道："这高宗果有人君之度，偏业有余，已纳吾言,亲贤远佞,斥逐秦桧等,天下事正未可料。不期马癗径杀入秦桧家中,行吾快心事。只因我在高宗面前,许不伤城内寸草,他也不令一骑来追,故此只领众弟兄找寻马癗,急走出城。只不知秦桧可曾被马癗杀害?若不被杀,必举兵来与我决胜负。已打发郑天佑去,等他回来,才有实信。"

众弟兄遂述说贺云龙、袁武先知,何能接应,杨幺听了大喜。王摩向众兄弟丢了眼色,众弟兄齐起身来说道:"哥哥前日有言,今喜回来,当择日正位。"杨幺道:"我今还有一事放心不下,未敢擅称。"众弟兄齐问道:"哥哥还有什么事?"杨幺道:"前日在轩辕井中得这铁匣,因内中藏有篆文字迹,不知主何吉凶。若得认识出来,更是快心。贺云龙说他师父四维真人可能辨识,我今只得要他去问明了回来,便好安心做事。"

袁武忙问道:"这篆文如今在哪里?"杨幺道:"你那时回山,我又去临安,不曾与你认识。"遂使人取出,与袁武、章文用看。二人看了半响,俱摇首难识。贺云龙道:"哥哥既有此事怀疑,兄弟明早起身去问来。"杨幺道:"我前日在彭蠡湖已见庐山在目,却不曾带有铁叶篆文在身,不便使兄弟去见真人。明日可着轮船送去。"贺云龙道:"既传说轩辕井中通庐山大路,兄弟只从此去试走一番。"

杨幺道:"不可,不可。我前日进去,虽是明亮可走,因想地下事情也恐传言未确,故不敢轻进。还是轮船送去来回,我才放心。这井中前已使人修砌,绝不贮水,只好等闲时使人下去探明这条路,再去不迟。"贺云龙道:"轮船送去固好;但兄弟想来,如今为哥哥有事去求问真人,焉可惜得劳苦!我当走去拜见,才是诚敬。"杨幺听了点头。

到了次日,贺云龙收拾起身。只见殷尚赤走来说道:"我与哥哥说明,同去拜见真人,路上好作同伴。"贺云龙点头。只见杨幺走出,捧着一分信香,付与二人道:"拜见真人,可说我杨幺心到为诚,是必求真人指示端的。"二人领命，收了信香并两片铁叶，背了包裹，辞了众位弟兄下山。渡过湖面，二人上岸而走。

一路上，饥餐渴饮，夜宿晓行，说说笑笑，不觉到了庐山脚下。只见山中僧寺、岭上仙庄，无处不有，殷尚赤因问真人仙院在哪一处。贺云龙道："这庐山有八百余里，山上有三千余寺、七十二洞天。我四维真人在第一洞天筑隐观中，你只随我上山。"殷尚赤只跟随在后而走，遂留心观看，果见心静去闲，溪明水净，一时观玩无穷。二人一步步穿峰度岭，附葛攀藤，到了绝顶处，但觉隔去红尘千万里，一身已在白云中。遂又走了多时，才显出座绝大的观宇。贺云龙见了，不胜欢喜，因对殷尚赤说道："我自当年拜别真人，算来已是数年。见过世上几多变迁，也做了一番事业，昔时雄侠，已觉消去八九。今日到来，且喜山寺依然，光景如昨。我同兄弟拜见真人时，务必诚心至敬，方可求他指明。"说罢，遂往观宇而走。

早见远远山侧处，走出一个道童，手中提着一只花篮，迎着二人走来。到了面前，殷尚赤看他篮内，有几朵紫色灵芝在内。那道童笑嘻嘻，向着贺云龙举手说道："师兄为何一去许久？真人与道众时常念及。今日若不为杨义士来求真人指示铁叶上字迹因缘，敢怕还不肯自来。"

殷尚赤听了，暗暗吃惊。贺云龙遂将别后事略述了一番，道："果是特来拜求真人指示字迹。"道童笑说道："真人久已出门，寻采异药，至今未回。但临出门时，曾对我说你今日今时到来。我只向山下采了这几朵灵芝，回观等候，不期恰是遇着。"殷尚赤听了，不胜跌脚道："弟子到此，直憾无缘！"道童笑说道："义士今日到此，便自有缘。你虽不见真人，真人却已晓得你的来意，已吩咐我引你到他密室中，便知铁叶上的字迹，你就可回复杨义士了。"

二人听了，惊惊喜喜，一同走入观内。先将信香供奉中间，望空顶礼了一番，然后与道童施礼。行入密室，指着石壁上道："这上面真写得有字,你们看明,抄录了去。"二人忙向壁上细细看明,不胜大惊大骇,各自吐舌,方知这些缘故。殷尚赤忙讨了笔砚,照着上面眷录完,藏入腰间,对贺云龙说道:"真人具天地之能知,指破我们前后因缘。我同哥哥快去报知众位弟兄。"贺云龙只沉吟不语。

道童便笑说道:"师兄沉吟,莫非不欲回去?我真人亦曾吩咐,叫我对你说,你今尘缘未尽,还要去走遭。因留下几句言语,你只谨记,因念道:

  鹏飞洞庭,杨花易零;萧墙不测,腐草护舣;须寻筑隐,归结天星。"

念完道:"你去与众义士说知,到那时回来见真人,还有你个结果。"殷尚赤遂又写录纸尾。道童又说道:"真人虽叫你速去,且尽我情,屈住一晚,明早送归下山。"二人便就住下。

到了次早,相送下山。道童指说道:"师兄不必又走远路。这观后山崖旁有一山穴,真人说你们已寻着源头,却不敢走。你今下去,不消半日,便可到轩辕井处。"二人听了大喜,即便相别,从山穴中而来。

且说杨幺一日在山寨料理诸务,忽郑天佑回来报说道:"兄弟领哥哥言语,入城打听得秦桧未死,哭奏高宗起兵。高宗允奏,已遣闻人成大元帅征调各处军粮船只,精兵二十余万,克日出师,水陆并进。哥哥早作准备。"杨幺听了,沉吟了半响道:"既是如此,当与来人决胜负。"遂吩咐袁武、何能料理军情。二人得令,即去各自准备完,来请杨幺阅武。

杨幺大喜道:"阅武必须定名,才有军纪。"遂使章文用一面执笔书写,自己一面说道:"袁武行兵,仿佛孙吴,筹谋必中,可授神策军师之职;我杨幺为正将左元帅,统领弟兄是邰元、孙本、马靨、殷尚赤、屠俏、劳捷、朱润、花茂、段忠、常况、柳林、侯朝、石青、共一十五位，分管二千五百军士。何能临机应变，裁度得宜，可授军中参赞，为副军师之职；王摩为副将右元帅，统领弟兄是游六艺、滕云、沃泰、柏坚、吕通、于德明、丁谦、王信、骆敬德、殳动、隋举、罗英，共一十四位，分管二千五百军士。贺云龙道法通天，使他总管军饷。轮船水军头领三名，是岑用七、柯柄、童良。制合火药一名：向雷。捷报军机一名：郑天佑。军中书记手一名：章文用。军中神医一名：郭凡。郝雄、张杰各领五百军士，镇守见机岭。其余军校，各立头目，分拨在三千战舰上，防守沙堤滩岛。"杨幺分派完，王摩、袁武、何能众弟兄尽皆拜榭。

到了次日，从五更时候，向雷发了三声轰天大炮，一时满山寨各船只画角齐鸣。因贺云龙、殷尚赤二人公干未回，杨幺、王摩各分班率领众弟兄，齐上轮船。众水校踏动车轮，行出左右虎牙山来。早是左郝雄、右张杰，全身甲胄，引着军士，各列船只迎送。出到湖中，便是三千战舰，迎接到见机岭下停泊。黄佐已来迎接，袁武说道："哥哥在这岭上设立烟墩，以备远近有警。知无必报，见有必传；若差毫厘，失之千里，实是重任，关系将来。今日阅武，有功则赏，无功必罚。军令无情，切须谨慎。"遂使近前，暗暗吩咐了一番，黄佐领计而去。

袁武、何能遂上别船，带领三千战舰，各去百里之外。左袁武、右何能，各分布停当，使小舟探报轮船动静。探听了来，袁武、何能各挥旗号，一时鸣金擂鼓，喊杀摇旗，齐向轮船处杀来。这轮船要等岭上烟起，方知有警，然后起轮迎敌。不期这黄佐到了岭上，正在岭上观看，探听消息。

忽有军士飞报来说，黄长者卒中恶风。黄佐听了大惊，见四面尚没动静，便含泪奔入寨来看观，救唤了半响，才得苏醒。及出寨来，俱见各摆列阵势，轮船已去破阵攻围，便慌忙放起狼烟，已是无及。只见满湖中战舰与轮船争斗，端的非同小可。怎见得？但见：

旗分五色，船列八方。旗分五色，上绣的是青龙、朱雀、勾陈、螣蛇、白虎、玄武；船列八方，排的是太极、三才、八卦、梅花、长蛇、错综。令到处，忽而参差，一似众星齐拱；旗展来，突然作合，浑如云聚从龙。喊杀直惊水窟，万千水族尽张皇；车轮震动龙巢，百十龙孙俱恐吓。龙君各言忍耐，莫惹天罡；河泊尽教省事，休犯地煞。

　　这是杨幺操演六军，见机岭黄佐玩法。直操演到下午，方才停止。袁武、何能各赏军士，早已使人将黄佐绑来。袁武怒喝道："今日行兵之始，怎不遵我军令！误报军机，当按军法！"遂喝军士推去斩讫。

　　杨幺大惊，忙上前求免道："黄佐虽违军令，实杨幺结义兄弟，岂忍相伤！乞军师恕其初犯，以俟立功。"黄佐亦细述父病、急救缘故，杨幺更喜道："若使杨幺当此，亦必以救亲为重。乞军师推情宥之。"袁武暗暗点头，使人释放。黄佐便来谢罪，又拜谢杨幺。袁武只得说道："从来军令无私，以后小心看守。"黄佐应诺，上岭而去。

　　袁武因对杨幺说道："哥哥既设这见机岭，紧报军情，君山有此，不为防范。这见机岭关系君山不小，莫若将黄佐换回，另使别位兄弟守此重地。"杨幺道："我昔日以义结黄佐，当以义终。我不负人，人岂负我？况且今日操演，非比重敌，岂可就疑更换？军师不必过疑。"马釐便气愤愤的道："兀日老马喝骂撮鸟没吃贺厮血肉，便没同心；兀今违逆哥哥军令，便没好意。军师较得没谎。"杨幺不听，遂连日在湖中操演，操演得十分称意。

　　回上山来，设席饮酒。杨幺因想起贺云龙、殷尚赤二人去问真人，将及半年，并无消息，因打发郑天佑去催他二人回来。正打发间，忽军卒来报说道："小人在笑傲亭中洒扫，忽听得轩辕井内有人高叫，慌忙去看，却是贺、殷两头领在下。"杨幺与众弟兄一时惊惊奇奇，道："果是传言不谬，井中通着庐山。"遂同到井边，使人急架篮索，将二人扯拽上来相见，齐问真人事情，以及穴中光景。贺云龙、殷尚赤且不回言，先向杨幺、王摩笑说道："若不发掘轩辕井，得这铁叶篆字去问真人，怎晓得二位哥哥生身出处，及我们众弟兄前缘后果，合该共死同生？"

杨幺、王摩与众弟兄听了，一齐惊问缘故。二人道："且到厅上摆设香案，然后共看真人指示。"遂到厅来，立了香案。二人在包裹中取出铁叶上供，又取出抄录真人的一大幅字来。遂将上庐山不遇真人，道童引入密室，石壁上先有真人写注明白。上一层的字迹与铁叶上的字迹一般，便不抄写，只将下面注写的抄来，与哥哥弟兄们观看。众弟兄一齐围看，识字便看得惊惊喜喜；不识字的叫念出来，听得喜喜惊惊。你道写录的是什么言语？上写的是：

  天魁星呼保义宋江，托生天柱曜星全义勇杨幺；
  天罡星玉麒麟卢俊义，托生天任曜星金头凤王摩；
  天机星智多星吴用，托生天心曜星广见识何能；
  天闲星入云龙公孙胜，托生天英曜星活神仙贺云龙；
  天勇星大刀关胜，托生牛金牛宿毛头狮劳捷；
  天威星双鞭呼延灼，托生虚日鼠宿泼天火罗英；
  天贵星小旋风柴进，托生天禽曜星小虬髯孙本；
  天富星扑天鹏李应，托生尤金龙宿拦路虎沃泰；
  天杀星黑旋风李逵，托生天蓬曜星刮地雷黑疯子马鬣；
  天速星神行太保戴宗，托生星日马宿筋斗云郑天佑；
  天满星美髯公朱仝，托生尾火虎宿没拦挡隋举；
  天败星活阎罗阮小七，托生箕水豹宿揭浪蛟岑用七；
  天巧星浪子燕青，托生心月狐宿钻心虫遍地锦殷尚赤；
  天寿星混江龙李俊，托生轸水蚓宿癞头鼋侯朝；
  天英星小李广花荣，托生斗木獬宿小天王花茂；
  地魁星神机军师朱武，托生天辅曜星前知神袁武；
  地煞星镇三山黄信，托生角木蛟宿镇天雄游六艺；
  地勇星病尉迟孙立，托生张月鹿宿铁壳脸吕通；
  地会星神算子蒋敬，托生天芮曜星鬼算计常况；

地然星混世魔王樊瑞，托生天冲曜星小太岁邰元；
地角星独角龙邹润，托生氐土貉宿探骊龙朱润；
地轴星轰天雷凌振，托生房日兔宿喧天闹向雷；
地灵星神医安道全，托生觜火猴宿赛卢医郭凡；
地进星出洞蛟童威，托生参水猿宿分水犀牛童良；
地退星翻江蜃童猛，托生壁水貐宿水底鳖鱼柯柄；
地俊星铁扇子宋清，托生胃土雉宿山海镇石青；
地正星铁面孔目裴宣，托生奎木狼宿八臂哪吒柏坚；
地损星一枝花蔡庆，托生娄金狗宿锦毛犬骆敬德；
地全星鬼脸儿杜兴，托生鬼金羊宿焦面鬼王信；
地数星小尉迟孙新，托生毕月乌宿飞过海滕云；
地暗星锦豹子杨林，托生柳土獐宿花斑豹柳林；
地阴星母大虫顾大嫂，托生女土蝠宿马上娇屠俏；
地巧星玉臂匠金大坚，托生昴日鸡宿一刀段撒开段忠；
地文星圣手书生萧让，托生危月燕宿书记手章文用；
地兽星紫髯伯皇甫端，托生翼火蛇宿青竹蛇殳动；
地乐星铁叫子乐和，托生室火猪宿铁鹞子于德明；
地镇星小遮拦穆春，托生井木犴宿铁蛙虫丁谦；
后一名王进，托生再萧何黄佐。

蔡京托生贺省，童贯托生董索，高俅托生夏霖，杨戬托生王豹，张文远托生岳阳官。

又一行写的是：

杨幺、王摩一母双生，年、月、日、时并父母姓名、家乡。五岁上失散，一为杨得星义子，一为王突义子。

众人看听明白，不胜大惊大喜，方知前身现在。杨幺、王摩方知前世异姓头领弟兄，今世同胞兄弟，得为头领，更加亲热。王摩道："俺两人面貌厮像，当时梦中说一瓜一蒂，今日才知同生双养，差得一时，哥哥原是哥哥。"说罢，忙拜杨幺四拜，杨幺直受不辞。众弟兄也一齐说道："谁知前后俱是一般结义弟兄。杀这几个仇人，只道报今世的冤仇，不期俱是旧日冤仇。冤冤相报，从此消释。"遂也向杨幺、王摩各各展拜。杨幺、王摩也致谢众兄弟了一番，遂大开筵席，十分畅饮。贺云龙、殷尚赤又指说后面是真人留下偈言，一时俱参解不出。杨幺使章文用另纸写出，粘在厅壁，以便时时参解。

畅饮了多时，忽王摩含泪出位，对杨幺说道："俺同哥哥一个爷娘生长，只因向日失迷家乡、名姓，如今喜得真人说出。当日哥哥说爷娘俱没，也认是哥哥的爷娘，怎没着苦，谁知便是王摩一般的爷娘。哥哥倒拜了坟墓，尽了孝礼；王摩还没半点孝心，空自长大。如今明白，再迟不得。明早别了哥哥，到坟去号哭一番，便完了念头！"说罢，不禁放声大哭。杨幺与王摩俱相向而哭，众弟兄连忙相劝。劝了多时，杨幺止哭，说道："我非哭父母天年，是哭我父母命苦，徒生我二人；又哭我二人生不养、死不葬，又不能遂我心胸得归故土耳！"

王摩入内去换衣，并叠行装。不期见机岭上忽发起狼烟，半天中一缕，直接到君山上来。早有飞报来说道："朝中遣闻人成元帅带二十万大军，船多粮广，杀入湖来，望乞准备。"一时众弟兄留住王摩，袁武、何能即传令下山迎敌。不一时，上了轮船，出了虎牙山，遂调集三千战舰，霎时布成阵势，将轮船遮裹在内。闻人成见杨幺船立了阵势，也将船只分布得蜂攒蚁聚，百般雄固。各约了战期。

到这日平明时候，两边鼓炮喧天，宋军往杨幺寨处杀来。袁武、何能各将号旗麾动，使战舰迎敌。顷刻间船行浪涌、杀雾迷空的往来。杀了半日，宋军势众，各战舰俱有怯意。杨幺看得明白，即使向雷发起轰天大炮，众水校齐踏车轮，出其不意，只往宋军船处冲压过来。直冲得宋军船，被冲的船分两截，被压的舟沉水底。一时这些宋军船只，冲压沉了大半。

袁武、何能又麾动号旗，一声炮响，拨转轮船，往宋军大寨处冲来。此时闻人成已看得轮船厉害，正在惊慌，忽见冲来，急上小舟，往岸上逃奔。一时湖中船翻人溺，大败亏输，各自逃生。直逃至蕲黄，闻人成方敢住足，招集败残军士，遂不敢入湖，只在岸上立寨，与众将商议。只因这一商议，有分教：

一团欲火难禁受，杯酒昏沉别有香。

不知后事如何，且听下回分解。

第四十三回

英雄误入烟花寨　俏妇从权认丈夫

　　话说闻人成得秦桧荐举为大元帅，领着二十万大军来剿灭杨幺，旦夕便可成功，遂高高兴兴下湖。不期一战被轮船冲压得大败亏输，直逃至蕲州，方才停足。收集军士船只，消折大半。不敢下湖，又不敢申奏，一时进退两难，只得与众将士作屯守之计，在岸上立寨。一面暗暗使人去报知秦桧，拦截章奏，朦胧官里；一面修葺船只，再图恢复。

　　且说杨幺仗轮船无敌，冲压得宋军大败逃走，一时所得不计其数，擒获军士以及捞救者三万余人。杨幺即传令释放，使他早回临安，各欢声拜谢而去。过不几日，探事的来报宋军逃至蕲州，整顿军士下湖。杨幺笑了一笑，传令回山作庆贺筵席。饮至中间，众弟兄有的说还该追杀这厮；有的说不该释放军士还他；有的只叫杀得快活。杨幺只听入耳中。又饮了半晌，因说道："战胜非吾所喜。这闻人成之来，出自秦桧。他今大败损军，必暗去求秦桧增兵，决不使朝内闻知。我今释放多人回去临安，难掩众口，传入朝中，必然治奸去佞。此乃假手，何必亲自操刀，是一法也。他今丧胆，焉敢再来！"

　　王摩遂说道："这厮决不敢来相犯，不消兄弟在此。只今去走遭，完了念头。"杨幺想了一想，道："兄弟这一去，路途甚远，又是金人地方，往来必要谨慎。须得一个弟兄同去，我好放心。"马靁忙说道："丢却老马会做长工，再有兀谁？只今跟王摩哥哥跳去。"杨幺只摇头不允。贺云龙忽自发笑，连忙忍住，接说道："据我看来，打发殷尚赤兄弟去同伴才好。"杨幺听了大喜，道："果是他还细心，亦可探些事情回来，好作商量。"殷尚赤使屠俏去收拾包裹，自己扮作跟随。不一时，王摩也拿了包裹出来。殷尚赤一总背了，各带朴刀作别，杨幺同众兄弟相送下山。

二人过了湖面，取路而走。两人在路，身边广有金银，只买酒食肉，十分得意，早已到汴京城外。殷尚赤领了王摩入城，欲要寻个旧认，却俱人移物换；又来到昔日自家门径并孙本居宅，俱已作瓦砾之场；再暨到勾栏院来，已是燕去巢空。遂走出城来宿了一夜，次日即起身前进。

走了多日，才得到寄远乡来，便寻人问。谁知年代久远，一时问不出来。王摩十分焦躁，殷尚赤忙劝道："哥哥不须着急。既已到此，须寻个人家住下，细细访问，必有端的。"王摩道："俺只说有了地方、姓名便好找问，却不曾问得哥哥指出爹娘的坟墓在哪里。俺便没细问，哥哥可也不说，今日可不难找！"只得寻个人家住了。遂日日出门，向左右远近一连访了三四日，绝无消息。

一日正访问间，有个孤苦贫婆在道旁叫唤施舍，殷尚赤忙向腰间摸出块碎银来赏给她。那贫婆得银，满心欢喜，忙拜谢道："难得宰官好心，我养婆只好那世里报答。"王摩听了，笑说道："恁婆子可不倒说？只有婆娘，哪有娘婆？"那贫婆道："宰官却是错听。我婆子姓养，故说是养婆。"

王摩听了，忙问道："你是姓养，可知这里当年有个养奎刚么？"那贫婆看了一眼，道："这是我大伯，他夫妇俱死久了。今日宰官为何问他？"王摩听了，不胜惊喜。

殷尚赤忙问道："你可知他家还有什么人？他家坟墓葬在哪里？"养婆道："只得我两房。当时大伯虽是生了两个孩子，却被乱离失散，不知死活。他夫妇没几年前后去世，是我丈夫在日将他葬埋。我的儿子又不守本分，自去投军，几年没个信回。我因无依无食，只得到处求乞。前年闻得有个人来到我大伯、伯母坟上哭拜，又说在坟上睡了三夜，说他就是妖儿。我便急急赶来，不期他已去了，至今还是追悔来迟，却喜得了他的存活音信。只这魔儿还没下落，多应失散死了。今日两位宰官问他怎么？"

王摩听明就里，不胜流泪道："原来恁是王摩的婶娘，俺是侄儿。爹娘生了俺兄弟两个，爹娘恁是苦恼，俺就是散失恁个魔儿，今来寻找坟墓。"那养婆听得，不胜欢喜道："不期你不肯忘本，还来找寻。你今恁般长大，向来在哪处成人？"殷尚赤连忙替王摩支吾了几句。王摩道："俺的哥哥也在一处。"养婆不胜欢喜，遂引他二人向村僻处山坎边草深里，指着两土堆道："这是你爹，那是你娘。"

王摩用手分开青草，朝着两土堆，不胜哭拜了多时，才起身来拜谢婶娘，婶娘连忙挽扶。殷尚赤也向坟头拜了两拜，来与养婆唱喏。养婆道："可恨没个住处留你二人，这怎么好？"王摩道："俺有宿处。且胡乱过一夜，明早便作计较。"遂引着她同到宿处。一时乡中人俱晓得他是养奎刚的儿子魔儿，失散收留，改姓叫了王摩。王摩到夜间，与殷尚赤暗暗商量了一番。次日即央人寻了土木工人，置买物料，在坟旁盖搭三间堂舍廊房。不消月余，早已盖得齐整，一应俱足，请婶娘来居住，又置了些田产，使她过活，坟上十分光彩，远近乡人俱称说好处。

殷尚赤见事情已完，便催起身。王摩应允，便拜辞婶娘要去。婶娘不胜吃惊道："你今来找寻宗派，造房盖屋，正好在此配房亲事，立个人家，怎又到别处去，什么缘故？可是外面有了妻室？"王摩道："侄儿有事未完，吃紧要去。"婶娘见不可留，只得留他明早起身。晚间治酒与他话别,便从下午吃到更深,王摩、殷尚赤俱各沉醉睡熟。不期有人钻入门来开出,赶进多人,将他两个从醉睡中一齐缚住,连他婶娘也自捆缚,喝问:"哪个是你的侄儿金头凤王摩?"这婶娘只得指说:"这是我的侄儿。"众人便扛抬了王摩,出门而去。

你道什么缘故?原来这寄远乡东去五十余里,有一座独火山,被一个寡妇占据,手下管着三五百男妇。她因丈夫死了,遂自称为"太阴老母"。正在中午,管着这些男妇,远近出掠。忽一日探事的来报说寄远乡来了一个富客,盖房置产,手内广多钱钞。太阴老母道:"既有这富客,着几个喽啰去结果了来!"喽啰推辞道:"我不敢去!"太阴老母道:"你怎么不敢去?"喽啰道:"我见他身长力大,出入不离朴刀,必是手段了得,百十人还不敢近他。须得太阴老母自去,才可降得他倒。"

太阴老母笑道:"什么人?你就说得他怎般!可知他叫什么名姓?"喽啰道:"闻得本地人说他小时失散,叫什么王摩,如今回来归宗。"太阴老母听得,惊惊喜喜道:"谁知在此!是必与我拿来!"众人问道:"他与太阴老母有甚冤仇么?"太阴老母道:"你们哪里晓得。他就是当年麒麟山王突收留的养子,能射鹰雕,力敌万人,有名的关中金头凤王摩,又叫金凤虎。山上十分兴旺,后来被弟兄搬斗,王突将他赶逐下山,几年不知在哪处存身。且喜今日到此,若得招纳他来山做主,便不愁什么了。"

众人听了,笑道:"太阴老母这些口声,招纳他来,要与他哩连理罗。"太阴老母笑了一笑,因暗想了半晌,道:"这事也不可造次。我今若使人去明对他说,不知愿与不愿;若去拿他,又恐拿不来,反被人笑;若放过了他,便又可惜。"一时想不出主意,便十分着急。又想道:"何不着人只悄悄探他光景,好作商量。"遂时时着人来打探,只不敢轻易下手。

忽这日报来,说王摩明日起身,在堂中吃送行酒食。太阴老母着急了一番，忽地笑了一笑，忙领众下山。到寄远乡来，已是傍晚，遂叫远远停住，唤过几个能事小校近前，吩咐道："我当时闻得他好酒。他今吃送行酒，必是沉醉。你可去探他吃完睡了，急来报知。"不一时打探了来。太阴老母遂一马放到门前，先使两个跳入屋去，开出门来。一众拥入，果是沉醉。问明了王摩，便扛抬了，飞走到了山寨，抬入房中，使众妇女又抬上床去。因见沉醉不醒，遂用手解缚，自己走出房来，唤一个能言快语的妇人，暗暗吩咐伺候他醒来，这个妇人遂来房中伺候；又将各处门户重重紧闭；又吩咐喽啰俱要小心，恐他逃脱。

这王摩睡到五更时分，方才酒醒；想起心事，遂翻身要对殷尚赤说话。不期满鼻中一阵阵脂粉香气，心中不胜惊骇，连忙开眼。这几个妇人听见床上响动，便来揭帐，送进一盏香茶，笑嘻嘻说道："请新大王吃杯苦茶解渴。"王摩听了，只道是自己山寨中的小校服侍惯的，又因果是酒多口中作渴，便坐起接来吃完。揭帐一看，不胜诧异；又见许多妇人侍立，忙跨下床来道："这是什么去处？俺怎的在此？"

一个妇人忙上前，笑说道："今夜大王万千之喜，万千有缘，来到我女寨主香房翡翠衾中，沉眠到晓。明日成亲，共结百年夫妇。"王摩听了，作怒道："你女寨主什么人？休错寻对头！"那妇人笑说道："你两个正是一对，怎么会错？我这太阴老母是烟花寨主、风月魔君。能斩上将之头，貌夺英雄之魄，任你智巧，撞入迷魂，难脱机矣。昔日夫唱妇随，今乃文君新寡。常悲虎帐之凄凉，每怨兰房之岑寂，是以闻名下嫁，愿续鸾胶。今日坐产招夫，乐调琴瑟，望乞允从，莫辜盛意。"

王摩听得又好气又好恼，举步要走出房，早被一众妇人拦拦扯扯的笑说道："世上只有妇人假装娇，哪有男子作惺惺之理？大王不要孩子气作腼腆，做杀风景的事！"说罢便来撒娇撒痴、疯癫癫的款留。王摩一时被这些妇人歪缠得气不得，笑不得，又认真不得。因暗想道："原来昨夜吃醉，却吃她们安排了来。俺一个顶天立地的汉子，怎肯做这淫污勾当！若使性发，怎几个婆娘吃不得几拳；俺又自来不打笑脸，又说俺欺压婆娘，可不污名？好歹等个空处走脱，才是道理。"遂立定不走。

早是房外搬入美酒、美肴，众妇人便摆满了一桌，来请洗脸受用。王摩见了，觉得阵阵酒香钻入鼻来，便欢喜道："且受用些再计较。"遂洗过手脸，坐下便吃。众妇人便来围绕劝奉，一时劝得殷勤，吃得豪爽，渐有醉意。王摩便要想脱身，两眼只看着房门。早被众妇人知觉，忙笑说道："我太阴老母外立险堑，内有坚垣。英雄已入彀中，任你本事也硬不出去，则索安心在此，休惹她孤阴独火，阳不胜阴，枉自送命。"王摩不听，便踊身走到门首。往外一看，果见四处墙高九仞，层层门户牢栓，心中十分焦躁。早被众妇人来一顿软款，将他劝入房来，奉他酒食。王摩只得将酒出气，早已入了醉乡。

这殷尚赤忽被人缚住，忽睁眼一看，知是官兵，便不言语，由他缚去，等酒醒了算计，便将两眼紧紧闭住。不期一霎时人静火灭，只听见养婆在地下哼叫痛苦，连忙挣脱绳索，走入灶去，点了火来，解放养婆。再四下一照，并不曾遗失物件，只不见了王摩，被人抬去。养婆不胜号哭，殷尚赤只急得没法。急了半晌，因想道："这是金朝地方，怎得有人觉察，便来捉去？怎又将我弃下，这是什么缘故？"因又想道："幸喜将我弃下，好歹等天明了，入城去打听救出。"遂问了入城去路，便自去炊煮，吃了顿饱。对养婆说道："我哥哥不知被甚人捉去，料他必在城中。我今出去访着救回。"

此时天已微明。提了朴刀正要走出，忽村内人走来报信，扯了养婆到侧处说了一番，村人自去。养婆听了这个消息，便不胜跌脚搥胸，来对殷尚赤说道："谁知我侄儿被强人劫去！如今怎么处？"殷尚赤见有了下落，便惊惊喜喜问道："若是强人劫去，一些不妨。你这里有什么强人，敢来劫我哥哥？"养婆道："只因我侄儿回来，惊动远近，不因亲者强来亲。我前日原劝他寻头亲事，却又不肯。如今被她强媒硬娶，不怕他不肯了。虽是好事，却是被人耻笑！"遂细细说出缘故。

殷尚赤听得哈哈大笑道："这太阴老母倒会拣汉子，却也门户相当。只不知我哥哥可情愿配这二婚妇人？我去问来。"遂提刀出门，一径赶到独火山下。见山上寨门紧闭，许多军校严守，便举刀仰面高声大叫道："二婚再醮，也要有个主婚说合。怎敢恃强抢夺新郎，私自成亲！我是新郎的兄弟，来做主婚，快开寨栅，说个明白！"众喽啰见这人舞刀叫骂，即着个飞报入去道："山下来了一个汉子，说是新大王的兄弟，来作主婚。骂寨主没廉耻，强夺男人，私自苟合，赶来要与寨主说个明白。"

太阴老母听了，勃然大怒道："这是我心爱的冤家，自行择配，有谁主婚！尚未成亲，便有人揭我长短，若不显个手段，后来便要家亲连着外亲，一发背地饶舌，离间我好夫好妻。我恼的是六亲眷属，若不杀绝，怎使他死心在此同我快活！"即时卸去衣装，换了全身披挂，翻身上马，喝叫开门，扑喇喇一骑马冲下山来，大喝道："可知我太阴老母六亲无分，独自创立？今日招配丈夫，谁许你来作乔家公管闲事！"殷尚赤忙将她一看。你道是怎个模样？但见：

> 滴溜溜圆睛黑漆，乱蓬蓬散发焦黄。胭脂染就樱桃，铅粉饰成杏脸。声音洪亮，的是杀七夫而有余；状貌狰狞，果乃断六亲而不足。体丰肉厚，道不得袅娜丰姿；脚大眉粗，岂称得苗条韵妇？中年失配，炎炎独火频烧；半老无夫，惨惨太阴凝结。妄想结丝萝，混杂鱼龙难变化；希图谐伉俪，成群犬虎不相投。山前老母争持，房内英雄醉倒。

殷尚赤看罢，不禁大笑道："你这副丑嘴脸，怎配得我王摩哥哥！快送出来，免讨苦吃！"太阴老母听了大怒，抡起双铁练，劈头套来。殷尚赤急用朴刀分拨，两人大杀起来，山上喽啰俱来助力。两人一来一往，杀了八十余合，殷尚赤只是左右躲闪。太阴老母见他已有败意，便笑喝道："我今日没工夫，又是喜日，且不杀你，以后休来！"

说罢,径拍马上山,吩咐严守山寨,不许通报。

这殷尚赤忽见她跑上山去,连忙赶来。被山上矢石乱发,只得退回,坐在一块石上歇息,道:"不想她人便丑陋,倒还有本事。若不是我有些腾挪,便要出丑。若是这个手段,与我哥哥作配倒也罢了。只是恁丑脸,又且年纪相悬,难道我哥哥便就喜欢,与她成了亲事?就是我当日与屠俏,却是人才仿佛。只可恨方才不曾吃紧问她成亲不曾成亲,便好再作道理。"因又想道:"她方才说没工夫,又说是喜日,却是贪恋新婚的光景。必是昨夜来时,干柴烈火,便就合拢。若哥哥没主张,成了这头亲事,明日使弟兄晓得,岂不是一场笑话!"

因又暗想了半晌,道:"或者是他两人的天缘,不嫌貌陋,也不可知。只是被她缠住在此,一时怎得便同,可不误了大事!"忽又想道:"我王摩哥哥往日却不是在这件事上吃迷的人,莫非内中还有什么缘故?须得见他一面才好。只是恁般防守,内外不通,我又只是一人,没个帮手,这怎么处?"一时进退两难,十分着急,只得立起身来。忽见前面远远一人,两脚似风轮般赶来,十分动疑。忙定睛一看,不禁大喜,便提刀迎奔上去。

这太阴老母回到山上,想了一想,即换了衣服,走入房来,笑嘻嘻走近,对王摩说道:"你便是当初王突的儿子,我便是蟆蝉洞的女郎。向年使人曾与你提亲,你只不肯应承,我便嫁了这山的寨主。谁知这杀才不经熬炼,将我丢弃,万分苦楚。忽听见你到来,正是昔年未嫁郎君,故此设计弄来。实爱你英雄豪杰,今夜愿成夫妇。"

王摩素性喜的是酒杯在手,今被这些妇人声声相劝,他便杯杯下却,只吃得醉了醒,醒了醉,在房中昏昏迷迷,只是要吃。忽见恁个妇人走来说话,才知便是太阴老母,遂低头不理,只是吃酒。太阴老母见他不理,便勃然发怒道:"你敢是嫌我貌陋,恁是推聋作哑!即今便放你不过!"

说罢,走近身来麻犯。王摩大怒,立起身喝骂道:"恁肮脏不识羞！知俺是豪杰，可知豪杰不苟且！俺今日只觉与酒相投，贪吃，怎敢犯逼！"说罢，一手推来。不期被太阴老母接住，用个霸王请宴势，轻轻将王摩按捺在地。王摩急要跳起，早被一脚勾翻，霎时吃了两跌。太阴老母便笑嘻嘻将王摩扶起道："你可知做好汉的人，只好在外面做；好汉到家，便要让妇人。也该晓得将酒劝人无恶意。我今倒陪妆奁，嫁你这空身汉子，是我一片热肠，有甚亏你，怎倒推辞？方才跌你两跤，却夫妻间斗耍莫怪！"遂扶王摩上坐，叫妇人："快筛热酒，我与新大王先吃一番！"便自相劝。

此时王摩满肚皮气恼，一时发不出来，只低头不睬。太阴老母见他不吃，便又笑说道："恁般一个汉子，还是害羞，可喜是个黄花郎。我已使人准备，到晚请你出去拜了天地，你敢也没得害羞。我且出去着。"遂自连吃三杯，走出房去。王摩见去了，才觉放心，酒已醒了一半。因想道："俺恁不曾见这老脸婆娘，煞会麻犯，果是吃她牢笼房内，不好与她变脸。方才说是晚间请出，且到那时计较。"

这太阴老母走出堂来，一面吩咐快备喜筵诸事，一面自己去打扮，好作新人。一时堂中结彩，诸色齐备。太阴老母正高高兴兴打扮完，去迎请新郎，不期几个报事的来报祸事。太阴老母听了，直气得三尸暴跳，杀下山去。只因这一杀，有分教：

  缘尽一声归去也，魔消数语出污泥。

不知杀的什么人，且听下回分解。

第四十四回

袁军师锦囊遗妙计　岳少保决算大惊人

　　话说太阴老母正打扮得满头花、拖地锦，盼到夜来请出王摩拜了天地，便自享用快活。不期几个喽啰慌慌张张来报说道："太阴老母，这段姻亲且不要十分拿稳。如今山下又有人打来，骂得万般恶毒，只叫送新郎出去还他，万事俱休；若藏匿不放，便要打上山来。趁早出去调停，免得后来争竞。"

　　太阴老母听了，作怒道："我已吩咐不许通报。这新大王的兄弟今早已被我杀败，怎又敢来！你们只去严守，由他叫骂，我只寻我乐事。且过了今夜，明日决不容他！"喽啰道："如今在山下叫骂的，不是先前的这个男人。如今叫骂的是个女人，在那里口口声声叫骂寨主没廉耻，霸占了她丈夫，赶来拼命夺回，决不使今夜成亲。"

　　太阴老母忽听见骂是占了她的丈夫，便勃然恼怒道："这等叫骂，便是新大王的前妻了。我今尚未与他成亲，便就敢来吃醋，若不与她一个辣手了当，怎得干净！"因又急问道："她比我生得如何？"喽啰道："据我看来，觉得比寨主娇嫩好些。"太阴老母听了，更是恼怒道："原来他有年少娇妻，便只嫌我中年，装腼腆不来就我。若不杀绝，怎消我恨！"一时着了真气恼，遂卸不尽满头花朵，脱不了遍体罗衣，恼恨一声，带领一众喽啰冲杀下山。

你道来认王摩做丈夫的是什么人？原来殷尚赤看见这个人急赶上去，却是郑天佑，因不胜惊喜，又不胜跌脚道："王摩哥哥被人劫去，怎么处？"遂将夜来之事、今来争杀缘故说出："你怎得到此？却来得恰好，我两人便好并力杀上山去，夺救哥哥。"郑天佑笑道："不消着急。我已带了合山人众，特来救取。"

殷尚赤大喜道："如今俱屯住在哪里？"郑天佑因说道："自从你那日同了王摩哥哥来后，众弟兄回到厅中，马露只自发躁，怪云龙哥哥不肯打发他来，大头领喝住。因想起贺云龙先前发笑，必有缘故，遂再三问他。贺云龙又笑说道：'我是笑二头领此去，必被一个恶姻缘缠扰，强迫成亲，故此发笑。'

大头领与众弟兄听了，一时俱惊惊疑疑，问道：'成亲是件好事，怎么是强迫缠扰？只不知他去逼人成亲，还是别人强迫他？'贺云龙道：'若是他去逼人，便是贪爱，不算是恶姻缘了。'大头领听了，大惊道：'既是别人逼他，可知这头亲事终可成就？'贺云龙又笑说道：'若得成就，也算不得什么缠扰了。'大头领听了，着急道：'若是这等，必是被人暗算，误入牢笼。我这里须索快去救他。'

屠俏大嫂听了，也吃紧着急，问道：'可知那里男人为女求亲，女人自寻男人愿配？那里有多少妇人？'贺云龙道：'端的是女人自寻男人，却是甚多。大嫂既是疑心尚赤，须得自去走遭才好。'遂悄悄对大头领说道：'二头领已被人暗算去，红裙中与酒作缘，虽不着魔，漏泄春光；若是救迟，恐启后劫。我先前打发殷尚赤同去，正要使屠俏前去力救。若除了她去，便误时刻，就不妙了。'因与大头领并袁武、何能各商议了一番。

过了数日，便打发小弟同孙本并大嫂下山。临行使小弟入内，吩咐了言语，又授我一个锦囊。限了日时，必要赶到，叫哥哥开看锦囊，内中自有妙计。故此连夜赶来，今日正午才到得寄远乡访问，方知二头领这些缘故。孙本同大嫂俱有马匹,晓得要来厮杀,俱在养家收拾喂马。我便先自赶来寻你。"

遂探手胸前,取出锦囊,道:"你看过了,我还有话说。"殷尚赤忙接来拆看,只见上写着两行大字道:

> 屠俏权认丈夫,激出太阴老母;
> 弟兄急趋山后,攀援入救王摩。

殷尚赤看完,不胜惊惊喜喜。郑天佑道:"当日大头领吩咐,若大嫂临时权委,全要在尚赤兄弟劝说。此是军师以阴制阴的妙用。"殷尚赤点头。早见孙本在前、屠俏在后,不一时到了面前,一齐下马。殷尚赤与孙本相见过,即携了屠俏向旁去,细细说知缘故。屠俏听了,果是推辞道:"恁便是军师不达道理。只前日替大伯擦了花脸遮盖,吃黑疯子作了笑柄。怎今日又叫去认二伯?一发使人笑坏!俺只不去。"说罢,便要上马。殷尚赤忙扯住道:"这不过暂时权变。英雄豪杰作用,正使人不能我独能之,始见本色。怎效村姑俗妇的见识!"屠俏听了,一时大喜,遂商议一番,三人自去。

屠俏即上马,抡动双股剑,往独火山杀来,向着山上百般叫骂。正叫骂间,只见这太阴老母一马冲下山来,近前喝骂道:"贼贱泼妇!谁许你一人霸占汉子?敢上门来寻讨,可不自羞!若不杀你,终成后患!"屠俏笑骂道:"好个不识廉耻大胆妖狐,劫人强迫成亲!及早送出,饶汝一死!"太阴老母大怒,舞着双铁链,套打过来,屠俏用双股剑轻轻抵敌。一对女人在山前各逞本事,一场好杀。只杀得:

> 老阴无真火,阴少赛纯阳。一个认真吃醋占新郎,一个假意捻酸夺夫主。一个是阴虚火盛赖阳滋,一个是弟广兄多要头领。一个仗多年风月会拿人,一个恃着锦囊行妙计。一个杀得绣带飘飘,一个杀得髻儿歪躲。这番打破好姻亲,再请去守十年寡。

两个女人各显手段，往来厮杀。这山上的男妇见屠俏生得标致，又且本事高强，俱看得眼花缭乱，齐集山前。不期殷尚赤、孙本、郑天佑将马藏匿深林，遂踅到山后。没人看守。见峭壁上挂满藤葛，三人遂攀援而上，各出利刃，杀入寨中。众喽啰心慌，各四散逃躲，遂捉个妇人领路，打入房去，只见许多妇人围绕着王摩，似醉非醉的坐着吃酒。殷尚赤大叫道："王摩哥哥还舍不得？快同兄弟杀出！"

　　王摩忽见三人到来，一时欢喜道："俺吃恁婆娘牢软，只硬脱跳不出威来，兄弟来得正好。你三人怎么晓得赶来？"三人道："哥哥快走，闲处慢说。"遂一齐赶出到堂上。见旁边有刀，王摩抢在手中，遂并力杀下山来。已有喽啰报知太阴老母。太阴老母得报大惊，急要来夺，却被屠俏逼住，不肯放松半点，十分恼怒。忽郑天佑赶来叫道："王摩哥哥已是救出。军师有令，不要伤她性命，饶她去吧。"

　　屠俏听了，便虚砍一剑，拨马而走。太阴老母听见王摩已去，不胜难舍，只紧紧追来。王摩见了道："俺们回去，杀这泼贱。"郑天佑道："云龙哥哥已有吩咐。"遂又向太阴老母高叫道："昔日背夫寻李固，今朝枉自恋王摩。以后休赶！"遂同着王摩一齐而去。太阴老母见不可追，只得含恨自回。

　　王摩五人不一时到了坟上，安慰了婶娘；然后问及来救事情，并自述出缘故。彼此说了一番，深谢屠俏出力。殷尚赤遂入村去，买了许多酒肴来家。屠俏遂自动手，同养婆一顿烹庖欢煮，搬入堂中。四人围坐，屠俏与养婆另是一桌，直吃到夜静方止。王摩又住了两日，然后拜别婶娘而去。这婶娘后来儿子回家，立成门户，不久去世。

　　这王摩五人不几日到麒麟山来，只见寨宇全无，山荒路绝；再访问人，方知王突死久，四子皆被金将伤害。王摩不胜伤感，只得向山流泪，撮土为香，拜谢王突收育一场，遂打发郑天佑先回去报知哥哥并兄弟。过不一日，又使殷尚赤、屠俏两骑马先走，自己同孙本步行。

行了多日，方才到得湖岸。已是有船伺候，迎接上船。将到半湖，杨幺率领众兄弟相迎上山，同入厅堂。王摩拜见杨幺，细述得见婶娘以及诸事。遂向贺云龙、袁武、何能深谢锦囊妙计，然后与众兄弟各各相见过。酒席早已齐备，各依次坐饮。

　　饮了半晌，王摩遂问别后可曾与宋军接战。杨幺笑道："闻人成已是丧胆，只在蕲州观望。我因兄弟未回，便将大事因循，且喜今日已回。今我胸中不足者，是忠言逆耳，过后冰消。向日谏诛秦桧一班奸佞，已是面许；谁知近日使人去探听，犹然献谗。可恨那日在城中，不曾同众兄弟去手刃此数人。再者四处盗贼未除，使杨幺日有所忧。"

　　马瑤道："那日兀恁赶丧般扯跳，只学的呆鸟过后瞎嘈没力。"袁武、何能齐说道："哥哥既要除天下之害，即今兵分两路：一去追闻人成，便可剿灭蒲牢；一去削平毛姥姥，同聚临安，东南半壁不足忧矣。"杨幺听了点头。又饮了半晌，因说道："我们得蒙四维真人点明了前世，大仇尽泄，只觉胸次渐平。若据我今日，较之前身，实乃轰烈。我想前世堂名'忠义'，我今亦将此堂为'忠义堂'。明日使人悬立，未为不可。"众人俱说有理。

　　贺云龙因说道："哥哥既晓得真人指明了前仇，胸次渐平，须知冤仇莫结。若又去寻人种冤种仇，则冤仇相报，何日了期？据兄弟看来，这班奸人实也是应宋运而生。他有他的冤仇，未必不是今来报复，亦未必便没人去害他。此是循环定理，哥哥不可过于不平，只宜自己循序而行，须看前程有多少路，尽力而行便了。"杨幺听了点头道："云龙识见，果是高人。"自此与众兄弟尽欢而止。

　　到了次日席间，贺云龙因对杨幺说道："兄弟前日奉哥哥之令，去见真人，不期真人采药未归。彼时欲要打发殷尚赤先回，兄弟在山等候，恐两位哥哥与众弟兄记念，只得同了回来。满望就去，不期宋军邀战，二头领又出，是以迟到如今。因思昔年师弟殷殷善诱，一旦相违数载，弟子之谊全亏。清夜自思，实有不安。近日家师必回观中,明早拜辞两位哥哥并众位弟兄,容去拜见真人一番,再来与哥哥、众弟兄同聚。"

杨幺道:"如今识此路径,往来甚便。若去问明了后面的几句,更是畅心。只差这井中上下扯拽,还觉不便。云龙兄弟且住一日,我今使人在笑傲亭旁,另开一条地道,铺填层级到了井底,然后走入穴去,岂不更便!倘或我们有一日清闲,去拜见真人一面也好。只是你前日在庐山上,下穴到此,实有多远,里面怎个光景?"贺云龙道:"穴中有如明镜,如来若去,实与尘世迥别,行动有类两肋生风。据我看来,只好比外面行程,约有百里。"

杨幺道:"兄弟前日去时,在路走了多少日期才到庐山?"贺云龙道:"那时同尚赤一路盘桓,实走了三十余日。"杨幺听了,惊问道:"你二人去后,我屈指算来,将及半年。我向来不曾问及,你又在何处耽搁?"贺云龙道:"兄弟并没处耽搁,只在观中留宿了一夜。"杨幺听了,甚是惊疑不信。

袁武笑说道:"哥哥岂不晓得'山中七日世上千年',即此谓也。"杨幺听了,方才大喜道:"真仙境也。我等日后安可不去?"遂使人开凿,又悬立"忠义堂"名。不消几日,开凿了一条暗道,贺云龙即便辞别。杨幺遂治了素席,与他送行;又取了信香,烦问后来消息。一时众弟兄皆来相托,贺云龙一一应允。杨幺与众兄弟送贺云龙从笑傲亭旁走入暗道;到了石门,让贺云龙走入,相订早回。贺云龙举手作别,往前而去。

杨幺等回到厅中,备酒庆贺"忠义堂"名,一连数日。然后与袁武、何能商议进取之策。忽探事的来报说道:"朝中知闻人成兵败,今又按兵规避,虚费粮草;朝廷震怒,已召回闻人成议罪。遂诏遣招讨张浚、吴玠、吴璘三将来讨湖中,不日到来。"杨幺见报,欢喜说道:"张浚、吴氏弟兄,实系宿将。若使其败去,则我势益张也。"

果不几日,张浚等领兵下湖邀战。杨幺等即驾轮船,照前冲突。

幸喜张浚、吴玠、吴璘用兵有纪，虽不致大败亏输，却被轮船冲杀得七断八续，一时首尾难顾。方知轮船难敌，只得收军屯立湖岸，使人伐木钉入水中，将船围在中间，以防轮船冲突；然后使轻捷快舟到君山来挑战。及见轮动冲击，便避入木栅中来守御，杨幺见了大笑。相持多日，遂与众兄弟上山，只吩咐战舰应敌。张浚等无计可施，不胜纳闷。早有朝中议论他玩兵，催督进剿。

此时已是建炎五年春，高宗祭祀南郊，大赦民间，及进爵有功。过不多日，早有岳飞带领二子入朝谢恩。原来这岳飞当日在宗泽帐下随征，屡有功劳。今又建立大功，一时朝中不能掩抑，遂加进少保之职；二子岳云、岳宪亦皆进爵。深感皇恩，遂留下应敌之策，将一应军情付与偏将代管，父子三人只带了牛皋跟随。一日悄离营寨，星夜入朝谢恩；高宗即御便殿，问了一番北地事情。岳飞条陈甚悉，高宗十分优待，谢恩而出，却有张浚三人使人上表请罪。高宗见表，暗暗寻思道："杨幺骁勇，非岳飞不能制之。"即传旨遣岳飞讨征杨幺。因念张浚、吴玠、吴璘昔日有功，召回朝中另用。岳飞入朝领旨，高宗宣进御前，暗谕往事。岳飞拜谢而出，即领二子并牛皋连夜起身。

不日到了张浚营中。张浚等接过了旨意，然后与岳飞相见，细述："杨幺轮船行如掣电，势若泰山，人皆不敢撄其锋；屡次进兵，实难取胜。少保此来，必有妙用。我等三人即解印入朝待罪。"遂将一应军务交割明白，随即起身。岳飞留住说道："杨幺巨贼，据山设险；又仗轮船，急切难攻。若以岳某不才谋算，请三位大人少留八日，当可一鼓而破杨幺，同归临安面圣可也。"

张浚听了，不胜惊讶道："少保此言，毋乃太谬？我与少保皆能陆地胜人，这水面上事，实非惯熟。水面行兵术过同用舟楫，还可致胜。今杨幺据水，仗用轮船，冲到之处，俱被覆溺。少保虽有神谋力勇，吾谓不一二年间，终难收服，何轻言歼灭巨盗于八日耶？此言吾不信也。"吴玠、吴璘亦同声说道："我三人在此，徒食君禄，不自知耻。少保此言，特以相戏示辱耳！"

岳飞听了，忙正色说道："岳飞言不乱发，言必有中，岂可视为戏言？我今以官兵去破湖贼，势必迁延，诚如张大人所言；若以湖贼去攻湖贼，杨幺等岂能出我范围？旦夕可擒。请三位大人少留自知。"三人只得住下。岳飞即去整饬船只，戒严将士。到了夜间，唤过二子近前，暗暗嘱咐了一番，二子得计而去。

到了次日傍晚，唤过牛皋捧了一个木匣，上了一只小舟，使人棹桨，傍着湖岸绕着芦苇，远望君山形势以及各处滩岭，不胜触目而笑。等到夜深，遂棹到见机岭来。此时将及半夜，到了岭下，早被巡卒将船拿住，喝问跳上船来。岳飞说道："我乃汤阴县岳飞，素与黄佐有交，今夜特来探望。你可速去与我报知。"这巡卒见说是黄头领旧友，遂一面留住小舟，一面飞报上岭。只因这一报，有分教：

　　蚁聚穴中呈幼相，邯郸一枕梦黄粱。

不知岳飞见了黄佐可得脱身，且听下回分解。

第四十五回

岳少保收服幺摩 众星宿各安躔次

话说黄佐，正在见机岭上，巡视了一番，回入寨中。忽有军校来报岳飞相访，不胜惊疑，因暗想道："他是我同省，忠孝智勇兼全之人，背刺'精忠报国'四字，得中武状元，向随宗泽立功；近又闻得连败金人，恢复河南诸州郡，所向无敌。今夜为何来此见我？我今若将他做了细作，报与众弟兄，便失了乡情之谊；又且不知他来意如何。莫若以礼接见，看其来意，再作商量。"遂要出寨去相迎。忽又暗想道："我与他同时皆是宋将，他能立功显名，我独失身到此，如今一时怎好与他接见？"因踌躇半晌，道："今夜是他来见我，也还不妨。"遂一面使人相请，一面出寨迎接。

入到中堂，正要与岳飞施礼，叙说寒温，只见岳飞昂然独立，举手说道："昔日太祖、太宗创业继统，惠政敷于民间，恩泽广于四海，二百余年教化，人皆出则尽忠，入则尽孝。不意迩来国步多艰，奸顽梗化，金人乘衅而入，分裂土壤，二帝蒙尘。苟具人心，苟存烈胆，无不向北悲号，廓清宇内，是以忠臣义士拥立新君。

新君贤而且明，寤寐求治，卑宫菲食，刍荛必采，一枝不遗；忠良迭起，任贤是用，不泯岳某微功，今春特加少保。叨感皇恩，入朝面陛。皇上深恶杨幺宵小奸顽，据湖生乱，残我万姓，流离赤子，特谕岳某进剿。是以走马来南，已备进取之策，擒杨幺于反掌。因思贼众奸顽，内中亦有忠良，或迫于饥寒，或迫于惧罪，或迫于受愚，或迫于因时，有是四端而流于贼伙者不少，岂人人愿乐为盗贼以取臭名？欲骤进而诛之，岂人人得而尽诛之；若人人而尽诛之，是伤天地好生之德，抑且非皇上体念万姓赤子、遣岳某来诛杨幺之意。

故此岳某按兵不进，昏夜见汝。知汝曾为宋民，曾为宋将，曾食君禄；一旦弃宋恩泽，忘宋教化，出不思忠，入不思孝，变坏人心，久存兽胆而流于贼伙。知必有一种苦怀，向人难白，以是因循，亦且无援溺升高之阶级耳。岂不思杨幺所据者一洼浊水，所恃者几丈轮船，所聚者不过数名刺配忘死之徒而已。若思图王成霸，未闻据水而成帝业，未闻坐舟而治天下，未闻刺配而为贤宰。既不若是，是遗臭名千载以下之贼。

今汝安心食其粟，听其使？不思武王剪商，奄有四方；夷齐耻食周粟，饿死首阳。孔子称其贤，令人传诵不朽。我今念汝同省乡情，唤醒恶梦。倘能悔悟前非，尽洗肠秽，共灭杨幺，同作廊庙之臣，共协唐虞之治，扬名于后，可乎不可乎？"

黄佐先见岳飞走入，见其凛若天神，已不胜敬畏；及听了这一番说话，直听得黄佐毛骨悚然，汗流浃背，不觉痛哭流涕，拜伏于地，道："少保字字忠君，言言爱国爱民。念黄佐失身流落匪类，实因父母被拘，不能尽忠，偷生于世。今虽掬掬尽湘江，亦难洗前羞。今夜愿死于少保之前，庶可换回于万一，岂敢望与正人同堂共语哉！"

岳飞遂用手扶道："我固知汝孝义人也。然求忠良，必出于孝子；虽有恶人，齐戒沐浴，可事上帝。既以岳某之言可听，当力保汝功名不在吾下也。"后来黄佐为宋室功臣，皆岳飞今日之力。黄佐因又拜道："今得蒙少保提掇污泥，若有差委，即赴汤蹈火亦不敢辞！"岳飞听了大喜，黄佐遂引入后室。岳飞又细说了一番，使牛皋在木匣中取出许多空札,叫黄佐暗去招降同伙,先去杨幺牙爪;若招得一人,即以空札填名,功成重用。遂将一札填了黄佐为武义郎之职,黄佐不胜拜谢。岳飞遂问众贼姓名,黄佐写录了一纸,岳飞藏匿袖中,又相订一番,遂下船而去。

黄佐到了次日,即暗暗来左右虎牙山,见郝雄、张杰。先陈利害,次述岳少保之言,后出空札。二人听了,又惊又喜:惊的是岳飞智勇驰名,喜的填名得官,便欣然愿降。三人便又悄悄来招谕消魂岭、险前沙、保固堤、毂觳滩、杀风岛,以及柳壤村人众,细述前言。

众人一时尽皆思归故里,又有内中喜于得官的,便填名的填名,愿降的愿降。黄佐乘夜同众人引着三千战舰来降岳飞。岳飞大喜,即传令拔寨进剿;又使牛皋备了百余船草薪。张浚等因问道:"今乃水战,不用马匹,少保何用刍薪耶?"岳飞道:"岳飞自有用处,大人久后自知。"

一时开船,往君山进发。早有岳云、岳宪砍伐了许多大木,俱编成木筏,从小湖内撑出。岳飞即指挥将这些木筏分布湖中,有十数余处;木筏外,俱是船只,远看来并不知有木筏。准备停当,到了五更时分,即便鼓炮喧天,大声喊杀。

这杨幺等初次败了闻人成,二次败了张浚等,看得宋军将一如枯朽;又恃着轮船无敌,各处出岭俱有防守,一众弟兄只在君山快乐。这日三更时候,忽有紧报入厅道:"黄佐、郝雄、张杰三头领,勾引毂觳、消魂、保固、杀风等处,以及柳壤村民,上三千战船,不知去向。"杨幺等听了,不胜惊疑。马霫跳道:"没得鸟乱,黄佐必是反背。只那日老马剁砍,这却是护短。只今没跳远,赶上剁割他千百块!"一时众人俱要下山来追。

忽又报来道:"朝中差了岳飞代张浚等征讨,连夜发兵下湖。"杨幺遂不追赶。又不一会来报道:"岳鹏举领众军屯住湖中,紧对君山攻击,乞众头领迎敌。"袁武听了,便是沉吟。杨幺笑道:"吾仗轮船冲出，便成齑粉，何足惧之？"忽又报道："黄佐等引去三千战舰，投降岳少保，沙滩堤岛并无一人看守，岳军俱往虎牙山杀来。"

杨幺听了大怒，同众兄弟要上轮船冲出。袁武、何能忙阻住道："哥哥不可发怒，骤然出兵。今日是黑道败绝，又且武曲临于彼地，若与之战，彼利我损。万不可出兵，只严守君山，过了今日，便无妨碍。"杨幺听了，便就停止，遂出山前观望，只见岳兵在见机岭下，鸣锣擂鼓；满湖中战船，东西驰骤，往来搦战；数十处大寨，坚壁不动。

此时已是辰牌时候，岳飞见杨幺等只严守君山，不出接战，遂在军中选了百名声音宏亮的军士，教习了一番。这百名军士一时尽熟，遂去山岭、沙滩、堤岛等处，隔着君山三四里湖面，拣顺风之处，各分散席地而坐，指着君山，高声一齐唱起道：

〔画眉序〕道长乱天朝，啸聚湖中作窟巢。贺云龙参不透仙家妙，袁军师有才没料。羞睹那何能舌摇，王摩原是山中盗。今日里天兵俱到。

〔黄莺儿〕要捉马蠪枭，筋斗云一旦消。可怜屠俏夫妻枉自好，骊龙去爪，青蛇截稍，八臂哪吒做不出那喧天闹。笑杨幺，刺面刑身，怎做得皇栋儿曹！

〔四时花〕（黄莺儿）癞头鼋侯朝，（皂罗袍）那岭儿上滩儿外，瓦解冰消。（金凤钗）悲号，分水犀牛难脱逃，铁壳脸儿用火烧，锦毛犬一齐焦。（皂罗袍）岳军骁勇，定不相饶，安排陷阱缚群妖。（胜如花）贼众似鹡鸰，鹏鹉来啄难推调。休藏狡，人狡性狡，心狡意狡。

〔皂罗袍犯〕姓柳是花斑豹，那毛头狮曾也镇蛮獠，忘恩反作山魈跳。羞见你脱冠除帻欣欣傲。不由见恼，绝根去苗，虬髯孙本，撒开断腰，千愁万恨，教我怒冲云霄。辞殿陛，驾桡船，胸中已具留侯料。机关巧，大地包，几番算准星归杓。

〔解三醒〕悬秦镜奸邪俱照，众喽啰悔悟暗投标。退鳞鱼兀自釜中跃，虽有卢医难治疗。我这里绾丝绳扣住了铁鹞。却不道君王有福恶魔消。凝眸眼，盼不到奏捷音书一纸条。

〔浣溪沙犯〕造轮船，心志满，笑伊不是荡舟羿，年年来往乐朝朝，真个心高气恁骄。若还识破投腐草，泡鼠何须半勺瓢。啾啾泪雨痛无搔，饶他焦面鬼也难刁。

〔奈子花〕岳军旗动马萧萧，早骑如云水面飘。虫钻铁里，星火熔烧。哪怕你越飞过海，听告，休嫌作絮叨叨。

〔集贤宾〕众军兵齐登上垚，似周郎战鏖，得胜须将鞭镫敲。休得要推聋匿奥，免藏窟狡。怎知我计如天罩？谁知道，看取那水沸山摇。

〔琥珀猫儿坠〕昔年自逞无敌横行剽，为甚今朝猫怕交？这头避了那头哮。堪笑，近学得缩头时，深潜土窖。

〔啄木鹂〕岳家军奉天征讨，元帅胸中智量高。山岭下岳云发恼，船儿上岳霁催梢，那莽牛皋杀声嚎。咚咚战鼓，上下往来挑，怒吼吼，只恐你水底鳖鱼，变做了臭鱼干藁。

〔玉交枝〕怎推得耳聋目眊，一霎时败叶残凋，八千人流泪归乡早。那重瞳自刎刀，小天王恶擦擦逃，小太岁雄赳赳伤心悼。杀得他拦路虎跑，杀得他没遮拦要懊。

〔忆多娇〕风静静，日闲闲，正春天却是相征好。俺这里纵征鞍，他罢却轮船闹。舌尖代箫，舌尖代箫，书记手腹也应枵。

〔月上海棠〕失运时，算计鬼也应含笑，无缘哪介绍？可知六艺枉劳，空有兴云揭浪蛟。泼天火怎敌秋阳杲，贼众谁知窍。痴心的，怎避得炎火眉烧！

〔尾声〕你看那黄佐知机早，才算得是大英豪，不日同升拜圣朝。

百名军士唱了又唱，果被顺风一阵阵吹入杨幺等耳内，听得清清楚楚，俱十分恼怒。袁武、何能拦阻不住，只得守御山寨。其余弟兄俱跟了杨幺、王摩上了轮船，向雷施放大炮，众水校齐踏车轮，往岳兵队里冲来。岳飞见了，忙将青旗招展，岳军船一齐分散，便露出湖中许多大木筏来，有百十道小湖一般。岳飞又将黄旗挥动，岳军船便引着轮船冲来。岳飞又举红旗挥动，岳军船俱往木筏中而走。那轮船一时冲到，见两边俱是木筏，遂不冲入，又向那一簇岳军队里冲来。及至冲到，也是一般。岳飞又挥动白旗，岳军船俱向木筏中穿走，照前唱骂。杨幺等大怒，直冲入木筏中。不期岳军船小，转折快捷，只引得这轮船左弯右转的追杀。

岳飞见已中计，忙举黑旗乱招。一霎时木筏中，上流水面忽飘起许多腐草，滚拥下来，俱滚到轮船边。杨幺等只仗着轮船冲杀。岳军船被轮船冲着的，各弃船往木筏上奔走。不期这轮船渐渐迟慢，不似往时迅速。杨幺催督水校紧踏车轮，众水校各自尽力，谁知只踏不转。忙往下看，一齐喊声："不好了，俱被腐草护住了，车轮行走不动！"杨幺大惊，果见船如站立。岳军一时齐上两边木筏，往轮船处杀来。霎时百般兵器以及火筒、火箭、火炮、火球，一齐攻击。杨幺等极力抵杀，怎奈轮船不动，威势全无。

杨幺见了，暗想了一想，只得向众兄弟说道："我前日入谏，高宗劝我归降，我说若能使人能制杨幺者即归。今这岳飞果是神谋智勇，将我无敌轮船制伏，不如降他，归助宋朝。"众兄弟听了，一时无暇回答。杨幺使人向岳军高叫道："岳军将少缓，杨幺情愿领众拜降少保。"岳军将听了，见他已是无处逃生，遂一面缓攻，一面报知少保。少保听了，笑说道："杨幺虽有忠义之心，其余虎性岂能易驯？幸得入柙，留之必遗后患！"即传令急攻擒杀。这杨幺等见岳军一时缓攻，童良、柯柄、侯朝、岑用七忙说道："哥哥不要没主意，我四人下水，背负众位哥哥，且逃上君山，再作计较。"

其余众弟兄齐说道："我们弃此轮船，杀入木筏，逃到山去商议，不可降他。"杨幺听了，捧头道："兄弟众多，一时如何背负？木筏接不到山，怎得奔逃？如今湖中上下前后俱是岳兵，唯有归降，保全众弟兄！"说未完，岳军依旧攻击。牛皋几次杀上船来，俱被众弟兄打退，十分危急。杨幺见了，仰天大叫一声，即拔剑自刎，众弟兄忙来抢夺。不期一阵旋风，平白地将这座轮船掀出木筏，直刮到见机岭下。杨幺见了大喜，轮船不足恃矣。快走上去，我有暗道可上君山。"带领众兄弟奔至毂觳滩，齐入暗道，在水底下走上君山。

袁武、何能道："今日原不利战，幸喜归来，即当守御。"杨幺只是摇头道："时不利矣！虽是逃来，我已许降，等少保来时迎接。"众兄弟说道："方才危急，哥哥欲刎，忽起大风救出。天意还不绝灭我等，岂可便降！"袁武道："此风实有天意，不然尽为少保所擒。但我看来，少保忠良，降他也不辱没。但恐奸人在位，将来少保亦自不能保全，焉能庇我众人？"杨幺道："不料岳飞多智，散我军卒，败我轮船。再与之较，亦觉无颜矣！"因抬头见抄录真人的言语，不觉大惊大悟道："原来俱被真人久已说破在此。"众兄弟一齐相问。

杨幺指说道："'鹏飞洞庭'，他今名飞，号鹏举，岂不是他来征我洞庭？'杨花易零'，'杨'是我姓，'易零'是战败之意；'萧墙不测'，应着黄佐、郝雄、张杰，岂不是萧墙内变？'腐草护舻'，他今用腐草塞住车轮，险些受难；'须寻筑隐'，筑隐是真人所居的观名；'归结天星'，我等原是星煞，只去问他便有分晓。"

一时众弟兄俱听得惊惊喜喜。袁武、何能也说道："就是哥哥棍上的言语，如今看来亦皆前定。"杨幺忙问是何解说。二人道："上面'兴于荆襄，屈于岳兵'，哥哥岂不是雄据荆襄，今日受屈岳兵之意？'若闻妙谛，肃然一行'，是叫我们去问真人的意思。"游六艺、滕云道："碑上言语，句句皆验。只不晓得'丘山尽扫'，如今合起二字，岂不是个'岳'字？他来扫除我们。"马疆道："兀那日嘈恁鸟飞，惹个飞来，又嘈恁七日千年。只今跳去，躲他百来日，敢怕也会飞去！"杨幺大笑道："我此心已归宋朝，且去问明了真人再来。"

说未完，报说岳少保领众已打破观澜关杀来。杨幺、王摩领着众兄弟，各带器械，走到笑傲亭旁，蓦入地道，直到轩辕井底，进了石门，往前急走去问真人。这里岳军一时杀入，四处搜寻杨幺等，绝无踪迹。郝雄、张杰、黄佐遂指说出轩辕井中的缘故。岳飞不信，遂同到井边，找寻追杀。忙向井中一看，只见井中满贮清泉，哪里有甚路可通？只疑三人造言。忽见半空中坠下一片纸条，忙使人拾来。只见上写的是：

轩辕井，没底影，自从太尉放妖魔，一百八人行凶逞。降招安，为藩屏，高杨童蔡忌功勋，水银药酒伤头领。骨虽寒，心未冷，冤抑常冲透九重。道君设醮求生永，表中错字达上庭，赫然震怒将他警。遣妖魔，如蝗螟，杨幺原是宋公明，王摩的似麒麟猛。三十六个乱纵横，西南数载由他梗。报冤仇，穷驰骋，女真虽兴宋不亡，江山倾圮忠臣整。天心有意锁群雄，真人引入轩辕井。王室安，君民幸，穴中相聚百八人，从今不出俱宁静。君山土地说原因，元帅功成且自请。

　　岳飞与众人看完，方知道些缘故。那纸条在手中，依旧旋起空中，倏忽不见，遂不复搜寻，走入堂中。岳飞见了堂名并真人偈语，暗暗点头。正欲走出，不期狂风大作，霎时地黑天昏，对面俱不见人影，两耳中只听见四下里一如潮奔海啸，半空中霹雳电光，雨如盆泼。昏黑了多时，方才止息。军士俱来报说杨幺所筑山岭、堤岛、沙滩，尽被水势冲泻得无影无踪，轮船已被雷火烧击。岳飞听了大喜，遂发遣山上余党以及妇女，听其自去，即焚毁寨宇、上下厅堂，只留轩辕古迹。这是岳飞神谋，果于八日破杨幺等，建此奇功，正史较著不朽。岳飞事完，即星夜回朝，又奉旨往北而去。

　　这杨幺等一时进了石门，急走多时，忽见前面冲起一道黑烟，将三十六人一阵昏迷，扑地皆倒。过了半响，各醒转立起身来，竟虚飘飘如若云雾。再回看地下，只见地下有许多尸骸堆叠，只不知缘故。忽见贺云龙领着一阵人，笑嘻嘻迎着走来，说道："哥哥们俱已脱去骸壳，各现本来面目。吾奉真人法旨，指引众弟兄相聚于此。从今以后，不复世尘。"杨幺等听明，恍然大悟。一时三十六天罡、七十二地煞相逢于穴中，化成黑气，凝结成团，不复出矣。